HILDEGARD BURRI-BAYER

Die Sühnetochter

Buch

Paris, 1390. Anastasia muss einen Totengräber bestechen, um ihren Vater, den Tintenhändler und heimlichen Alchemisten Jacob Braques, in geweihter Erde zu bestatten. An dem geheimen Grab wird sie von Christine de Pizan ertappt. Anastasia fürchtet Schlimmstes – zu Unrecht. Bald wird Christine ihr zur Freundin und Vertrauten. Doch selbst die einflussreiche Dame kann nicht verhindern, dass Anastasia in die Nähe von Königsmördern gerückt, angeklagt und in den Kerker geworfen wird ...

Autorin

Hildegard Burri-Bayer wurde 1958 in Düsseldorf geboren. Nach dem Realschulabschluss ließ sie sich zur Dozentin für Museumspädagogik weiterbilden und wurde später Leiterin eines privaten Stadtmuseums für Ausgrabungen. Sie gehört zu den wenigen Menschen, die die faszinierende urgermanische Scheibe, die 1999 in der Nähe von Nebra in Sachsen-Anhalt gefunden wurde, für einen Moment in ihren Händen halten konnten. Der astronomische und archäologische Sensationsfund in Deutschland begeisterte sie so sehr, dass sie zu schreiben begann und ihren ersten Roman von der Himmelsscheibe handeln ließ. Hildegard Burri-Bayer ist verheiratet und hat fünf Kinder.

Bei Blanvalet lieferbar:

Die Bluterbin (37076)
Die Thronfolgerin (37323)

Hildegard Burri-Bayer

Die Sühnetochter

Historischer Roman

blanvalet

MIX
Papier aus verantwortungsvollen Quellen
FSC® C014496

Verlagsgruppe Random House FSC-DEU-0100
Das FSC®-zertifizierte Papier *Holmen Book Cream* für dieses Buch
liefert Holmen Paper, Hallstavik, Schweden.

1. Auflage
Originalausgabe Februar 2011 bei Blanvalet,
einem Unternehmen der Verlagsgruppe Random House GmbH, München

Redaktion: Dr. Heike Fischer
Umschlaggestaltung: Hilden Design, München
Umschlagbild: © The Bridgeman Art Library
lf · Herstellung: sam
Satz: Uhl + Massopust, Aalen
Druck: GGP Media GmbH, Pößneck
Printed in Germany
ISBN: 978-3-442-37373-4

www.blanvalet.de

Für Lene, meine Schwester

DRAMATIS PERSONAE

Historisch verbürgte Personen sind mit * gekennzeichnet

Adèle, Köchin auf dem Gut von Bureau de la Rivière

Aghinolfo de Pizan, jüngerer Bruder von Christine de Pizan

Anastasia Braques, Tochter des Tintenhändlers Jacob Braques, begnadete Buchmalerin. Von der historisch verbürgten Buchmalerin, die nur ein einziges Mal in einer Chronik im Zusammenhang mit Christine de Pizan als Illustratorin mehrerer derer Werke auftaucht, kennt man nur den Vornamen.

Anna de Pizan, Schwester von Thomas de Pizan und Tante von Christine de Pizan

Arnaud, Graf von Dreux, Hüter von alten Geheimnissen und Mitglied des untergegangenen Templerordens in den Katakomben von Paris

Bernard, Graf von Dreux, Sohn von Arnaud von Dreux, Ritter und Jagdgefährte Karls VI.

Bersumée, Spion und Handlanger von Gervais Chretién

**Bureau de la Rivière*, Berater und Vertrauter König Karls V. von Frankreich. Wurde nach dem Tod Karls V. Berater König Karls VI. Nach dem Ausbruch von Karls Geisteskrankheit flüchtete er in das Château d'Auneau, wo er 1392 verhaftet wurde. Man warf ihm vor, dass er den König falsch beraten und sich außerdem bereichert habe. Nach seiner Verbannung zog er sich in die Dauphine zurück. Er kam noch einmal wieder nach Paris, wo er aber keine politische Rolle mehr spielte. Nach seinem Tod erhielt er das außergewöhnliche Privileg, in der Basilika Saint-Denis beerdigt zu werden.

Carmina, Magd des Buchbinders und mit Anastasia befreundet

**Christine de Pizan*, Tochter von Thomas de Pizan, kam 1368 an den französischen Hof und verbrachte eine vermutlich recht unbeschwerte Kindheit im Kreis der französischen Hocharistokratie. Ihr Vater förderte ihre Wissbegier gegen den Willen seiner Gemahlin und ließ Christine Unterricht erteilen, was sie später als großes Privileg empfand.

Christine nutzte ihr Wissen, um sich für die Rechte der Frauen einzusetzen, was für die damalige Zeit ein außergewöhnliches Unterfangen war. Sie entfesselte den ersten Pariser Literatenstreit in der Geschichte der französischen Literatur und wurde später als »erste Frauenrechtlerin Europas« bezeichnet.

Eleonore, Frau des Buchbinders, Mutter von Gaston und Carminas Herrin

**Étienne du Castel*, Christine de Pizans Gemahl, war der Sohn eines königlichen Kammerdieners und Notar Karls V.

Gaston, Sohn des Buchbinders und Nachbar von Anastasia

Geoffrey Maupoivre, Kaufmann und Verehrer von Christine de Pizan

George Duchesnes, Buchbinder in Paris

**Gervais Chrétien*, Hofchirurg Karls V. und Kanoniker der Kathedrale Notre-Dame in Paris.

Seine Rolle als Verschwörer ist frei erfunden und basiert auf dem Gedanken, dass bei zwei königlichen Leibärzten einer zu viel ist.

Gilles, Handlanger von Gervais Chrétien

**Gilles Malet*, Bibliothekar Karls V. und Karls VI.

Helen, Hure in Paris und zusammen mit Anastasia eingekerkert

Hugues, alter Diener Bureau de la Rivières in Crécy-en-Brie

Jacques, Totengräber und heimlicher Verehrer von Anastasia

Jacob Braques, Anastasias Vater, Tintenhändler und heimlicher Alchemist

**Jean de Pizan*, Sohn Christine de Pizans

Jeanne, Magd auf dem Gut von Bureau de la Rivière

Johanna, Hure in Paris und zusammen mit Anastasia eingekerkert

**Isabeau de Bavière*, Königin von Frankreich und Gemahlin Karls VI.

**Karl V.* der Weise umgab sich mit guten Beratern und erließ ein Landfriedensgesetz, das der breiten Bevölkerung eine größere Sicherheit gewährleisten sollte. Er stabilisierte den Geldwert, förderte die Künste und Wissenschaften und stiftete die königliche Bibliothek in Paris. Er erweiterte den Louvre und setzte die Pariser Befestigungen wieder instand, wobei er auch die Bastille erbaute. Allerdings verursachte seine starke Zentralisierungs- und Steuerpolitik auch Unzufriedenheit und wurde ungewollt zum Auslöser des großen Abendländischen Schismas, das fast vierzig Jahre dauerte.

**Karl VI.* der Vielgeliebte oder Wahnsinnige war das älteste von drei am Leben gebliebenen Kindern Karls V. und Johanna von Bourbons und kam mit zwölf Jahren auf den Thron.
Er erwies sich als gutwillig, aber schwach und sprunghaft. Später verfiel er dem Wahnsinn, wenn es auch immer wieder kurze Phasen gab, in denen er bei klarem Verstand war. Diese Situation nutzten seine Onkel Ludwig von Anjou, Johann von Berry und Philipp der Kühne, um hinter seinem Rücken zu agieren. Nach und nach trat als ihr Konkurrent auch Karls ehrgeiziger jüngerer Bruder Ludwig von Orléans auf den Plan.

Seine letzten Lebensjahre stand Karl VI. stark unter dem Einfluss seiner Gemahlin Isabeau de Bavière, die ihn im Vertrag von Troyes enterbte.

Leonardo, Kammerdiener von Bureau de la Rivière

Lucien, Knappe von Bernard von Dreux

**Ludwig von Valois*, Herzog von Orléans, hatte in jungen Jahren ein enges Verhältnis zu seinem drei Jahre älteren Bruder Karl VI. Da dieser schubweise an Zuständen geistiger Verwirrung litt, übernahm er zeitweise die Regierung und versuchte sich gegen den Regentschaftsrat durchzusetzen, der von seinen Onkeln, den Herzögen Ludwig von Anjou, Johann von Berry und Philipp dem Kühnen von Burgund, gebildet wurde.

1407 wurde Ludwig von Orléans von Meuchelmördern, die von seinem burgundischen Cousin und Rivalen Johann Ohnefurcht gedungen worden waren, auf offener Straße niedergestochen.

**Madame de Pizan,* Tochter des Arztes Thomas Mondini aus Venedig und Mutter von Christine de Pizan

Marie, Hure in Paris und zusammen mit Anastasia eingekerkert.

Maurice, Gefängniswärter in Paris

Monsieur Montreuil, Christine de Pizans Notar in Paris

**Paolo de Pizan*, Bruder von Christine de Pizan, kehrte nach dem Tod seines Vaters Thomas de Pizan mit seinem Bruder Aghinolfo nach Italien zurück.

**Pierre Montagu*, Großkämmerer und Siegelbewahrer Karls VI.

Pierre, Bruder von Jacques dem Totengräber

*Philipp der Kühne von Burgund, Bruder von Karl V. und Onkel Karls VI. und Ludwig von Orléans

**Philippe de Mézières* war Soldat, Diplomat und Schriftstel-

ler und einer der letzten Propagandisten der Kreuzzugidee.
Er gehörte zu den vertrautesten Beratern Karls V. und wurde später zum Tutor Karls VI.
Nach dem Tod Karls V. musste er zusammen mit den anderen Räten abdanken und zog sich in den Konvent der Zölestiner in Paris zurück.
Die Verleumdungen, mit denen sein Name von burgundischen Geschichtsschreibern überzogen wurde und die vermutlich auf seiner Nähe zu Ludwig von Orléans beruhten, haben mich auf die Idee gebracht, ihn an einer der unzähligen Verschwörungen gegen Karl VI. teilnehmen zu lassen, deren sich dieser sein Leben lang erwehren musste.

Raimund Braques, Bruder von Jacob Braques und Anastasias Onkel

Raimund, Ritter und Waffenbruder Bernard von Dreux'

Reinold von Pons, Handlanger von Gervais Chrétien

Rainald, Stallmeister König Karls VI.

Raoul, Verwalter von Bureau de la Rivières Gut

Remigius, Pater auf dem Gut von Bureau de la Rivière

Robert, Bruder von Gilles

Robert de Molay, Nachfahre des einstigen Großmeisters der Templer, Jacques de Molay, hütet in den Katakomben von Paris mit seinen Mitstreitern die Geheimnisse der »armen Kampfgefährten Christi und des salomonischen Tempels«, wie sich die Tempelritter vollständig nannten

**Robert le Coq*, Bischof von Laon und Pair von Frankreich. Der Kirchenmann machte gemeinsame Sache mit dem Sprecher der Kaufleute Étienne Marcel und hielt aufrührerische Reden in der Versammlung der Generalstände. So forderte er die Verbannung königlicher Ratsmitglieder. Deswegen später vom Dauphin angeklagt, musste er aus Frankreich fliehen.

Simon, Waffen- und Zuchtmeister König Karls VI.

Schwester Agnes, Nonne in einem Kloster außerhalb von Paris

Schwester Marietta, Nonne in einem Kloster außerhalb von Paris

**Thomas de Pizan*, war bis 1356 Professor der Astrologie an der Universität von Bologna. 1364 bekleidete er das Amt eines Rats der Stadt Venedig und erlangte solche Berühmtheit, dass gleich zwei europäische Könige, Ludwig von Ungarn und Karl V. von Frankreich, ihn an ihren Hof baten. Thomas entschied sich für Frankreich, wo er Hofastrologe und Leibarzt Karls wurde.

Valerie, Hure in Paris und zusammen mit Anastasia eingekerkert.

Alle Künste auf Erden sind göttlich. Sie sind aus Gott,
und nichts kommt aus einem anderen Grund.

Aureoli Theophrasti ab Hohenheim

Im Menschen nämlich sind Sonne und Mond
und alle Planeten.

Aureoli Theophrasti ab Hohenheim

PROLOG

16. September im Jahre des Herrn 1380,
Frankreich, Schloss Beauté-sur-Marne

Unzählige Fackeln erleuchteten den Treppenaufgang zu den königlichen Privatgemächern, und doch kam es dem Astrologen Thomas de Pizan so vor, als wäre der Gang noch nie so düster gewesen; als hätte sich ein Schatten über seine Seele gelegt und seinen Blick verdunkelt, und das beunruhigte ihn. Er hatte gelernt, sich auf seine Ahnungen zu verlassen, und wäre nun gerne für eine Weile alleine gewesen, um sich ganz auf sie konzentrieren zu können, doch der König hatte ihn rufen lassen, und er wusste, wie ungeduldig Karl V. sein konnte, wenn man ihn warten ließ.

Die Wachen lehnten träge an der Wand und ließen ihn mit gelangweilter Miene passieren.

»Der König erwartet Euch bereits«, verkündete der erste Kammerdiener Karls V. mit näselnder Stimme und musterte dabei abfällig den knielangen, schwarzen Rock des Astrologen, der längst aus der Mode war.

Ein behagliches Feuer loderte in dem offenen Kamin an der Stirnseite des länglichen Saals. Durch die grünlichen in Blei gefassten Fensterscheiben sickerte das spärliche Licht des schwindenden Herbsttages.

Karl V. saß zurückgelehnt in seinem Stuhl. Er schien endlich wieder fieberfrei zu sein. Seine braunen Augen waren klar, und er wirkte so entspannt wie schon seit Langem nicht mehr. Es schien ihm deutlich besser zu gehen, was Thomas de Pizan mit heimlicher Genugtuung erfüllte, denn er hatte die vollständige Genesung des Königs prophezeit.

Karl V. nickte seinem Besucher ungeduldig zu und forderte den Astrologen mit einer Handbewegung auf, sich zu ihm zu setzen. Während ein Diener seinem Gast Wein einschenkte, schlug er das vor ihm auf dem Tisch liegende Buch auf und betrachtete die kunstvoll ausgemalte Bildinitiale am Anfang der Seite, die Adam und Eva im Paradies zeigte. Dicht über dem Paar schwebte ein Engel.

Plötzlich wurde ihm schwindelig. Das Bild verschwamm vor seinen Augen, und seine Hände begannen zu zittern. In dem Bemühen, sich seine Schwäche nicht anmerken zu lassen, griff er nach seinem Weinbecher und trank einen großen Schluck. Wie erhofft ließ das Zittern seiner Hände nach, und der Schwindel verschwand. Er atmete einige Male tief durch und senkte seinen Blick erneut auf das Buch. Im flackernden Schein der beiden silbernen Kerzenleuchter auf dem Tisch erwachte die Bildinitiale zum Leben, glühte das blutrote Gewand des Engels.

Lockend hielt Eva Adam den Apfel entgegen, während sich der himmlische Wächter zu Adam herabzubeugen schien und warnend die Hand hob. Dann erstarrte die Szene in einem der dramatischsten Augenblicke der Menschheit.

Karl V. räusperte sich, um seine Ergriffenheit zu verbergen. Seine innersten Gefühle gingen niemanden etwas an, und er hatte schon früh gelernt, sie vor anderen zu verbergen. Er ließ seine Finger über die mit einem Eberzahn polierten, goldenen Textzeilen auf dem Prunkdeckel des Kodexes gleiten, der in aufwendiger Handarbeit hergestellt worden war, fühlte das weiche Leder, die Metallbeschläge und die silbernen Schließen. Ein intensiver Geruch nach Pigmenten, Leder und Leim stieg ihm in die Nase, und er verspürte einen metallenen Geschmack im Mund, den er mit einem weiteren Schluck Wein fortspülte. Der Geruch störte ihn nicht, er würde bald verfliegen. Wichtig für ihn war nur, dass das enzyklopädische Werk über die himmlischen Sphären nun endlich fertig geworden war. Er hatte es selbst in Auftrag gegeben, und Gervais Chrétien, der nicht nur sein Leibarzt, sondern auch Kanzler der Universität von Paris war, hatte Illumination, Bindung und Ausstattung des prachtvollen Werkes überwacht und es ihm zu seiner großen Freude am heutigen Nachmittag übergeben.

»Ich möchte Euch eine Stelle aus diesem Buch vorlesen, zu der ich gerne Eure Meinung hören würde«, teilte er Thomas de Pizan mit.

»Es wird mir ein Vergnügen sein, Euch zuzuhören, Sire.« Der kleine Schwächeanfall des Königs war Thomas de Pizan nicht entgangen, genauso wenig wie der rührende Versuch, diesen vor ihm zu verbergen, doch er ließ sich nichts anmerken, sondern lehnte sich in seinem Stuhl zurück und neigte den Kopf, um den Worten des Königs zu lauschen.

Karl V. räusperte sich noch einmal, dann begann er laut zu lesen.

»Als Adam und Eva aus dem Paradies kamen, da empfanden sie, was die Welt war, da empfanden sie den Mond, den Jovem, den Merkurium, den Martem, den Saturnum. Sie empfanden den Jammer der Welt und das Elend der Menschen. Als der Mensch vom Baum der Erkenntnis aß, da trennten sich Makro- und Mikrokosmos voneinander. Nun erst nahm der Mensch die nichtmenschliche Welt von außen wahr. Er erlebte Mond und Sterne außerhalb von sich, und sein Elend begann.«

Das erhebende Gefühl, das ihn beim Lesen überkommen

hatte, hielt an, und ihm war sonderlich zumute, als würde er selbst vor dem verlorenen Paradies stehen und Adams Verzweiflung spüren, der gleich ihm eine schwerwiegende Entscheidung getroffen hatte, die sich nicht mehr zurücknehmen ließ.

Er sah von dem aufgeschlagenen Buch auf, blickte Thomas de Pizan an und besann sich wieder auf sein eigentliches Anliegen.

»Wie anders wäre die Geschichte der Menschheit verlaufen, wenn Adam nicht der Versuchung Evas erlegen wäre«, sagte er, als wäre ihm dieser Gedanke gerade erst gekommen.

Es erging ihm, wie es den Mächtigen dieser Erde häufig ergeht, wenn sie die Folgen ihrer Handlungen zu spüren bekommen. Sein Geist irrte auf der Suche nach einem tieferen Sinn, einer gültigen Weltordnung, umher, die sein Leben, seine Stellung und seine Taten rechtfertigen würden, weil ihm sein Leben plötzlich so fremd erschien, als wäre es das eines anderen. Und das beunruhigte ihn.

Thomas de Pizan nahm seinen Weinbecher in die Hand, setzte ihn dann aber wieder ab, ohne daraus zu trinken. Ihm war noch nicht ganz klar, worauf der König hinauswollte.

»Ein interessanter Gedankengang. Aber glaubt Ihr nicht, dass Gott in Seiner Weisheit Adams und auch Evas Verhalten vorausgesehen hat? Schließlich hat Er sie beide erschaffen«, gab er zu bedenken.

Karl V. schüttelte ein wenig unzufrieden den Kopf. Gerade von seinem Astrologen hatte er erwartet, dass er ihn verstand.

»Ich meine etwas anderes.« Er hielt Thomas de Pizans Blick fest.

»Adam hat eine Entscheidung getroffen, welche die Geschichte der Menschheit verändert hat, ebenso wie Pilatus,

Hannibal, Cäsar und alle großen Männer in der Geschichte. Würde die Welt heute anders aussehen, wenn Pilatus Jesus freigelassen hätte, anstatt ihn kreuzigen zu lassen, oder Cäsar seine Begehrlichkeit nicht auf Germanien gerichtet hätte?«

Thomas de Pizan dachte einen Moment lang über die Worte des Königs nach, bevor er ihm antwortete.

»Der Mensch ist, wie er ist, und ich glaube nicht, dass sich der Verlauf der Geschichte im Wesentlichen geändert hätte. Die Grenzen der einzelnen Reiche wären nur anders verschoben worden, und Jesus hätte einen anderen Märtyrertod gefunden, weil es nun einmal seine Bestimmung war, sein Leben für die Menschen zu geben.«

»Es war also ihr Schicksal, diese Entscheidungen zu treffen«, stellte Karl V. zufrieden fest.

Thomas de Pizan nickte.

Sie saßen in breiten Lehnstühlen am Kopfende des schweren Eichentisches nah am Kamin. Der König hatte seine Diener hinausgeschickt. Er liebte die vertraulichen Gespräche mit seinem Astrologen, den er vor einigen Jahren an seinen Hof geholt hatte und den er nun immer häufiger zurate zog.

Thomas de Pizan hatte endlich verstanden, dass Karl V. die vorgelesene Stelle als Metapher benutzte, um ihm etwas mitzuteilen, ohne es direkt aussprechen zu müssen. Er wusste, dass Karl V. nach einer Lösung suchte, um das unselige Schisma zu beenden, an dessen Entstehung er selbst nicht ganz unschuldig war und das Frankreich in tiefe Verzweiflung gestürzt hatte. Eine Aufgabe, um die er den König wahrlich nicht beneidete.

Karl V. hatte die Wahl Urbans VI. für ungültig erklärt und den daraufhin im Konklave gewählten Klemens VII. offiziell als Papst anerkannt, doch dann war das Undenkbare geschehen, mit dem niemand gerechnet hatte: Urban VI. weigerte sich, die Entscheidung des französischen Königs zu akzeptieren und sein Amt als Kirchenoberhaupt niederzulegen. Er regierte weiterhin von Rom aus, während Klemens VII. notgedrungen seinen Sitz nach Avignon verlegt hatte.

Die Heilige Mutter Kirche war gespalten, die Christenheit tief zerrissen, das Schisma zur schrecklichen Wirklichkeit geworden. Der König haderte mit der Entscheidung, die er getroffen hatte, tröstete sich aber, da sie sich nicht mehr rückgängig machen ließ, damit, dass es nun einmal sein Schicksal war, schwerwiegende Entscheidungen zu treffen. Ein Schicksal, das er mit vielen berühmten Männern teilte.

Empfand er vielleicht sogar Genugtuung bei dem Gedanken, dass all diese Männer gerade nur aufgrund ihrer Entscheidungen in die Geschichte eingegangen waren? Das hoffnungsvolle Funkeln in Karls Augen verriet ihn. Thomas de Pizan senkte rasch seinen Blick. Er wusste, wie sehr der König es hasste, durchschaut zu werden.

Normalerweise genoss er die Dispute mit dem König, doch an diesem Abend fiel es ihm schwer, sich auf ihr Gespräch zu konzentrieren. Bevor ihn die Einladung des Königs erreicht hatte, war sein Blick wie jeden Abend in den nächtlichen Himmel gerichtet gewesen, und die Konstellation der Gestirne hatte ihn mehr beunruhigt, als er sich eingestehen wollte.

Saturn stand lauernd zwischen Fisch und Stier. Der Vollmond überstrahlte ihn zwar, aber schon morgen würde die Kraft seiner Strahlen nachlassen. Er würde keine Macht mehr über Saturn haben, und Thomas de Pizan konnte das Böse, das von dem stumpfen, blauen Gestirn ausstrahlte, fast körperlich fühlen.

»Ihr seid heute Abend sehr wortkarg, mein Freund.« Ein unüberhörbarer Vorwurf schwang in der Stimme Karls V. mit.

Thomas de Pizan riss sich zusammen.

Der König hatte ihn zu sich gerufen, um mehr über Makro- und Mikrokosmos und die himmlischen Sphären zu erfahren.

»Alles was außen ist, ist auch innen«, begann er schließlich. »Die Erde ist nichts ohne den Himmel, denn der Himmel ist das Leben. Der Mensch ist nichts ohne den Himmel. Der Himmel ist unser Vater und die Erde unsere Mutter. Die Gestirne spiegeln sich in unserem Geist wider, in unserer Seele, die nach unserem Tod in den Himmel zurückkehrt, während unser Körper der Erde zurückgegeben wird, der er entstammt.«

Knusprig gebratene Fasanenkeulen und mit süßen Beeren gefüllte Rehpasteten, die den Appetit des Königs anregen sollten, standen vor ihnen auf dem Tisch, doch Karl hatte bislang noch keine der Köstlichkeiten angerührt. Stattdessen tranken sie gemeinsam den schweren, tiefroten Wein aus Burgund, der ihnen die Wangen rötete und das Herz wärmte.

»Ihr sagt also, dass die Gestirne sich im Geist des Menschen widerspiegeln?«, vergewisserte sich Karl V.

Thomas de Pizan nickte. »Das innere Gestirn ist seinem Lauf und Stand nach gleich mit dem äußeren, es unterscheidet sich allein in Form und Stoff. Wir müssen Herr werden über unseren Leib, um eins zu werden mit unserem Geist, nur dann werden wir zu wahrer Weisheit gelangen.

Auch wenn Saturn die Geburt eines Menschen überschattet, so kann sich dieser doch seinem Einfluss entziehen. Er kann ihn überwinden und ein Kind der Sonne werden. Wir selbst sind es, die entscheiden, welchen Weg wir einschlagen, ob wir der Versuchung erliegen oder unserem Gewissen folgen.«

Karl V. wirkte nachdenklich, als er seinen Astrologen am späten Abend entließ.

Bis zum Morgengrauen starrte Thomas de Pizan von seiner

Kammer im obersten Stockwerk aus in den nächtlichen Himmel. Pegasus, das schwarze Pferd der Unterwelt, scharrte ungeduldig mit den Hufen, während die Sonne im Sternbild des Löwen zusehends verblasste.

Am nächsten Morgen herrschte dumpfe Ratlosigkeit im Schlafgemach des Königs. Der Kronrat hatte sich um das mit weißem Linnen bezogene Bett Karls V. herum versammelt, außerdem sein Leibarzt Gervais Chrétien und Thomas de Pizan, Physikus und Astrologe, dessen Berufung aus seiner Heimatstadt Bologna an den französischen Hof Chrétien sehr verärgert hatte und ihm noch immer ein Dorn im Auge war.

Der Astrologe hatte als Letzter das königliche Gemach betreten und starrte nun entsetzt auf den König, der umrahmt von schweren, in Gold und Purpur gehaltenen Vorhängen in seinem Bett saß. Trotz der stützenden Kissen in seinem Rücken konnte er sich nur mühsam aufrechthalten.

Seine halbgeschlossenen Augen lagen tief in den Höhlen, und die hohen Wangenknochen traten deutlich aus seinem eingefallenen, grauen Gesicht hervor.

Thomas de Pizan spürte einen Kloß in seinem Hals. Er hatte das Gefühl, keine Luft mehr zu bekommen, und blickte zu den hohen Fenstern an der Stirnseite hinüber, deren Flügel allesamt geschlossen waren. Die abgestandene, verbrauchte Luft in dem königlichen Schlafgemach war kaum geeignet, um einen Kranken gesunden zu lassen. Ärgerlich wandte er seinen Blick von den Fenstern und sah Gervais Chrétien an, der ihn lauernd beobachtete. Seine kalten, grauen Augen glitzerten triumphierend.

Wie die Augen eines Menschen, der sich gerächt hat und seine Rache nun genießt, dachte Thomas de Pizan. Und das nur, weil er durchgesetzt hatte, dass die Fenster im königlichen Schlafgemach geschlossen wurden? Es war unbegreiflich, wozu Hass und Eifersucht einen Menschen treiben konnten.

Seufzend wandte er sich von Chrétien ab.

Jetzt war nicht die Zeit, sich um den Leibarzt Gedanken zu machen.

Der Zustand des Königs war ernst, und er hatte keine Ahnung, wie es zu diesem Rückfall hatte kommen können, nachdem Karl sich zuvor so gut erholt zu haben schien.

»Hattet Ihr nicht die vollständige Genesung unseres geliebten Herrschers vorausgesagt?«, unterbrach Chrétien herausfordernd seine Gedanken.

Ein ungutes Gefühl beschlich den Astrologen. Er spürte das Misstrauen, das ihm von den Mitgliedern des Rates entgegenschlug, die das Volk spöttisch Marmousets, alte Käuze, nannte und auf diese Weise mit den Fratzengesichtern verglich, welche an den Toren der großen Palais als Türklopfer dienten.

Lastendes Schweigen kehrte ein. Thomas de Pizan wandte sich erneut zu Chrétien um, der gerade einen zufriedenen Blick mit Philippe de Mézières tauschte, einem engen Ratgeber Karls V. In seiner Miene war keinerlei Betroffenheit zu erkennen. *Der schwere Rückfall des Königs scheint ihn nicht im Geringsten zu überraschen, man könnte fast glauben, er hätte ihn erwartet*, dachte Thomas de Pizan und fühlte sich noch unbehaglicher. Irgendetwas ging hier nicht mit rechten Dingen zu. Als ob der Tod Karls V. schon beschlossene Sache wäre.

Erschrocken versuchte er den Gedanken aus seinem Kopf zu verscheuchen, getrieben von der vagen Hoffnung, das Schicksal auf diese Art beeinflussen zu können, doch es gelang ihm nicht.

Im königlichen Schlafgemach war es so still geworden, dass nur noch der rasselnde Atem des Königs zu hören war.

Wenn er sein Gesicht wahren wollte, musste er Chrétien antworten, doch was sollte er ihm sagen? Dass er sich geirrt hatte?

»Wie ich sehe, seid Ihr nicht einmal in der Lage, mir eine Antwort auf meine nur allzu berechtigte Frage zu geben«, stellte Chrétien höhnisch fest. »Ihr habt uns versichert, dass der König vollständig genesen würde. Sieht so Eure Genesung aus? Durch Eure Prophezeiung habt Ihr verhindert, dass wir weiter nach den Ursachen seiner Krankheit geforscht haben. Man könnte fast glauben, Ihr hättet dies mit Absicht getan. Genauso, wie Ihr den König davon abgehalten habt, seine Medizin regelmäßig einzunehmen.« In den Mienen der Ratsmitglieder zeigte sich offene Empörung. Chrétien nahm es zufrieden zur Kenntnis. Und obwohl sich der Leibarzt direkt an ihn gewandt hatte, wusste Thomas de Pizan, dass seine Worte nicht ihm, sondern dem königlichen Rat galten.

Chrétien zog die Augenbrauen hoch und beobachtete ihn aus schmalen Augen, die knochenbleichen Hände hinter dem Rücken verschränkt. Ein schwarzer Rock mit wulstigen Ärmeln umgab seine hagere Gestalt. Er sieht aus wie eine aufgeplusterte, boshafte Krähe, die bereit ist, sich auf ihr Opfer zu stürzen, dachte Thomas de Pizan und begann zu schwitzen.

»Jede Medizin soll ihre Stunde haben, das ist doch lächerlich und hat mit Wissenschaft nichts zu tun. Eine Leber wird von Euch nur an einem Donnerstag behandelt, die Galle an Dienstagen und das Gehirn ausschließlich an Montagen. Und wenn der Kranke vorher verstirbt, weil Ihr ihn nicht rechtzeitig behandelt habt, dann gebt Ihr Saturn oder Jupiter die Schuld daran.

Mit Eurem vorgeblichen Wissen könnt Ihr vielleicht das

einfache Volk beeindrucken, aber nicht einen Magister der Universität von Paris!«

Thomas de Pizan sah den unverhüllten Hass in Chrétiens Augen, der ihn zum ersten Mal offen angriff und es darüber hinaus auch noch wagte, ihn in Gegenwart des Königs als Scharlatan hinzustellen. Eine gefährliche Situation, die er nicht unterschätzen durfte. Chrétien hatte ihm den Fehdehandschuh vor die Füße geschleudert, und er hatte keine andere Wahl, als ihn aufzunehmen.

Etwas brüsk wandte er sich an seinen Gegner.

»Wollt Ihr etwa bestreiten, dass die Zeiten des Jahres ungleich sind? Der Winter bringt Eis und Schnee, der Frühling vertreibt, was der Winter gebracht hat, und lässt Schnee und Eis zu Wasser schmelzen und uns ein feuchtes, lockeres Erdreich bekommen, das der Sommer trocknet.

So wie es nicht zu jeder Zeit gut ist, in Lehm und Erde zu graben, Holz zu fällen oder zu hacken, so ist es noch viel weniger gut, zu jeder Zeit Kräuter zu sammeln. Jeder Bauer weiß, dass sich Früchte, die nach Mitternacht bis zum Aufgang der Sonne geerntet werden, am längsten halten. Zu dieser Zeit besteht keine Geilheit oder gärende Feuchtigkeit in den Früchten und allen anderen Gewächsen der Erde, was eine Ursache für den Verlust der Kräfte und der Fäulnis ist.«

Chrétien schnaubte verächtlich. »Ich rede von Wissenschaft, während Ihr Eure Erfahrungen auf ungebildete, dumme Bauern stützt, die weder lesen noch schreiben können.«

Thomas de Pizan merkte, dass er einen Fehler gemacht hatte. Er versuchte, sich zu beruhigen und Ordnung in seine wild durcheinanderwirbelnden Gedanken zu bringen. Hatte er sich denn nur eingebildet, dass es dem König wieder besser ging, und die Anzeichen für eine Verschlechterung seines Gesundheitszustandes übersehen, weil er sie nicht wahrhaben wollte? Bilder des gestrigen Abends zogen an ihm vorbei, und aus einem Grund, den er sich selbst nicht erklären konnte, gab es plötzlich nichts Wichtigeres für ihn, als diese Bilder festzuhalten wie einen kostbaren Schatz, der ihm zu entgleiten drohte. Doch die Bilder ließen sich genauso wenig festhalten, wie sich der köstliche Duft knuspriger Fasanenkeulen festhalten ließ. Er schalt sich einen Narren ob dieses Versuchs, um dann wieder in die Gegenwart mit ihren Problemen zurückzukehren, deren Wichtigstes die Genesung des Königs war.

Die Sterne lügen nicht, dachte er von einer merkwürdigen Unruhe erfüllt.

Erst hinterher, als es bereits zu spät war, um noch etwas ändern zu können, sollte er schmerzhaft erfahren, welch fatalen Fehler er begangen hatte, indem er Saturns Nähe zu Merkur unterschätzte, genauso wie er Chrétiens Hass unterschätzt hatte.

Nachdenklich ließ er seinen Blick über die Anwesenden schweifen, als hoffte er in ihren abweisenden Mienen eine Antwort auf die Frage zu finden, was den Rückfall des Königs ausgelöst haben könnte. Durch seine Prophezeiung hatte er sich angreifbar gemacht, dabei war er sich so sicher gewesen. Und Chrétien hatte die Chance genutzt und seine Behandlungsmethoden vor den königlichen Ratgebern ins Lächerliche gezogen. Aber Chrétien war einer von ihnen, während er selbst all die Jahre über ein Ausländer für sie geblieben war.

Schließlich traf sich sein Blick mit dem des Königs, und der Ausdruck, der in seinen Augen lag, ließ ihm den Atem stocken. Er wusste, dass er diesen Ausdruck – das Wissen um die grausame Endgültigkeit und die stille Trauer – nie mehr in seinem Leben vergessen würde. Gleichzeitig fühlte er sich seltsam berührt von der unbestimmten Sehnsucht, die er zu erkennen glaubte und die dazu verdammt war, unerfüllt zu bleiben.

»Ich wünsche, allein mit meinem Astrologen zu sprechen«, befahl Karl V. mit brüchiger Stimme, und als er sprach, bemerkte Thomas de Pizan entsetzt, dass sein Zahnfleisch blutete.

Die Erkenntnis traf ihn wie ein Schlag, die Zeichen waren eindeutig. Der König war vergiftet worden!

Aber wie war das möglich? Karl V. ging kein Risiko ein, er aß und trank nichts, was nicht vorgekostet worden war. Außerdem hatte er seinen Leibkoch immer bei sich. Den König zu vergiften, war unmöglich, es sei denn, man gehörte zu seinen engsten Vertrauten. Aber wer konnte ein Interesse daran haben, den König zu vergiften? Der Astrologe ließ seine Gedanken die zwölf Tierkreise durchlaufen, um sie zu ordnen, wie er es immer tat, wenn er an den Punkt gelangte, an dem sie sich sinnlos im Kreis zu drehen begannen, ohne Anfang und ohne Ende.

Das höhnische Gesicht Chrétiens tauchte wieder vor seinem inneren Auge auf, und gleichzeitig fielen ihm die mahnenden Worte seines Vaters ein. »Jedes Heilmittel ist auch ein Gift. Ob es heilt oder tötet, kommt nur auf die jeweilige Dosis an.« Chrétien! Der Gedanke war so schrecklich, dass er kaum wagte, ihn weiterzudenken. War es möglich, dass Chrétien nicht nur ihn, sondern auch den König hasste?

Die fahle Blässe und das Zittern des Königs hätten ihn warnen müssen, noch bevor er sein blutendes Zahnfleisch bemerkt hatte. Es waren Zeichen einer Vergiftung, vielleicht einer zu hohen Dosis Quecksilber, das in geringer Dosierung gegen die Verstopfung des Darms half, unter der Karl V. manchmal litt. Hatte Chrétien ihm versehentlich eine zu hohe Dosis verabreicht? Oder war es tatsächlich seine Absicht gewesen, den König zu vergiften?

Seine Gedanken überschlugen sich, während er auf die hohen Fenster zustürmte und einen Flügel nach dem anderen aufriss, obwohl er wusste, wie sinnlos sein Tun war und dass auch die frische Luft nichts mehr am Zustand des Königs ändern konnte. Danach stürzte er zurück an Karls Bett, fühlte die Temperatur seiner Stirn und zählte dann seinen Pulsschlag, der erschreckend langsam war.

»Ich werde sterben«, unterbrach Karl V. ihn ruhig, ohne ihn dabei aus den Augen zu lassen. »Meine Seele löst sich bereits von meinem Körper, ich kann es fühlen.«

Thomas de Pizan erstarrte, dann öffnete er den Mund, um heftig zu widersprechen, doch Karl V. hielt ihn mit einer Handbewegung davon ab.

»Es ist der Wille unseres Herrn und nicht Eure Schuld, ich möchte, dass Ihr das wisst«, sagte er auf die gestrige Prophezeiung seines Astrologen anspielend und rang sich ein Lächeln ab, das ihm nur mühsam gelang. »Unsere Dispute werden mir fehlen, mein teurer Freund, doch jetzt ruft die anderen wieder herein und schickt nach meinem Notar und meinem Beichtvater, mir bleibt nicht mehr viel Zeit, um meine Angelegenheiten zu regeln.«

Es gelang dem Astrologen nicht länger seine Tränen zurückzuhalten, während er Karl V. unverwandt ansah. Schmerzhaft wurde ihm bewusst, wie sehr er den König liebte, seine Weisheit und seine Güte, aber auch seine Würde, die er selbst in dieser schweren Stunde noch zu bewahren wusste.

Der König hielt seinen Blick fest. »Tut jetzt, um was ich Euch gebeten habe«, mahnte er sanft, »und schließt mich in Eure Gebete ein.«

Die Nachricht vom nahenden Tod des Königs verbreitete sich wie ein Lauffeuer. Die Schlossbewohner strömten vor den königlichen Gemächern zusammen und drängten in den mit farbenprächtigen Wandteppichen geschmückten Ankleideraum des Herrschers. Niemand sprach ein Wort. Zu sehr war man sich der Anwesenheit des Todes bewusst, der nicht einmal vor dem König haltmachte. Unheimliche Stille breitete sich aus und steigerte die Spannung ins Unerträgliche.

Trotz der vorherrschenden Enge stand Thomas de Pizan abseits der anderen Höflinge. Doch er war so versunken in seinen Schmerz und seine Trauer, dass er diesen Umstand gar nicht bemerkte.

Er hatte noch immer das Bild des sterbenden Königs vor Augen, als er plötzlich einen schon fast vergessenen Geruch wahrnahm. Einen Geruch, der ihn an seine Heimat erinnerte. Etwas stimmte nicht, und plötzlich wusste er auch, was es war. Im Schlafgemach des Königs hatte es nach Knoblauch gerochen, obwohl Knoblauch am französischen Hof verpönt war!

Und während überall Trauerfahnen gehisst wurden, verließ Thomas de Pizan eilig das Schloss, um den einzigen Mann in Paris aufzusuchen, der ihm Klarheit bezüglich seines schrecklichen Verdachts verschaffen konnte.

Media vita in morte sumus.
(Mitten im Leben sind wir vom Tod umgeben.)
Notker I. von St. Gallen, 9. Jh. n. Chr.

1

Paris, Oktober 1390

Eine merkwürdige Unruhe trieb den Tintenhändler Jacob Braques bereits am frühen Morgen aus seinem warmen Bett. Er hatte schlecht geschlafen. Die düsteren Träume, die ihn seit zehn Jahren quälten, rüttelten unnachgiebig an seinem Gewissen. Sie kannten kein Erbarmen, und er wusste, dass sie ihn weiterverfolgen würden, solange er atmete.

An manchen Tagen dachte er, es wäre nur gerecht so, weil er sich ebenso an die Vergangenheit klammerte wie diese sich an ihn. Gleich einem Ertrinkenden, der sich weigerte, von dem rettenden Ast zu lassen, und voller Sturheit an ihm festhielt, obwohl er wusste, dass sein Schicksal besiegelt war und die Kraft in seinen Händen ihn ohnehin bald verlassen würde.

Er selbst war es, der die Toten nicht zur Ruhe kommen ließ, weil es nichts Tröstlicheres für ihn gab als die Erinnerung. Die Erinnerung an seine geliebte, wunderschöne, sanfte Frau, die ihn so früh verlassen hatte. Noch immer hatte er ihren Duft in der Nase, und wenn er die Augen schloss, meinte er sogar, ihre warme, weiche Haut zu fühlen und ihr Lächeln sehen zu können. Dieses unvergleichliche Lächeln, das ihre Augen strahlen und ihr Gesicht heller leuchten ließ als die Sonne. Er hasste den Gedanken, die Erinnerung an sie könnte eines Tages verblassen, so wie die untergehende Sonne verblasste, wenn sie beim Hereinbrechen der Nacht dem aufsteigenden Mond weichen musste.

Seine Hände zitterten, und das Atmen fiel ihm noch schwerer als sonst. Auf seiner Jagd nach dem »Grünen Löwen« hatte er Gott gespielt, indem er einige Stoffe in ihrer Eigenschaft verändert hatte, um sie auf diese Weise neu zu erschaffen. Er hatte Arsen und Quecksilber geschmolzen, Steine zu Pulver zerrieben und ihre Pigmente mit Säuren und lebendigem Schwefel vermischt, die er dann mit tierischen und pflanzlichen Stoffen verband. Der verfluchte Rubinschwefel hatte ihn reich gemacht, und gleichzeitig hatten seine Versuche mit dem betörend glänzenden Gift seine Gesundheit ruiniert. Wie gerne würde er heute diesen Reichtum gegen seine Gesundheit eintauschen, doch es war zu spät. »Der Grüne Löwe« ließ sich nicht bändigen, und Phoenix, der Vogel des Hermes, hatte sich verflüchtigt, anstatt ihn zu verjüngen, wie er es erhofft hatte.

Und nun wartete der Sensenmann auf ihn, um seine schwarze Seele zu sich zu holen, und er spürte, dass ihm nur noch wenig Zeit blieb, seine Angelegenheiten zu regeln, deren wichtigste die Rettung seines Seelenheils war. Sein Mund verzog sich bitter. Doch wie sollte er in diesen Zeiten, in denen sich Clemens VII. und sein Gegner Papst Urban VI. gegenseitig exkommuniziert hatten, sein Seelenheil retten? Niemand wusste, ob die Sterbesakramente überhaupt noch gültig waren, nachdem der Bann der beiden Päpste auch ihre jeweiligen Anhänger und Priester mit einschloss. Die Plätze auf den Kirchhöfen waren teuer geworden und geweihte Erde rar, seitdem jeder versuchte, wenigstens eine Schaufel davon zu ergattern, um sie den Dahingegangenen mitzugeben, die das Pech hatten, auf einem der städtischen Friedhöfe begraben zu werden. Mittlerweile wurden manche Kirchhöfe sogar bewacht, und die Totengräber verdienten ein Vermögen mit dem Handel geweihter Erde, die von Kirchhöfen stammte, welche noch vor dem Bann der beiden Päpste angelegt worden waren. In einer Zeit wie dieser, in der nicht einmal mehr die Sakramente der Priester sicher waren, war geweihte Erde daher seine einzige Hoffnung, und er würde sich nicht mit einer Schaufel davon begnügen. Irgendwie musste er einfach einen Weg finden, einen Platz auf einem der alten Kirchhöfe zu erhalten!

Einen Weg, wie ihn die listige Frau des Buchbinders gefunden hatte, die sich nicht damit abfinden konnte, ihren Sohn in ungeweihter Erde zu wissen, nur weil er unglücklicherweise noch vor der Taufe gestorben war. Sie hatte ihrem Mann so lange in den Ohren gelegen, bis dieser schließlich nachgegeben und die sterbliche Hülle seines Sohnes in einer finsteren, mondlosen Nacht heimlich unter der Traufe von Pater Bernards Haus vergraben hatte. »Der Regen, der vom Himmel in die Traufe fällt, sickert in die darunterliegende Erde bis zum Grab. Es ist wie eine himmlische Taufe, so steht es geschrieben«, hatte sie in ihrer Sturheit behauptet, dabei konnte sie weder lesen noch schreiben, und nicht einmal ihr Mann hatte eine Ahnung, wo sie diese Erkenntnis herhatte.

»Wer weiß schon, was in den Weibern vorgeht? Wenn sie sich erst einmal etwas in den Kopf gesetzt haben, ist es schier unmöglich, es ihnen wieder auszutreiben«, hatte der Buchbinder gejammert, als er ein Säckchen Gallustinte bei ihm gekauft und bei dieser Gelegenheit auch seinen Weinvorrat erheblich dezimiert hatte.

Tief in Jacob Braques' Innerem schlummerte die heimliche

Hoffnung, dass sich Gott der Herr vielleicht doch noch erbarmen ließe, wenn er genügend für die Armen spenden und einige Wallfahrten von eigens dafür bezahlten Pilgern durchführen lassen würde. Er hatte alles genau bedacht und sein Testament dementsprechend abgefasst. In diesem war die Anzahl der Klageweiber, Fürbitten und Seelenmessen ebenso festgelegt wie die Anzahl teurer Wachskerzen, die seiner Seele in der Dunkelheit leuchten sollten. Nur das Grab in geweihter Erde fehlte noch. Anastasia würde sich darum kümmern müssen, weil er selbst schon zu schwach dazu war. Sie hatte es auf die Bibel geschworen und würde einen Weg finden. Frauen fanden immer einen Weg, sie waren listig und erfinderisch, wenn es darum ging, ihr Ziel zu erreichen.

Erst nachdem er alle Einzelheiten noch einmal durchgegangen war, wurde er ruhiger und nahm ein letztes Mal sein Werkstattbuch zur Hand, um wehmütig darin herumzublättern.

Die Farbpalette der von ihm zusammengemischten, außergewöhnlich farbenprächtigen Tinten reichte von hellem Bleiweiß bis hin zu dem leuchtenden Zinnober, das den idealen Hintergrund für die kostbaren Gold- und Silbertinten bot, deren Glanz die Zeiten überdauerte.

Ein plötzlicher Hustenanfall schüttelte ihn, und feine, hellrote Blutspritzer, deren Leuchtkraft die seines Zinnobers verblassen ließen, verteilten sich auf den aufgeschlagenen Seiten des Buches.

Seine linke Hand verkrampfte sich, und das Buch fiel ihm aus der Hand. Er hörte nicht, wie die Türe geöffnet wurde und Anastasia hereinkam. Sie hatte Geräusche im Arbeitszimmer gehört und sich gewundert, dass ihr Vater schon auf war.

Jacob Braques' Augen traten ihm beinah aus den Höhlen. Verzweifelt rang er nach Luft und bemühte sich zu sprechen.

Anastasia sah ihn erschrocken an. Sie begriff nicht, was mit ihrem Vater geschah. Sie sah nur, dass sein linkes Lid schlaff herunterhing und seine Hand zu einer Klaue verkrampft war. Seine entstellten Gesichtszüge machten ihr Angst. »Ich rufe den Physikus«, rief sie aus und wollte sich schon abwenden, doch ihr Vater hielt sie mit einer hilflosen Geste seiner steifen Hand zurück. Anastasia beugte sich mit dem Ohr näher an seinen Mund, um ihn zu verstehen. Langsam und leise kamen die Worte schließlich über seine blutleeren Lippen. »Geweihte Erde, du hast es versprochen.« Flehend hingen seine Augen noch eine Weile an Anastasia, die ihm zum Zeichen dafür, dass sie ihn verstanden hatte, beruhigend zunickte.

Rasselnd tat Jacob Braques seinen letzten Atemzug, dann kippte er wie ein gefällter Baum zur Seite, noch bevor Anastasia ihn auffangen konnte.

»Vater!«, schrie sie außer sich vor Angst und strich ihm hilflos über die schweißnasse Stirn. Dann packte sie ihn an den Schultern, um ihn zu schütteln, damit das Leben wieder in ihn zurückkehrte, aber in ihren Armen war keine Kraft mehr. Sie küsste ihn tröstend auf seine erkaltende Stirn, so wie er es immer bei ihr getan hatte, als sie noch ein Kind gewesen war, und strich ihm sanft über die wächserne Wange. Ihre Bewegungen wirkten kraftlos und müde. Tränen strömten ihr aus den Augen und benetzten das Gesicht des Toten, bis dessen leerer Blick vor ihren Augen verschwamm.

»Geweihte Erde, du hast es versprochen.« Eindringlich, wie ein Echo, das nicht verklingen wollte, hallten seine letzten Worte in ihrem Kopf wider. Eine mahnende Stimme aus dem Jenseits, der sie folgen musste. Aber durfte sie ihn wirklich alleine lassen? Nach den geltenden Gesetzen hatte sie die Nachbarn zu verständigen, damit sie die Totenwache hielten. Der Priester musste kommen und seinen Segen sprechen,

Wachskerzen mussten bestellt und eine Messe gelesen werden.

Anastasia wischte sich die Tränen aus den Augen und erhob sich. Ihr blieb nicht mehr viel Zeit, wenn sie den letzten Wunsch ihres Vaters erfüllen wollte. Bis dahin durfte niemand erfahren, dass er gestorben war. Entschlossen trat sie an Jacob Braques' Arbeitstisch, öffnete mit einem kurzen Druck ihres Zeigefingers das Geheimfach, das sich zwischen grüngoldenen Intarsien verbarg, und nahm einen mit Münzen gefüllten Beutel heraus. Dann zog sie ihren Mantel an und verließ das Haus. Stürmischer Wind schlug ihr entgegen und wirbelte bunte Blätter und Staub durch die engen Gassen, die von Frauen mit Weidenkörben am Arm, tobenden Kindern, streunenden Katzen, Pferden und Fuhrwerken bevölkert waren.

Das trockene Rascheln der Blätter kam ihr unnatürlich laut vor, und die Menschen, an denen sie vorüberkam, schienen unendlich weit von ihr entfernt zu sein, obwohl sie nur ihre Hand auszustrecken brauchte, um sie zu berühren. »Geweihte Erde«, hämmerte die Stimme in ihrem Kopf und trieb sie weiter durch die Gassen auf die Grand Pont zu, die als einzige Brücke die Île de la Cité mit dem Rest von Paris verband.

Der Morgennebel hatte sich verzogen. Blasses Sonnenlicht lag auf den weißen Steinen der Kirche Unserer Lieben Frau. Das Licht betonte die klaren Linien ihrer Spitzbögen, drang durch das Maßwerk der mächtigen Fensterrose und ließ die in Stein gehauenen Szenen und Figuren über den Portalen noch einmal deutlicher hervortreten.

An ihrem östlichen Ende, im Schatten der gewaltigen Strebebögen, erstreckte sich der Kirchhof, auf dem viele Günstlinge der Krone in der Nähe ihrer Könige ihre letzte Ruhestätte gefunden hatten.

Obwohl es noch früh am Morgen war, war die Luft so schwül, als ob ein heißer Wüstenwind seinen Weg über das Meer und über das flache Land bis nach Paris gefunden hätte. Eine gerade erwachte Krähe stieß ein müdes Krächzen aus, dann senkte sich erneut Stille über den verlassen wirkenden Kirchhof, dessen kaltem Boden der eigenartige schwere Geruch feuchter Erde entströmte, wie er nur durch Verwesung und Tod entstand.

Jacques war als Erster da! Ein Überlebender des Schwarzen Todes, der vor zehn Jahren Paris heimgesucht und seine Eltern und fünf seiner Geschwister mit sich genommen hatte.

Übrig geblieben waren nur er und der kleine Pierre, der ihm mit seinen großen glänzenden Kinderaugen dabei zugesehen hatte, wie er die sterblichen Überreste ihrer Familie notdürftig in der Erde verscharrte, weil es selbst in den Massengräbern keinen Platz mehr für sie gab.

Danach war der Glanz in Pierres Augen erloschen, und Jacques hatte weitere Tote begraben müssen, um seinen Bruder und sich durchzubringen. Irgendwann waren ihm die Toten dann näher gewesen als die Lebenden, weil sie stumm und gleichgültig waren, so stumm wie Pierre, dem die Begegnung mit dem Tod die Lippen für immer verschlossen hatte.

Jacques entdeckte sie, noch bevor sie den Kirchhof betrat. Sie wirkte in sich gekehrt. Dunkle Schatten lagen unter ihren Augen und ließen ihr Gesicht noch blasser erscheinen, als es ohnehin schon war. Sie konnte nicht älter als siebzehn sein, und ihre Kleidung verriet, dass sie die Tochter eines wohlhabenden Bürgers war. Heute Abend würde er Pierre gutes weißes Hühnerfleisch mitbringen können und vielleicht sogar einen Apfel.

Er löste sich aus dem Schatten der Strebebögen und ging ihr entgegen, damit sie es sich nicht noch anders überlegen und kehrtmachen konnte.

Sie war schön und still wie seine Toten, und etwas an ihr erinnerte ihn an Pierre.

Er wusste, dass sie ihn bemerkt hatte, obwohl sie ihn nicht ansah, sondern ihren Blick weiterhin gesenkt hielt, als er näher kam. Als Bürgerin durfte sie ihm nicht in die Augen sehen, weil es Unglück brachte, den aus der Gesellschaft Ausgestoßenen in die Augen zu blicken, zu denen unter anderem all jene gehörten, die mit dem Tod zu tun hatten, ihn herbeiführten wie der Henker und seine Gehilfen oder von ihm lebten, wie er und seinesgleichen es taten.

Es machte ihm nichts aus, er hatte sich längst daran gewöhnt.

»Eine Schaufel geweihter Erde kostet einen Pariser Franc«, sagte er und musterte ungeniert ihre feinen Gesichtszüge, das etwas hervorspringende Kinn, die schmale, gerade Nase und die weichen, roten Lippen. Er hätte gerne gewusst, welche Farbe ihre Augen hatten, und stellte sich vor, dass sie blau wären, während er auf ihre Antwort wartete.

Ihre Antwort überraschte ihn.

»Und ein Grab? Ein Grab in geweihter Erde?«, fragte sie entschlossen. »Wie viel kostet das?« Ihre Stimme war klar und hell.

Jacques hatte schon viel erlebt, seitdem es zwei Päpste gab: Mütter, die so viel geweihte Erde kauften, dass sie die Särge ihrer ungetauften Kinder dreimal damit hätten füllen können. Angehörige von Exkommunizierten oder zum Tode verurteilten Verbrechern, die noch ein paar Francs drauflegten, um einige Krümel Erde von den Gräbern der Heiligen, besonders von dem des heiligen Dionysius, zu ergattern. Erde, die sie wie ein kostbares Gewürz über die Dahingegangenen streuten, aber ein Grab auf dem Kirchhof Unserer Lieben Frau war bisher noch nie dabei gewesen. Die Grabplätze waren allesamt dem hohen

Klerus und dem Adel vorbehalten, und jedermann wusste, dass man sich nicht einfach ein Grab dort kaufen konnte.

Jacques betrachtete sie abschätzend. Ihre Lider zitterten leicht, und ihre Lippen waren fest zusammengepresst.

Wahrscheinlich hat ihr die Trauer den Verstand getrübt, überlegte er. Und weil er nicht wusste, wie er reagieren sollte, wartete er einfach ab.

Nach einer Weile spürte er, wie sie unruhig wurde. Sie erwartete eine Antwort von ihm, aber was sollte er ihr sagen? Dass es unmöglich war, ein Grab auf dem Kirchhof zu kaufen, so wie man einen Fisch oder ein Stück Fleisch auf dem Markt kaufte?

»Ich habe es versprochen. Es war der letzte Wunsch meines Vaters«, flüsterte sie, und er hörte die Verzweiflung, die in ihrer Stimme lag.

Alle waren sie verzweifelt, wenn sie zu ihm kamen. Die Begegnung mit dem Tod erschütterte sie bis ins Innerste, erinnerte der Tod sie doch stets daran, dass er auch sie nicht verschonen würde. Niemand konnte dem Tod entrinnen.

Jacques überlegte. Er brauchte Geld, denn Pierres Husten war schlimmer geworden, und er musste Holz für den Winter kaufen, damit sein Bruder nicht wieder Fieber bekam, wenn der eisige Nordwind durch die dünnen Wände ihrer kleinen Hütte fegte.

Nun bot ihm das Schicksal eine Chance, die er sich nicht entgehen lassen durfte.

Sein Blick fiel auf das Grab, das er am Tag zuvor ausgehoben hatte, und plötzlich hatte er eine Idee, die ihn nicht mehr losließ. Warum war er nicht schon eher darauf gekommen?

»Ich könnte das Grab dort ein wenig tiefer ausheben, damit zwei Tote übereinander hineinpassen, aber das wird nicht billig«, schlug er vor.

»Wie viel verlangt Ihr?«

»Ich müsste die ganze Nacht graben und den Toten mit meinem Karren abholen, noch bevor der Morgen graut«, überlegte Jacques laut. »Und wir brauchen Steine, die wir statt des Toten in den Sarg legen, damit niemand etwas merkt.«

»Wie viel?«

»Dreißig Francs.« Seine Gedanken überschlugen sich. Mit dreißig Francs konnte er ein Mittel gegen Pierres quälenden Husten kaufen und genügend Holz, um es den ganzen Winter über warm und auch noch einen vollen Bauch zu haben. Gespannt wartete er auf ihre Antwort.

Anastasia atmete erleichtert aus, und die Anspannung fiel von ihr ab, während sie eifrig in eine Falte ihres Mantels griff und einen Beutel aus fein gegerbtem Kalbsleder hervorzog, so als befürchtete sie, er könne es sich noch einmal anders überlegen.

An das, was danach geschehen war, konnte sie sich nur noch schemenhaft erinnern, vielleicht weil sie nicht glauben wollte, was sie getan hatte. Vielleicht aber auch, weil die Begegnung mit dem Totengräber, der feierliche Versehgang unter Führung des Priesters, die schrillen Laute der Klageweiber und die Beerdigung einer mit Steinen gefüllten Holzkiste einen Tag später ihr wie ein nicht enden wollender unwirklicher Traum erschien, den sie am liebsten für immer aus ihrer Erinnerung getilgt hätte.

Nachdem endlich alles vorbei war, hatte sie sich mit letzter Kraft nach Hause und in ihre Kammer geschleppt. Dort ließ sie sich auf ihr Bett fallen und sank in einen unruhigen Schlaf, aus dem sie immer wieder schweißgebadet erwachte. Es war noch dunkel, als sie ihren Mantel nahm und erneut das Haus verließ. Ihre Gedanken kreisten um ihren Vater, der ihr entsetzlich fehlte und jetzt verlassen und einsam in der kalten Erde ruhte.

Unmerklich wurde es heller. Die Geräusche der langsam erwachenden Stadt drangen bis auf den Kirchhof, doch Anastasia nahm sie nur am Rande wahr. Mit leerem Blick starrte sie auf das Grab. Sie brachte es nicht über sich, ihren Vater zu verlassen, ihn alleine zu lassen in seinem letzten Ruhebett, alleine mit dem Fremden, dessen Namen sie nicht einmal kannte, obwohl sie wusste, dass es gefährlich war, zu lange zu bleiben. Wenn sie nun jemand an dessen Grab stehen sehen würde? Vielleicht sogar ein Angehöriger des Verstorbenen? Man würde sich über ihre Anwesenheit wundern und anfangen Fragen zu stellen, auf die sie keine Antwort geben konnte.

Dass sie tatsächlich schon seit geraumer Zeit beobachtet wurde, ahnte sie nicht.

Der Tod ist Voraussetzung für die Wiedergeburt,
und es ist Saturn, der die Schwelle dazwischen hütet.
Ruediger Dahlke und Nicolaus Klein

2

»Vater kommt zurück!«

Von freudiger Erwartung erfüllt stieg Christine de Pizan die steilen Treppen des Barbeauturms hinunter, bereit sich in Étiennes starke Arme zu stürzen. Sie hatte ihn schrecklich vermisst. Jeden Tag, jede Stunde und besonders in den Nächten, die ihr ohne ihren Gemahl endlos erschienen waren.

In der geöffneten Haustüre standen ihre drei Kinder. Jean, mit seinen sieben Jahren der ältere ihrer beiden Söhne, hatte einen Arm um seinen kleinen Bruder gelegt und hielt sich mit dem anderen an seiner neun Jahre alten Schwester fest. Aus großen Augen starrten die Kinder den Besucher an, bei dessen Anblick sich Christines Magen zusammenzog. Sie stieg die letzten Stufen hinab und spürte ihre Hände feucht werden. Mit hölzernen Bewegungen durchquerte sie die Eingangshalle, bis sie hinter ihren Kindern stand und mit einem unguten Gefühl enttäuscht auf den königlichen Boten blickte, dessen eiserne Rüstung unter dem Wappenrock in der Sonne glänzte.

Was hatte das alles zu bedeuten? Warum hatte Étienne einen Boten geschickt, anstatt selbst zu kommen? Wusste er denn nicht, wie sehnsüchtig sie ihn erwartete?

Der Bote hatte ein scharfkantiges Gesicht und wache, graue Augen, die er wegen des Sonnenlichts leicht zusammenkniff.

Seine Miene verriet nichts von dem, was er fühlte oder dachte.

»Was hat Euer Besuch zu bedeuten? Wo ist mein Gemahl? Ist er aufgehalten worden?« Christines Stimme klang ungewohnt schrill.

»Seid Ihr Christine de Pizan, die Gemahlin des königlichen Notars Étienne du Castel?«, vergewisserte der Bote sich, ohne auf ihre ängstlichen Fragen einzugehen. Für einen winzigen Augenblick trafen sich ihre Blicke.

Christine nickte. »Ja, die bin ich, aber wollt Ihr mir nicht endlich sagen, wo mein Gemahl ist?« Ihre Stimme klang jetzt brüchig. Der Bote senkte seinen Blick. Anstelle einer Antwort zog er einen Brief aus seinem Ärmel und erbrach das Siegel.

Eine dunkle Wolke schob sich vor die Sonne, und Christine begann, am ganzen Körper zu zittern. Sie war unfähig, sich zu bewegen.

Wie durch einen dichten Nebel drang die Stimme des Boten an ihr Ohr.

Wir bedauern sehr, Euch mitteilen zu müssen, dass Unser geliebter Notar, Étienne du Castel, am siebenundzwanzigsten Tag des Oktobers seiner schweren Krankheit erlegen ist. Der Herr erbarme sich seiner Seele.
Gezeichnet in tiefer Trauer
Seine Majestät Karl VI.
König von Frankreich

Der Bote beugte sich vor und hielt ihr den Brief hin.

Jegliche Farbe wich aus Christines Gesicht, ihre Knie gaben nach, und sie sank ohnmächtig in sich zusammen.

Sie spürte nicht, wie sie von mehreren Armen hochgehoben und in ihre Kammer getragen wurde. Sie sah nicht die verstörten Gesichter ihrer Kinder und die besorgte Miene ihrer Mutter, die neben ihrem Bett saß und ihre Stirn mit Kampfer und Rosenöl betupfte. Schwerelos trieb sie durch die Dunkelheit. Eine seltsame Gleichgültigkeit hatte Besitz von ihr ergriffen. Sie fühlte sich müde, so unendlich müde, und hatte nur noch den Wunsch zu schlafen.

Das kleine Mädchen starrte wie gebannt auf die golden schimmernden Flügeltüren, die von zwei Wachen in glitzernden Rüstungen flankiert wurden, und fieberte dem Augenblick entgegen, an dem sich diese endlich öffnen würden.

Dahinter, hatte ihre Mutter ihr erklärt, erwarte sie der König, und Christine konnte es kaum erwarten, den König zu sehen.

Die Luft war erfüllt von raschelnder Seide und betörenden Duftwässern, die sich gegenseitig zu übertrumpfen suchten, doch Christine hatte keinen Blick für die prächtig gekleideten Edelleute, die sie und ihre Familie umringten.

Sie wollte endlich den König sehen und den Hofknicks, den sie während der langen Reise von Bologna nach Paris unter der Aufsicht ihrer Mutter einstudiert hatte, vor ihm machen.

Der durchdringende Klang einer Fanfare ließ das dahinplätschernde Gemurmel um sie herum verstummen. Erwartungsvolle Spannung breitete sich aus.

Christine hielt den Atem an und sah staunend, wie die Flügeltüren aufschwangen, als wären sie von unsichtbaren Händen bewegt. Dann schritt sie an der Seite ihrer Eltern auf den König zu.

Karl V. saß erhöht auf einem mit tiefblauem Samt ausgeschlagenen Thronsessel unter einem Baldachin, der mit fun-

kelnden Sternen übersät war wie der Nachthimmel in einer lauen Sommernacht, und lächelte ihr freundlich entgegen. Sie hatte nur Augen für ihn, den König, von dem ihr Vater mit einem ehrfürchtigen Klang in der Stimme sprach, den sie bei ihm noch nie zuvor wahrgenommen hatte.
Das Lächeln Karls V. vertiefte sich, als Christine ihren Rock raffte und graziös vor ihm knickste, noch bevor ihre Mutter ihr das vereinbarte Zeichen gegeben hatte. Einen Lidschlag lang verweilte sie in dieser Haltung, dann hob sie ihren Kopf und musterte Karl mit der unverhohlenen Neugier, die nur Kindern zu eigen ist, unverstellt und ohne Arg.
Sie vergaß die Ermahnungen ihrer Mutter, den König von Frankreich auf keinen Fall anzustarren. Fasziniert betrachtete sie den Mann, den sie so oft versucht hatte, sich vorzustellen.
Er war hochgewachsen, hatte einen kräftigen Körperbau und freundliche braune Augen, die ihr jetzt verschwörerisch zublinzelten. Ein glückliches Lächeln legte sich auf ihr Gesicht, während sie weitere Einzelheiten in sich aufnahm: den prächtigen, scharlachroten Mantel mit dem breiten Hermelinbesatz, der ihn umhüllte, die funkelnden Ringe mit den bunten Steinen an seinen Händen und den spitzen, mit schimmernden perlenbesetzten Hut.
Karl V. war ein König, der sein Volk beschützte, und er würde auch sie und ihre Familie in dem fremden Land beschützen, das von nun an ihre Heimat war, davon war sie fest überzeugt.

Karl V. lächelte noch immer, als sich die schwarzen Trauerfahnen auf ihn herabsenkten und ihn verhüllten, bis nur noch seine Augen zu sehen waren.

Ein dumpfes Grollen breitete sich vom Boden her aus und übertönte die erschrockenen Schreie, die sich rhythmisch wiederholten und dabei immer lauter wurden, bis Christine sie nicht länger ertragen konnte und beide Hände gegen ihre Ohren presste.

»Der König ist tot!«

Vier Worte, die so grausam waren, dass sie Christine bis auf den Grund ihrer Seele erschütterten.

Gleißendes Licht drang durch die Dunkelheit um sie herum, dann durchbrachen Geräusche die friedliche Stille.

Christine schlug die Augen auf. Ihr Herz hämmerte wie wild in ihrer Brust. Der König war tot, und es hieß, ihr Vater trüge die Schuld daran.

Sie presste die Hände gegen ihre Schläfen, in dem vergeblichen Versuch, den Schmerz zu lindern, der hinter ihrer Stirn tobte. Bilder wirbelten durch ihren Kopf, doch sie war noch zu schlaftrunken, um unterscheiden zu können, welche davon Traum und welche grausame Wirklichkeit waren.

Der Tod Karls V. vor zehn Jahren war ein Schock für sie und ihre ganze Familie gewesen, ein Schock, von dem ihr Vater sich nie mehr erholt hatte.

Vor drei Jahren war er dem König gefolgt.

Sie sah ihn vor sich: seine dunklen Augen, die zu lächeln schienen, wenn er sie ansah, und sie liebevoll ermunterten, wenn sie etwas nicht gleich verstand. Es war ein tröstliches Bild, das sie nun verzweifelt festzuhalten versuchte, weil sie tief in ihrem Inneren wusste, dass etwas Furchtbares geschehen war. Ihre Gedanken glitten durch die Zeit, von ihrer unbeschwerten Kindheit an den Ufern der Seine zu ihrer Heirat mit Étienne, dem Mann, den sie von ganzem Herzen liebte, zur Geburt ihres ersten Kindes, dem zwei weitere folgten. Danach brach die Erinnerung an die Ereignisse des gestrigen Tages mit aller Macht über sie herein.

Das Trommeln der Pferdehufe auf dem Kopfsteinpflaster und die freudigen Rufe ihrer Kinder klangen ihr noch immer in den Ohren wie das fröhliche Echo aus einer fernen glücklichen Zeit. War es tatsächlich erst zwei Tage her, dass Fortuna sich von ihr abgewandt hatte?

Ihr geliebter Étienne war tot! Gestorben in der Fremde, an einer Seuche, die nicht einmal einen Namen hatte. Sie hatte ihre ganze Kraft gebraucht, um das Leichenbegängnis und die anschließende Bestattung mit Würde zu überstehen, und sich inmitten all der festlich gekleideten Menschen, die dem Leichenzug folgten, so verloren gefühlt wie noch nie.

Wie betäubt starrte Christine durch das schmale Fenster in den silbergrauen Himmel und versuchte gar nicht erst ihre Tränen zurückzuhalten, die ihr wie Sturzbäche über die Wangen strömten. Sie ließ sie fließen, bis sie den furchtbaren Schmerz in ihrem Inneren fortgespült hatten und nur noch dumpfe Trauer zurückblieb.

Gott hatte Frankreich verlassen und dem Tod Tür und Tor geöffnet!

Es hielt sie nicht länger in ihrem Bett. Sie wollte ihrem Gemahl so nah wie möglich sein und musste einfach zu ihm.

In fliegender Hast kleidete sie sich an und verließ das Haus. Den Weg zum Kirchhof rannte sie fast, als hätte sie Angst, ihr Mann könnte sich noch weiter von ihr entfernen, wenn sie nicht schnell genug bei ihm wäre. Es gab so vieles, was sie ihm noch sagen wollte.

Außer Atem erreichte sie den Kirchhof, wo sie ungläubig auf die junge Frau starrte, die am Grab ihres Mannes stand.

Obwohl es viel zu warm für diese Jahreszeit war, begann

Christine zu frösteln und zog ihren mit Feh gefütterten Mantel enger um ihre Schultern. Wer war das fremde Mädchen am Grab ihres Mannes, das so versunken in seine Trauer war, dass es gar nichts anderes mehr um sich herum wahrnahm?

Christine konnte ihren Blick nicht von der jungen Frau abwenden, sie vergaß kurzzeitig sogar ihre eigene Trauer, die sie zu Étiennes Grab gezogen hatte, erfüllt von der vagen Hoffnung, ihm dort näher zu sein.

Ein Gedanke drängte sich in ihr Bewusstsein, der so schrecklich war, dass sich ihr Herz schmerzhaft zusammenzog. War es möglich, dass ihr geliebter Étienne eine Mätresse gehabt hatte? Sie wagte nicht, den Gedanken weiterzudenken. Allein schon die Vorstellung, dass ihm eine andere Frau so nahe gewesen war wie sie, war unerträglich.

Unwillkürlich schüttelte sie den Kopf. Nein, Étienne war anders als die meisten Männer, für die eine Frau nur dazu da war, ihre Triebe zu befriedigen. Étienne hatte sie geliebt und ihr den Respekt entgegengebracht, der einer Frau zustand. Er hätte niemals etwas getan, das sie verletzte.

Und wenn sie sich irrte? Das erste Mal in ihrem Leben spürte sie den giftigen Stachel der Eifersucht, der sich tief in ihr Herz bohrte. Étienne war ein Mann gewesen, der die Blicke der Frauen auf sich zog. Sie war so stolz auf ihren schönen Gemahl gewesen und hatte alles getan, um ihm zu gefallen, und er hatte es ihr gedankt, indem er zärtlich und rücksichtsvoll ihr gegenüber gewesen war. Niemals hatte er seine Stimme gegen sie erhoben oder sie gar geschlagen.

Aber er war ein Mann und in seiner Aufgabe als königlicher Notar viel zu oft von zu Hause fort gewesen, unterwegs mit dem König, den sie beide so verehrt hatten und den der Herr so unerwartet und viel zu früh zu sich genommen hatte.

Nach dessen Tod hatte sein Sohn Karl VI. Étiennes Dienste weiterhin in Anspruch genommen, und auch mit diesem neuen König war er durch die königlichen Ländereien gereist.

Das Mädchen am Grab ihres Gemahls war jung und schön wie der Sommer mit seiner hellen Haut und den goldenen Locken, die bis zur Hüfte hinabreichten. Unter seinem Mantel trug es einen fein gefalteten grünen Rock aus flandrischem Tuch und darüber ein mit Stickereien versehenes Mieder, das sich eng um seine schmale Taille und seine Brüste schmiegte, dem prallen Busen einer Jungfrau, deren Schoß noch keine Kinder geboren hatte.

Christine de Pizan unterdrückte den Impuls, sich auf das Mädchen zu stürzen, um die Wahrheit aus ihm herauszuschütteln. Stattdessen atmete sie einige Male tief durch, bis sie wieder klar denken konnte. Es kamen noch andere Möglichkeiten für die Anwesenheit des Mädchens in Betracht. Sie durfte nicht gleich das Schlimmste denken. Das Mädchen war jung und unerfahren und konnte in seiner Trauer Étiennes Grab mit einem anderen verwechselt haben. Schließlich war Étiennes Epitaph noch nicht gesetzt worden und ohne Grabstein sahen alle frisch aufgeschütteten Gräber gleich aus.

Entschlossen ging sie auf das Mädchen zu und legte ihm eine Hand auf die Schulter. Anastasia zuckte bei der Berührung zusammen und fuhr erschrocken herum. Christine sah, dass es geweint hatte, und etwas in ihr krampfte sich schmerzhaft zusammen. Der Gedanke, dass dieses Mädchen um Étienne weinte, war kaum zu ertragen.

»Wer seid Ihr, und was habt Ihr am Grab meines Gemahls zu suchen?«, fragte Christine streng und spürte, wie ihre Stimme zitterte.

In den blauen Augen des Mädchens stand ein Ausdruck hilflosen Entsetzens. Es öffnete den Mund und schloss ihn wieder. Ein gequälter Ausdruck huschte über sein schönes Gesicht.

Christine hielt den Blick des Mädchens fest und wartete mit angehaltenem Atem auf seine Antwort. Sie wünschte sich nichts mehr, als dass es ihr eine simple Erklärung für seine Anwesenheit geben würde.

»Seid Ihr stumm? Ich möchte wissen, was Ihr am Grab meines Gemahls zu suchen habt«, wiederholte Christine. »Hattet Ihr…, ich meine, ward Ihr… seine…«, sie brachte es nicht über sich, die Worte auszusprechen.

Das Aufblitzen in den blauen Augen der jungen Frau hätte sie warnen müssen, danach ging alles so schnell, dass ihr keine Zeit mehr zum Reagieren blieb. Mit einer blitzschnellen Bewegung stieß Anastasia Christine von sich und rannte los, als ob der Leibhaftige hinter ihr her wäre.

Christines Puls begann zu rasen. Sie durfte das Mädchen nicht gehen lassen, nicht bevor sie herausgefunden hatte, was es mit Étienne verband. Sie wusste, dass sie erst zur Ruhe kommen würde, wenn sie die Gewissheit hatte, dass es nichts gab, was ihre Erinnerung an ihren Gemahl trüben konnte. Ohne lange zu überlegen, ging sie Anastasia nach. Diese hatte schon das Ende des Kirchhofs erreicht, hastete über die Grand Pont und bog schließlich in eine der schmalen Gassen ein, in denen überwiegend Handwerker und Händler mit ihren Familien lebten. Christine folgte ihr in vorsichtigem Abstand.

Tatsächlich drehte sich Anastasia einmal um, und es gelang Christine gerade noch, sich in einen schmalen Hauseingang zu ducken. Ihr Puls beschleunigte sich. *So muss sich ein Jäger fühlen, der sein Opfer belauert, um es dann aus dem Hinterhalt zu erlegen*, dachte Christine und spürte, wie sich die Härchen auf ihren Armen aufrichteten. Sie hatte einmal in einem Buch ihres Vaters über die Jagd gelesen, doch erst jetzt verstand sie, warum die Männer so fasziniert vom Jagen waren. Ihr Körper war angespannt, und ihre Nerven vibrierten wie die Saiten einer Zither. Es war ein berauschendes Gefühl, das sie den Alltag vergessen ließ und sie in einen körperlichen Zustand versetzte, in dem es weder Sorgen und Ängste gab, noch Hunger und Durst eine Rolle spielten.

Ein Rausch, wie sie ihn sonst nur beim Schreiben von Versen empfand und der mit nichts anderem, das sie kannte, vergleichbar war.

Mit flinken Schritten entfernte sich Anastasia vom Kirchhof. Der Schreck angesichts der unerwarteten Begegnung steckte ihr noch in den Knochen, aber noch schlimmer war das schlechte Gewissen, das ihr zu schaffen machte, nachdem sie die fassungslose Trauer in den Augen der vornehm gekleideten Fremden gesehen hatte. Ob sie die Witwe des Verstorbenen war? Sie war so besessen von dem Gedanken gewesen, ihrem Vater seinen letzten Wunsch zu erfüllen, dass sie überhaupt nicht daran gedacht hatte, dass ihr Tun einen anderen Menschen verletzen könnte, einen Menschen, der ebenso um einen Verstorbenen trauerte wie sie.

Bevor sie in das Gewirr der umliegenden Gassen eintauchte, blickte sie sich prüfend um und stellte erleichtert fest, dass ihr niemand folgte. Trotzdem blieb sie wachsam. Ihre Augen huschten in jeden schmalen Toreingang und verborgenen Winkel, in denen sich leicht jemand mit bösen Absichten verbergen und ihr auflauern konnte.

Seit dem Tod Karls V. waren die Straßen nicht mehr sicher.

Nach und nach öffneten sich die Fensterläden der ansehnlichen Steinhäuser, und die Mägde der wohlhabenden Händler und Handwerker traten mit Holzeimern in den Händen aus den Häusern, um Wasser aus dem nahe gelegenen Brunnen zu holen.

Anastasia wich ihnen aus und achtete nicht auf die neugierigen Blicke, die ihr folgten. Sie hatte Angst vor dem leeren Haus, das sie erwartete, und sehnte sich gleichzeitig danach, die schwere Holztüre hinter sich schließen und in der kühlen Stille ihres Elternhauses die schrecklichen Ereignisse der vergangenen Tage vergessen zu können.

Endlich tauchte das schmale Haus mit dem vorkragenden Obergeschoss und dem Schieferdach vor ihr auf, das sich unauffällig in die Häuserreihe einfügte. Die verschlossenen Holzläden im Obergeschoss wirkten abweisend und warfen unwillkürlich die Frage auf, ob die Hausbewohner nicht etwas zu verbergen hatten.

Anastasia beschleunigte ihre Schritte.

Sie streckte ihre Hand nach dem eisernen Türknauf aus und sah im gleichen Moment, dass die Türe offen stand, wenn auch nur einen Spaltbreit. Sie war sich sicher, dass sie die Türe hinter sich zugezogen hatte, bevor sie sich zum Kirchhof aufgemacht hatte. Irgendetwas stimmte nicht! Das Herz klopfte ihr bis zum Hals. Vorsichtig stieß sie die Türe ein winziges Stück weiter auf. Ein knarrendes Geräusch durchbrach die Stille, und Anastasias Hand zuckte zurück, als hätte sie glühendes Eisen berührt. Sie wagte kaum zu atmen. Ängstlich verharrte sie auf der Türschwelle, unschlüssig, was sie tun sollte.

»Na, Mädchen, fürchtest du dich hineinzugehen?«, fragte da eine spöttische Stimme hinter ihr.

Anastasia fuhr herum und starrte in Gastons breit grinsendes Gesicht.

Gaston war der älteste Sohn des Buchbinders, der das Haus neben ihrem bewohnte und es zu einigem Wohlstand gebracht hatte.

»Wenn du willst, begleite ich dich, ich fürchte die Geister der Verstorbenen nicht«, behauptete er großspurig. Seine eng zusammenstehenden, dunklen Augen blieben an ihrem Busen haften, und ein lüsterner Ausdruck löste das breite Grinsen auf seinem Gesicht ab.

Anastasia schüttelte angewidert den Kopf, brachte aber kein Wort heraus. Gaston bewegte sich zielstrebig auf sie zu. Er war groß und kräftig, und der gierige Blick, mit dem er sie musterte, ließ sie nichts Gutes ahnen.

Mit einem Aufschrei floh Anastasia durch die Türe und warf sie krachend hinter sich zu. Ihre Hände zitterten, als sie den schweren Eisenriegel vorschob. Schwer atmend blieb sie in der Diele stehen. »Ich werd dich schon noch erwischen, du dumme Gans«, hörte sie Gastons höhnische Stimme.

Gaston überlegte, ob er die Türe aufbrechen sollte. Wie jedes Mal, wenn er Anastasia sah, begann sein Blut zu kochen, und er wurde von einem wilden Verlangen nach ihrem biegsamen Körper und ihren festen Brüsten gepackt. Nur die Angst vor ihrem Vater hatte ihn bisher davon abgehalten, ihr aufzulauern und sich zu nehmen, was er begehrte, doch nun war der Alte tot und konnte sie nicht länger beschützen.

Sein Atem ging schneller. Wie schön sie war. Der gehetzte Ausdruck in ihren Augen und ihre Hilflosigkeit erregten ihn noch mehr als sonst, und er spürte, wie sein Glied anschwoll.

Ein Schwall kalten Wassers klatschte ihm ins Gesicht, dem ein gackerndes Gelächter folgte. »Dein Vater erwartet dich in seinem Kontor, und wenn ich du wäre, würde ich mich beeilen, denn er befindet sich in einer äußerst gereizten Stimmung.«

Gaston wandte sich laut fluchend ab, und Anastasia dankte Carmina im Stillen. Die Magd ihrer Nachbarn hatte sie nicht zum ersten Mal vor den Zudringlichkeiten Gastons bewahrt. Sie öffnete die Haustüre und winkte Carmina aufgeregt zu.

»Ich war am Grab meines Vaters, und als ich zurückkam, stand die Haustüre offen, obwohl ich ganz sicher bin, dass ich sie geschlossen habe«, rief sie ihr zu.

Carmina nickte beruhigend.

»Ich komm runter, und dann sehen wir gemeinsam nach«, versprach sie, wie Anastasia es gehofft hatte.

Carmina war zehn Jahre älter und einen Kopf kleiner als Anastasia und schnaufte von dem kurzen, schnellen Lauf, als sie bei Anastasia eintraf.

Ihr schwerer Busen bebte, und sie schnappte mit offenem Mund nach Luft.

»Mir war, als hätte ich früh am Morgen Geräusche gehört«, berichtete sie atemlos, »und das habe ich dem Herrn auch erzählt, doch der meinte, ich hätte mir das nur eingebildet. Dabei habe ich einen leichteren Schlaf als er, und meine Kammer liegt zur Straße hin«, fügte sie aufmüpfig hinzu.

»Aber der Herr hat nun einmal recht, und wenn er sagt, dass gebratene Tauben vom Himmel fallen, dann ist das eben so«, seufzte sie.

Anastasia achtete nicht weiter auf Carminas Geplapper. Leichtfüßig lief sie ins Haus, blieb in der Diele stehen und hob lauschend den Kopf.

Carmina folgte ihr und verstummte auf einen Wink Anastasias. Im Haus des Tintenhändlers war es ruhig und eisig kalt.

Der Kamin war irgendwann ausgegangen, weil kein Holz mehr nachgelegt worden war.

Anastasia atmete erleichtert auf. Wahrscheinlich hatte sie doch nur vergessen, die Türe zu schließen. Ihre Anspannung löste sich und wich einer bleiernen Müdigkeit. Sie wollte nur noch schlafen und vergessen, was in den letzten beiden Tagen alles geschehen war.

Aber dann bemerkte sie, dass die Türe zum Arbeitszimmer

ihres Vaters offen stand. Pergamente und Bücher waren über den ganzen Arbeitstisch hinweg verstreut. Der Inhalt des silbernen Tintenfässchens ihres Vaters floss über den Tisch, und die unzähligen mit pulverisierter Tinte gefüllten Tiegel und Fläschchen lagen überall auf dem Boden.

»Jemand war in Vaters Arbeitszimmer!« Anastasia rang sichtlich nach Fassung. »Vielleicht sollten wir besser den Herrn holen oder wenigstens einen der Knechte«, schlug Carmina ängstlich vor, doch Anastasia war bereits in das Arbeitszimmer gelaufen und starrte entsetzt auf das heillose Durcheinander, das sich ihr bot. »Heilige Muttergottes«, presste Carmina hervor, die ihr vorsichtig gefolgt war.

»Ich darf gar nicht daran denken, was alles hätte geschehen können, wenn du nicht zum Grab deines Vaters gegangen, sondern hier gewesen wärst.«

Anastasia zuckte bei Carminas Worten zusammen, erinnerten sie diese doch erneut an das, was sie getan hatte. Ja, sie war am Grab ihres Vaters gewesen, nur dass sich dieses keineswegs auf dem großen Friedhof mit dem überfüllten Beinhaus am Rande der Stadt befand, dessen Gestank an manchen Tagen kaum zu ertragen war und wo alle die sterblichen Überreste ihres Vaters vermuteten.

Es war Vaters letzter Wunsch, dachte sie und versuchte, ihr Handeln vor sich selbst zu entschuldigen, obwohl sie genau wusste, dass es nichts gab, was ihre Tat rechtfertigte.

Sie wusste, dass sie eine schwere Schuld auf sich geladen hatte, indem sie gegen Gottes Ordnung verstieß, die nicht vorsah, dass ihr Vater zwischen Fürsten und Grafen begraben wurde. Aber sie hatte keine Ahnung, wie schwer diese Schuld tatsächlich wog. In der Hoffnung, ihr Gewissen zu erleichtern, war sie nach der offiziellen Beerdigung in die Heilige Kapelle gegangen, um ihre Sünde zu beichten, doch vor dem Beichtstuhl hatte sie der Mut verlassen, und sie war aus der Kirche geflohen, so, wie sie vor dem entsetzten Blick der vornehmen Fremden am Grab ihres Vaters geflohen war. Würde sie von nun an immer auf der Flucht sein? Ihr Kopf schmerzte vom vielen Denken. Sie schloss die Augen und presste die Hände gegen ihre Schläfen, hinter denen es unablässig hämmerte. Tatsächlich ließ der Schmerz daraufhin ein wenig nach, und sie wurde ruhiger.

»Was geschehen ist, ist geschehen«, hatte ihr Vater immer gesagt, wenn er davon überzeugt war, dass sich eine Sache nicht mehr ändern ließ und es aus diesem Grund auch nicht mehr lohnte, sich weiter damit zu befassen.

»Was geschehen ist, ist geschehen«, wiederholte Anastasia laut. Carmina sah sie an, als hätte sie den Verstand verloren.

»Macht es dir denn gar nichts aus, dass jemand in euer Haus eingedrungen ist?«, fragte sie ungläubig.

Anastasia riss die Augen wieder auf. Das Regal mit den Werkstattbüchern und den wertvollen Rezepturen ihres Vaters war leer, ebenso alle anderen Regale und die beiden Bücherkisten. »Die Rezepturen sind fort«, stieß sie tonlos hervor. Sie waren das Wertvollste, was ihr Vater besessen hatte, denn sie enthielten die genauen Mengenangaben der Zutaten, mit denen sich die farbenprächtigen Tinten herstellen ließen, auf die ihr Vater so stolz gewesen war.

»Wer tut so etwas?«, sagte Anastasia und sprach damit aus, was beide Frauen dachten.

Eine grenzenlose, unerträgliche Leere breitete sich in ihr aus, und sie fühlte sich einsam wie noch nie in ihrem Leben.

Carmina war ebenso ratlos wie sie selbst. Die Tatsache, dass es Menschen gab, die den Tod des Tintenhändlers gezielt nutzten, um in sein Haus einzubrechen und dort zu wüten, erschütterte sie bis ins Innerste. »Ich weiß es nicht«, sagte sie. »Doch es wäre bestimmt besser, wenn du in den nächsten Tagen bei mir in der Kammer schlafen würdest. Sie ist zwar klein, aber wenigstens wärst du dort in Sicherheit«, bot sie ihr nicht ohne Hintergedanken an. Denn aus Angst vor Einbrechern und anderem Gesindel würde sie die nächsten Nächte ganz sicher kein Auge zutun. Aber wenn Anastasia bei ihr wäre, würde sie immerhin nicht ganz alleine in ihrer fensterlosen Kammer mit den unheimlich knarrenden Geräuschen im wurmstichigen Gebälk sein.

Ein Scharren durchbrach die Stille. Es kam aus der Küche. Anastasia erstarrte, und Carmina presste erschrocken eine Hand vor den Mund.

Ihr Blick flog zur Türe. »Sie sind noch im Haus«, stieß sie mit zitternder Stimme hervor und klammerte sich ängstlich an Anastasia, die ebenfalls wie gebannt auf die offene Türe starrte. Jetzt hörten sie in der Küche auch gedämpfte Männerstimmen, die lauter wurden und näher kamen. Anastasia stockte der Atem, als plötzlich ein hochgewachsener, dunkelblonder Mann mit einem Talglicht in der Hand im Türrahmen erschien. Ihre Augen weiteten sich vor Überraschung. Das war doch nicht möglich! »Vater«, stammelte sie und wünschte sich nichts sehnlicher, als dass er nicht tot war und sie alle sich geirrt hatten. Doch es war nicht ihr Vater, der ohne ein Wort des Grußes hereinkam, sondern sein jüngerer Bruder. Raimund Braques' Züge glichen denen ihres Vaters so sehr, dass sich Anastasia einen Moment lang hatte täuschen lassen. Die lange gerade Nase, die hohe Stirn, die dichten Brauen und das breite Kinn. Er sah aus wie ihr Vater, als er noch gesund gewesen war, aber sie hatte ihn so lange nicht mehr gesehen, dass sie fast vergessen hatte, dass es ihn gab.

Sie schluckte. »Ich bin froh, dass Ihr gekommen seid, Onkel«, sagte sie erleichtert.

Raimund Braques gab ihr keine Antwort, stattdessen wandte er sich an seinen Begleiter, der abwartend in der Türe stehen geblieben war.

Ein grüner Mantel mit Pelzbesatz umhüllte seine hagere Gestalt, und Anastasia fiel auf, dass er spitze, goldverbrämte Tuchschuhe trug.

Farben, die allein dem Adel und dem hohen Klerus vorbehalten waren. Was hatte das zu bedeuten?

»Meine Nichte«, erklärte ihr Onkel gleichgültig.

Die Gesichtszüge des hageren Mannes entspannten sich.

Raimund Braques' Blick wanderte zu Anastasia, die vor der Kälte in seinen Augen zurückschreckte.

»Wo bist du gewesen?« Die Schärfe in seiner Stimme trieb ihr die Tränen in die Augen.

Hilflos hob sie ihre Hände. »Ich war an Vaters Grab, und als ich zurückkam...« Sie sah zu ihm auf. Die Wut in seinen Augen ließ sie verstummen.

»So früh am Morgen?« Seine Augen verengten sich misstrauisch. »Steckt da etwa ein Kerl dahinter?«

Anastasia spürte, wie ihr die Röte ins Gesicht stieg, worauf sich die Miene ihres Onkels verächtlich verzog. Er hatte mit seiner Vermutung also recht gehabt.

Sie begann zu zittern.

»Es ist nicht so, wie Ihr denkt. Ich wollte Vater nur nicht alleine lassen in seiner ersten Nacht«, flüsterte sie und hoffte inbrünstig, dass er ihr glauben würde. Doch Raimund Braques dachte nicht daran, ihr diesen Gefallen zu tun. Ein bitterer Zug legte sich um seinen Mund.

»Mein Bruder ist tot.« Ein unüberhörbarer Vorwurf klang in seiner Stimme mit. *Als wäre Vater freiwillig in den Tod gegangen,* dachte Anastasia, und ein beklemmendes Gefühl legte sich wie ein eiserner Ring um ihre Brust.

»Als sein nächster männlicher Verwandter bin ich gekommen, um seine Angelegenheiten zu regeln«, fuhr ihr Onkel in scharfem Ton fort, während sich seine Augen weiterhin unbarmherzig in die ihren bohrten. »Und jetzt zeig mir, wo er seine Aufzeichnungen aufbewahrt hat.«

Anastasia senkte schuldbewusst ihren Blick. »Sie waren dort in dem Regal«, gab sie zurück.

Ihr Onkel sah sie an, als wäre sie schwachsinnig.

»Das weiß ich selbst«, zischte er ungeduldig. »Ich habe sie alle durchgesehen, ich spreche von den anderen.«

»Welchen anderen?«, entfuhr es Anastasia. Sie war so verwirrt, dass sie nicht mehr wusste, was sie denken sollte. Hatte ihr Onkel tatsächlich gerade zugegeben, für das heillose Durcheinander im Arbeitszimmer ihres Vaters verantwortlich zu sein? Erleichterung machte sich in ihr breit, als ihr klar wurde, dass die Rezepturen ihres Vaters nicht verschwunden waren, wie sie im ersten Moment angenommen hatte.

Raimund Braques dachte einen Augenblick nach. Ein lauernder Ausdruck trat in seinen Blick.

»Ich bin davon überzeugt, dass er ein Versteck hatte, in dem er die Dinge aufbewahrte, die nur ihn etwas angingen. Mein Bruder war schon immer ein Geheimniskrämer.« Es klang so verächtlich, dass Anastasia vor Empörung tief Luft holen musste, um ihm nicht dementsprechend zu antworten. Sie hatte das Gefühl, ihren Vater verteidigen zu müssen, aber sie wollte ihren Onkel nicht noch mehr gegen sich aufbringen. Hilflos presste sie die Hände gegen ihre Stirn. Sie war vom Sturm der Gefühle, der in ihrem Inneren tobte, vollkommen durcheinander.

»Davon weiß ich nichts«, erwiderte sie schließlich mutlos.

Die Kälte, die von ihrem Onkel ausging, ließ sie frösteln. Sie hatte Raimund Braques nicht mehr gesehen, seitdem er vor vielen Jahren nach einem heftigen Streit mit ihrem Vater wütend das Haus verlassen hatte. Damals war sie noch ein Kind gewesen.

Anastasia sah, wie es hinter seiner hohen Stirn arbeitete. Plötzlich fiel sein Blick auf Carmina, und seine dunklen Brauen schoben sich drohend zusammen.

»Was stehst du hier herum?«, blaffte er die Magd an, die schweigend hinter Anastasia stand und mit großen Augen dem Gespräch lauschte. »Mach uns etwas zu essen und bring uns Wein«, befahl er ihr. Carmina sah Anastasia Hilfe suchend an, die sich daraufhin beeilte, ihn aufzuklären.

»Sie ist nicht unsere Magd, Onkel, sondern die unseres Nachbarn«, erklärte sie eingeschüchtert von seinem barschen Tonfall. Sie fühlte sich unbehaglich unter seinem Blick und schuldig. »Ich werde Euch etwas zu essen machen«, erbot sie sich, in der Hoffnung, seinem durchdringenden Blick damit für eine Weile zu entkommen. »Das habe ich für Vater auch immer getan. Er wollte keine Dienstboten im Haus.«

Sie wartete seine Antwort nicht ab, sondern griff nach Carminas Hand und zog sie an dem hageren Mann mit den goldverbrämten Schuhen vorbei aus dem Zimmer. Sie hörte, wie die Türe hinter ihnen zugezogen wurde, und blieb so abrupt stehen, dass Carmina gegen sie prallte und unruhig an ihrer mit Mehl bestäubten Schürze herumzupfte.

»Was hat das alles zu bedeuten?«, flüsterte sie eingeschüchtert.

Anastasia seufzte traurig. »Ich weiß es nicht. Zuerst war ich erleichtert, den Bruder meines Vaters zu sehen, doch nun bin ich mir nicht mehr sicher. Er kommt mir vor wie ein Fremder.«

Carmina nickte heftig und zog eine Grimasse. Ihre Meinung über Anastasias Onkel stand längst fest. »Er ist kalt wie ein Barsch, und ich hoffe nur für dich, dass er bald wieder dahin verschwindet, wo er hergekommen ist. Davon abgesehen hat er mir nicht den Eindruck gemacht, als wolle er dich beschützen, und ich glaube fast, dass du ohne ihn besser dran wärest.« Sie biss sich auf die Lippen. Die letzten Worte waren ihr einfach so herausgerutscht, obwohl sie Anastasia nicht noch mehr ängstigen wollte.

Anastasia sagte nichts, doch Carmina sah, wie es in ihr arbeitete. Plötzlich fiel ihr etwas ein, und sie schlug sich erschrocken mit der Hand gegen die Stirn.

»Jesus und Maria, ich habe das Brot im Backofen vergessen. Hoffentlich ist es noch nicht verbrannt«, rief sie aus und eilte zur Türe.

Anastasia zuckte zusammen, als die Haustüre laut hinter ihr ins Schloss fiel.

Seufzend ging sie in die Küche, wo sie der vertraute Geruch von geräuchertem Schinken und getrockneten Kräutern empfing. In dem niedrigen rußgeschwärzten Raum war alles noch so, wie es vor dem Tod ihres Vaters gewesen war, und für einen Moment genoss sie die behagliche Atmosphäre, die der Raum ausstrahlte. Sie stellte sich vor, wie sie Brot für ihren Vater aufgeschnitten und seinen Wein auf dem gemauerten Herd erhitzt hatte, bevor sie den süßen Honig und die Kräuter in ihn hineingab, die ihm halfen, seine zitternden Hände zu beruhigen.

Eine Maus huschte über ihre Füße und holte sie in die Wirklichkeit zurück.

Der Backofen war kalt. Ihn vorzuheizen, um Brot backen zu können, würde zu lange dauern. Ihr Onkel würde sich daher mit Fladen aus Haferflocken begnügen müssen. Es dauerte nur wenige Augenblicke, bis sie das Feuer im Herd geschürt hatte. Sie legte noch einige Holzscheite nach. Dann nahm sie einen dickbäuchigen Krug und eine Holzschüssel aus dem Regal, öffnete die Falltüre und stieg die wenigen Holzstufen zum Vorratskeller hinab.

Wie verächtlich die Stimme ihres Onkels geklungen hatte, als er behauptet hatte, ihr Vater wäre ein Geheimniskrämer gewesen.

Wieder stieg Empörung in ihr auf. Ob ihr Vater jetzt im Himmel war und sie von dort aus beobachtete? Sie schüttelte den Kopf über diesen närrischen Gedanken. Wie sollte er wohl durch das Dach und die Decken bis in den Keller hinunterschauen können?

Sie dachte an ihre Mutter, die der Herr so früh zu sich gerufen hatte und die sie noch immer schmerzlich vermisste.

Damals war sie wütend auf Ihn gewesen, und wenn sie ehrlich war, war sie selbst jetzt noch wütend auf Ihn, auch wenn sie jedes Mal ein furchtbar schlechtes Gewissen dabei hatte. Bestimmt war ihre Mutter glücklich darüber, ihren Vater endlich bei sich zu haben, und sie wollte doch, dass ihre Mutter glücklich war, oder nicht? Nur war sie deshalb jetzt ganz allein mit ihrem Onkel, der sie und ihren Vater verachtete. Wenn sie nur wüsste, was damals geschehen war? Worum es in dem furchtbaren Streit gegangen war, der die beiden Brüder für immer entzweit hatte. Ob sie es wagen konnte, ihren Onkel danach zu fragen?

Unwillkürlich schüttelte sie den Kopf, als sie seine kalten unbarmherzigen Augen vor sich sah.

Sie nahm den Deckel von dem Vorratsgefäß mit den Haferflocken und blickte hinein. Es war fast leer. Auch ihre anderen Vorräte waren fast aufgebraucht, weil sie sich in den letzten Wochen geweigert hatte, mit Carmina auf den Markt zu gehen und ihren kranken Vater allein zu lassen. Sie beugte sich über das Vorratsgefäß und füllte die Schüssel mit Haferflocken. Zusammen mit dem restlichen Mehl würde es noch für ein paar Fladen reichen. Anschließend füllte sie den Krug mit Wein und stellte fest, dass das Fass ebenfalls beinahe leer war. Auf dem kurzen Weg zurück zur Kellerstiege fiel ihr Blick auf das grob zusammengezimmerte Holzregal an der Wand, hinter dem sich der Eingang zu einem weiteren Raum verbarg. Das Regal war verrückt worden und stand einen Spalt weit von der Wand ab.

Ihr Onkel hatte also von dem heimlichen Zimmer im Keller gewusst und war hier unten gewesen, als sie nach Hause gekommen war! Wahrscheinlich hatte er es ebenfalls durchwühlt. Sie stellte den Weinkrug und die Schüssel ab und schob das Regal ein Stück weiter von der Wand weg, sodass die Öffnung groß genug war, um in den Raum hineinzusehen. Nächtelang hatte ihr Vater hier drin an seinen Rezepturen gearbeitet, und niemand außer ihnen beiden hatte von dem Zimmer gewusst, zumindest hatte sie das bislang geglaubt. Das Herz klopfte ihr bis zum Hals, als sie einen Blick in den niedrigen Raum warf. Der faulige Geruch von Schwefel schlug ihr entgegen, und sie hielt sich die Hand vor die Nase. Das wenige Licht, das von der gegenüberliegenden Stiege in den Keller fiel, reichte nicht aus, um viel erkennen zu können.

Mit einem Ruck schob Anastasia das Regal wieder zurück an die Wand. Sie würde sich später darum kümmern.

Von oben drangen klopfende Geräusche in den Keller. Sie nahm den Krug und die Schüssel und beeilte sich zurück in die Küche zu kommen. In der Küche war alles still, und sie glaubte schon, sie hätte sich geirrt, als es erneut zu klopfen begann. Es hörte sich an, als wenn jemand die Wände abklopfte.

Anastasia spürte, wie der Zorn in ihr hochstieg. Auch wenn ihr Onkel das Recht besaß, sich um den Nachlass ihres Vaters zu kümmern, hieß das noch lange nicht, dass er sich an seinen Sachen zu schaffen machen konnte, wie er wollte. Sie stellte die Holzschüssel und den Weinkrug auf dem Tisch ab und lief so schnell sie konnte zum Arbeitszimmer ihres Vaters.

Ihr Onkel stand neben seinem Begleiter vor der dunklen Holzvertäfelung, mit der das gesamte Zimmer verkleidet war, und hielt lauschend ein Ohr an die Wand, während er mit den Fingerknöcheln das Holz abklopfte. Sein Begleiter stand neben ihm und sah ihm mit angespannter Miene dabei zu.

Ihr Vater war kein Geheimniskrämer gewesen, sondern ein ehrlicher Mann, der sein Geld mit ehrlicher Arbeit verdient hatte.

»Vater hatte nichts zu verbergen«, brach es trotzig aus ihr heraus.

Ihr Onkel warf ihr einen drohenden Blick zu.

»Verschwinde und stör uns nicht länger«, befahl er, ohne seine Arbeit zu unterbrechen.

Anastasia bewegte sich nicht von der Stelle.

Irgendetwas in ihr sträubte sich dagegen, ihrem Onkel zu gehorchen.

Raimund Braques' Augen verengten sich zu glitzernden blauen Schlitzen, doch Anastasia sah trotz der Kälte, die sie ausstrahlten, Angst in ihnen stehen. Angst, die er durch sein kaltherziges Auftreten zu verbergen suchte, damit niemand bemerkte, wie angreifbar er in Wirklichkeit war. Auf seiner Stirn hatten sich feine Schweißperlen gebildet, und sein Blick wirkte gehetzt. Anastasias Augen huschten über das Gesicht seines Begleiters, in dessen Augen ein fiebriger Glanz getreten war.

Schauer rannen ihr den Rücken hinab, und sie begann zu frösteln.

Was ging hier vor sich? War es möglich, dass ihr Onkel recht hatte und ihr Vater doch etwas vor ihr und der Welt verborgen hatte? Bilder aus der Vergangenheit stiegen auf einmal vor ihr auf. Sie versuchte sich zu erinnern, versuchte den Sinn der Wortfetzen zu begreifen, die wie aus weiter Ferne an ihr Ohr drangen.

»... Rezepturen vernichtet... ›Der Grüne Löwe‹ lässt sich nicht bezwingen... verändert sich... wie Gestirne sich verändern... muss erst den richtigen Zeitpunkt finden«, hörte sie die Stimme ihres Vaters erneut. »Der Grüne Löwe« hatte sie damals neugierig gemacht. Auf dem Jahrmarkt hatte sie einmal einen Löwen gesehen, aber der war gelb gewesen, und sie hatte nicht gewusst, dass es auch grüne Löwen gab.

Sie hatte versucht, sich einen grünen Löwen vorzustellen. War er so grün wie das Gras an den Ufern der Seine oder so dunkelfarben und glitzernd wie der längliche Kristall, den sie einmal auf dem Schreibtisch ihres Vaters gesehen hatte? Der Gedanke an einen glitzernden Löwen gefiel ihr besser. Während sie von einem grünen Kristalllöwen geträumt hatte, war die Stimme ihres Onkels immer lauter geworden.

»Was hast du denn gedacht, wofür du das viele Gold erhalten hast? Allein für das Farbfläschchen? Deine Reue kommt ein wenig zu spät, der König ist tot.«

»Du hast mich belogen, hast mich nur benutzt.« Die Stimme ihres Vaters klang mit einem Mal dünn wie gebrochen.

»Aber nur, weil du belogen werden wolltest. Bist du wirklich so dumm? Was macht es denn für einen Unterschied, wer durch dein Gift ums Leben gekommen ist? Vor Gott sind alle Menschen gleich, so steht es geschrieben.«

Warum war Onkel Raimund auf einmal so böse zu ihrem Vater? Das durfte er nicht. Sie hatte die Ohren gespitzt und war bereit gewesen, aufzuspringen und ihrem Vater zu helfen, wenn es nötig werden sollte.

»Wie kannst du es wagen, Seinen Namen auszusprechen, nach dem, was du getan hast«, erwiderte ihr Vater tonlos.

Die Stimme ihres Onkels hatte sich daraufhin verändert, einen beschwörenden Tonfall angenommen, und er hatte versucht, ihren Vater zu überzeugen.

»Es geht um eine höhere Sache, das Seelenheil der gesamten Christenheit ist gefährdet. Für ein solches Ziel muss man eben Opfer bringen, denk doch nur an die Kreuzzüge. Tausende haben ihr Leben gegeben, um die Heilige Stadt aus den Händen der Ungläubigen zu befreien. Was ist dagegen das Leben eines Einzelnen? Ich brauche nur das Rezept, dann kannst du deine Hände in Unschuld waschen.«

»Du bist wahnsinnig. Ich wünsche, dass du mein Haus sofort verlässt und dich nie wieder hier blicken lässt. Ab heute habe ich keinen Bruder mehr.« Anastasias Augen füllten sich mit Tränen. Die Stimme ihres Vaters hatte so traurig geklungen, dass auch sie ganz traurig geworden war.

Die plötzliche Stille im Raum machte ihr siedend heiß bewusst, dass sie beobachtet wurde. Die beiden Männer hatten ihre Arbeit unterbrochen und starrten sie an. Und noch bevor sie wusste, wie ihr geschah, war Raimund Braques bei ihr und packte sie an den Schultern. Er schüttelte sie so heftig, dass ihr Kopf nach hinten flog und sie sich vor Schreck auf die Zunge biss. Sie spürte das warme Blut in ihrem Mund. Es schmeckte salzig.

»Sag uns, was du weißt, Mädchen«, forderte ihr Onkel. Der Glanz in seinen Augen erlosch, und ein flehender Unterton schwang in seiner herrischen Stimme mit.

Anastasia hob die Schultern und ließ sie wieder sinken, schließlich schüttelte sie hilflos den Kopf. »Ich weiß nichts«, erwiderte sie leise. »Ich dachte, ich hätte mich an etwas erinnert, aber es ist zu lange her.« Die letzten Worte hatte sie nur noch geflüstert. Aus ihrem Gesicht war jede Farbe gewichen.

Über ihren Kopf hinweg tauschte Raimund Braques einen Blick mit seinem Begleiter. Dann ließ er sie los. Anastasia spürte den Blick des hageren Mannes mit den Tuchschuhen in ihrem Rücken, als sie mit hölzernen Bewegungen das Arbeitszimmer ihres Vaters verließ.

Zurück in der Küche nahm sie die Schüssel mit den Haferflocken und gab etwas Salz und Mehl dazu, als ihr einfiel, dass sie weder gestern noch heute am Brunnen gewesen war, um Wasser zu holen. Der Gedanke, das Haus zu verlassen, um Wasser zu holen, widerstrebte ihr. Weder wollte sie Gaston begegnen noch ihrem Onkel und seinem merkwürdigen Begleiter das Haus ihres Vaters überlassen. Auf der Fensterbank fand sie eine Schale mit einem Rest ausgeflockter Milch, auf der sich eine gelbliche Haut gebildet hatte. Sie schöpfte den Rahm ab, gab die Molke anstelle von Wasser in die Schüssel und verrührte alles zu einem dickflüssigen Brei.

Die Decke über ihr knarrte unter den Schritten der beiden Männer. Ihr Onkel durchsuchte die Schlafkammern im Obergeschoss.

Das, wonach er suchte, musste von großer Bedeutung für ihn sein.

Als die Fladen fertig waren, schnitt sie zwei Scheiben vom Schinken ab, richtete alles auf einer Zinnplatte an und deckte den Tisch mit einem weißen Leinentuch. Durch die geöffnete Küchentüre hörte sie, wie die beiden Männer die Treppe wieder herabstiegen. Sie ging zur Türe, um sie zum Essen zu rufen, hielt dann aber mitten in der Bewegung inne.

»Eure Nichte ist eine Gefahr für unser Unternehmen«, sagte der Begleiter ihres Onkels gerade.

Raimund Braques schnaubte unwillig. »Sie weiß nichts. Hätte mein Bruder außerdem vorgehabt, etwas gegen uns zu unternehmen, hätte er das schon vor Jahren getan.«

Der Hagere schien nicht überzeugt.

»Und was ist mit der Rezeptur? Wir können es uns nicht leisten, ein Risiko einzugehen.«

»Er hat sie vernichtet, sonst hätten wir sie gefunden.« Die Schritte waren jetzt kurz vor der Türe. Anastasia lief rasch zum Tisch zurück, nahm den Krug mit dem Wein und füllte die Becher. Sie wäre weniger ruhig gewesen, hätte sie den Rest des Gespräches ebenfalls noch mit angehört.

»Ich werde ihr einen Ehemann außerhalb der Stadt suchen, wenn Euch das beruhigt«, fügte Raimund Braques noch hinzu. Doch der Ausdruck in den Augen seines Begleiters ließ sein Innerstes gefrieren. Anastasia war seine Nichte, seine letzte lebende Verwandte. In ihren Adern floss das gleiche Blut wie in seinen.

»Ich werde das Problem auf meine Art lösen, und Ihr werdet mich nicht daran hindern.« Chrétien hatte seine Stimme nicht erhoben, dennoch hatte Raimund Braques den drohenden Unterton, der in ihr lag, deutlich vernommen. Er begann zu schwitzen und verfluchte sich dafür, sich jemals auf diese Geschichte eingelassen zu haben. Doch damals war seine Gier größer gewesen als seine Angst, und jetzt gab es keinen Weg mehr zurück. Denn Chrétien würde nicht zögern, auch ihn zu beseitigen, sollte er es wagen, sich ihm in den Weg zu stellen.

Die beiden Männer betraten die Küche und setzten sich. Während sie aßen, dachte Anastasia über das Gehörte nach. Sie sei eine Gefahr für ihr Unternehmen, hatte der Hagere gesagt. Was hatte er damit gemeint? Sie wusste es nicht, ahnte jedoch, dass es nichts Gutes bedeuten konnte.

Ihr Onkel wirkte mit einem Mal unruhig und gereizt.

»Ich muss jetzt gehen«, sagte er knapp, trank seinen Weinbecher in einem Zug leer und erhob sich. Der Hagere stand ebenfalls auf.

Anastasia schlug rasch die Augen nieder, um ihre Erleichterung zu verbergen. Sie wünschte nichts mehr, als dass die beiden endlich gehen und sie in Ruhe lassen würden.

Aber Raimund Braques war noch nicht fertig.

»Unter diesen Umständen wird es das Beste sein, wenn ich so schnell wie möglich einen Ehemann für dich suche«, meinte er, ohne ihr näher zu erklären, von welchen Umständen er sprach. Ob diese etwas mit den geheimnisvollen Aufzeichnungen zu tun hatten, deretwegen er das gesamte Haus durchwühlt hatte? »Dein Vater hat wahrscheinlich nicht einmal bemerkt, dass du das heiratsfähige Alter längst erreicht hast«, fügte er hinzu, in der Hoffnung, seinen Begleiter doch noch zu überzeugen, aber ein Blick in dessen Gesicht zeigte ihm, dass sein Versuch vergeblich war. Er hatte getan, was er konnte. Es wäre die Aufgabe seines Bruders gewesen, Anastasia zu beschützen. Schließlich trug er auch die Schuld daran, dass es überhaupt so weit gekommen war.

Auf dem Weg zur Haustüre zog ein leichter Schwefelgeruch in Raimund Braques' Nase, und plötzlich hatte er es sehr eilig, das Haus seines Bruders zu verlassen. Seine Hände zitterten, als er die Haustüre öffnete. Er wusste, dass er feige war, und er hasste sich dafür. Aber es lag nicht in seiner Macht, das weitere Geschehen zu ändern, und deswegen war es sinnlos, noch länger darüber nachzudenken. Wenn er sich gegen Chrétien stellte, konnte er sich genauso gut in die Seine stürzen. Es war ein Fehler gewesen, sich in dessen ehrgeizige Pläne mit hineinziehen zu lassen. Sein Bruder war schuld daran. Warum musste er auch versuchen, Dinge zu verändern, von denen man besser die Finger ließ? Er fluchte lautlos in sich hinein. Sein Bruder war schon immer ein Sturkopf gewesen, der seine Aufzeichnungen niemals verbrannt hatte, so, wie er es Chrétien gegenüber behauptet hatte. Nein, er hatte sie versteckt. Irgendwo, wo niemand sie finden würde. Vielleicht sollte er das Haus noch einmal genauer untersuchen. Alle Wände, Nischen und jede verdammte Ritze, bis er gefunden hatte, wonach er suchte.

»Ich habe noch eine Angelegenheit zu regeln und möchte Euch bitten, mich zu begleiten«, sagte Chrétien mitten in seine Gedanken hinein, und etwas in seinem Tonfall beunruhigte Raimund Braques. Er musterte Chrétien heimlich von der Seite. Der wirkte beherrscht und kühl wie immer, aber in seiner Stimme hatte etwas mitgeschwungen, das ihn warnte.

Und plötzlich wusste er, dass Chrétien sich nicht damit begnügen würde, nur seine Nichte umzubringen.

Anastasia hörte die Haustüre zufallen. Sie war allein, allein mit ihren Gedanken, in denen immer wieder die Rezepturen auftauchten, von denen ihr Onkel gesprochen hatte. Die Ereignisse hatten sie stärker verwirrt, als sie sich eingestehen wollte. Sie sank auf einen Stuhl und starrte auf das grün schimmernde, blinde Küchenfenster. Ihre Knie zitterten, und es dauerte eine Weile, bis ihre Anspannung nachließ. Vom Boden stieg kalte Feuchtigkeit in ihre Glieder, doch sie merkte es nicht. Ihre Gedanken kehrten zurück in ihre Kindheit, die mit dem Tod ihrer Mutter ein so jähes Ende gefunden hatte. Immer mehr Bilder tauchten vor ihrem inneren Auge auf, und mit ihnen kam die Erinnerung Stück für Stück zurück. Es war, als würde sie malen und dabei zusehen, wie die feinen Federstriche sich Strich für Strich zu einem Gemälde zusammenfügten. Anastasia stockte der Atem, sie hatte das Gefühl, vor einem tiefen Abgrund zu stehen. Damals war sie zu jung gewesen, um die Zusammenhänge zu begreifen, und sie wünschte, sie wäre es noch. Der Gedanke, dass ihr Vater etwas mit dem Tod des Königs zu tun gehabt haben könnte, war unvorstellbar. Ihr Vater war kein Mörder, und der König war so weit von ihrem Leben entfernt wie der Abendstern vor ihrem Fenster.

Sie hatte Karl V. nur ein einziges Mal gesehen.

Am Tag der Heiligen Drei Könige war er durch die Stadt bis zur Porte Saint-Honoré geritten, um dort den Kaiser zu empfangen. Auf seinem mächtigen weißen Zelter ragte er über die Menge hinweg, umweht von einem blutroten Mantel mit einem Saum aus Hermelin.

Die Mörder Karls V. waren mehrere Jahre später öffentlich enthauptet worden, ihre kopflosen Körper hatte man an den Galgen gehängt und ihre abgetrennten Gliedmaßen an die Tore von Paris. In Wirtshäusern, auf Marktplätzen und an den Brunnen war tagelang von nichts anderem mehr geredet worden.

Nur die wahren Drahtzieher hatte man nie gefasst!

Und jetzt war ihr Onkel auf der Suche nach dem Rezept, das dem König von Frankreich den Tod gebracht hatte. Wollte er damit jeden Beweis vernichten, der auf seine Mitbeteiligung an der Tat hinwies, nachdem sein Bruder verstorben war? Oder wollte er wieder jemanden vergiften? Eine eisige Kälte stieg in Anastasia hoch. Sie begann am ganzen Körper zu zittern und konnte nicht mehr damit aufhören.

Christine stand im Schatten eines Mauervorsprungs und starrte auf das Haus, in dem Anastasia verschwunden war. Es war aus gelbem Sandstein gebaut und hatte als einzige Verzierung einen Rundbogen über dem Eingang. Es wies keinen einzigen Hinweis auf seine Bewohner auf, wie dies bei einigen der anderen Häuser der Fall war, an denen Nasenschilder mit den jeweiligen Zunftzeichen der Handwerker prangten. Und obwohl Christine beobachtet hatte, wie das Mädchen, gefolgt von einer rundlichen Magd, in dem Haus verschwunden war, machte es einen unbewohnten, fast schon abweisenden Eindruck auf sie.

Aber vielleicht bildete sie sich das auch nur ein, weil sie eigentlich gar nicht hier, sondern an Étiennes Grab sein sollte, um für seine Seele zu beten, wie es sich für eine trauernde Witwe gehörte.

Doch sie war hier, war gekommen, um das Mädchen zur Rede zu stellen. Warum zögerte sie dann noch? Sie konnte nicht ewig vor dem Haus stehen bleiben und es anstarren. Eine magere schwarze Katze schlich lautlos an ihr vorbei. Christine sah ihr nach, wie sie in einer gepflasterten Einfahrt verschwand, die gerade breit genug für einen Wagen war.

Nicht weit von ihr entfernt begann eine Glocke zu läuten. Andere Glocken fielen in ihr Läuten mit ein, rhythmisch und dumpf. Der ohrenbetäubende Lärm riss Christine aus ihren Gedanken. *Totenglocken*, dachte sie. *Tag und Nacht läuten die Totenglocken.* Hatten sie vor Étiennes Tod ebenso häufig geläutet und sie hatte sie nur nicht wahrgenommen, weil der Tod so weit von ihrem Leben entfernt war? Unwillkürlich schüttelte sie den Kopf. Nein, der Tod war allgegenwärtig, er war es auch, der sie hierhergetrieben hatte.

Entschlossen ging sie auf das Haus zu. Sie streckte ihre Hand nach dem Türklopfer aus, einem gedrehten eisernen Ring, der in einen grimmig aussehenden Löwenkopf überging. Im gleichen Moment wurde die Türe von innen aufgerissen, und der schwere Eisenring entglitt Christines Hand. Vor ihr stand die Magd, die dem Mädchen ins Haus gefolgt war, und starrte sie mit offenem Mund an.

Carmina sah eine fremde Dame vor sich, deren hohe Stirn von einem weißen, fast durchsichtigen Schleier umrahmt wurde. Dunkle Augen unter sanft geschwungenen, ausgedünnten Augenbrauen beherrschten ein ovales Gesicht mit einer schmalen Nase und einem fein gezeichneten Mund.

»Ihr habt mich aber erschreckt«, stotterte Carmina und versuchte, sich an Christine vorbeizuschieben, doch Christine machte keine Anstalten, zur Seite zu treten. »Kannst du mir sagen, wer in diesem Haus wohnt?« Es war mehr ein Befehl als eine Frage.

Carmina hatte von klein auf gelernt, Befehle zu befolgen.

»Der Tintenhändler Jacob Braques, aber der ist gestorben. Bitte lasst mich vorbei, ich muss das Brot aus dem Ofen holen, bevor es verbrannt ist.« Ihre Stimme klang gehetzt.

»Ich habe ein Mädchen in das Haus gehen sehen.«

»Anastasia, seine Tochter«, Carmina hob bittend die Hände. »Ich werde großen Ärger bekommen, wenn das Brot verbrennt.«

Christine trat zur Seite. Die Magd setzte sich in Bewegung, blieb dann aber stehen. *Es ist schon merkwürdig, wie viele Leute sich plötzlich für Anastasia interessieren*, dachte sie und musterte die fremde Frau genauer.

Sie trug ein blaues Gewand aus weichem Tuch, darüber einen mit Eichhörnchenfell besetzten Mantel und war eindeutig vornehmer Abstammung.

Carmina vergaß das Brot.

»Was wollt Ihr von Anastasia? Sie hat schon genug Ärger mit ihrem Onkel«, platzte sie heraus und biss sich im gleichen Moment auf die Lippen. Dass sie aber auch nie ihren Mund halten konnte.

Die Frau schien über ihre Frage nachzudenken, denn sie antwortete nicht sofort. Carmina fand, dass sie traurig aussah und eigentlich nichts Bedrohliches von ihr ausging. Vielleicht war sie ja gekommen, um Anastasia ihre Hilfe anzubieten?

»Was meinst du damit?«, fragte Christine schließlich.

Ihre Frage bewies Carmina, dass sie mit ihrer Vermutung richtig lag. Die vornehme Dame schien sich tatsächlich um Anastasia zu sorgen. Sonst hätte sie sich nicht dafür interessiert, was eine einfache Magd wie sie zu sagen hatte.

»Ihr Onkel, den sie jahrelang nicht gesehen hat, ist zu Besuch, und ich fürchte, er hat nichts Gutes im Sinn. Er hat mit seinem Begleiter das ganze Haus auf den Kopf gestellt. Wir dachten erst, es wären Einbrecher im Haus. Ich mache mir wirklich Sorgen um das arme Kind. Sie hat doch niemanden mehr, jetzt, wo ihr Vater tot ist. Der Herr sei seiner Seele gnädig.« Sie bekreuzigte sich hastig und sah Christine dann neugierig an.

Sie hätte zu gerne gewusst, wer die Fremde war, wagte aber nicht, danach zu fragen.

»Vielleicht solltest du dich besser um dein Brot kümmern«, erinnerte Christine sie. Die Magd schien ihr ein wenig verwirrt zu sein. Hatte sie doch von einem Onkel mit schlechten Absichten gesprochen, der das Haus des Mädchens durchwühlt hatte und den sie zunächst für einen Einbrecher gehalten hatten. Gleichgültig, ob ihre Geschichte stimmte oder nicht: Es war eindeutig der falsche Zeitpunkt für einen Besuch. Und doch musste sie mit dem Mädchen sprechen, wenn sie erfahren wollte, was es mit ihm und Étienne auf sich hatte.

Carmina gehorchte und eilte ins Nachbarhaus, das seinem Zunftzeichen nach – drei gekreuzte Werkzeuge über einer Buchpresse – einem Buchbinder gehören musste. Christine sah ihr nach, während ihr verschiedene Gedanken durch den Kopf gingen. Die Magd hatte ihr erzählt, dass der Vater des Mädchens verstorben war. Wahrscheinlich hatte es in seiner

Trauer also nur die Gräber verwechselt. Beschämt erkannte sie, dass sie Étienne zu Unrecht misstraut hatte. »Verzeih mir, mein Geliebter«, flüsterte sie erleichtert. Doch ihre Erleichterung hielt nur kurze Zeit an, dann meldeten sich neue Zweifel. Sie war noch ein Kind gewesen, als ihr Vater sie gelehrt hatte, dass sich die Wahrheit häufig hinter dem Offensichtlichen verbarg.

In der Hand hatte er dabei einen Apfel gehalten, der so prall und rot war und so köstlich duftete, dass ihr das Wasser im Mund zusammengelaufen war. Dann hatte er den Apfel vor ihren Augen aufgeschnitten, und Christine hatte gesehen, dass sich in seinem Inneren kein helles, saftiges Fruchtfleisch, sondern nur noch eine faulige braune Masse befand, in deren Mitte sich ein fetter Wurm wand. »Der äußere Schein ist oft trügerisch. Man muss den Dingen auf den Grund gehen, wenn man die Wahrheit erfahren will«, hatte er ihr erklärt.

Wenn das Mädchen nur die Gräber verwechselt hatte, hätte sie keinen Grund gehabt, so entsetzt zu schauen und vor ihr zu fliehen. Irgendetwas passte da nicht zusammen, und es dauerte nicht lange, bis Christine daraufkam, was es war. Der Verstorbene war ein Tintenhändler gewesen, und Händler wurden nicht auf dem Kirchhof Unserer Lieben Frau begraben, weil dieser allein dem Königshaus und dem Adel vorbehalten war. Aber wenn er nicht dort begraben lag, warum hatte das Mädchen dann an Étiennes Grab gestanden? Oder war es so verwirrt gewesen, dass es die Begräbnisstätten verwechselt hatte? Nein, beantwortete sie sich die Frage selbst, dafür hatte das Mädchen, nachdem sie es angesprochen hatte, eindeutig zu schuldbewusst gewirkt.

Ihre Gedanken drehten sich im Kreis. Es hatte keinen Sinn, weitere Vermutungen aufzustellen, die nur immer noch mehr Fragen aufwarfen. Sie beschloss das Grab ihres Gemahls aufzusuchen, was sie längst hätte tun sollen, und für das Heil seiner Seele zu beten.

Mittlerweile hatte sich die enge Gasse weiter gefüllt. Nicht weit von ihr versuchte ein Holzkohlenhändler mit seinem schwer bepackten Maultier an einem Träger vorbeizukommen, der gebückt unter seiner schweren Holztrage ging. Das Ausweichmanöver des Trägers wurde durch das Ladenschild eines Handschuhmachers behindert, das in Form eines Handschuhs mit Fingern so lang wie ein Schwert weit in die Gasse hineinragte. Die im Wind klappernden Ladenschilder nahmen immer größere Ausmaße an, weil die Geschäftsinhaber glaubten, dadurch leichter Käufer anlocken zu können, seitdem es ihnen nur noch erlaubt war, etwaigen Kunden zuzurufen, wenn diese einen der benachbarten Läden verließen.

Auf dem Hinweg war Christine gar nicht aufgefallen, wie eng, schlammig und übel riechend es in der Gasse war. In der Mitte flossen die Abwässer aus den einzelnen Häusern träge in Richtung Seine, wobei sie sich in kleinen Rinnsalen um unzählige Haufen von Unrat schlängelten, der von den Anwohnern einfach aus den Fenstern geworfen und dort liegen gelassen wurde, obwohl die Hausbesitzer durch Verordnungen immer wieder ermahnt wurden, alle Abfälle zu den Sammelgruben vor der Stadt zu schaffen.

Christine sah an sich herunter. Ihre feinen Lederschuhe waren feucht und ebenso wie der Saum ihres Gewandes von einer braunen Dreckkruste überzogen.

In der Gasse waren die Trittsteine nur sehr schwer unter der dicken Laubschicht zu erkennen, und Christine hatte auf dem Hinweg nicht auf sie geachtet. Doch nun, auf dem Weg zurück zum Kirchhof, hielt sie ihren Blick gesenkt, um ihre Schuhe nicht vollständig zu ruinieren.

Von der frisch aufgeschütteten Erde über Étiennes Grab

stieg ein feuchter modriger Geruch auf. *Der Geruch des Todes*, dachte Christine und schauderte.

Sie versuchte, sich vorzustellen, wie es sein würde, tot zu sein, nicht mehr zu atmen und in schwarzer kalter Erde zu liegen. Es war eine schreckliche Vorstellung. Ihr wurde schwindelig, und ihre Lungen schienen zu bersten. Gierig schnappte sie nach Luft. Ohne es zu bemerken, hatte sie den Atem angehalten.

»Wie konntest du mich nur verlassen, mein Geliebter?«, flüsterte sie, bekam jedoch keine Antwort. Sie rief sich Étiennes Gesicht in Erinnerung, seine Stimme, seinen Geruch, und ließ all die kostbaren Momente, die sie mit ihm verbracht hatte, noch einmal an sich vorüberziehen.

Die Sonne stand schon tief, als Christine den Kirchhof verließ. Vor den Garküchen herrschte großer Andrang, und der verlockende Geruch von Gebratenem stieg Christine in die Nase und erinnerte sie daran, dass sie den ganzen Tag noch nichts gegessen hatte. Sie ging weiter. Irgendwo weinte ein Baby.

Das schwindende Tageslicht erreichte die Tiefen der Gassen nicht mehr. Hinter den Fenstern wurden die ersten Lampen entzündet und verwandelten ihre Umgebung in eine flackernde Schattenwelt. Eilig lief Christine weiter. Nur wenige Menschen kamen ihr entgegen. Aus den Schenken und Tavernen, die sie passierte, drangen Lärm und Gelächter. Sie war erleichtert, als sie die Rue Vieille du Temple erreichte. Von hier aus konnte sie den Barbeauturm sehen, der wie ein Wächter über die einst von Philipp August errichtete Stadtmauer ragte.

Anna, eine unverheiratete Schwester ihres Vaters, die bei ihnen lebte, schien sie bereits erwartet zu haben, denn sie riss das Tor auf, kaum dass sie in Sichtweite war, und stürzte ihr entgegen. »Wo bist du bloß gewesen?«, fragte sie, und Christine hörte die Erleichterung in ihrer Stimme. »Wir sind fast umgekommen vor lauter Sorge.« Sie musterte Christine mit einem raschen Blick, um zu sehen, ob auch wirklich alles mit ihr in Ordnung war, dann fuhr sie mit gesenkter Stimme fort.

»Es sind Leute hier gewesen, die behauptet haben, dein Gemahl würde ihnen Geld schulden. Sie werden morgen wiederkommen. Sie haben damit gedroht, die Büttel gleich mitzubringen. Deine Mutter ist vor Schreck ganz blass geworden und hat sich in ihre Kammer zurückgezogen. Sie liegt in ihrem Bett und weigert sich aufzustehen.«

Fragend sah sie Christine an. »Was werden wir tun, wenn diese Leute wiederkommen? Haben wir überhaupt genügend Geld, um sie zu bezahlen?«

Étienne ist erst einen Tag unter der Erde, und schon kommen die Ratten aus ihren Löchern gekrochen, um über sein Vermögen herzufallen, dachte Christine wütend. Aus der Küche drangen die Stimmen ihrer Kinder, die wie jeden Abend versuchten, der alten Babette einige zusätzliche Leckerbissen abzuschwatzen. Sie waren noch zu klein, um zu begreifen, dass sie ihren Vater nie mehr wiedersehen würden. Konnte sie ihnen einen Vorwurf daraus machen? Christine sah ihre Tante an.

»Wir werden schon eine Lösung finden«, sagte sie vage. Ihre Tante wirkte erleichtert. »Du musst etwas essen«, bestimmte sie und nahm Christine den Mantel ab, als wäre alles wie immer. Doch es war nicht so wie immer, würde es nie wieder sein. Étienne war tot. »Ich habe keinen Hunger«, sagte Christine, ließ Anna stehen und stieg die gewundene Treppe hinauf. Sie fühlte sich entsetzlich elend bei dem Gedanken, dass sie Étienne nie wiedersehen sollte, nie mehr in seinen Armen liegen und das Gefühl seiner Lippen spüren würde und seinen Körper, der sich eng an den ihren presste.

Ihr jüngerer Bruder Paolo kam ihr auf der Treppe entgegen und riss sie aus ihren Erinnerungen. Ein vorwurfsvoller Blick aus seinen strahlend blauen Augen traf sie. »Mutter sagt, wir haben kein Geld mehr, dabei brauche ich dringend ein neues Pferd, oder soll ich etwa zu Fuß hinter den Truppen des Königs herlaufen?« Paolos Hengst hatte sich letzte Woche bei einem Übungskampf das rechte Hinterbein gebrochen und war geschlachtet worden.

»Wir reden morgen darüber«, versprach Christine geistesabwesend, doch so leicht ließ sich Paolo nicht abwimmeln.

»Aghinolfo braucht neue Stiefel, und meine eigenen sind auch schon öfter geflickt als die Lumpen eines Bettlers.« Ein lauernder Blick trat in seine Augen. »Uns steht ein Anteil von Vaters Erbe zu, und wir werden uns nicht länger vertrösten lassen«, fügte er grimmig entschlossen hinzu.

Ungläubig starrte Christine ihren Bruder an. Wie konnte er an neue Stiefel denken, wo sie gerade erst ihren Gemahl begraben hatte? Kühl erwiderte Paolo ihren Blick. In seinen Augen war kein Mitgefühl.

Würde Étienne noch leben, würde Paolo nicht so mit mir reden, dachte Christine traurig. Sie waren sich fremd geworden, Paolo und sie, und sie hatte es nicht einmal bemerkt.

Ihr Kopf war leer. Sie war müde, traurig und verwirrt. Zu viel war in den letzten beiden Tagen über sie hereingebrochen. Und tief in ihrem Inneren ahnte sie, dass dies erst der Anfang war.

Das schleifende Geräusch hinter ihr drang nur langsam in Anastasias Bewusstsein. Erst als sie einen warmen Atem an ihrem Ohr spürte, schrak sie zusammen. Vor ihr stand ein unrasierter, breitschultriger Kerl mit strähnigen, dunklen Haaren und einer schiefen Nase, die so aussah, als wäre sie mehr als nur einmal gebrochen worden. Ein grausamer Zug lag um seinen Mund. In der rechten Hand hielt er ein Messer.

Anastasia erstarrte. Er war gekommen, um sie zu töten. Sie konnte es in seinen blassen, kalten Augen lesen, und sie hatte keine Chance gegen ihn. Er war größer und stärker als sie, und er besaß ein Messer. Sie wollte aufspringen und weglaufen, war aber unfähig, sich zu bewegen. Anastasia hatte das Gefühl, als würde die Zeit sich verlangsamen, doch dann ging alles rasend schnell.

Mit einer blitzschnellen Bewegung packte sie der Kerl an den Haaren und zog ihren Kopf brutal nach hinten über die Rückenlehne des Stuhls. Die Wut kam so unerwartet und schnell wie der Schmerz. Sie wollte noch nicht sterben. Ihre Hand ertastete den Weinkrug, der vor ihr auf dem Tisch stand. Ohne zu überlegen, griff sie nach ihm und schlug ihn mit aller Kraft ihrem Angreifer ins Gesicht. Der Krug zerbrach. Anastasia ließ den Henkel, den sie immer noch fest in ihrer Hand hielt, fallen. Aus den Augenwinkeln heraus sah sie ihren Angreifer wanken. Blut rann ihm über das Gesicht, oder war es der restliche Wein, der sich noch in dem Krug befunden hatte? Ihr Herz raste, sie sprang auf und hastete an ihm vorbei. Sie hatte die Türe schon fast erreicht, als sie an der Schulter brutal von einer Hand zurückgerissen wurde. Sie trat nach ihrem Verfolger und traf ihn am Schienbein. Er fluchte und ließ ihre Schulter los. Gehetzt suchte sie nach einer Möglichkeit zu entkommen. Der Mann versperrte ihr den Weg zur Türe. Sie hatte keine Chance, an ihm vorbeizukommen. Schon setzte er sich in Bewegung, das Gesicht wutverzerrt. Als letzter Ausweg blieb ihr nur noch der Vorratskeller. Sie rannte los, geriet wegen der nassen Scherben auf dem Boden aber ins Rutschen und suchte nach Halt. Er bekam sie gerade noch am Ärmel zu fassen und versuchte, sie mit einem Ruck an sich heranzuziehen. Anastasia wehrte sich und drängte so lange in die entgegengesetzte Richtung, bis der Stoff entzweiriss. Dabei geriet sie erneut aus dem Gleichgewicht und stolperte auf die offene Falltüre zu. Ihr Fuß trat ins Leere, und sie spürte, wie sie fiel, fühlte einen dumpfen Schmerz, als ihr Kopf auf dem festgestampften Lehmboden im Keller aufschlug, dann verlor sie das Bewusstsein.

Gilles fluchte leise und betastete vorsichtig sein Gesicht. Er hatte die Kleine unterschätzt und sich davon täuschen lassen, dass sie mit entblößter Kehle vor ihm gelegen und sich scheinbar in ihr Schicksal ergeben hatte. Doch plötzlich hatte sie ihm ohne jede Vorwarnung den Weinkrug ins Gesicht geschmettert. Vorsichtig befühlte er die Schnittwunden in seinem Gesicht. Sie taten höllisch weh. Wütend tupfte er sich mit dem Ärmel das Blut aus dem Gesicht und beugte sich über die Luke. Das Mädchen lag reglos auf dem Boden. Ihre Haare umflossen ihr schönes Gesicht wie geschmolzenes Gold. Sie sah aus wie ein Engel, war aber keiner. Sie war ebenso hinterhältig wie alle anderen Weiber auch. Ob sie tot war? Wenn nicht, würde sie sich jedenfalls wünschen es zu sein, sobald er mit ihr fertig war. Er richtete sich wieder auf und wollte gerade die Stiege hinabsteigen, als er ein Geräusch in der Diele hörte.

Verdammt, er durfte sich nicht erwischen lassen. Chrétien verzieh keine Fehler. Behutsam schlich Gilles zurück und drückte sich eng an die Wand hinter der Türe, die Hand mit dem Messer kampfbereit erhoben.

Ein kräftiger, junger Bursche mit rötlichen Haaren betrat die Küche.

Gilles packte die Klinge fester, sein Körper spannte sich, bereit zum Angriff. Doch der Junge schien ihn nicht zu bemerken. Ohne sich auch nur einmal umzusehen, legte er die wenigen Schritte zu der offenen Luke zurück und stieg sie hinab.

Gilles handelte sofort. Der Bursche war jung und kräftig und würde sich nicht kampflos überwältigen lassen. Trotzdem musste er ganz sichergehen, seinen Auftrag erfüllt zu haben. Er öffnete den Herd, nahm einige glühende Holzscheite heraus und ließ sie auf den Boden fallen. Dann riss er die Tischdecke vom Tisch, tränkte sie mit dem Lampenöl, das er in einem Krug auf dem Fenstersims fand, und legte sie in das brennende Holz. Der Junge konnte jeden Augenblick wieder aus dem Keller auftauchen. Er musste sich beeilen. Das Messer in der Hand beugte er sich über die Klappe zum Keller und sah vorsichtig hinunter. Ein hässliches Grinsen überzog sein Gesicht. Er hatte sich geirrt, es gab nicht den geringsten Grund zur Eile. Die beiden würden sich noch wundern. Nicht mehr lange und sie würden einen Vorgeschmack auf die Hölle bekommen, bevor sie von ihr verschlungen würden. Er knallte die Klappe zu, verriegelte sie und verließ dann eilig das Haus, wobei er sein Gesicht unter der Kapuze verbarg.

Gaston war voller Vorfreude die Stufen zum Vorratskeller hinabgestiegen. Er war sich sicher, dass Anastasia ihn gehört und sich unten vor ihm versteckt hatte, aber das würde ihr nichts nutzen. Niemand würde sie hören, wenn sie um Hilfe schrie. Sie war selbst schuld. Warum hatte sie auch die Haustüre offen gelassen? Er konnte es kaum erwarten, ihr die Kleider vom Leib zu reißen. Allein der Gedanke an ihren warmen, weichen Körper hatte ihn in den letzten Nächten keinen Schlaf finden lassen. Immer wieder hatte er sich vorgestellt, wie sie sich unter ihm winden würde, wenn er sie bestieg. Er würde es ihr ordentlich besorgen. Die Hitze in seinen Lenden stieg ihm bis in den Kopf, und er hörte das Blut in seinen Ohren rauschen. Bis er auf einmal glaubte, ein Geräusch zu hören. Er blieb stehen und lauschte nach oben, kam dann aber zu dem Schluss, dass er sich getäuscht hatte. Es war niemand hier außer ihm und Anastasia.

Und dann sah er sie. Ihre Augen waren geschlossen, und sie lag auf dem Boden, als wäre sie tot. Der Schreck fuhr Gaston in die Glieder. Sie durfte nicht tot sein. Er beugte sich zu ihr hinab und rüttelte sie an einer Schulter. Als sie nicht reagierte, brachte er sein Ohr ganz nah an ihren Mund. Ihr Atem war schwach, aber sie lebte, und wenn er genau hinsah, konnte er auch sehen, wie ihr Busen sich unmerklich hob und wieder senkte. Ihr Rock war durch den Sturz so weit nach oben gerutscht, dass er einen Blick auf ihre schlanken, weißen Beine freigab. Der Anblick erregte ihn noch mehr, und es war ihm unmöglich, sich länger zu beherrschen.

Mit zitternden Händen zerrte er an seiner Bruche und fluchte laut, weil er die Schnüre am Bund nicht sofort aufbekam. Endlich hatte er sich von der störenden Hülle befreit und ließ sie achtlos zu Boden fallen.

Ein dumpfer Schmerz hämmerte in Anastasias Kopf, als sie langsam wieder zu sich kam. Mühsam öffnete sie die Augen und starrte auf Gaston, der mit entblößtem Unterleib breitbeinig über ihr stand. Sie musste träumen, ein Albtraum, wie er schlimmer nicht sein konnte. Die Augen fielen ihr wieder zu. Das Hämmern in ihrem Kopf wurde unerträglich, und sie sehnte sich zurück in die Dunkelheit, in der sich der Schmerz verlor. Da holte sie ein ratschendes Geräusch, als würde jemand Stoff zerreißen, wieder zurück, und gleich darauf spürte sie ein Gewicht auf ihrer Brust, das ihr den Atem nahm. Hände betatschten ihre Brüste, strichen über ihre Schenkel.

Anastasia rang nach Luft, versuchte die Hände wegzustoßen, doch es gelang ihr nicht. Erneut schwanden ihr die Sinne und verloren sich in der Schwärze, in der alles um sie herum seine Bedeutung verlor.

Sie hörte nicht mehr, wie die Klappe über ihnen zugeschlagen wurde, sah nicht das Entsetzen in Gastons Augen, als ihm in der Dunkelheit auf einmal beißender Qualm in die Nase stieg.

Wie er aufsprang, die Stiege hinaufrannte, verzweifelt versuchte, die Klappe zu öffnen, und zuletzt wild dagegenhämmerte und nach Hilfe schrie.

Nach der Schwertleite hatte Bernard von Dreux, der dritte Sohn des verstorbenen Grafen Arnaud von Dreux, eine eigene Kammer im Schloss erhalten. Ein Privileg, das außer Adeligen und hohen Kirchenträgern nun auch Rittern gewährt wurde, seitdem der König es so beschlossen hatte. Anfangs war es ein ungewohntes Gefühl gewesen, ohne die vertrauten Schlafgeräusche seiner Kameraden einzuschlafen, doch mit der Zeit hatte er sich daran gewöhnt. Bernard steckte sein Schwert in die lederne Scheide und schnallte den Gurt enger, dann verließ er gut gelaunt seine Kammer. Schon seit Wochen trainierte er beinahe täglich für die bevorstehende Turniersaison, denn dieses Mal wollte er Ludwig von Orléans besiegen und dafür bis zur Erschöpfung üben. Sobald das Wetter umschlug, spürte er jedes Mal die Narbe auf seiner Stirn, die Ludwig ihm im vergangenen Jahr mit seinem Schwert zugefügt hatte. Ludwig von Orléans hatte ihn für immer gezeichnet, und Bernard hatte nicht vor, diese Schmach noch länger ungesühnt zu lassen.

Der Übungsplatz lag direkt hinter den lang gezogenen Stallungen. Auf dem Weg dorthin traf er auf den grauhaarigen Simon, den Zuchtmeister des Königs, der auch ihn den Umgang mit den Waffen gelehrt hatte. »Ein schöner Tag zum Üben«, bemerkte Simon und lächelte seinem ehemaligen Schüler freundlich zu. Dann beugte er sich vertraulich vor.

»Vergiss nicht, was ich dich gelehrt habe. Es kommt nicht auf die Kraft an, auch nicht auf die Schnelligkeit, sondern auf den richtigen Moment und das Gefühl am Schwert.« Der Zuchtmeister wollte noch zu weiteren Erklärungen ausholen, als auf der anderen Seite des Platzes plötzlich ein Trupp von Männern auftauchte. In ihrer Mitte schritt der König umgeben von seinen Hunden. Bedienstete schafften Bänke herbei und beeilten sich, ihrem Herrn und seinem Geleit Becher mit Wein zu reichen.

Das durchdringende Krächzen eines Raben schreckte Bernard auf. Schaudernd blickte er in den blassgrauen Himmel, doch er konnte nirgendwo einen der Vögel entdecken, bis sein Blick auf die mächtige Eiche am Rande des Turnierplatzes fiel, deren weit ausladende Krone schwarz vor Raben war. Jahrelang hatte ihn das Krächzen dieser Tiere bis in seine Träume hinein verfolgt. Nie würde er den Tag vergessen und das Grauen, das ihn beim Anblick seiner toten Geschwister ergriffen hatte. Er war gerade noch rechtzeitig gekommen, um zu verhindern, dass das verfluchte, gierige Federvieh seiner Schwester und seinem kleinen Bruder die Augen aushacken konnte. Aber nicht rechtzeitig genug, um sie vor den Briganten zu retten.

Er beschleunigte seinen Schritt und starrte entsetzt auf die mächtige, alte Eiche voller Raben. Wilder Hass stieg in ihm hoch. Am liebsten hätte er jedem einzelnen Vogel den Hals umgedreht, doch sie saßen zu hoch und waren unerreichbar für ihn. Zornig starrte er zu den Tieren nach oben und wünschte sich, er hätte Pfeil und Bogen bei sich gehabt.

Er hörte Schritte hinter sich, dann legte sich eine kraftlose

Hand auf seine Schulter. Er wandte sich um und sah in das blasse Gesicht Karls VI., dessen braune Augen einen merkwürdig leeren Ausdruck hatten. Karls Hand rutschte von Bernards Schulter. Mit hängenden Armen stand er da und starrte die Raben an. »Der Tod hat sie geschickt, sie wollen meine Seele!«, kreischte er plötzlich und presste beide Hände auf sein Herz, wo er offensichtlich auch seine Seele vermutete.

Sein Gesicht verzerrte sich vor Angst. Einen Herzschlag lang stand er starr, dann zog er mit einem Ruck sein Schwert, stürmte auf den Baum zu und hieb mit wilden Bewegungen auf ihn ein.

Immer mehr Ritter und Knappen betraten den Turnierplatz und blickten zwischen dem rasenden König und den Raben hin und her, die unbeeindruckt von dem Geschehen unter ihnen auf ihren Ästen hockten. Karl VI. war schweißüberströmt, sein Gesicht vor Anstrengung puterrot. Wie ein Besessener sprang er um den Baum herum, tobte und schrie. Dann holte er unverhofft aus und schleuderte sein Schwert in die Baumkrone hinauf.

»Er hat den Verstand verloren«, murmelte eine Stimme hinter Bernard. Sie gehörte Lucien, Bernards Knappen, der mit weit aufgerissenen Augen auf den König starrte. Für seine respektlosen Worte hätte er eine Ohrfeige verdient, aber nach einem kurzen Blick in das entsetzte Gesicht seines Knappen ließ Bernard die Sache auf sich beruhen.

Die Raben erhoben sich unter protestierendem Krächzen. Ihre Schwingen verdunkelten für einen Moment den Himmel, dann entfernte sich das schrille Gekreische und wurde allmählich leiser, bis es schließlich ganz verstummte. Die Raben waren fort. Karl VI. war wie angewurzelt stehen geblieben. Sein Schwert hatte sich nur einen Fußbreit neben ihm in den Erdboden gebohrt.

Seine Glieder zuckten, als wäre er plötzlich von der Kribbelkrankheit befallen, schließlich brach er zusammen, noch bevor ihn jemand auffangen konnte.

Lähmendes Schweigen breitete sich aus. Bernard tauschte einen Blick mit dem vier Jahre jüngeren, blassblonden Raimund, der einer seiner bevorzugten Übungsgegner beim Schwertkampf war.

»Das war gerade echt unheimlich«, meinte der und schüttelte sich. »Meine Großmutter hat immer gesagt, dass die Köpfe der Rabenjungen so hässlich sind, dass sie mit dem Schwanz zuerst aus dem Ei kriechen, und ich glaube, sie hatte recht.«

Bernard gab ihm keine Antwort. Er blickte auf Karl VI. hinab, der wie tot dalag. »Lauf und hol den Medikus«, befahl er seinem Knappen. Dann kniete er sich neben den König und beugte sich über ihn.

Es war nicht der erste Anfall, den er miterlebt hatte, trotzdem war sein Herz schwer, als er Karl VI. so hilflos am Boden liegen sah. Klein und dünn, mit blutleerem Gesicht und spitzer Nase. Ob es stimmte, dass der Herr die Sünden eines Volkes seinem jeweiligen Herrscher auflud? Musste Karl VI. wegen der Sünden seines Volkes büßen? Viele Menschen glaubten fest daran, dass dem so war, und liebten ihren jungen König für all das Leid, das er auf sich nahm, um ihre Seelen zu retten, seitdem die Kirche sie verlassen hatte.

Nur Bernard konnte ihn nicht lieben, jedenfalls nicht, wenn er ehrlich zu sich war. Zu oft schon hatte er Karls VI. rasende Unbeherrschtheit und seine Verrücktheiten erlebt, sodass er sich manchmal sogar dazu zwingen musste, ihn nicht zu verachten. Es war ein ständiger Zwiespalt. Manchmal wechselte seine Verachtung in Mitleid, und Bernard dachte darüber nach, ob es für ihn nicht besser gewesen wäre, Karl VI. nie kennengelernt zu haben. Für andere mochte es ein Glück sein, den König hautnah zu erleben, für ihn war es geradezu ein Fluch.

Und wie immer, wenn er an diesem Punkt seiner Überlegungen angelangt war, zog es ihn zu seinem Vormund und Ziehvater Bureau de la Rivière.

Bureau de la Rivière war ein enger Freund seines Vaters gewesen, der sich nach dessen Tod um seine Familie gekümmert hatte. Auch dass Bernard am französischen Hof erzogen worden war, verdankte er allein Rivière. So war er mit Karl VI. und seinem Bruder Ludwig aufgewachsen, hatte gemeinsam mit ihnen reiten und kämpfen gelernt und über lateinischen Verben geschwitzt. Als er seine Schwertleite und Karl die Krone erhalten hatte, hatte er ihm Treue geschworen bis in den Tod.

Aber seine Liebe gehörte Rivière, der ihm den Vater ersetzt hatte. Rivière war sein Vorbild und hatte ihn nie enttäuscht.

Neben seinem bemerkenswerten Scharfsinn besaß Rivière die seltene Gabe, die Menschen zu durchschauen, wobei er sich niemals anmerken ließ, was er fühlte oder dachte. Seine unerschütterliche Loyalität Karl V. gegenüber hatte dieser mit uneingeschränktem Vertrauen erwidert.

Bernard hatte immer geglaubt, dass seinen Ziehvater nichts erschüttern könnte, aber an diesem Morgen wirkte Rivière aufgewühlt. Seine schmalen, grauen Augen blickten besorgt, und um seinen Mund lag ein bitterer Zug, den Bernard noch nie zuvor an ihm gesehen hatte.

Rivière bedeutete ihm mit einem Wink, sich zu setzen.

Bernard folgte seiner Aufforderung und ließ sich auf dem mit Leder bezogenen Faltstuhl neben dem dunklen Schubladentisch nieder, in dem Rivière seine kostbarsten Handschriften aufbewahrte.

»Der König hat wieder einen Anfall gehabt«, presste er hervor. »Er hat auf dem Übungsplatz gekämpft und sein Schwert nach den Raben geworfen, die dort in Ästen saßen. Es fehlte nicht viel, und er hätte sich selbst umgebracht.«

Rivière runzelte die Stirn. »Man sagt, die Raben seien die Vorboten des Todes«, bemerkte er nachdenklich. »Ein böses Omen, und der Zeitpunkt könnte nicht ungünstiger sein.«

Rivières Worte verrieten Bernard, dass etwas geschehen sein musste. Doch er unterdrückte seine Ungeduld und wartete schweigend, bis sein Vormund fortfuhr.

Rivière sah an ihm vorbei aus dem Fenster.

»Nicht jedes Volk hat das Glück, von einem so weisen König regiert zu werden, wie wir es lange Jahre hatten. Aber auch wenn Karl VI. nur wenig mit seinem Vater gemein hat, ist unser aller Schicksal eng mit dem seinen verknüpft. Wir sind eins mit dem König. Der König ist die Stadt, die Stadt ist das Land, das Land ist das Reich. Das Volk hat das immer gewusst, es steht hinter seinem König, weil es untergeht, wenn er untergeht. Es ist nicht wichtig, wie stark oder schwach er ist, weil der Herr ihn auserwählt hat«, sagte er.

Bernard hörte diese Worte nicht zum ersten Mal. Sie waren zu einem vertrauten Ritual zwischen ihnen beiden geworden, wenn Karl VI. seine seltsamen Anwandlungen überkamen und Bernard sich Trost suchend an seinen Vormund wandte, weil er es nicht länger ertragen konnte, seinen König in Frauenkleidern durch das Schloss springen zu sehen wie einen Narren, die rot bemalten Lippen zu einem irren Lachen verzogen, oder zu erleben, wie er die Lilien auf den königlichen Wappen bespuckte und sich anschließend schreiend auf dem Boden wand. Doch dieses Mal fehlte Rivières Stimme die Überzeugung, weshalb sich Bernard nun ganz sicher war, dass etwas Bedeutsames geschehen sein musste.

Rivière legte die Hände übereinander, schmale und doch starke Hände, die es gewohnt waren, die Zügel eines Pferdes zu halten und das Schwert zu führen.

»Du hast dich gut entwickelt, und ich bin sehr stolz auf dich«, sagte er und musterte Bernard prüfend.

»Ich hatte den besten Lehrer«, verbarg Bernard seine Verlegenheit über das Lob, so gut er konnte.

Rivière beugte sich zu ihm vor, und Bernard sah die feinen Fältchen, die sich tief um seine Augen und seinen Mund herum eingegraben hatten, die Müdigkeit in seinem Gesicht. Ihre Augen trafen sich und Bernard stellte erleichtert fest, dass Rivières Blick scharf und klar war.

»Es scheint, als wäre eine Verschwörung gegen den König im Gange. Es kommt mir vor wie ehemals bei seinem Vater, so als hätte jemand das Rad der Zeit zurückgedreht. Viele konnten das Unheil damals spüren, aber es ließ sich nicht aufhalten, und dann war es zu spät.«

Rivière hielt unvermittelt inne.

Wie vor vielen Jahren bei Karl V. beschlich ihn das Gefühl, etwas Wesentliches übersehen zu haben. Er sah die durchdringenden, schwarzen Augen des Astronomen aus Bologna vor sich. *Es war der Neid, der unseren König das Leben gekostet hat. Mit Kain ist er in die Welt gekommen, und jede Generation, die geboren wurde, hat ihn seitdem stärker gemacht.*

Thomas de Pizan hatte die Worte vor sich hin gemurmelt, als würde er zu sich selbst sprechen. Niemand hatte ihn beachtet. Er hatte abseits der anderen Höflinge gestanden, und der Ausdruck in seinem Gesicht war furchtbar. Die Mörder Karls V. waren rasch gefunden worden. Sie standen im Dienste des Königs von Navarra. Gervais Chrétien hatte sie überführt und auch den Vorsitz in dem Prozess übernommen, der ihnen gemacht wurde. Er hatte dafür gesorgt, dass die Verurteilten ihrer gerechten Strafe zugeführt worden waren.

Chrétien hatte Thomas de Pizan gehasst, weil er die Liebe des Königs mit ihm hatte teilen müssen. Aber Chrétien hatte den König auch geliebt und war damit über jeden Zweifel erhaben gewesen.

Zumindest hatte Rivière das immer geglaubt, bis er an diesem Morgen erfahren hatte, dass Chrétien heimliche Beziehungen zu Urban VI. unterhielt. Ein Umstand, über den er sich so schnell wie möglich Gewissheit verschaffen musste.

»Thomas de Pizan, der Medikus, den Karl V. einst aus Bologna an seinen Hof geholt hat, hat Chrétien damals verdächtigt, etwas mit dem Tod des Königs zu tun zu haben, aber niemand hat ihm geglaubt, weil er sich nicht nur als Arzt, sondern auch als Astrologe in Verruf gebracht hat, indem er die vollständige Genesung Karls V. voraussagte. Stattdessen starb der König jedoch, und Chrétien erhob daraufhin schwere Anschuldigungen gegen Pizan und warf ihm vor, schuld am Tod des Königs zu sein.«

Bernard verstand immer noch nicht, worauf Rivière hinauswollte, der ihn sicher nicht zu sich hatte rufen lassen, um mit ihm über alte Geschichten zu plaudern. Trotzdem hörte er ihm geduldig zu.

»Le Coq war bei mir und hat mich um Hilfe gebeten.«

Ausgerechnet Robert le Coq, der Bischof von Laon, der für seine Intrigen und seinen brennenden Ehrgeiz bekannt war. Jedermann am Hof wusste, dass er Kanzler werden wollte und gegen Chrétien intrigierte, wann immer sich die Gelegenheit bot, weil dieser den Platz einnahm, der seiner Meinung nach ihm zustand. Um Chrétien zu schaden, war ihm jedes Mittel recht.

Rivière bemerkte den Zweifel in Bernards Augen und versuchte ihn zu beschwichtigen. »Ich traue le Coq ebenso wenig wie du, aber wenn Chrétien tatsächlich heimliche Beziehungen zu Urban VI. unterhält, wie es le Coq behauptet, haben wir einen Verräter in unseren Reihen, der nicht nur gegen die Kirche, sondern auch gegen den König intrigiert. Wir müssen uns Klarheit verschaffen. Le Coq ist ein unangenehmer Mensch, aber wenn er recht hat, stehen wir in dieser Angelegenheit auf der gleichen Seite, und das ist alles, was zählt. Beobachte Chrétien. Ich möchte wissen, mit wem er sich trifft und wer seine Agenten sind. Aber bitte, sei vorsichtig und halte dich so weit es geht im Hintergrund. Er ist gefährlich, und ich würde mir nie verzeihen, wenn dir etwas geschieht.«

Bernard von Dreux verharrte im Schatten einer Feuermauer und betrachtete das Haus, in dem Chrétiens Handlanger verschwunden war. Seit dieser am Mittag Chrétiens hochherrschaftliches Anwesen verlassen hatte, war er ihm heimlich gefolgt.

Mit einem Blick erfasste er die Architektur des schmalen, in die Höhe gebauten Hauses, die geschlossenen Holzläden der Fenster und den Hofeingang zu der gleich danebenliegenden Buchbinderei. Der Eingang öffnete sich weit nach innen zu einem Hinterhof, dessen Mauern sich ziemlich weit hinter das Haus erstreckten und den Hof umschlossen.

Etwas an dem Haus kam ihm merkwürdig vor. Auf den ersten Blick konnte er nichts Auffälliges entdecken, aber als er genauer hinsah, erkannte er, dass das Haus wesentlich älter sein musste als die umliegenden Nachbarbauten. Seine steinerne Fassade war zwar ebenfalls aus gelbem Sandstein, wirkte aber dunkler und verwitterter.

Aus den Augenwinkeln heraus bemerkte Bernard eine Bewegung. Ein junger Bursche kam die Auffahrt des Buchbinders hoch und lief zielstrebig auf das Haus zu, in dem kurz zuvor Chrétiens Mann verschwunden war. An der Haustüre blickte er sich kurz um, als wolle er sich vergewissern, dass niemand ihn gesehen hatte.

Bernards Neugier war geweckt. Der Junge trug ein knielanges, graues Leinenhemd mit einem gewebten Band als Gürtel. Bernard vermutete einen Lehrling oder vielleicht auch einen Gesellen des Buchbinders in ihm. Er war gespannt, was als Nächstes geschehen würde, und brauchte nicht lange darauf zu warten. Aus seinem Versteck heraus beobachtete er, wie Chrétiens Mann nur wenig später das Haus verließ und eilig die Gasse hochstrebte. Ob der Junge ihn bei seinem Vorhaben gestört hatte? Unwillkürlich schüttelte er den Kopf. Der Mann, der Bernard unter dem Namen Gilles durchaus bekannt war, weil er nicht nur für Chrétien zweifelhafte Aufträge auszuführen pflegte, würde sich ganz sicher nicht von einem jungen Burschen an der Ausführung eines solchen hindern lassen. Deshalb ging Bernard davon aus, dass er seinen Auftrag bereits erfüllt hatte, bevor der Junge erschienen war.

Bernard überlegte nur einen Augenblick, dann hatte er seinen Entschluss gefasst.

Der Junge würde ihm alles sagen, was er wissen musste.

Noch im Laufen zog er sein Schwert aus der Scheide. Geräuschlos bewegte er sich vorwärts. Seine Sinne waren gespannt. Im Inneren des Hauses war es still. Zwei Türen gingen von der holzgetäfelten Diele ab. Eine von ihnen war geschlossen. Die andere stand weit offen und gab den Blick auf einen mit Pergamenten und Büchern übersäten Arbeitstisch frei. Er wandte sich der anderen Türe zu und roch das Feuer, noch bevor er sie geöffnet hatte. Er steckte das Schwert zurück. *Gilles, dieser Bastard, schreckt anscheinend nicht einmal davor zurück, Paris in Schutt und Asche zu legen, um sein Ziel zu erreichen*, dachte er grimmig und stieß die Tür mit dem Fuß auf. Er sah das Feuer, das sich rasend schnell ausbreitete, und riss seinen Umhang von den Schultern, um es zu ersticken.

Verbissen kämpfte er die Flammen nieder. Er hätte keinen Augenblick später kommen dürfen. Nachdem er das Feuer gelöscht hatte, hörte er ein Hämmern begleitet von wilden Schreien. Es kam aus dem Vorratskeller. Bernard umwickelte seine Hände vorsichtig mit seinem Umhang, schob den Riegel zurück und öffnete die Klappe zum Keller.

Der Buchbindergeselle kam die Stiege hoch. Sein Gesicht war mit Schweiß überzogen, und die Haare klebten ihm feucht am Kopf.

Bernard von Dreux beobachtete ihn aus schmalen Augen. »Mir scheint, ich bin gerade noch rechtzeitig gekommen«, stellte er fest. Ungläubig starrte Gaston den fremden Ritter an, der gegen Ende zwanzig sein mochte und ein Lederwams und Stiefel trug, die ihm bis über die Knie reichten. An seiner Seite hing ein Schwert. Gaston beschlich ein mulmiges Gefühl, als er an Anastasia dachte, die noch immer im Keller lag. Unter dem forschenden Blick des Ritters fühlte er sich immer unbehaglicher. »Ich muss jetzt gehen«, murmelte er und blickte hoffnungsvoll zur Tür.

»Du gehst, wenn ich es dir sage.« Gaston zuckte unter dem scharfen Ton zusammen.

»Du wirst mir jetzt erzählen, was hier geschehen ist, und wage es nicht, mich anzulügen«, befahl Bernard von Dreux.

»Ich wollte zu Anastasia, jetzt wo der Alte tot ist, und dann habe ich das Feuer gerochen und bin zur Klappe, aber die war verschlossen.« Ein verwunderter Ausdruck huschte über sein breites Gesicht und verlieh ihm ein dümmliches Aussehen. »Irgendetwas war merkwürdig«, fuhr er schwerfällig fort. Er runzelte die Stirn, und es schien ihm sichtlich Mühe zu bereiten, gleichzeitig zu reden und zu denken.

»Was war merkwürdig, rede endlich«, befahl Bernard, der langsam ungeduldig wurde.

»Anastasia lag schon da, als ich in den Keller kam. Ich dachte, die dumme Gans wäre gestolpert, aber vielleicht hat sie ja auch jemand hinuntergestoßen, obwohl ich niemanden gesehen habe. Aber es muss jemand da gewesen sein, der Riegel schiebt sich nämlich nicht von alleine vor die Klappe.«

Aus Gastons Worten schloss Bernard, dass dieser Gilles nicht bemerkt hatte. *Kein Wunder*, dachte er. Ratten wie Gilles fanden immer ein Loch, in dem sie sich verkriechen konnten, sobald Gefahr drohte. Seine Hoffnung, mehr von dem Burschen über Chrétiens Vorhaben zu erfahren, schwand.

»Wer war der Alte, von dem du gesprochen hast, und wer ist diese Anastasia?«, wollte er wissen.

»Anastasia ist die Tochter von Jacob Braques, dem Tintenhändler, der vor zwei Tagen gestorben ist.«

»Und woran ist er gestorben?«

»Das weiß niemand. Der Alte war irgendwie merkwürdig, und man erzählt sich, dass er nicht nur Tinten zusammengemischt hat.«

»Und was hat er deiner Meinung nach sonst noch zusammengemischt?«

Gaston schüttelte den Kopf.

»Weiß nicht, aber die Fensterläden zur Straße hin waren immer zu, und er ging nur selten aus dem Haus. Er hat auch keinen Ehemann für Anastasia gesucht, obwohl ihm mein Vater sogar angeboten hat, ihm dabei zu helfen, weil es nur Unruhe in unser Viertel bringt, wenn ein Mädchen wie Anastasia nicht heiratet und stattdessen allen Männern den Kopf verdreht.«

Die letzten Sätze hörten sich an wie nachgeplappert, und Bernard bekam eine Ahnung davon, was die Nachbarschaft von dem ihm unbekannten Mädchen hielt. Vielleicht würde er ja von ihr mehr über Chrétiens Pläne erfahren.

»Ich werde jetzt dort hinuntergehen«, entschied er und wies mit dem Kinn auf die offene Luke, »und du wirst mich dabei begleiten.« Er packte den sich sträubenden Gaston am Arm und zwang ihn die Stiege hinab.

Kaum nahm er jedoch das zerrissene Kleid des bewusstlosen Mädchens und seine entblößten Schenkel wahr, als etwas in ihm aufbrach, das er schon lange vergessen geglaubt hatte. Sein Gesicht wurde weiß vor Zorn.

Seine Wut füllte den niedrigen Raum und schien ihm die Luft zum Atmen zu nehmen.

Gaston bekam es mit der Angst zu tun. Er war davon ausgegangen, dass Anastasia nach dem Tod ihres Vaters niemanden mehr hatte, den ihr Schicksal kümmerte. Doch nun erschien dieser Ritter wie aus dem Nichts und spielte sich als zorniger Racheengel auf.

»Gnade, Herr, habt Erbarmen«, jammerte er. »Ich konnte doch nicht wissen, dass Ihr Euch für sie interessiert.«

Bernard von Dreux schlug ihm ohne Vorwarnung mit der flachen Hand ins Gesicht. Der Schlag war so heftig, dass Gaston zu Boden ging. Wimmernd krümmte er sich zusammen, aus seiner Nase spritzte Blut.

Bernard von Dreux betrachtete ihn angewidert, dann wandte er sich von ihm ab und beugte sich über die junge Frau. Sie war noch immer ohne Bewusstsein und ihr Atem erschreckend flach. Ihre Hilflosigkeit rührte ihn. Sie sah so zart und unschuldig aus wie seine kleine Schwester, bevor sie während eines Ausrittes einem Trupp herumziehender Gascogner in die Hände gefallen war; marodierende Söldner, die sich an jeden verdingten, wenn er ihnen nur genügend zahlte.

Ihr langes Haar breitete sich auf dem festgestampften Lehmboden aus, und seine Farbe erinnerte ihn an die sonnendurchfluteten Gerstenfelder seiner Kindheit. Er hätte es zu gern berührt, um festzustellen, ob es sich genauso seidig anfühlte, wie es aussah, aber er widerstand der Versuchung, als er Gastons Blick spürte. Es gelang ihm nur mit Mühe, seinen Zorn zu unterdrücken.

»Geh mir aus den Augen, und wenn ich dich noch einmal in der Nähe dieses Mädchens erwische, dann gnade dir Gott.«

Gaston warf ihm einen unsicheren Blick zu und zog unwillkürlich in Erwartung weiterer Schläge den Kopf ein. Dann rannte er stolpernd die Stiege hinauf.

Bernard sah ihm nach. Auch ohne dass er sich dessen Wort hatte geben lassen, war er sicher, dass der Bursche mit niemandem über ihre Begegnung reden würde. Er hob das verletzte Mädchen hoch und vergrub zu seinem eigenen Erstaunen das Gesicht in dessen Haar. Es fühlte sich genauso an wie in seiner Vorstellung. Die junge Frau stöhnte leise. Sicher würde sie bald zu sich kommen. Er trug sie hinauf in ihre Kammer, legte sie aufs Bett und deckte sie sorgfältig zu. Durch das mit Pergament bezogene Dachfenster fiel genug Licht herein, um ihr blasses Gesicht und die dunklen Schatten unter ihren Augen erkennen zu können. »Anastasia«, sprach er leise ihren Namen aus und lauschte dem Klang des Wortes hinterher. Der Name passte zu ihr. Ihre Lider flatterten, dann schlug sie die Augen auf, und ihm war auf einmal, als würde er in den kristallenen Spiegel des Liebesbrunnens blicken, von dem der Dichter Guillaume de Lorris in seinem »Rosenroman« geschrieben hatte. Er glaubte den schweren, süßen Duft zu riechen, den die mit Rosen überladenen Rosenstöcke verströmten, und den wilden, überquellenden Gesang der Vögel zu hören.

Eine unbestimmte Sehnsucht erfasste ihn.

Anastasia schaute verwirrt um sich und versuchte zu begreifen, was geschehen war. Ein ängstlicher Ausdruck trat in ihre Augen, als ihr Blick auf den fremden Mann neben ihrem Bett fiel. Die dunklen Augen des Ritters sahen sie unverwandt an. Sein Gesicht war schmal, markant und dennoch fein geschnitten.

»Du bist in Sicherheit, niemand wird dir etwas tun«, sagte er sanft und schaute sie unverwandt an.

Die Augen fielen ihr wieder zu, und Bernard kam es vor, als wäre es ein wenig dunkler in der kleinen Kammer geworden. Die Vögel verstummten und nahmen den betäubenden Duft der Rosen mit zurück in ihre geheimnisvolle Welt.

Anastasias Blick war ihm noch immer gegenwärtig, als er das Haus des Tintenhändlers verließ, um dem Bischof von Laon seinen Bericht zu erstatten.

Le Coq erwartete ihn in seiner Bibliothek, die vollgestopft mit Büchern war, überwiegend Abhandlungen über ziviles und kanonisches Recht. Er war der Sohn eines Bierbrauers, der es dank seines Ehrgeizes und seiner außergewöhnlichen Rechtskenntnisse bis zum Advokaten des Königs gebracht hatte.

Bei Bernards Eintreten erhob er sich und führte ihn zu einer Sitzgruppe vor dem Kamin, in dem ein schwaches Feuer brannte. Auf einem niedrigen, aus Italien stammenden Tischchen stand ein Krug mit dampfendem Gewürzwein, daneben zwei gläserne Pokale. Le Coq füllte eigenhändig die Pokale und stellte einen davon vor Bernard. Ein feiner Duft von Anis, Fenchel und Honig erfüllte den Raum.

Le Coq rieb sich ungeduldig die Hände.

»Habt Ihr etwas herausgefunden?«, fragte er und bemühte sich gar nicht erst, seine Ungeduld zu verbergen.

Bernard nickte.

»Es scheint, als hätte Chrétien seinen Handlanger Gilles damit beauftragt, die Tochter eines Tintenhändlers zu beseitigen, der vor einigen Tagen verstorben ist. Sein Name war Jacob Braques. Ich bin gerade noch rechtzeitig gekommen, um das Schlimmste zu verhindern. Gilles hatte das Haus bereits angezündet.«

»Jacob Braques«, sinnierte le Coq. »Ich habe diesen Namen schon einmal gehört, aber das ist lange her.« Er starrte nachdenklich in die Flammen, bevor er sich wieder an Bernard wandte.

»Was ist mit dem Mädchen, das Ihr gerettet habt? Hat sie Euch etwas gesagt?«

Bernard schüttelte den Kopf. »Sie war bewusstlos, als ich sie gefunden habe.«

Le Coqs Gesicht rötete sich vor Aufregung. »Ihr müsst mit ihr reden«, bestimmte er. »Chrétien hat irgendetwas vor. Er plant etwas, und das kann nichts Gutes sein. Jede Nacht gehen Boten bei ihm ein und aus. Aber wir können sie nicht abfangen, ohne dass Chrétien sofort gewarnt wäre. Ich werde versuchen, Näheres über diesen Jacob Braques herauszufinden. Kommt morgen wieder her, sobald Ihr mit seiner Tochter gesprochen habt, und achtet gut auf sie. Ich will nicht, dass sie Chrétien in die Hände fällt, bevor sie uns alles gesagt hat, was sie weiß.«

Bernard erhob sich. Ein Diener geleitete ihn hinaus und vor das Haustor. Vom Fluss stieg ein feuchter, dumpfer Gestank auf. Das fahle Mondlicht reichte nicht in die Tiefen der leeren Gassen. Nur jemand, der etwas zu verbergen hatte, trieb sich um diese Zeit noch draußen herum. Es war nach Mitternacht, und selbst die Hurenhäuser hatten schon längst geschlossen. Dicht über dem schlammigen Boden sah er unzählige Augen funkeln, die ihn beobachteten. Die Ratten waren wie jede Nacht aus ihren Löchern gekrochen. Ihre huschenden Geräusche begleiteten ihn auf seinem Weg, bis er die Umrisse des Hôtel Saint-Paul vor sich sah, den bevorzugten Aufenthaltsort Karls VI.

Ein schläfrig aussehender Wachmann öffnete ihm das schmiedeeiserne Tor.

Rivières Diener lag zusammengerollt auf dem Boden des winzigen Eingangsbereiches, der zum Gemach seines Herrn führte, und schnarchte mit offenem Mund.

Bernard ging an ihm vorbei. Wie bei den meisten Männern, die einmal an einem Feldzug teilgenommen hatten, reichte der leichte Luftzug, der dem Öffnen der Türe folgte, aus, um Rivière zu wecken. Er setzte sich in seinem Bett auf und war sofort hellwach.

Ein feines Lächeln umspielte seinen schmalen Mund.

»Mein lieber Bernard«, begrüßte er ihn. »Dein Anblick ist mir wie immer eine große Freude, auch wenn der Zeitpunkt ein ungewöhnlicher ist, doch sicher hast du einen wichtigen Grund für dein nächtliches Eindringen in mein Gemach?«

Bernard nickte und erstattete ihm mit knappen Worten Bericht.

»Da ich bereits vor Tagesanbruch wieder vor dem Haus des Tintenhändlers Stellung beziehen werde, wollte ich nicht versäumen, Euch zuvor Bericht zu erstatten«, erklärte er.

Rivière nickte. »Jacob Braques«, wiederholte er nachdenklich, wie le Coq es zuvor schon getan hatte. »Du hast recht daran getan, mich zu wecken. Jacob Braques war berühmt für seine exzellenten Farbmischungen. Seine Farben leuchteten förmlich wie von innen heraus und waren beständig, ohne dabei das Pergament anzugreifen. Jeder, der etwas auf sich hielt, kaufte seine Tinten bei ihm, wenn er ein Buch in Auftrag gab, selbst der König.

Es wurde allerdings gemunkelt, er hätte sich den geheimen Wissenschaften zugewandt. In den letzten Jahren habe ich nichts mehr von ihm gehört. Während du sein Haus beobachtest, werde ich nach dem Kirchgang mit jemandem sprechen, der uns vielleicht mehr über ihn erzählen kann. Jacob Braques hatte einen Bruder, der nach dem Tod unseres geliebten Königs aus Paris verschwunden ist. Es gab damals eine Menge ungeheuerlicher Gerüchte über eine Verschwörung gegen den König. Sie verstummten erst, nachdem Jacques de Rue, der Kämmerer König Karls II. von Navarra, gestanden hat, Karl V. über die Dienste eines Zuckerbäckers der königlichen Hofbäckerei hinweg mit einem der Pfefferkuchen vergiftet zu haben, die dieser so gerne aß. Angeblich handelte es sich um ein ausgesprochen langsam wirkendes Gift aus dem Orient, das deshalb auch nicht mit dem Tod eines der königlichen Vorkoster in Verbindung gebracht worden war. Chrétien hat damals die Anklage gegen Jacques de Rue und seine Helfer vorbereitet und die Gerichtsverhandlung selbst geführt. Sie wurden allesamt zum Tode verurteilt und hingerichtet.«

Die Erkenntnis traf ihn mit voller Wucht, kaum dass er die Worte ausgesprochen hatte, und er schlug sich mit der flachen Hand vor die Stirn. »Mein Gott, wenn an den damaligen Gerüchten tatsächlich etwas dran ist, bedeutet das, dass Chrétien an der Ermordung des Königs beteiligt war!«

Fassungslosigkeit spiegelte sich in seinen Zügen. Brütend starrte er auf einen Punkt an der Wand hinter Bernard, bevor er sich ihm abrupt wieder zuwandte.

»Chrétien ist ehrgeizig und gefährlich und verfügt über ausgezeichnete Verbindungen. Es wäre ein Fehler, ihn zu unterschätzen. Du bist wie ein Sohn für mich und ich setze dich nur ungern einer Gefahr aus, aber es gibt keinen anderen, den ich mit der Überwachung seiner Person betrauen könnte, dafür ist die Angelegenheit zu delikat. Versuche also, im Hintergrund zu bleiben, wenn du nunmehr nicht nur seine Boten, sondern auch ihn beobachtest, und sei vorsichtig.«

Rivières Vertrauen erfüllte Bernard mit Stolz. Er verneigte sich vor seinem väterlichen Freund. »Ich danke Euch und werde mein Bestes tun, um Euch nicht zu enttäuschen.«

Das Universum ist Veränderung,
unser Leben ist, was wir daraus machen.
Marc Aurel

3

Carmina räumte das Geschirr vom Tisch. Das verbrannte Brot am Morgen hatte ihr einige kräftige Ohrfeigen von ihrer Herrin eingebracht. Den ganzen Tag über hatte ihr die Wange gebrannt. Doch die Schmerzen waren nichts gegen Eleonores keifende Stimme, die ihr auch jetzt noch in den Ohren gellte.

Carmina war das dritte von acht Kindern und kam aus einem kleinen Dorf eine halbe Tagesreise von Paris entfernt. Ihr Vater hatte sie und zwei ihrer Schwestern nach Paris gebracht und dort in die Dienste ihrer jetzigen Herrschaft gegeben, als sie zehn Jahre alt gewesen war, weil es nicht genügend zu essen für sie alle gab. Sie hatte ihre Schwestern nie wieder gesehen, wusste nicht, wo sie lebten und wie es ihnen ergangen war.

Die ersten Jahre waren schwer gewesen, doch mit der Zeit hatte sie sich an ihr neues Leben gewöhnt. Sie schuftete von morgens bis abends, obwohl es nie ein gutes Wort für sie gab, aber sie hatte genügend zu essen und eine Kammer ganz für sich alleine, die sie nach einer gewissen Zeit der Einsamkeit zu schätzen begonnen hatte. Bis sie dreizehn Jahre alt geworden und der Buchbinder in ihre Kammer gestiegen war und sich genommen hatte, wonach es ihn begehrte. Es war nicht bei diesem einen Mal geblieben und der Herrin auch nicht entgangen. Von da an war Eleonore noch bösartiger und gemeiner zu ihr gewesen und hatte Carmina das Leben so schwer gemacht, wie sie nur konnte. Als ihre Blutung ausblieb und sich ihr Leib wölbte, hatte Eleonore eine Kräuterfrau geholt, die ihren Unterleib mit einem stinkenden Brei aus Pflanzen einrieb und auf diese Weise das Kind aus ihrem Leib trieb. Die Schmerzen waren unerträglich gewesen, und Carmina hatte hohes Fieber bekommen, war jedoch zu Eleonores Leidwesen nicht daran gestorben. Danach hatte sie nicht mehr leben wollen, und ein Sprung von der Brücke war ihr als einziger Ausweg erschienen.

Anastasia war es, die sie vor dieser furchtbaren Sünde bewahrt und ihr neuen Lebensmut geschenkt hatte. Auf dem Weg zum Markt hatte sie ihr ein winziges Bildnis in die Hand gedrückt. Es war auf Pergament gemalt und zeigte die Heilige Jungfrau in einem schimmernden, blauen Mantel mit goldener Bordüre. »Ich habe es für dich gemalt, damit du nicht mehr so traurig bist«, hatte sie gemeint. Ihr Lächeln war so voller Güte gewesen, dass es Carmina noch heute die Tränen in die Augen trieb, wann immer sie daran zurückdachte oder das Bildnis betrachtete.

Nie zuvor hatte sie etwas Schöneres gesehen oder gar besessen. Sie hütete das Bild wie einen kostbaren Schatz, trug es tagsüber an ihrem Busen und versteckte es des Nachts unter ihrem Strohsack. Es war nicht nur das Bild, das ihr Mut machte. Das erste Mal in ihrem Leben hatte sie das Gefühl erfahren, einem anderen Menschen wichtig zu sein.

Und während sie nun das schmutzige Geschirr abspülte, musste sie immer wieder an Anastasia denken, die jetzt ganz alleine im Haus ihres verstorbenen Vaters war. Sie hatte beobachtet, wie ihr Onkel und sein Begleiter das Haus verlassen hatten, und den ganzen Tag auf eine Gelegenheit gewartet, um kurz zu ihr hinüberschlüpfen zu können, doch Eleonore hatte ihr keinen Augenblick Ruhe gegönnt und ihr einen Befehl nach dem anderen erteilt. Nichts hatte sie ihr recht machen können. Sie stellte das Geschirr zurück ins Regal und löschte das Feuer im Herd. Aus der Stube drang die schrille Stimme Eleonores, die sich wie jeden Abend mit ihrem Mann stritt. Sie würden noch eine ganze Weile streiten, bis sie zu Bett gingen. Carmina wischte sich die Hände an ihrer Schürze ab und schlich sich vorsichtig aus dem Haus.

Über dem Gebäude des Tintenhändlers lag eine merkwürdige Stille. Eine Stille, die Carmina einen Schauer über den Rücken jagte und sie zusammenzucken ließ, als irgendwo hinter ihr eine räudige Katze schrie. Entschlossen klopfte sie an die Haustüre. Anastasia hatte ihr geholfen, ihr neuen Lebensmut gegeben und war der einzige Mensch auf der Welt, der immer freundlich zu ihr war. Jetzt brauchte sie ihren Trost und ihre Hilfe.

Carmina klopfte noch einmal, doch Anastasia öffnete nicht. Erschöpft lehnte sie sich für einen Augenblick gegen die Türe, die unter ihrem Gewicht auf einmal nachgab und nach innen schwang. Jetzt war sich Carmina sicher, dass etwas nicht stimmte. Das Herz schlug ihr bis zum Hals. Sie streckte ihren Kopf durch die halb offene Türe und horchte vorsichtig. »Anastasia, ich bin es, Carmina«, flüsterte sie in die Dunkelheit. Ein leises Geräusch drang an ihr Ohr. Es klang unheimlich, und die Angst schnürte ihr fast die Kehle zu. Dunkelheit schlug ihr entgegen und hüllte sie ein. Ihr Verstand riet ihr, zu fliehen, doch ihr Gewissen ließ es nicht zu.

Ein angstvoller Schrei aus dem oberen Stockwerk ließ sie zusammenzucken. Die darauf folgende Stille wurde mit jedem Augenblick, der verging, drückender.

Carmina tastete sich vorsichtig durch die Diele zur Küche

vor. Es roch nach Feuer, Rauch hing in der Luft. Carmina vermutete, dass der Kamin verstopft war, wie es manchmal vorkam, und beschloss, sich am nächsten Morgen gleich darum zu kümmern. Sie wusste, wo die Lampe hing, und entzündete sie. Vor dem Licht der Talglampe wichen die lauernden Dämonen zurück. Erleichtert stieß Carmina die angehaltene Luft aus ihrer Lunge. Sie wandte sich um und schrak mitten in der Bewegung erneut zusammen. Etwas unter ihrem Holzschuh war knirschend zerbrochen. Carmina hielt die Lampe tiefer und starrte entsetzt auf die Scherben und die kleinen Blutflecken am Boden. Eine Spur der Verwüstung zog sich durch die Küche. Der Boden war mit Asche übersät.

»Anastasia, kannst du mich hören?« Carminas Hände zitterten noch mehr als ihre Stimme. Das Zittern übertrug sich auf das Lampenlicht, das flackernd die Küche erleuchtete und unruhige Schatten warf. Ihre Sorge um Anastasia wuchs und war stärker als ihre Angst.

Sie hastete aus der Küche und stieg mit weichen Knien die steile Holztreppe hinauf, die zu Anastasias Schlafkammer führte, wobei sie die Lampe wie einen Schild vor sich hertrug. Vorsichtig öffnete sie die Türe und trat mit klopfendem Herzen ein. Anastasia lag schlafend in ihrem Bett und wälzte sich unruhig von einer Seite auf die andere.

Carminas Anspannung wich, als sie sah, dass Anastasia nichts geschehen war. Sie stellte die Lampe auf dem kleinen Tisch in der Mitte der Kammer ab und rüttelte sanft Anastasias Schulter. Anastasia öffnete ihre Augen und sah Carmina an. »Mein Kopf, er tut so weh.« Sie sprach stockend und so leise, dass Carmina Mühe hatte, sie zu verstehen.

»Willst du mir nicht sagen, was geschehen ist?«, fragte sie.

Beunruhigende Bilder wirbelten Anastasia durch den Kopf. Ihre Kehle war wie ausgedörrt, und die Zunge klebte ihr am

Gaumen. »Ich habe solchen Durst«, sagte sie und sah Carmina bittend an.

Die nickte und lief zurück in die Küche und, als sie dort weder Wasser noch Milch vorfand, weiter in den Keller, wo sie den restlichen Wein aus dem Fass schöpfte.

Anastasia trank durstig und schnell. Der Wein wirkte sofort, betäubte den Schmerz in ihrem Kopf, und sie fühlte sich etwas besser.

Carmina nahm ihr den leeren Becher aus der Hand und setzte sich auf die Truhe neben Anastasias Bett.

»Erzählst du mir jetzt endlich, was geschehen ist? In deiner Küche sieht es aus, als ob es gebrannt hätte. Außerdem liegen dort überall Scherben.« Die Blutflecke erwähnte sie lieber nicht, aus Angst, weiteres Unheil heraufzubeschwören.

Anastasia starrte an die Decke, während sie versuchte, die Bilder in ihrem Kopf zu ordnen.

»Da war dieser Kerl«, flüsterte sie, »er wollte mich umbringen. Ich hatte solche Angst.« Sie wandte ihren Kopf und sah Carmina aus weit aufgerissenen Augen an. »Ich weiß nicht mehr, was danach geschah, aber als ich aufgewacht bin, lag ich im Keller auf dem Boden, und Gaston war über mir. Und dann …«, sie stockte, »dann hat er mich angefasst. Es war schrecklich.« Bei dieser Erinnerung stiegen ihr die Tränen in die Augen. Sie hatte sich so hilflos gefühlt. Und jetzt fühlte sie sich beschmutzt und irgendwie schuldig. Sie kroch tiefer in die Kissen und zog ihre Decke bis ans Kinn.

Carmina konnte kaum glauben, was sie gerade gehört hatte. Mit offenem Mund starrte sie Anastasia an.

»Bist du dir sicher, dass du das nicht alles nur geträumt hast?«, fragte sie schließlich und hoffte, dass es so sein würde.

Der Wein tat seine Wirkung. Anastasia hatte den ganzen Tag nichts gegessen. Ihr Körper fühlte sich mit einem Mal wunderbar leicht an, und der Schmerz in ihrem Kopf versank in einem dichten Nebel.

Ihr Gesichtsausdruck veränderte sich. Ein kleines Lächeln legte sich um ihren Mund, und ihre Augen begannen zu leuchten. Sie sprach langsam und verwundert, als könnte sie selbst kaum glauben, was sie erlebt hatte.

»Da war dieser Ritter an meinem Bett. Er hat mich gerettet, ihm allein verdanke ich, dass ich noch lebe.«

Sie sah ihn wieder vor sich: die halblangen dunklen Haare, die ihm bis auf die Schultern fielen, das gleichmäßig gezeichnete, ausdrucksstarke Gesicht mit der Narbe über der linken Augenbraue, die dunklen Augen, die sie zu beruhigen suchten und den Schrecken der vorangegangenen Erlebnisse verblassen ließen.

Sie griff nach Carminas Hand und drückte sie so fest, dass es schmerzte. »Glaubst du, dass er wiederkommen wird? Ich kenne nicht einmal seinen Namen.«

Carmina betrachtete sie mitleidig. Anastasia hatte geträumt und glaubte nun, ihr Traum wäre wahr gewesen. Aber wie zum Teufel sollte ein Ritter in ihre Kammer gekommen sein? Der Tod ihres Vaters musste das arme Mädchen um den Verstand gebracht haben.

Sie wollte ihr so gerne helfen, wusste aber nicht wie. Und außerdem war sie zum Umfallen müde.

»Ruh dich aus«, schlug sie schließlich vor, weil ihr nichts Besseres einfiel. »Ich hole dich morgen ab, dann können wir zusammen zum Markt gehen. Und auf dem Weg dorthin erzählst du mir alles noch einmal ganz genau.« Sie gähnte mit offenem Mund und stand auf. Dann nickte sie Anastasia noch einmal zu und ging nachdenklich nach Hause.

Als sie jedoch wenig später in ihrer Kammer lag, musste sie an die Scherben und die Blutflecken in Anastasias Küche denken, und Zweifel stiegen in ihr hoch. Ob sie Anastasia unrecht getan hatte? Was, wenn ihre Geschichte doch stimmte? Aber sie war zu müde, um noch länger darüber nachzudenken. Die Augen fielen ihr zu, und sie träumte von Mördern und Rittern, die allesamt aussahen wie Gaston.

Anastasia erwachte schon früh. Der hämmernde Schmerz in ihrem Kopf war verschwunden, und sie fühlte sich wieder wohlauf.

Sie erhob sich und trat an ihren Waschtisch. Ihre Waschschüssel war leer, ebenso der danebenstehende Krug. Anastasia griff nach ihrem Kamm und kämmte ihr Haar, bis es glänzte, dann nahm sie ihren Mantel und den Wassereimer und verließ das Haus.

Auf dem Weg zum Brunnen begegneten ihr nur einige Knechte und Mägde, die sich beeilten, das Vieh ihrer Herrschaft auf die Wiesen vor der Stadtmauer zu treiben, noch bevor die Wagen der Bauern und Händler auf ihrem Weg zu den Marktplätzen die Gassen verstopfen würden. Anastasia ging tief in Gedanken versunken.

In dem klaren, kalten Morgenlicht kamen ihr die Ereignisse des gestrigen Tages unwirklich vor. Hatte es den grässlichen Kerl, der sie umbringen wollte, wirklich gegeben? Gaston, dieser widerliche Hundsfott, war jedenfalls kein Traum gewesen, auch wenn es nicht schade wäre, wenn sie ihn ins Reich der Träume hätte verbannen können. Sie schüttelte sich bei dem Gedanken an seine grapschenden Hände und seinen übel riechenden Atem.

Und dann war der fremde Ritter gekommen. Im Gegensatz zu Gaston hatte er erdig gerochen wie feuchter Lehm, vermischt mit Rauch und Eigelb und ein bisschen wie der Duft von frisch geschnittenem Gras, das in der Sonne trocknete.

Gut, dass Carmina nicht wusste, was sie gerade dachte, sonst würde sie gewiss glauben, dass sie nun völlig den Verstand verloren hätte. Anastasia lächelte. Einem Mann wie diesem Ritter war sie noch nie zuvor begegnet. Er war so anders als die aufdringlichen Burschen in ihrer Nachbarschaft und auch anders als alle Menschen, denen sie je begegnet war.

Er hatte sie angesehen, als wäre sie etwas Kostbares und das Wichtigste auf der ganzen Welt für ihn.

Er war kein Traum gewesen, auch wenn ihr Carmina das nicht glaubte. Aber wieso war er überhaupt in ihrem Haus gewesen? Hatte er von dem Mann, der sie hatte umbringen wollen, gewusst? Und warum hatte dieser Mensch sie überhaupt umbringen wollen? Ob der Begleiter ihres Onkels ihn geschickt hatte? Immerhin hatte er behauptet, dass sie eine Gefahr für ihr Unternehmen wäre. Aber inwiefern sollte sie ihm gefährlich werden, wenn sie nicht einmal wusste, von welchem Unternehmen er gesprochen hatte?

In dem schlammigen Hofeingang der Auberge »Blaue Henne« waren zwei Goldgräber, wie die Entleerer der Abtritte und Jauchegruben spöttisch genannt wurden, bei ihrer elenden Arbeit. Den von einem mageren, grauen Schimmel gezogenen Karren hatten sie quer in der Gasse stehen lassen. Beißende Dämpfe stiegen von dem Wagen auf. Anastasias Augen begannen zu tränen. Sie schlug ihren Mantel vor Mund und Nase und beeilte sich, um den Karren herumzukommen. Aus den Augenwinkeln heraus beobachtete sie, wie die Goldgräber den Körper eines Mannes, jeder einen seiner Füße unter den Arm geklemmt, aus der stinkenden Grube unter dem Erker der Auberge in die Mitte des Hofes zogen. Anastasia sah sofort, dass der Mann tot war. Sein Körper war völlig steif, und seine Finger krümmten sich, als hätte er in den letzten Augenblicken seines Lebens noch versucht, etwas festzuhalten. Schwarz glänzende, stinkende Jauche überzog den mitten in der Bewegung erstarrten Körper wie eine zweite Haut. Anastasia spürte Übelkeit in sich aufsteigen und wandte sich ab. Sie wollte das Gesicht des Toten nicht sehen und konnte doch nicht anders, als hinzuschauen. Seine Augen waren geschlossen, als hätte der Schlaf ihn überrascht. Aber er schlief nicht, er war tot.

Es war ihr Onkel! Wie gebannt starrte sie auf den Toten, unfähig, sich zu bewegen. Sie fühlte sich, als würde ihr Leben auseinanderbrechen und in tausend Einzelteile zerspringen wie der Krug, den sie dem Mörder in sein hässliches Gesicht geschlagen hatte.

Die Goldgräber öffneten den Mantel des Verstorbenen und durchsuchten ihn nach verborgenen Wertgegenständen. Triumphierend zog der Größere von ihnen einen ledernen Beutel hervor und ließ ihn blitzschnell unter seinem grauen Kittel verschwinden. Der andere Mann protestierte lautstark. Er wollte wissen, was in dem Beutel war. Dabei fiel sein Blick auf das verstörte Mädchen, das neben dem Karren stand und mit bleichem Gesicht nach Fassung rang. »Mach, dass du weiterkommst, hier gibt es nichts zu sehen«, verlangte er barsch und brachte den anderen durch einen warnenden Wink seiner Hand zum Schweigen.

Als Anastasia nicht sofort gehorchte, ergriff er seine Schaufel und schwenkte sie drohend in ihre Richtung.

Anastasia wich zurück. Ihre Finger umklammerten den Henkel ihres Holzeimers so fest, dass die Knöchel weiß hervortraten. Eine merkwürdige Starre hatte Besitz von ihr ergriffen. Mit hölzernen Bewegungen lief sie weiter zum Brunnen und achtete nicht auf die neugierigen Blicke, die ihr folgten. Sie wartete, bis sie an der Reihe war, füllte ihren Eimer mit Wasser und trug ihn nach Hause.

Dort angekommen setzte sie sich auf ihren Stuhl am Küchentisch und starrte blicklos in den kalten Kamin. So fand Carmina sie wenig später. Anastasias Gesicht war noch immer aschfahl, und sie zitterte am ganzen Körper. Das schreckliche Durcheinander in der Küche schien sie nicht einmal zu bemerken. Carminas Herz zog sich vor Mitleid zusammen. Sie entfachte ein Feuer im Herd. Dann eilte sie zurück in das Haus des Buchbinders, vergewisserte sich, dass Eleonore noch schlief, und kehrte mit einem Krug Milch, in den sie einen Löffel Honig gegeben hatte, und mit einem Kanten Brot vom Vortag zurück. Eleonore würde ihr den Honig und die Milch von ihrem mageren Lohn abziehen, falls sie etwas bemerkte, aber das war ihr gleichgültig. Sie erwärmte die Milch und rührte so lange in ihr herum, bis der Honig sich aufgelöst hatte. Als Letztes bröckelte sie noch das Brot in die Milch, goss alles in eine Schale, setzte sich Anastasia gegenüber und schob ihr einen Löffel nach dem anderen von der heißen, süßen Suppe in den Mund.

Langsam löste sich Anastasia aus ihrer Starre, und ihr Gesicht bekam wieder etwas Farbe. Schließlich nahm sie Carmina den Löffel aus der Hand und aß hungrig ihre Schale leer.

Danach fühlte sie sich besser. Carmina stand auf. »Kommst du jetzt mit zum Markt?«, drängte sie. »Wir sind schon spät dran, und du weißt doch, wie böse meine Herrin werden kann.«

Anastasia bedachte sie mit einem merkwürdigen Blick.

»Mein Onkel ist tot.«

Carmina schnappte erschrocken nach Luft. »Hast du wieder geträumt?«, fragte sie und spürte gleichzeitig, wie sich ihr Magen zusammenzog.

Anastasia schüttelte den Kopf. Sie war noch ganz gefangen von dem, was sie am Morgen erlebt hatte.

»Ich war schon früh am Brunnen, und auf dem Weg dorthin habe ich gesehen, wie zwei Goldgräber ihn aus der Grube der ›Blauen Henne‹ gezogen haben.«

Carmina brauchte einen Moment, um die Neuigkeit zu verdauen.

Sprachlos starrte sie Anastasia an.

»Dann war alles, was du mir gestern erzählt hast, wahr?«, vergewisserte sie sich und betrachtete schaudernd die Scherben auf dem Küchenboden.

Anastasia nickte.

»Der Begleiter deines Onkels, der war irgendwie unheimlich. Glaubst du, er hat ihn umgebracht?«

Anastasia sah sie ratlos an. »Ich weiß es nicht.«

Carmina überlegte, dann fiel ihr etwas ein. »Erinnerst du dich an den Wegepflasterer, der am Osterfest so betrunken war, dass er bäuchlings in die Wassergrube unter dem Châtelet an der Grand Pont gestürzt und darin ertrunken ist? Vielleicht hat dein Onkel zu viel getrunken?« Je länger sie darüber nachdachte, umso überzeugter war sie, dass es sich genauso verhalten haben musste. Sie seufzte tief, erleichtert darüber, dass dies nun geklärt war. Denn der Gedanke, einem möglichen Mörder begegnet zu sein, behagte ihr ganz und gar nicht.

Die Glocken der umliegenden Kirchen läuteten die siebte Stunde des Tages ein. Anastasia schauderte, denn das Läuten klang schrill und wütend wie mehrere aufeinanderschlagende Klingen.

Carmina nahm Anastasias Hand und zog sie von ihrem Stuhl hoch. »Lass uns endlich gehen. Deine Vorräte sind aufgebraucht, und du musst schließlich irgendetwas essen«, bestimmte sie.

Feiner Nieselregen legte sich wie ein Schleier um die beiden jungen Frauen, als sie mit ihren Körben am Arm den Markthallen entgegenstrebten.

Das Gewirr aus Stimmen und Gerüchen aller Art verdichtete sich, je näher sie dem Marktplatz kamen. In einem Moment duftete es nach gebratenem Fleisch oder fremdartigen Gewürzen, beim nächsten Schritt schlug einem dagegen der Gestank fauliger Fischreste entgegen, bis man in die schiebende, stampfende Menge eintauchte und alle Aromen zu einem übel riechenden Dunst verschmolzen, der Kleider und Haare durchdrang und nach einer gewissen Zeit der Gewöhnung von niemandem mehr wahrgenommen wurde.

Es war jetzt unmöglich, nebeneinander herzugehen. Carmina schob sich entschlossen vor Anastasia und bahnte ihr durch eine Gruppe von Bettlern hindurch, die auf die Auslagen starrten, als würden sie das himmlische Reich Gottes vor sich sehen, den Weg zu den Fleischbänken.

Sie erstand ein großes Stück geräucherten Schinken und ein Dutzend Würste und verstaute diese in ihrem Korb, den sie danach fest an sich gepresst vor ihrem Leib trug, um ihn stets im Auge zu haben und vor dreistem Gesindel mit allzu flinken Fingern zu schützen. Sie war sich der neidischen Blicke bewusst, die ihr folgten. Ebenso wie der Nasen, die sich in ihre Richtung drehten, um wenigstens einen Hauch des köstlichen Duftes zu erhaschen, der den Würsten entströmte.

Anastasia wollte ebenfalls ein großes Stück Schinken erstehen, als ihr einfiel, dass ihr Vater ihn niemals wieder essen würde. Der Schmerz über seinen Verlust überwältigte sie erneut. Ihre Augen füllten sich mit Tränen.

»Das macht zwei Sous«, erklärte der Händler und hielt ihr auffordernd seine Hand entgegen. Als sie nicht sofort reagierte, öffnete und schloss er sie abwechselnd und mit wachsender Ungeduld. Immer mehr Leute drängten an seinen Stand. Anastasia schluckte die aufsteigenden Tränen hinunter und kramte in ihrem Beutel. Dabei stellte sie fest, dass sie nur noch drei Sous besaß.

»Ich nehme doch lieber ein Stück Suppenfleisch«, erklärte sie dem Händler, der daraufhin mit mürrischem Gesicht den Schinken zurück an seinen Haken hängte.

Anastasia nahm das Fleisch entgegen, das der Händler in ein Kohlblatt eingeschlagen hatte, und folgte Carmina zu den Gemüseständen. Die Magd kaufte ihr Gemüse immer an demselben, etwas abseits gelegenen Stand, der nur aus einigen ungehobelten Brettern mit einigen Körben und einem Stuhl dahinter bestand. Warum sie immer nur zu diesem Stand ging, wusste Carmina selbst nicht. Als Anastasia sie einmal danach gefragt hatte, hatte sie ihr zumindest keine Antwort darauf geben können. Der Stand gehörte einer alten, rotgesichtigen Bäuerin, die einen abgewetzten, grauen Wollrock trug, der wie sie selbst jeden Tag mehr zu verblassen schien.

Die Bäuerin lächelte nie und sprach nur wenig. Aber irgendetwas in ihrem Blick lud die Frauen, die bei ihr einkauften, dazu ein, ihr von den eigenen Nöten und Problemen zu erzählen, sie bei der Alten abzuladen wie überflüssigen Ballast.

Carmina trat an den Stand und betrachtete prüfend die Eier, Rüben, Zwiebeln und Kohlköpfe in den Körben und traf danach ihre Auswahl, doch die Bäuerin hörte ihr nicht zu.

Ihre kleinen, flinken Augen huschten an Carmina vorbei, hatten etwas entdeckt, das ihre gesamte Aufmerksamkeit in Anspruch nahm.

Carmina wollte sich schon umdrehen und ihrem Blick folgen, als die Alte sie blitzschnell am Handgelenk packte.

»Da hinten ist ein Kerl, der euch verfolgt«, zischte sie ihr zu und umschloss Carminas Handgelenk noch fester, um dadurch zu verhindern, dass sich Carmina einem Impuls folgend doch noch umwandte.

»Es ist besser, wenn er nicht weiß, dass ihr ihn bemerkt habt«, warnte die Bäuerin Carmina und ließ ihr Handgelenk los.

Carmina zitterte vor Aufregung. Es war nur schwer zu ertragen, einen Feind in seinem Rücken zu wissen, dessen Gesicht man nicht kannte.

Ihre Angst sprang auf Anastasia über. Unwillkürlich schob sich diese näher an Carmina heran, während die Alte Zwiebeln, Rüben und Kohl in Carminas Korb legte, als wäre nichts geschehen.

»Danke«, flüsterte Anastasia der Bäuerin zum Abschied zu. Die Blicke der Alten folgten den beiden Frauen, bis die durcheinanderhastende Menschenmenge sie verschluckt hatte.

Anastasia musste sich zwingen, nicht zu rennen. Die unterschiedlichsten Gefühle tobten in ihr. Der Boden unter ihren Füßen wankte, und ihre Knie fühlten sich merkwürdig weich an.

Gilles hatte vorgehabt, sich von dem Lohn, den ihm seine Aufträge eingebracht hatten, einige der verlockend duftenden, geräucherten Würste zu kaufen, als er plötzlich Anastasia vor den Fleischbänken entdeckte. Sie war also nicht tot, wie er gehofft hatte, und damit eine Gefahr für ihn. Wütend starrte er das Mädchen an. Die Würste mussten also warten, obwohl sein Magen knurrte. Auch aus seinem freien Tag, den er beim Würfelspiel zu verbringen gedacht hatte, würde vorerst wohl nichts werden. Denn wenn er nicht in einer ebenso stinkenden Grube enden wollte wie sein letztes Opfer, musste er schleunigst seinen Auftrag zu Ende bringen.

Er dachte kurz darüber nach, wie die Kleine dem Feuer entkommen sein konnte. Irgendjemand musste ihr geholfen haben. Vielleicht war es die Magd mit den fetten Brüsten gewesen, die ihr bei jedem Schritt beinahe aus dem Mieder sprangen. Sie war ganz nach seinem Geschmack, und wenn er mit der Tochter des Tintenhändlers fertig war, käme sie an die Reihe. Frauen waren geschwätzig, konnten einfach ihren Mund nicht halten, und er wusste nicht, was die Kleine der Magd alles erzählt hatte. Auf keinen Fall konnte er irgendwelche Mitwisser gebrauchen.

Er wusste, was er zu tun hatte, und hatte sich bereits in Bewegung gesetzt, während er noch über die Magd nachdachte.

Der Anblick ihres Elternhauses weckte Erinnerungen und das Gefühl von Geborgenheit in Anastasia, vertraute Gewissheiten, die nun ins Wanken geraten waren.

Unschlüssig blickte sie auf die geschlossenen Fensterläden, die sie von der fernen glücklichen Zeit auszuschließen schienen, die unwiederbringlich für sie verloren war.

Carmina zuckte zusammen, als Eleonores schrille Stimme durch die Gasse schallte. »Da bist du ja endlich, du faules Stück. Mach, dass du reinkommst, und beeil dich gefälligst!«, schrie sie ihr aus dem geöffneten Fenster im Erdgeschoss entgegen.

Gaston kam die Gasse entlanggeschlichen und duckte sich unter dem Geschrei seiner Mutter enger an die Hauswände, in der Hoffnung, nicht von ihr entdeckt zu werden. Seine linke Wange war geschwollen und bläulich verfärbt. Er warf Anastasia einen wütenden Blick zu, wagte aber nicht, sie anzusprechen.

Doch Gastons Hoffnung erfüllte sich nicht. Eleonore entdeckte ihn, als er gerade in den Hofeingang einbiegen wollte, und befahl ihn zu sich, während Carmina ins Haus eilte, um ihre Herrin nicht noch mehr zu erzürnen.

Zögernd stand Anastasia da und hielt sich an ihrem Korb fest.

Sie spürte ihn, noch bevor sie ihn sehen konnte! Wie aus dem Nichts aufgetaucht stand er plötzlich hinter ihr. Sie erkannte ihn an seinem Geruch und spürte die Wärme seines Körpers in ihrem Rücken, die irritierende Gefühle in ihr auslöste. Vor lauter Aufregung wurde ihr abwechselnd heiß und kalt.

Sein Atem streifte ihre Wange. »Nicht erschrecken«, flüsterte er leise an ihrem Ohr. Dann trat er neben sie und suchte ihren Blick, um sich zu vergewissern, dass sie ihn verstanden hatte.

Er fasste sie an beiden Schultern und schob sie sanft zur Seite, dann zog er sein Messer und öffnete mit einem Ruck die Haustüre. Ein kurzer, entsetzter Aufschrei war zu hören, dem Kampfgeräusche und wilde Flüche folgten. Ein Ochsenkarren rumpelte an Anastasia vorbei und verschluckte die Geräusche im Inneren des Hauses. Anastasia stand, unfähig sich zu bewegen, an der Stelle, wo der fremde Ritter sie zurückgelassen hatte. Sie wusste nicht, wie viel Zeit vergangen war, als Bernard seinen Kopf aus der Tür herausstreckte und ihr bedeutete, zu ihm hereinzukommen.

Drinnen krümmte sich Gilles mit schmerzverzerrtem Gesicht auf dem Dielenboden.

Aus seiner Nase tropfte Blut, und sein linkes Auge war zugeschwollen.

Bernard stieß ihm einen Fuß in die Rippen. »Wer hat dich geschickt, und wie lautet dein Auftrag?«, fragte er.

Gilles gab ihm keine Antwort.

Bernard trat noch einmal zu. Diesmal fester. Gilles stöhnte auf.

»Dein Schweigen wird dir nichts nutzen. Dass Chrétien

dich geschickt hat, weiß ich bereits, aber aus welchem Grund will er den Tod dieses Mädchens?«, fragte Bernard in barschem Ton.

Doch Gilles schwieg beharrlich. Wenn er überhaupt eine Chance hatte, lebend aus dieser Sache herauszukommen, dann nur, wenn er den Mund hielt.

Bernard merkte, dass er so nicht weiterkam. »Es gibt andere Möglichkeiten, dich zum Sprechen zu bringen«, sagte er ruhig und wandte sich an Anastasia. »Hast du irgendwo im Haus Stricke, mit denen ich ihn fesseln kann?«

Anastasia nickte und kehrte wenig später mit einigen Hanfseilen zurück, wie sie zum Zusammenbinden von Fässern benutzt wurden.

Bernard fesselte Gilles an Händen und Füßen und knebelte ihn, indem er ihm ein Küchentuch in den Mund stopfte, das er aus der Küche geholt hatte. Nachdem er die Fesseln sorgfältig überprüft hatte, nahm er Gilles den wollenen Umhang von den Schultern, stülpte ihn ihm über den Kopf und schlang das Seilende wie die Schlinge eines zum Tode Verurteilten um seinen Hals. Dann zog er sie so weit zu, dass Gilles gerade noch genügend Luft zum Atmen blieb.

Als er fertig war, erhob er sich und sah Anastasia an. »Warum will Chrétien deinen Tod? Was weißt du, das ihm gefährlich werden könnte?« Seine Stimme klang rau und verursachte ein merkwürdiges Ziehen in Anastasias Magengegend.

Anastasia dachte an ihren Vater. Wessen er sich auch immer schuldig gemacht hatte, er hatte das, was am Ende geschehen war, nicht gewollt, und sie durfte nicht zulassen, dass sein Andenken beschmutzt wurde. Dass die Schergen des Königs ihn aus der geweihten Erde rissen, seine sterblichen Überreste verbrannten und seine Asche in alle Winde verstreuten.

Sie senkte ihren Blick, konnte es nicht ertragen, dem ihr

fremden und doch so vertrauten Ritter länger in die Augen zu sehen. Ihre Welt war auf den Kopf gestellt worden, und sie sehnte sich danach, ihren Pinsel in die Hand zu nehmen und all die beunruhigenden Bilder, die hinter ihrer Stirn tobten, auf Pergament zu bannen, sie mittels Pigmenten und Leim einzufangen, wie sie es schon als Kind getan hatte, wenn sie sich vor etwas gefürchtet hatte.

Die dunklen Augen des Ritters waren erwartungsvoll auf sie gerichtet. Er wartete eine Weile, dann wandte er enttäuscht den Blick von ihr ab. Er hatte ihr das Leben gerettet, und sie brachte es nicht einmal fertig, ihm die Wahrheit zu sagen. Sie öffnete den Mund, fand aber nicht die richtigen Worte und schloss ihn wieder.

Mit hängenden Schultern und schlechtem Gewissen stand sie da und starrte auf die hölzernen Dielen, die im Laufe der Jahre stumpf geworden waren.

Bernard beobachtete jede ihrer Regungen. Sie wusste etwas, das stand fest. Doch obwohl sie in Gefahr war, weigerte sie sich, es ihm zu sagen. Es gab nur zwei Erklärungen für ihr Verhalten. Entweder sie war sich der Gefahr, in der sie sich befand, nicht bewusst, oder sie steckte in der ganzen Sache mit drin. Wobei ihm die letztere Möglichkeit aus einem Grund, den er sich selbst nicht erklären konnte, einen Stich versetzte.

»Ich muss jetzt gehen«, erklärte er schroff. »Pass gut auf den Kerl auf«, er wies mit dem Kinn auf Gilles. »Sobald es dunkel ist, lasse ich ihn abholen. Schieb bis dahin den Riegel vor, und lass niemanden ins Haus, bis ich wieder zurück bin.« Mit diesen Worten ließ er sie allein.

Anastasia fiel ein, dass sie noch immer nicht seinen Namen kannte. Sie schlug einen Bogen um Gilles und schob den

Riegel von innen vor, wie der Ritter es ihr aufgetragen hatte. Dann betrat sie das Arbeitszimmer ihres Vaters und atmete mit wehem Herzen seinen ihr vertrauten Geruch ein, der den Raum noch immer erfüllte, auch wenn er schon begonnen hatte, schwächer zu werden und sich davonzustehlen, genau wie ihre Erinnerungen an ihn.

Sie sammelte alle Fläschchen und Tiegel vom Boden auf, die nicht zerbrochen waren, und stellte sie an ihren Platz zurück. Dann schnitt sie einen Bogen Pergament zurecht, setzte sich an ihren Tisch und bemerkte erst jetzt, dass ihre Hände zitterten. Sie zitterten sogar noch, als sie die Pigmente für die Grundierung mischte. Aber die vertrauten Bewegungen ließen sie ruhiger werden, und als sie die kleinen Späne aus der getrockneten Schwimmblase eines Störs in Wasser auflöste, die sie als Bindemittel für ihre Farben nutzte, hatten ihre Hände sich wieder beruhigt. Sie wählte einen feinen Pinsel aus Eichhörnchenhaar und tauchte ihn in die Farbe.

Der zusammengeschnürte Mörder in ihrer Diele sowie alles andere um sie herum rückte in den Hintergrund ihres Bewusstseins, während aus ihrem Pinsel modrige Ranken krochen, sich um ihre kleine, vertraute Welt schlangen und sie in einen blutroten Abgrund zogen.

Das fordernde Klopfen an der Türe schreckte Anastasia auf. Im Arbeitszimmer ihres Vaters war es mittlerweile fast dunkel. Anastasia zündete eine Lampe an und schlich sich durch die Diele vorsichtig an dem auf dem Boden liegenden Mann vorbei. Als sie auf gleicher Höhe mit ihm war, bekam sie eine Gänsehaut. Sie wusste, dass er nicht schlief, auch wenn er so aussah, und war erleichtert, als sie an ihm vorbei war.

Der Ritter befand sich in Begleitung zweier Mönche. Vor dem Haus stand ein weißes Eselchen, das vor einen Karren gespannt war. Die Gasse war menschenleer und die Fensterläden der umliegenden Häuser allesamt verschlossen. Auf Bernards Wink hin trugen die beiden Mönche Gilles aus dem Haus, legten ihn auf den Karren und warfen eine Decke über ihn.

Sofort setzte sich das Gefährt in Bewegung und wurde wenige Augenblicke später von der Dunkelheit verschluckt.

Bernard zog Anastasia zurück ins Haus. »Du bist hier nicht mehr sicher«, sagte er und betrachtete das Mädchen, das seit ihrer ersten Begegnung seine Gedanken beherrschte, nachdenklich. Wer war sie wirklich? Konnte er ihr trauen? Zu viel hing davon ab, und er durfte nicht zulassen, dass sie Chrétien in die Hände fiel, bevor sie ihm alles gesagt hatte, was sie wusste. Im Schein der Talglampe trafen sich ihre Blicke. Seine Nähe verwirrte Anastasia ebenso sehr wie sein fragender Blick, der nach Antworten suchte. Unwillkürlich trat sie einen Schritt zurück und vermisste im gleichen Augenblick seine Wärme und seinen Geruch. Es kam ihr so vor, als wäre sie aus dem Sonnenlicht heraus in kühlen Schatten getreten. Sie schlang die Arme um ihren Körper, während sie sich jedes Detail seines Gesichts genau einzuprägen versuchte.

Die kühn geschwungenen Brauen, die so gleichmäßig gewachsen waren, als wären sie mit der Feder gemalt. Seine langen, dunklen Wimpern, die nun fast schwarz glänzten. Seine gerade Nase und sein schmal geschnittener Mund. Lediglich die Narbe auf seiner Stirn unterbrach die Ebenmäßigkeit seiner Gesichtszüge. Ein dünner, roter Strich wie von der Spitze eines Schwertes gezogen.

Währenddessen hatte Bernard von Dreux seine Entscheidung getroffen.

»Pack dein Bündel, ich werde dich von hier fortbringen.« Anastasia starrte ihn erschrocken an. Sie war noch nie von zu Hause fort gewesen und wollte selbst jetzt nicht von hier weg. Auch wenn sie nicht mehr sicher war, war das Haus doch alles, was ihr noch geblieben war. Sie konnte ihr Bündel mitnehmen und ihre Erinnerungen, nicht aber die vertrauten Gerüche, das gleichbleibende Knarren der Dielen oder den Abendstern, der durch die Dachluke in ihre Kammer hineinschien wie ein Auge, das vom Himmel aus über sie wachte.

Sie verschränkte die Arme vor der Brust.

»Ihr verlangt von mir, dass ich mit Euch gehe, obwohl ich nicht einmal Euren Namen kenne?«

Bernard starrte sie verblüfft an. Ihre abweisende Haltung verletzte ihn. Er hatte ihr das Leben gerettet und wollte sie vor weiteren Angriffen schützen. Sie musste doch wissen, dass er es nur gut mit ihr meinte.

»Du hast recht«, lenkte er dennoch ein. »Ich bin bisher nicht dazu gekommen, mich vorzustellen.« Er ließ sie nicht aus den Augen. »Mein Name ist Bernard von Dreux, ich bin ein Ritter des Königs und habe dir meine Hilfe angeboten.« Er beugte sich etwas weiter vor. »Und nun würde ich gerne erfahren, warum du sie ablehnst.«

Anastasia sah an ihm vorbei und schwieg.

»Und außerdem«, fuhr er nach einem Moment der Stille fort, »möchte ich gerne wissen, warum Chrétien dich so sehr fürchtet, dass er deinen Tod wünscht.«

Das Geheimnis ihres Vaters stand zwischen ihnen wie eine Mauer.

»Ich weiß nichts«, sagte Anastasia schließlich in der Hoffnung, er würde aufhören, sie weiter zu bedrängen.

»Du willst mir also nicht helfen?«, fragte Bernard, und es klang enttäuscht, so als habe er etwas anderes von ihr erwartet.

»Ich kann nicht«, gab Anastasia tonlos zurück und wagte

nicht, ihn anzusehen. Worauf Bernard sich abrupt umdrehte und das Haus verließ. Anastasia lauschte seinen Schritten noch nach, als diese längst in der Nacht verhallt waren.

Als sie sich wieder beruhigt hatte, kehrte sie an ihren Platz im Arbeitszimmer ihres Vaters zurück und betrachtete das kleine Bild, das sie gemalt hatte. Sie hob es hoch und stellte es auf den Kopf. Genauso fühlte sie sich. Ihr Leben war auf den Kopf gestellt, und nichts war mehr so, wie es gewesen war.

Bernard von Dreux. Leise sprach sie seinen Namen aus, einmal, zweimal und immer wieder. Endlich hatte ihr Lebensretter einen Namen. Allein bei dem Gedanken an ihn beschleunigte sich ihr Herzschlag erneut. Sie hatte es nie für möglich gehalten, dass sie sich so sehr zu einem Mann hingezogen fühlen könnte, den sie gar nicht kannte. War das die Liebe, über die die jungen Mädchen hinter vorgehaltener Hand tuschelten? Am Brunnen, auf dem Weg zum Markt oder an den Sonntagen, wenn sie über die Brücken zu den Ufern der Seine flanierten? Die Töchter der Kaufleute, Krämer und Bierbrauer.

Anastasia hatte sich nie Gedanken darüber gemacht, ob das, was sie tat, richtig war oder nicht. Seit dem frühen Tod ihrer Mutter hatte sie getan, was ihr gerade in den Sinn kam, und ihr Vater hatte sie gelassen. Doch jetzt grübelte sie darüber nach, ob es richtig gewesen war, das Geheimnis ihres Vaters für sich zu behalten. Sie hatte es nicht übers Herz gebracht, ihn zu verraten. Außerdem hatte sie befürchtet, dass Bernard sie verachten würde, wenn er die Wahrheit erfuhr. Die Wahrheit über den Tod Karls des Weisen.

Der Gedanke ließ sie schaudern, und sie begann zu ahnen, dass die Anschläge auf ihr Leben mit der Vergangenheit zu tun hatten und mit der Schuld, die wie ein Kainsmal an ihrer Familie haftete.

Sie drehte das Bild wieder richtig herum. Ein ebenso verzweifelter wie sinnloser Versuch, die Dinge wieder ins rechte Lot zu rücken. Ihr Leben stand nach wie vor auf dem Kopf, und sie hatte keine Ahnung, wie es weitergehen sollte.

Die Mönche schafften Gilles ins Châtelet, den Amtssitz des Magistrats, der aus dem Großen Rat der sechsunddreißig bestand, jeweils zwölf Männern aus jedem Stand, die von den Generalständen in ihr Amt gewählt wurden, um die Krone zu beraten. Hugues Aubriot, der Vogt und Vorsteher der Kaufleute von Paris und ein alter Freund le Coqs, sorgte dafür, dass sie ungesehen in einen der tiefer gelegenen Kellertrakte gelangten, die schon lange nicht mehr genutzt wurden.

Dort unten erlebte Gilles einen Vorgeschmack auf die Hölle, die er kurz zuvor noch Anastasia zugedacht hatte. Die beiden Henker, die auch als Folterknechte arbeiteten, hatten rohe und stumpfsinnige Gesichter. An ihren muskulösen, behaarten Unterarmen klebte Blut. Sie trugen kurze Lederröcke und stanken entsetzlich.

Eine halbe Stunde auf der Streckbank reichte aus, um Gilles' Zunge zu lösen. Er hatte keine Hoffnung mehr, mit dem Leben davonzukommen, und außerdem grauenhafte Angst vor dem Sterben, die er nur ertrug, weil er alles und jeden verfluchte, der ihm einfiel.

Er wäre ruhiger gewesen, wenn er gewusst hätte, dass le Coq gar nicht daran dachte, ihn zu ermorden, sondern ihn so lange gefangen halten wollte, bis er noch weitere Beweise gegen Chrétien in den Händen hielt, um Anklage gegen ihn erheben zu können.

Bernard beobachtete weiterhin Chrétiens Haus, der sich verdächtig ruhig verhielt. Tagsüber hielt er sich an der Universität oder bei Hofe auf oder nahm an den Sitzungen des Domkapitels teil, dem er seit einiger Zeit vorstand. Wahrscheinlich hatte er Verdacht geschöpft, nachdem Gilles nicht zurückgekehrt war, denn kein einziger weiterer Bote verließ mehr sein Haus. Abgesehen von den üblichen Lieferanten empfing er überhaupt keine Besucher.

Bernard war überzeugt davon, dass Anastasia nur vorgab, nichts zu wissen, und es deshalb vorgezogen hatte zu schweigen, obwohl sie noch immer in Gefahr war. Dass sie ihm nicht vertraute, verletzte ihn mehr, als er sich eingestand.

Trotzdem gelang es ihm nicht, sie aus seinen Gedanken zu verbannen. Er schob die Kapuze der braunen Mönchskutte zurück, die ihm übers Gesicht gerutscht war und seine Sicht auf Chrétiens Haus behinderte. Er hatte zu viel Zeit zum Grübeln und vermisste die Waffenübungen und das Reiten, die einen großen Teil seines üblichen Tagesablaufs in Anspruch nahmen. Stattdessen stand er nun hier herum und hatte nichts anderes zu tun, als auf ein Haus zu starren. Dabei war es noch nicht einmal Mittag. Das Bespitzeln war ihm zuwider, so wie ihm das ganze Ränkeschmieden und die Intrigen bei Hof zuwider waren. Verlogenheit und Heuchelei. Geschwollene Rhetorik statt ehrlicher Worte und Schwertkämpfe, Mann gegen Mann. Letztere waren das einzig Wahre für ihn, denn Gott würde immer auf der Seite der Gerechten sein, davon war er überzeugt.

Als Bernard in dieser Nacht ins Hôtel Saint-Paul, den bevorzugten Aufenthaltsort des Königs, zurückkehrte, in dem er seine eigene Kammer besaß, erwartete ihn eine Nachricht Karls VI., der ihn dazu aufforderte, ihn am nächsten Morgen zur Jagd zu begleiten.

Sofort hob sich seine Stimmung. Eine Jagd war genau das Richtige, um die düsteren Gedanken aus seinem Kopf zu vertreiben.

Anastasia biss hungrig in das Brot, das Carmina ihr vorbeigebracht hatte. »Was willst du denn jetzt tun?«, fragte die Magd und sah Anastasia mitleidig an. Anastasia schluckte zuerst den letzten Bissen des Brotes hinunter, bevor sie Carminas Frage mit einem mutlosen »Ich weiß es nicht« beantwortete. Einer Waise blieben nur wenige Möglichkeiten. Sie konnte entweder in ein Kloster gehen oder aber versuchen, einen Mann zu finden, der bereit war, ein mittelloses Mädchen wie sie zu ehelichen. Ob man sie im Kloster malen lassen würde?

Carmina hatte sich bereits umgehört, in welchem der umliegenden Häuser noch eine Dienstmagd benötigt wurde, doch die Hausfrauen, bei denen Anastasia daraufhin vorstellig geworden war, hatten es jedes Mal abgelehnt, sie einzustellen.

»Du siehst nicht danach aus, als könntest du schwere Arbeit verrichten, außerdem bist du viel zu hübsch, sodass sie Angst um ihre Männer haben«, meinte Carmina.

Seit Tagen schon hob sie von jeder ihrer Mahlzeiten etwas für Anastasia auf. Aber Eleonore war bereits misstrauisch geworden, und Carmina befürchtete, dass es nicht mehr lange gutgehen würde. Erst am Vortag hatte Eleonore sie dabei erwischt, wie sie ein Stück Brot unter ihrer Schürze verschwinden ließ, und ihr gedroht, sie vor die Türe zu setzen, was Carmina in keinem Fall riskieren wollte. Das erste Mal in ihrem Leben war sie geradezu froh über ihre Arbeit, denn auch wenn sie von morgens bis abends schuften musste, hatte sie bislang doch nie hungern müssen und es immer warm gehabt.

»Das Einzige, was ich noch versuchen könnte, ist eine Arbeit als Buchmalerin zu bekommen«, sagte Anastasia zweifelnd. »Wenn ich nur wüsste, ob meine Ranken und Blätter kunstvoll genug ausgeführt sind.«

Carmina dachte an ihr wunderschönes Madonnenbild.

Auch wenn sie nicht wusste, was ein Buchmaler alles können musste, war sie davon überzeugt, dass niemand besser malen konnte als Anastasia, und behauptete daher voller Überzeugung: »Die anderen Buchmaler werden vor Neid erblassen, wenn sie deine Arbeiten sehen.«

Die Stille, die in der niedrigen Schreibstube herrschte, wurde nur durch das Kratzen der Federn unterbrochen, die in unterschiedlicher Geschwindigkeit über sorgfältig zugeschnittenes Pergament glitten. Es roch nach Gummi, Ruß und Schweiß, wobei der Schweißgeruch überwog.

Die Männer an den eng beieinanderstehenden Schreibpulten hockten mit gebogenen Rücken und angespannten Mienen über ihrer Arbeit, bei der sie von einem dicklichen Mann mit dünnem Haar und blasser Haut beaufsichtigt wurden, der von Pult zu Pult schritt und sie unablässig zur Eile antrieb.

Bei Anastasias Eintreten sah er auf und musterte sie aus rotgeränderten Augen. »Womit kann ich Mademoiselle dienen?«, fragte er mit eigenartig hoher Stimme.

Anastasia nahm all ihren Mut zusammen.

»Ich suche Arbeit.« Ein umstürzendes Fuhrwerk hätte nicht mehr Aufmerksamkeit erregen können als diese von einem jungen Mädchen ausgesprochenen Worte. Die Schreiber hielten inne, und dreizehn Augenpaare starrten sie neugierig an.

Anastasia sah zu einem etwas erhöht stehenden Pult hinüber, hinter dem ein alter Mann saß, der unbeirrt weitermalte, als würden ihn die Dinge um ihn herum nichts angehen. Seine Ähnlichkeit mit dem Aufseher war unverkennbar. Um ihn herum reihten sich Schälchen und Tiegel mit farbigen Pigmenten und Tinten, mehrere Fläschchen mit Wein und Essig und Gefäße mit Pinseln und Federn aller Art.

Neugierig ging sie auf das Pult zu, um zu sehen, was er

malte, welche Bindemittel und Pigmente er benutzte, doch bevor sie es erreichen konnte, versperrte ihr der Aufseher den Weg. »Wir haben bereits genügend Schreiber hier, und eine Frau können wir schon gar nicht gebrauchen«, sagte er verächtlich und bedachte sie mit einem Blick, als hätte er eine Küchenschabe vor sich, die er sogleich zertreten würde.

»Ich könnte dich schon gebrauchen, du könntest mir mein Bett wärmen«, rief einer der Schreiber aus und grinste dabei spöttisch. Die anderen Männer lachten, während der Aufseher rot anlief. »Ich bezahle euch fürs Arbeiten und nicht für lose Bemerkungen!«, brüllte er. Die Schreiber senkten ihre Köpfe. Es gab bei Weitem mehr Lohnschreiber in Paris als Aufträge, und keiner von ihnen wollte seine Arbeit verlieren.

»Aber ich suche keine Arbeit als Schreiber, sondern als Buchmaler.«

Jetzt wandte sich auch der alte Buchmaler zu ihr um. Seine Augen waren trüb vom Malen. »Du behauptest, malen zu können?« Er musterte sie interessiert von oben bis unten.

Der Aufseher öffnete den Mund, um zu protestieren, doch der Alte brachte ihn mit einer Handbewegung zum Schweigen.

Anastasia nickte schüchtern.

Der Buchmaler winkte sie zu sich heran.

»Siehst du diese Verzierungen?«, fragte er und zeigte auf die vorgezeichneten Ranken, die sich um die Ränder des vor ihm liegenden Pergamentblattes schlängelten.

Anastasia nickte stumm.

»Glaubst du, du kannst ebensolche Ranken malen?«

Anastasia nickte erneut. Der Buchmaler erhob sich ächzend und bedeutete Anastasia, seinen Platz einzunehmen.

»Dann beweise es«, befahl er und reichte ihr ein Pergament, auf dem der Schriftspiegel bereits festgelegt war.

Anastasia setzte sich, nahm einen Griffel und begann zu malen, anfangs zögerlich, wurden ihre Bewegungen mit jedem Strich sicherer, bis die Ranken ihrem Griffel förmlich zu entsprießen schienen.

Ungläubig starrte der Buchmaler erst auf das Blatt, dann auf das Mädchen.

»Das genügt«, meinte er und nahm das Blatt zur Hand, um es von Nahem zu betrachten. Die Ranken, die das Mädchen gemalt hatte, wirkten so lebendig, als würden sie aus dem Pergament herauswachsen und sich dem Betrachter entgegenstrecken. Der Himmel musste ihm dieses Mädchen geschickt haben.

»Sie kann bleiben«, bestimmte er.

Sogleich richtete ihr der Aufseher einen Platz im Hinterzimmer ein, wo sie für die Kunden, aber auch für die Schreiber unsichtbar blieb. Er gab sich keine Mühe, seinen Ärger über die Entscheidung seines Vaters zu verbergen, und blieb ihr gegenüber abweisend und mürrisch.

»Jedes Pergament, das du ruinierst, wird dir vom Lohn abgezogen«, verkündete er mit seiner garstigen, hohen Stimme. »Und wenn du nicht pünktlich und fleißig bist, werfen wir dich hinaus.«

Anastasia war glücklich. Jeden Tag malte sie vom ersten Morgenlicht, bis es dämmerte und sie die Farben nicht mehr erkennen konnte. Die Tinten des alten Buchmalers waren blass, seine Pigmente zu grobkörnig, um sie gleichmäßig zu vermalen, sein Zinnober besaß nicht genügend Kraft, um zu leuchten, und sein Ultramarinblau war mit Kalkspat durchzogen. Anastasia hatte alle Mühe, mit solch einem minderwertigen Material zu malen, aber sie wagte es nicht, etwas zu sagen, geschweige denn ihre eigenen Farben mitzubringen. Der Alte schien zufrieden mit ihr, stellte sie unter seinen Schutz, und als einer der Schreiber handgreiflich ihr gegenüber wurde und sie bedrängte, warf er ihn kurz entschlossen hinaus. Von diesem Tag an beäugten sie die andern Schreiber nur noch argwöhnisch und taten so, als wäre sie gar nicht vorhanden.

Anastasia wusch ihre Wäsche am Fluss, wenn die anderen Frauen bereits gegangen waren, und buk ihr Brot am Abend, wenn ihre Nachbarn sich zum Schlafengehen bereit machten.

Jeden Sonntag, lange bevor die ersten Bürger aus ihren Federn krochen, besuchte sie das Grab ihres Vaters, und anschließend kochte sie sich einen kräftigen Eintopf, der für die ganze Woche reichen musste.

Aber obwohl sie sparsam war, reichte ihr Lohn gerade einmal, um zu überleben. Mit Schrecken dachte sie an die Herd- und die Salzsteuer, die zum Ende eines jeden Jahres fällig wurden. Dazu kam die Abgabe für die Nutzung des Brunnens, und die königlichen Steuereintreiber waren allseits gefürchtet, denn sie gewährten keinen Aufschub. Wer nicht zahlen konnte, wurde erbarmungslos gepfändet.

Wenn sie nicht bald mehr Lohn erhielt, bliebe ihr nichts anderes übrig, als die Bücher ihres Vaters zu verkaufen, und der Gedanke, sich von den Büchern, die ihrem Vater so viel bedeutet hatten, zu trennen, gefiel ihr überhaupt nicht.

Seit seinem Tod waren mittlerweile mehr als drei Wochen vergangen, aber noch immer fehlte er Anastasia über alle Maßen. Tagsüber war sie beschäftigt, doch am Abend fühlte sie sich einsam wie noch nie in ihrem Leben. Da war niemand mehr, den sie umsorgen konnte, der gemeinsam mit ihr in die Kirche ging und anschließend in die »Blaue Henne«, um dort zu erfahren, was für Neuigkeiten es in Paris gab.

Jeden Sonntag nach dem Kirchgang hatten ihr Vater und sie sich in eine Ecke der Herberge gesetzt, knusprige Bratenstücke verzehrt und den Gesprächen um sich herum gelauscht.

»Wenn man die Menschen genau beobachtet, verraten sie einem ihre Geheimnisse, und man weiß, wem man vertrauen kann und wem nicht«, hatte ihr Vater ihr einmal gesagt. Sie hatte die Worte ihres Vaters beherzigt und nach einer Weile festgestellt, dass er recht damit hatte und dass die Menschen sich tatsächlich durch ihre Gesten und ihre Mimik verrieten, vor allem, wenn sie sich unbeobachtet glaubten. Ihr Vater war viel klüger als alle Menschen, die sie kannte. Nie hatte sie sich vorstellen können, dass er einmal nicht mehr da sein würde, und nun gab es ihn nicht mehr.

In der Nacht quälten sie schlimme Träume und hielten die grässlichen Erlebnisse wach, die sie am liebsten vergessen hätte. Sie versuchte, sie in Bilder und Farbe einzuschließen, wie sie es immer getan hatte, wenn sie etwas beunruhigte oder ängstigte, aber sie krochen wieder aus ihnen hervor und verfolgten sie weiter, wie dunkle Dämonen, die keine Ruhe gaben.

Das Klopfen an der Türe unterbrach sie in ihren Gedanken. Ihr Herz schlug schneller. Bernard von Dreux war zurückgekommen! Sie eilte zur Türe. Aber was wäre, wenn er sie nur wieder ausfragen wollte? Anastasia zögerte. Obwohl sie sich einerseits darauf freute, ihn wiederzusehen, fürchtete sie sich andererseits davor. Ihre Hand umfasste die Klinke. Kurz hielt sie den Atem an, dann öffnete sie entschlossen die Türe.

Wenn ich nach vorne schaue, sehe ich nichts als Dunkelheit,
schwarze, Unheil verkündende Finsternis.
Mich dünkt, es ist schon hundert Jahre her,
seit mein Liebster von mir ging.

Christine de Pizan ließ die Feder sinken. Wieder beschlich sie dieses merkwürdige Gefühl, dass etwas in Bewegung geraten war, während sie den Schmerz ihrer Seele in Worte kleidete und auf Pergament niederschrieb. Etwas, das sich wie das Getriebe einer Räderuhr, angestoßen von einer höheren Macht, unmerklich in Bewegung setzte.

Es war ein berauschendes Gefühl, das sie ihren Schmerz und ihre Trauer vergessen ließ.

Als würde sie für die Ewigkeit schreiben. Der Gedanke daran zauberte ein Lächeln auf ihr Gesicht. Nun ja, vielleicht nicht für alle Ewigkeit, aber ihre Verse würden selbst dann noch vorhanden sein, wenn ihre Knochen schon längst zu Staub zerfallen waren.

Ob die antiken Philosophen ähnlich empfunden hatten wie sie, als sie ihre Werke niederschrieben? Viele Kaiser und Könige waren gegangen, doch die Worte ihrer Dichter und Denker blieben und erhoben sich in stillem Triumph über Vergänglichkeit und Tod.

Die alten Philosophen hatten in einer Zeit gelebt, in der das Denken freier war, vielleicht weil die Menschen damals gebildeter waren und jeder lesen und schreiben lernen durfte, selbst die Frauen. Vielleicht würde diese Zeit eines Tages wiederkommen, und vielleicht würde es dann Menschen geben, die ihre Verse lasen und es bedauerten, sie nie kennengelernt zu haben, so wie sie es bedauerte, Sokrates, Platon und Aristoteles niemals kennengelernt zu haben und den wunderbaren, weisen Kaiser Marc Aurel.

»Wenn du durch irgendwelche Umstände deine Fassung verlierst, dann zieh dich schnell in dich selbst zurück, und gerate nicht mehr aus deiner Bahn, als unvermeidlich ist. Denn du wirst über die Harmonie mehr Herr werden, wenn du beständig zu ihr zurückkehrst«, hatte Letzterer vor mehr als über tausend Jahren geschrieben. Worte, die ihr heute Kraft gaben und sie in ihren Gedanken bestärkten.

Wie herrlich wäre es gewesen, in seiner Zeit zu leben!

Die Vergangenheit schien von goldenem Glanz erfüllt, in dem für Sorgen und Nöte kein Platz gewesen war, und von Liebe und Glück. Sie hatte dieses Glück mit einer Selbstverständlichkeit hingenommen, die ihr im Nachhinein vermessen schien. Wie hatte sie nur vergessen können, dass das Rad der Fortuna niemals stehen blieb, sondern sich stetig weiterdrehte?

Was oben ist, ist auch unten, hatte ihr Vater ihr erklärt, und was es bedeutete, unten zu sein, hatte er schmerzhaft am eigenen Leib erfahren und nicht mehr die Kraft gehabt, sich gegen all die Lügen und Verleumdungen der königlichen Hofschranzen zu wehren. Sein Kummer darüber hatte ihm das Herz gebrochen.

Er hatte sie so vieles gelehrt, und sie begriff plötzlich, welchen Schatz er ihr hinterlassen hatte. Einen Schatz, den ihr niemand mehr nehmen konnte.

Sie dachte an den Tag zurück, an dem ihr Vater sie in eine fremde Welt geführt hatte, in eine Welt der Gedanken, der Träume und Jahrhunderte alten Wissens, zu dem nur wenige Auserwählte Zutritt hatten.

»Heute werde ich dir Bücher zeigen, alte Bücher, die mehr Wahrheiten enthalten, als die meisten Menschen ertragen können«, hatte er zu ihr gesagt, und sie hatte in seinen Augen gelesen, wie stolz er auf sie war.

Ihre Mutter hatte protestiert, wie sie es jedes Mal tat, wenn er sie unterrichten wollte. »Was soll nur aus dem Kind werden, wenn du es immer wieder zum Lernen ermutigst? Sie ist nun mal ein Mädchen, auch wenn du das ständig zu vergessen scheinst. Was nützt es ihr, dass sie die lateinische und griechische Sprache besser lesen und schreiben kann als so mancher Fürst? Wozu braucht sie Latein und Griechisch, wenn sie erst einmal verheiratet ist, vorausgesetzt, es findet sich überhaupt ein Mann, der eine Frau nimmt, die über mehr Wissen verfügt als er selbst?«

Empört hatte sie ein weißes Seidentuch vor seiner Nase hin und her geschwenkt wie eine Fahne. »Es sollte längst fertig gestickt sein, aber anstatt eine Nadel oder eine Spindel in die Hand zu nehmen, rührt unsere Christine lieber Tinte zusammen und verschwendet dein teures Pergament.«

Ihr Vater hatte nur gelacht. »Unsere kleine, wunderhübsche Tochter verfügt über mehr Verstand als die meisten Menschen. Es ist eine Gabe, die der Herr ihr gegeben hat. Du solltest stolz darauf sein.«

Er hatte ihrer Mutter beschwichtigend zugelächelt, Christine an der Hand genommen, und dann waren sie gemeinsam in den Louvre gegangen, in den Turm vor der Falknerei, in dem Karl V. die Bücher aufbewahrte, die Ludwig der Heilige ein Jahrhundert zuvor in der Sainte-Chapelle im Palais de la Cité zusammengetragen hatte.

Mit Staunen hatte Christine die mit irischem Holz getäfelten Wände betrachtet und die Zypressenbalken bewundert, die die Decke trugen. Die Fenster waren mit einem Gitter aus goldenem Draht versehen, damit die Vögel nicht in diese wunderbare Schatzkammer eindringen und sie durch ihren Kot verunreinigen konnten. Wo man auch hinsah, lagen Bücher. Auf Pulten und Bücherrädern, in unzähligen Truhen und endlosen Regalreihen, die bis an die Decke reichten. Wunderschön illuminierte Folianten, Stundenbücher, Breviere, Bibeln, wissenschaftliche Abhandlungen aller Art. Enzyklopädische Werke und historische wie »Die Weltgeschichte von der Schöpfung bis zum Tod Caesars«, aus der ihr Vater ihr als Kind vorgelesen hatte.

Die Luft in den Räumen der königlichen Bibliothek war

erfüllt vom Geruch der Pigmente und Pergamente, vermischt mit dem duftenden Holz der Zypressen. Sie hatte diesen Duft vom ersten Augenblick an geliebt, genauso wie sie Gilles Malet, den königlichen Bibliothekar, auf Anhieb mochte, der ein Freund ihres Vaters war.

Vier Jahre später war sie während eines Empfangs ausländischer Gesandter dann Étienne du Castel begegnet, einem Edelmann aus der Picardie, und hatte sich sofort zu ihm hingezogen gefühlt.

Ihre Augen füllten sich mit Tränen. Wenn Étienne nur bei ihr sein könnte. Bei ihm hatte sie sich sicher und geborgen gefühlt. Er fehlte ihr mehr, als sie in Worte fassen konnte, und der Schmerz über seinen Tod schwelte wie eine offene Wunde in ihr. Gedankenverloren rollte sie den gespitzten Gänsekiel zwischen ihren Fingern, als die Türe geöffnet wurde und ihre Mutter hereinkam.

Ihre Miene verzog sich unwillig, als sie Christine mit der Feder in der Hand an ihrem Schreibpult sitzen sah.

»Ich hätte mir ja denken können, dass du wieder an deinem Schreibpult sitzt«, sagte sie vorwurfsvoll und trat neben ihre Tochter.

»Was ist nur in dich gefahren?«, fuhr sie ärgerlich fort. »Anstatt an einer Näharbeit zu sitzen, wie es sich für eine anständige Frau gehört, stiehlst du unserem Herrn die Zeit mit deiner Schreiberei.«

Christine sah an ihrer Mutter vorbei aus dem Fenster. Von ihrem Schreibpult aus konnte sie das Flussufer sehen und den Fluss, der träge und silbrig schimmernd unter ihrem Fenster vorüberzog. An manchen Tagen, wenn sich funkelnde Sonnenstrahlen auf seiner Oberfläche brachen, wirkte er fast schwarz. An anderen dagegen versank er, aufgewühlt vom Wind, in einem stumpfen, bleiernen Grau.

»Ich muss einen Brief an den Präsidenten der Rechnungskammer schreiben«, verteidigte sie sich und hatte ein schlechtes Gewissen dabei. »Er verlangt Zinsen für unseren Turm und das Land und vergisst dabei ganz, dass der Turm ein Geschenk des Königs an uns war. Darüber hinaus schuldet der König meinem Gemahl noch seinen Lohn sowohl für dieses als auch für das vorangegangene Jahr. Étienne hat mit mir vor seiner Abreise darüber gesprochen. Er hoffte während der Reise auf eine günstige Gelegenheit, um den König daran zu erinnern.« Ihre Augen füllten sich mit Tränen.

Sie hatte sich tatsächlich mit der Absicht an ihren Schreibtisch begeben, diesen Brief zu verfassen, doch dann waren ihre Gedanken abgeschweift, und sie hatte sich in ihre geheime Welt geflüchtet, in eine Welt der Worte und Verse, zu der Widerwärtigkeiten und Gewalt keinen Zutritt hatten. Ihr einziger Zufluchtsort, an dem sie den unsäglichen Schmerz über den Verlust ihres geliebten Étienne vergessen konnte.

»Es wäre besser, du würdest einen Schreiber damit beauftragen, der sich mit solchen Dingen auskennt«, beharrte ihre Mutter.

Enttäuschung und Bitterkeit hatten tiefe Falten in ihr einstmals schönes Gesicht gegraben.

»Wir haben kein Geld für einen Schreiber, und ich bin sehr wohl in der Lage, diesen Brief so zu schreiben, wie ein Advokat ihn schreiben würde. Vater hat mich die Kunst der Rhetorik gelehrt, so wie er mich die anderen freien Künste gelehrt hat«, widersprach Christine ihr.

»Dein Vater, Gott habe ihn selig, hat dir nur Flausen in den Kopf gesetzt. Er hatte sich so sehr einen Sohn gewünscht, dass er darüber vergessen hat, dass du nur ein Mädchen bist.«

Ihre Worte verletzten Christine. Obwohl sie ihre Mutter liebte, hatte sie sich ihrem Vater immer näher gefühlt. Er hatte sie verstanden und sie in ihrem Wissensdurst bestätigt, während ihre Mutter stattdessen von ihr erwartet hatte, dass sie sich mit langweiligen Näh- und Stickarbeiten beschäftigte. Das Gesicht ihrer Mutter verzog sich, und der Ausdruck darin erinnerte Christine an den ihrer kleinen Tochter, wenn diese sich schmollend von ihr abwandte, weil sie ihren Willen nicht bekam.

»Was soll nur aus uns werden, nun, wo es keinen Mann mehr gibt, der uns beschützt«, jammerte sie.

Christine ahnte, was nun folgen würde, und wappnete sich innerlich dagegen.

»Ich verstehe nicht, warum du dich weigerst, wieder zu heiraten. Der Kaufmann Geoffrey Maupoivre ist ein ehrenwerter Mann, und du kannst dich glücklich schätzen, dass er um dich wirbt. Deine Söhne brauchen eine starke Hand und deine Tochter jemanden, der sie beschützt«, fuhr ihre Mutter fort. Ihre Augen nahmen einen harten Ausdruck an.

»Wenn du es schon nicht für mich tust, tu es wenigstens für deine Kinder. Oder willst du warten, bis sie uns auch noch das letzte Hemd genommen haben?«

Ihr Blick streifte demonstrativ über die leeren Wände, die noch vor wenigen Wochen mit kunstvoll gewebten Teppichen bedeckt gewesen waren.

Nun gab es keine Teppiche mehr, auch keine Bücher, geschnitzte Truhen, silberne Kerzenleuchter oder Schmuck. Angebliche Gläubiger von Étienne hatten gemeinsam mit den Bütteln des Königs alles, was von Wert war, aus dem Haus geschleppt, kaum dass ihr Gemahl unter der Erde lag.

Christine war wie betäubt gewesen, unfähig zu reagieren.

Sie sah ihre Mutter an, sah die Hilflosigkeit und die Angst in ihren Augen. Ihre Mutter war ihr Leben lang beschützt worden, erst von ihrem Vater, anschließend von ihrem Gemahl und Karl V., und nun erwartete sie von ihrer Tochter, dass sie die gewohnten Lebensumstände wiederherstellte. Geoffrey Maupoivre war ein Geschäftsfreund ihres Mannes gewesen. Durch den Handel mit Ingwer, Zimt, Gewürznelken und Muskat hatte er es zu einigem Wohlstand gebracht, und Étienne, der einige Male in seine Schiffsladungen investiert hatte, hatte gute Gewinne dabei gemacht. Geoffrey hatte um ihre Hand angehalten, kaum dass Étienne unter der Erde lag, und seine Eile damit begründet, ihre Familie, vor allem aber ihr Vermögen auf diese Art besser schützen zu können. Seitdem drängte ihre Mutter sie, seinen Antrag anzunehmen, aber obwohl vieles dafürsprach, hatte sie sich nicht dazu entschließen können. Geoffrey Maupoivre war ihr aus ganzem Herzen zuwider. Er war maßlos im Essen und im Trinken, und der Gedanke, das Bett mit ihm teilen zu müssen, ließ sie erschaudern. Außerdem bezweifelte sie, dass er ihre Kinder beschützen würde. Seinen Augen fehlte ebenso wie seinem Lächeln jede Wärme, und seine wohlwollende Art wirkte aufgesetzt auf sie.

Es schmerzte sie, ihre Mutter enttäuschen zu müssen. Aber sie würde nicht noch einmal heiraten, das hatte sie Étienne an seinem Grab geschworen. Auch wenn es vielleicht voreilig gewesen war, weil sie zu diesem Zeitpunkt noch nicht gewusst hatte, was es bedeutete, eine Witwe und ohne Schutz zu sein, war es ihr unmöglich, ihren Schwur zu brechen.

Das ungeduldige Hämmern an die Haustüre hallte bis ins Obergeschoss, in dem sich Christines Schlafgemach befand. Christine sah, wie jegliche Farbe aus dem Gesicht ihrer Mutter wich.

Stumm blickten Mutter und Tochter sich an. Beide ahnten, was das herrische Klopfen zu bedeuten hatte.

Während Christine die enge, gewundene Treppe hinunterstieg, entledigte ihre Mutter sich hastig ihres Obergewandes, schlüpfte in Christines Bett und zog die mit weißem Linnen bezogene Decke bis zum Hals hoch.

In der Nische unter der Treppe standen Christines Söhne, jeder der beiden mit einem Holzschwert bewaffnet. Sie hatten im Garten »Ritter« gespielt. Ihre Gesichter waren noch rot von dem wilden Kampf, den sie sich geliefert hatten. »Sind das wieder die bösen Männer, die unsere Sachen stehlen wollen?«, fragte Jean, der ältere ihrer Söhne, und hob kampfbereit sein Schwert. Christine wollte ihm über das verschwitzte Haar streichen, doch er entzog sich ihrer mütterlichen Geste. *In wenigen Jahren wird er erwachsen sein*, dachte sie wehmütig, *und er wird Étienne immer ähnlicher.*

»Ihr rührt euch nicht von der Stelle«, befahl Christine. Sie hatte die Haustüre fast erreicht, als Anna aus der Küche trat und ihr zuvorkam.

»Noch ist der Tag nicht gekommen, an dem die Frau eines königlichen Notars selbst die Türe öffnen muss und schon gar nicht diesem räuberischen Gesindel«, bestimmte sie und wischte sich hastig die Hände an ihrer Schürze ab, bevor sie eine schwarze Haarsträhne zurück unter ihre Haube schob. Christine musste wider Willen lächeln, als Anna mit einem Ruck die Türe aufriss und beide Arme angriffslustig in die breiten Hüften stemmte. Drei Männer in den roten Wappenröcken des Königs und mit wichtigen Mienen standen vor der Türe und wichen instinktiv vor Annas wütendem Blick zurück.

»Habt ihr uns noch nicht genug genommen? Ist es jetzt schon üblich, im Namen des Königs Witwen und Waisen auszuplündern?«, schrie sie den verdutzten Beamten entgegen und spuckte auf den Boden wie ein Marktweib, um deutlich zu machen, was sie von einem solchen König hielt.

Das Gesicht des in der Mitte stehenden Mannes rötete sich vor Ärger. Er hielt ein gesiegeltes Schreiben in seinen Händen und schien seinem Gebaren nach der ranghöchste der drei Männer zu sein.

»Was fällt dir ein, Beamte des Königs zu beleidigen, du unverschämtes Weib. Wenn du nicht sofort dein lasterhaftes Mundwerk hältst, lasse ich dich an den Pranger stellen.«

Christine legte Anna eine Hand auf die Schulter. »Es ist gut, Anna, die Herren tun nur ihre Pflicht.«

Annas Miene verriet, dass sie Christines Ansicht ganz und gar nicht teilte. Nur widerwillig trat sie zur Seite, um Christine vorzulassen.

»Es gibt in diesem Haus nichts mehr zu pfänden«, sagte Christine ruhig.

Der Beamte warf ihr einen giftigen Blick zu und entrollte das Schreiben. »Witwe Castel, Ihr schuldet dem König den Zins für den Barbeauturm und den dazugehörenden Grund. Die Gesamtsumme beläuft sich auf zweihundert Pariser Francs, die sofort zu zahlen sind«, verkündete er mit lauter Stimme.

Einige Nachbarn hatten sich hinter den Beamten versammelt und beobachteten neugierig das Geschehen. Es waren überwiegend Krämer mit ihren Familien, die unter den hohen Abgaben der Krone stöhnten und selten satt wurden. Ihre Häuser standen geduckt im Schatten des Barbeauturms, und die meisten von ihnen hatten das Viertel, in dem sie lebten, noch nie verlassen. Einen Augenblick lang überlegte Christine, ob es nicht besser wäre, die Beamten ins Haus zu bitten, doch sofort verwarf sie den Gedanken wieder. Wenn sie die Männer erst einmal im Haus hatte, würde sie sie so schnell nicht wieder loswerden, und wahrscheinlich erwarteten sie dann auch noch, von ihr beköstigt zu werden. Dabei hatten sie selbst kaum noch genug zum Essen.

»Der Turm war ein Geschenk des verstorbenen Königs an meinen Vater«, widersprach Christine.

»Das bestreitet auch niemand«, die Stimme des Wortführers klang herablassend. »Aber auch für geschenkten Grund muss Zins bezahlt werden. Habt Ihr das nicht gewusst?«

Einige der Nachbarn lachten schadenfroh. Kleine Händler und Handwerker, die unter den hohen Lebensmittelpreisen litten, an denen sie abwechselnd dem König oder den Juden die Schuld gaben.

Christine und ihre Familie waren in ihren Augen Fremde aus einem fernen Land, die sie notgedrungen in ihrer unmittelbaren Nähe geduldet hatten, weil sie unter dem Schutz des Königs standen, doch Karl V. war tot, und Christine spürte die Ablehnung ihrer Nachbarn jeden Tag deutlicher.

Alles, was fremd ist, stellt eine Gefahr dar, dachte Christine, *dabei ist man sich nur so lange fremd, bis man sich kennt*. Doch der Standesunterschied zwischen der Familie Pizan und den Anwohnern war zu groß gewesen und hatte unweigerlich Neid nach sich gezogen. Günstlinge des Königs, die sich in sein Vertrauen geschlichen hatten, nur um ihm zu schaden. Italiener, die für ihre zweifelhafte Loyalität bekannt waren, Schmarotzer, die auf Kosten der hart arbeitenden Bevölkerung lebten. Sie wusste genau, wie ihre Nachbarn über sie und ihre Familie dachten. Seit dem Tod ihres Mannes hatte niemand mehr einen Hehl daraus gemacht, und die Kinder riefen ihr Spottverse nach, wann immer sie das Haus verließ.

»Der König ist tot, und sie fressen unser Brot«, sangen sie und warfen ihr Pferdeäpfel und Dreckklumpen hinterher.

Christine holte tief Luft und straffte sich.

»Der König schuldet meinem verstorbenen Gemahl noch zwei Jahreseinkünfte, die Ihr gerne mit den Zinsen verrechnen könnt«, gab sie so hoheitsvoll zurück, wie es ihr nur möglich war.

»Das eine hat mit dem anderen nichts zu tun. Wenn Ihr Euch weigert zu zahlen, werden wir eben pfänden«, sagte der Beamte unbeeindruckt und musterte sie dabei ungeniert.

Christine spürte, wie ihr die Röte in die Wangen stieg, als sein Blick prüfend über ihren Körper glitt. *Er mustert mich wie ein Stück Vieh auf dem Markt*, dachte sie zornig, und es gelang ihr nur mit Mühe, sich zu beherrschen. Wie sehr hatte sich ihr Leben nach dem Tod ihres Mannes doch verändert. Trauer stieg in ihr hoch und plötzlich verstand sie ihre Mutter und deren Ängste und Sorgen, was die Zukunft betraf.

Endlich hob der Beamte seinen Blick und sah sie an.

»Nun, wie lautet Eure Antwort, Witwe Castel?«, fragte er so laut, dass die Nachbarn, die sich hinter ihm versammelt hatten, jedes Wort verstehen konnten. Er schien es sichtlich zu genießen, im Mittelpunkt der Aufmerksamkeit zu stehen.

Christine gab ihm keine Antwort.

»Wir könnten natürlich auch in Euer Schlafgemach gehen und in aller Ruhe darüber sprechen«, schlug er hämisch und zur Begeisterung seiner Zuhörer vor.

»Das würde mir auch gefallen«, rief einer der Männer und erntete lautstarken Beifall für seine Worte.

Christine schnappte empört nach Luft. »Wie könnt Ihr es wagen«, stieß sie hervor.

»Ich kann noch viel mehr wagen«, entgegnete der Beamte und gab den beiden Bütteln neben sich den Wink, ihm zu folgen.

Er drängte sich entschlossen an Christine vorbei, und als er auf gleicher Höhe mit ihr war und sie ihm nicht mehr ausweichen konnte, beugte er sein Gesicht so nah an sie heran, dass ihr sein weingeschwängerter Atem in die Nase stieg.

»Ich weiß doch, was für geile Weibsstücke ihr Witwen seid. An deiner Stelle würde ich mir mein Angebot noch einmal überlegen, ich könnte es dir ordentlich besorgen«, flüsterte er ihr in verschwörerischem Ton zu und legte eine Hand prahlerisch auf seine überdimensionierte Schamkapsel, die sich deutlich über den engen Schenkelhosen abzeichnete.

Christine wurde bleich vor Zorn.

»Ihr seid ein widerwärtiger Kerl, und ich werde der Königin eine Nachricht über Eure unverschämten Grobheiten zukommen lassen«, stieß sie mühsam beherrscht hervor.

Ein bösartiger Ausdruck trat in die blassgrünen Augen des Mannes.

»Jedermann weiß, dass Ihr bei Hofe in Ungnade gefallen seid«, sagte er verächtlich, »und jetzt geht mir aus dem Weg.«

Er betrat das Haus und stapfte gefolgt von seinen Männern die Wendeltreppe hinauf. Christine wünschte sich, dass er über seine lächerlichen spitzen Schuhe stolpern und sich den Hals brechen würde. Sie folgte den Männern in vorsichtigem Abstand und gestand sich widerwillig ein, dass der Beamte nicht ganz unrecht hatte. In ihrer Trauer um Étienne hatte sie nicht bemerkt, wie die Tage und Wochen vergangen waren. Der Winter war fast vorbei, und die ersten Vogelschwärme kehrten bereits zurück und ließen sich auf den Zinnen des Barbeauturms nieder. Und Königin Isabeau, die Gemahlin Karls VI., deren Hofdame sie noch immer war, hatte sie seit Étiennes Tod kein einziges Mal mehr zu sich rufen lassen. Ihre Vorräte waren fast vollständig aufgebraucht, und es hatte seit drei Wochen kein Fleisch mehr im Hause de Pizan gegeben.

Christines ganze Hoffnung ruhte nun auf ihrer Beteiligung an den Schiffen, die Geoffrey Maupoivre ihr empfohlen hatte. Sie hatte ihm die fünfzig Goldstücke, die Étienne ihr hinterlassen hatte, anvertraut, und es war vereinbart, dass sie über ihre Anlage hinaus ein Drittel des zu erwartenden Gewinns erhalten würde.

Die Männer hatten das obere Stockwerk erreicht. Anna versperrte ihnen entschlossen die Tür. »Madame de Pizan fühlt sich nicht wohl und darf nicht gestört werden«, verkündete sie hoheitsvoll.

Der Mann starrte sie böse an. »Du glaubst wohl, du kannst mich für dumm verkaufen?« Er machte einen Schritt auf sie zu und packte Annas Handgelenk. »Geh mir aus dem Weg, Weib«, befahl er und zog sie ruckartig zur Seite. Anna taumelte und wäre gefallen, hätte einer der Büttel sie nicht aufgefangen. »Lass mich sofort los, du ungehobelter Kerl«, zischte Anna ihm zu und befreite sich aus seinen Armen.

Der Büttel grinste breit. »Du könntest ruhig ein wenig dankbarer sein«, sagte er. »Schließlich habe ich dich davor bewahrt zu stürzen.«

Anna bedachte ihn mit einem verächtlichen Blick und folgte dem Beamten, der mittlerweile die Türe zu Christines Kammer geöffnet hatte.

»Durchsuchen«, befahl er an die beiden Büttel gewandt und betrachtete Madame de Pizan, die so aussah, als würde sie schlafen. Nur ein leichtes Zittern ihrer Finger verriet, dass sie hellwach und angespannt war.

Ein Zittern, das dem Beamten nicht entging. Sein Mund verzog sich spöttisch.

»Ihr könnt Eure Augen jetzt öffnen und Euch erheben, Madame, denn ich werde das Bett durchsuchen, ob Ihr darin liegt oder nicht.«

Empört schlug Madame de Pizan die Augen auf und erhob sich mit aller ihr zu Gebot stehenden Würde. Die Büttel sahen sich an und grinsten, dann machten sie sich an ihre Arbeit.

Triumphierend zog einer von ihnen eine lederne Tasche unter den Kissen hervor. Christine stand im Türrahmen und sah traurig zu, wie der Beamte die Tasche öffnete und die hebräischen Handschriften aus ihr hervorholte, die ein Geschenk Karls V. an ihren Vater gewesen waren und an denen dieser sehr gehangen hatte.

Mit gelangweilter Miene stopfte der Mann die kostbaren Bücher zurück in die Tasche, die er sich über seine Schulter hängte. Nachdem alle Räume durchsucht waren, verließ er wortlos und gefolgt von seinen Männern den Barbeauturm.

Die Miene ihrer Mutter war ein einziger Vorwurf. Christine hatte das Gefühl, keine Luft mehr zu bekommen. Sie nahm ihren Mantel und verließ das Haus. Ihre Mutter hatte ihr die Verantwortung für die Familie übertragen und gab ihr nun die Schuld an der ausweglosen Situation, in der sie sich befanden, weil sie sich weigerte, Geoffrey Maupoivre zu heiraten. Der Tag war so trüb und grau wie ihre Gedanken. Ein heftiger Regen am Vormittag hatte die Gassen überschwemmt und die Trittsteine rutschig gemacht.

Christine lief ziellos durch die Gassen und wäre an der Kreuzung am Eierhafen beinahe unter die eisenbeschlagenen Hufe eines herangaloppierenden Pferdes geraten, hätte nicht ein Mann sie im letzten Augenblick an den Schultern gepackt und zur Seite gezogen.

»Das hätte ein böses Ende mit Euch nehmen können. Zum Glück war ich zur Stelle, um Euch zu beschützen«, bemerkte Geoffrey Maupoivre selbstzufrieden und rückte demonstrativ seine wulstigen Schulterpolster gerade, die seine Schultern um einiges verbreiterten und bei seiner Rettungsaktion ein wenig verrutscht waren.

Christine hatte nicht bemerkt, dass er ihr schon eine ganze Weile gefolgt war. »Ich würde Euch immer beschützen, wenn

Ihr mich nur ließet, und nicht nur Euch, sondern auch Eure Kinder«, fügte er schmeichelnd hinzu.

»Ihr seid zu freundlich«, gab Christine zurück. »Aber wie Ihr wisst, habe ich am Grab meines Mannes geschworen, nie wieder zu heiraten, und Ihr wollt doch nicht ernsthaft eine Meineidige zu Eurer Gemahlin?«

Sie hob in gespieltem Bedauern die Schultern und bemühte sich, ihre Abscheu vor dem fettleibigen, ständig schwitzenden Mann mit dem teigigen Gesicht zu verbergen.

Geoffrey wedelte herablassend mit seiner Hand, deren Finger so dick wie Würste waren.

»Ein voreiliger Schwur. Ihr wart vor Trauer nicht mehr Herr Eures Verstandes. Weshalb auch niemand von Euch erwartet, dass Ihr ihn erfüllt. Und das ist nicht nur meine Meinung, sondern auch die Eurer verehrten Frau Mutter.«

Christine beschloss, dass es an der Zeit war, das Thema zu wechseln. »Habt Ihr eigentlich schon etwas von unserem Schiff gehört? Es müsste längst zurück sein.«

»Um Euch dies zu berichten, bin ich Euch bis hierher gefolgt«, begann er. Christines Puls ging schneller. Endlich gab es eine Nachricht von dem Schiff. Sie hatte so lange darauf gewartet. Erwartungsvoll sah sie Geoffrey an. Ein hinterhältiger Zug huschte über sein feistes Gesicht, und noch bevor er den Mund öffnete, ahnte sie, was kommen würde.

»Ich bedauere sehr, Euch mitteilen zu müssen, dass unser Schiff in einen Sturm geraten und gesunken ist.«

Christines Magen zog sich zusammen. Das Schiff war ihre letzte Hoffnung gewesen. Geoffrey beobachtete sie lauernd. Warum nur hatte sie das Gefühl, dass er sie belog?

Sein Doppelkinn wabbelte vor Erregung. Er setzte eine betrübte Miene auf, die Christine ihm nicht abnahm.

»Ich kann mir vorstellen, wie enttäuscht Ihr jetzt seid, Madame, aber gegen die Winde bin selbst ich machtlos. Zum Glück habe ich in verschiedene Schiffe investiert und nur einen kleinen Teil meines Vermögens verloren. Aber seid guten Mutes. Ein Wort von Euch genügt, und Ihr werdet Euch nie wieder um etwas sorgen müssen«, versprach er feierlich und schien sich sichtlich wohl in seiner Rolle als selbstloser Gönner und Beschützer zu fühlen.

»Und warum habt Ihr mein Geld in nur ein Schiff investiert und es nicht auf verschiedene Schiffe verteilt wie das Eure?«, wollte Christine wissen.

Geoffrey merkte, dass er einen Fehler gemacht hatte.

»Das versteht Ihr nicht«, gab er barsch zurück.

Und ob ich das verstehe, dachte Christine zornig.

Dieser fette Mistkerl hatte bewusst in Kauf genommen, sie um ihr Geld zu bringen! Die Trauer um Étienne musste ihr tatsächlich den Verstand getrübt haben, sonst wäre sie nicht so leichtsinnig mit dem Erbe ihrer Kinder umgegangen und Geoffrey gegenüber so arglos gewesen. Doch was konnte sie schon tun? Maupoivre war ein angesehener Pariser Kaufmann, und kein Richter würde sein Wort anzweifeln oder gar Verständnis dafür aufbringen, dass sie als mittellose Witwe mit drei Kindern sein großmütiges Angebot, sie zu heiraten, ausschlug, mit dem er darüber hinaus auch noch bewies, wie gut er es mit ihr meinte. Er hatte wirklich an alles gedacht.

»Glaubt Ihr tatsächlich, dass ich meine Meinung ändern werde, jetzt wo mir nichts als Schulden bleiben?«, fragte sie gefährlich leise.

»Ihr habt keine andere Wahl, wenn Ihr nicht wollt, dass Eure Kinder Hunger leiden«, stellte Geoffrey zufrieden fest.

Der aufsteigende Zorn drohte sie zu überwältigen. Nur mit großer Mühe gelang es ihr, ruhig zu bleiben.

»Da irrt Ihr Euch. Es gibt immer eine Wahl. Ich habe meine

Entscheidung getroffen, und daran wird auch das angeblich gesunkene Schiff nichts ändern.«

Geoffrey wurde zunächst blass, dann verzerrte sich sein Gesicht vor Wut, als ihm dämmerte, dass sie ihn durchschaut hatte. Am schlimmsten traf ihn jedoch ihre erneute Zurückweisung. Er hatte gehofft, durch die Heirat mit Étiennes Witwe Zutritt zum französischen Hof zu erhalten. Und dieses undankbare Weib machte in ihrer Sturheit seinen schönen Plan zunichte. Aber so schnell gab er nicht auf. Sie würde es noch bereuen, ihn abgewiesen zu haben.

Christine ließ Geoffrey, ohne ein weiteres Wort zu sagen, stehen. Sie war wütend auf sich selbst. Was sie auch anfasste, misslang ihr, und es kam ihr so vor, als hätte Étienne das Glück, das sie stets begleitet hatte, mit sich ins Grab genommen.

Das Einzige, was sie jetzt noch besaß, waren die Ländereien ihres Vaters in Mémorant, Perthes und Étrelles nicht weit entfernt von Melun an der Marne, auf die ihr Bruder Paolo bei ihrer letzten Auseinandersetzung angespielt hatte. Sie würde den Erlös aus ihrem Verkauf mit ihren Brüdern teilen müssen, aber er würde reichen, um ihre dringlichsten Schulden zu begleichen. Die Besitzungen waren ihre letzte Sicherheit. Sie hatte zwar keine Ahnung, in welchem Zustand sie sich befanden, aber nachdem Geoffrey sie um ihr Gold betrogen hatte, blieb ihr nichts anderes mehr übrig, als sich von ihnen zu trennen. Sie wusste auch schon, an wen sie sie verkaufen konnte: an Philippe de Mézières, der ihrem Vater zusammen mit Chrétien das Leben schwer gemacht hatte, wann immer sich eine Gelegenheit dazu bot. Er hatte ihr bereits vor längerer Zeit ein Angebot gemacht, das sie damals aber abgelehnt hatte. Ob er noch immer an den Besitzungen interessiert war?

Christine blieb so abrupt stehen, dass die alte Nonne, die

hinter ihr ging, gegen sie prallte. Das Buch, das sie in der Hand gehalten hatte, rutschte ihr aus der Hand und landete mitten im Dreck der Straße. »Der Herr hat uns Augen gegeben, damit wir sehen, was um uns herum vorgeht«, zischte sie Christine verärgert zu und bückte sich, um das Buch aufzuheben. Christine kam ihr zuvor, nahm das Buch und reichte es der Nonne mit einem entschuldigenden Lächeln. »Es ist völlig verschmutzt«, beschwerte sich die Nonne und hielt Christine das Buch, dessen Pergament nun an einigen Stellen hässliche braune Flecken aufwies, mit anklagender Miene entgegen. »Unser Auftraggeber wird uns einen Teil unseres Lohnes abziehen.« In ihrer Stimme lag ein unüberhörbarer Vorwurf.

Christine wollte unwillkürlich in ihren Beutel greifen und der Nonne den durch sie entstandenen Schaden entgelten, als ihr einfiel, dass sie gar kein Geld mehr besaß. Die Augen der Nonnen waren der Bewegung ihrer Hand gefolgt. »Ich habe kein Geld mehr«, sagte Christine entschuldigend und erntete einen enttäuschten Blick. »Was soll ich nur der Mutter Oberin sagen?«, murmelte die Nonne mehr zu sich selbst als zu Christine. Das Buch fest an sich gepresst, ging sie weiter. Christine fühlte sich entsetzlich schuldig. Durch ihre Unachtsamkeit hatte sie die Nonnen um ihren wohlverdienten Lohn gebracht. Sie mussten lange an dem Buch gearbeitet haben, wie Christine aus eigener Erfahrung wusste, denn sie hatte selbst schon unzählige Pergamentseiten kopiert. Wie viel Lohn man wohl für das Kopieren eines Buches bekam? Sie konnte ebenso gut Bücher kopieren wie die Nonnen. Ihr Vater hatte ihre Schrift immer sehr gelobt.

Bei diesem Gedanken hob sich Christines Stimmung merklich, und sie schöpfte neue Hoffnung.

»Hilf dir selbst, dann hilft dir Gott«, stand schon in der Bibel geschrieben. Und nirgendwo stand, dass dies nur für Männer galt. Die Worte waren im Gegenteil eindeutig und besagten nichts anderes, als dass eine Frau nicht dazu verdammt war, wie ein Schiff ohne Steuermann hilflos auf den Wellen zu treiben und alle Widrigkeiten über sich ergehen zu lassen.

Die Nonnen verdienten sich ihren Lebensunterhalt selbst, und waren sie nicht ebenfalls Frauen? Niemand kam auf die Idee, sie schief anzusehen, nur weil sie arbeiteten. Christine schob energisch eine Haarsträhne unter ihre Haube zurück, die sich beim Aufheben des Buches gelöst hatte. Sie würde Bücher kopieren und damit Geld verdienen, um ihre Familie zu ernähren. Aber nicht als Lohnschreiberin, der man im besten Fall die Hälfte von dem zahlen würde, was ein Mann fürs Kopieren erhielt. Nein, sie würde ihre eigene Schreibstube eröffnen und darüber hinaus Übersetzungen ins Lateinische und Griechische anbieten. Wie schön würde es sein, den ganzen Tag am Schreibpult verbringen zu können, ohne dass ihr jemand deswegen Vorwürfe machen konnte. Die Begegnung mit der Nonne hatte ihr die Augen geöffnet. Sie schickte ein kurzes Dankgebet gen Himmel und konnte es kaum erwarten, ihrer Familie von ihrem Plan zu berichten.

Sie hatte sich schon zum Gehen gewandt, als ihr Blick auf ein Haus mit geschlossenen Läden fiel, das sich völlig unauffällig in die Häuserreihe zu ducken schien. Sie war zu aufgewühlt gewesen, um auf den Weg zu achten, den sie zuvor eingeschlagen hatte. Doch nun bemerkte sie, dass sie vor dem Haus des verstorbenen Tintenhändlers stand. Ihr Vater hatte immer gesagt, dass es keine Zufälle im Leben gab, und so traf Christine die zweite bedeutende Entscheidung an diesem Tag. Sie würde das Steuerruder und ihr Leben selbst in die Hand nehmen, aber zuvor würde sie noch der Tochter des Tintenhändlers einen Besuch abstatten, um endlich zu erfahren, was diese am Grab ihres Mannes zu suchen gehabt hatte.

Sie musste mehrfach klopfen, bis die Türe geöffnet wurde. Anastasia starrte sie ungläubig an. Ihr Haar war zerzaust, und unter ihren Augen lagen dunkle Ringe. Sie hatte erwartet, Bernard von Dreux zu sehen, und war erleichtert, aber auch enttäuscht, dass nicht er derjenige war, der Einlass begehrte.

Sie erkannte die vornehme Dame, die vor ihr stand, sofort und fühlte sich unsicher und hilflos unter ihrem forschenden Blick.

»Mein Name ist Christine de Pizan, und ich möchte mit dir reden«, sagte Christine energisch und schob sich an Anastasia vorbei in die Diele, bevor ihr diese die Türe vor der Nase zuschlagen oder auch nur den Gedanken an ein solches Vorhaben fassen konnte.

Anastasia blieb nichts anderes übrig, als die Tür zum Arbeitszimmer ihres Vaters zu öffnen und ihre Besucherin hereinzubitten.

Schließlich konnte sie mit einer vornehmen Frau wie ihr nicht in der Küche schwatzen wie mit Carmina.

Christines Blick wanderte über die Regale mit den ordentlich aufgereihten Büchern und Pergamenten und dem leeren Arbeitstisch in der Mitte des Raumes bis zu der schmalen Bank unter dem Fenster, auf der sich Muschelschalen mit angerührten Farbpigmenten, Pinsel und Federn um einen bemalten Pergamentbogen drängten.

In dem dunkel getäfelten Raum herrschte absolute Stille. Kühle Feuchtigkeit stieg von den hölzernen Dielen nach oben und unter ihre Kleider.

»Ich habe nichts, was ich Euch anbieten kann«, sagte Anastasia verlegen. Ihrem Vater war die Gastfreundschaft heilig gewesen, und er hatte immer ein Fass guten Weines im Keller lagern gehabt.

Christine betrachtete ihr blasses Gesicht, in dem ein verzweifelter Zug lag, der durch die Schatten unter ihren schönen Augen noch verstärkt wurde. Ihre Haltung drückte Ablehnung aus, aber Christine spürte die Angst und die Unsicherheit, die sich hinter ihr verbargen. Die Angst eines verschreckten Kindes, das man allein gelassen hat.

Sie empfand plötzlich Mitleid mit ihr. »Ich will dir nichts Böses, und es liegt mir fern, dich zu bedrängen, du hast deinen Vater verloren, so wie ich meinen Gemahl verloren habe. Ich möchte nur wissen, warum du an Étiennes Grab getrauert hast, anstatt an dem deines Vaters«, sagte sie so sanft wie möglich, um Anastasia nicht noch mehr zu verschrecken.

Anastasia wusste nicht, was sie ihr sagen sollte, wollte sie mit ihrer Antwort nicht gleichzeitig verraten, dass sie das Grab von Madame de Pizans Gemahl geschändet hatte, indem sie ihren Vater verbotenerweise darin hatte beerdigen lassen.

Christine versuchte es auf einem anderen Weg.

»Hast du meinen Gemahl gekannt?«, fragte sie.

Anastasia schüttelte heftig den Kopf, und eine Welle der Erleichterung durchflutete Christine.

»Du warst also nur zufällig an seinem Grab?«

Anastasia wich ihrem Blick aus. Ihre abweisende Miene verriet Christine, dass es keinen Sinn machte, weiter in sie zu dringen. Außerdem war dies, wenn die junge Frau Étienne nicht einmal gekannt hatte und ihre Anwesenheit an seinem Grab folglich nichts mit ihm zu tun haben konnte, auch gar nicht mehr nötig.

Sie war in diesem Haus nicht willkommen, und es wäre unhöflich gewesen, noch länger zu bleiben. Da fiel ihr Blick auf die kleine Bank am Fenster und das Pergament, das darauf lag. Filigran gemalte Ranken wanden sich aus einem dunklen Abgrund empor und schienen sich dem Betrachter entgegenzurecken und nach ihm zu greifen. Sie wirkten so lebendig, dass Christine ein Schauer über den Rücken rann. Wie verzweifelt musste ein Mensch sein, der so etwas malte? Und wie begabt! Die Ranken erinnerten an wulstigen, faulen Tang, wie ihn die Anker der Schiffe aus den Tiefen der Meere zogen, und sie verströmten etwas Unheimliches, Verbotenes.

Christine vergaß Anastasia und starrte auf die Miniatur, die sie so sehr bewegte, dass ihr die Tränen in die Augen stiegen. Über einem gezeichneten Abgrund ging die Sonne unter. Ein flammender, blutroter Feuerball, der hinter dem Horizont versank.

Das Mädchen war verzweifelt, alleine und wahrscheinlich mittellos. Eine Waise in Paris, deren Schicksal niemanden kümmerte. In Christines Kopf keimte eine Idee auf, die rasch Gestalt annahm.

Es war kein Zufall, dass ihre Wege sich gekreuzt hatten, genauso wenig wie es ein Zufall war, dass die Bahnen der Gestirne sich kreuzten. Christine wandte sich zu Anastasia um.

»Als ich vor deinem Haus stand, habe ich den Entschluss gefasst, ein eigenes Skriptorium zu eröffnen. Und eine Buchmalerin mit deinen Fähigkeiten wäre mir sehr willkommen.«

»Aber ich habe schon eine Arbeit«, sagte Anastasia verlegen über das unerwartete Lob.

Christine überlegte nicht lange. Das Mädchen war sich seines Talentes nicht bewusst, das bewies seine Reaktion. Und der Besitzer der Schreibstube, für den es arbeitete, würde es ganz sicher nicht darauf hinweisen.

»Ich werde dir genauso viel zahlen, wie ein Mann für seine Arbeit erhält«, sagte sie.

Anastasia dachte an den mageren Lohn, den sie erhielt und der ihr hinten und vorne nicht zum Leben reichte. Dennoch war sie froh, überhaupt eine Arbeit gefunden zu haben, und hatte sich damit abgefunden, wenig zu verdienen. Es war nun einmal so, dass eine Frau weniger verdiente als ein Mann, und würde auch immer so bleiben. Und nun sollte sie auf einmal genauso viel verdienen?

Christine spürte ihr Misstrauen, und plötzlich war es ihr wichtig, Anastasia für sich zu gewinnen. »Vielleicht sieht es nicht danach aus, als ob ich für meinen Lebensunterhalt arbeiten müsste, und das musste ich bisher auch nicht. Aber nun ist mein Gemahl tot, und ich habe die Wahl, entweder einen Mann zu ehelichen, den ich nicht leiden kann, oder alleine für den Unterhalt meiner Familie zu sorgen. Du musst wissen, dass ich meinen Gemahl sehr geliebt habe. Er war liebevoll und sanft. Nicht viele Frauen haben das Glück, einem solchen Mann angetraut zu werden. Ich habe an seinem Grab geschworen, nie wieder zu heiraten, und ich werde meinen Schwur halten.« Sie hatte ihre Stimme nur unmerklich erhoben und bewahrte trotz ihrer Erregung Haltung. Anastasia hing wie gebannt an ihren Lippen. Sie hatte noch nie eine Frau wie Christine kennengelernt, so stark und so entschlossen, als ob alles möglich wäre, wenn man nur wollte. Und was sie über ihren Gemahl gesagt hatte, gefiel ihr. Je länger sie Christine betrachtete, umso vertrauter wurden ihr die hohe Stirn und die schmale, etwas zu lang gezogene Nase, die ihrem Gesicht einen besonderen Ausdruck verlieh. Ihre fein geschnittenen Züge waren offen und klar, und sie konnte nichts Falsches in ihnen erkennen.

Christine hielt einen Moment inne, um Luft zu holen.

Als sie weitersprach, blitzten ihre Augen kampflustig.

»Ich werde mich nicht mit einem Hungerlohn fürs Kopieren abspeisen lassen, nur weil ich eine Frau bin. Lieber eröffne ich ein eigenes Skriptorium und beweise den Männern, dass ich genauso gut schreiben kann wie sie, wenn nicht sogar besser«, fügte sie mit einem kleinen Lächeln hinzu. »Jemand mit deinem Talent könnte mir dabei von großem Nutzen sein. Wir könnten den Männern beweisen, dass wir besser sind als sie.«

Anastasia starrte sie ungläubig an.

Sie dachte an die unverschämten Blicke der Männer, mit denen sie tagtäglich zusammentraf, den durchdringenden Schweißgeruch ihrer ungewaschenen Körper, der vor allem in der Hitze des Sommers kaum zu ertragen war, und an die quäkende Stimme des Aufsehers, der an jedem ihrer Bilder etwas auszusetzen hatte und dem noch nie ein Lob über die Lippen gekommen war. Was für eine Wohltat wäre es, all dem entkommen zu können.

»Ich würde gerne deine Arbeiten sehen«, bat Christine. »Möchtest du sie mir nicht zeigen?«

Anastasia zögerte. Außer ihrem Vater hatte sich noch nie zuvor jemand für ihre Bilder interessiert. Schließlich konnte sie nicht länger widerstehen. Sie trat vor die Regale ihres Vaters, zog eines der Musterbücher heraus und reichte es Christine.

Christine nahm sich Zeit und betrachtete lange die feinen Gestalten, Tiere, Ranken und Ornamente, die jede Buchseite zu einem Kunstwerk machten. Die farbigen Tinten, die zum Malen benutzt worden waren, besaßen eine außergewöhnliche Leuchtkraft und traten regelrecht aus dem Pergament heraus.

Anastasia beobachtete sie genau.

»Dein Vater hat diese Tinten gemischt?« In Christines Stimme klang Bewunderung mit, und Anastasias Brust füllte sich mit Stolz.

»Ja, und ich habe ihm oft dabei geholfen«, antwortete sie, ohne ihren Stolz darüber zu verbergen.

Die beiden Frauen sahen sich verständnisinnig an und spürten eine seltsame Verbundenheit, die alle Fremdheit zwischen ihnen aufhob.

Christine schluckte den Kloß hinunter, den sie im Hals hatte.

»Manchmal«, flüsterte sie, als würde sie Anastasia ein Geheimnis verraten, »schreibe ich Gedichte und Verse.«

Von draußen wehten Stimmen herein, begleitet von dem Rattern vorbeifahrender Fuhrwerke, doch sie waren zu weit entfernt, um die eigenartige Stimmung zwischen den beiden Frauen zu zerstören.

Anastasia schlang ihre Hände ineinander, als würde sie um eine Entscheidung ringen, dann sah sie unvermittelt auf und lächelte.

»Wenn es Euer Wunsch ist, werde ich für Euch malen«, versprach sie leise und drängte den Gedanken an das Grab und den von ihr begangenen Frevel zurück.

Oh glücklichster Leser, wasche deine Hände und fasse so das Buch an, drehe die Blätter sanft, halte die Finger weit ab von den Buchstaben. Der, der nicht weiß zu schreiben, glaubt nicht, dass dies eine Arbeit sei. Oh wie schwer ist das Schreiben: Es trübt die Augen, quetscht die Nieren und bringt zugleich allen Gliedern Qual. Drei Finger schreiben, der ganze Körper leidet …

Notiz eines Schreibers aus dem achten Jahrhundert

4

Christines Hochgefühl hielt an, und nicht einmal der Gedanke an das verlorene Gold aus der Schiffsbeteiligung vermochte es zu trüben. »Wisse, dass der Weise Macht und Gewalt über das Gestirn besitzt und nicht das Gestirn über ihn«, hatte sie einmal in dem Buch eines unbekannten Dichters gelesen. Worte voller Kraft, die sie bei ihrem Vorhaben ermutigten.

»Ich habe beschlossen, Vaters Besitztümer zu verkaufen und eine Schreibstube zu eröffnen«, teilte Christine ihrer Familie noch am gleichen Abend mit. Ihre Mutter ließ den Löffel in die dünne Rübensuppe zurückfallen und starrte ihre Tochter an, als hätte diese den Verstand verloren.

»Bist du jetzt völlig von Sinnen? Die Besitzungen sind das Einzige, was wir noch haben.«

»Sollen wir warten, bis die Büttel des Königs sie ebenfalls pfänden?«, hielt Christine dagegen. »Mit der Schreibstube kann ich unseren Lebensunterhalt verdienen, und dann können wir uns endlich wieder Fleisch leisten.« Sie wusste, wie sehr ihre Mutter Fleisch liebte, aber ihre Mutter ging nicht weiter auf ihre Antwort ein.

»Es ziemt sich nicht, dass eine Frau von Stand arbeitet, die Nachbarn werden mit dem Finger auf uns zeigen. Und wenn meine Freundinnen am Hof davon erfahren, werden sie sich von uns abwenden«, jammerte sie.

»Du findest es also besser, wenn eine Frau von Stand verhungert, als dass sie ihren Lebensunterhalt selbst verdient? Und deine sogenannten Freundinnen haben sich schon längst von dir abgewendet, aus Angst, sie könnten sich an unserem Unglück anstecken. Wie lange ist es denn her, dass du zuletzt von ihnen eingeladen worden bist?«

»Du könntest heiraten«, beharrte ihre Mutter. »Geoffrey ist ein wohlhabender Mann, der es nur gut mit uns meint. Er war erst kürzlich hier und hat sich nach deinem Befinden erkundigt.«

Christine seufzte. Ihre Mutter lebte tatsächlich einfach so weiter, als wäre nichts geschehen, und wollte nicht wahrhaben, wie sehr sich ihrer aller Leben verändert hatte. Sie sah nur das, was sie sehen wollte. Christine war froh darüber, anders zu sein. Voller Dankbarkeit dachte sie an ihren Vater, der ihr beigebracht hatte, sich mit den Dingen auseinanderzusetzen, ihnen auf den Grund zu gehen und selbst Entscheidungen zu treffen, anstatt zu warten, dass andere es für einen taten.

»Ich werde nicht wieder heiraten und schon gar nicht Geoffrey, diesen elenden Betrüger. Ich weiß nicht, wie er es geschafft hat, sich in Étiennes Vertrauen zu schleichen.«

»Wie kannst du nur so undankbar sein.« Ihre Mutter war empört.

»Er war der Einzige, der in den letzten Monaten zu uns gehalten hat.«

Christine fand, dass es an der Zeit war, ihr die Augen zu öffnen. Solange ihre Mutter Geoffrey für einen Ehrenmann hielt, würde sie niemals Ruhe geben.

»Geoffrey hat behauptet, das Schiff, an dessen Fracht ich mich beteiligt habe, sei gesunken, aber ich glaube ihm nicht. Er hat meine Kinder um ihr Erbe betrogen, damit mir keine andere Wahl bleibt, als ihn zu heiraten, aber diesen Gefallen werde ich ihm ganz sicher nicht tun. Wir werden die Güter verkaufen und von dem Geld, das wir dafür erhalten, unsere dringlichsten Schulden bezahlen.«

»Christine hat recht«, kam Paolo ihr unerwartet zu Hilfe. »Wenn die Besitzungen gepfändet werden, haben wir gar nichts mehr.« Er tauschte einen vielsagenden Blick mit seinem jüngeren Bruder Aghinolfo. »Wir haben uns entschieden, nach Italien zurückzukehren, und dafür brauchen wir Geld.« Im Gegensatz zu ihrer Mutter war Christine nicht sonderlich überrascht über die Eröffnung ihrer Brüder. Ihr Vater hatte einige Vermögenswerte in Bologna hinterlassen, die ihren Brüdern ein besseres Auskommen ermöglichen würden, als sie es in Frankreich zu erwarten hatten.

»Gott beschütze uns«, murmelte Christines Mutter und sank gänzlich in sich zusammen. »Was soll nur aus uns werden, wenn wir erst ohne jeden männlichen Schutz sind?«

Philippe de Mézières triumphierte, als sein Diener ihm den Besuch von Madame de Pizan meldete. Nun würde er endlich den lang verdienten Lohn für seine Mühe einstreichen. Es hatte ihn einiges gekostet, dafür zu sorgen, dass Thomas de Pizans Tochter keine andere Wahl blieb, als die Ländereien, die Karl V. ihrem Vater, diesem italienischen Emporkömmling, in seiner Großzügigkeit geschenkt hatte, zu verkaufen. Er rollte sich von der schwarzhaarigen Dienerin, mit der er sich gerade noch vergnügt hatte, und stand auf. Ihre ängstlichen Blicke folgten ihm.

Er sah auf sie herab und leckte sich genießerisch die Lippen, während er den Anblick ihrer vollen Brüste und schmalen, weißen Schenkel genoss, die übersät waren mit Blutergüssen. Er liebte es, wenn sie sich wehrten, und diese hier hatte sich als besonders temperamentvoll erwiesen. Das verdammte Ding hatte sogar versucht, ihm das Gesicht zu zerkratzen wie eine wild gewordene Katze. Erst einige Ohrfeigen hatten sie davon überzeugt, dass es besser für sie war, ihre Krallen wieder einzufahren und ihm zu Diensten zu sein.

Jetzt wagte sie es nicht mehr, sich zu bewegen oder seinen Blicken auszuweichen. Ihre Angst erregte ihn, und für einen Moment spielte er mit dem Gedanken, sie erneut zu nehmen. Doch dann überwog die Neugier zu erfahren, ob sein Plan aufgegangen war. Nicht dass er ernsthaft daran zweifelte, schließlich bekam er immer, was er wollte, nur hatte es dieses Mal weit länger gedauert, als er gedacht hatte. Und das nagte an ihm.

Er empfing Christine in einem prunkvollen Saal mit hohen Fenstern. Obwohl draußen heller Tag war, brannten Wachskerzen in den silbernen Kerzenleuchtern auf dem mächtigen Tisch aus Ebenholz, dessen Beine in stilisierten Löwenpranken endeten. Die den Tisch umstehenden Stühle waren aus dem gleichen dunklen Holz und mit goldbestickten Seidenstoffen überzogen. An den Wänden hingen Gemälde mit Jagd- und Kampfszenen.

Philippe de Mézières hatte seinen Platz am Kopfende des Tisches eingenommen und machte sich nicht die Mühe, sich zu erheben oder seiner Besucherin einen Platz anzubieten. Voller Genugtuung bemerkte er ihr verblichenes Überkleid, die ausgefransten Ränder ihres Mantels und den abgewetzten Pelzbesatz.

»Euer plötzlicher Besuch überrascht mich, Madame, nachdem Ihr mich zuvor mehrfach abgewiesen habt«, bemerkte er und machte damit deutlich, dass er keinen Wert auf den üblichen Austausch von Höflichkeiten legte.

Christine hob den Kopf. »Ich habe mich entschlossen, meine Besitzungen in Mémorant, Perthes und Étrelles zu verkaufen.«

Sie bemühte sich, ihre Verärgerung über seine Unhöflichkeit zu verbergen. Der herablassende Blick, mit dem er sie gemustert hatte, war ihr nicht entgangen. Er wollte sie demütigen, wollte, dass sie sich wie eine Bittstellerin fühlte, aber diese Genugtuung würde sie ihm nicht verschaffen.

»Wie kommt Ihr auf die Idee, dass ich mich noch dafür interessiere?«, fragte Mézières und gab seinem Diener einen Wink, ihm Wein einzuschenken. Der hauchdünne, grün schimmernde, gläserne Pokal verwandelte die eben noch blutrote Farbe des Weines in ein fahles Lila. Mézières drehte das Glas in seiner Hand und starrte fasziniert auf die dunkle Flüssigkeit.

Dann sah er unvermittelt auf und bedachte Christine mit einem bekümmerten Kopfschütteln.

»Die Zeiten sind äußerst ungünstig, um Land zu kaufen, das von niemandem mehr bewirtschaftet wird. Die Bauern wandern in die Städte ab, und ihre Knechte gehen mit ihnen. Überall auf dem Land sind Aufständische und marodierende Söldner unterwegs und plündern und brandschatzen alles, was ihnen in die Hände fällt. Wenn ich es mir recht überlege, habt Ihr mir durch Eure Weigerung, Euren Besitz zu verkaufen, sogar einen großen Dienst erwiesen, für den ich Euch ausgesprochen dankbar bin.«

Christine sah, wie seine hellen Augen triumphierend glitzerten, als hätte er gerade einen wichtigen Sieg errungen. Er war auch keineswegs über ihren Besuch überrascht gewesen, wie er behauptet hatte, sonst hätte er erst einmal über ihr Angebot nachgedacht, anstatt es sofort abzulehnen. Er hatte gelogen, und wahrscheinlich log er auch jetzt, um den Preis zu drücken und sie zu übervorteilen.

Doch Christine war es leid, übervorteilt zu werden, nur weil es keinen Mann mehr an ihrer Seite gab.

Philippe de Mézières war ebenso niederträchtig wie Geoffrey. Anscheinend war es üblich, zu lügen und zu betrügen, wenn es darum ging, hilflose Witwen um ihren letzten Besitz zu bringen. Seine Selbstgefälligkeit machte sie wütend.

Wenn sie das Ruder allerdings noch herumreißen wollte, musste sie sich etwas einfallen lassen und zwar schnell. Das Überleben ihrer Familie hing davon ab. Philippe de Mézières hatte sie herausgefordert und dabei die Waffen vorgegeben. Sie hießen Lug und Betrug. Waffen, die ihr bisher fremd gewesen waren.

Sie atmete tief ein und lächelte ihm so freundlich zu, wie sie nur konnte. Voller Genugtuung bemerkte sie das unsichere Flackern in seinen Augen.

»Wie Ihr meint«, erwiderte sie gelassen. »Zum Glück gibt es noch andere Interessenten. Ich habe gehört, dass Monsieur Bureau de la Rivière sich ebenfalls für die Ländereien meines Vaters interessiert, und er ist nicht der Einzige. Das Korn in Paris ist knapp geworden und wird jeden Tag teurer.«

Der Name seines Erzrivalen trieb Philippe de Mézières die Zornesröte ins Gesicht. Er hasste Rivière, hatte dieser doch das unbegrenzte Vertrauen Karls V. genossen, so wie er nun das Karls VI. genoss.

Sein Gesicht verdüsterte sich. Christine nahm es zufrieden zur Kenntnis.

»Es war sehr freundlich von Euch, mich zu empfangen.

Wenn Ihr mich jetzt entschuldigen wollt.« Sie wandte sich ab und tat, als würde sie gehen.

»Nur mal angenommen, ich würde meine Meinung ändern«, begann er vorsichtig, kaum dass sie die ersten Schritte getan hatte. Christine blieb stehen und sah ihn über ihre Schulter hinweg an.

»Warum solltet Ihr das tun?«, fragte sie unschuldig und zitterte innerlich vor Aufregung.

»Euer Argument bezüglich der Kornpreise ist nicht von der Hand zu weisen«, erwiderte Philippe de Mézières überraschend freundlich. »Und wenn ich es recht bedenke, ist es sogar meine Pflicht, einer Witwe, die unschuldig in Not geraten ist, zu helfen. An welche Summe hattet Ihr gedacht?«

Christine wandte sich um und sah ihm direkt in die Augen.

»Ich verlange zweitausend Goldfrancs.«

»Eine stolze Summe in einer Zeit, in der das Geld knapp ist.« Er betrachtete sie abschätzend. Auch wenn sie lesen und schreiben konnte, war sie doch nur eine Frau und kein ernst zu nehmender Gegner.

Durch einen geschickt aufgesetzten Vertrag bliebe ihm immer noch die Möglichkeit, sie zu übervorteilen.

Christine zögerte. Waren zweitausend Goldfrancs etwa zu wenig? Philippe de Mézières wirkte so zufrieden, fast schon heiter.

Sie räusperte sich betont laut, wie manche Männern es taten, wenn sie etwas Wichtiges zu sagen hatten und Wert darauf legten, dass man ihnen zuhörte.

Tatsächlich wich der heitere Ausdruck Mézières' augenblicklich gespannter Erwartung.

Christine nahm es belustigt zur Kenntnis.

»Die aufgelaufenen Zinsen, die der König für den Grund verlangt, kommen selbstverständlich noch dazu, ebenso die

Gehälter für die Verwalter sowohl für das vergangene wie für das laufende Jahr. Monsieur Montreuil wird Euch mit den Einzelheiten vertraut machen. Sein Haus befindet sich in der Rue Saint-Honoré. Er ist Notar, und ich habe ihn mit dem Aufsetzen der Kaufverträge beauftragt«, verkündete sie leichthin, als wäre es das Selbstverständlichste auf der Welt, dass alleinstehende Frauen Notare aufsuchten, anstatt sich von Männern wie ihm über den Tisch ziehen zu lassen. Sie hatte ihn durchschaut. Er war so verdattert über diese Erkenntnis, dass ihm die Worte fehlten.

Ungläubig runzelte er die Stirn. Konnte dieses Weib etwa seine Gedanken lesen? Oder hatte er es einfach nur unterschätzt?

Der Blick, mit dem sie ihn musterte, war fast schon unheimlich, so als könne sie bis in sein Innerstes sehen. Für einen Moment glaubte er fast, in die schwarzen Augen ihres Vaters zu blicken. Der Astrologe Thomas de Pizan hatte sich mit allerlei okkulten Dingen befasst, und auch wenn er ihm gegenüber die Existenz von Zauberei und Magie immer bestritten hatte, fürchtete er sich doch vor den Dämonen seiner Kindheit, die ihn bis heute in seine Träume hinein verfolgten.

Es gelang ihm nicht, ihrem Blick noch länger standzuhalten.

Er sah an ihr vorbei aus dem Fenster und tröstete sich mit dem Gedanken, dass zweitausend Goldfrancs ein äußerst günstiger Preis für die Ländereien waren und dass er darüber hinaus Rivière zuvorgekommen war.

»Ich werde mich mit Monsieur Montreuil in Verbindung setzen, Ihr hört von mir«, sagte er knapp und winkte Christine zum Zeichen dafür, dass sie entlassen war.

Bereits einen Tag später kam ein Bote Philippe de Mézières' zum Barbeauturm, der Christine mitteilte, dass sein Herr sie am kommenden Freitag zur Hora Sexta Diei bei Monsieur Montreuil erwarte.

Paolo und Aghinolfo begleiteten Christine zum Notar. Auf dem Weg dorthin redeten sie über die Reise, die vor ihnen lag, und malten sich ihr zukünftiges Leben im fernen Bologna aus.

»Endlich hat die Armut ein Ende.« Aghinolfo lachte und rieb sich vergnügt die Hände. »In Bologna werden wir endlich so leben können, wie es uns zusteht, und niemand wird uns mehr ausstoßen oder boshafte Bemerkungen über Vater machen.« Voller Übermut stieß er seinem älteren Bruder den Ellbogen in die Seite. Seine schwarzen Locken waren zerzaust, und seine Augen blitzten. »Ich kann es kaum erwarten, die Mädchen von Bologna zu sehen. Vielleicht werde ich ja schon bald heiraten und eine Familie gründen. Schließlich brauchen wir jemanden, der uns das Haus in Ordnung hält und sich um unser leibliches Wohl kümmert.« Er wandte sich zu Christine um. »Erzähl uns doch noch mal von Vaters Landsitz und dem Haus in der Stadt, Schwester. Mutter hat gesagt, es ist mindestens so groß wie das Hôtel Saint-Paul und die vornehmsten Familien von Bologna wären bei uns ein- und ausgegangen.«

»Das ist lange her, und ich war noch ein Kind«, wich Christine aus.

Sie wollte ihm seine Freude nicht verderben. Es war zwanzig Jahre her, seitdem sie mit ihrer Familie Bologna verlassen hatte, und der Ruhm ihres Vaters war sicher längst verblasst. Aber auch wenn niemand ihre Brüder mit offenen Armen empfing, würden sie in Bologna eine bessere Zukunft haben als in Paris, wo sie trotz der langen Zeit Fremde geblieben waren. Nach dem unerwarteten Ableben Karls V. war keiner der Edelleute am Hof bereit gewesen, die Söhne des Thomas de Pizan in seine Dienste aufzunehmen. Étienne hatte schließlich all seine Beziehungen eingesetzt, um Aghinolfo und Paolo bei den königlichen Truppen unterzubringen, aber sie mussten selbst für ihre Ausrüstung aufkommen und erhielten wie alle anderen nur sehr unregelmäßig ihren Sold. Die Soldaten des Königs beäugten sie misstrauisch, weil sie von höherem Stand waren als sie selbst. Ihre Brüder hatten nie wirklich zu ihnen gehört und würden es auch niemals tun, nicht in diesem Land.

Sie hatten das Haus des Notars erreicht. Es war aus Stein gebaut, mit schmalen, vergitterten Fenstern und Brandschutzmauern an beiden Seiten. Christines Herz schlug schneller. Nicht mehr lange und sie würden ihrer dringlichsten Sorgen ledig sein, und sie könnte endlich ihre eigene Schreibstube eröffnen.

Ein blasser, junger Mann empfing sie am Eingang und führte sie über eine Außentreppe in einen länglichen Raum im ersten Stock, der vollgestopft mit Regalen war, in denen sich Pergamente und Urkundenrollen stapelten. Monsieur Montreuil saß hinter einem wuchtigen Schreibtisch aus Ebenholz, vor dem zwei Stühle standen. Auf dem rechten saß Philippe de Mézières und musterte sie kühl.

Monsieur Montreuil sprang auf und eilte ihr entgegen. »Es ist mir eine große Freude, Euch zu sehen, Madame. Bitte nehmt doch Platz«, sagte er und wies auf den verbleibenden Stuhl. Sein gutmütiges, rundes Gesicht erinnerte an einen schrumpeligen Apfel. Christine setzte sich, während Paolo und Aghinolfo nichts anderes übrig blieb, als stehen zu bleiben. Monsieur Montreuil begab sich zurück an seinen Schreibtisch und begann damit, die von ihm aufgesetzte Urkunde mit gleichförmiger Stimme zu verlesen. Christine hörte ihm nur halbherzig zu. Sie kannte den Text und hatte ihn bei ihrem ersten Treffen mit Monsieur Montreuil sorgfältig gelesen, bevor sie sich damit einverstanden erklärt hatte.

Mit dem heutigen Tag würde ein neuer Abschnitt in ihrem

Leben beginnen. Ein Leben, in dem sie auf sich selbst gestellt wäre. Wie es wohl aussehen würde? Sie hatte beschlossen, einen Teil des Geldes aus dem Verkauf der Landgüter für die Einrichtung ihrer Schreibstube zu verwenden, und sie würde ein Ladenschild anfertigen lassen. Eines, das besonders ins Auge stach und die Leute auf sie aufmerksam machen würde.

Als der Notar mit dem Verlesen fertig war, schob er Christine die Urkunde zu. »Jetzt fehlt nur noch Eure Unterschrift, um den Verkauf abzuschließen«, erklärte er freundlich.

Auf dem Tisch standen Federn und Tinte bereit. Christine nahm eine Feder und tauchte sie in die Tinte. Ein erhabenes Gefühl ergriff sie. Ein Gefühl, das üblicherweise den Männern vorbehalten war, die mit Feder, Tinte und Wachs die Welt in Bewegung setzten und über Krieg oder Frieden, über Leben oder Tod entschieden. Es war der Moment, in dem sie die Macht des geschriebenen Wortes begriff. Ein Moment, den sie nie mehr in ihrem Leben vergessen würde.

Bevor sie die Urkunde signierte, wandte sie sich um und sah zu ihren Brüdern. Paolo wippte ungeduldig mit dem Fuß, und Aghinolfo blickte mit träumerischem Blick aus dem Fenster. Keiner der beiden schien sich der Bedeutung dieses Augenblickes und der Tatsache bewusst zu sein, dass sie dabei waren, die persönlichen Geschenke, die Karl V. ihrem Vater gemacht hatte, zu veräußern und das Land aufzugeben, das ihre Familie in der neuen Heimat hatte verwurzeln sollen.

Wahrscheinlich waren sie mit ihren Gedanken in der Zukunft, die vor ihnen lag, und dachten nicht mehr an die Vergangenheit oder an ihren Vater, der ihnen diese Zukunft überhaupt erst ermöglicht hatte. *Vielleicht haben sie recht*, überlegte Christine, *und es ist besser, nach vorne zu sehen, als ständig zurückzublicken.* Trotzdem war sie enttäuscht.

Nachdem erst sie und anschließend Philippe de Mézières die Urkunde signiert hatten, erhitzte der blasse, junge Mann ein Stück Siegelwachs über einer Kerze, damit der Notar die Urkunde siegeln konnte. Der vertraute Geruch des gefärbten Wachses rief in Christine schmerzliche Erinnerungen wach. Étienne hatte oft bis mitten in der Nacht in seiner Schreibstube gesessen und Verträge für den König aufgesetzt. Und jedes Mal, wenn sie ihn dort aufgesucht hatte, war die Luft erfüllt gewesen von dem herben, harzigen Geruch, der auch jetzt den Raum füllte.

Der Gehilfe reichte jedem einen Becher Wein, damit die Vertragspartner sich zutrinken und auf diese Weise den Verkauf bekräftigen konnten. Philippe de Mézières leerte seinen Becher in einem Zug und stellte ihn auf dem Tisch ab. »Jetzt fangt schon endlich mit dem Zählen an«, befahl er und wies auf die Holzschatulle, die vor ihm auf dem Tisch stand. Doch Monsieur Montreuil ließ sich durch die offensichtliche Ungeduld seines Besuchers nicht aus der Ruhe bringen. Behäbig faltete er sein Rechentuch auseinander und breitete es vor sich auf dem Schreibtisch aus. Dann öffnete er die Holzschatulle, nahm eine Handvoll Münzen heraus und stapelte sie in gleich hohe Türmchen zu jeweils zwanzig Goldstücken. Christine hatte darauf bestanden, den Kaufpreis in bar zu erhalten und nicht wie bei solch hohen Summen üblich als Pfandschein, den man in einem Bankhaus einlösen konnte.

Jedes Mal, wenn Christine zustimmend genickt hatte, schob der Notar die aufgehäuften Münzen zur Seite, bevor er damit fortfuhr, weitere Stapel zu bilden.

Auf seiner Stirn bildete sich ein dünner Schweißfilm, was jedoch mehr an der stickigen Luft in der Kammer lag als an der Anstrengung. Fünf Augenpaare folgten jeder seiner Bewegungen. Es war so still, dass Christine ihren eigenen Atem hören konnte. Das schmale Fenster hinter dem Schreibtisch war vergittert, die Scheibe davor blind und grünlich, trotzdem drang genügend Tageslicht hindurch, um auch an trüben Tagen wie diesem lesen und schreiben zu können. In den wenigen Sonnenstrahlen wurden die feinen Staubkörnchen sichtbar, die bei jedem Atemzug durch die Luft wirbelten.

Ein polterndes Geräusch ließ Christine zusammenfahren. Noch bevor sie sich von dem plötzlichen Schreck erholen konnte, wurde die Türe aufgerissen, und vier Männer stapften herein.

Sie trugen das Wappen des Königs. Christine starrte ihnen fassungslos entgegen. Und noch bevor die Männer etwas sagten, begriff sie, dass Philippe de Mézières sie verraten hatte. Erschüttert wandte sie sich zu ihm um und sah direkt in sein höhnisch verzogenes Gesicht.

»Ihr habt doch nicht etwa geglaubt, Ihr könntet den König um seinen Zins betrügen«, sagte er und gab sich nicht die geringste Mühe, seine Schadenfreude zu verbergen.

Monsieur Montreuil sah aufgrund der Störung ärgerlich auf.

Ein fünfter Mann betrat den Raum. Er trug einen schweren, roten Brokatrock mit schwarzem Kragen und musste sich bücken, um mit seinem hohen, steifen Hut nicht am Türrahmen hängen zu bleiben.

Ein rascher, abschätzender Blick traf die Anwesenden, dann wandte er sich an den Notar.

»Als Großkämmerer des Königs und kraft meines Amtes beschlagnahme ich neun Anteile des Verkaufserlöses der von Seiner Majestät an den verstorbenen Thomas de Pizan als Geschenk übergebenen Güter«, verkündete er mit befehlsgewohnter Stimme und reichte dem Notar ein gesiegeltes Schreiben mit dem Wappen des Königs.

Monsieur Montreuil nahm es ehrerbietig entgegen und las es sorgfältig durch, bevor er es Pierre Montagu, dem Grand Chambellan, zurückgab. »An der Rechtmäßigkeit der Forderung Seiner Majestät besteht kein Zweifel«, verkündete er schließlich und sah Christine mitfühlend an.

Der Präsident der Rechnungskammer, der niemandem außer dem König Rechenschaft schuldig war, zählte eigenhändig eintausendachthundert Goldstücke ab und füllte sie in eine Geldkatze aus purpurfarbenem Samt, in den goldene Lilien eingestickt waren.

»Die Zinsen für den Barbeauturm und die aufgelaufenen Steuern belaufen sich auf einhundertachtzig Goldfrancs«, stellte er beiläufig fest und zählte weitere einhundertachtzig Münzen ab. Nachdem er auch diese Münzen in seiner Geldkatze verstaut hatte, blickte er auf.

»Ihr seid jetzt ohne Schulden, Witwe Castel, zumindest, was die Krone angeht«, bemerkte er und wandte sich an Philippe de Mézières. »Der König schuldet Euch großen Dank und wird sich für Euren Dienst erkenntlich zeigen.« Philippe de Mézières lächelte erfreut. »Es war mir eine Ehre«, sagte er und sah dem Grand Chambellan nach, als dieser gefolgt von seinen Männern den Raum verließ.

Christine verspürte den drängenden Wunsch, ihm sein selbstgefälliges Grinsen aus dem Gesicht zu schlagen, und es gelang ihr nur mühsam, ihre Fassung zurückzugewinnen. Philippe de Mézières erhob sich.

»Es war mir ein Vergnügen, mit Euch Geschäfte zu machen. Wenn Ihr wieder einmal etwas veräußern möchtet, wisst Ihr ja, wo Ihr mich findet.« Er nickte dem Notar zu und wandte sich zum Gehen. »Ihr schuldet mir noch die Gehälter für die Verwalter«, rief Christine ihm nach.

Philippe de Mézières drehte sich langsam zu ihr um. »Laut

Kaufurkunde obliegt es mir, dieser lästigen Verpflichtung nachzukommen. Eine kleine Änderung, die Euch entgangen zu sein scheint«, erklärte er zufrieden, bevor er ging.

Monsieur Montreuil räusperte sich. Die Situation war ihm sichtlich unangenehm. »Monsieur de Mézières hat mir vorhin erklärt, es wäre mit Euch vereinbart, dass er die fälligen Löhne bezahlt«, er senkte seinen Blick auf die verbliebenen Goldmünzen, nahm zwei davon an sich und schob Christine den kläglichen Rest zu. Wie betäubt nahm Christine die Münzen an sich und verstaute sie in ihrem Beutel. Achtzehn Goldfrancs waren ihnen von dem Verkauf der Landgüter geblieben.

Sie wusste, dass die Verwalter ihren Lohn niemals sehen würden, und obwohl sie die Leute nicht einmal kannte, empfand sie Mitleid mit ihnen. Dann fiel ihr ein, dass Philippe de Mézières wahrscheinlich die günstige Gelegenheit nutzen würde, um den Namen ihrer Familie noch weiter in den Dreck zu ziehen und auf diese Weise auch noch eine stattliche Summe Geld einzusparen. Er würde ganz einfach ihr die Schuld an dem Ausbleiben der Löhne geben, und sie konnte nichts dagegen tun. Sie fühlte die gleiche ohnmächtige Wut wie vor einigen Wochen, als Geoffrey ihr verkündet hatte, dass ihr Schiff gesunken sei, und schwor, sich nie wieder von einem Mann betrügen zu lassen.

Paolo und Aghinolfo konnten es kaum erwarten, Paris zu verlassen, und begannen unverzüglich mit den Vorbereitungen für ihre Reise. Am Abend vor ihrem Aufbruch saßen sie ein letztes Mal zusammen. Obwohl es zur Feier des Tages Braten und schweren, roten Wein aus dem Artois gab, blieb die Stimmung gedrückt. Am nächsten Morgen verabschiedete Christine sich schweren Herzens von ihren Brüdern. Sie ahnte, dass es ein Abschied für immer war.

Das Ladenlokal war geräumiger, als es von draußen gewirkt hatte. Wie die meisten Häuser in Paris war es schmal, aber sehr tief und grenzte an einen winzigen Innenhof.

Von den Wänden bröckelte alter Putz, der mehr schlecht als recht die langen Risse in dem Fachwerk verbarg. Aber es gab ein Fenster zum Hof hin, das genügend Licht zum Arbeiten in den hinteren Teil des Raumes einließ.

Es war das einzige freie Ladenlokal in der Rue Neuve Notre-Dame auf der Île de la Cité, die allgemein als Schreibergasse bekannt war, weil sich hier die Mehrzahl aller weltlichen Pariser Schreibwerkstätten angesiedelt hatte. In den umliegenden Gassen befanden sich Pergamenthersteller, Buchmaler und Buchbinder. Der bisherige Besitzer des Ladenlokals war gestorben, und seine Witwe brauchte die Einnahmen aus der Vermietung des Lokals, um zu überleben.

Mit wichtiger Miene führte sie Christine durch den muffigen Raum. Ihr Mund stand währenddessen keinen Augenblick still.

Christine erfuhr, dass sie eine der beiden Kammern über dem Laden bewohnte. Die andere hatte sie an einen Studenten vermietet, der schon seit Monaten keine Miete mehr bezahlte. »Die Studenten sind eine regelrechte Plage, aber sie stehen nun einmal unter dem Schutz des Königs, und das nutzen diese Hungerleider und Diebe schamlos aus. Wir hatten einen Livre im Monat vereinbart, und jetzt behauptet dieser unverschämte Kerl, der Livre wäre nicht für einen Monat vereinbart gewesen, sondern für ein ganzes Jahr.«

Christine hörte ihr geduldig zu. »Ich könnte eine Klageschrift für Euch aufsetzen«, schlug sie ihr vor und gab der Witwe insgeheim recht. Die Studenten standen nicht nur unter dem Schutz des Königs. Auch die Kirche hielt ihre schützende Hand über sie und gestand der Universität und ihren

Mitgliedern allerlei Privilegien zu, von denen anständige Bürger nur träumen konnten.

Die Augen der Witwe wurden kugelrund. »Das könnt Ihr?« Christine nickte. Die Witwe dachte nach. Sie hatte nicht übel Lust, es ihrem Mieter heimzuzahlen, andererseits erschien es ihr seltsam, dass die Witwe eines königlichen Notars eine Schreibstube eröffnen wollte und auch noch behauptete, sie könne eine Klageschrift verfassen wie ein Advokat.

Seitdem es zwei Päpste gab, stand die Welt zwar auf dem Kopf, dennoch verzog sich ihr spitzes Gesicht misstrauisch.

Diese Madame de Pizan wirkte sehr vornehm, und sie sah nicht so aus, als hätte sie sich jemals ihre zarten, weißen Hände schmutzig gemacht, dabei war das Kopieren von Büchern eine anstrengende, harte Arbeit. Sie dachte an die Lohnschreiber der umliegenden Schreibstuben, die jeden Abend bei Einbruch der Dämmerung mit krummen Rücken und roten Augen an ihrem Haus vorbei durch die Gasse schlurften, als hätte ihnen das Schreiben alle Kraft aus den Knochen gesaugt.

Aber wer wusste schon, was in den Köpfen dieser hohen Damen vorging? Hatte nicht Königin Isabeau erst kürzlich eine Schäferei erworben, um sich zwischen Schafen und Ziegen von dem anstrengenden Leben am königlichen Hof zu erholen? Man munkelte, sie hätte viertausend Goldfrancs dafür bezahlt. Viertausend Goldfrancs! Sie selbst hatte in ihrem ganzen Leben nicht ein einziges Goldstück besessen. Vielleicht wollte sich diese Madame de Pizan ja nur ein wenig mit den anderen hohen Damen in ihrer Schreibstube vergnügen? Wenn sie sich also geschickt anstellte, würde sie vielleicht sogar einige pikante Details aus dem Leben der Königin erfahren, die aus Deutschland stammte und nicht einmal in der Lage war, sich ohne die Hilfe ihrer Hofdamen anständig zu kleiden, wie man sich erzählte.

Ihre Nachbarinnen würden staunen, wenn sie eine so vornehme Dame als Mieterin vorweisen könnte. Der Gedanke war verlockend, und die Miete war ihre einzige Einnahmequelle, die sie brauchte, um überleben zu können. Sie war so aufgeregt, dass sie kaum noch einen klaren Gedanken fassen konnte.

»Habt Ihr überhaupt genügend Geld für die Miete? Ich verlange fünf Livres für den Monat, im Voraus«, platzte sie schließlich heraus.

Das war glatter Wucher. Wenn der Student einen Livre für seine Kammer bezahlte, waren fünf Livres für das Ladenlokal eindeutig zu viel. Das Mitgefühl, das Christine eben noch für die Witwe empfunden hatte, verschwand.

Sie war nicht besser als all die Männer, die versuchten, die Notlage einer alleinstehenden Frau auszunutzen.

»Ich gebe Euch zwei Livres, oder ich werde mich nach etwas anderem umsehen«, erwiderte Christine kühl. Von einem Moment auf den anderen wirkte sie unnahbar. Die Witwe starrte sie an, doch ihr Blick prallte an Madame de Pizan ab, als wäre sie gar nicht vorhanden. Allein durch ihre Haltung stellte Madame de Pizan die gewohnte Ordnung zwischen Bürgertum und Adel wieder her. Zumindest kam es der Witwe so vor, die sich daraufhin bei Weitem nicht mehr so wohl in ihrer Haut fühlte.

Auch wenn das Bürgertum seit seiner Erhebung vor vierzig Jahren als dritter Stand im Rat vertreten war und in den Angelegenheiten der Regierung mitbestimmen durfte, lag die eigentliche Macht immer noch in den Händen des Adels, wie die Bürger oft genug zu spüren bekamen.

Und fünf Livres waren tatsächlich zu viel, fast schon Wucher, wie die Juden ihn betrieben. Die Summe war ihr auch nur herausgerutscht, weil ihr die viertausend Goldfrancs nicht aus dem Kopf gehen wollten, die die Königin für die Schäferei ausgegeben hatte. Dagegen waren fünf Livres doch nicht mehr als ein Almosen. Zumindest hatte sie das einen Augenblick lang geglaubt.

Sie sank regelrecht in sich zusammen.

»Habe ich fünf Livres gesagt? Bitte verzeiht mir das kleine Versehen. Ich meinte natürlich zwei Livres«, sagte sie unterwürfig.

Für ein Ladenschild hatte es nicht mehr gereicht, aber die Neuigkeit, dass eine Frau eine eigene Schreibstube eröffnet hatte, verbreitete sich auch ohne Schild in Windeseile, sodass die erste Kundin bereits am frühen Morgen die Schreibstube betrat und sich neugierig umblickte. Sie war die Frau eines Seifensieders und wollte eine Klageschrift an den Rechnungshof verfasst haben.

»Wir liefern seit einem Jahr an den Königshof«, erzählte sie und konnte ihren Stolz darüber nicht verbergen. »Trotzdem haben wir bisher keinen einzigen Sous erhalten, und der Hofmeister vertröstet uns von einem Monat zum anderen.«

Christine dachte an die Klageschriften, die sie in eigener Sache verfasst hatte. Noch immer schuldete ihr der König Étiennes Lohn für die letzten beiden Jahre. Wahrscheinlich würde ihr nichts anderes übrig bleiben, als ebenfalls vor Gericht zu ziehen, doch dafür benötigte man einen Advokaten, und die waren allesamt überheblich und teuer, und man wusste nie, ob sie ihr Geld wirklich wert waren.

»Ich kann Euch eine Klageschrift aufsetzen«, sagte Christine, »aber Ihr dürft Euch nicht zu viel Hoffnung machen. Manchmal dauert es Jahre, bis die Rechnungen bezahlt werden.« *Wenn sie überhaupt bezahlt werden*, fügte sie im Stillen hinzu, um der jungen Frau nicht alle Hoffnung zu nehmen.

Die Frau sah sie dennoch dankbar an und hielt ihr ein Weidenkörbchen entgegen, in dem drei speckig glänzende Seifenstücke lagen.

»Geld haben wir leider keins mehr«, sagte sie verschämt. »Aber es ist unsere beste Seife mit Rosenöl darin.«

Es kamen noch einige andere Frauen, die jedoch lediglich ihre Neugier befriedigen wollten, und ein ärmlich gekleideter, junger Mann, der Christine ein wenig an ihren Bruder Paolo erinnerte. »Ich möchte einen Brief an meinen Vater schreiben und ihn um Geld bitten«, begann er. »Der Böttchermeister, bei dem ich in der Lehre war, ist gestorben, und seine Witwe hat mich vor die Türe gesetzt.« Christine schloss aus seinen Worten, dass er kein Geld mehr besaß.

»Du verlangst also, dass ich dir den Brief für einen Gotteslohn schreibe?«, vergewisserte sie sich. Der Junge schüttelte ernsthaft den Kopf. »Sobald mein Vater mir das Geld geschickt hat, werdet Ihr Euren Lohn erhalten. Ich könnte Euch einen Schuldschein unterschreiben«, schlug er vor und sah Christine bittend an. Die seufzte ergeben und schrieb ihm den Brief.

»Wenn das so weitergeht, werden wir nicht einmal das Geld für die Miete zusammenbekommen«, sagte sie am Nachmittag zu Anastasia. »Wir brauchen zahlungskräftige Kunden.«

Sie hatte noch nicht zu Ende gesprochen, als eine füllige Bürgersfrau gefolgt von ihrer Magd die Schreibstube betrat. Sie trug ein pelzverbrämtes, goldfarbenes Kleid mit langen, geschlitzten Ärmeln, und am Ausschnitt kurz unterhalb ihres mächtigen Busens prangte eine silberne Fibel mit bunten Edelsteinen.

Ein herrischer Blick traf Christine, und sie wurde eingehend von oben bis unten gemustert.

»Ich möchte ein Stundenbuch in Auftrag geben, aber es muss besonders prächtig aussehen und viele Bilder haben«, sagte sie in bestimmtem Ton. »Eure Vermieterin, die übrigens eine Cousine von mir ist, hat behauptet, ihr wäret nicht solche elenden Halsabschneider wie die anderen eurer Zunft, und eure Bilder wären besonders schön.« Sie trat zu der Ablage, auf der Christine verschiedene Schriftproben ausgelegt hatte, damit ihren Kunden eine Auswahl zur Verfügung stand. Anastasia hatte ihrerseits zur Ergänzung von jedem Buchstaben eine farbige Initiale angefertigt, deren Ausführung von wenigen, schlichten Ornamenten bis hin zu üppigen, figürlichen Motiven reichte, und darüber hinaus noch einige Miniaturen zur Ansicht gemalt.

Der Blick der Bürgersfrau fiel auf eine ganzseitige Miniatur, die einen edlen Ritter auf einem prachtvollen Schimmel zeigte, und in ihre Augen trat ein sehnsüchtiger Glanz. Sie wies mit dem Finger auf die Miniatur.

»So etwas will ich in meinem Stundenbuch haben. Einen so schönen und starken Ritter muss man sich wenigstens ansehen können, wenn man nur einen fetten, glatzköpfigen Geizhals zu Hause hat. Es können ruhig mehrere Bilder von ihm drin sein, als Erzengel oder Prophet. Aber er muss genauso edel aussehen wie dieser hier«, bestimmte sie, »und ich will viel Gold und Purpur.«

»In diesem Fall müsste ich Euch um eine Vorauszahlung bitten, um Goldpulver und Zinnober kaufen zu können«, sagte Christine und erntete einen herablassenden Blick für ihre Worte.

»Nun gut, aber wagt es ja nicht, mich zu betrügen. Mein Mann ist Richter am Obersten Gerichtshof«, sagte sie warnend, während ihr Doppelkinn bei jedem Wort hin und her schwabbelte. »An welche Summe habt Ihr denn gedacht?«

Christine verbarg ihren Ärger. Sie war es bislang weder gewöhnt, so behandelt zu werden, noch für andere Leute arbeiten zu müssen, aber sie hatte beschlossen, den Lebensunterhalt für ihre Familie zu verdienen, und wenn es dazu nun einmal gehörte, die Unverschämtheiten mancher Personen ertragen zu müssen, blieb ihr wohl nicht anderes übrig, als dies zu tun.

»Zehn Deniers würden fürs Erste reichen«, erklärte sie.

»Unsere Vermieterin scheint kräftig für uns zu werben«, sagte Christine lächelnd zu Anastasia, nachdem man sich einig geworden war und des Richters Gemahlin samt Magd die Schreibstube wieder verlassen hatte.

»Euer Ritter ist wirklich gut gelungen, wenn ich nur wüsste, an wen er mich erinnert«, fügte sie nachdenklich hinzu. Anastasia senkte den Kopf, um die Röte zu verbergen, die ihr bei diesen Worten unwillkürlich ins Gesicht stieg.

»Wahrscheinlich kann sie nicht einmal lesen«, kehrte Christine wieder zu ihrer Kundin zurück, »aber solange sie zahlen kann, soll es uns recht sein.«

Am Nachmittag betrat ein vornehm gekleideter, junger Mann die Schreibstube und gab eine Abschrift des »Rosenromans« in Auftrag, den er seiner Verlobten schenken wollte. Er ließ ein Exemplar davon als Vorlage da, das ihm ein Freund geliehen hatte.

»Ich möchte diese Ranken um jede Seite herum«, er wies auf die filigran gemalten Rosenranken auf einer der Vorlagen Anastasias, die mit roten Blüten übersät waren, »und farbige Initialen am Anfang eines jeden Kapitels.« Er errötete und betrachtete nachdenklich den Ritter, den Anastasia gemalt hatte. »Und vielleicht, also wenn es möglich wäre«, er sah an Christine vorbei, »hätte ich auch gern so einen Ritter auf der ersten Seite, der mir ein wenig ähnlich sieht?«

»Das ist eine schöne Idee. Eure Verlobte wird sicher erfreut sein, ein Bild von Euch zu haben, das sie immer bei sich tragen kann«, bestätigte Christine und nickte ihm freundlich zu. »Kommt nächste Woche wieder, dann mache ich Euch mit meiner Buchmalerin bekannt.«

Als er fort war, setzte Christine sich neben Anastasia auf die Bank. »Wie viel wirst du für das Zinnober und das Gold brauchen?«, fragte sie. Glücklich lächelnd blickte Anastasia sie an. Sie konnte es kaum erwarten, mit dem Malen zu beginnen. Und dieses Mal würde sie die Farben ihres Vaters dafür benutzen. »Ich glaube, es ist nicht nötig, etwas zu kaufen. Mein Vater hat immer einen größeren Vorrat an Erden und Metallen im Keller aufbewahrt, und wenn ich mich recht erinnere, liegen noch immer ein Säckchen Blattgold und einige Fläschchen mit seinem Zinnober dort. Es leuchtet besonders schön.« Außer Zinnober und Blattgold würde sie vor allem noch mehr Bleiweiß zur Grundierung benötigen, und sie musste das Goldpulver mit Leim mischen, der aus dem gleichen Pergament hergestellt worden war, das sie später beschreiben würde, damit es sich fest mit diesem verband.

Christine reichte ihr eines der Silberstücke, die sie von der Gemahlin des Richters erhalten hatte. »Nimm ihn für die Vorräte deines Vaters, und kauf dir auch etwas Ordentliches zu essen davon, du bist viel zu dünn.« Sie musterte Anastasia, wie sie ihre Tochter musterte, wenn sie um deren Wohlergehen besorgt war. Sie fühlte sich für Anastasia verantwortlich und hatte sogar schon darüber nachgedacht, sie ganz zu sich ins Haus zu holen. Der Barbeauturm bot genügend Platz, nachdem ihre Brüder ausgezogen waren und deren Kammern leer standen. Es war nicht gut für ein junges Mädchen, alleine in einem Haus zu leben. Sicher zerrissen sich die Nachbarinnen schon längst das Maul über sie, während ihre Männer ums Haus herumschlichen und nur auf eine Gelegenheit warteten, um über Anastasia herzufallen. Vielleicht gelänge es ihrer Mutter ja sogar, einen passenden Gemahl für sie zu finden? *Immerhin hatte sie einige Übung darin*, dachte Christine schmunzelnd und beschloss, so bald wie möglich mit Anastasia darüber zu reden.

Diese bedankte sich und ließ das Silberstück in ihren Beutel gleiten.

»Wir machen heute etwas früher zu«, entschied Christine. »Dann können wir noch auf den Markt gehen und endlich einmal richtig einkaufen.« Sie würde ein Huhn erwerben und weißes Brot, für die Kinder etwas Honig und für ihre Mutter und für ihre Tante einen kräftigen, roten Wein.

Anastasia eilte nach Hause. Unterwegs erstand sie in einer der zahlreichen Garküchen drei geräucherte Schinkenwürste, von denen sie zwei bereits unterwegs verzehrte. Die dritte hob sie für Carmina auf, die Räucherwürste über alles liebte. Sie hatte noch eine ganze Lade feinstes Pergament zu Hause und wollte Madame de Pizan überraschen, indem sie es noch heute zuschnitt und den Schriftspiegel für die einzelnen Blätter festlegte. Dann könnte sie gleich morgen früh mit dem Malen beginnen.

Der Text für das Stundenbuch der Gemahlin des Richters war fertig, und während Anastasia die einzelnen Seiten noch mit Bildern und Ranken füllte, schlug Christine bereits den »Rosenroman« auf und begann damit, ihn Zeile für Zeile zu kopieren. Mühelos flossen die Buchstaben aus ihrer Feder auf das vor ihr liegende Pergament, formten sich zu Worten und wurden luftige Gebilde aus reiner Freude, die ihre eigenen Sehnsüchte und Träume widerspiegelten.

Sie hatte das Buch als junges Mädchen mehrmals gelesen, war in ihren Gedanken gemeinsam mit dem Jüngling durch den geheimnisumwobenen Garten spaziert, hatte miterlebt, wie er sich unsterblich in die wunderschöne Rosenknospe verliebte, und mit ihm von der Liebe geträumt. Dann war Étienne in ihr Leben getreten, und sie hatte nicht länger träumen müssen. Außer davon, eines Tages vielleicht einmal selbst solche herrlichen Verse zu schreiben. Verse, die die Menschen berührten, die wie ein magischer Spiegel waren, in dem sich jeder wiederfand, und die Mut machten, für eine bessere, gerechtere Welt zu kämpfen. Doch die würde es erst dann geben, wenn die Menschen, die in ihr lebten, besser und gerechter geworden waren.

»Hast du je einmal vom ›Rosenroman‹ gehört?«, fragte sie Anastasia, die gerade die Flügel eines Engels malte, dessen Gesicht wie das ihres Ritters dem Bernard von Dreux' verblüffend ähnlich war.

Anastasia sah sie mit einem merkwürdigen Blick an. »Die Frauen am Brunnen sprechen manchmal davon«, gab sie zurück, »sie verdrehen die Augen, legen die Hand aufs Herz und starren in den Himmel, als würden sie dort etwas ganz Unglaubliches sehen. Sie sollten besser nicht von Dingen träumen, die unerreichbar für sie sind.« Es klang viel zu bitter für ein junges Mädchen, und Christine betrachtete sie nachdenklich. Etwas quälte Anastasia, und sie hätte nur zu gerne gewusst, was es war. War sie vielleicht in einen jungen Mann verliebt, der anderweitig versprochen und deswegen unerreichbar für sie war? Oder war der Mann, den sie heimlich liebte, unerreichbar, weil er verstorben war? War es Étienne, dem sie nachtrauerte?

Auch wenn Anastasia ihr versichert hatte, ihn nicht zu kennen, glaubte Christine nach wie vor an eine anderweitig bestehende Verbindung zwischen ihr und Étienne. Es war nur eine Ahnung, die sie an nichts festmachen konnte, aber ihr Vater hatte sie gelehrt, ihren Ahnungen zu vertrauen. Und nun hatte Anastasia, ohne es zu wollen, etwas von sich preisgegeben. Es war ein erster Schritt, und wenn es ihr gelänge, Anastasias Vertrauen zu gewinnen, würde sie deren Geheimnis mit der Zeit auch noch erfahren, sie brauchte nur ein wenig Geduld, sagte sie sich.

Christine bemerkte, wie ihre Gedanken abschweiften, und rief sich zur Ordnung. Der Kummer über Étiennes Tod wollte einfach nicht weichen, dennoch durfte sie sich nicht in ihm verlieren. Sie musste stark für ihre Familie sein, und dazu war es wichtig, dass sie ihre Aufträge besonders gut ausführten und besser waren als die umliegenden Schreibstuben, besser als die männlichen Buchmaler und ihre Schreiber.

»›Der Rosenroman‹ ist mehr als nur der Liebestraum eines Jünglings«, erklärte sie Anastasia. »Er erzählt uns etwas über die Menschen, die den Dichter umgeben haben, und über die Zeit, in der er gelebt hat. Darüber hinaus sind seine Verse äußerst lehrreich. Sie appellieren an unsere Vernunft und warnen uns davor, einem Traum hinterherzujagen, weil man sich dabei nur allzu leicht selbst verlieren kann und alles andere um sich herum vergisst.« *Selbst die Menschen, die man liebt*, fügte sie in Gedanken hinzu und dachte an ihren Vater, der oft wochenlang nicht ansprechbar gewesen war, wenn er über seinen Sternenkarten gesessen hatte. Auch sie selbst war einem Hirngespinst nachgejagt, als sie befürchtet hatte, Étienne könne eine Mätresse gehabt haben.

Sie überlegte, wie sie Anastasia am besten die Schönheit und Tiefsinnigkeit von Versen nahebringen konnte.

»Dichter und Maler ähneln einander sehr, sie benutzen nur unterschiedliche Werkzeuge«, begann sie schließlich. Anastasia blickte überrascht auf, und Christine nickte ihr bekräftigend zu.

»So ist es tatsächlich. Die Werkzeuge eines Dichters sind anmutige Wortgebilde und klingende Verse, während ein Maler Pinsel und Farben benutzt, um das auszudrücken, was ihn bewegt, und dem aufmerksamen Betrachter dabei oft mehr über sich verrät, als ihm bewusst ist«, fügte sie lächelnd hinzu und wies auf Anastasias Miniaturen.

»Schau dir doch nur deinen Ritter an. Er ist nicht nur ein hübscher Jüngling in Rüstung, der dir gefällt, sondern er steht für einen ganzen Stand.

Er spiegelt eine Zeit wider, die längst vergangen ist. Eine Zeit, in der die Ritter edel und reinen Herzens waren, Witwen und Waisen beschützt und für Gerechtigkeit gekämpft haben, während sie heute plündernd und mordend durchs Land ziehen und nur allzu oft darauf bedacht sind, ihre eigenen Taschen zu füllen. Du solltest jeden Vers des ›Rosenromans‹ sorgfältig lesen, bevor du mit dem Malen beginnst, damit du ihn besser verstehen kannst. Und je besser du jeden einzelnen Vers verstehst, umso schöner wird unser Buch und umso sorgfältiger wird es behandelt werden und kommenden Generationen erhalten bleiben. Findest du nicht, dass es ein schöner Gedanke ist, dass etwas, das wir mit unseren eigenen Händen geschaffen haben, immer noch da ist, während wir selbst längst nicht mehr leben?«

»Daran habe ich noch nie gedacht«, gab Anastasia zu.

Aber sie nahm sich Madame de Pizans Worte zu Herzen und begann die Verse des »Rosenromans« aufmerksam zu lesen.

Nach einer Weile kam ich
An einen großen, weiten Garten,
Der von einer hohen Mauer, Zinnen tragend,
Umschlossen war.

Auf ihrer Außenseite waren Bilder,
Gemalt und eingemeißelt viele Schriften.
Die Mauerbilder
Betrachtete ich gern.
Ich will Euch nun
Erzählen und beschreiben, wie
Ich sie erinnern kann.

Schon die ersten Zeilen zogen Anastasia in ihren Bann, sodass sie nicht mehr aufhören konnte zu lesen, bis sie wusste, wie es dem Jüngling weiter erging. Und während sie las, kam es ihr so vor, als würde sie selbst an der Mauer stehen und dieselben Bilder sehen, die auch er sah.

Inmitten sah ich Hass.
Er schürt wohl Zorn und Streit.
Sehr ungestüm und zänkisch, voller Bosheit,
Erschien mir die Gestalt.
Auch war er schlecht gekleidet
Und außer Fassung. Fratzenhaft
Verrunzelt war sein Gesicht, platt gedrückt
Die Nase, ekelhaft
Verschmutzt der ganze Kerl
Und eingeschnürt
In wilde Lumpen.

Die Worte des Dichters waren so lebendig, dass sie glaubte, all die Ausgeschlossenen, denen der Zutritt in den Garten verwehrt worden war, leibhaftig vor sich zu sehen.

Sie malte Herrn Hass, fratzenhaft und festgefroren in seinem Zorn, seinen Gesellen, Herrn Geiz, vergrämt und grün wie eine Zwiebel, und Frau Niedertracht, der die Gemeinheit förmlich aus dem verleumderisch, gelb-frechen Gesicht sprang. Frau Trübsal hingegen war so erbarmungswürdig in ihrer Trauer, dass es einem vor Mitleid das Herz zerriss, und Frau Scheinheiligkeit erkannte man schon auf den ersten Blick an ihrem grauen, frömmelnden Gesicht, hinter dem sie ihr rabenschwarzes Herz verbarg.

Anastasia ließ sich einfangen von der sanften Leichtigkeit der Worte, die sich ihr tief ins Gedächtnis brannten.

Wer immer in die Quelle blickt,
Dem hilft kein starker Arm, kein Arzt,
Der sieht etwas, das sogleich
In ihm die Liebe weckt.
Durch diesen Spiegel ward manch tapfrer Mann
Tödlich getroffen; selbst die Besten
An Weisheit, Mut und Sitte
Geh'n hier zugrunde.
Wildes Verlangen überkommt die Menschen,
Hier wandelt sich ihr Sinn,
Verstand und Mäßigung versagen,
Hier herrscht der reine Liebeswille,
Und niemand weiß mehr Rat;
Denn Cupido, der Sohn der Venus,
Hat hier das Liebeskorn gesät,
Das diese Quelle färbte;
Hier ließ er seine Schlingen legen,
Die Fallen stellen rings,
Um Jünglinge und Mädchen einzufangen,
Denn andere Vögel schätzt Gott Amor nicht.
Die Quelle nannte man zu Recht, des hier genannten Kornes wegen,
Die Quelle Amors,

Von der schon viele in Französisch und in Latein
Berichtet haben;
Doch ihre Wahrheit findet Ihr
Wohl nirgends besser dargestellt;
Ich werde das Geheimnis Euch noch lehren.
Nun wollt ich gerne weilen,
Die Quelle zu betrachten, die Kristalle,
Die hunderttausend Dinge mir
Im Abglanz zeigten.
Zu meinem Unglück schaute ich hinein.
Wie oft, ach, habe ich seitdem geseufzt!
Betrogen hat mich dieser Spiegel.

Die Worte des Dichters klangen in ihrem Kopf nach, waren wie ein Flüstern aus ferner Zeit und mischten die Farben, formten die Bilder und schlangen ein Band zwischen seiner Welt und der ihren.

Sie sah den Garten in seiner überquellenden Pracht, blickte in die kristallklare Quelle und glaubte, den Schmerz in ihrer Brust zu spüren, als Amors Pfeil den Jüngling traf. So malte sie bis in die Dämmerung hinein.

Christine war hingerissen von Anastasias Bildern. Sie bedurften keiner erklärenden Worte, um verstanden zu werden, und wirkten so lebendig wie die in glänzend goldenem Bernstein eingeschlossenen Insekten, die man für teures Geld auf dem Markt erstehen konnte.

Auch der Edelmann war begeistert, als er das fertige Werk abholte, und seine Begeisterung schlug Wellen, die schon bald bis vor die Tore und Türen der Fürstenhöfe drangen.

Und dann fing die Gestalt des Drachen an,
mit zweien Tatzen, die bedeckt mit Haaren,
und Rücken, Brust und Seiten, die bemalt
mit Knoten und mit kleinen Schnörkeln waren,
Vielfarbigkeit, wie kein Werk Arachnes strahlt,
wie, was auch Türk und Tartar je gewoben,
so bunt doch nicht an Grund und Muster prahlt.

Dante

5

Anastasia war so versunken in ihre Arbeit, dass sie nicht hörte, wie die Ladentüre geöffnet wurde und ein Kunde hereinkam. Christine erhob sich und ging ihm freundlich lächelnd entgegen. »Womit kann ich Euch zu Diensten sein?«, fragte sie höflich. Ihr Lächeln erstarb, als sie in ihrem Besucher Gervais Chrétien erkannte.

Die Dämonen der Vergangenheit waren zurückgekehrt.

Gervais Chrétien hatte ihrem Vater die Schuld am Tod Karls V. gegeben und ihn als Scharlatan und Betrüger hingestellt. Verleumdungen, an denen ihr Vater zerbrochen war. Ihr Magen krampfte sich zusammen, denn sie ahnte, dass sein Besuch nichts Gutes bedeuten konnte.

Gervais Chrétien verschränkte die Arme vor der Brust und betrachtete sie lauernd. »Ich habe von der außergewöhnlichen Qualität Eurer Arbeiten gehört und wollte mich selbst davon überzeugen«, behauptete er, wobei er sie nicht aus den Augen ließ und jede ihrer Regungen genau beobachtete.

Christine fühlte sich immer unbehaglicher unter seinem Blick.

Sie bemerkte nicht, dass Anastasia beim Klang seiner Stimme erbleicht war und nun ebenfalls voller Entsetzen auf ihren Besucher starrte, dessen Anwesenheit den ganzen Raum füllte. Anastasia hatte das Gefühl, keine Luft mehr zu bekommen. Sie war davon überzeugt, dass dieser Mann ihren Tod wollte.

Noch hatte er sie nicht bemerkt, aber das konnte sich jeden Augenblick ändern. Und dann würde er vollenden, was ihm bisher nicht gelungen war. Am liebsten wäre sie fortgelaufen, aber um aus der Schreibstube zu kommen, musste sie an ihm vorbeigehen, und dabei würde er sie ganz sicher entdecken, was sie unter keinen Umständen riskieren wollte. So blieb sie ganz still sitzen, wagte es kaum zu atmen und vermied es, ihn anzusehen, in der Hoffnung, er würde sie vielleicht nicht bemerken.

Christine hatte sich wieder gefasst.

»Das ist sehr freundlich von Euch«, gab sie ruhiger zurück, als sie war, und wies auf die Auslage mit den Mal- und Schriftproben.

»Seht Euch nur um. Wir nehmen für jede Seite, die wir kopieren, einen Sous. Übersetzungen kosten drei Sous, farbig ausgemalte Initialen einen Livre und Miniaturen ein bis drei Deniers, je nach Aufwand und gewünschter Ausstattung.«

Tatsächlich hatte die Neuigkeit, dass eine Frau eine Schreibstube eröffnet hatte, Chrétien nicht weiter interessiert, bis er erfahren hatte, dass es sich dabei um Thomas de Pizans Tochter handelte. Die Vergangenheit ließ ihm keine Ruhe. Auch wenn er nicht wirklich davon überzeugt war, dass Thomas de Pizans Tochter ihm gefährlich werden konnte, schon gar nicht, nachdem ihr Mann gestorben war und sie alleine dastand. Doch nun bot sich ihm die Gelegenheit, die Familie

Pizan endgültig zu vernichten, und er hatte beschlossen, sie zu ergreifen.

Gervais Chrétien war ab dem siebten Lebensjahr ohne Eltern aufgewachsen und von einem Verwandten zum anderen gereicht worden, was an sich nichts Ungewöhnliches war. Es war nun einmal das Los aller Zweitgeborenen und weiterer Geschwisterkinder, in der Fremde aufzuwachsen und sich dort einen Platz im Leben erkämpfen zu müssen. Nachdem er das sechzehnte Lebensjahr erreicht hatte, erhielt er die Nachricht vom Tod seines Vaters, zusammen mit einer bescheidenen Summe Geldes und der Aufforderung, nach Paris zu gehen, um dort Theologie zu studieren. Er war ein gelehriger Schüler, und die Sorbonne wurde schon bald sein Ein und Alles. Dort lernte er Disziplin und fand das erste Mal in seinem Leben Bestätigung. Sein großes Vorbild war der angesehene Magister Robert von Sorbonne, der als Sohn eines Bauern von einem Kirchenmann seiner Heimatregion so lange in seinen Studien unterstützt worden war, bis er ein Stipendium an der Universität von Paris erhielt. Nachdem er den Titel eines Magisters der Freien Künste und der Theologie erworben hatte, wurde er Domherr, zunächst von Cambrai und später von Paris. Er betätigte sich vor allem als lehrender Theologe, wurde König Ludwigs IX. Beichtvater und anschließend einer seiner engsten Vertrauten. Aus Dankbarkeit für das Glück, auf so außergewöhnliche Weise gefördert worden zu sein, gründete Robert von Sorbonne ein Kollegium für arme Theologiestudenten, das auch Gervais Chrétien zugutekam. Chrétien begriff wie schon Robert von Sorbonne vor ihm, dass Wissen Macht bedeutete, und eiferte seinem Vorbild unermüdlich nach. Nachdem er sein Studium der Theologie abgeschlossen hatte, studierte er den menschlichen Körper, befasste sich mit

Philosophie und lernte Aramäisch und andere alte Sprachen. Er studierte Tag und Nacht, und während die meisten anderen Studenten ins Wirtshaus gingen, feierten und sich mit den Huren vergnügten, saß er über immer neuen Büchern.

Frauen interessierten ihn nicht. Die einzige Frau, die ihm jemals etwas bedeutet hatte, war seine Mutter gewesen. Sie hatte geweint, als sie sich von ihm verabschiedete, aber ihre Tränen waren nichts als Lügen gewesen, sonst hätte sie nicht zugelassen, dass er fortgeschickt wurde, während sein Bruder bleiben durfte.

Nachdem er seine Studien beendet hatte, bot man ihm eine Stelle als Magister an. Aber seine Freude darüber währte nicht lange. Er wollte mehr, viel mehr. Sein neues Ziel war es, Kanzler der Universität zu werden, und es dauerte nicht lange, bis er es erreicht hatte, doch sein Ehrgeiz trieb ihn immer weiter. Seine Kenntnisse über den menschlichen Körper, seine treffsichere Diagnostik und vor allem seine von Erfolg gekrönten Heilmethoden verschafften ihm Zutritt zum Hof. Als Karl V. ihn dann einige Monate später zu seinem Leibarzt ernannte, war er glücklich. Das erste Mal seit langer Zeit fühlte er sich wieder zu einem Menschen hingezogen, und weil ihm der König seiner Liebe würdig zu sein schien, ließ er seine Gefühle für ihn zu. Aber dann tauchte Thomas de Pizan auf, und alles wurde anders. Wieder war er nur der ungeliebte Zweite, doch diesmal traf es ihn noch schlimmer als in seiner Kindheit, als er nur geahnt hatte, wie es wäre, an erster Stelle zu stehen. Seine Zuneigung zum König wandelte sich in unversöhnlichen Hass, der ihn von innen heraus vergiftete und erst mit dem Tod Karls V. ein Ende fand. Zurück blieb eine unerträgliche Leere, bis er schließlich ein neues wichtiges Ziel vor Augen hatte: die Neuordnung der Kirche! Einer seiner Vorgänger, der gelehrte und angesehene Magister Jean de Meung, hatte einst verkündet, dass die Universität der Schlüssel zur Christenheit sei, und dieser Satz hatte sich tief in sein Herz gebrannt.

Als Kanzler und Kanoniker stand er dem Domkapitel von Notre-Dame vor und hatte wie die meisten Fakultätsmitglieder und Studenten zunächst Papst Urban VI. als Reformer der Kirche begrüßt, doch als dessen Verhalten nicht länger tragbar war, verdammte er beide Päpste als Antichristen und betrachtete das Schisma als das natürliche Ergebnis eines korrumpierten Papsttums. Weil die Kirche unfähig schien, sich selbst zu erneuern, gab es für ihn nur eine Lösung: Die Kirche musste unter weltliche Aufsicht gestellt werden und durfte nicht länger wie eine Hure hin und her gezerrt werden. Karl VI. würde als Statthalter Gottes auf Erden und mit seiner Unterstützung die Erneuerung der Kirche erzwingen. Doch Karl VI. hatte wenig Lust verspürt, sich mit dem Klerus anzulegen, und auch im königlichen Rat war niemand geneigt gewesen, sein Vorhaben zu unterstützen. Folglich hatte er seinen Plan wieder verworfen und nach einer anderen Möglichkeit gesucht, doch er fand keine, bis er eines Nachts einen folgenschweren Traum hatte, der ihm von da an keine Ruhe mehr ließ.

Er befand sich am Fuße eines mächtigen Felsens, dessen eisgraue Spitze bis in den Himmel ragte.
Vor ihm stand ein barhäuptiger Mann in einem strahlend weißen Gewand. Seine dunklen Augen waren voller Liebe für ihn.
»Du bist Petrus der Fels. Der Fels, auf dem ich meine Kirche erbauen werde, welche die Mächte der Unterwelt nicht überwältigen werden«, verkündete er mit einer Stimme, die Chrétien erzittern ließ.

Dann verschwand der Felsen hinter ihm, und das Gewand des Mannes zerfloss in gleißendem Licht. Geblendet schloss Chrétien seine Augen, und als er sie wieder öffnete, stand er allein auf weiter Flur. Nebelschwaden waberten um seine Füße. Er lief über den Nebel, ohne in ihm zu versinken, und in seinen Ohren schallten die Worte des Herrn gleich einem donnernden Echo, das nicht aufhörte, sich zu wiederholen.

Chrétien zweifelte keinen Augenblick daran, dass der Traum ein Zeichen für ihn war, das unglückselige Schisma zu beenden. Der Herr hatte ihn dazu auserwählt, die Kirche zu erneuern, so wie er einst die Apostel auserwählt hatte. Die Sorbonne war wie geschaffen dazu, den Platz des Vatikans als oberste Behörde der Kirche einzunehmen. Sie sollte die Wiege sein, aus der die künftigen Päpste hervorgingen. Ein Rat aus zwölf Weisen mit ihm, Petrus der Fels, an der Spitze, würde ihr vorstehen und die Kirche damit von jeglicher Lasterhaftigkeit und Verderbnis befreien. Dass er damit die göttliche Autorität der Kirche leugnete, störte ihn nicht. Niemand um ihn herum und schon gar nicht er selbst bemerkte, dass ihm der Sinn für die Wirklichkeit immer mehr entglitt, aber auch wenn es jemandem aufgefallen wäre, wäre es ihm nicht gelungen, Chrétien aufzuhalten.

Er ließ sich Zeit mit dem Betrachten der Proben. Anastasias Ritter hatte es ihm dabei besonders angetan. Die Miniatur war wirklich gelungen. Die Rüstung des Ritters glänzte in der Sonne. Stolz blickte er dem Betrachter entgegen und strahlte gleichermaßen Siegesgewissheit und Kampfbereitschaft aus. Er war ein Ritter, wie ihn die Minne besang, ein Ritter, der für Gerechtigkeit und Ordnung stand und bereit war, sein Leben dafür zu geben. Ein Ritter, wie es ihn nicht mehr gab, ein

Ritter, der Witwen und Waisen beschützte und die Ehre der Frauen verteidigte, anstatt sie zu besudeln.

Noch immer starrte Chrétien die Miniatur an.

Er scheint es zu genießen, mich im Ungewissen zu lassen, dachte Christine und verschränkte die Hände ineinander. Es war die einzige Gefühlsregung, die sie sich gestattete.

Endlich wandte Chrétien sich ihr wieder zu. »Die Miniaturen sind außergewöhnlich«, stellte er fest, aber es klang eher wie eine Drohung als ein Lob. »Wer hat sie für Euch gemalt?« Suchend blickte er sich um. Seine Nasenflügel blähten sich wie bei einem Raubtier, das Gefahr wittert. Erst jetzt entdeckte er Anastasia, die wie festgefroren auf ihrer Bank im hinteren Teil der Schreibstube saß und ihren Pinsel umklammerte, als müsse sie sich an ihm festhalten. Ihr Haar war unter einem schlichten, weißen Schleier verborgen, den sie lose um ihren Kopf geschlungen hatte. Trotzdem erkannte er sie sofort.

Sein Körper verspannte sich. Jacob Braques' Tochter war also nicht tot. Irgendetwas war schiefgelaufen. Sie musste wissen, was mit Gilles geschehen war, und vermutlich ahnte sie auch, dass er hinter den Anschlägen auf sie steckte. Ihre Angst war so offensichtlich, dass sie fast greifbar war. Aber was zum Teufel hatte sie mit Bernard von Dreux zu schaffen? Auf der ganzseitigen Miniatur war sein Gesicht deutlich zu erkennen, selbst die Narbe auf seiner Stirn fehlte nicht, die Ludwig von Orléans ihm während eines Turniers im vergangenen Jahr zugefügt hatte.

Das Mädchen war ein Problem, ein Problem, das er so schnell wie möglich beseitigen musste. Und was hatte es zudem mit Christine de Pizan zu schaffen? Woher und wie kam es überhaupt dazu, dass sie sich kannten? Jacob Braques' Tochter hatte ganz sicher keinen Zutritt zum Hof gehabt, an dem Christine de Pizan bis zum Tod ihres Vaters gelebt hatte. Aber Frauen waren nur schwer zu durchschauen. Sie waren vage und rätselhaft, und man wusste nie, was sie wirklich wollten und wozu sie fähig waren. Seine Gedanken schweiften wieder zu Bernard von Dreux. Allein die Tatsache, dass er und das Mädchen sich offensichtlich begegnet waren, stellte eine unabschätzbare Gefahr für ihn dar. Bernard von Dreux war für seine bedingungslose Loyalität der Krone gegenüber bekannt und hatte außerdem eine enge Beziehung zu Bureau de la Rivière, der erst kürzlich vorgeschlagen hatte, die Steuerfreiheit der Universität abzuschaffen, womit er sich nicht nur ihn zum Feind gemacht hatte. Rivière war ihm schon lange ein Dorn im Auge gewesen, denn niemand, der zum König wollte, kam an ihm vorbei. Bisher hatte sich Rivière jedoch stets geschickt im Hintergrund gehalten und keinerlei Angriffsfläche geboten, doch damit war es nun vorbei.

Gervais Chrétien verdankte seine steile Karriere und seinen Erfolg hauptsächlich dem Geschick, auf jede noch so kleine Veränderung zu reagieren, bevor andere sie überhaupt nur im Ansatz wahrnahmen. Außerdem kam ihm die Tatsache zugute, dass er keinerlei Skrupel kannte, wenn es darum ging, sein Ziel zu erreichen.

Und nun bot sich ihm die Chance, gleich vier seiner Gegner auf einen Schlag zu vernichten, wofür er nichts anderes zu tun brauchte, als seinen ursprünglichen Plan ein klein wenig zu verändern. Er lächelte zufrieden in sich hinein.

Karl VI. würde schon bald das Schicksal seines Vaters ereilen, und die Familie de Pizan, Bernard von Dreux, Bureau de la Rivière und die Tochter des Tintenhändlers würden für seinen viel zu frühen Tod verantwortlich gemacht werden. Er würde ihr hinterhältiges Komplott gegen die Krone aufdecken und sie als Verräter überführen. Und dann würde Ludwig von

Orléans wie geplant die Nachfolge seines Bruders antreten und ihn, Chrétien, dafür im Gegenzug bei der anschließenden Neuordnung der Kirche unterstützen.

Christine, die nichts von diesen Gedanken ahnte, war seinem Blick gefolgt. »Alles, was Ihr hier seht, stammt von Anastasia, meiner Buchmalerin. Sie besitzt tatsächlich eine außergewöhnliche Begabung«, bestätigte sie widerwillig und runzelte die Stirn. Irgendetwas an der Art, wie Chrétien Anastasia angesehen hatte, störte sie, auch wenn sie nicht genau wusste, was es war. Doch als Chrétien sich ihr wieder zuwandte, war seine Miene ausdruckslos und ließ nichts von dem erkennen, was gerade in ihm vorgegangen war.

»Ich habe einen Auftrag für Euch.« Chrétien zog ein farbloses Buch unter seinem Umhang hervor und legte es auf das Regal direkt neben die Miniatur.

»Ich möchte, dass Ihr das hier kopiert. Die Initialen am Anfang eines jeden Kapitels sollen farbig ausgemalt werden.« Er legte eine bedeutungsvolle Pause ein und lächelte versonnen. »Die Lieblingsfarbe des Königs ist Rot, und er liebt den ›Rosenroman‹«, fuhr er schließlich fort. »Und da dieses Buch als Geschenk für ihn gedacht ist, sollte jede Seite mit einer Initiale in roter Tinte beginnen. Darüber hinaus sollte jede Initiale den Inhalt der ihr folgenden Verse bildlich darstellen.«

Er holte einen roten Samtbeutel voller Münzen unter seinem Umhang hervor und legte ihn auf das Buch. »Ich will das feinste Pergament und die beste Tinte, die Ihr auftreiben könnt.« Ohne Christine aus den Augen zu lassen, griff er in die Ledertasche, die er am Gürtel trug, und zog ein rechteckiges Kästchen daraus hervor. Er öffnete den Deckel und stellte es neben den Beutel mit den Münzen. Eingeschlagen in weichen, dunkelblauen Samt lag ein Glasfläschchen, dessen kurzer Hals mit Wachs verschlossen war.

»Dies hier ist eine Mischung aus Purpur und Karmin. Die Tinte ist für die Anfangsinitialen bestimmt. Sie ist sehr kostbar und darf nur nach Mitternacht aufgetragen werden, sonst verdirbt sie. Sagt Eurer Buchmalerin, sie soll sie erst ganz zum Schluss auftragen, und sobald sie getrocknet ist, bringt Ihr das Buch zu mir. Es ist allein für die Augen des Königs bestimmt.«

Er sprach leise, doch mit solcher Eindringlichkeit, dass Christine ihn verwirrt ansah. Das Lächeln war aus seinem Gesicht verschwunden, und der Ausdruck in seinen Augen jagte Christine einen kalten Schauer über den Rücken.

Sie nickte erschrocken, schaffte es aber dennoch, seinem Blick standzuhalten.

»Damit wäre dann alles geklärt«, entschied Chrétien und verließ die Schreibstube, ohne sich noch einmal umzusehen.

Christine starrte das hellgrüne Fläschchen mit dem dunklen Inhalt an, klappte mit einer heftigen Bewegung den Deckel des Kästchens wieder zu und schob es ans hintere Ende des Regals. Dann griff sie nach dem Samtbeutel, zog die Schnüre auseinander und ließ die Münzen in ihre Hand gleiten. »Selbst wenn ich es wollte, hätte ich den Auftrag nicht ablehnen können. Eine Ablehnung wäre einem Affront gegen den König gleichgekommen.« Sie sprach mehr zu sich selbst als zu Anastasia.

Die Münzen in ihrer Hand fühlten sich kalt an. Ohne dass es ihr bewusst wurde, begann sie, sie zu zählen. Es waren dreißig. Der Lohn für ihre Arbeit betrug dreißig Livres. Ihr stockte der Atem. Dreißig Silberlinge. *Judaslohn,* schoss es Christine instinktiv durch den Kopf und ließ sie entsetzt nach Luft schnappen. Die Münzen fielen ihr aus der Hand und kullerten über den Boden.

Durch die offen stehende Ladentür drang der übliche Straßenlärm herein. Eine Gruppe Studenten zog lärmend vorbei. Einer von ihnen, ein junger Bursche mit strähnigen, dunklen Haaren, beugte sich vor und spie direkt vor ihrer Tür aus. Sein ausgemergelter Körper krümmte sich dabei vor Schmerz, aber Christine empfand kein Mitleid mit ihm. Die Studenten waren dreist und unverschämt und stahlen sich von überallher zusammen, was sie zum Leben brauchten.

Nicht selten waren sie bereits am hellichten Tag betrunken.

Christine ging zur Türe und verschloss sie, weil sie befürchtete, einer der Studenten könnte hereinkommen und sie belästigen. Es war später Nachmittag, und das Tageslicht, das sie zum Arbeiten brauchten, nahm zusehends ab. Sie bückte sich und sammelte die Münzen wieder ein. Ihre Bewegungen waren hölzern, und sie fühlte sich noch immer wie benommen.

Warum erteilte Chrétien ausgerechnet ihr den Auftrag für dieses Buch, wo er sie und ihre Familie doch offensichtlich hasste? Ein Buch für den König zu kopieren, bedeutete nicht nur eine große Ehre, sondern auch eine offizielle Anerkennung ihrer Arbeit. Hoffte er, sie mit diesem Auftrag zu überfordern, oder hatte er einen anderen Grund, auf den sie nur noch nicht gekommen war?

Ein Buch für den König! Der Gedanke erfüllte sie mit Stolz. Ihre Mutter würde glücklich sein, wenn sie ihr davon erzählte. Sie schwankte noch zwischen Skepsis und Hoffnung hin und her, als ihr einfiel, dass sie an dem Tag, an dem sie die Landgüter ihres Vaters verkauft hatte, ein ähnliches Hochgefühl in ihr aufgekommen war. Philippe de Mézières hatte sie bewusst ins offene Messer laufen lassen, um sich an ihrer Familie zu rächen. Aber wie wollte sich Chrétien an ihr rächen, indem er ihr einen solch ehrenvollen Auftrag erteilte?

Sie hatte sich wieder gefasst und trat zu Anastasia, um zu

sehen, wie weit diese mit ihrer Arbeit vorangekommen war. Sie hatte der Gattin des Richters zugesagt, das fertige Stundenbuch noch in diesem Monat zu liefern.

Anastasia sah mit bleichem Gesicht zu ihr auf. Der Schreck über die unerwartete Begegnung mit Chrétien stand ihr noch ins Gesicht geschrieben.

Ein ungutes Gefühl beschlich Christine. Etwas an Anastasia hatte ihr die ganze Zeit über keine Ruhe gelassen. Etwas, das mit Étiennes Grab nichts zu tun hatte.

»Er wollte mich umbringen, und jetzt hat er gesehen, dass ich noch lebe. Ich habe solche Angst«, flüsterte Anastasia.

Ihre Worte hingen schwer im Raum.

Christine hielt erschrocken die Luft an. Da war es wieder, dieses Gefühl, dass es kein Zufall war, der sie mit Anastasia zusammengeführt hatte. Nur dass es dieses Mal stärker war. Als würde Fortunas Atem sie streifen.

Sie atmete hörbar aus. »Wer wollte dich umbringen, du sprichst doch nicht etwa von Monseigneur Chrétien?«

Anastasia nickte.

Christine wurden die Knie weich. Sie zog ihren Stuhl neben den von Anastasia und ließ sich darauf fallen.

»Erzähl mir, was geschehen ist.«

In ihrem mittlerweile so vertrauten Gesicht las Anastasia die Sorge um sie und fühlte sich für einen Augenblick so geborgen, wie sie es als kleines Mädchen vor dem Tod ihrer Mutter gewesen war.

In diesem Moment hätte sie alles dafür gegeben, die Wahrheit noch eine Weile hinauszögern zu können.

Aber Christine wartete schweigend und ohne jedes Zeichen von Ungeduld, so als würde sie spüren, wie schwer es Anastasia fiel zu sprechen.

»Es war an dem Tag, als Ihr mich am Grab Eures Gemahls

gesehen habt.« Anastasia stockte. Sie wusste, dass es jetzt kein Zurück mehr gab. »Ich habe dort um meinen Vater getrauert.« Sie wagte es nicht, Christine weiterhin in die Augen zu sehen, und senkte ihren Blick.

»Du hast in deiner Trauer die Gräber verwechselt«, half Christine ihr und legte einen Arm um ihre Schultern.

Die liebevolle Geste trieb Anastasia die Tränen in die Augen. Sie fühlte sich Christine gegenüber so schuldig, dass sie es kaum ertragen konnte.

»Ich habe die Gräber nicht verwechselt«, stieß sie kaum hörbar hervor.

Ein Schauer rann Christine über den Rücken.

Anastasia holte tief Luft, zögerte die Wahrheit noch einen letzten Atemzug weiter hinaus. »Mein Vater liegt im selben Grab begraben wie Euer Gemahl!«

Christine sah sie ungläubig an. »Dein Vater liegt zusammen mit meinem Gemahl im selben Grab?«, wiederholte sie erstaunt. »Aber warum?«

»Es war der letzte Wunsch meines Vaters, in geweihter Erde begraben zu werden. Ich habe dem Totengräber Geld dafür gegeben.« Anastasia wurde heiß vor Scham, aber gleichzeitig verspürte sie Erleichterung, weil die Wahrheit endlich heraus war.

Christine betrachtete Anastasias gequältes Gesicht. Das Mädchen war ihr in den letzten Wochen ans Herz gewachsen, und sie hatte es nicht einen Moment lang bereut, es in ihre Schreibstube geholt zu haben.

War das, was Anastasia getan hatte, denn wirklich so verwerflich? Ein schon vergebenes Grab zu kaufen, um den letzten Wunsch eines Verstorbenen zu erfüllen? Was hätte sie an Anastasias Stelle getan? Aber sie war nicht an Anastasias Stelle und wäre auch nie in eine solche Situation gekommen, weil ihre Familie trotz allem, was geschehen war, noch immer dem königlichen Hof angehörte, und für Mitglieder des Hofes war es selbstverständlich, in geweihter Erde begraben zu werden.

»Ich bin dir nicht böse«, sagte sie. »Es sind nur leere Körper, die in den Gräbern liegen. Ihre Seelen sind schon lange nicht mehr da. Was mich viel mehr beunruhigt, ist das, was du mir über Chrétien erzählt hast.«

Anastasia hatte Chrétien in ihrer Aufregung ganz vergessen. Ihre Augen weiteten sich und spiegelten ihre Angst und das Grauen wider, das sie damals empfunden hatte, als sie glaubte, sterben zu müssen.

Erregt beugte sie sich vor.

»Als ich vom Kirchhof nach Hause kam, ist plötzlich mein Onkel aufgetaucht. Und mit ihm dieser Monsieur Chrétien. Sie haben das ganze Haus durchwühlt und nach geheimen Aufzeichnungen meines Vaters gesucht. Und dann habe ich gehört, wie Monsieur Chrétien zu meinem Onkel gesagt hat, ich wäre eine Gefahr für ihr Unternehmen, dabei weiß ich nicht einmal, von welchem Unternehmen sie überhaupt gesprochen haben. Jedenfalls war mein Onkel am nächsten Tag tot, und ein unbekannter Mann ist in mein Haus eingedrungen und wollte mich umbringen, und dann ist Bernard von Dreux gekommen und hat mich gerettet.« Ihre Stimme klang verängstigt. Christine strich ihr beruhigend über das weiche Haar.

Als Anastasia den Namen Bernard von Dreux aussprach, wurde Christine auch schlagartig klar, an wen sie der Ritter auf der Miniatur erinnert hatte. Sie war Bernard von Dreux am Hof begegnet. Er hatte auf keinem Turnier gefehlt, dem sie beigewohnt hatte.

»Er ist der Ritter auf deinem Bild«, sagte sie, worauf Anastasia leicht errötete und nur sacht nickte.

»Und du weißt nichts von den Aufzeichnungen, nach denen Chrétien gesucht hat?«

Anastasia schüttelte den Kopf und wich erneut ihrem Blick aus. Ob sie es wagen konnte, Christine von dem Geheimnis ihres Vaters zu erzählen? Sie vertraute ihr, wie sie außer ihrem Vater noch keinem anderen Menschen vertraut hatte. Nicht einmal Bernard von Dreux. Der Gedanke an ihn löste wieder dieses merkwürdige Ziehen in ihrer Magengegend aus, das sie manchmal bis in den Schlaf hinein verfolgte.

Christine zog Anastasia enger an sich. »Vorhin, als du mir die Geschichte mit dem Grab erzählt hast, hast du mir vertraut. Du kannst mir auch jetzt vertrauen. Ich kann dir nur helfen, wenn du mir alles erzählst, was du weißt.«

Anastasia löste sich aus Christines Umarmung.

»Es ist alles so schrecklich«, stieß sie hervor und starrte an Christine vorbei an die Wand.

»Mein Vater hat nicht nur Tinten und Farben gemischt, er war auf der Suche nach dem ›Grünen Löwen‹, um ihm sein Geheimnis zu entreißen. Er hat oft mit meinem Onkel darüber gesprochen, aber ich habe nicht alles verstanden und weiß auch nicht, was ›Der Grüne Löwe‹ überhaupt ist.« Sie sprach leise und stockend, und Christine spürte, wie schwer es ihr fiel, darüber zu sprechen. *Sie hat das Gefühl, ihren Vater zu verraten*, dachte sie und ahnte nicht, wie nah sie der Wahrheit damit kam.

»Der Grüne Löwe!« Mars und Venus, männlich und weiblich, kosmisch und irdisch, durch Schwefelsäure zu einem klaren Kristall vereint. Christines Vater hatte ebenfalls versucht, sein Geheimnis zum Wohl der Menschen zu ergründen, auf der Suche nach neuen, besser wirkenden Heilmitteln.

Auch er hatte sich mit den geheimen Wissenschaften befasst, mit über Jahrhunderte hinweg streng behütetem Wissen, welches die gewohnte Ordnung infrage stellte. Und genauso lange, wie es dieses Wissen gab, war es von den meisten Menschen gefürchtet und abgelehnt worden. Lieber verschlossen sie ihre Augen vor neuen unbekannten Wahrheiten, als zuzulassen, dass ihre vertraute Welt ins Wanken geriet.

Anastasias Stimme holte sie in die Gegenwart zurück.

»Ich habe einen Streit zwischen meinem Vater und meinem Onkel mit angehört.« Anastasia kauerte sich zusammen, als wäre sie wieder das kleine Mädchen von damals, das heimlich die Gespräche der Erwachsenen belauscht hatte. Ihr Blick kehrte sich nach innen und ließ längst verloren geglaubte Bilder aus der Vergangenheit wieder emporsteigen.

Ihre Lippen bebten, als sie weitersprach.

»Ich fürchte, mein Onkel hat nach dem Rezept gesucht, mit dem der König vergiftet wurde, aber ich bin mir nicht sicher!«

Christine fröstelte. Die Kälte, die sie zittern ließ, kam aus ihrem Inneren und breitete sich in ihrem gesamten Körper aus, bis sie ihn kaum noch spürte.

»Es war der Neid, der unseren König das Leben gekostet hat, mit Kain ist er in die Welt gekommen, und jede Generation, die geboren wurde, hat ihn stärker gemacht. Er wird noch lange über uns alle triumphieren, bis in die Ewigkeit hinein.« Es waren Worte voller Bitterkeit, die Thomas de Pizan in seiner letzten Stunde immer wieder vor sich hin gemurmelt hatte, bis sich seine Lippen für immer geschlossen hatten. Ob er geahnt hatte, dass Chrétien etwas mit dem plötzlichen Tod des Königs zu tun gehabt hatte? Wenn ja, würde sie es jedenfalls nicht mehr erfahren.

Christine dachte an den Abgrund, den Anastasia gemalt hatte, und an die Ranken, die aus ihm hervorkrochen, bereit, jeden, der ihnen zu nahe kam, in die Finsternis hinabzuziehen, und plötzlich verstand sie, was Anastasia mit dem Bild hatte ausdrücken wollen. Die Ranken standen für die Wahrheit. Für eine Wahrheit, die aus den Tiefen der Vergangenheit ins Licht der Gegenwart drängte und sich nicht länger unterdrücken lassen wollte.

Ihr Herz raste. Sie wandte sich ab und sah schweigend vor sich hin, bis sich ihr Herzschlag wieder etwas beruhigt hatte.

Anastasia hatte sich zusammengekauert und ihren Kopf auf die Knie gebettet. In dieser Haltung schaukelte sie langsam vor und zurück, während die Farbe an ihrem Pinsel allmählich trocknete.

In der Schreibstube war es fast dunkel. Christine nahm Anastasias Hand und zog sie von ihrem Stuhl hoch. »Du kannst nicht nach Hause zurück, dort bist du nicht mehr sicher. Ich werde dich mit zu mir nehmen, wo wir überlegen können, wie es weitergehen soll.«

Bernard! Er hatte fast die gleichen Worte zu ihr gesagt, aus Sorge, dass ihr etwas geschehen könnte. Aber sie wollte nicht von zu Hause fort, wollte nicht, dass sich ihr gewohntes Leben noch mehr veränderte.

»Wovor fürchtest du dich?« Christine hielt ihre Hand fest, doch Anastasia entzog sie ihr. »Ich habe Angst, dass Mutter mich nicht mehr vom Himmel aus sehen kann, wenn ich fortgehe. Sie sieht jeden Abend durch mein Fenster.« Ihre Augen füllten sich mit Tränen.

Christine lächelte ihr beruhigend zu.

»Ich bin sicher, sie wird dich auch in unserem Turm sehen können. Vom Himmel aus hat man den besten Ausblick, den man sich wünschen kann, hast du das nicht gewusst?«

Anastasia schüttelte den Kopf, wehrte sich aber nicht, als Christine erneut nach ihrer Hand griff und sie energisch aus dem Laden zog.

Warmer Wind wehte ihr ins Gesicht, als sie neben Christine durch die Gassen lief. Der Himmel hatte die Farbe von Bleiweiß, das dabei war zu verschwärzen.

Sie umrundete einen fahrbaren Backofen, dessen Rad gebrochen war, und wäre fast über ein Ferkel gestolpert, das von einem schmutzigen kleinen Jungen mit einem Strick in der Hand gejagt wurde.

Die Rue Saint-Denis, die bis nach Flandern führte, war von Fuhrwerken und Reitern bevölkert, die aus der Stadt hinaus drängten und keine Rücksicht auf die Fußgänger nahmen. Der Lärm von donnernden Hufen und vorbeiratternden Wagen machte jede Unterhaltung unmöglich, und Anastasia war erleichtert, als Christine in die Zölestinergasse einbog, die nach dem Mönchsorden gleichen Namens benannt worden war. Von hier aus waren es nur noch wenige Schritte bis zum Barbeauturm, der trutzig in den Himmel ragte und den nördlichen Mauerring der von Philipp August erbauten Stadtmauer abschloss. Ihm gegenüber stand der Tournelle, ebenfalls mit einem Durchlass zum Flussufer. Die beiden Türme waren mit einer Eisenkette verbunden, die bei Bedarf hochgezogen werden und auf diese Weise den Fluss für die Schiffe sperren konnte.

Christine führte Anastasia an den neugierigen Augen ihrer Kinder vorbei die gewundene Treppe hinauf in das ehemalige Zimmer ihres Vaters. »Ich möchte meine Familie nicht beunruhigen und werde ihr daher sagen, dass wir eine eilige Auftragsarbeit fertigstellen müssen«, erklärte sie Anastasia und schloss die Türe hinter sich.

Der halbrunde Raum war so nüchtern gehalten wie eine Klosterzelle. Ein Bett, ein Tisch und zwei einfache Holzstühle waren die einzigen Möbelstücke darin. Nichts erinnerte mehr an das mit Karten, Wandteppichen und Büchern vollgestopfte

Arbeitszimmer des berühmten Astrologen, der hier einst gelebt und gearbeitet hatte.

Sie hatten sich kaum gesetzt, als Anna mit einem Krug verdünntem Wein und zwei Bechern in den Händen hereinkam. Sie musterte Anastasia ausgiebig, bevor sie den Wein auf dem Tisch abstellte.

»Bitte lass uns allein«, meinte Christine zu Anna, als diese keine Anstalten machte, das Zimmer zu verlassen.

»Ich mache mir Sorgen. Deine Mutter ist den ganzen Tag im Bett geblieben und weigert sich, etwas zu essen, und du siehst aus, als hättest du ebenfalls keinen guten Tag gehabt.«

»Du brauchst dich nicht zu sorgen. Mutter wird schon wieder aufstehen, spätestens, wenn sie erfährt, dass ich einen Gast mitgebracht habe. Wir haben noch zu arbeiten, und ich wäre dir dankbar, wenn du uns nun allein lassen würdest.«

Sie sprach in dem Ton, mit dem sonst ein Mann zu seiner Familie sprach, und bemerkte mit Staunen, dass er wirkte. Anna verließ, wenn auch nur widerwillig, die Kammer, obwohl sie zu gerne erfahren hätte, was Christine mit dem jungen Mädchen zu bereden hatte.

Christine sah ihr gedankenverloren nach. Verhielt sie sich schon wie ein Mann, nur weil sie die Zügel in die Hand genommen hatte und für das Überleben ihrer Familie kämpfte? Konnten Frauen nur nicht führen, weil sie es nie gelernt hatten, während Männer an diese Aufgabe von Kindheit an herangeführt wurden? Sie würde darüber nachdenken, später, jetzt gab es Wichtigeres zu tun.

»Wir müssen die Aufzeichnungen deines Vaters finden, bevor Chrétien es tut«, sagte Christine entschlossen, nachdem Anna fort war. »Denk nach, du kennst deinen Vater besser als dein Onkel. Solange wir sie nicht gefunden haben, bist du in Gefahr.«

Anastasia schüttelte hilflos den Kopf. »Ich weiß ja nicht einmal, ob es solche Aufzeichnungen überhaupt gibt«, gab sie zu bedenken und sah Christine vertrauensvoll an. Madame de Pizan war stark und klug und würde wissen, was zu tun war.

Christine überlegte.

»Erzähl mir von deinem Vater«, meinte sie dann. »Vielleicht hilft dir das ja, dich besser an alles zu erinnern, wenn du über ihn sprichst? Woran hat er gearbeitet, mit wem hat er sich getroffen? Versuche, dich zu erinnern.« Beschwörend nahm sie Anastasias Hände in die ihren. Das Schicksal hatte sie mit Anastasia zusammengeführt, und der Grund dafür lag in der Vergangenheit. Anfangs war es nur eine leise Ahnung gewesen, ein Gefühl, das sich nicht greifen ließ. Doch mit der Zeit hatte es sich immer mehr verdichtet und ließ Christine hoffen, dass die Wahrheit nach all den Jahren doch noch ans Licht kommen würde. Ihr Vater hatte den König geliebt. Er war unschuldig und hatte nichts mit seinem plötzlichen Tod zu tun gehabt. Wenn sie nun nachträglich einen Beweis dafür finden und den Namen ihres Vaters von allen Vorwürfen befreien könnte, wäre ihre Mutter überglücklich. Aber sie spürte auch die Gefahr, die von Anastasias dunklem Geheimnis ausging. Vielleicht wäre es besser, die Vergangenheit ruhen zu lassen, dachte sie und wusste im gleichen Moment, dass sie das nicht konnte.

Anastasia schloss gehorsam die Augen und lehnte sich zurück. Nie würde sie den Tag vergessen, an dem der König gestorben war: das ununterbrochene Läuten der Glocken, die Verzweiflung und Trauer, die sich über die Stadt legte und sogar die Vögel verstummen ließ, als würden sie spüren, dass die Welt aus den Fugen geraten war. Dumpfe Glockenschläge, die ihr selbst dann noch in den Ohren hallten, als der letzte Ton schon längst verklungen war.

Ihr Vater kam nicht einmal zum Essen aus dem Keller. Sie war ganz alleine in der Küche, lauschte ängstlich nach draußen und vermisste die vertrauten Geräusche der Menschen, die täglich an ihrem Haus vorbeigingen. Laut und bedrohlich durchdrang der Türklopfer die unheimliche Stille. Sie stand auf und öffnete sie. Vor ihr stand ein Mann, groß und düster, mit Augen so schwarz wie sein Rock. »Ich muss mit deinem Vater sprechen, ist er da?«

Reglos und starr hatte ihr Vater vor seinem Arbeitstisch gehockt und sie nicht einmal wahrgenommen. Der Ausdruck in seinem Gesicht war furchtbar, und sie hatte begriffen, dass der Tod des Königs noch viel schrecklichere Auswirkungen haben musste, als sie es sich vorgestellt hatte.

»Vater, wir haben Besuch.« Er hörte sie nicht. Erst als sie an seinem Ärmel zupfte, erwachte er aus seiner Starre.

»Wir haben Besuch«, wiederholte sie und wünschte sich, er würde sie in seine Arme ziehen, wie er es nach dem Tod ihrer Mutter getan hatte.

Doch er nahm sie nicht in den Arm, sondern erhob sich stumm und schlurfte mit müden Schritten die Stufen hinauf, ohne zu bemerken, wie sehr sie sich ängstigte.

Anastasia öffnete die Augen. Sie fühlte sich, als wäre sie soeben aus einem schweren Traum erwacht.

»Thomas de Pizan«, sagte sie unvermittelt und wunderte sich, dass sie dieses Ereignis ganz vergessen hatte, »er war der Besucher an dem Tag, an dem der König starb.«

Christine sprang auf. »Was hat er gewollt, bitte, du musst dich erinnern«, flehte sie.

Anastasia runzelte angestrengt die Stirn.

»Es war irgendwie seltsam, denn sie haben über Gewürze gesprochen, wo doch der König gestorben war.«

Am Abend saßen sie alle gemeinsam im großen Turmgemach im ersten Stock. Ein gewaltiges Feuer loderte in dem großen, offenen Kamin und erwärmte die dicken Mauern, hinter denen es selbst im Sommer kühl blieb. Christines Mutter saß hoch aufgerichtet an der Stirnseite der Tafel. Ihr graues Haar war unter einer bunt bestickten, wulstigen Haube verborgen. Tiefe Falten hatten sich um ihre Mundwinkel herum eingegraben, und in ihren dunklen Augen lag ein Ausdruck von Bitterkeit.

Neben Christine saßen ihre drei Kinder. Das Älteste, ein etwa zehnjähriges Mädchen, ähnelte seiner Mutter, wenn man von den hellen grauen Augen absah, die ein wenig verträumt wirkten. Die beiden Jungen waren hübsch, mit wachen, braunen Augen und hellbraunem, lockigem Haar. Sie musterten Anastasia neugierig.

Ein dreiarmiger Kerzenleuchter aus Eisen mit schlanken Wachskerzen erleuchtete den Tisch. Es gab Hühnersuppe mit viel Fleisch und frischgebackenes Brot, das einen köstlichen Duft verströmte, dazu mit Honig gewürzten Wein. Die Kinder saßen artig auf den hohen Lehnstühlen und löffelten ihre Suppe. Als sie fertig waren, erhoben sie sich. »Gebt eurer Mutter einen Kuss und verabschiedet euch von unserem Gast«, befahl Anna, die sich ebenfalls erhoben hatte. Die Kinder gehorchten und folgten Anna bereitwillig in die Küche.

»Du arbeitest also in der Schreibstube meiner Tochter«, bemerkte Christines Mutter, nachdem Anna sich mit den Kindern zurückgezogen hatte. Ihr Ton war der einer Herrin, die mit ihren Dienstboten sprach. »Und du besitzt nicht mehr als das, was du auf dem Leib trägst, und bist außerdem Waise?« Es war mehr eine Feststellung als eine Frage. Anastasia sah Christines Mutter überrascht an. Mit dem geübten Blick der Miniaturmalerin, die auch noch dem winzigsten Detail Beachtung schenkte, erkannte sie hinter deren verbitterten Zügen die stolze Schönheit, die sie einst gewesen war.

»Meine Tochter hat mir erzählt, dass dein Vater es versäumt hat, einen Gemahl für dich zu suchen?« Sie wartete Anastasias Antwort nicht ab, sondern fuhr mit ungewohnter Energie fort. »Vielleicht haben wir Glück und finden einen Mann, der dich auch ohne Mitgift nimmt.« Ihre Stirn krauste sich, während sie über einen geeigneten Heiratskandidaten für Anastasia nachdachte. »Der älteste Sohn unseres Handschuhmachers hat noch keine Gemahlin. Er ist nicht sonderlich ansehnlich, aber die Familie hat ein gutes Auskommen, und in Anbetracht der Dinge wäre er nicht die schlechteste Partie, die ein Mädchen ohne Mitgift machen kann. Ich werde gleich morgen bei seinem Vater anfragen.« Sie sprach, als wäre die Heirat bereits beschlossene Sache und die Angelegenheit damit erledigt.

Anastasia hob abwehrend ihre Hände.

»Aber ich will keinen Gemahl«, sagte sie erschrocken und dachte unwillkürlich an Bernard.

Madame de Pizan musterte Anastasia streng.

»Was ist denn das für ein Benehmen«, beschwerte sie sich und griff demonstrativ nach dem Stickrahmen auf ihrem Schoß, in den ein feines weißes Seidentuch eingespannt war.

»Ich biete dir meine Hilfe an, und anstatt froh darüber zu sein, schlägst du sie aus? Ziehst du es etwa vor, in ein Kloster zu gehen?«

Anastasia schüttelte den Kopf. »Ich habe ein gutes Auskommen bei Eurer Tochter gefunden, Madame«, gab sie mit fester Stimme zurück, »und bin sehr zufrieden, so wie es ist.«

Sie musste daran denken, wie Christine de Pizan und sie sich ihre fehlende Begeisterung für Näh- und Stickarbeiten eingestanden hatten. Es war sicher nicht leicht für ihre Arbeitgeberin gewesen, sich ihrer Mutter zu widersetzen. Sie selbst hatte es diesbezüglich besser getroffen. Ihr Vater hatte sie malen lassen, so viel sie wollte. Es hatte immer einen größeren Vorrat an Pergamenten und Tinten im Haus gegeben, und niemand hatte ihr Vorschriften gemacht.

Vielleicht wäre es anders gekommen, wenn ihre Mutter nicht so früh gestorben und sie mit einem Mann wie Gaston verheiratet worden wäre. Allein der Gedanke ließ sie erschauern.

Christines Mutter betrachtete sie voller Empörung. Sie öffnete den Mund, um fortzufahren, aber Christine unterbrach sie.

»Wir reden ein anderes Mal darüber«, entschied sie. »Anastasia ist sicher erschöpft und möchte sich zurückziehen.«

Madame de Pizan gab sich geschlagen, aber ihr Blick verriet, dass die Angelegenheit für sie noch lange nicht erledigt war.

Anastasia hatte die ganze Nacht kein Auge zugetan. Sie fühlte sich fremd und einsam in der ihr zugeteilten halbrunden Kammer und hatte immer noch grauenvolle Angst. Daran konnten auch die dicken Mauern nichts ändern, die sie wie eine Festung umgaben. Als die Dämmerung hereinbrach, stand sie auf und schlüpfte leise aus dem Haus.

Wenn ihr Vater etwas versteckt hatte, dann würde sie es finden. Sie musste es einfach finden. Ihre Gedanken eilten ihr voraus, und sie beschleunigte unwillkürlich ihre Schritte.

Die Luft war feucht und nur mäßig kühl. Anastasias Schritte hallten auf dem Kopfsteinpflaster wider, mit dem die meisten Gassen auf dieser Seite der Seine gepflastert waren, während die Sträßchen auf der anderen Seite in stinkendem Morast versanken. Sie bog in die Rue Saint-Denis ein, die zu dieser Stunde ohne die unzähligen Fuhrwerke seltsam verlassen wirkte. Über der Seine hingen vereinzelte Nebelschwaden wie die Fetzen eines zerrissenen Schleiers. Eine einsame Möwe zog suchend ihre Kreise in der Hoffnung auf Beute.

Als Anastasia die Grand Pont überquerte, ging die Sonne auf und tauchte den Fluss in ein goldschimmerndes Licht. An einem anderen Tag wäre sie stehen geblieben und hätte das Farbenspiel der glitzernden Wasseroberfläche studiert und es gedanklich in die einzelnen Farbtöne zerlegt, mit dem sie es wiedergeben konnte, doch heute hatte sie keinen Blick dafür.

Im Haus ihres Vaters angekommen, stellte sie erleichtert fest, dass sich nichts verändert hatte. Sie nahm die Talglampe vom Haken und zündete sie an. Dann stieg sie die Stiege zum Keller hinab, schob das Regal ein Stück zur Seite und schluckte den Kloß hinunter, den sie plötzlich in ihrer Kehle spürte.

Seit dem Tod ihres Vaters hatte sie das geheime Zimmer nicht mehr betreten. Abgestandene Luft und der Geruch von Schwefel strömten ihr entgegen. Mit einem Ruck schob sie das Regal in seiner gesamten Breite zur Seite, um frische Luft in den Raum zu lassen. Nach einem tiefen Atemzug ging sie hinein, stellte die Lampe auf der niedrigen Tischplatte ab und sah sich um. Die ehemals weiß gekalkten Wände waren kahl, bis auf die dunklen Eichenholzbretter zu ihrer Rechten. Dort hatte ihr Vater seine Bücher aufbewahrt, alte Bücher, die in lateinischer und griechischer Sprache verfasst worden waren.

Soweit sie erkennen konnte, waren noch alle da, wenn sie auch nicht mehr in der gewohnten Reihenfolge standen. Ihr Onkel musste sie bei seiner Suche heruntergenommen und anschließend achtlos wieder zurückgelegt haben. Dort würde sie nichts finden. Aber wo konnte sie sonst noch suchen?

Die niedrige Tischplatte und die beiden Bänke, von denen eine zum Sitzen und die andere als Ablage für Reibschalen, Stößel und Fläschchen mit farbigen Tinten diente, waren die einzigen Möbel, wenn man von den wurmstichigen Holztruhen an der Wand gegenüber dem Eingang absah. Diese waren gefüllt mit Säckchen unterschiedlicher Pigmente, Brocken aus Harz, Dornen, getrockneten Rindergallen, Holzasche, Fischblasen, Eisen, Bleispänen, verschiedenen Erden, Kreiden und Mineralien.

Der Boden war mit geflochtenen Binsenmatten bedeckt, die zwar wie trockenes Laub unter den Füßen raschelten, aber hervorragend die Kälte abhielten, die von dem ewig kalten Boden nach oben stieg. Sie lagen schon so lange sie denken konnte dort und waren im Laufe der Jahre immer dunkler und spröder geworden. Der Raum kam ihr, obwohl er unverändert war, kleiner vor und seine Decke niedriger, seitdem alles Vertraute daraus verschwunden war, als wäre es zusammen mit ihrem Vater begraben worden. Seit seinem Tod hatte sie manchmal das Gefühl, in einer fremden Stadt zu wohnen und durch unbekannte Gassen zu laufen. Selbst der Klang der Glocken, die ihr sagten, wann es Zeit zum Aufstehen und zum Schlafengehen war, hatte sich verändert und machte ihr mit jedem Schlag bewusst, dass alles anders geworden war.

Sie ging hinüber zu den Truhen, öffnete eine nach der anderen und durchsuchte sie sorgfältig.

Als sie bei der dritten angekommen war, begann ihr Rücken zu schmerzen, und sie durchsuchte sie kniend weiter. Sie fand einen besonders reinen Lapislazuli, ohne Pyrit und Kalkspatadern, die man beim Mahlen und Reiben mühsam entfernen musste, und legte ihn beiseite. Nachdem sie auch diese Truhe gründlich durchsucht hatte, erhob sie sich und rieb sich ihre steif gewordenen Beine. Dabei fiel ihr Blick auf den Boden. An der Stelle, wo sie gekniet hatte, waren die Binsen zerbröselt und gaben den Blick auf dunkle Eichendielen frei.

Anastasia betrachtete stirnrunzelnd das Holz. Bislang war sie immer davon ausgegangen, dass der gesamte Boden aus Bruchstein bestehen würde, in den Kalk und Lehm mit eingeschwemmt worden waren. Sie bückte sich und schob die Binsen beiseite. Darunter kam eine Holzklappe zum Vorschein. Sie ähnelte der Klappe, die die Stufen in den Vorratskeller abdeckte, war allerdings etwas kleiner als diese und schien auch wesentlich älter zu sein.

Anastasia hielt den Atem an.

In das mittlere Eichenbrett der Klappe war am oberen Ende ein zapfenförmiges Vorhängeschloss von der Größe ihrer Hand eingelassen. Anastasia versuchte die Klappe anzuheben, konnte sie aber nicht bewegen. Enttäuscht starrte sie das Vorhängeschloss an. Es unterschied sich farblich kaum von den dunklen Brettern und war mit zwölf kleinen Kreisen verziert und einem fingerdicken, eisernen Bügel gesichert. Um die Klappe zu öffnen, brauchte sie den Schlüssel, doch wo könnte ihn ihr Vater aufbewahrt haben? Vor lauter Aufregung gelang es ihr kaum, einen klaren Gedanken zu fassen. »Mein Bruder war schon immer ein Geheimniskrämer«, hatte ihr Onkel behauptet, und es hatte verächtlich geklungen. Aber auch wenn ihr seine Worte missfallen hatten, musste sie einsehen, dass er recht gehabt hatte. Sie überlegte, wo ihr Vater den Schlüssel versteckt haben konnte.

Und dann wusste sie, wo sie ihn finden würde. Sie rannte die Treppe hinauf, stürmte in das Arbeitszimmer ihres Vaters und öffnete in fliegender Hast das Geheimfach in seinem Schreibtisch. Es war leer, bis auf einen kleinen Blattschlüssel mit gitterförmigem Griff, der schon so lange dort lag, dass sie ihn beinahe vergessen hatte. Sie nahm ihn an sich und lief zurück in den Keller. Atemlos führte sie ihn dort in das Schloss ein und war erleichtert, als sie feststellte, dass er passte. Widerstandslos ließ er sich herumdrehen.

Sie ließ den Schlüssel in dem Schloss stecken, hob die Holzplatte an und starrte überrascht in einen runden Schacht, der steil in die Tiefe hinabführte und sich weiter unten im Dunkeln verlor. Ein Schacht war also das ganze Geheimnis. Enttäuscht wandte sie sich ab. Sie wusste nicht genau, was sie erwartet hatte, ein geheimes Fach oder eine verborgene Truhe, aber auf jeden Fall keinen Schacht.

Ohne große Hoffnung hielt sie die Lampe in die höhlenartige Öffnung und entdeckte ungefähr zwei Ellen unter sich eine Sprosse aus Eisen. Sie beugte sich weiter vor und sah, dass sich unter der ersten noch weitere Sprossen befanden wie bei einer Leiter. Ob sie es wagen konnte, in den Schacht hinabzusteigen? Sie nahm einen Klumpen Ocker aus der Truhe neben sich und warf ihn in den Brunnen, um festzustellen, wie tief er war. Das platschende Geräusch, das unmittelbar darauf folgte, zeigte ihr, dass sich im unteren Teil des Schachts noch immer Wasser befand. Aber warum hatte ihr Vater ihr nie etwas von dem Brunnen gesagt? Vor allem im Winter wäre es wesentlich bequemer gewesen, zum Wasserholen in den Keller gehen zu können, anstatt sich in der eisigen Kälte in die lange Schlange der Frauen vor dem städtischen Brunnen einreihen zu müssen. Sie hätten sich außerdem die Abgabe für die Brunnennutzung sparen können, die jeder Hauseigentümer an die städtischen Behörden zu entrichten hatte. Aber vielleicht hatte ihr Vater das nicht gewollt, weil dann jeder von dem geheimen Raum im Keller erfahren hätte? Doch was wäre andererseits so schlimm daran gewesen? Er hatte schließlich nichts zu verbergen gehabt. Tinten zu mischen, war ebenso wenig verboten, wie einen Vorrat an Mineralien, Kreiden und Erden aufzubewahren.

Sie stutzte. Es war nicht verboten! Nichts von dem, woran ihr Vater hier unten gearbeitet hatte, war verboten. Sie wunderte sich, dass ihr der Gedanke nicht schon früher gekommen war, aber früher hatte sie auch nie hinterfragt, was ihr Vater getan hatte. Er war eben ihr Vater gewesen, und sie hatte ihm vertraut. Aber nun war sie erwachsen, und ihr Leben wurde bedroht. Noch vor einigen Wochen war es ihr an manchen Tagen gleichgültig gewesen, ob sie leben oder sterben würde, weil sie so einsam gewesen war, doch jetzt war das Leben so aufregend wie noch nie. Durch Madame de Pizan hatte sie eine neue Welt kennengelernt, eine Welt, die so ganz anders war als die ihres Vaters. Eine wunderbare Welt, in der Frauen eine Schreibwerkstatt eröffnen konnten und dafür bezahlt wurden, Bücher zu kopieren und zu illuminieren. Sie zum Leuchten zu bringen, wie die exakte Übersetzung des lateinischen Wortes lautete. Sie hätte nie gedacht, dass sie ihren Lebensunterhalt einmal selbst verdienen würde und erst recht nicht mit dem, was sie am liebsten tat.

Sie betrachtete die Sprosse unter sich genauer. Sie sah stabil aus. Ob sie es wagen konnte, in den Brunnenschacht zu steigen? Nur um ganz sicherzugehen, dass sie auch nichts übersehen hatte? Vorsichtig ließ sie sich auf die Knie nieder und tastete mit dem rechten Fuß nach der ersten Sprosse. Dann verlagerte sie ihr Gewicht darauf, um sich davon zu überzeugen, dass sie halten würde. Vorsichtig griff sie nach der Lampe und nahm die ersten drei Sprossen. Aus dem Inneren des Brunnenschachts stieg feuchte Kälte auf, und die bodenlose Schwärze unter ihr war unheimlich und seltsam lautlos. Sie blickte nach oben und nahm die nächsten drei Sprossen. Ein eisiger Lufthauch strömte ihr entgegen. Er traf sie so unvermittelt im Gesicht, dass sie vor Schreck beinahe die Sprosse losgelassen hätte. Direkt vor sich nahm sie schemenhaft ein dunkles Loch in der gemauerten Brunnenwand wahr. Sie beugte sich vor und hielt ihre Lampe in die Öffnung, die sich als Einstieg in einen schmalen Gang entpuppte, der gerade hoch genug war, um aufrecht darin stehen zu können.

Anastasia zögerte nur einen Moment, dann schlüpfte sie entschlossen in den in den Fels gehauenen Stollen. Er verlief schräg nach unten. Der Boden unter ihren Füßen war uneben, und Anastasia hatte das Gefühl zu schwanken, während sie immer tiefer in den Stollen eindrang.

Wie jeder Einwohner von Paris wusste auch sie von den aufgelassenen Bergwerken und alten Stollen unter der Stadt, hatte aber noch nie einen gesehen, geschweige denn betreten. Der Untergrund der Stadt hatte die Steine für ihren Bau gleich mitgeliefert. Genauso wie Gips und Ton, und immer wieder kam es nach starken Regenfällen vor, dass ganze Straßenzüge einbrachen und Menschen, Fuhrwerke und sogar ganze Häuser in die Tiefe gerissen wurden. Manchmal verschwanden auch Kinder in den Stollen und wurden nie wieder gesehen. Es gab viele Geschichten, die sich um die unterirdischen Gänge rankten, an die sie im Augenblick aber lieber nicht denken wollte.

Nach einer Weile verbreiterte sich der Gang und bog nach rechts ab. In der Biegung bewahrte nur eine Säule aus übereinandergestapelten Steinbrocken die tief herabhängende Decke vor dem möglichen Einsturz. Durch einen Bogen aus dicken Sandsteinquadern gelangte sie in eine kuppelförmige Höhle von der Größe einer Kapelle. Im Schein der Lampe sahen die Felswände an einigen Stellen aus wie mit Silber überzogen, an anderen wie mit rostigem Eisen. An diesem totenstillen Ort, tief unter der Erde, schien die Zeit schon vor Jahrhunderten stehen geblieben zu sein.

Eiserne Ringe, in denen noch immer Fackeln steckten, zogen sich in gleichmäßigen Abständen an den Wänden entlang. Anastasia nahm eine Fackel nach der anderen aus ihrer Halterung und entzündete sie an ihrer Talglampe, dann sah sie sich um. In der Mitte der Höhle befand sich eine breite, aus Stein gehauene Treppe, die hoch über ihr vor einer Felswand endete. Steinerne Bänke und Tische, auf denen merkwürdige Gefäße standen, bildeten einen Halbkreis um einen runden Ofen mit zwei Öffnungen. Auf einem Tisch in der Mitte lag ein Stapel beschriebener Pergamentblätter. Anastasia trat an den Tisch heran und betrachtete ihn nachdenklich. Die Büchertruhe neben dem Tisch war bis zum Rand gefüllt mit weiteren Schriftstücken. Ob dies die Aufzeichnungen waren, die ihr Onkel so verzweifelt gesucht hatte? Wenn sie nur wüsste, was sie jetzt tun sollte. Die Kiste war zu schwer, um sie den Brunnen hinaufzutragen, und sie war auch nicht sicher, ob sie das überhaupt wollte. Ihr Vater hatte gewiss seine Gründe dafür gehabt, all diese Dinge tief in der Erde zu verbergen. Sie betrachtete die Aufzeichnungen genauer. Sie enthielten Rezepturen und Anleitungen mit sorgfältig niedergeschriebenen Mengenangaben und waren übersät mit lateinischen Begriffen und fremd aussehenden Buchstaben und Zahlen, mit denen sie nichts anfangen konnte. Wie sollte sie da nur herausfinden, auf welchem der Blätter sich etwas Wichtiges, vielleicht sogar der entscheidende Hinweis, befand?

Ihr Blick fiel wieder auf die merkwürdige Treppe, deren oberste Stufe vor einer Wand ohne Öffnung endete. Als sie die steile Treppe jedoch neugierig hinaufstieg, bemerkte sie, dass ihre letzte Stufe breiter war, als von unten zu sehen gewesen war, und oben in eine kleine Plattform überging, auf der sich im Übergang zur Wand noch ein schmaler steinerner Altar befand, der aussah wie ein Sarkophag, der sich nach unten hin verjüngte.

Über der Steinplatte des Altars war außerdem eine bogenförmige Nische in die Wand geschlagen, in der ein einzelnes Buch stand.

Was Anastasia jedoch zunächst für ein Buch gehalten hatte, stellte sich bei genauerem Hinsehen als eine Holzschatulle in Buchform heraus, die übersät war mit merkwürdig ineinander verschlungenen Linien und Ornamenten, wie sie sie noch nie zuvor gesehen hatte. Ob sie in der Schatulle etwas finden würde? Anastasia nahm sie aus der Nische, stellte sie vor sich auf den Altar und öffnete den Deckel.

Im Inneren der Schatulle befand sich ein Buch, dessen Deckel mit Leder überzogen und dessen Ecken mit kostbaren weißen und roten Steinen besetzt waren. Auf einer malachitgrünen Schrifttafel prangte die goldene Textzeile: »Tabula Smaragdina«.

Die Buchstaben der beiden Worte waren auf eine so kunstvolle Art ineinander verschlungen, dass man nicht erkennen konnte, wo der letzte des ersten Wortes endete und der erste des zweiten begann.

Anastasia strich voller Ehrfurcht über das Buch, bevor sie es behutsam aus der Holzschatulle hob und die erste Seite aufschlug. Ihre Augen weiteten sich. Ungläubig starrte sie auf den gemalten grünen Löwen in der Einführungsinitiale. Seine Reißzähne hatten sich in die Sonne gebohrt. Er drohte sie zu verschlingen, war aber mitten in der Bewegung erstarrt. Aus seinem aufgerissenen Rachen tropfte Blut. Anastasia erkannte das Bild sofort. Rubinschwefel war damals in ihrem Traum auf das Papier getropft. Aus den Tropfen waren ineinanderrankende Rosen gewachsen, die Knospen hervorbrachten. Die Knospen hatten sich geöffnet, geblüht und wieder neue Knospen hervorgebracht, verschlungen in einem endlosen Kreislauf. Sie spürte einen dumpfen Schmerz.

Hatte sie den grünfarbenen Löwen tatsächlich gemalt, oder war ihre Erinnerung an ihn nur einem verwirrenden, heißen Fiebertraum entsprungen? *Ein Traum*, dachte Anastasia, *es kann nur ein Traum gewesen sein*. Das Buch war so alt wie die Menschheit. Beinah so alt wie die Felsen, die es umgaben. Sie presste die Lippen zusammen und ließ die Frage nicht zu, woher sie diese Gewissheit nahm.

Sie klappte das Buch wieder zu, legte es zurück in die Schatulle und nahm diese an sich.

Von oben sah die Treppe noch steiler aus als von unten, und sie war sich der Höhe bewusst, in der sie sich befand. Sie holte tief Luft, dann stieg sie Stufe um Stufe hinab, setzte vorsichtig einen Fuß vor den anderen. Sechs Stufen trennten sie noch vom Boden, als sie ausglitt und bei dem Versuch, ihr Gleichgewicht zurückzuerlangen, heftig mit den Armen durch die Luft ruderte.

Die Schatulle glitt ihr aus den Händen, flog durch die Luft, traf mit einem knirschenden Geräusch auf der vorletzten Stufe auf und kullerte von dort auf den Boden. Beim Aufprall auf die Treppe war der Deckel der Schatulle aus der Verankerung gerissen worden und das Buch herausgefallen. Anastasia bückte sich, um es aufzuheben und wieder in die Schatulle zurückzulegen, als ihr Blick auf eine einzelne Seite fiel, die ein Stück aus dem Buch herausstand und sich beim Auftreffen auf den Boden gelöst haben musste. Anastasia schlug das Buch auf, um das Blatt wieder in seine ursprüngliche Position zu schieben. Dabei stellte sie fest, dass es sich um keine lose Seite handelte, wie sie zuerst befürchtet hatte, sondern um einen Brief, den jemand zwischen die Buchseiten gelegt hatte. Einen Brief, dessen enge Schrift ihr nur allzu vertraut war. Sie hatte kaum die ersten Sätze gelesen, als ihre Hände auch schon zu zittern anfingen. Sie ließ den Brief fallen, setzte sich auf die unterste Treppenstufe und schlug die Hände vors Gesicht. Sie wusste nicht, wie lange sie so dagesessen hatte, bis sie sich schließlich mit steifen Gliedern erhob. Sie nahm das Schriftstück an sich, verließ die geheime Welt ihres Vaters und hastete durch den engen Stollen zurück in ihre eigene.

Das ist die letzte Stunde,
die Nacht ist fortgeschritten,
der Tag naht.
Er atmet schon,
und die Nacht erlischt.
Bernhard von Clairvaux

6

Lärmend tauchte die Jagdgesellschaft in den königlichen Forst von Vincennes ein und wurde wenige Augenblicke später von ihm verschluckt. Die Sonne brannte so heiß vom Himmel, dass der feuchte Boden unter dem dicht geschlossenen Blätterdach der Bäume zu dampfen begann. Der modrige Geruch verwesender Pflanzen hing in der Luft und setzte sich in den Lungen von Mensch und Tier fest. Die Lichtung, auf der die Jagdgesellschaft sich sammelte, war von stampfenden Pferdehufen, von Wiehern und Gebell erfüllt. Die Hundeführer hatten Mühe, die vor Blutgier rasende Meute zu halten, die geifernd nach vorne drängte.

Der Jagdmeister erstattete dem König Bericht. Im Morgengrauen war ein Rudel Rotwild mit einigen Hirschen gesichtet worden, darunter auch ein mächtiger Zehnender. Die Hunde wurden losgekoppelt und auf die Wildfährte geführt, die Jäger schwärmten aus.

Bernard von Dreux klopfte seinem Hengst den schweißnassen Hals. Es war die erste Jagd des Jahres, und Karl VI. hatte darauf bestanden, dass er ihn begleitete, obwohl Bernard lieber in Paris geblieben wäre, um Chrétien weiterhin zu überwachen und Anastasia vor ihm schützen zu können. Anastasia. Warum wurde er nur das Gefühl nicht los, dass ihr Unheil drohte? Seine innere Unruhe schien sich auf seinen Hengst zu übertragen, der zu tänzeln begann und schnaubend mit dem Kopf schlug. Bernard nahm die Zügel kürzer und sprach ihm beruhigend zu, während seine Gedanken zu Anastasia zurückwanderten. Er achtete nicht auf Karl VI., der mit leerem Blick vor sich hin starrte.

Ludwig von Orléans, der jüngere Bruder des Königs, war vom Jagdfieber gepackt und entschlossen, den Zehnender zu erlegen. »Gebt endlich das Zeichen«, rief er seinem Bruder zu.

»Das Zeichen«, wie durch einen dichten Nebel hindurch drangen die Worte seines Bruders in Karls Bewusstsein. »Verrat«, flüsterte der Wind um ihn herum. »Verrat, Verrat, Verrat«, hämmerte es in seinem Kopf. Ein Schauder ergriff ihn. Er war in Gefahr. Wo er auch hinsah, lauerte Verrat. Die Bäume bogen sich zu ihm herab, ihre schwarzen Äste reckten sich ihm entgegen. Dämonen der Finsternis, die ihre langen scharfen Krallen nach ihm ausstreckten, um ihn für immer in die Dunkelheit zu ziehen. Sie durften ihn nicht zu fassen bekommen. Er gab seinem Schimmel die Sporen und zog gleichzeitig sein Schwert. »Ich bin verraten worden!«, schrie er außer sich vor Angst und schlug wie wild mit dem Schwert um sich. Er preschte los, wendete immer wieder sein Pferd und hieb auf jeden Mann ein, der in seine Reichweite kam. Er traf seinen Bruder am Kopf und verletzte seinen Großmeister, der neben Ludwig von Orléans ritt, an der Schulter. Danach schlug er einem Treiber, der abwehrend die Saufeder gehoben hatte, sie aber mitten in der Bewegung wieder sinken ließ, weil es ihm nicht möglich war, sie gegen seinen König zu erheben, das rechte Ohr ab. Der Treiber ließ die Saufeder fallen und presste mit fassungslosem Gesichtsausdruck seine Hand an die Stelle, an der sich soeben noch sein Ohr befunden hatte. Über Ludwig von Orléans' Gesicht strömte Blut. Er verlor das Bewusstsein und stürzte zu Boden. Die Jagdgesellschaft saß wie erstarrt auf ihren Pferden. Bernard von Dreux reagierte als Erster. Er ritt an den Rasenden heran und versuchte nach den Zügeln seines Schimmels zu greifen und gleichzeitig den Schwerthieben des Königs auszuweichen. Doch der Schimmel schnaubte nervös und tänzelte seitwärts, sodass er die Zügel verfehlte. Er lenkte sein Pferd um den Schimmel herum und versuchte, ihm den Weg abzuschneiden. Aber der Schimmel machte einige Schritte rückwärts, drehte sich blitzschnell um die eigene Achse und galoppierte dann mitten in die entsetzte Jagdgesellschaft hinein, während Karl VI. weiter wie ein Wilder mit dem Schwert um sich hieb.

Die Schreie der Sterbenden und Verletzten hallten durch den Wald, und als es mehreren Männern endlich gelang, dem König das Schwert zu entwenden und ihn vom Pferd zu ziehen, bot sich ihnen ein Bild des Grauens. Zwei Männer lagen tot im Staub, fünfundzwanzig weitere waren zum Teil schwer verletzt. Pferde lagen sterbend mit klaffenden Wunden auf dem Boden, der sich rot von ihrem Blut färbte. Die Überlebenden waren fassungslos und konnten kaum glauben, was gerade geschehen war.

Der König und die Verwundeten wurden in eine nahe gelegene Kirche geschafft.

Dort kauerte Karl VI. mit bleichem Gesicht in einer Ecke neben dem Altar und bewegte sich nicht mehr. Mit trübem Blick starrte er vor sich hin. Das Grauen um ihn herum erreichte ihn nicht. Ihm war, als hätte sein Kopf ein großes Loch, aus dem seine Gedanken herausflossen und alle Freude mit sich nahmen. All seine Hoffnungen, Träume und Sehnsüchte strömten aus ihm heraus, und er hatte das Gefühl, als ströme er selbst mit ihnen davon. Nur sein Körper blieb zurück, eine leere Hülle, dünn und zerbrechlich. Doch ein Teil von ihm war in der Hülle zurückgeblieben, und diesen Teil musste er unter allen Umständen festhalten, sonst würde er sich für immer verlieren. Aber es wollte ihm nicht gelingen, sosehr er sich auch bemühte.

Als Bernard sich über ihn beugte, zuckte er ängstlich vor ihm zurück. Seine Augen flackerten voller Unruhe. »Nicht berühren, Ihr dürft Uns nicht berühren, oder wollt Ihr, dass Wir in tausend Stücke zerspringen?« Seine Stimme wurde schrill. »Weichet von Uns, finsterer Dämon! Wir befehlen es Euch!«, schrie er halb besinnungslos vor Angst. Bernard trat einen Schritt zurück, in der Hoffnung, es würde den König beruhigen. Die Augen des Königs folgten ihm. Sein Blick veränderte sich und wurde klarer. Ein listiges Lächeln erschien auf seinem Gesicht, und in seine braunen Augen trat ein seltsamer Ausdruck. »Wir wissen, dass Ihr Unser Geheimnis kennt«, flüsterte er verschwörerisch. »Aber Ihr dürft es nicht verraten. Sie dürfen nicht wissen, wie zerbrechlich Wir sind, niemand darf es wissen.« Er senkte seine Stimme noch mehr. »Sie würden Uns zerschlagen wie einen alten Krug«, murmelte er kaum hörbar vor sich hin und verzog den Mund, als würde er jeden Augenblick anfangen zu weinen.

Ungläubig starrte Bernard seinen Gefährten aus früheren Kindertagen an. Karl VI. war blass und dünn und wirkte schwach, doch Bernard kannte ihn gut genug, um zu wissen, dass sich hinter seiner kränklichen Erscheinung ein eiserner Wille verbarg. Karl VI. war schon immer unberechenbar gewesen. Als Kind war er oft in die Kleider der Hofdamen seiner Mutter geschlüpft, hatte sich die Lippen angemalt und war durchs Schloss stolziert. Als er älter wurde, war er oft von unkontrollierbaren Wutausbrüchen gepackt worden, denen einige seiner Jagdhunde zum Opfer gefallen waren. An anderen Tagen war er wieder mit abwesendem Blick durch die Gärten gelaufen und hatte nicht einmal mehr seine eigene Mutter erkannt. Doch nun schien er endgültig den Verstand verloren zu haben.

Was soll nur aus unserem Land werden, wenn unser König dem Wahnsinn verfällt? Bernards Kehle wurde eng, und er wandte sich ab, unfähig, den Anblick des Königs noch länger zu ertragen.

Er überließ Karl VI. dem Priester, der mit wehender Soutane hereingestürmt kam, nachdem er erfahren hatte, welch hohen Gast seine Kirche beherbergte. Der Priester flatterte aufgeregt um den König herum, segnete ihn, benetzte sein Gesicht mit Weihwasser und schlug das Kreuzzeichen.

Bernard trat zu Ludwig von Orléans. Die eilig herbeigerufenen Ärzte hatten die Wunde an seinem Kopf verbunden und bemühten sich mit allen ihnen zur Verfügung stehenden Mitteln, ihn aus seiner Bewusstlosigkeit zu holen, doch er schien dem Tod näher als dem Leben. Zwei Stangen wurden mithilfe von Hirschfängern zurechtgeschnitten und aus Gürteln und Mänteln eine behelfsmäßige Trage gefertigt, auf die man den Verletzten legte.

Bernard ritt zurück ins Schloss und eilte zu Rivière, um ihm von den furchtbaren Geschehnissen zu berichten.

An den Vergnügungen des Königs nahmen grundsätzlich nur junge Leute teil. Karl VI. mied den Anblick älterer Menschen, wann immer er konnte, weil ihm ihr offensichtlicher Verfall schmerzvoll seine eigene Vergänglichkeit vor Augen führte. Ludwig von Orléans bestärkte seinen Bruder heimlich in seiner menschenverachtenden Marotte, bot sie ihm doch die Möglichkeit, den König dem Einfluss ihrer drei Onkel, den Herzögen Ludwig von Anjou, Johann von Berry und Philipp von Burgund, zu entziehen, die ebenso habgierig und machtbesessen waren wie er selbst.

Rivière war bestürzt, als er erfuhr, was sich im Wald zugetragen hatte. »Der König war nicht mehr er selbst, es war, als wäre ein böser Geist in ihn gefahren und hätte ihn gelenkt«, schloss Bernard nachdenklich. »Ich habe ihn noch nie so außer sich gesehen, dabei kenne ich ihn seit meiner Kindheit.«

Auch Rivière war nachdenklich geworden. »Johanna von Bourbon, die Mutter unseres Königs, war eine ganze Zeit lang nicht mehr Herr ihrer Sinne. Ich erinnere mich noch gut daran, wie entsetzt man am Hof darüber war. Möge Gott uns schützen, wenn der König dem Wahnsinn verfällt.«

Christine sah immer wieder von ihrer Arbeit auf und blickte zur Türe. Guillaume de Lorris' »Rosenroman« hatte sowohl bei Männern als auch Frauen gehobenen Standes eine Welle der Entzückung ausgelöst. Und so wandelten Fürsten und Ritter, edle Damen und reiche Bürger gleichermaßen in Gedanken mit dem Jüngling durch den Garten und träumten seinen Traum von der reinen Liebe, die unerreichbar schien und eine brennende Sehnsucht nach ihr hinterließ.

Jedes Mal, wenn Christine den »Rosenroman« aufschlug, fühlte sie sich in die glückliche Zeit mit Étienne zurückversetzt. Aber an diesem Morgen fiel es ihr schwer, sich zu konzentrieren. Anastasia war ohne ein Wort aus dem Barbeauturm verschwunden und bislang noch nicht in der Schreibstube aufgetaucht, obwohl sie sonst immer lange vor ihr zu kommen pflegte. Ihre Unruhe wuchs mit jeder Stunde, die verging.

Sie zwang sich, nicht daran zu denken, was alles geschehen

sein könnte, und machte sich Vorwürfe, nicht besser auf das Mädchen geachtet zu haben.

Jetzt hatte sie sich doch schon wieder verschrieben. Seufzend griff Christine nach dem Federmesser und kratzte das schwungvolle A vom Pergament, das eigentlich ein E hätte werden sollen.

Sie hörte, wie die Türe geöffnet wurde, und blickte auf. Dem Himmel sei Dank, es war Anastasia. Aber ihre Haare waren zerzaust, ihr Gesicht aschfahl und sie zitterte am ganzen Leib. Hilfe suchend sah sie Christine an.

Sofort sprang diese auf und zog sie in ihre Arme. »Willst du mir nicht erzählen, was geschehen ist?«, fragte sie nach einer Weile, als das Zittern nachgelassen und Anastasia sich wieder ein wenig beruhigt hatte.

Anastasia zog den Brief ihres Vaters aus ihrem Ärmel hervor und reichte ihn Christine. »Ich habe ihn in den Stollen unter dem Keller unseres Hauses gefunden«, sagte sie.

»In den Stollen?«, fragte Christine verwundert und nahm das Schriftstück entgegen.

Anastasia nickte. »Ich habe in dem geheimen Zimmer meines Vaters einen Brunnenschacht entdeckt, der in einen Stollen führt und in einer Höhle endet. Die Höhle ist riesig, und es gibt dort eine Treppe mit einem Altar. Auf dem habe ich eine Schatulle mit einem Buch darin gefunden. Beides wollte ich mit hierherbringen, aber als ich auf der Treppe ausgerutscht bin, ist mir die Schatulle heruntergefallen und zerbrochen, und auf diese Weise habe ich den Brief gefunden.«

Anastasias Aufregung übertrug sich auf Christine. Sie spürte, wie die Hand, in der sie den Brief hielt, zitterte. Mit angehaltenem Atem begann sie, die Worte des toten Tintenhändlers zu lesen.

Schuld, überall Schuld. Die Seelen der unschuldig Verurteilten verfolgen mich, finden keine Ruhe, die Wahrheit darf nicht verloren gehen.
Ich habe geglaubt, ein Wissender zu sein, und fand doch nur Traum und Rausch statt göttlichen Elixiers. Das Blut des »Grünen Löwen« ist tödlich für jeden Unwissenden. Das Gift des Rubinschwefels zerfrisst das Gehirn und raubt einem den Verstand.
»Radj al ghar«, Höhlenpulver, hat der Händler es genannt. Es ist unsichtbar und schleicht sich lautlos in den Körper. Der König fiel ihm zum Opfer, und sein Sohn wird der Nächste sein.
Der Hüter des Wissens – er ist der Mörder.
Das Höllengift verrät sich selbst im Licht.

Christine ließ die Hand mit dem Brief sinken. Er war nicht unterzeichnet und sein Inhalt voller Rätsel, aber sie hatte genug verstanden, um zu wissen, dass der junge König in Gefahr war und sie darüber hinaus einer Verschwörung auf der Spur waren, die bis in die höchsten Kreise zu reichen schien. Für sie gab es keinen Zweifel, wer mit dem »Hüter des Wissens« gemeint war.

»Der alte König ist ermordet worden, und der junge König ist in Gefahr«, sagte sie und fügte leise hinzu, »und wir sind es auch. Chrétien wird nicht zulassen, dass jemand seine Pläne durchkreuzt, wie auch immer diese aussehen mögen.«

Anastasia ließ sich kraftlos auf ihren Stuhl sinken. Obwohl ihr Vater etwas Schreckliches getan hatte, konnte sie nicht aufhören, ihn zu lieben. Außerdem fühlte sie sich beinahe so schuldig wie er, weil sie Madame de Pizan in Gefahr gebracht hatte. Sie durfte nicht zulassen, dass ihr etwas geschah. Wenn sie nur wüsste, was sie tun sollte?

Voller Wehmut dachte sie an Bernard von Dreux. Er hatte ihr das Leben gerettet, und dennoch hatte sie es nicht gewagt, ihm die Wahrheit zu sagen, weil sie es nicht über sich gebracht hatte, ihren Vater zu verraten. Es war ein Fehler gewesen, aber jetzt war es zu spät. Bernard von Dreux hatte sich von ihr abgewandt, und sie konnte es ihm nicht einmal verdenken.

Dabei hatte sie sich niemals sicherer und geborgener gefühlt als in seiner Anwesenheit.

Der Gedanke an ihn verwirrte sie, immer wieder tauchte sein Bild vor ihrem inneren Auge auf, spiegelte sich in jeder männlichen Figur wider, die sie malte.

»Wir werden Hilfe brauchen«, sagte Christine und brachte Anastasia mit ihren Worten wieder in die Gegenwart zurück. »Alleine kommen wir nicht gegen Chrétien an. Aber wem können wir vertrauen?«, überlegte sie weiter. Sie runzelte die Stirn, wie sie es immer tat, wenn sie über komplizierte Dinge nachdachte. »Bernard von Dreux ist nicht zufällig aufgetaucht, um dich zu retten. Vermutlich hat Rivière de la Bureau ihn losgeschickt, um Chrétien zu beobachten. Rivière de la Bureau ist Bernard von Dreux' Ziehvater und gehört zu den engsten Vertrauten des Königs«, setzte sie erklärend hinzu. »Und außerdem ist er über jeden Zweifel erhaben. Wenn ich recht habe mit meiner Vermutung, dann hat Chrétien sich durch irgendetwas verdächtig gemacht. Rivière ist dahintergekommen und ist nun auf der Suche nach Beweisen. Nach Beweisen wie wir einen besitzen.« Sie holte tief Luft. »Die Frage ist nur, wie wir an Rivière herankommen, ohne Aufsehen zu erregen. Bei Hof beobachtet jeder jeden, sodass es unmöglich ist, mit Rivière zu sprechen, ohne dass Chrétien davon erfährt. Selbst wenn ich zur Königin gehe, wird es schwierig sein, ihm heimlich eine Nachricht zukommen zu lassen, ohne dass es gleich die Runde durchs gesamte Schloss macht.«

Während sie sprach, veränderte sich ihre Haltung. Der Ausdruck in ihrem Gesicht wurde kühl und unbewegt. Sie war wieder Madame de Pizan, die Tochter des königlichen Astrologen und Hofdame der Königin von Frankreich. Und Anastasia als solche so fremd, dass sie die Frau, die ihr in den letzten Wochen immer vertrauter geworden war, ungläubig anstarrte.

»Bernard von Dreux steht weit weniger im Mittelpunkt des öffentlichen Interesses. Deshalb hat Rivière ihn wohl auch ausgewählt, um Chrétien zu beobachten. Wenn ihn nun ein junges Mädchen, wie du es bist, aufsucht, wird sich niemand etwas dabei denken.« Anastasia wurde rot.

»Man wird annehmen, ich wäre seine Geliebte«, gab sie verlegen zurück.

Christine dachte daran, dass sie Anastasia bei ihrem ersten Zusammentreffen für eine Geliebte ihres Gemahls gehalten hatte, und verspürte ein schlechtes Gewissen.

»Aber wir beide wissen, dass es nicht so ist«, antwortete sie leise, worauf sich die Röte in Anastasias Gesicht noch vertiefte.

Christine seufzte. »Leider haben wir keine andere Möglichkeit und auch keine Zeit zu verlieren. Ich setze dich nur ungern einer solch delikaten Situation aus, aber ich habe keine bessere Idee. Wenn sich der König tatsächlich in Gefahr befindet, müssen wir handeln, bevor es zu spät ist.«

Anastasia nickte ergeben. *Sie hat sich in ihn verliebt*, dachte Christine bei sich. Aber ihre Liebe würde keine Zukunft haben. Denn selbst wenn Bernard von Dreux ihre Gefühle erwiderte, würde es ihm nicht möglich sein, sie zu heiraten, weil sie bürgerlicher Herkunft war. Anastasia tat ihr leid, trotzdem sah sie keine Möglichkeit, ihr den Besuch bei Bernard von Dreux zu ersparen.

Die schräg stehende Sonne streifte Anastasias Gesicht. Der Fluss zu ihrer Rechten verströmte einen fauligen Geruch. Lastkähne, Ruderboote und die flachen Kähne der Fischer glitten auf dem schmutzig braunen Wasser nach Westen in Richtung des Hafens und auf die Türme des Louvre zu. Die Sonne stand schon tief, als Anastasia das Hôtel Saint-Paul erreichte. Verschüchtert sah sie zu dem herrschaftlichen Gebäude mit seinen festen Mauern und spitzen Türmchen auf, dessen Gärten sich bis zum Ufer der Seine erstreckten. Die beiden Wachen hinter dem schmiedeeisernen Tor musterten sie interessiert.

»Der Graf von Dreux erwartet mich«, rief ihnen Anastasia durch das eiserne Gitter zu und versuchte ihrer Stimme einen festen Klang zu verleihen, wie Madame de Pizan es ihr geraten hatte.

Die Wachmänner grinsten sich an.

»Sieh an, sieh an«, spottete der ältere der beiden und begutachtete sie genüsslich. »Unser tugendhafter Graf ist also doch nicht ganz so tugendhaft, wie er immer vorgibt.«

Immer noch grinsend wies er Anastasia den Weg zu einer hell erleuchteten Empfangshalle, deren hohe Wände mit goldgerahmten Gemälden und farbenprächtigen Teppichen geschmückt waren.

Dort nahm sie ein livrierter Diener in Empfang und geleitete sie durch ein Gewirr von Gängen und Treppen in eines der oberen Stockwerke, wo er schließlich vor einer der Türen stehen blieb. Er klopfte, aber niemand antwortete.

»Ich werde in seiner Kammer auf ihn warten«, sagte Anastasia und spürte, wie ihr die Röte ins Gesicht stieg. Guillaume de Lorris' Worte klangen in ihrem Ohr wie ein Windhauch, der sich leise flüsternd verlor.

»Scham, Scham«, rief Argwohn,
»Ich fühle mich verraten,
Ausschweifung hat so zugenommen,
Dass mir bald Schande daraus erwächst.
Kein Wunder, wenn ich Furcht empfinde;
Unzucht herrscht überall, und ihre Macht wächst
Unaufhörlich.
Keuschheit ist nirgends mehr gesichert,
In keiner Abtei, keinem Kloster.
Deshalb will ich die Rosen
Mit einer neuen Mauer jetzt umschließen.«

Anastasia wäre am liebsten im Boden versunken, doch der Diener verzog keine Miene. Er öffnete ihr die Türe und ließ sie eintreten. Dann deutete er mehr aus Gewohnheit denn aus wahrhafter Ehrerbietung heraus eine Verbeugung an und zog sich zurück.

Bernard von Dreux' körpereigener Geruch hing noch schwach in der Luft. Anastasia erschauerte. Sie hatte nicht das Recht, in seinem Zimmer zu sein, und fühlte sich wie ein Eindringling.

Neben einem riesigen Bett an der Stirnseite des Raumes befand sich eine geschnitzte Truhenbank mit grün glasiertem Waschgeschirr und frischen Leinentüchern. Auf dem breiten Sims vor dem hohen, schmalen Fenster luden rote, bestickte Kissen zum Verweilen ein. Ein Tisch mit zwei Stühlen und ein Kerzenleuchter aus Bronze vervollständigten das Mobiliar. Unschlüssig stand Anastasia eine Weile in der Mitte des Zimmers und vermied es, auf das mit weichen Kissen und Decken ausgestattete Bett zu sehen, während ihre Gedanken um die Frage kreisten, wie Bernard von Dreux wohl reagieren würde, wenn er sie hier vorfand.

Nach einer Weile setzte sie sich auf den Sims vor dem Fenster und blickte auf die blühenden Gärten hinab. Die Konturen der sorgfältig gestutzten Sträucher und Bäume lösten sich in dem diffusen Licht der Dämmerung zunehmend auf und verschmolzen mit den dunklen Farben der Nacht. Auch der Fluss hinter dem Garten, zunächst noch ein silbriges Band, verlor sich nach und nach in der Dunkelheit.

Obwohl Anastasia mit dem Rücken zum Raum saß, vergaß sie keinen Augenblick, wo sie war. Der abnehmende Vollmond begann seine Wanderung über den nächtlichen Himmel und tauchte die Kammer in ein fahles Licht.

Mit einem Ruck schwang die Türe auf. Anastasia fuhr erschrocken hoch. Trotz ihrer Aufregung musste sie einen Moment lang eingenickt ein.

In dem vorherrschenden Zwielicht wirkte Bernard von Dreux größer, als er tatsächlich war. In seiner Hand hielt er einen brennenden Kienspan.

Anastasias Herz machte einen Satz. Ihr Kopf war wie leer gefegt. Sie wusste nicht mehr, was sie sagen sollte, ja nicht einmal warum sie überhaupt hier war, spürte nur seine Nähe, beunruhigend und beruhigend zugleich.

»Wer seid Ihr, und was habt Ihr hier zu suchen?« Bernards Stimme klang scharf. Er streckte seinen Arm aus, um den Kienspan näher an ihr Gesicht zu bringen. Von dessen Lichtschein geblendet, schloss Anastasia die Augen, weshalb sie auch den verblüfften Ausdruck, der auf Bernards Miene trat, nicht bemerkte.

»Mit allem habe ich gerechnet, aber nicht mit dir.« Es klang fragend. Anastasia schluckte und setzte zum Sprechen an, doch kein Wort kam über ihre Lippen.

Bernard zog seinen Arm zurück und steckte den Kienspan in eine Halterung neben der Türe. *Ich habe sie erschreckt*, dachte er und verspürte wieder das drängende Bedürfnis, sie vor der Welt schützen zu müssen. Er trat zu ihr und setzte sich neben sie auf die Fensterbank. »Warum bist du hier?«, wollte er wissen. Seine Stimme war rau und sanft, wie damals, als er neben ihrem Bett gesessen hatte. Er war ihr so nah, dass sie die Wärme seines Körpers spüren konnte. Einen Moment lang herrschte betretenes Schweigen zwischen ihnen. Verlegen sahen sie einander an. Der Moment, den sie beide, ohne es jeweils voneinander zu wissen, heimlich herbeigesehnt hatten, war da.

Anastasias Augen schimmerten unter ihren fein geschwungenen Brauen. Ihr Mund war leicht geöffnet, und sie sah ihn an, wie sie ihn angesehen hatte, als sie sich zum ersten Mal getroffen hatten. Fragend, staunend, die Wangen noch vom Schlaf gerötet, die blonden Locken zerzaust. Sie war zu ihm gekommen, und sie war so schön, dass er den Blick nicht von ihr wenden konnte. Er sah die Sehnsucht, die in ihren Augen stand, die sie aber niemals zugeben würde, und vergaß darüber das Grauen der vergangenen Stunden, dachte nicht mehr an das Blut, das an seinem Rock klebte. Sanft zog er sie an sich.

Als sie keinerlei Widerstand leistete, nahm er sie fest in die Arme. Seine Lippen näherten sich den ihren, verharrten einen Augenblick zögernd und berührten dann zart die ihren. Sie legte die Arme um seinen Nacken, schmiegte sich an ihn und erwiderte kaum merklich seinen Kuss. Seine Hände glitten durch ihr seidiges Haar, fuhren sanft ihren Hals entlang. Ihre weiche Haut erregte ihn. Sein Kuss wurde drängender, und sein Atem ging schneller. Er fühlte sich wie berauscht, doch dann ließ er sie plötzlich los und rückte ein Stück von ihr ab, bevor es zu spät und er nicht mehr in der Lage war, sich länger zu beherrschen. Wie hatte er nur seine Ehre vergessen und ihre Verwirrung ausnutzen können? Es war nicht recht von ihm gewesen.

»Ich kann und will dich nicht ins Unglück stürzen.« Es klang merkwürdig gepresst.

Erschrocken sah sie ihn an. Hatte sie etwas Falsches getan?

Er vergrößerte den Abstand zwischen ihnen und ließ sich auf einem der beiden Stühle neben dem runden Tisch nieder. Erst jetzt sah sie das Blut auf seinem Waffenrock und die Müdigkeit in seinen Augen und ahnte, dass er etwas Entsetzliches erlebt haben musste.

»Warum bist du hier?«, wiederholte er seine Frage leise.

Anastasia brauchte eine Weile, um sich daran zu erinnern, weshalb sie überhaupt gekommen war. Noch immer konnte sie seine Lippen auf den ihren spüren, und die Gefühle, die sein Kuss in ihr ausgelöst hatte, tobten wie ein Wirbelsturm in ihr.

Doch was ihr gerade noch ganz natürlich erschienen war, machte sie nun verlegen. Mit unsicheren Bewegungen reichte sie ihm das Schreiben ihres Vaters und beobachtete anschließend, wie er aufstand, den Kienspan wieder aus der Halterung nahm und die Kerzen des Leuchters auf dem Tisch anzündete. Dann setzte er sich und begann den Brief aufmerksam und konzentriert zu lesen.

Sie sah, wie sich seine Augen verengten und eine Ader an seinem Hals anschwoll. Seine Lippen, die sie eben noch berührt hatten, zogen sich zu einem schmalen Strich zusammen.

»Wo hast du dieses Schreiben her?«, fragte er schließlich und starrte auf den Brief, als könne er nicht glauben, was er gerade gelesen hatte.

Schüchtern berichtete Anastasia ihm, was alles geschehen war.

Bernard von Dreux richtete sich auf und rieb sich nachdenklich Hals und Nacken. »Das Höllengift verrät sich selbst im Licht«, wiederholte er langsam. »Was hat das zu bedeuten? Und wer ist der ›Hüter des Wissens‹? Ist es Chrétien, der als Kanzler der Universität über das Wissen wacht?« Anastasia hörte seine Worte, doch sie nahm sie nicht bewusst auf. Die Gefühle, die sein Kuss in ihr ausgelöst hatte, waren so verwirrend, dass sie Chrétien und alles andere, was geschehen war, in den Hintergrund drängten. Sie war so durcheinander, dass es ihr kaum noch gelang, einen klaren Gedanken zu fassen.

»Dein Vater scheint mehr gewusst zu haben als wir«, stellte Bernard fest. Er ließ den Brief fallen und kam auf sie zu. Anastasias Herz raste, als er sie hart an den Armen packte. Sein Griff war so fest, dass es schmerzte.

»Sag mir endlich, was du weißt«, befahl er. In seinen Augen glomm ein gefährliches Feuer. »Das Leben unseres Königs steht auf dem Spiel, und ich habe ihm Treue geschworen bis in den Tod.«

Anastasia zuckte bei seinen scharfen Worten zusammen. Sie öffnete den Mund, um etwas zu sagen, brachte aber keinen Ton heraus und schüttelte nur hilflos den Kopf.

Bernard ließ sie so plötzlich los, wie er sie gepackt hatte, und sank zurück auf seinen Stuhl.

»Die Dinge sind schwieriger, als ich geglaubt habe. Dieses Schreiben allein reicht als Beweis nicht aus, und wir haben auch keinen Beweis dafür, dass Chrétien deinen Onkel getötet hat oder versucht hat, dich zu töten«, sagte er dann. »Gilles hat uns alles gesagt, was er wusste, nur war das leider nicht allzu viel. Chrétien war nicht so dumm, ihm zu vertrauen, und Gilles wird es auch nicht wagen, ihn öffentlich zu belasten. Und selbst wenn er es täte, wer würde einer Ratte wie ihm schon glauben? Sein Wort stände gegen das eines der mächtigsten Männer dieses Landes.«

Er schnaubte angewidert.

»Der König befindet sich in Gefahr, aber was mich noch weitaus mehr beunruhigt, ist, dass er gerade dabei ist, endgültig seinen Verstand zu verlieren.«

Er blieb vor Anastasia stehen und blickte auf sie herab. Ihr Haar glänzte im Schein der Kerzen. Für einen kurzen Augenblick versuchte er sich vorzustellen, wie hell es erst im Licht der Sonne leuchten würde, und das Bedürfnis, sie zu berühren und ihr über das Haar zu streichen, wurde so stark, dass es ihn erschreckte.

Mit aller Kraft zwang er sich, seine Gedanken wieder auf den Anlass ihres Kommens zu richten. Als Erstes musste er Rivière informieren. Aber was geschah derweil mit Anastasia? Würde sie es ablehnen, sich von ihm beschützen zu lassen, wie sie es schon einmal getan hatte? Er konnte sie unmöglich alleine des Nachts durch die Straßen ziehen lassen, aber wenn er sie mit zu Rivière nahm, würden sie nur unnötig Aufmerksamkeit erregen.

»Ich muss zu Rivière«, sagte er knapp, »und ich möchte, dass du hier auf mich wartest.« Er wappnete sich innerlich gegen ihren Widerstand, um nicht zu sehr enttäuscht zu sein, wenn sie sich weigerte. Doch zu seinem Erstaunen nickte Anastasia nur.

»Du wirst also hierbleiben, bis ich zurückkomme?«, vergewisserte er sich und spürte eine wilde Freude.

»Ich werde alles tun, damit Madame de Pizan sich nicht länger sorgen muss«, versicherte Anastasia ihm.

Er hörte die Angst in ihrer Stimme und beugte sich so nah an sie heran, dass sie seinen warmen Atem auf ihrem Gesicht spürte.

»Hab keine Angst. Ich werde dich immer beschützen.« Für Anastasia klangen seine Worte wie ein Schwur. Dass dem tatsächlich so war und Bernard sein Leben von diesem Moment an in ihren Dienst stellte, ahnte sie nicht.

Bernard von Dreux eilte mit langen Schritten die Treppe hinab. Seine Gedanken weilten bei Anastasia. Ein Mädchen wie sie hatte er noch nie zuvor kennengelernt. Sie war so anders als die kichernden, in sich selbst verliebten jungen Damen bei Hof, die ihn mit schmachtenden Blicken verfolgten und von denen er höchstwahrscheinlich eine würde heiraten müssen. Bislang war es ihm noch immer gelungen, eine solche Heirat zu umgehen, doch früher oder später würde Karl VI. diesbezüglich eine Entscheidung treffen, und der Gedanke daran behagte ihm überhaupt nicht. Er beschloss, mit Rivière über dieses Thema zu sprechen, sobald diese Sache hier vorbei wäre.

Er traf seinen Mentor an derselben Stelle vor dem Kamin an, an der er ihn eine Stunde zuvor verlassen hatte. Noch immer erhellte anstelle eines Feuers eine rußende, zwölfarmige Öllampe aus Bronze den gemauerten Kamin und verbreitete ein warmes Licht. Dicke Regentropfen klatschten gegen die hohen Fenster.

Rivière lächelte ihm zu, aber seine Augen hatten sich verengt und verrieten seine Besorgnis. Er war nicht allein. Sein vertrautes, ernstes Gesicht wurde von dem le Coqs verdrängt, dessen derbe Züge auf unangenehme Art und Weise Respekt geboten und im Schein seiner lilaschwarzen Robe fahl wirkten. Le Coq nickte Bernard zu. »Ich glaube, wir haben so weit alles besprochen«, meinte er dann an Rivière gewandt und erhob sich. Seine Robe raschelte leise, als er den Raum verließ.

»Auch wenn man ein Maultier in eine goldene Schabracke steckt, ist und bleibt es trotzdem ein Maultier«, murmelte Bernard und sah der gedrungenen Gestalt des Bischofs nach.

Sein Blick brachte deutlich seine geringe Wertschätzung für le Coq zum Ausdruck.

»Du bist sicher nicht gekommen, um mir deine Meinung über den Bischof mitzuteilen, die mir im Übrigen längst bekannt ist«, bemerkte Rivière.

Anstelle einer Antwort reichte Bernard ihm den Brief des Tintenhändlers und berichtete ihm, was er von Anastasia erfahren hatte. Rivière hörte ihm aufmerksam zu.

»Thomas de Pizan hat demnach geahnt, dass Chrétien etwas mit dem Tod des Königs zu tun gehabt hat«, sagte er nach einer Weile und starrte sinnend auf den Brief. »Nur sind zusammen mit ihm auch leider alle anderen, die davon wussten oder etwas geahnt haben, tot, und jede Spur, die wir bisher verfolgt haben, führt in eine Sackgasse. Nein«, verbesserte er sich. »Nicht in eine Sackgasse, sondern zu Jacob Braques.« Bei seinen Worten rann Bernard ein Schauer über den Rücken. Er dachte an Anastasia und daran, dass er geschworen hatte, sie zu beschützen.

»Wir müssen herausfinden, was Chrétien vorhat und wer ihn unterstützt.« Rivière seufzte. »Der König hat den Verstand verloren, und die Kirche ist nur noch eine leere Hülle, die den Gläubigen keinen Trost mehr spenden kann. Man könnte glauben, Gott hätte sich endgültig von Frankreich abgewandt.« Mit einer müden Bewegung strich er sich über die Stirn.

»Ich weiß nicht, wem ich im Kronrat noch vertrauen kann und wem nicht. Ich fürchte, wir sind auf uns allein gestellt. Geh in die Stollen, und mach dir selbst ein Bild von der Höhle. Vielleicht gibt es dort unten noch weitere Briefe oder Beweise, die uns weiterhelfen.«

Seine Stimme klang weniger kraftvoll, als Bernard es gewohnt war.

Er ist alt geworden, dachte er traurig, *und ich habe es nicht einmal bemerkt.*

Anastasia saß auf ihrem Platz am Fenster und starrte hinaus in die Nacht. Als Bernard hereinkam, wandte sie sich um und sah stumm zu Boden. Sein Gewissen regte sich. Sie war zu ihm gekommen, um ihn um Hilfe zu bitten, und er hatte nichts Besseres im Sinn gehabt, als ihre Hilflosigkeit auszunutzen und sie zu küssen. Einen Augenblick hatte er zwar den Eindruck gehabt, sie würde seinen Kuss erwidern, aber wahrscheinlich hatte er sich das nur eingebildet, weil er es gerne so gehabt hätte. Er hätte alles dafür gegeben zu erfahren, was gerade in ihr vorging, fragte sie aber nicht danach.

»Ich muss in den Stollen, um die Aufzeichnungen deines Vaters durchzusehen, von denen du gesprochen hast. Wirst du mir den Weg zeigen?«, sagte er stattdessen.

Sie zuckte zusammen und sah zu ihm auf. Der Ausdruck in ihren Augen veränderte sich, und er glaubte, Angst in ihnen zu erkennen. Doch dann nickte sie zustimmend.

Plötzlich fühlte er sich müde wie noch nie in seinem Leben. Die grauenvollen Bilder von der Jagd wirbelten durch seinen Kopf. Überall lauerten Tod und Verderben. Hinter der fliehenden Stirn des Königs ebenso wie hinter dem unerbaulichen Kampf um den Körper der Kirche. Und mit einer Klarheit, die ihn erschreckte, erkannte er, was Rivière schon lange vor ihm erkannt hatte: dass nichts mehr sicher sein würde, wenn die Kirche am Krieg zwischen den beiden Päpsten zerbrach. Die Luft in der Kammer kam ihm plötzlich stickig vor.

»Lass uns gehen«, sagte er mit belegter Stimme und ging zur Tür. Anastasia folgte ihm den Gang entlang, die Treppen hinunter und an den dösenden Wachen vorbei aus dem Schloss.

Als sie in die engen Gassen eintauchten, zog Bernard sie in eine Hofeinfahrt und blieb lauschend stehen. Er wartete eine geraume Weile, erst dann schien er sicher zu sein, dass sie nicht verfolgt wurden. Anastasia wagte kaum zu atmen, während sie so dicht neben ihm stand, dass sie seinen muskulösen Körper durch den Stoff ihres Gewandes hindurch fühlen konnte.

Gefühle, die sie nie hätte beschreiben können, erfassten sie, und sie wünschte sich, ewig so stehen bleiben zu können, doch Bernard drängte weiter. Er lief so schnell, dass sie Mühe hatte, ihm zu folgen.

Als sie in der dunklen Diele ihres Hauses standen, zog Bernard die Haustüre zu und legte den Riegel vor. »Ich hätte bemerkt, wenn uns jemand gefolgt wäre«, sagte er, »aber ich will trotzdem sichergehen, dass wir nicht gestört werden.«

Es fiel ihm nicht leicht, sich auf die Aufgabe zu konzentrieren, die vor ihm lag. Zu sehr war er sich Anastasias Gegenwart bewusst.

Am liebsten hätte er sie in seine Arme gerissen und nie wieder losgelassen, aber das durfte er nicht, wollte er nicht alles verraten, an was er bisher geglaubt hatte. Das Schicksal schien ihn und Anastasia zwar zusammengeführt zu haben, doch in Wirklichkeit waren es Chrétiens geheime Machenschaften, die wie ein Damoklesschwert über jeder ihrer Begegnungen hingen.

Anastasia entzündete die Lampe und stieg die Stufen zum Vorratskeller hinab. Sie schob das Regal vor dem Geheimzimmer ihres Vaters zur Seite und öffnete die Klappe zu dem Brunnenschacht. Bernard nahm ihr die Lampe aus der Hand und hielt sie in den engen Schlund. Ein mulmiges Gefühl beschlich ihn, als er in das schwarze Loch starrte. Es gehörte Mut dazu, in die undurchdringliche Schwärze hinabzusteigen und sich den Dämonen der Finsternis auszusetzen, ohne zu wissen, was einen dort unten erwartete. Doch Anastasia hatte es gewagt. Bewundernd sah er sie an. Sie wirkte so zart und verletzlich und hatte doch mehr Stärke bewiesen als so manch ein Mann.

Anastasia wich seinem Blick verlegen aus. Warum sah er sie so merkwürdig an? Hatte sie schon wieder etwas falsch gemacht?

Sie machte Anstalten, in den Brunnen zu steigen, doch Bernard hielt sie zurück.

»Ich werde vorangehen«, bestimmte er.

Anastasia folgte ihm. Als sie die Stelle erreichte, an der sich die Brunnenwand öffnete, reichte Bernard ihr die Hand und half ihr in den Stollen. Seine Finger waren schlank und stark. Er hielt ihre Hand fest, obwohl der Stollen zu eng war, um nebeneinander herzugehen. Mit Bernard an der Seite verlor die kalte Dunkelheit ihren Schrecken, und der Stollen erschien ihr kürzer als beim ersten Mal. Schon hatten sie das steinerne Portal erreicht und traten in die Höhle, in der Anastasia den Brief ihres Vaters gefunden hatte.

Bernard entzündete die Fackeln an den Wänden und sah sich um.

Stirnrunzelnd betrachtete er den runden Ofen mit den zwei Öffnungen in der Mitte, die aus Pflanzen und Knochenasche gepressten Gefäße auf den steinernen Tischen und die Retorten und Destillierkolben, die keinen Zweifel daran ließen, woran hier gearbeitet worden war.

Seine Miene verfinsterte sich. »Dein Vater war ein Alchemist.« Anastasia zuckte zusammen. »Hat er versucht, Gold herzustellen? Oder war er auf der Suche nach dem Stein der Weisen? Wollte er sich mit Gott vereinigen oder nur selbst einmal Gott spielen?«

Es war ein ihr fremder Mann, der sie nun aus Bernards Augen heraus ansah. Ein bitterer, verletzter Mann, aber nicht mehr der Ritter, den sie kannte. Er nahm die Aufzeichnungen ihres Vaters in die Hand, studierte mit grimmiger Miene ein Pergament nach dem anderen und suchte nach einem Hinweis auf den Rubinschwefel. »*Nigredo, albedo, rubedo, Schwärzung, Weißung, Rötung, Vereinigung des Begrenzten mit dem Unbegrenzten.*« Er spie die Worte förmlich aus und versuchte angestrengt, die Formeln mit griechischen Buchstaben zu entziffern, die zusätzlich mit alten persischen Symbolen und astronomischen Berechnungen versehen waren. Nach einer Weile gab er es auf.

Sein Blick fiel auf die Schatulle. Er öffnete den Deckel und starrte das Buch an wie einen Feind. Die Alchemie hatte seine Familie ins Unglück gestürzt. Sein Vater war wie besessen von dem Gedanken gewesen, Quecksilber und Schwefel in Gold zu verwandeln, und hatte darüber seine Familie vergessen. Er war von seiner Gier getrieben nach Spanien gereist und nicht da gewesen, als seine Schwester geschändet und sein Bruder, der ihr zu Hilfe geeilt war, im Wald ermordet worden waren.

Anastasia sah ihm traurig zu. Bernard von Dreux hatte das Wort »Alchemist« ausgespuckt, als wäre es Gift. Aber seine plötzliche Kälte ihr gegenüber war noch schlimmer für sie. Als hätte es die Vertrautheit wenige Stunden zuvor nie zwischen ihnen gegeben, als hätte er sie nie geküsst. Sie erschauerte, als sie an seinen Kuss dachte. Sie kannte ihn kaum, und doch war er seit dem Tod ihres Vaters jedes Mal zur Stelle gewesen, wenn sie Hilfe gebraucht hatte. Er hatte ihr das Leben gerettet, und deswegen gehörte sie nun ihm.

Er nahm das Buch aus der Schatulle und blätterte darin herum. Eine Locke fiel ihm in die Stirn. Sein Gesicht war angespannt. Er wirkte entschlossen und konzentriert bei dem, was er tat. Schließlich klappte er das Buch zu und legte es zurück.

»Wir nehmen alles mit und schaffen es zu Rivière. Wenn es etwas zu finden gibt, werden wir es finden«, entschied er dann. Anastasia widersprach ihm nicht, obwohl es ihr widerstrebte, die Aufzeichnungen ihres Vaters in fremden Händen zu wissen. Trotzdem konnte sie ihre Herausgabe nicht verweigern. Denn hätte ihr Vater ihrem Onkel das Rezept nicht gegeben, würde Karl V. vielleicht noch leben und der jetzige König nicht gefährdet sein. Sie hatte ihren Vater geliebt, liebte ihn noch immer, aber wenn er tatsächlich eine Mitschuld am Tod des Königs trug, musste sie alles tun, um das von ihm begangene Unrecht wiedergutzumachen.

Bernard räumte die Schatulle und den Stoß Pergamentblätter vom Tisch und packte alles in eine kleinere Truhe.

Dann hob er die Truhe auf seine Schulter und ging in den Gang zurück. Anastasia löschte die Fackeln und folgte ihm zurück in den Stollen. Kurz vor dem Einstieg in den Brunnenschacht blieb Bernard jedoch ruckartig stehen. Es roch nach Rauch. Von einer bösen Ahnung erfüllt, beugte er sich vor, um in den Schacht zu sehen. Beißender Qualm kam ihm entgegen. Er zog seinen Kopf zurück und sah Anastasia an. »Gibt es noch einen anderen Ausgang?«, fragte er.

Anastasia schüttelte den Kopf. »Ich weiß es nicht«, flüsterte sie dann und spürte, wie sich ihr Magen zusammenzog.

Bernard murmelte etwas, das wie ein Fluch klang.

»Wir müssen warten, bis sich der Rauch verzogen hat, und ich kann nur hoffen, dass das, was ich befürchte, nicht eingetreten ist.«

»Und was ist es, das Ihr befürchtet?«, fragte Anastasia, obwohl sie nicht sicher war, ob sie die Antwort wirklich hören wollte. Bernard kniff die Augen zusammen, die noch immer vom Rauch im Schacht tränten. »Dass jemand das Haus über uns angezündet hat.«

Anastasia war so entsetzt, dass sie kein Wort herausbrachte. Der Gedanke, ihr Zuhause zu verlieren, übertraf ihre Vorstellungskraft. Immer wieder kam es vor, dass Feuer in der Stadt ausbrach. Durch einen verstopften Kamin oder durch die schlichte Unachtsamkeit mancher Hausbewohner, weshalb es auch verboten war, während der Nacht ein Feuer brennen zu lassen. In den letzten Jahren hatte es so viele neue Bestimmungen und Verordnungen zum Schutz gegen Feuer gegeben, dass man sich unmöglich alle merken konnte. Hölzerne Lauben, Stiegen, Vordächer und zu weit vorspringende Dachrinnen mussten abgerissen werden, und es gab in jedem Viertel zwei Gassenmeister, die in regelmäßigen Abständen eine Feuerbeschau durchführten und kontrollierten, ob die Schlote über das Dach geführt und die Schornsteine auch ordnungsgemäß gesäubert wurden. Das Unterlassen des Kehrens wurde mit einer empfindlichen Geldbuße belegt, ebenso das Errichten von hölzernen Altaren. Handwerker und Bader waren im Falle eines Brandes zum Löschen verpflichtet. Spritzen, lederne Eimer, Kessel, Leitern und Feuerhaken wurden von der Obrigkeit zur Verfügung gestellt. Doch trotz all dieser Vorsichtsmaßnahmen kam es zu immer neuen Bränden.

Anastasia zuckte zusammen, als ein lautes Krachen über ihnen zu hören war.

Ihre Augen weiteten sich vor Schreck. Bernard legte seinen Arm um sie und zog sie neben sich auf die Truhe. »Es bleibt uns nichts anderes übrig, als zu warten«, wiederholte er. Schweigend saßen sie nebeneinander in dem engen Stollen, abgeschieden von der Außenwelt, in einem mehrere Ellen dicken Kokon aus jahrtausendealtem Kalksandstein. Hier unten hatte die Zeit keine Bedeutung. Tag und Nacht waren eins in der seltsamen Stille, die sie umgab. Eine Stille ohne Echo, dunkel und stumpf, die nicht nur fast jedes Geräusch, sondern auch jeden Gedanken schluckte. Anastasias Kopf wurde schwer. Sie versuchte gegen die aufsteigende Schläfrigkeit anzukämpfen, doch es gelang ihr nicht. Die Augen fielen ihr zu, und ihr Kopf sank gegen Bernards Schulter.

Sie schrak zusammen, als Bernard sie weckte, und rieb sich verschlafen die Augen. War sie tatsächlich an seiner Schulter angelehnt eingeschlafen? Verlegen sah sie ihn an. Versuchte zu erkennen, ob er immer noch wütend war. Der Ausdruck in seinem Gesicht ließ sich nicht deuten, wirkte aber eher ernst und besorgt als wütend. Als ihre Blicke sich trafen, stand sie auf und lief zu dem Schacht, in dem noch immer der Rauch stand, als wäre er darin festgefroren.

»Es kann lange dauern, bis der Rauch sich verzieht«, erklärte Bernard ihr und horchte auf das Fauchen des Feuers, das über ihnen immer stärker wurde. Er erhob sich und trat neben sie.

Der Rauch löste sich nicht auf. Bernard schloss daraus, dass er nicht nach oben abziehen konnte. Dafür gab es nur eine Erklärung, und die gefiel ihm überhaupt nicht. Der Einstieg über ihnen war verschlossen. Ob er absichtlich oder aber durch herabfallende Balken und eingestürztes Mauerwerk verschlossen war, machte dabei keinen Unterschied für sie.

Sie mussten einen anderen Weg nach draußen finden.

Soweit er wusste, gab es in den Bergwerken viele Stollen und Schächte, die über- oder nebeneinander verliefen, aber oftmals miteinander verbunden waren wie die Gänge in einem Labyrinth. Nur welche von ihnen auch nach draußen führten, wusste er nicht. Er nahm das Buch, das Anastasias Vater so wichtig gewesen war, dass er es auf einem Altar aufbewahrt hatte, und drehte sich zu Anastasia um. Eine Frage quälte ihn mehr als alles andere, und er würde eine Antwort von ihr auf sie verlangen.

»Dein Vater hat dieses Buch wie eine Reliquie verehrt, war er ein Ketzer?«

Anastasia sah ihn schockiert an. »Vater war ein gottesfürchtiger Mann«, protestierte sie.

Sie bemerkte den Zweifel in seinem Gesicht, und der Drang ihren Vater zu verteidigen, ließ sie jede Vorsicht vergessen.

»Sein letzter Wunsch war es, in geweihter Erde begraben zu werden, was ein Ketzer wohl niemals tun würde, nicht wahr?«, gab sie zurück und blickte ihn beinahe triumphierend an.

Und plötzlich beneidete Bernard sie um die Liebe, die sie mit ihrem Vater sogar über dessen Tod hinaus verband.

»Wenn er kein Ketzer war, warum hat er dann dieses Buch erhöht, wie man nur heilige Dinge erhöht?«, fragte er schärfer, als er wollte.

Anastasia blieb die Antwort darauf schuldig. Sie wusste nur, dass ihr Vater kein Ketzer war und auch kein Mörder. Spürte Bernard denn außerdem nicht, wie sehr er sie mit seinen Worten verletzte? Sie presste die Lippen zusammen und schwieg. Bernard merkte, dass er zu weit gegangen war. Sie trug keine Schuld an dem, was ihr Vater getan hatte. Was war nur los mit ihm, warum war er so hart zu ihr, obwohl er sie am liebsten in seine Arme ziehen und küssen würde? Abrupt wandte er sich von ihr ab. Nachdem er das Buch in seiner ledernen Umhängetasche verstaut hatte, nahm er die Lampe und lief in Richtung Höhle zurück. Anastasia zögerte einen Moment, bevor sie ihm folgte.

Etwa zehn Klafter über ihnen trat ein Mann aus dem Schatten eines Hauseingangs, der sich in sicherer Entfernung von dem brennenden Haus befand, gleichzeitig aber einen guten, unauffälligen Beobachtungsposten abgab. Er hatte ein längliches Gesicht mit tief in den Höhlen liegenden Augen und trug einen dunklen Wollumhang, unter dem lederne Stiefel hervorschauten, wie sie von Reitern getragen wurden.

Der schreiende, wirre Haufen umherhastender Männer und Frauen vor dem brennenden Haus entlockte ihm nur ein müdes Grinsen.

Funken stoben in den heller werdenden Himmel, und als das Dach des brennenden Hauses in einem Wirbel aus Flammen und Funken krachend in sich zusammenfiel und dabei das Obergeschoss des Hauses mit sich riss, setzte er sich in Bewegung. Er hatte seinen Auftrag erfüllt.

Vor der Säule, die die tief herabhängende Decke stützte, blieb Bernard stehen und hob die Lampe. Wie er vermutet hatte, befand sich oberhalb der Decke noch ein Hohlraum. Er kletterte ein Stück an der Säule nach oben, bis er seinen Oberkörper in den Hohlraum hineinschieben und seine Füße nachziehen konnte. Danach reichte er Anastasia beide Hände und zog sie zu sich herauf. Tatsächlich ging der Hohlraum in einen weiteren Schacht über, der schräg nach unten auf eine Wand zulief. Doch erst als Bernard direkt vor ihr stand, sah er, dass der Gang hier nicht endete, sondern nach rechts abknickte. Er wandte sich zu Anastasia um, um sich zu vergewissern, dass sie noch hinter ihm war, und atmete tief ein, um das beklemmende Gefühl zu vertreiben, das sich wie ein schwerer Ring um seine Brust gelegt hatte.

Die Gänge, durch die sie liefen, glichen einander, wurden mal enger, mal breiter und schienen kein Ende zu nehmen. Bernard wusste nicht, wie viele Stunden sie gelaufen waren, als sie schließlich einen kleinen Platz erreichten, von dem vier Stollen in verschiedene Richtungen abgingen. Eine niedrige Decke wölbte sich über ihnen wie geballte, ineinandergeschobene Wolken, die vor Tausenden von Jahren zu Stein erstarrt waren. Und obwohl von nirgendwo her Tageslicht eindrang, wirkte der Platz heller, wie eine Lichtung in einem tiefen, dunklen Wald. Eine breite steinerne Bank lud den müden Wanderer zum Ausruhen ein. Direkt neben ihr lief Wasser aus einer unsichtbaren Öffnung die Wand hinab und verschwand in einer weiteren ebenso wenig sichtbaren Öffnung irgendwo am Boden.

Bernard bemerkte erst jetzt, wie durstig er war. Das Wasser war kalt und klar. Er schöpfte es mit beiden Händen und trank gierig. Anastasia tat es ihm nach. Nachdem sie getrunken hatten, setzten sie sich auf die Bank und blickten sich um. In einer Nische befand sich eine runde Öllampe aus grauem Ton, die schon sehr alt sein musste. Bernard zündete sie an seiner Lampe an und beobachtete, wie der Ruß des Dochtes steil in die Höhe stieg.

Es gab also genügend Luft hier unten. Luft und drückende Stille, die bis in alle Ewigkeit reichte. Die steinernen Wände schimmerten gelb im Schein der Lampe, als würde die Abendsonne durch ein verborgenes Fenster hereinscheinen. Er holte tief Luft und sah Anastasia direkt an.

Ihr Gesicht wirkte fahl, und unter ihren Augen lagen dunkle Ringe. Sie ist erschöpft und verängstigt, dachte er, aber sie beklagt sich nicht, obwohl sie nicht weiß, was uns hier unten erwartet und ob wir jemals wieder aus diesem Labyrinth herausfinden werden. Ihr schweres Haar glänzte wie flüssiges Gold und fiel ihr in eigenwilligen Locken über die Schultern. Locken, die sich nicht recht entscheiden konnten, in welche Richtung sie sich drehen sollten. Ihr Kinn stand ein wenig zu weit vor, und ihre Augen lagen ein bisschen zu weit auseinander. Alles an ihr wirkte irgendwie eigenwillig, anders. Und trotzdem war sie wunderschön. Er riss sich von ihrem Anblick los. Es war an der Zeit, eine Entscheidung zu treffen. Vier Stollen, die ins Unbekannte führten, und er hatte keine Ahnung, welchen davon er wählen sollte. Irgendjemand hatte die Bank aus dem Stein herausgehauen und eine Öllampe in die Nische gestellt. Ein Hinweis darauf, dass man gut überlegen sollte, für welchen der Gänge man sich entschied? Oder sollte man sich ausruhen, um Kraft zu sammeln für einen anstrengenden Auf- oder Abstieg?

Wo er auch hinsah, erblickte er nichts als Stein. Bernards Beklemmung nahm zu, und er schloss die Augen, um die Furcht, die langsam in ihm aufstieg, zurückzudrängen. *Ich habe geschworen, sie zu beschützen*, dachte er und klammerte sich an diesen Schwur wie an ein rettendes Seil.

Vor seinem inneren Auge tauchte eine andere Lichtung auf. Die Sonne schien grell und erbarmungslos auf die üppige Wiese herab. So hell, dass das Gras von innen heraus zu leuchten schien. Genau wie das Blut, das aus dem Körper seiner toten Schwester rann. Nur wenige Ellen von ihr entfernt lag sein Bruder. Sein Mund hatte sich für immer geschlossen, und seine weit geöffneten Augen starrten blicklos in den kalten, blauen Himmel.

Damals hatte er begriffen, wie grausam der Tod war und wie endgültig. Nie wieder würde er seine Schwester lächeln sehen und seinen kleinen Bruder, der nichts mehr liebte, als ihn herauszufordern, um sich mit ihm zu messen.

So viele Jahre waren seit damals vergangen, und doch kam es ihm in seiner Erinnerung wie gestern vor. Er war erwachsen geworden, während seine Schwester und sein Bruder für immer Kinder bleiben würden. Seine Mutter hatte ihn gebeten, auf die kleineren Geschwister achtzugeben. Er hatte es versprochen, aber er hatte sein Versprechen nicht gehalten, sondern war zu spät gekommen. Er würde nie wieder zu spät kommen, nie wieder.

Seine Hände ballten sich zu Fäusten. Er öffnete die Augen und starrte auf das herabrinnende Wasser, um Zeit zu gewinnen. Er wusste nicht, warum es so wichtig für ihn war, aber plötzlich wünschte er sich, dass Anastasia ihn verstand. Seine Wut verstand und seine Trauer, die trotz der Jahre, die vergangen waren, nicht weniger geworden waren.

Er spürte, dass Anastasia ihn beobachtete und jede Regung von ihm wahrnahm wie ein verängstigtes, in die Enge getriebenes Tier. Es war nicht recht von ihm gewesen, sie für die Sünden ihres Vaters verantwortlich zu machen.

Er schluckte hart. »Ich hatte nicht vor, deinen Vater zu beleidigen«, sagte er, »aber das Buch hat mich an meinen eigenen Vater erinnert und an das, was er unserer Familie angetan hat. Mein Vater war ein stolzer und eigensinniger Mann, der sich von niemandem etwas sagen ließ. Damals hielt ich es für Stärke, bis ich irgendwann begriff, dass er einfach nur stur war. Eines Tages kaufte er von einem jüdischen Arzt einen Baumrindenkodex mit fremdartigen Schriftzeichen und Bildern, die alchemistische Operationen darstellten. Von diesem Tag an haben wir ihn kaum noch zu Gesicht bekommen. Er war regelrecht besessen davon, den Kodex zu entziffern, aber all seine Mühe war vergeblich. Es gelang ihm nicht, den Kodex vollständig zu entschlüsseln. Doch er dachte nicht daran aufzugeben. Und obwohl ihn meine Mutter anflehte, sich um das Gut zu kümmern, das immer mehr verwahrloste, reiste er nach Spanien, getrieben von der Hoffnung, von einem dort lebenden Alchemisten Aufschluss über den Kodex zu erhalten.« Er strich sich über die Stirn, als könne er damit die Bilder, die in ihm aufstiegen, vertreiben und auch die Ohnmacht und die hilflose Wut, die ihn erfüllten, sobald er an den Tod seiner kleinen Geschwister erinnert wurde. Und doch war es gut, sich die quälenden Erlebnisse, die ihn immer wieder aufwühlten, einmal von der Seele reden zu können. Er sah an Anastasia vorbei an die Wand, ohne diese jedoch wirklich wahrzunehmen.

»Ich war gerade mit unserem Verwalter unterwegs, als meine Schwester in unserem Wald auf einer Lichtung von herumstreunenden Söldnern überfallen wurde. Mein Bruder, der dabei war, die Fallen, die er in unserem Wald aufgestellt hatte, zu prüfen, hörte sie schreien und eilte ihr zu Hilfe. Sie haben ihm die Kehle durchgeschnitten, genau wie meiner Schwester, nachdem sie sie geschändet haben. Mutter ist vor Kummer über ihren Tod gestorben, und von Vater habe ich nie mehr etwas gehört. Er hat seine Familie im Stich gelassen, um einem Traumbild nachzujagen. Wie kann ein Mann seine Familie wegen eines Kodex im Stich lassen?« Wut und Verzweiflung spiegelten sich in seiner Miene.

Anastasia betrachtete ihn mit einem merkwürdigen Blick. Dann beugte sie sich vor und umarmte ihn, schmiegte ihre Wange an seine und rückte näher an ihn heran. Sie wollte ihm etwas von ihrer Wärme abgeben und ihn in seiner Verzweiflung trösten. Im ersten Augenblick war Bernard zu überrascht, um zu reagieren. Doch dann hatte er das Gefühl, als würde ein Knoten in ihm zerplatzen, und auf einmal wusste er, dass er nie wieder ohne dieses Mädchen sein wollte.

Er zog sie an sich und küsste sie mit solcher Leidenschaft, dass Anastasia schwindelig wurde. Sie spürte seine Lippen überall auf ihrem Gesicht und schloss die Augen, um sich ganz ihren Gefühlen hinzugeben. Seine Zungenspitze liebkoste die Innenseite ihrer Oberlippe, erkundete ihren Mund, den sie ihm bereitwillig öffnete. Sie schlang ihre Arme um seinen Hals und drängte sich an ihn. Sie wollte seinen Körper noch stärker fühlen und ihm noch näher sein.

Ihre Brüste drückten weich gegen seinen Brustkorb, und sie hörte, wie sich sein Atem beschleunigte. Die Gesetzmäßigkeiten der Welt verloren hier unten ihre Bedeutung. Verzweiflung und Sehnsucht lagen gleichermaßen in dem Verlangen, das sie beide erfüllte und eine Hymne an das Leben war, das irgendwo über ihnen weiterging und mit einem Mal so kostbar schien.

Anastasia hörte sich vor Entzücken stöhnen, als seine Hände ihre Brüste umschlossen, erst sanft, dann fester. Ihre Brustwarzen zogen sich zusammen und scheuerten schmerzhaft am steifen Stoff ihres Gewandes. Er half ihr dabei, es abzulegen, und betrachtete bewundernd ihre festen, runden Brüste, bevor er sie berührte, sich herabbeugte und seine Lippen erst zart um die eine, dann um die andere Brustwarze schloss.

Sie vergrub ihre Hände in seinen Locken und gab sich ganz dem wundervollen, ihr unbekannten Gefühl hin, das sie heiß durchströmte und lustvolle Schauer über ihren Körper jagte. Bernard legte seinen Waffenrock ab, zog Wams, Unterhemd Kniehose und Stiefel aus. Und dann liebten sie sich, leidenschaftlich und ohne Scham, als wäre es das Natürlichste auf der Welt.

Danach lagen sie erschöpft zusammen auf der harten Bank. Anastasia spürte sein Gewicht auf sich, seine Hüftknochen, die gegen die ihren drückten, und seinen Mund, der ganz nah an ihrem Ohr war. Sein Atem strich über ihr erhitztes Gesicht, und sie fühlte sich wie in einem herrlichen Traum. Alles war so unwirklich. Die Lichtung aus Stein, der nackte Körper des Mannes auf ihr und die köstliche, ziehende Sehnsucht in ihrem Schoß, die sie bei jeder seiner Bewegungen spürte.

Er vergrub sein Gesicht in ihrem Haar und küsste sie erneut. Dann zog er sie hoch und umschlang sie, als wollte er sie nie wieder loslassen. »Hab keine Angst, ich werde uns hier herausbringen«, versprach er.

Anastasia sah ihn verwundert an. »Warum sollte ich Angst haben, wo du doch bei mir bist?«

Er löste seine Arme von ihr und begann sich anzuziehen. Anastasia bedeckte ihre nackten Brüste mit den Armen. Sie war auf einmal schrecklich verlegen, als ihr bewusst wurde, was sie getan hatte. Sie hatte es einfach geschehen lassen, ohne über die Folgen nachzudenken. Rasch zog sie sich wieder an und war dankbar dafür, dass Bernard ihr nicht dabei zusah. Sie wagte es nicht, ihn anzusehen, und hielt ihren Blick gesenkt, aus Angst, Verachtung in seinen Augen lesen zu können.

Bernard nahm die Lampe, ergriff wortlos ihre Hand und drückte sie zärtlich. Anastasia war so erleichtert über diese Geste, dass ihr die Tränen in die Augen stiegen.

Bernard wählte den Stollen, der nach rechts führte, und Anastasia folgte ihm. Sie war immer noch überwältigt von dem, was zwischen Bernard und ihr geschehen war. Und mit jedem Schritt, mit dem sie sich weiter von der steinernen Lichtung entfernten, kam es ihr nochmals unwirklicher vor.

Der Stollen führte eine Weile geradeaus, dann endete er vor einer in den Fels gehauenen Wendeltreppe. Bernard blickte nach oben und sah Licht. Vor Freude drückte er Anastasias Hand.

»Ich glaube, wir haben es geschafft«, sagte er mit rauer Stimme und hielt sie fest, während sie die engen Stufen erklommen. Oben angekommen traute er seinen Augen nicht. Vor ihnen erstreckte sich ein breiter Gang mit Rundbögen, in den von beiden Seiten Licht strömte. Bernards Freude erlosch jedoch sofort, als er feststellte, dass das Licht kein natürliches war, sondern von Fackeln stammte, die in den Nischen zwischen den Rundbögen angebracht worden waren. »Ein merkwürdiger Ort«, flüsterte er Anastasia zu. »Aber wo Fackeln brennen, da sind auch Menschen, und wo Menschen sind, da gibt es auch einen Weg nach draußen.«

Der Gang war breit genug, um nebeneinander hergehen zu können. Von irgendwoher ertönte ein Summen, wie von einem Bienenschwarm. Als sie sich dem Summen näherten, stellten sie jedoch fest, dass es sich dabei um den monotonen Gesang von Mönchen handelte. Vor ihnen öffnete sich der Gang, und auf einmal standen sie in einem Gewölbe so groß wie eine Kapelle. Und tatsächlich befanden sie sich auch in einer Kirche.

Über einem schlichten Steinaltar hing der gekreuzigte Jesus, darunter befand sich ein leeres Kreuz, vor dem ein Mann saß, der dem gekreuzigten Jesus erstaunlich ähnlich sah. Als Bernard und Anastasia näher traten, sahen sie, dass das Kreuz und auch die beiden Figuren darunter aus Stein gehauen waren, so wie alles in dieser unterirdischen Kirche aus Stein war. Vor der Stirnseite des Altars knieten zwölf weiß gekleidete Mönche, die Hände zum Gebet erhoben. Wäre ihr Gesang nicht gewesen, hätte man glauben können, dass auch sie versteinert wären, erstarrt in ewigen Fürbitten.

Ein seltsames Gefühl beschlich Bernard. Irgendetwas stimmte hier nicht. Die feinen Härchen in seinem Nacken richteten sich warnend auf. Er verharrte, wollte umkehren, doch dafür war es zu spät. Einer der Mönche hatte sich bereits zu ihnen umgewandt. Er sagte etwas in einer Sprache, die Bernard nicht verstand, worauf sich die Mönche erhoben und in einer geschlossenen Prozession auf Bernard und Anastasia zukamen.

Ein knochiger, hochgewachsener Mann mit dünnen, schlohweißen Augenbrauen und hellen Augen löste sich aus der

Gruppe und breitete die Arme aus. »Brüder, wir haben Besuch«, verkündete er, was alle längst wussten, und trat auf seine ungebetenen Gäste zu. Der eigenartige Dialekt seiner tiefen Stimme klang, als käme er aus einer längst vergangenen Zeit. Seine Züge besaßen etwas Lebloses und wirkten trotzdem, oder gerade deswegen, charismatisch. Als wäre er aus einem Gemälde herausgeschnitten, dachte Bernard und hatte wieder das Gefühl einer unsichtbaren Bedrohung. Der Mönch breitete einladend seine Arme aus.

»Bitte nehmt unsere Gastfreundschaft an, es kommt nicht oft vor, dass wir hier unten Gäste haben«, sagte der Mann, der sich ihnen kurz danach als Robert de Molay vorstellte. Demütig neigte er sein Haupt vor ihnen, doch in seiner Stimme lag die gleiche Leblosigkeit wie auf seinem Gesicht. Nur einmal, als er aufsah und sein Blick sich mit dem Anastasias traf, lag ein Ausdruck von Überraschung in seinen Zügen, aber sofort hatte er sich wieder gefasst.

Die Mönche führten Bernard und Anastasia aus der Kirche hinaus und einen breiten Gang entlang in einen großen Saal mit einem steinernen Tisch in der Mitte und niedrigen Bänken an beiden Seiten. An der Stirnseite des Saales prangte als einziger Schmuck ein fünfzackiger Stern an der Wand.

»Bitte nehmt doch Platz, Brüder«, sagte de Molay und unterstrich seine Bitte mit einer Handbewegung. Einige Mönche entfernten sich, die übrigen nahmen ihre jeweiligen Plätze an der Tafel ein. Auch dieser Saal war lichtdurchflutet. Wie durch Zauberei fiel es durch viele unsichtbare Öffnungen in den Raum hinein. Erst wenn man genauer hinsah, entdeckte man unzählige Nischen, in denen versteckte Talglampen brannten und die Illusion von Tageslicht vermittelten.

Das Essen wurde in ungebrannten Tonschalen serviert und schweigend verzehrt. Es gab getrockneten Fisch, Nüsse und dunkles, hartes Brot. Dazu einen kräftigen, roten Wein. Der Fisch schmeckte so salzig, dass Bernard seinen Becher in einem Zug leerte. Er wollte ihn gerade zurück auf den Tisch stellen, als er plötzlich das Gefühl hatte, beobachtet zu werden. Er ließ seinen Blick über die Mönche schweifen, die sich zum Essen alle über ihre Teller gebeugt hatten. Bis auf einen, der ihn unverwandt ansah.

Bernard kamen seine Gesichtszüge merkwürdig vertraut vor. Er versuchte sich daran zu erinnern, wo er den Mann schon einmal gesehen hatte, aber das Gesicht des Mönches begann plötzlich, vor seinen Augen zu verschwimmen. Er spürte seine Glieder nicht mehr, und eine seltsame Leere breitete sich in ihm aus.

Anastasia, die nur einige Nüsse gegessen hatte, nahm nur einen kleinen Schluck von dem Wein. Er war süß, hatte aber einen bitteren Nachgeschmack, der den Gaumen betäubte. Sie stellte den Becher auf der Tischplatte ab und schob ihn weit von sich. Aus den Augenwinkeln heraus bemerkte sie, wie Bernards Kopf nach vorne sank. Der leere Becher fiel ihm aus der Hand und zersprang klirrend auf dem Boden. Anastasia fasste Bernard an der Schulter, doch er reagierte nicht. Sie ließ ihn los und sah Hilfe suchend zu den Mönchen, die jedoch so beschäftigt mit ihrem Essen zu sein schienen, dass sie nicht einmal von ihren Tellern aufsahen. Zum Essen hatten sie ihre Kapuzen abgenommen, und Anastasia fiel auf, dass nicht einer von ihnen eine Tonsur trug. Überhaupt war alles so merkwürdig hier unten, dass sie es plötzlich mit der Angst zu tun bekam. Sie blickte den Tisch entlang und direkt in die hellen Augen des Mönches, der ihr den Bruderkuss gegeben hatte. Sie versuchte den Ausdruck in seinen Augen zu deuten, suchte nach etwas, das ihre Befürchtungen zerstreuen würde. Doch ihr Kopf fühlte sich schwer an, zu schwer, um ihn noch länger aufrecht zu halten. Sie merkte noch, dass es dunkel um sie herum wurde, dann verlor sie das Bewusstsein.

Christine de Pizan hatte gerade ihre Schreibstube betreten, als ihre Vermieterin hereinkam. Ihre feisten Wangen glühten. »Habt Ihr schon von dem Feuer gehört?«, fragte sie, und ihre Stimme überschlug sich beinahe vor Aufregung. »Sieben Häuser sind ihm zum Opfer gefallen, und nur durch das mutige Eingreifen der Bader konnte Schlimmeres verhindert werden. Beinahe wäre die ganze Stadt in Brand geraten, und ich darf gar nicht daran denken, was alles hätte geschehen können«, jammerte sie und bekreuzigte sich mehrmals hintereinander.

Eine böse Ahnung stieg in Christine auf. Auf dem Weg zur Schreibstube hatte sie das Feuer zwar gerochen, aber nicht weiter darüber nachgedacht.

Es waren kurze Wege zwischen dem Barbeauturm, der Schreibstube und Anastasias Haus. Innerhalb der Stadtmauer von Philipp August war es längst zu eng geworden für all die vielen Menschen, die in den letzten Jahren nach Paris geströmt waren und täglich mehr wurden. Die letzte Volkszählung hatte bereits über sechzigtausend Feuerstellen gezählt, und die Stadt dehnte sich immer noch weiter über die Mauern von Philipp August hinaus. Die noch vor wenigen Jahren von Bauern bewirtschafteten Felder auf dem rechten Ufer der Seine waren längst bebaut. Hier reihten sich die Häuser entlang der Straßen, die in die Normandie, nach Flandern und in die Champagne führten, weit über die Stadttore Saint-Denis, Saint-Antoine und Saint-Honoré hinaus.

»Wo genau ist denn das Feuer ausgebrochen?«, fragte sie und wartete gespannt auf die Antwort.

»In der Buchbindergasse, nur einen Steinwurf weit von uns entfernt. Zum Glück haben wir den Flussarm dazwischen, und es hat keinen stärkeren Wind gegeben. O Gott, o Gott, ich darf gar nicht daran denken, was sonst alles hätte geschehen können.« Die Witwe schlug sich die Hände vors Gesicht und presste ein paar Tränen hervor.

Christine hatte das Gefühl, einen Schlag in den Magen bekommen zu haben.

Sie komplimentierte die Witwe, die sich erstaunlich rasch von ihrem dramatischen Gefühlsausbruch erholte, aus ihrer Schreibstube und schloss sie von außen ab. Kleine Aschestücke segelten durch die Luft, und je näher Christine Anastasias Haus kam, umso stärker wurde der Geruch nach Ruß und verkohltem Holz. Vor den Ruinen hatten sich bereits einige Gaffer versammelt, die einander lautstark zuriefen, wer denn ihrer Vermutung nach die Schuld an dem Feuer trug. Die Stimmung war angespannt, und die Menschen hielten dem geschwärzten Schutt ihre gekreuzten Finger entgegen, um weiteres Unglück von sich abzuhalten.

Entsetzt starrte Christine auf den kümmerlichen Rest des Dachsparrens, der wie eine stumme Anklage aus den verkohlten Trümmern ragte. Plötzlich spürte sie, dass sie beobachtet wurde. Als sie aufsah, stand die rundliche Magd vor ihr, der sie schon einmal vor Anastasias Haus begegnet war. »War Anastasia da drin?«, fragte sie schluchzend und klammerte sich in ihrer Angst an Christines Ärmel, während ihr weiterhin die Tränen aus den Augen liefen. »Ich weiß es nicht«, entgegnete Christine ruhiger, als sie tatsächlich war. »Aber ich werde es herausfinden.«

Nachdem die Magd weinend im Haus des Buchmachers verschwunden war, das wie durch ein Wunder vom Feuer verschont geblieben war, beschloss Christine, Bureau de la Rivière aufzusuchen. Von ihm würde sie sicher erfahren, wo sich Anastasia und Bernard von Dreux letzte Nacht aufgehalten hatten. Sie klammerte sich an die Hoffnung, dass sich beide vielleicht noch im Hôtel Saint-Paul befinden würden.

Sie fühlte sich verantwortlich für das Mädchen, schließlich war Anastasias Besuch bei Bernard von Dreux allein ihre Idee gewesen. Dass das Feuer ausgerechnet Anastasias Haus zerstört hatte, war sicher kein Zufall. Sie hatte Chrétiens Warnung nicht beachtet, und jetzt war Anastasia verschwunden, lag vielleicht tot unter den Trümmern, und aus diesem Grund spielte es jetzt auch keine Rolle mehr, wenn Chrétien von ihrem Besuch bei Bureau de la Rivière erfuhr. Außerdem musste sie einfach wissen, was mit Anastasia geschehen war, sonst würde sie keine Ruhe finden.

Bureau de la Rivière empfing Christine in seiner winzigen Schreibstube.

Silberne Strähnen durchzogen sein ehemals flachsblondes Haar, das ein Erbe seiner viel zu früh verstorbenen Mutter war. Sein Blick war sorgenvoll.

»Wir haben uns lange nicht mehr gesehen, Madame. Doch wie ich sehe, seid Ihr bei gutem Befinden«, bemerkte er lächelnd, aber Christine spürte die Unruhe, die sich hinter seiner Höflichkeit verbarg.

»Meine Buchmalerin hat gestern Abend dem Grafen von Dreux eine Botschaft überbracht. Sie ist noch nicht zurückgekehrt. Könnt Ihr mir sagen, ob sie sich noch im Schloss befindet?«

Bureau de la Rivière betrachtete sie prüfend. Er hatte längst von dem Brand gehört und seinen Diener zu dem Haus des Tintenhändlers geschickt, um Näheres darüber zu erfahren. »Ich fürchte, ich habe keine gute Nachricht für Euch«, begann er vorsichtig. Christine schlang ihre Hände ineinander. »Was wollt Ihr damit sagen? Waren die beiden in dem Haus, als es gebrannt hat?«

Rivière wog bedächtig seinen Kopf. »Ich weiß es nicht«, gab er ruhig zurück. »Bernard wollte in den alten Stollen unter dem Haus hinabsteigen, um dort mehr über diesen geheimnisvollen Rubinschwefel herauszufinden, über den Jacob Braques in seinem Brief geschrieben hat. Es ist möglich, dass sie noch dort unten festsitzen, nachdem das Haus eingestürzt ist, allerdings könnte ich mir vorstellen, dass es auch noch andere Ausgänge gibt. Das alte Bergwerk besitzt jede Menge Stollen, von denen sicher noch einige intakt sind. Vielleicht sollten wir noch ein wenig abwarten, bevor wir das Schlimmste annehmen. Bernard ist ein besonnener Mann, der sehr gut auf sich aufpassen kann.«

»Wahrscheinlich habt Ihr recht«, sagte Christine und beobachtete eine fette, schwarze Spinne, die sich an einem hauchdünnen Faden von der Decke herabließ. Sie klammerte sich an den Gedanken, dass Anastasia und der Graf tatsächlich in den Stollen gewesen waren, als der Brand ausgebrochen war, und dass sie nun nach einem Ausgang suchten. Um die alten Stollen rankten sich unzählige Gerüchte. Und auch wenn die ehrbaren Bürger von Paris sich niemals freiwillig in sie hinabwagen würden, waren die Stollen schon immer ein ideales Versteck für Aufrührer und die Ärmsten der Armen gewesen, die dort unten wenigstens ein Dach über dem Kopf hatten, vor allem im Winter.

»Aber es scheint mir doch kein Zufall zu sein, dass das Feuer ausgerechnet in diesem Haus ausgebrochen ist.«

»Da bin ich ganz Eurer Meinung.« Rivière senkte seine Stimme. »Wir sind jemandem auf die Schliche gekommen, der sich durch unsere Nachforschungen bedrängt fühlt. Unser Verdacht war von Anfang an richtig, deshalb sollten wir nun auch unser weiteres Vorgehen sorgfältig abwägen. Ich habe Euren Vater sehr geschätzt. Es war sein Unglück, dass der König ihn zu sehr geliebt hat.« Sein Blick wurde warm. »Geht nach Hause, ich werde alles Nötige veranlassen, und wenn es etwas Neues gibt, sorge ich dafür, dass Ihr es erfahrt.«

Auf dem Weg nach draußen warf Christine einen wehmütigen Blick in den großen Saal, dessen hohe Flügeltüren weit offen standen. Von ihrem alten Leben bei Hofe waren ihr nurmehr einige schillernde Erinnerungen geblieben. Die herrliche Musik der königlichen Hofkapelle war längst verklungen, die Farben der raschelnden Gewänder aus Seide und Brokat verblasst und die betörenden Düfte der hohen Damen verflogen. Die glanzvollen Feste und Empfänge, an denen sie teilgenommen hatte, gehörten für immer der Vergangenheit an.

Bernard wurde von einem unerbittlich scharrenden Geräusch aus seiner Benommenheit gerissen. Er öffnete die Augen und schloss sie sofort wieder. Ein stechender Schmerz in seinem Kopf drohte ihm erneut die Sinne zu rauben. Seine Hände waren gefesselt, und jemand machte sich an ihnen zu schaffen. Anastasia! Auch ohne dass er sie sah, spürte er ihre Anwesenheit. Erneut öffnete er seine Augen. Der Schmerz in seinem Kopf war immer noch unerträglich, aber langsam gewöhnte er sich an ihn. Anastasia hockte neben ihm am Boden und bemühte sich redlich, seine Fesseln mit ihrem Federmesser, das sie immer bei sich trug, zu durchschneiden. Geduldig durchtrennte sie Faden für Faden des groben Hanfstrickes. »Ich habe gedacht, ich hätte Euch für immer verloren«, sagte sie leise. »Und ich danke Gott dafür, dass Ihr noch lebt.«

Bernard gelang es nicht, seine Augen noch länger offen zu halten. Wieder sank er in einen unruhigen Dämmerschlaf. Als er das nächste Mal erwachte, hatte der Schmerz in seinem Kopf nachgelassen, und die Fesseln waren fort, dafür verspürte er brennenden Durst.

Sie befanden sich am Ende eines Schachts, aber hoch über ihnen war Licht, so grell, dass Bernards Augen zu tränen begannen, als er hinaufblickte. Als sich seine Augen an das Licht gewöhnt hatten, entdeckte er direkt vor sich eine enge, steile Wendeltreppe mit unregelmäßig hohen Stufen, die so uneben waren, als hätte sie jemand in großer Eile aus dem Kalksandstein gehauen.

Anastasia war seinem Blick gefolgt. »Glaubt Ihr, Ihr seid stark genug, um dort hinaufzuklettern?«, fragte sie. Bernard nickte. Sofort wurde ihm wieder schwindelig. Seine Glieder fühlten sich so schwer an, als würden sie in einer eisernen Rüstung stecken. »Ich hatte einen merkwürdigen Traum von einer Kapelle und weiß gewandeten Mönchen und einem Saal, an dessen Wand das fünfzackige Siegel König Salomons hing.«

»Das ist wirklich seltsam«, sagte Anastasia, »denn ich hatte den gleichen Traum.«

»Wie ist das möglich?«, fragte Bernard. »Ich habe noch nie gehört, dass zwei Menschen den gleichen Traum hatten.«

»Vielleicht weil es keiner war?« Anastasia runzelte die Stirn und versuchte, sich zu erinnern. »Wir sind in den Brunnenschacht gestiegen, und dann war da diese Lichtung, die in Wirklichkeit keine war.« Sie errötete bei der Erinnerung an das, was auf der Lichtung geschehen war, und senkte verlegen ihren Blick. »Und dann sind wir den Mönchen begegnet und haben mit ihnen gegessen. Und danach«, sie hob hilflos die Hände, »danach waren wir plötzlich hier, und Ihr wart gefesselt.« Bernard rieb sich unwillkürlich die Handgelenke.

»Fesseln, von denen du mich befreit hast. Das ist in der Tat merkwürdig.« Sie mussten beide lachen. Ein befreiendes, übermütiges Lachen. Sie waren beschwingt von dem Gefühl, einander nah zu sein. Sie lebten, und über ihnen winkte die

Freiheit. Nichts anderes zählte in diesem herrlich unbekümmerten Augenblick. Nacheinander erklommen sie die steilen Stufen, in dem festen Vertrauen darauf, dass das Glück ihnen auch weiterhin wohlgesinnt sein würde.

Oben angekommen befanden sie sich außerhalb der Stadt. Direkt neben dem engen Ausstieg, der teilweise von Unkraut überwuchert und von außen nur auszumachen war, wenn man sehr genau hinsah, ragte die Stadtmauer empor. Ein warmer Wind trug die Geräusche aus der Stadt bis zu dem nahe gelegenen Fluss. Dunkle, niedrig hängende Wolken kündigten bevorstehenden Regen an und ließen nicht erkennen, ob es früh am Morgen oder später Nachmittag war. Noch bevor Bernard und Anastasia das Stadttor erreichten, begann es zu regnen. Nur wenige Menschen durchquerten das Tor, und der scharfe Geruch nach Gebratenem verriet, dass die Mittagszeit angebrochen war. Bernard begleitete Anastasia zu den verkohlten Resten ihres Elternhauses und legte tröstend einen Arm um sie, als er sah, dass sie weinte.

»Wo soll ich denn jetzt nur hin?« Es klang so entsetzt, dass Bernard ihr über das nasse Haar streichelte, wie man es bei einem Kind tat, um es zu beruhigen.

»Wir werden etwas finden, wo du sicher sein wirst«, sagte er schließlich vage und hatte ein schlechtes Gewissen dabei. Anastasia besaß nicht mehr als das Gewand, das sie am Leib trug, und er konnte ihr nichts versprechen, konnte ihr kein ehrbares Leben an seiner Seite bieten. Wenn er darauf bestehen würde, sie zu heiraten, würde er seinen Titel verlieren, und etwas anderes besaß er nicht. Wovon sollten sie leben?

Er begleitete Anastasia zu Madame de Pizans Schreibstube und eilte danach ins Schloss zurück. Vielleicht wusste Rivière ja einen Rat.

»Ich habe gewusst, dass du lebst.« Bureau de la Rivière war seine Erleichterung deutlich anzusehen. »Komm her, mein Sohn, und lass dich umarmen.« Er war so gerührt, dass ihm eine Träne aus dem rechten Augenwinkel tropfte, die er sich mit einer raschen Bewegung von der Wange wischte.

Bernard löste sich aus seiner Umarmung. »Es war Chrétien, der das Feuer gelegt hat, glaubt Ihr nicht auch? Er will uns vernichten und wird auch vor Euch nicht haltmachen.« Bernard wirkte aufgebracht.

Rivière nickte ihm zu. »Mach dir um mich keine Sorgen. Ich kann gut auf mich selbst achten und habe schon einige Verschwörungen überlebt. Aber kommen wir lieber zu dir, hast du gefunden, wonach du gesucht hast?«

Das Buch! Seine Hand fuhr hinunter zu seiner Tasche, doch er wusste, noch bevor er sie öffnete, dass sie leer sein würde. Sie war zu leicht. Er öffnete sie trotzdem. In der Tasche befand sich nur noch das Stundenbuch seiner Mutter, das er seit dem Tag, an dem er das väterliche Gut verlassen hatte, immer bei sich trug. Als er ein Kind gewesen war, hatte seine Mutter daraus vorgelesen. Und auch wenn er damals kein Wort verstanden hatte, weil es in Latein geschrieben war, dachte er gerne an die warme Stimme seiner Mutter zurück, die ihn und seine Geschwister sanft in den Schlaf begleitet hatte, während draußen in der Dunkelheit nächtliche Dämonen ihr Unwesen trieben, von denen ihnen der Verwalter mit furchtsamer Stimme berichtet hatte.

»Diese verfluchten Mönche.« Er war den ganzen Tag über benommen gewesen, doch nun wurde sein Kopf wieder klarer, und langsam dämmerte ihm, was tatsächlich geschehen war. Die Mönche mussten ihnen irgendein Betäubungsmittel in den Wein gegeben und ihm danach das Buch gestohlen haben. Später hatten sie Anastasia und ihn dann zu einem der

Ausgänge geschafft und gehofft, dass sie aus den Stollen verschwinden würden.

»Haben nicht die Templer das Siegel König Salomons zu ihrem Wahrzeichen gemacht?«, fragte er Rivière und wartete gespannt auf dessen Antwort.

»Die Templer sind tot, und die wenigen, die überlebt haben, sind damals nach Schottland geflohen oder noch weiter weg. Man hat nie wieder etwas von ihnen gehört«, gab Rivière zurück. Bernard sah ihn nachdenklich an.

»Was wisst Ihr über weiß gewandete Mönche ohne Tonsur, die sich von Fisch und Nüssen ernähren und tief unter der Erde in einer Art Kloster leben, in das niemals Tageslicht dringt?«

»Du sagst, sie ernähren sich von Fisch und Nüssen und verehren das Siegel König Salomons, wie die Katharer es getan haben? Auch von ihnen hat man nach der großen Vernichtung während des Kreuzzugs im Süden unseres Landes nie wieder etwas gehört. In Spanien gibt es noch einige Überlebende, die sich aus Angst vor der Inquisition in den Bergen verkrochen haben.« Rivières Blick verriet Skepsis.

»Ich habe gehört, dass man in den dunklen Stollen leicht den Verstand verlieren kann, weil man an manchen Stellen nicht genügend Luft zum Atmen hat und weil es dort giftige Dämpfe gibt, wie sie beim Schmelzen von Quecksilber entstehen.«

»Ich weiß, was ich gesehen habe«, beharrte Bernard. »Die Mönche, oder was auch immer sie sind, haben mir die ›Tabula Smaragdina‹ geklaut, die der Tintenhändler auf seinem Altar aufbewahrt hat und die ich in dieser Tasche hatte.« Er klopfte leicht gegen das Leder, um seinen Worten größeren Nachdruck zu verleihen. »Ich hatte gehofft, das Buch könnte uns Aufschluss über Jacques Braques' Geheimnisse geben.

Man sollte die alten Stollen ausräuchern, um das Gesindel zu vertreiben, das sich dort unten eingenistet hat. Andererseits könnte ich natürlich selbst noch einmal dort hinuntergehen und mir diese hinterhältigen Ketzermönche vornehmen.« Der Gedanke schien ihm sichtlich zu gefallen. »Außerdem liegen noch weitere Aufzeichnungen des Tintenhändlers im Eingang des Stollens. Jacob Braques hat einiges an Pergament verbraucht, um seine Forschungen für die Nachwelt zu erhalten.« Er grinste voller Vorfreude. »Wie es aussieht, bleibt mir keine Wahl, als noch einmal in die Stollen hinabzusteigen.«

»Ich werde dich begleiten«, entschied Rivière. Auch wenn er die fünfzig längst überschritten hatte, war er noch recht rüstig für sein Alter und vermochte sein Schwert weit schneller zu ziehen als manch ein Jüngerer. Einmal in der Woche nahm er an den Waffenübungen der Ritter des Königs teil, und an langen, dunklen Winterabenden erzählte er manchmal von der Schlacht gegen Eduard den Schwarzen Prinzen, in der er Seite an Seite mit dem damaligen Dauphin und späteren König von Frankreich gekämpft hatte.

»Aber deine seltsamen Mönche und auch Chrétien müssen warten. Du musst noch heute Nacht nach Avignon reiten, um den Papst zu warnen. Er befindet sich in höchster Gefahr, wie ich von le Coq erfahren habe.« Er nestelte an seinem Beutel und zog ein Kreuz daraus hervor, dem die untere Hälfte fehlte und das er Bernard in die Hand drückte. »Zeig dem Heiligen Vater dieses Kreuz und sprich nur mit ihm persönlich. Sag ihm, dass wir erfahren haben, dass sich ein Trupp italienischer Söldner nach Avignon aufgemacht hat, mit dem Befehl, ihn zu ermorden. Sie planen, sich unter die Gläubigen zu mischen, wenn der Papst am Johannistag das Hochamt begeht. Er darf unter keinen Umständen seinen Palast verlassen.«

Bernard verschränkte die Arme vor der Brust und schüttelte den Kopf. »Ich kann jetzt nicht fort«, sagte er entschieden.

Rivière zog seine dichten Augenbrauen fragend nach oben. Es war die einzige Reaktion, die er zeigte. Schweigend wartete er darauf, dass Bernard weitersprach und ihm eine Erklärung für sein ungewöhnliches Verhalten lieferte. Doch er wusste schon, was kommen würde, noch bevor dieser den Mund öffnete.

»Ich habe der Tochter des Tintenhändlers geschworen, sie zu beschützen, und das kann ich nicht, wenn ich Paris verlasse. Ich würde wochenlang unterwegs sein.«

Da war etwas in seiner Stimme, das Rivière warnte. Etwas, das sich unmerklich zwischen sie geschoben hatte. Es war nicht mehr als ein Schatten, aber Rivière ahnte, dass dieser Schatten schon bald Gestalt annehmen würde. Die Gestalt einer Frau. Er kniff die Augen zusammen und betrachtete Bernard aufmerksam. Aus dem hübschen Knaben, den er nach dem Tod seines Freundes aufgenommen hatte, war ein stattlicher junger Mann geworden. Er seufzte, ohne dass es ihm bewusst wurde. Die Natur forderte ihren Tribut. Eine gerade erwachte Liebe ließ sich ebenso wenig aufhalten wie ein ausbrechender Vulkan. Sie folgte unbeirrt ihren eigenen Gesetzen und setzte sich über jede Vernunft hinweg, bis sie entweder Erfüllung fand oder erlosch. Nur konnte der Zeitpunkt nicht ungünstiger sein, und er musste behutsam vorgehen, durfte keinen Fehler machen, wenn er Bernard nicht verlieren wollte.

»Ihr könntet einen anderen Boten schicken«, schlug Bernard vor.

Rivière schüttelte bedächtig den Kopf. Seine klugen Augen bohrten sich in die seines Schützlings. »Du weißt, dass das nicht möglich ist. Es steht zu viel auf dem Spiel, und ich hoffe, du ersparst es mir, dich an den Eid zu erinnern, den du deinem König geleistet hast.« Er sprach behutsam, als würde er zu einem Kranken sprechen, aber Bernard schien es nicht zu bemerken.

»Ich habe geschworen, den König zu beschützen, nicht den Papst«, widersprach Bernard.

»Das eine lässt sich nicht vom anderen trennen«, sagte Rivière und fuhr sich mit einer müden Bewegung über die Stirn. »Bitte lass mich jetzt nicht im Stich, die Sache ist einfach zu wichtig. Ich werde für die Sicherheit des Mädchens sorgen, während du fort bist.«

Ein kleines Lächeln huschte über sein Gesicht. »Man wird annehmen, ich hätte eine neue Mätresse, aber das stört mich nicht.«

Anastasia saß auf ihrem Platz unter dem Fenster, als Bernard die Schreibstube betrat. Sie war gerade dabei, Eiweiß unter eine winzige Menge pulverisierten Lapislazulis zu mischen, um dem Himmel auf ihrem Pergament genau die Farbe verleihen zu können, die ihm auch der Herr zu Beginn Seiner Schöpfung gegeben hatte. Sie war so versunken in ihre Arbeit, dass sie ihn erst bemerkte, als er neben ihr stand. In ihren Augen las er die Freude, ihn zu sehen, und wäre Madame de Pizan nicht gerade vom Abtritt im Hof zurückgekehrt, hätte er sie am liebsten auf ihren wundervollen Mund geküsst.

»Ich muss Paris verlassen«, sagte er heftiger, als er es beabsichtigt hatte. Sie zuckte zusammen, sagte aber nichts. Nur der Ausdruck in ihren Augen veränderte sich, und er glaubte, Angst in ihnen stehen zu sehen.

Plötzlich fühlte er sich müde wie noch nie in seinem Leben. Sobald er an Karl VI. dachte, wirbelten die grauenvollen Bilder von der Jagd durch seinen Kopf. Überall lauerten Tod und

Verderben. Gewissheiten gab es nicht mehr. Nichts war noch sicher. Die Luft in der niedrigen Schreibstube kam ihm plötzlich stickig vor.

»Ich habe keine andere Wahl, auch wenn es mir nicht gefällt, aber ich werde so schnell als möglich wieder zurückkommen«, versprach er. Er schien noch etwas hinzufügen zu wollen, überlegte es sich aber anders. In der Türe wandte er sich noch einmal um und sah ihr ein letztes Mal in die Augen. Es war ein stummer Abschied. Anastasia biss sich auf die Lippen. Sie hatte nicht das Recht, ihn aufzuhalten, obwohl es nichts auf der Welt gab, das sie lieber getan hätte. Es gab so vieles, das sie ihm noch hätte sagen wollen, aber es war nicht leicht für sie, ihre Gefühle in Worten auszudrücken, schon gar nicht, wenn sie so überwältigend waren wie die, die sie für Bernard empfand. Anastasia lächelte Bernard mit feuchten Augen an, und er hielt sich an ihrem Lächeln fest wie an einem rettenden Seil.

»Versprich mir, dass du gut auf dich achtgibst«, sagte er und fühlte sich schlecht dabei. Hatte sein Vater sich ebenso gefühlt, als er seine Familie im Stich gelassen hatte? Anastasia nickte und sah ihm nach, als er mit energischen Schritten die Schreibstube verließ.

Bei dem Gedanken, ihn vielleicht nie wieder zu sehen, wurde ihr kalt, und sie fühlte sich so elend wie noch nie zuvor in ihrem Leben.

Wie lächerlich ist der,
der sich über irgendetwas wundert,
das im Leben vorkommt.
Marc Aurel

7

Die Nachricht vom neuerlichen Anfall des Königs verbreitete sich trotz aller Versuche, ihn geheim zu halten.

Im Königreich breitete sich lähmende Bestürzung aus. Und während der Papst in Rom und sein Gegner in Avignon sich ungerührt weiter befehdeten, geschah etwas, das so unheimlich war, dass die Menschen nur flüsternd darüber zu reden wagten.

Innerhalb einer einzigen mondlosen Nacht verschwanden einige Hundert unschuldiger Knaben aus der Stadt. Wollte Gott die Menschen strafen, indem er ihnen, genau wie damals den Ägyptern, ihre Söhne nahm?

Ohne dass jemand sie dazu aufgerufen hätte und ohne sich untereinander abgesprochen zu haben, begaben sich die verschwundenen Knaben auf eine Pilgerreise. Sie verabschiedeten sich nicht von ihren Vätern und Müttern, stahlen sich heimlich ohne Geld und ohne Brot aus der Stadt, und ihre Schar vergrößerte sich mit jedem Tag. Unter dem Banner des Erzengels Michael zogen sie zum Mont Saint-Michel, der sich am Rande der Bretagne aus dem Meer erhob, brachten ihre bescheidenen Opfergaben dar und beteten inbrünstig für die Genesung des Königs.

Hier und da flammte die Pest wieder auf. Wanderprediger

und Bettelmönche verdammten den immer stärker florierenden Ablasshandel und verkündeten das nahe Ende der Welt.

In England fand eine neue Lehre mehr und mehr Anhänger, welche die Kraft der Sakramente, besonders die des Abendmahls, leugnete und zu dem Schluss kam, dass jeder Mensch durch seine eigene Schuld verdammt oder gerettet sein sollte. Und in Paris beschloss Gervais Chrétien, dass es an der Zeit war, die Kirche von einem außer Kontrolle geratenen Papsttum zu befreien.

Nachdem er einen seiner Männer damit beauftragt hatte, das Haus des Tintenhändlers in Schutt und Asche zu legen, um noch eventuell vorhandene Beweise zu vernichten, die ihn mit dem Tod Karls V. in Verbindung brachten, zog er sich mit Ludwig von Orléans und Philippe de Mézières in die kleine Kapelle der Zölestiner zurück, einem Orden von Bußpredigern, deren Pariser Haus von Ludwigs Vater gegründet worden war. Die Kapelle spiegelte die Askese und strenge Enthaltsamkeit wider, die der Orden sich auferlegt hatte. Ein schlichtes Holzkreuz über einem steinernen Altar war der einzige Schmuck in dem halbrunden Raum, wenn man von dem marmornen Taufbecken im hinteren Teil der Kapelle absah, das ein reicher Kaufmann dem Orden gestiftet hatte. Im Inneren des Gotteshauses war es still, und die feuchtkalte Luft war von Weihrauchduft erfüllt.

Äußerlich sah man Ludwig seine schwere Kopfverletzung nicht mehr an, aber er war immer noch zutiefst erschüttert darüber, dass sein eigener Bruder ihm nach dem Leben getrachtet hatte. Zuerst hatte er gedacht, Karl wäre hinter seine Affäre mit Isabeau gekommen, aber Philippe de Mézières hatte ihn beruhigt und ihm versichert, dass der König keine Ahnung davon hätte.

Es war aber auch zu dumm, dass die Achse des Reisewagens ausgerechnet an dem Tag gebrochen war, an dem er alleine mit Isabeau aufs Land gefahren war, um sich mit ihr in ihrer neu erworbenen Schäferei zu vergnügen. Der Wagenlenker hatte Hilfe holen müssen, um das Gefährt zu reparieren, und dadurch hatten sie ungewollt Aufsehen erregt.

Sein schönes Gesicht war ungewöhnlich ernst. »Ihr wolltet mich sprechen?«, fragte er Philippe de Mézières, der sein engster Vertrauter war. Philipp de Mézières nickte und legte seine Hand auf Ludwigs Arm. Eine vertrauliche, fast schon väterliche Geste, die Chrétien nicht entging und für seinen Geschmack etwas zu demonstrativ war. Seit dem Tod Karls V. hatte Philippe de Mézières sich wie ein Vater um den jungen Ludwig gekümmert, und der dankte ihm seine Fürsorge, indem er keine Entscheidung ohne ihn traf.

»Lasst uns zuvor beten und unsere Herzen dem Herrn öffnen«, schlug Philippe de Mézières nicht ohne Hintergedanken vor. In der Stille der Klostermauern war Ludwig ein anderer Mensch. Immer wieder zog es ihn von den Vergnügungen am Hof zu den steinigen Nachtwachen der Mönche.

Er betete mit der gleichen Leidenschaft, mit der er feierte, inbrünstig und selbstvergessen. Der Morgen graute bereits, als sich die drei Männer von den kalten Steinen erhoben und ihre steif gewordenen Knie rieben.

Die Mönche zogen sich in ihre kargen Zellen zurück. Philippe de Mézières nickte Chrétien zu. Der Zeitpunkt war gekommen, um den Bruder des Königs in ihren Plan einzuweihen.

Sie setzten sich in den Kapitelsaal der Mönche. Auf dem dunklen Eichentisch standen Brot und Wein bereit.

Ludwig von Orléans tauchte das harte Brot in den Wein, um es aufzuweichen. Dann schien er es sich anders zu überlegen und legte das Brot zurück auf seinen Teller. Sein Blick wanderte von Mézières zu Chrétien, und sein Gesicht verzog sich zu einem spöttischen Lächeln.

»Täusche ich mich, oder gibt es etwas, das Ihr mir mitteilen wollt?«, fragte er unbekümmert.

»Ihr täuscht Euch nicht«, gab Chrétien zurück. »Es gibt tatsächlich etwas, das uns große Sorgen bereitet.«

Er wirkte kühl und überlegen wie immer, spürte aber insgeheim, wie seine Anspannung stieg.

Das Lächeln verschwand aus Ludwigs schmalem Gesicht. Seine hellen, grünen Augen verengten sich zu schmalen Schlitzen. Er wirkte argwöhnisch und wachsam.

»Es geht um meinen Bruder?«, vergewisserte er sich.

Chrétien nickte langsam und ließ Ludwig dabei nicht aus den Augen. Es musste ihm einfach gelingen, Ludwig für seinen Plan zu gewinnen.

»Wir machen uns große Sorgen um den König«, begann er vorsichtig.

Ludwig nahm seinen Weinbecher, trank einen Schluck und setzte ihn hart auf der Tischplatte ab. »Er hat versucht, mich umzubringen. Mein eigener Bruder«, sagte er anklagend. »Er war schon immer etwas seltsam, aber nun wird er völlig verrückt.«

»Gerade jetzt, wo die Zeiten schwer sind und unser Land so dringend einen guten König braucht«, stimmte Chrétien ihm zu.

»Ich darf gar nicht daran denken, was geschehen wird, sollte ihm ernsthaft etwas zustoßen. Der letzte Anfall hat ihn sehr geschwächt.«

»Glaubt Ihr wirklich?«, fragte Ludwig interessiert, und ein begieriger Ausdruck trat in seine Augen. Chrétien rieb sich bedächtig sein bartloses Kinn. »Ich habe Euren Bruder untersucht und zur Ader gelassen. Sein Blut ist zu dünn, und er hat ein schwaches Herz.«

Ludwig setzte eine betrübte Miene auf, die Chrétien ihm nicht abnahm, ihn aber andererseits freute. Ludwig spielte sein Spiel mit.

»Er darf nicht sterben«, sagte Ludwig ohne große Überzeugung. »Meine Onkel würden versuchen, mir mein Erbe streitig zu machen. Sie sind zu stark und behandeln mich noch immer, als wäre ich ein unmündiges Kind.«

»Eure Onkel sind nur stark, wenn man ihnen genügend Zeit lässt, sich vorzubereiten«, widersprach Chrétien und dachte bei sich, dass der größte Fehler der Herzöge der war, Ludwig zu unterschätzen, der mal den einen, mal den anderen seiner Onkel unterstützte und sie schamlos gegeneinander aufhetzte, um zu verhindern, dass sie sich miteinander verbündeten.

»Wie meint Ihr das?« Ludwig konnte seine Neugier nicht länger zurückhalten. Nachdem Isabeau von Bavière seinem Bruder drei Söhne geschenkt hatte, konnte er nicht mehr damit rechnen, die Krone selbst noch eines Tages zu tragen. Weshalb er auch danach trachtete, statt der französischen Krone die eines anderen Landes zu erwerben. Er unterhielt eine eigene Gefolgschaft, die zu unterhalten seine mageren Einkünfte bei Weitem überstieg, und so blieb es nicht aus, dass er sich in immer neue Schulden stürzte. Darüber hinaus liebte er jede Art von Prunk- und Prachtentfaltung, Feste und Juwelen. Seine Domäne warf knapp fünfzigtausend Livres ab, was gerade einmal der zwanzigste Teil dessen war, was sein Onkel Philipp der Kühne, der Herzog von Burgund, an Einkünften bezog. Mit umso begehrlicheren Augen schielte Ludwig von Orléans nach dem königlichen Staatsschatz, aber um an diesen heranzukommen, musste er zunächst seine Macht im Kronrat festigen, und dabei war ihm Philipp der Kühne im Weg. Die Zwistigkeiten zwischen ihm und seinem Onkel spielten sich bislang zwar nur innerhalb des Kronrats ab, weil Johann von Berry zwischen seinem Bruder Philipp und seinem Neffen Ludwig vermittelte. Doch auch Johann schielte nach dem königlichen Schatz, denn mit seiner Apanage allein konnte er sich seinen Lebensstil, in dessen Mittelpunkt das künstlerische Mäzenatentum stand, nicht leisten. Und so nahm er die Rolle eines Schiedsrichters an und bemühte sich nach Kräften, aus seiner Neutralität Vorteile zu ziehen.

»Wenn es den Herzögen gelingen sollte, an die Krone zu kommen, wäre unser Land in kürzester Zeit ebenso zerrissen wie unsere Mutter Kirche.«

Ludwigs Blick wurde lauernd. »Was wollt Ihr damit sagen?«, fragte er, weil er nicht recht begriff, worauf Chrétien hinauswollte.

»Sie würden sich gegenseitig bekämpfen, weil jeder von ihnen nach der Krone strebt. Es würde einen Bürgerkrieg geben, den niemand gewinnen kann. Aufruhr und Anarchie würden unser Land in zwei Lager spalten.«

»Eine schreckliche Situation, die Ihr da heraufbeschwört«, entgegnete Ludwig mit wachsender Ungeduld. »Aber was könnte man, rein hypothetisch gesprochen, denn tun, um eine solch heikle Situation zu verhindern?«

Gespannt wartete er auf Chrétiens Antwort.

Philippe de Mézières verfolgte das Gespräch mit angehaltenem Atem. Ein kalter Hauch fuhr durch den Kapitelsaal und ließ ihn frösteln. Mit einem raschen Blick vergewisserte er sich, dass keine der einander gegenüberliegenden Türen in der Zwischenzeit von einem Lauscher geöffnet worden war, denn er hatte das unbehagliche Gefühl, beobachtet zu werden. Er sah sich noch einmal in dem kahlen Raum um, dessen einziger Schmuck ein schlichtes Holzkreuz an der Wand war, ohne zu ahnen, dass sich hinter dem Kreuz ein kleiner Hohlraum befand, dann wandte er sich wieder dem Gespräch zu.

»Man müsste gut vorbereitet sein.«

»Das ist alles?« Ludwig wirkte enttäuscht.

»Nein, es ist nur die wichtigste Voraussetzung.«

»Wenn unserem geliebten König in naher Zukunft etwas zustoßen sollte, was der Herr verhindern möge, benötigt unser Land einen klugen und entschlossenen Herrscher. Einen Herrscher, wie Ihr einer wäret, der die Vormundschaft über den Dauphin übernimmt, solange dieser noch zu jung zum Regieren ist«, fuhr Chrétien fort und begann zu schwitzen. Jetzt kam es darauf an. Sein Mund war trocken, und seine Zunge bewegte sich schwerfällig im Gaumen. Er nahm seinen Becher und leerte ihn in einem Zug.

»Und es braucht einen Rat, der sich aus mehreren weisen Männern zusammensetzt, die es sich zur Aufgabe machen, die Kirche wiederzuvereinen. Die Universität wäre ohne den Schutz der Kirche nicht zu dem geworden, was sie heute ist. Sie hat viele Gelehrte und sogar Päpste hervorgebracht. Nun ist die Kirche selbst in Bedrängnis, und es ist unsere heiligste Pflicht, ihr zur Seite zu stehen.«

Ludwigs Augen verengten sich wieder zu schmalen Schlitzen. Mit wachsender Erregung lauschte er der kühlen Stimme des Kanzlers, sorgsam darum bemüht, die Botschaft zu verstehen, die sich hinter dessen Worten verbarg.

»Die Seile, die die Deichsel von König Gordios' Streitwagen mit dem Zugjoch verbanden, waren von den Göttern verknotet worden. Niemand konnte sie lösen, bis Alexander der Große kam und den Pflock, den die Seile in unentwirrbarer Weise umschlangen, einfach herauszog und so die Herrschaft über Persien errang.«

Ludwig von Orléans stutzte einen Moment, bis er begriff. Ein vergnügtes Lächeln breitete sich in seinem Gesicht aus, während er sich nach vorne beugte.

»Erzählt mir mehr über Euren Rat der Weisen, mein Freund.«

Der dickliche Mönch, dessen Gesicht im Schatten seiner tief herabgezogenen Kapuze lag, zog sich lautlos zurück. Obwohl er aufgrund seiner Körperfülle behäbig wirkte, bewegte er sich überraschend schnell.

Noch bevor Ludwig von Orléans mit seinen beiden Begleitern das Kloster wieder verließ, jagte bereits ein Bote aus der Stadt, als ob der Leibhaftige hinter ihm her wäre. Fast zeitgleich betrat ein Mönch das Hôtel Saint-Paul, um Bureau de la Rivière eine wichtige Nachricht zu überbringen.

Der sehnsuchtsvolle Blick, mit dem Anastasia dem jungen Grafen nachsah, war Christine nicht entgangen. Nachdenklich betrachtete sie Anastasia. Ob sie wusste, worauf sie sich eingelassen hatte? Seit ihrer Rückkehr aus den Stollen hatte sie noch kaum ein Wort gesprochen, aber Christine hatte angenommen, dass sie dem Verlust ihres Elternhauses nachtrauerte. Jetzt war sie sich dessen allerdings nicht mehr so sicher. Irgendetwas war vergangene Nacht zwischen Anastasia und Bernard von Dreux geschehen. Der Graf hatte sich mit einer Selbstverständlichkeit von Anastasia verabschiedet, als hätte sie ein Recht darauf zu wissen, wo er sich aufhielt.

Und das konnte nur bedeuten, dass die beiden einander näher gekommen waren, als gut für sie war.

Sie beobachtete Anastasia dabei, wie sie geübt die zuvor zerstoßenen Pigmente mit dem vorbereiteten Leim mischte, die Farbe auf das aufgeraute Pergament auftrug und sie dann verteilte. Der Pinsel bewegte sich mit der Leichtigkeit eines Schmetterlings und ohne sichtbare Ordnung auf dem Pergament hin und her. Schicht für Schicht entstand der Himmel und erhob sich in strahlendem, jungfräulichem Blau über die finstere Urflut. Und auch wenn man den Geist Gottes, der über dem Wasser schwebte, nicht sehen konnte, konnte man seine Anwesenheit in der flimmernden Luft förmlich spüren.

Christine war wie verzaubert von der lichten Schönheit des Himmels, die in krassem Gegensatz zum schwarzen Urmeer stand. Geifernde Schaumkronen und spritzende Gischtfontänen erhoben sich aus dem Wasser und konnten den Himmel dennoch nicht erreichen.

»Es ist wirklich außergewöhnlich«, lobte Christine, »und wird der Tochter des Herzogs von Burgund ganz sicher gefallen.« Anastasia errötete, beugte sich über ihr Bild und betrachtete es kritisch. Sie hatte den gesamten ersten Tag der Schöpfungsgeschichte in die Anfangsinitiale gemalt. Die fein zerriebenen Kristalle mit ihren natürlichen Einsprengseln von Kalzit, Pyrit, Glimmer, Quarz und Lapislazuli verliehen dem Himmel eine unglaubliche Tiefe und ließen ihn als flimmerndes Firmament erscheinen. Als würde man durch ein Fenster in eine verborgene Welt hineinsehen. Anastasia beschloss, diesen Eindruck noch ein wenig zu verstärken.

»Ich würde gerne die Initiale mit einem doppelten Rand aus Gold absetzen und dazwischen Ranken aus hauchfeinen goldenen Lilien auf blauem Grund einfügen, doch dafür brauche ich Pergamentleim, den ich nur aus dem gleichen Pergament wie diesem hier gewinnen kann, sonst haftet das Goldpulver nicht darauf, aber das Pergament ist verbrannt. Genau wie die Rezepturen meines Vaters. Ist das die Strafe dafür, dass ich meinem Vater seinen letzten Wunsch erfüllt habe?«, fragte sie traurig.

»Nein«, sagte Christine entschieden. »Das hat nichts mit dem Grab zu tun, sondern allein mit Chrétien und seinen Machenschaften. Sorge dich nicht. Von nun an wirst du bei uns wohnen und nie wieder alleine sein.«

»Ihr seid so gut zu mir«, flüsterte Anastasia, »womit kann ich Euch das nur jemals vergelten?« Christine sah ihr einen Moment in die Augen.

»Indem du weiter deine wundervollen Bilder malst. Jedes Mal, wenn ich sie anschaue, berühren sie meine Seele.«

Christine dachte an die Verse, die sie geschrieben hatte. Ihre ersten eigenen Verse, die ihrer Trauer um Étienne entsprungen waren und darüber hinaus Warnungen für andere Witwen enthielten, die ebenso wie sie auf sich allein gestellt waren. Anastasia würde diese Verse mit ihren wundervollen Ranken umgeben, und danach würde sie sie zu einem Buch binden lassen. Ihr erstes eigenes Buch, geschrieben von einer Frau, die ihre Familie wie ein Mann durch die Widrigkeiten des Lebens schiffte. Der Gedanke erfüllte sie mit Stolz.

Anastasia hatte sich wieder in ihre Arbeit vertieft. Christine beobachtete, wie sie voller Hingabe ihren Pinsel in das etwas zähe Kristallleimgemisch tauchte und nichts mehr von dem, was um sie herum geschah, wahrnahm. Der Himmel hatte es wirklich gut mit ihr gemeint, indem er ihr dieses Mädchen geschickt hatte.

»Wenn du mit dem Stundenbuch für die Tochter des Herzogs von Burgund fertig bist, wird es Zeit, sich mit dem Auftrag von Monseigneur Chrétien zu befassen.« Es war mehr eine Aufforderung an sich selbst als an Anastasia, endlich mit der Abschrift zu beginnen. Sie hatte noch nicht herausgefunden, was sie an diesem Auftrag so sehr störte, doch sobald sie auch nur an ihn dachte, fühlte sie sich nicht wohl in ihrer Haut.

Mit einer schwungvollen Bewegung nahm sie das schmucklose Buch aus dem Regal, das sie von Gervais Chrétien erhalten hatte, und begab sich damit zurück an ihren Arbeitstisch.

Sie schlug das Buch auf, um anhand der Anzahl der Verse das Schriftbild festzulegen, und blätterte durch die Seiten. Das erste Kapitel war eindeutig zu lang. Sie kannte den »Rosenroman«, hatte sie ihn doch gerade erst für einen anderen Kunden kopiert. Kopfschüttelnd las sie den Absatz des letzten Verses.

Bei Gott, ihr Ritter, ackert, ackert,
Erneuert die Geschlechter!

Was war denn das? Dieser Vers gehörte keinesfalls in den »Rosenroman«. Ungläubig las sie weiter.

Genius, der Priester der Natur, forderte Amors Heerscharen mit ziemlich eindeutigen Worten dazu auf, für reiche Nachkommenschaft zu sorgen und die »Werkzeuge« zu gebrauchen, die ihnen zu diesem Zwecke gegeben worden waren.

Und hier? Diese Verse gehörten ebenfalls nicht in den »Rosenroman«. Ein ungutes Gefühl beschlich Christine.

Irritiert las sie weiter, und während des Lesens wurde ihr ganz heiß vor Zorn.

Die Frau ist Ursprung jeden Unwetters.
Alles Übel, alle Tollwut, entspringt allein ihr.
Ihr Biss ist schmerzhafter als der einer Schlange,
Niemand verfängt sich in ihren Netzen, ohne dies bitter
Zu bereuen.
Bestände das ganze Meer aus Tinte,
Wäre die Erde mit all ihren Flächen und Wegen Papier
Und Pergament

Und wären alle Bäume Schreibfedern,
Um damit Notizen und Bücher zu verfassen,
Und begännen alle Schreibkundigen sogleich pausenlos
Zu schreiben,
So wären sie dennoch nicht in der Lage,
All die Schmach und Schande zu schildern,
Zu künden oder auch nur zu registrieren,
Die dem weiblichen Geschlecht zu eigen sind.

Daran anschließend folgten einige gute Ratschläge für den Mann.

Ihr Ritter, seid achtsam,
Liebt alle Frauen wie eine,
Und nehmt euch,
Wonach ihr begehrt,
Wann immer euch die Lust überkommt.

Mit wachsender Erregung las Christine weiter. Auf der letzten Seite stieß sie auf den Namen des Verfassers, einen gewissen Jean de Meung, Doktor der Theologie und Magister der Universität von Paris, der sich nach eigener Aussage dazu verpflichtet fühlte, den »Rosenroman« zu vollenden. Tatsächlich endete dieser nach dem Tod von Guillaume de Lorris etwas abrupt vor den Mauern der Festung, hinter denen die Rose gefangen gehalten wurde.

Jean de Meung lieferte nun eine Erweiterung des Romans, indem er zum Ersten einfach einen zweiten Teil hinzufügte. In diesem erstürmte Amors Heer die Festung, in der die Rose gefangen gehalten wurde, und Amant, der Held des zweiten Teils, berichtete genüsslich, wie es ihm gelang, die Rose zu pflücken und mit seinem Pilgerstab, an dem ein Sack mit zwei Hämmern hing, in das Innere ihres Heiligtums einzudringen.

Damit stellte Jean de Meung den »Rosenroman« als törichten Traum eines noch törichteren Jünglings dar und wetterte in endlosen, langatmigen Hasstiraden gegen die Frauen. Christine seufzte schwer.

Ihre Ahnung hatte sie nicht getäuscht. Mit diesen Versen warnte Chrétien sie nicht nur erneut davor, ihm in die Quere zu kommen. Er wollte sie ganz offensichtlich auch noch demütigen, indem er sie daran erinnerte, dass sie nur eine Frau war, und sie dazu zwang, die frauenverachtenden Verse zu kopieren und dadurch weiterzuverbreiten. Noch nie hatte jemand etwas in Worte gekleidet, das in so krassem Gegensatz zur höfischen Tradition stand, wie Jean de Meung es in seinem Buch tat. Christine erkannte die Gefahr, die von diesen Versen ausging: Falls der zweite Teil des »Rosenromans« genauso viele Leser finden würde wie der erste, würden schlimme Zeiten für die Frauen anbrechen.

»Wie können wir Frauen schlechter sein als die Männer, wo wir doch auch von Gott geschaffen sind?«, stieß sie zornig hervor.

Anastasia wandte sich mit dem Pinsel in der Hand zu ihr um. Madame de Pizans Wangen waren gerötet, und ihre dunklen Augen blitzten.

»Ich hatte von Anfang an ein ungutes Gefühl, was Monseigneur Chrétiens Auftrag betrifft, aber er ist noch hinterhältiger und rachsüchtiger, als ich dachte.«

»Was meint Ihr?«, fragte Anastasia ein wenig erschrocken über Madame de Pizans offensichtliche Erregung.

Christine reichte ihr das Buch. »Lies selbst«, befahl sie ihr.

Gehorsam begann Anastasia zu lesen. »Es ist grässlich und

gemein«, stellte sie nach einer Weile verlegen fest und ließ die Hand, in der sie das Buch hielt, sinken.

»Es ist mehr als das. Wenn der zweite Teil des ›Rosenromans‹ sich genauso verbreitet wie der erste, wird es mit der Ehrerbietung und Ritterlichkeit uns Frauen gegenüber schnell ein Ende haben. Wir müssen etwas dagegen unternehmen«, meinte Christine angriffslustig.

»Jean de Meung schlägt doch tatsächlich vor, alle Männer zu exkommunizieren, die sich nicht an das göttliche Gebot ›Seid fruchtbar und mehret euch‹ halten, und verheißt jenen das himmlische Paradies, die sich eifrig am Werk der Zeugung beteiligen und als fleißige Schreiber mit ihrem Griffel die kostbaren Tafeln der Natur beschreiben. Kannst du dir vorstellen, was das bedeutet?«

Anastasia schüttelte den Kopf.

»Dann will ich es dir sagen. Jean de Meung gibt den Männern einen Freibrief, uns Frauen zu vergewaltigen und zu schänden, wann immer ihnen der Sinn danach steht. Die Stellung der Frau wird infrage gestellt, das weibliche Geschlecht auf Evas Sünde reduziert, obwohl niemand Adam dazu gezwungen hat, den Apfel aus Evas Hand zu nehmen.«

Anastasia starrte Madame de Pizan ob deren fast schon ketzerischer Worte schockiert an.

»Ich werde das auf keinen Fall zulassen«, erklärte Christine.

»Aber was wollt Ihr dagegen tun?«, fragte Anastasia.

»Ich werde einen Brief an die Universität schreiben. Wir müssen verhindern, dass sich diese Verse weiter verbreiten.«

Christine ließ sich zurück auf ihren Stuhl fallen und tauchte entschlossen ihre Feder in die Tinte.

Sie beschloss Chrétien zu übergehen und wandte sich ganz offiziell an die Mitglieder der Pariser Universität.

Sehr geehrte Liebhaber der Wissenschaft mit reichem Wissen sowie fachkundige Rhetoriker, soeben habe ich den zweiten Teil des »Rosenromans« gelesen und ihn meinem geringen weiblichen Geist entsprechend verstanden.
Trotz der Formschönheit und der gefälligen Verse haben die unflätigen Worte meinen Abscheu erregt. Wie kann man nur so maßlos und heftig die Frauen solch schwerer Laster bezichtigen und behaupten, dass ihre Sitten gänzlich verkommen seien?
Wenn schon alle Frauen verdorben sind, wie kommt dann der Verfasser dieser Verse dazu, den Männern zu empfehlen, sich ihnen zu nähern, anstatt sie zu meiden?
Wer Unschickliches fürchtet, sollte dies tunlichst unterlassen. Und wie kommt der Verfasser darauf, einer Frau kein Geheimnis anvertrauen zu können? Wo habe er je gesehen, dass jemand aus Verschulden seiner Gemahlin verraten und gehängt worden ist, wie es an einer Stelle behauptet wird?
Welches Verbrechen kann man den Frauen anlasten?
Bitten sie dich um Geld, so stehlen sie es dir nicht, sondern du gibst es ihnen freiwillig, und wenn du sagst, du seiest durch sie um den Verstand gebracht, warum lässt du dich dann um den Verstand bringen?
Sollte man nicht auch einmal von den Frauen sprechen, die einen schlechten Mann haben? Oder von den Witwen, die von Schuldnern und unredlichen Lügnern bestürmt und betrogen werden?
Will der Verfasser tatsächlich behaupten, dass alle Frauen schlecht sind, selbst Sarah, Rebekka, Esther, Judith, die heilige, fromme Königin Johanna und auch Ihre Majestät, die Königin von Frankreich?
Ich sage Euch, dass dieses Buch zum Laster ermuntert, ein

ausschweifendes Leben fördert und eine Lehre voller Lügen ist, die Anlass zu Verdächtigungen und Ungläubigkeiten gibt.
Man laste es mir nicht als Überheblichkeit oder gar Dünkel an, dass ich als Frau es wage, einen so gebildeten Verfasser zu tadeln und ihm zu widersprechen, nachdem er als Mann es wagte, ein ganzes Geschlecht ausnahmslos zu verleumden und zu tadeln.

Gezeichnet anno 1390 am Tage des heiligen Johannes
Christine de Pizan

Nachdem sie sich ihren Ärger von der Seele geschrieben hatte, fühlte sie sich etwas erleichtert, doch als sie den Brief noch einmal las, wurde ihr klar, dass sie als Frau, ganz alleine und noch dazu gegen die Magister der Universität, keine Chance hatte. Sie würde Unterstützung brauchen, wenn sie erreichen wollte, dass ihre Worte Gehör fanden. Und so schrieb sie einen weiteren Brief an Isabeau von Bavière, Königin von Frankreich durch Gottes Gnaden, in dem sie auf die Gefahren hinwies, die von Jean de Meungs Versen ausgingen, und bat sie, sich der Angelegenheit der Frauen anzunehmen. Den Brief an die Königin schloss sie mit den Worten:

... obwohl ich eigentlich zu schwach bin für einen solchen Angriff gegen so überaus kluge Magister, bin ich doch bewegt von der Sorge um die Wahrheit und weiß mit aller Gewissheit, dass es die gute Sache der Frauen verdient, verteidigt zu werden. Und deshalb wollte und will mein schwacher Verstand sich dafür verwenden, ihre Gegner und Ankläger zu bekämpfen.

»Jetzt fühle ich mich besser«, stellte sie anschließend fest, während sie Sand über das Pergament streute, um die Tinte zu trocknen.

»Schon als Kind hat meine Mutter mir vorgeworfen, gelehrter als so mancher Mann zu sein, und sie hatte Sorge, überhaupt einen Mann für mich zu finden, weil ich besser Latein spreche, als ich weben und sticken kann.

Dabei sind die Männer selbst schuld. Sie dürfen lernen, während Frauen wie ich um jede Lehrstunde kämpfen müssen. Auch wenn viele Männer dies zu glauben scheinen, sind Frauen keineswegs dümmer als Männer, ihnen fehlt nur die Gelegenheit, es zu beweisen.«

Ein Lächeln stahl sich auf Anastasias Gesicht.

»Ich kann weder nähen noch weben und schon gar nicht sticken«, gab sie zu. »Carmina kümmert sich immer darum, wenn es etwas zu nähen gibt.«

»Mir scheint, wir haben eine ganze Menge gemeinsam«, sagte Christine und erwiderte Anastasias Lächeln. »Wir verdienen unser eigenes Geld, werden von demselben Mann bedroht, sind beide auf uns alleine gestellt und können weder nähen noch sticken. Wovor also sollten wir uns fürchten?«

Anastasia sah sie verdutzt an. Noch nie hatte sie eine Frau so reden gehört. So bestimmt und so überzeugt, als wäre alles möglich, wenn man es nur wirklich wollte.

Christine faltete ihre Briefe sorgfältig zusammen und siegelte sie mit Wachs. »Ich werde sie persönlich übergeben, denn nur so kann ich auch sicher sein, dass sie ankommen«, beschloss sie und fühlte sich so lebendig wie seit Langem nicht mehr.

Bernard verließ Paris mit einem unguten Gefühl, und daran änderte auch der Schutzbrief mit dem königlichen Siegel nichts, den Rivière ihm mitgegeben hatte.

Selbst wenn er Tag und Nacht durchritt, würde es Wochen dauern, bis er wieder zurück wäre. Während er durch die hereinbrechende Nacht galoppierte, dachte er an Anastasia und machte sich einmal mehr schwere Vorwürfe, weil er auf so unverzeihliche Weise ihr gegenüber die Beherrschung verloren hatte. Die Straße war von den heftigen Regenfällen am Nachmittag aufgeweicht und rutschig, und die Hufe seines Pferdes ließen kleine Matschklumpen durch die Luft fliegen.

Wenn er in dem Tempo weiterritt, würde es der Hengst kaum bis zur nächsten Wechselstation schaffen. Er nahm die Zügel kürzer. Bereitwillig fiel der Rappe in einen ruhigen Trab zurück.

Er spielte noch einmal alle Möglichkeiten durch, bis er einsehen musste, dass er sich etwas vormachte. Er hatte Anastasias Unerfahrenheit ausgenutzt und ihr das Kostbarste genommen, was ein junges Mädchen besaß, dabei war es ihm nicht einmal möglich, sie zu seiner Gemahlin zu nehmen, weil er sie dann nicht mehr ernähren konnte. Sein Verhalten war genauso rücksichtslos gewesen wie das seines Vaters vor vielen Jahren.

Vor ihm lag flaches, weites Land, das vom aufsteigenden Vollmond erhellt wurde.

In der Ferne brannte ein Licht. Vermutlich von Laternen, die dem Reisenden den Weg zu der etwas abseits gelegenen Pferdewechselstation weisen sollten, die man in der Dunkelheit ansonsten leicht übersehen konnte. Als er näher kam, erkannte er die Umrisse eines Weilers und die Herberge. Der Hengst spitzte die Ohren und hob witternd den Kopf. Er schien den Duft von frisch geschnittenem Heu schon vor ihm wahrzunehmen, denn sein Schritt wurde ausgreifender. Neben dem Wirtshaus befand sich der offene Stall, in dessen Verschlägen bereits zwei Pferde standen, die ihren Artgenossen schnaubend begrüßten. Bernard schwang sein Bein über den Hinterzwiesel, glitt aus dem Sattel und schlang die Zügel um den dafür vorgesehenen Balken. Er streckte seinen Rücken nach dem scharfen Ritt, hielt aber mitten in der Bewegung inne, als er hinter sich das Geräusch schleichender Schritte vernahm.

»Na, mein Junge, du hast dir wohl was eingetreten«, sagte er zu seinem Pferd und kniete sich nieder, um den Vorderhuf des Rappen abzutasten. Dabei glitt er mit der linken Hand unauffällig an seine Hüfte und griff nach dem Bouclier, dem stählernen knapp einen Fuß großen Faustschild. Darunter hing sein Schwert. Bernard verlagerte sein Gewicht auf das vordere Bein, drehte sich blitzschnell um und stieß seinem Angreifer den Schild entgegen, unterstützt von seiner rechten Hand. Mit einem hässlichen Knirschen traf die gegen ihn gerichtete Waffe auf den Schildbuckel. Die Wucht des Aufpralls erschütterte Bernards Arme. Sein Gegner trug einen Falchion, eine breite Hiebwaffe, und wusste diese auch zu führen. Bernards Schild hatte dem Angriff seine Kraft genommen. Er erhielt den Druck aufrecht, warf den Angreifer mit seinem gesamten Körpergewicht nach hinten und zog sein Schwert. Der Falchion schoss erneut auf ihn zu, diesmal von rechts. Bernard trat nach vorn, schlug die linke Hand mit dem Schild über die Rechte, dann stieß er zu. Sein Schwert fuhr seinem Angreifer mit der Spitze durch den Hals. Röchelnd sank der Mann zu Boden.

Bernard hatte kaum sein Schwert herausgezogen, als zwei weitere Männer auf ihn eindrangen. Der eine war mit einer Axt bewaffnet, der andere mit einem Messer. Er duckte sich, und der ihm zugedachte Axthieb grub sich in den Balken über ihm ein. Ein Stoß mit dem Schwertknauf brach dem Mann den Kiefer. Aufgeschreckt von dem Lärm begann der Rappe nervös zu tänzeln, stieg und riss an den Zügeln. Bernard wich vor seinem dritten Angreifer zurück. Dieser stieß mit dem Messer vor, traf aber ins Leere. Mit einer schnellen Drehung war Bernard dem Stoß ausgewichen. Der Mann verlor das Gleichgewicht und stolperte auf das verängstigte Pferd zu, das wieder gestiegen war und anschließend wild auskeilte. Einer der Huftritte durchschlug ein drei Finger dickes Brett des Verschlags und brach seinem Angreifer das Kreuz. Schwer atmend lehnte sich Bernard an einen Pfeiler. »Gute Arbeit, mein Freund«, sagte er zu dem Pferd, das wild mit den Augen rollte und sich nur langsam beruhigte. Er sprach weiter mit ruhiger Stimme auf das Tier ein. Den Schlag sah er nicht mehr kommen. Er spürte nur noch einen stechenden Schmerz, dann verlor er das Bewusstsein.

Als Bernard wieder zu sich kam, war er an Händen und Füßen gefesselt. Sein Herz schlug ihm bis zum Hals und sein Atem ging stoßweise.

Er nahm den Geruch von feuchter Erde und fauligem Stroh wahr. Seine Augen konnten die Schwärze, die ihn umgab, nicht durchdringen, und ein Gefühl von Panik ergriff ihn. Keuchend rang er nach Luft. Nachdem er festgestellt hatte, dass davon genügend vorhanden war, beruhigte er sich ein wenig und schloss die Augen, um sich nicht länger mit der Dunkelheit auseinandersetzen zu müssen. Er lebte, aber er hatte keine Ahnung, wie lange er bewusstlos gewesen war und wo er sich befand. Er war überfallen worden, feige und aus dem Hinterhalt, so viel stand fest. Aber er wusste weder von wem noch warum. Was hatten seine Angreifer mit ihm vor? Würde er jemals wieder das Tageslicht sehen? Er zerrte an seinen Fesseln, aber je mehr er an ihnen riss, umso tiefer schnitten sie ihm ins Fleisch. Verzweifelt ballte er seine Hände zu Fäusten und stieß einen wütenden Schrei aus. Wenn er schon sterben musste, dann im Kampf und nicht in irgendeinem Erdloch wie ein krankes Tier. Sein Kopf dröhnte, er hatte schrecklichen Durst, und ihm war übel.

Düstere Gedanken gingen ihm durch den Kopf, und tiefe Hoffnungslosigkeit erfüllte ihn. Es war vorbei. Er würde sterben, und niemand würde wissen, was mit ihm geschehen war. Anastasia würde vergeblich auf ihn warten, und falls Rivière ihn jemals finden würde, wäre es längst zu spät.

Er fiel in eine Art Dämmerzustand und wusste nicht, ob Stunden oder gar Tage vergangen waren, als ihn ein schabendes Geräusch aufschreckte. Der Schein einer Fackel blendete ihn. Angestrengt blinzelte er gegen das Licht, konnte aber das Gesicht des Mannes, der die Fackel hielt, nicht erkennen.

Allmählich gewöhnten sich Bernards Augen an die Helligkeit, und er stellte fest, dass er sich in einer niedrigen Lehmhütte befand, die mit einer starken Holztüre versehen war.

»Was wollt ihr von mir?«, krächzte er. Sein Hals war so trocken wie Pergament, und er hatte das Gefühl, sein Kopf würde jeden Augenblick zerspringen.

Ein kräftiger Fußtritt in die Seite war die Antwort. »Die Fragen stelle ich, und ich will wissen, was ihr mit Gilles gemacht habt«, herrschte der Mann ihn an.

Bernard gab ihm keine Antwort und bereitete sich innerlich auf den nächsten Fußtritt vor. *Es geht also um Gilles*, überlegte er. Nur, wollte man von ihm wissen, ob dieser geredet hatte, oder ob er noch lebte?

»Wenn du nicht reden willst, wirst du hier verfaulen«, drohte sein Peiniger.

»Was soll das, Robert?«, mischte sich ein zweiter Mann ein. »Dein Bruder ist längst tot, finde dich endlich damit ab. Wir haben den Auftrag, den Kerl umzubringen, und genau das werden wir auch tun.«

»Aber vorher will ich noch wissen, wer Gilles getötet hat und wo man ihn verscharrt hat«, beharrte Robert stur.

»Wir sollten längst zurück in der Stadt sein, du weißt doch, wie ungeduldig Chrétien sein kann.«

»Jetzt halt endlich dein Maul«, befahl Robert ihm und wandte sich wieder Bernard zu.

»Gilles ist nicht tot«, sagte Bernard, um Zeit zu gewinnen.

»Ist das wahr?«, wollte Robert wissen. Seine Stimme klang aufgeregt.

»Merkst du denn nicht, dass der Kerl lügt? Er will doch nur sein Leben retten«, mischte sein Gefährte sich ein.

»Ihr habt mein Wort«, sagte Bernard. »Gilles lebt und wird an einem sicheren Ort gefangen gehalten. Was haltet ihr von einem Tausch. Sein Leben gegen meines«, schlug er unbekümmerter vor, als er in Wirklichkeit war.

»Ich hab dir doch gesagt, er will nur sein beschissenes Leben retten.«

»Jetzt sei endlich ruhig«, befahl Robert ihm. »Und du da unten, wenn es wirklich stimmt, was du sagst, und mein Bruder noch am Leben ist, warum wird er dann gefangen gehalten?«

»Darüber darf ich nicht reden«, gab Bernard kühl zurück und überlegte, wie er die Tatsache, dass Gilles noch am Leben war, am besten für sich nutzen konnte.

Wenn er Gilles' Bruder verriet, dass Gilles sich im Châtelet befand, hätten die Kerle keinen Grund mehr, ihn am Leben zu lassen, und Chrétien würde ganz sicher eine Möglichkeit finden, Gilles aus seinem Kerker zu befreien.

Er hatte geahnt, dass Chrétien hinter dem Anschlag auf ihn steckte. Aber wie kam es, dass die beiden samt ihren Kumpanen vor ihm in der Herberge angekommen waren? Hatte Chrétien gewusst, dass Rivière ihn nach Avignon geschickt hatte? Und wenn ja, wer hatte es ihm verraten? Niemand außer ihm, Rivière und le Coq hatten davon gewusst. Hatte le Coq ihn verraten, oder waren sie belauscht worden? Er würde später darüber nachdenken. Jetzt musste er erst einmal eine Möglichkeit finden, aus diesem Loch herauszukommen. Das Dumme war nur, dass ihm absolut nichts einfiel, womit er Gilles' Bruder ködern konnte.

»Spuck endlich aus, wo ihr meinen Bruder gefangen haltet«, drohte der, zog sein Messer und drückte es Bernard an die Kehle.

Bernard ahnte, dass ihm nicht mehr viel Zeit blieb. *Denk nach*, befahl er sich, *vergiss den Schmerz und konzentrier dich*. Er atmete tief ein und bekam einen Hustenanfall, der seinen Kopf fast zum Bersten brachte. Und obwohl es danach in seinem Kopf hämmerte wie in einer Pfannenschlägerei, fühlte er sich etwas klarer.

»Wenn du mich jetzt tötest, wirst du deinen Bruder nie wieder sehen«, verkündete er mit fester Stimme.

»Du wirst doch nicht etwa darauf hereinfallen?«, ereiferte sich sein Gefährte.

»Ich habe gesagt, du sollst dein Maul halten.«

Die Stimmung zwischen den beiden verschärfte sich, und Bernard konnte der Versuchung nicht widerstehen, sie noch ein bisschen mehr anzuheizen.

»Niemand außer mir weiß, wo sich Gilles befindet. Ich

habe ihm Wasser für drei Tage dagelassen, aber es ist schon einige Zeit her, dass ich bei ihm war.«

»Er will doch nur, dass du ihn hier rausholst.« Robert fuhr herum und hieb seinem Begleiter ohne Vorwarnung die Faust ins Gesicht. »Sei endlich still!«, brüllte er und stürzte sich danach mit einem Wutschrei auf Bernard.

Seine Hände schlossen sich um Bernards Kehle.

»Wo ist mein Bruder?«, schrie er unbeherrscht und drückte zu.

»Er befindet sich in den Stollen unter der Stadt«, röchelte Bernard.

Die Finger um seinen Hals lockerten sich ein wenig.

Bernard rang nach Luft. Ihm war nichts Besseres eingefallen, aber je länger er darüber nachdachte, umso besser gefiel ihm die Idee, barg sie doch ungeahnte Möglichkeiten.

»Gilles befindet sich in einem geheimen Verlies in den Stollen unter der Stadt. Der Eingang liegt versteckt, und außer mir kennt niemand den Weg dort hinunter«, wiederholte er ruhig.

Gespannt harrte er auf Roberts Reaktion. Er brauchte nicht lange zu warten, bis er unsanft auf die Füße gezogen wurde. Mühsam unterdrückte er ein Stöhnen. Roberts Gesicht verschwamm vor seinen Augen, und der Boden unter ihm wankte so sehr, dass ihm speiübel wurde.

Die Fesseln an seinen Füßen wurden gelöst, dann spürte er wieder die Klinge an seiner Kehle. Robert packte ihn am Arm und zog ihn aus der Hütte. Köstliche, frische Luft schlug Bernard entgegen, die er gierig in seine Lungen sog.

Es war früh am Morgen, und feuchter Nebel lag über den bestellten Feldern, als sie zurück in die Stadt ritten.

Bernards Hände waren nach wie vor gefesselt, aber unter einem schmutzigen, braunen Wollumhang mit weiter Kapuze verborgen, den Robert ihm über die Schultern gehängt hatte.

Bernard hatte das Gefühl, als würde er einen schweren Ring um seinen Kopf tragen, und die schaukelnde Bewegung seines Pferdes verursachte ihm Übelkeit. Verkümmerte Gersten- und Roggenfelder raschelten leise im Wind. *Es hat zu wenig geregnet in diesem Sommer, und die Ernte wird mager ausfallen*, schoss es ihm durch den Kopf. Seitdem sich die beiden Päpste gegenseitig gebannt hatten, schien ein Fluch über Frankreich zu liegen. Eine magere Ernte würde Hunger und Aufruhr nach sich ziehen, aber er hatte im Moment über wichtigere Dinge nachzudenken. Er musste überlegen, wie er weiter vorgehen sollte, wenn er die Ernte überhaupt noch erleben wollte, und dafür brauchte er einen klaren Kopf. Er würgte die brennende Flüssigkeit zurück, die in seinem Hals aufstieg, worauf sie nur umso heftiger nach oben drängte. Er hatte das Gefühl, als drehe sich ihm der Magen um, und er schaffte es gerade noch sich vorzubeugen, dann übergab er sich.

Von hinten näherte sich ein zweispänniger Wagen, der rasch näher kam. Ein rotgesichtiger, alter Krämer saß auf dem Bock und sah zu ihnen hinüber, als er auf gleicher Höhe mit ihnen war.

»Gott zum Gruße«, sagte er höflich und starrte die drei Reiter neugierig an. Der mittlere von ihnen musste krank sein, denn er hing über dem Hals seines Pferdes und kotzte sich die Seele aus dem Leib.

»Ihr könntet Euren Freund auf meinen Wagen legen«, bot er höflich an. »Gegen ein kleines Entgelt nehme ich ihn mit in die Stadt.«

»Macht, dass Ihr weiterkommt«, fuhr Robert ihn böse an. »Wir brauchen Eure Hilfe nicht.« Nach einem Blick in die finstere Miene des Mannes ließ der Krämer seine Peitsche knallen und schnalzte mit der Zunge, um die Pferde anzutreiben. Er hatte nicht vor, sich Ärger einzuhandeln. Bernard wusste, dass es keinen Sinn gemacht hätte, den alten Mann um Hilfe zu bitten. Er hätte ihn dadurch nur unnötig in Gefahr gebracht.

»Wenn du auch nur ein Wort von dir gibst, bist du tot«, zischte Robert ihm zu, als hätte er seine Gedanken gelesen.

Gegen Mittag tauchte die Stadtmauer vor ihnen auf.

Während sie die Straße verließen und schräg auf die Mauer zuritten, überlegte Bernard, dass alles davon abhing, ob seine Bewacher ihn mit in den Stollen nehmen oder gefesselt bei den Pferden zurücklassen würden. Wenn sie ihn mit hinunternehmen wollten, würde ihnen nichts anderes übrig bleiben, als ihm die Fesseln abzunehmen, weil es ohne Zuhilfenahme beider Hände äußerst schwierig, wenn nicht gar unmöglich war, heil dort hinunterzugelangen.

Und wenn er erst einmal die Hände freihätte, würde er schon eine passende Gelegenheit finden, um die beiden zu überwältigen.

Oder sie träfen auf die Mönche. In dem Wollumhang würden sie ihn vielleicht nicht wiedererkennen und ihn zu ihrem Mahl einladen, wie sie es schon einmal getan hatten. Die beiden Raufbolde würden sich garantiert nicht weigern, von dem Wein zu trinken, während er nur vorgeben würde, ihn zu kosten. Und dann würde er sich die »Tabula Smaragdina« zurückholen und Anastasia wiedersehen.

Robert riss ihn unsanft aus seinen Träumen.

»Wo ist denn nun dieser verfluchte Eingang?«, wollte er wissen. Bernard brauchte einen Moment, um sich zu orientieren. Sein Blick streifte über die von Efeu überwucherte alte Stadtmauer, die sich vor ihnen erhob.

Die Porte Saint-Marcel befand sich ebenso wie der Fluss in Sichtweite und war doch unerreichbar für ihn.

»Er muss hier irgendwo sein«, sagte er und reckte sein Kinn nach rechts. Robert wendete sein Pferd und suchte mit den Augen den Boden ab. Plötzlich stieß er einen Triumphschrei aus und deutete auf das Loch zu seinen Füßen. »Hier ist es«, sagte er zu seinem Gefährten und sprang vom Pferd.

»Du kommst mit«, befahl er. Er packte Bernard am Arm und zog ihn unsanft vom Pferd. Dann befahl er seinem Begleiter, Bernards Fesseln zu lösen und ihm die Hände vor dem Körper wieder zusammenzubinden. Währenddessen hielt er Bernard seine Klinge an die Kehle.

»Nur eine falsche Bewegung und du bist tot«, zischte er ihm zu.

»Dann ist Gilles es auch«, gab Bernard ungerührt zurück. »Wenn du deinen Bruder retten willst, sollten wir uns beeilen. Wie ich bereits erwähnt habe, sind schon einige Tage vergangen, seitdem ich ihn das letzte Mal gesehen habe.«

Robert sah ihn böse an. »Wenn ihm etwas zugestoßen ist, wirst du den Tag bereuen, an dem dich deine Mutter geboren hat.«

Nacheinander machten sie sich an den Abstieg in den Untergrund. Der Weg hinab war noch schwieriger als der Aufstieg vor wenigen Tagen. Die Stufen waren uneben, für Reiterstiefel viel zu schmal und außerdem rutschig. Vorsichtig tastete sich Bernard eine Stufe nach der anderen mit der Fußspitze hinab, und als er endlich unten angekommen war, glänzte sein Gesicht vor Schweiß. In seinem Kopf tobte es wie in einem Bienenkasten.

Robert sah sich in der Felskammer um und wies auf den Stolleneingang, der vor ihm lag. »Du gehst voran«, befahl er, und Bernard hörte die Unsicherheit, die in seiner Stimme lag.

Sie hatten keine Fackel und ertasteten sich ihren Weg vorsichtig durch die Dunkelheit.

Schon nach wenigen Schritten wurde er unsanft am Arm gerissen. »Du willst mir doch nicht erzählen, dass du ohne Fackel hier unten warst?«

Trotz seiner Schmerzen konnte Bernard sich ein Grinsen nicht verkneifen. Er fühlte sich alles andere als wohl in der unheimlichen, stillen Schwärze, aber die offensichtliche Angst seines Widersachers bereitete ihm ein grimmiges Vergnügen und ließ ihn sein eigenes Unbehagen vergessen.

»Ich muss die Fackel wohl verlegt haben«, bemerkte er gleichmütig und überlegte, ob er einen Angriff wagen sollte. Das Dumme war nur, dass er absolut nichts sehen konnte, und Gilles' Bruder würde ihm sicher keine zweite Chance lassen, so viel stand fest.

Robert rührte sich nicht von der Stelle. »Mach Feuer«, befahl er seinem Begleiter. Es raschelte, dann hörte man einen Feuerstahl auf Stein schlagen. Funken sprühten, die Roberts Kumpan mit einem Stück Zunder auffing.

Robert grunzte triumphierend, und Bernard wusste, dass er eine der Fackeln entdeckt hatte, die in regelmäßigen Abständen an den Stollenwänden angebracht waren.

Nachdem Robert die Fackel an dem glimmenden Zunder entzündet hatte, durchquerten sie einen langen, geraden Stollen, der schräg nach unten verlief. Nach einer Weile gabelte sich der Gang. Bernard zögerte nur einen Moment, dann bog er nach rechts ab und fragte sich, wie lange es wohl noch dauern mochte, bis sie auf die Mönche trafen.

Der Gang endete unvermittelt vor einer Wand. Sie befanden sich in einer Sackgasse, die von mächtigen Steinquadern versperrt war.

»Was soll das?«, schimpfte Robert. »Du hältst uns wohl für blöd?«

»Ich weiß auch nicht«, gab Bernard zurück und setzte eine

zerknirschte Miene auf. »Es muss an dem Schlag liegen, den ihr mir verpasst habt. In meinem Kopf herrscht seitdem ein fürchterliches Durcheinander, und ich kann keinen klaren Gedanken mehr fassen. Die Stollen sehen aber auch alle gleich aus.« Robert spuckte wütend auf den Boden.

Sie kehrten um, gingen zu der Gabelung zurück und nahmen dann den Weg, der nach links abbog. Er führte tiefer in die Erde hinab und endete wie der erste Gang vor einer Mauer, nur dass diese Mauer keine natürliche war, sondern aus ziegelgroßen Sandsteinquadern errichtet worden war.

Robert stieß einen Fluch aus und hob drohend sein Messer. »Ich schlitzte dich auf und lass dich verbluten wie ein Schwein, wenn du mir nicht auf der Stelle sagst, wo mein Bruder ist!«, brüllte er. Ratlos starrte Bernard auf die Mauer. Er war sich sicher, dass einer der beiden Stollen zu den Mönchen führte und er keine Abzweigung übersehen hatte. Oder konnten die Mönche etwa durch die Wände hindurchgehen?

Hier unten gingen einem die verrücktesten Gedanken durch den Kopf, es musste an der dunklen Enge liegen oder an den Dämpfen, von denen Rivière gesprochen hatte. Aber er hatte keine Dämpfe bemerkt, und er würde auch nicht verrückt werden. Er riss sich zusammen und bemerkte erst jetzt, dass vor ihm etwas in die Mauer eingeritzt war.

»Haltet mal die Lampe höher«, bat er. Roberts Gefährte folgte seiner Bitte, und Bernard erkannte den fünfzackigen Stern wieder, das Siegel König Salomons, das er schon einmal im Kapitelsaal der Mönche gesehen hatte.

Der Stein mit dem Siegel ragte ungefähr einen Fingerbreit aus der Wand hervor. Er hatte so etwas schon einmal gesehen. Vor dem Geheimgang in den Kellergewölben des Louvre, der vom Turm vor der Falknerei bis hinunter zur Seine führte und in dem sie als Kinder so oft gespielt hatten, hatte sich ein anderes Symbol befunden: eine handtellergroße Rosette, die ebenfalls aus dem Stein herausstand.

Bernard legte seine Hand auf das Siegel und drückte dann mit aller Kraft dagegen. Unter dem Druck gab der Stein nach. Bernard atmete erleichtert auf. Mit einem knirschenden Geräusch öffnete sich die Wand vor ihnen wie von Zauberhand bewegt.

Roberts Kumpan sprang erschrocken zurück. »Das ist Teufelswerk«, stieß er hervor. Die Angst in seiner Stimme war unüberhörbar. »Ist dein Gefährte immer solch ein Hasenfuß?«, spottete Bernard.

Robert bedachte ihn mit einem wütenden Blick und versetzte ihm einen Stoß in den Rücken.

»Wo ist denn nun mein Bruder?«

»Es ist nicht mehr weit«, gab Bernard vage zurück. Hintereinander gingen sie durch den Eingang und gelangten in einen Säulengang, der dem, den Bernard mit Anastasia durchschritten hatte, erstaunlich ähnlich sah.

Die Kapelle war leer, trotzdem beschlich Bernard das unangenehme Gefühl, beobachtet zu werden. »Wir müssen dort entlang«, sagte er und wies mit den gefesselten Händen nach rechts, wo sich seiner Erinnerung nach der Kapitelsaal befand.

Acht Mönche saßen bei ihrem Mahl, die anderen vier waren nicht zu sehen. Robert de Molay, der seinen Platz am Kopfende der Tafel eingenommen hatte, machte eine einladende Handbewegung. »Bitte, Brüder, setzt euch zu uns, und teilt unser Mahl mit uns«, forderte er die drei Männer auf. Man merkte ihm seinen Schreck über die Besucher nicht an, aber in seinen hellen Augen glomm ein gefährliches Feuer.

»Ich an eurer Stelle würde ihre Einladung annehmen«, sagte Bernard leise. »Sie bewahren den Schlüssel zu Gilles' Verlies auf und mögen es nicht, wenn man ihre Gastfreundschaft ablehnt.« Aus den Augenwinkeln bemerkte Bernard eine Bewegung und wandte sich um. Hinter ihnen standen die vier fehlenden Mönche, und obwohl sie keine Waffen trugen, ging von ihnen eine unterschwellige Bedrohung aus. Robert war Bernards Blick gefolgt. »Du hast behauptet, du wärst der Einzige, der Gilles' Verlies kennt«, beschwerte er sich.

»Muss an dem Schlag liegen«, gab Bernard, mit der Entwicklung der Dinge zufrieden, zurück.

»Wir ziehen es vor, unser Mahl schweigend einzunehmen«, belehrte Robert de Molay sie in strengem Ton.

Widerwillig schob Robert Bernard vor sich her bis zur Bank und wartete, bis dieser sich gesetzt hatte, bevor er selbst neben ihm Platz nahm.

Wie bei ihrem ersten Besuch gab es getrockneten Fisch, Nüsse, Brot und Wein. Robert und sein Gefährte leerten ihre Becher in einem Zug. Bernard atmete erleichtert auf. Sein Plan hatte funktioniert, jetzt brauchte er nur noch zu warten. Er spürte, dass er beobachtet wurde, und während die Köpfe seiner Bewacher auf die Tischplatte sanken, sah er in die hellen Augen des alten Mönches, in die ein seltsames Glimmen getreten war. »Ich danke Euch, Bruder, Ihr habt mir das Leben gerettet«, sagte Bernard ruhig, beugte sich über Robert und zog dessen Messer aus der Lederscheide an seiner Hüfte. Die Mönche kümmerten sich nicht weiter um ihn und verzehrten schweigend ihr Mahl, während Bernard sich das Messer zwischen die Knie klemmte und mit dem Strick so lange an der Schneide auf- und abfuhr, bis dieser schließlich durchgeschnitten war. Er rieb sich die Handgelenke, um das gestaute Blut schneller zum Fließen zu bringen, dann nahm er das Messer in die rechte Hand und stand auf. »Ich möchte das Buch zurück«, forderte er entschlossen. Wie auf einen geheimen Befehl hin legten die Mönche Brot und Fisch zurück auf ihre

Teller und starrten ihn an. Die vorher friedliche Stille war auf einmal spannungsgeladen.

»Die ›Tabula Smaragdina‹ gehört uns«, widersprach ihm Robert de Molay, und zum ersten Mal lag etwas wie Erregung in seiner Stimme. »Sarah, die Frau Abrahams, fand sie einst bei Hebron im Grab eines Sohnes von Adam, dem ersten Menschen, und seitdem gab es immer Auserwählte, die sie hüteten, bis sie zu König Salomo gelangte. Sie ist Teil seines Schatzes, der aus geheimem Wissen und heiligen Gegenständen bestand und unter dem Tempel von Jerusalem vergraben lag. Die ersten Templer haben ihn im Auftrag von Bernard von Clairvaux aus dem Heiligen Land nach Frankreich gebracht, und seitdem wachen wir über ihn.«

Bernard war gegen seinen Willen fasziniert. »Ihr seid Templer?«, fragte er überrascht.

Robert de Molay nickte. »Wir sind Templer und werden hier ausharren, bis unsere Zeit gekommen ist und die Menschen bereit für die Wahrheit sind.«

»Welche Wahrheit?«, wollte Bernard fragen, presste aber im letzten Augenblick die Lippen zusammen. Er hatte nicht vor, sich ein zweites Mal von dem hinterlistigen Mönch einwickeln zu lassen.

»Meines Wissens nach befand sich die ›Tabula Smaragdina‹ im Besitz von Jacob Braques«, stellte er lakonisch fest.

Robert de Molays helle Augen bohrten sich in die seinen, als wollten sie seine geheimsten Gedanken erforschen. Schließlich nickte er bestätigend.

»Er hat sie uns gestohlen. Jacob Braques war einer von uns, ein Fratres servientes famuli et officii, ein arbeitender Bruder. Aber irgendwann hat er sich nicht mehr damit zufriedengegeben, das Wissen nur zu bewahren, sondern er erforschte es. Er war regelrecht besessen von dem Buch.«

Er hob seine große Hand. »Jetzt kennt Ihr unser Geheimnis, und Ihr kennt den Weg in unser Kloster, den Weg zu den betenden Brüdern und Kaplänen, den Fratres capellani.«

Es klang wie eine Feststellung, aber Bernard bemerkte die unausgesprochene Angst, die sich hinter ihr verbarg. Die Mönche waren in der Überzahl, aber sie waren alt, und soweit er mitbekommen hatte, war ihre einzige Waffe ihr Betäubungstrank.

Trotzdem vergewisserte er sich durch einen raschen Blick, dass sich noch alle zwölf auf ihrem Platz befanden. Dabei bemerkte er, dass einer der Mönche seinem Blick auswich, indem er sein Gesicht zur Seite wandte. Aber Bernard beachtete ihn nicht weiter.

»Was werdet Ihr nun mit Eurem Wissen anfangen?«

»Das Leben unseres Königs ist in Gefahr«, antwortete Bernard, ohne auf die Frage des Mönches einzugehen.

Robert de Molay zog die dünnen Augenbrauen nach oben, was seinem alterslosen Gesicht einen erstaunten Ausdruck verlieh.

»Warum glaubt Ihr, dass uns das interessiert? Der König hat einst versucht, unseren Orden zu vernichten, und unsere Väter, Großväter und Onkel getötet.«

»Ich muss wissen, was es mit diesem Rubinschwefel auf sich hat«, bekannte Bernard, getrieben von der Hoffnung, mehr über das Geheimnis des Tintenhändlers zu erfahren, das dieser mit ins Grab genommen hatte.

»Wenn Ihr etwas darüber wissen wollt, solltet Ihr das Mädchen fragen«, beschied ihm der Mönch. Seine Antwort traf Bernard wie ein Schlag. Schon einmal hatte er das Gefühl gehabt, dass Anastasia etwas vor ihm verbarg, und nun stellte sich seine Vermutung also als richtig heraus.

Robert de Molay warf einen Blick auf die beiden schlafenden Halunken, und ein flüchtiges Lächeln huschte über sein Gesicht.

»Ihr habt unseren Trank für Eure Zwecke genutzt«, stellte er fest. Bernard verspürte ein vages Gefühl von Schuld. Die silbrig glänzenden Augen des Mönches zogen ihn gegen seinen Willen in ihren Bann, und von einem Moment auf den anderen fühlte er sich eigenartig leicht, wie berauscht. Sein Zorn auf die Mönche schmolz dahin, und er gestand sich ein, dass der Mönch mit seinem Vorwurf nicht ganz unrecht hatte. Sie hatten ihm das Leben gerettet, wenn auch nicht ganz freiwillig, und nun stand er in ihrer Schuld. Er hob seine rechte Hand zum Schwur. »Ich schwöre bei Gott, dass ich euer Geheimnis bewahren werde«, versprach er.

»Ich danke Euch, Bernard von Dreux.« Robert de Molay neigte seinen Kopf. »Ihr solltet jetzt gehen. Eure Anwesenheit stört unsere Stille und beunruhigt die Brüder«, ermahnte er ihn sichtlich zufrieden.

Ich hatte vor, ihnen das Buch abzunehmen und sie zum Teufel zu jagen, dachte Bernard verwundert. Stattdessen hatte es dieser hinterlistige Alte tatsächlich geschafft, ihm einen Schwur abzuluchsen, und ihn gleichzeitig um seine innere Ruhe gebracht, dic er erst wieder finden würde, wenn er Anastasia zur Rede gestellt hätte.

»Und was wird mit ihnen?« Bernard wies auf Robert und seinen Kumpan.

»Wir werden sie hierbehalten.« Es klang so endgültig, dass Bernard ein Schauer über den Rücken lief. Robert und sein Gefährte hatten vorgehabt, ihn zu töten, doch um das, was sie hier erwartete, beneidete er die beiden nicht. Es war ein grausames Schicksal, die Sonne hoch über sich zu wissen und sie doch nie wieder sehen zu können. Und plötzlich konnte er es kaum noch erwarten, die Stollen zu verlassen.

Während er schwungvoll die Stufen in die Freiheit erklomm, dachte er an die Mönche, die ihr Leben in einer endlos ewigen Nacht verbrachten, nur erhellt von Talglicht und Kienspan und der Hoffnung, dass ihre wohlbehüteten Geheimnisse irgendwann die Welt verändern würden. Sie waren genauso verblendet wie sein Vater. Aber woher zum Teufel hatten sie seinen Namen gekannt? Er würde es nie erfahren!

Sein Schwert steckte in der Satteltasche von Roberts Pferd. Er nahm es an sich und schwang sich auf den Rappen. Die beiden anderen Pferde führte er am Zügel mit sich in die Stadt. Er widerstand der Versuchung, sofort zur Schreibstube zu reiten, und quälte sich mit den zwei Pferden im Schlepptau durch die wie immer am späten Nachmittag hoffnungslos verstopften Straßen und Gassen bis zum Hôtel Saint-Paul. Er bemerkte den Mönch nicht, der ihm in einigem Abstand folgte, seitdem er die Katakomben verlassen hatte.

Als er in den weiträumigen Innenhof einritt, spürte er sofort, dass etwas geschehen sein musste. Anstatt zu arbeiten, standen Diener, Knechte und Wachen in kleinen Gruppen zusammen. Keiner von ihnen rührte sich, um ihm die Pferde abzunehmen. Er stieg ab und stieß einen Pfiff aus. Einer der Knechte kam zu ihm herübergelaufen, hielt seinen Steigbügel und nahm ihm mit deutlichem Missvergnügen die Pferde ab.

»Was ist los, warum arbeitet ihr nicht?«, fragte er den Knecht.

»Monseigneur Rivière ist soeben verhaftet worden«, berichtete dieser, geschmeichelt darüber, dass ein so vornehmer Ritter wie Bernard von Dreux das Wort an ihn richtete. Der mürrische Ausdruck verschwand aus seinem Gesicht.

»Niemand weiß, warum, aber die Wachen haben ihn in Ketten gelegt und zum Louvre gebracht. Jetzt warten wir alle darauf, dass sie zurückkommen, damit wir mehr erfahren«, gab er bereitwillig Auskunft.

Der Knecht plapperte munter weiter, doch Bernard hörte ihm nicht länger zu. Chrétien hatte ihm eine Falle gestellt, und während er arglos in sie hineingetappt war, war Rivière verhaftet worden. Und der Einzige, der außer Rivière und ihm selbst noch von seiner Reise nach Avignon gewusst hatte, war le Coq.

Bernard hatte ihm von Anfang an misstraut, und auch wenn er nicht den geringsten Beweis für seinen Verdacht hatte, war er sich doch sicher, dass kein anderer als le Coq hinter diesem schändlichen Verrat steckte. Natürlich kamen auch noch andere Möglichkeiten in Betracht, jemand konnte sie beispielsweise belauscht oder durch Zufall von seiner Reise erfahren haben, aber irgendwie glaubte er nicht daran.

Er ließ den Knecht stehen und eilte hinauf in Rivières Gemächer. Dort traf er, wie er es gehofft hatte, auf dessen treuen Kammerdiener Leonardo. »Was ist geschehen?«, fragte er den alten Mann, der mit trüben Augen vor sich hin starrte. »Monseigneur Rivière ist des Verrats am König bezichtigt worden«, stieß Leonardo verzweifelt hervor.

»Aber was genau wirft man ihm vor?«

»Dass er der Universität und damit dem Ansehen des Königs schaden wollte, indem er die Steuerfreiheit der Universität aufgehoben hat.« Bernard ließ sich auf den nächsten Stuhl sinken. Ein pochender Kopfschmerz quälte ihn, und er fühlte sich müde und ausgebrannt. »Bring mir Wein«, bat er Leonardo. »Und gib auch etwas gegen meine Kopfschmerzen in ihn hinein.«

Leonardo nickte, erleichtert darüber, etwas tun zu können.

Als er fort war, schloss Bernard die Augen und gönnte sich einen Moment der Ruhe, obwohl er wusste, dass sie trügerisch war.

Die Worte des Mönches, die dieser ihm zur Antwort gegeben hatte, nachdem er ihn nach dem Rubinschwefel gefragt hatte, hallten noch immer in seinem Kopf. »Wenn Ihr etwas darüber wissen wollt, solltet Ihr das Mädchen fragen.«

Anastasia! Er dachte ständig an sie und sehnte sich nach ihr, aber die Worte des Mönches nagten an ihm und ließen ihm keine Ruhe.

Dennoch schob er seine Gedanken an sie nun beiseite und überlegte, was er jetzt tun sollte. Leonardo kehrte zurück und brachte ihm einen Krug mit Wein. »Ich habe ein wenig Alaun hineingerührt«, sagte er und schenkte Bernard einen Becher ein, den dieser dankbar entgegennahm.

Er leerte den Becher in einem Zug. Der Wein war stark und wohlschmeckend, und sein Kopfweh ließ augenblicklich nach.

Er dachte darüber nach, zum König zu gehen, verwarf den Gedanken aber sofort wieder. Zuallererst musste er mit Rivière sprechen, um von ihm den wahren Grund für seine Verhaftung zu erfahren.

Diese schien sich offensichtlich bereits im ganzen Haus herumgesprochen zu haben, denn die Menschen, denen er auf seinem Weg nach draußen begegnete, wichen ihm aus, als hätte er eine ansteckende Krankheit.

Der Kerker befand sich in den unteren Etagen des alten Turms und wurde von einem breitschultrigen Blondschopf mit kurzer Nase und rundem Kinn bewacht.

»Ich möchte zu Bureau de la Rivière«, sagte Bernard zu dem Wachmann, der ihn erst argwöhnisch, dann abschätzend betrachtete.

»Der Gefangene darf keinen Besuch empfangen, Befehl des Königs«, gab der Wachmann zurück, aber Bernard dachte nicht daran, sich von ihm abwimmeln zu lassen.

»Ich bin ein Ritter des Königs und muss ihn dringend sprechen«, versuchte er es erneut.

Der Wachmann schüttelte nur stur seinen Kopf.

Er konnte nicht viel älter sein als er, aber sein entschlossener Blick verriet Bernard, dass es nicht leicht werden würde, ihn zu überreden.

»Ich habe dem König geschworen, ihn mit meinem Leben zu schützen, und würde ihm niemals schaden.«

»Ich tue nur meine Pflicht«, verteidigte sich der Wachmann, aber in seiner Stimme schwang eine Spur von Unsicherheit mit, die Bernard nicht entging.

»Dann lasst mich durch.«

Der junge Mann zögerte. Dann klopfte er leicht gegen den Schwertknauf an seiner Seite.

»Ich darf keinen Bewaffneten hineinlassen«, sagte er.

Bernard zog sein Schwert aus der Scheide und hielt es dem Wachmann auffordernd entgegen.

Ein geschäftsmäßiger Ausdruck trat in die Augen des Jungen.

»Euer Messer ebenso, und wenn ich darauf achtgeben soll, kostet das einen Livre, das ist ein Befehl vom Hauptmann«, erwiderte er und verschränkte demonstrativ seine Arme vor der Brust.

Daher weht also der Wind, dachte Bernard und hatte Mühe, seine Verachtung zu verbergen, aber er wollte keinen Ärger und vor allem kein Aufsehen.

Er nahm einen Livre aus seiner Geldkatze und reichte ihn dem Wachmann.

»Für einen weiteren Livre könnte ich dafür sorgen, dass der Gefangene Wein und etwas Anständiges zu essen erhält«, schlug der Wachmann vor. Seine Stimme klang jetzt wie die eines Kaufmanns, der seine Waren anpries.

»Darüber reden wir später, erst will ich den Gefangenen sehen«, befahl Bernard und unterdrückte mühsam seinen Ärger.

Im Inneren des Turms war es düster. Die mächtigen Mauern waren mit Salpeter bedeckt. Nur wenig Licht drang durch die schmalen Schießscharten in das hochgewölbte unterirdische Verlies. Einer der Gefangenenwärter übernahm es, Bernard die engen Treppen hinunterzuführen, die feucht und schlüpfrig waren.

Vor einer schweren Holztüre mit Eisenbeschlägen blieb er stehen und schob den Querbalken, der die Türe von außen verriegelte, nach oben und öffnete sie.

Das Verlies war eng und viel zu dunkel, um irgendetwas, geschweige denn Rivières Gesicht, darin ausmachen zu können. Bernard wandte sich an den Gefangenenwärter, der im Türrahmen stehen geblieben war, und reichte ihm einen Livre. »Bring uns eine Lampe, und dann lass uns allein.«

Der Mann nickte eifrig, steckte die Münze ein und kehrte wenig später mit einer brennenden Öllampe zurück. Er stellte sie auf einem wackeligen Tischchen ab und schloss die Türe hinter sich. Vor dem Tisch stand ein dreibeiniger Schemel neben einem entsetzlich stinkenden, schwärzlichen Strohsack. Durch die ungeheuer dicken Mauern drang gedämpft das Läuten der Glocken von Saint-Martin, Saint-Germain-l'Auxerrois, Saint-Eustache und Notre-Dame herein und erinnerte die Gefangenen schmerzhaft daran, dass das Leben außerhalb des Kerkers auch ohne sie seinen gewohnten Gang nahm.

Rivière stand mit dem Rücken zur Wand und versuchte ein Lächeln, das ihm jedoch gründlich misslang.

»Wollt Ihr mir nicht erzählen, was geschehen ist?«, fragte Bernard ruhiger, als er war.

Rivière trat zu ihm und legte ihm schwer die Hand auf die Schulter.

»Ludwig von Orléans und Chrétien haben sich gegen den König verschworen. Sie haben sich heimlich im Kloster in der Zölestinergasse getroffen. Philippe de Mézières war übrigens mit von der Partie. Einer der Brüder hat sie dort belauscht und seinem Abt davon berichtet, der ein alter Freund von mir ist, was zum Glück niemand weiß.«

Er sprach leise und mit gedämpfter Stimme.

»Du wirst nicht glauben, was Chrétien vorhat, es ist so ungeheuerlich, dass sogar ich selbst es immer noch nicht fassen kann. Er will tatsächlich die Macht über die Kirche an sich reißen!«

Bernard zog scharf die Luft ein. »Chrétien will sich zum Papst wählen lassen?«, fragte er ungläubig.

Rivière schüttelte langsam den Kopf.

»Nein, er hat vor, einen Rat aus zwölf Weisen zu bilden, der den Platz des Kirchenoberhauptes einnehmen soll.«

Bis auf das leise Rascheln der Ratten im stinkenden Stroh war es still in dem engen Verlies.

»Er ist wahnsinnig geworden«, vermutete Bernard, »damit wird er niemals durchkommen.«

Rivière wog bedächtig seinen Kopf.

»Ludwig von Orléans und Philippe de Mézières haben ihm ihre Unterstützung zugesagt, sobald Ludwig die Regentschaft für den minderjährigen Dauphin übernommen hat«, gab er zu bedenken.

Bernard war zutiefst erschüttert. Er versuchte sich die Welt ohne einen Papst vorzustellen, doch es wollte ihm einfach nicht gelingen.

Erst danach ging ihm der tiefere Sinn von Rivières Worten auf, denn Ludwig von Orléans konnte erst nach dem Tod

Karls VI. die Regentschaft für den Dauphin übernehmen! Was nichts anderes bedeutete, als dass er Teil einer Verschwörung gegen seinen eigenen Bruder war und vielleicht nicht einmal vor dem Mord an ihm zurückschreckte.

Rivière ließ Bernard einen Augenblick Zeit, um die Neuigkeiten zu verdauen. »Ich habe versucht, den König zu warnen, aber er wollte nichts davon hören und glaubt nach wie vor, dass Ludwig auf seiner Seite steht. Statt seines Bruders wirft man jetzt mir Verrat vor, weil ich mich dafür ausgesprochen habe, der Universität Steuern aufzuerlegen, obwohl dies ursprünglich die Idee unseres königlichen Sekretärs war, des Profoss von Lille, der das jetzt natürlich abstreitet. Es war ein Fehler, sich in die Debatte über die Steuerfreiheit der Universität einzumischen. Wobei sie andererseits sowieso nur als Vorwand dient, um mich kaltzustellen. Wäre es nicht die Diskussion um die Steuerfreiheit gewesen, hätte Ludwig von Orléans eben etwas anderes gefunden. Jedenfalls wird es dir nicht gelingen, mich hier herauszuholen. Ludwig und Chrétien können es sich nicht leisten, auch nur das kleinste Risiko einzugehen.

Er nahm die Hand von Bernards Schulter und ließ sich auf den Schemel sinken.

»Leonardo hat in meinem Auftrag einen Boten zum Herzog von Burgund gesandt, und ich bete zu Gott, dass er ihn rechtzeitig findet. Er ist der Einzige, der uns jetzt noch helfen kann. Du kannst hier nichts mehr für mich tun. Geh zum König, und wache über ihn, aber bevor du gehst, würde ich gerne noch erfahren, wie es kommt, dass du in Paris bist anstatt auf dem Weg nach Avignon.«

Bernard berichtete ihm kurz, was geschehen war. »Als Verräter kommt nur le Coq infrage, oder glaubt Ihr in Anbetracht der Dinge noch immer an seine Loyalität?«

»Ich glaube, wir sollten mit jeglicher Anschuldigung vorsichtig sein, obwohl ich befürchte, dass du mit deinem Verdacht recht haben könntest. Für Leonardo lege ich dagegen die Hand ins Feuer, er ist mir treu ergeben, und außer uns Vieren wusste niemand von deiner Reise. Mein Gott, kann man in diesen verwirrten Zeiten denn wirklich niemandem mehr trauen?«

»Ihr habt mich«, versicherte ihm Bernard. »Ich werde alles tun, um den König zu schützen, und ich werde versuchen, mehr über das Gift herauszufinden.«

Rivière schien nicht sehr überzeugt. »Sei vorsichtig, und überlege gut, was du tust, und biete vor allem Chrétien keine Angriffsfläche, sonst wird es dir wie mir ergehen.«

Bernard nickte und gab dem Wachmann, bevor er den Turm verließ, noch einen Livre für Käse, Brot und Wein und einen weiteren für frisches Stroh und eine saubere Decke. Mehr konnte er nicht für Rivière tun.

Bernard traf Anastasia allein in der Schreibstube an. Als sie ihn sah, leuchteten ihre Augen vor Freude auf. »Ihr seid schon zurück?«, fragte sie überrascht. Ihr Schleier war ein wenig verrutscht und gab den Blick auf ihr wundervolles, seidiges Haar frei. Er fühlte sich plötzlich sonderbar befangen und konnte sich dem Bann ihrer blauen Augen nur schwer entziehen. Mit dem Kämpfen und dem Jagen kannte er sich aus, und der Turnierplatz war ihm vertrauter als seine Schlafkammer, aber die Frauen waren ihm stets fremd geblieben. Sie schienen so zart und beschützenswürdig zu sein, und doch wusste man nie, woran man bei ihnen war. Anastasia war ihm weniger flatterhaft erschienen als die Frauen, deren Bekanntschaft er bisher gemacht hatte. Eigenwillig und anders war sie, und sobald er in ihrer Nähe war, packte ihn ein heftiges Verlangen nach ihr, das alles andere seine Bedeutung verlieren ließ. Turniere, Kämpfe und sogar der König. Aber es war nicht nur ein körperliches Verlangen, das ihn zu ihr hinzog, da war auch noch etwas anderes, etwas Tieferes, das seine Seele berührte und an seinem Herzen zog.

War es das, was ihm Sorgen bereitete? Oder war es diese bohrende Stimme, tief in seinem Inneren, die ihn warnte, weil Anastasia sich schon einmal geweigert hatte, ihm die Wahrheit zu sagen? Obwohl er ihr das Leben gerettet und geschworen hatte, sie zu schützen, vertraute sie ihm nicht, und genau das war es, was an ihm nagte. Sie verbarg etwas vor ihm, und das verletzte ihn mehr, als er sich einzugestehen wagte.

Rivière hatte die Verantwortung für die Sicherheit des Königs auf seine Schultern gelegt, und er würde die Schreibstube nicht eher verlassen, als bis sie ihm alles gesagt hatte, was sie wusste.

»Was weißt du über den Rubinschwefel?«, fragte er schroffer, als er es beabsichtigt hatte. Sofort erlosch das Leuchten in Anastasias Augen, und der freudige Ausdruck auf ihrem Gesicht verschwand. Er konnte förmlich spüren, wie sie sich in sich selbst zurückzog, und es versetzte ihm einen Stich, zu sehen, wie sehr sie sein barscher Tonfall getroffen hatte, aber darauf durfte er jetzt keine Rücksicht nehmen. Das Leben des Königs war in Gefahr, und das war das Einzige, was jetzt zählte.

Anastasia strich sich mit einer kleinen anmutigen Bewegung eine ihrer langen blonden Haarsträhnen aus dem Gesicht, und selbst diese Bewegung hatte etwas an sich, das Bernard faszinierte. Es war schwer in Worte zu fassen, vielleicht war es die Art, wie sie dabei ihren Kopf ein wenig zur Seite neigte oder den Finger erhob, er konnte es nicht sagen, aber sein Herz klopfte schneller.

»Ich weiß nicht, was Ihr meint, ich weiß nicht mehr darüber als Ihr.« Ihre Augen waren bittend auf ihn gerichtet, eine stumme Anklage, die ihn aus einem Grund, den er sich selbst nicht erklären konnte, wütend auf sich selbst machte.

»Ich war noch einmal unten in den Stollen, und der alte Mönch hat mir empfohlen, mich an dich zu wenden, wenn ich mehr über den Rubinschwefel erfahren will.«

Anastasia hob die Schultern.

»Ich habe keine Erklärung dafür«, sagte sie.

»Wie kann ich dir vertrauen, solange du mir nicht alles sagst, was du weißt?«, fragte Bernard heftig.

»Weil ich Euch alles gesagt habe.« Es klang resigniert.

Sie hat sich verändert, sie ist nicht mehr das junge Mädchen, das ich kennengelernt habe, dachte Bernard verwundert.

Christine, die mit einem Stapel Pergamentbögen unter dem Arm hereingekommen war, hatte seine letzten Worte mitgehört.

Unwillkürlich musste sie an das Gespräch denken, das sie mit Anastasia nach Chrétiens überraschendem Besuch geführt hatte, während sie Bernard mit einem Nicken begrüßte.

»Vielleicht musst du nur versuchen, dich zu erinnern?«, schlug sie vor. Anastasia sah sie mit großen Augen an. »Ich versuche es ja, aber es fällt mir nicht ein.«

»Weißt du noch, wie du dich an den Besuch meines Vaters bei euch zu Hause erinnert hast? Es hat eine Weile gedauert, aber dann ist es dir wieder eingefallen. Manchmal vergessen wir Dinge, die sehr weit zurückliegen oder an die wir uns nur ungern erinnern. Aristoteles hat einst geschrieben, das läge in der menschlichen Natur.«

Sie wandte sich an Bernard von Dreux. »Ihr solltet nicht allzu streng mit ihr sein, sie hat viel durchgemacht in der letzten Zeit.« Anastasia warf ihr einen dankbaren Blick zu.

Es war unübersehbar, wie sehr die beiden Frauen einander zugetan waren, und Bernard verspürte einen Anflug von Neid darüber, für den er sich im gleichen Augenblick schon wieder schämte. Madame de Pizan war eine außergewöhnliche Frau, und er sollte froh darüber sein, dass sie sich um Anastasia kümmerte.

Eine Weile war es still in der Schreibstube, und Bernard genoss die fast schon behagliche Atmosphäre in dem niedrigen Raum, den Geruch nach Wachs und Pergament, der sich mit dem feinen Duft der beiden Frauen nach Rosenöl mischte.

»Ich will es ja versuchen«, versprach Anastasia schließlich, »aber ich kann mich beim besten Willen nicht daran erinnern, jemals einem der Mönche vor unserem Ausflug in die Unterwelt begegnet zu sein.«

Wieder fiel Bernard auf, wie sehr Anastasia sich in den wenigen Tagen seiner Abwesenheit verändert hatte. Ihre Unsicherheit, die es ihm so leicht gemacht hatte, sich neben ihr stark zu fühlen, war verschwunden, und plötzlich erfasste ihn die Angst, er könnte sie verlieren. Christine de Pizan schien eine außergewöhnlich gebildete Frau zu sein, und es hatte ihn beeindruckt, wie selbstverständlich sie Aristoteles zitiert hatte. Vermutlich war es ihr Einfluss, auf den Anastasias Veränderung zurückzuführen war. Mit einem unguten Gefühl dachte er an seine eigenen Lateinkenntnisse. Um die Schriften des Aristoteles zu verstehen, würde er vermutlich einen Übersetzer brauchen.

Er konnte seinen Blick nicht von Anastasia wenden. Ihr volles Haar schimmerte verführerisch unter dem schlichten, weißen Schleier. Ihre Lippen waren leicht geöffnet, und sie sah ihn so offenherzig an, dass sein Herz einen Sprung machte. Ich würde alles für dich tun, schien dieser Blick zu sagen, und dich niemals belügen.

Und auf einmal war er sich sicher, dass Anastasia ihm nichts vorenthalten hatte, jedenfalls nicht wissentlich.

»Die Mönche haben sich geweigert, mir das Buch zurückzugeben«, sagte er schließlich. »Vielleicht hätten wir darin ja etwas gefunden, das uns Aufschluss gibt?«

Die »Tabula Smaragdina«, »Der Grüne Löwe«, Rubinschwefel, leuchtend wie Purpur und tödlich wie Gift. Längst vergessene Bilder stiegen in Anastasia hoch, die sich zwar nicht greifen ließen, aber dennoch bewiesen, dass Bernard mit seiner Vermutung recht hatte, ebenso wie Madame de Pizan, dachte Anastasia beklommen.

»Du hast dich in ihn verliebt, nicht wahr?«, fragte Christine, nachdem Bernard gegangen war. Anastasia nickte. »Er hat mir das Leben gerettet, und dann ist es einfach geschehen«, sagte sie. Sie tauchte ihren Pinsel in eine der Muschelschalen auf ihrem Tisch und beugte sich über das vor ihr liegende Pergament. Ein Zeichen, dass sie nicht weiter darüber reden wollte, doch Christine war noch nicht zufrieden.

»Aber wie soll es denn nun weitergehen? Bernard von Dreux ist ein Mann von Adel, und er braucht die Einwilligung des Königs, um zu heiraten. Ich will dir nicht wehtun, aber du solltest wissen, auf was du dich einlässt. Der König vermählt seine Gefolgsleute üblicherweise mit jungen Mädchen von Stand, um sich deren Väter zu verpflichten.«

Anastasia sah von ihrem Pergament auf. Ihre Augen schimmerten verdächtig. »Glaubt Ihr, dass er mich liebt?«, brach es mit einer Heftigkeit aus ihr heraus, die Christine erstaunte. »Ich dachte, ich hätte es in seinen Augen gelesen, aber manchmal ist er so abweisend zu mir, dass ich es kaum ertragen kann.«

»Männer lieben anders, als wir Frauen es tun, und oft ist es nicht leicht, sie zu verstehen«, erklärte Christine ihr. »Aber ich bin davon überzeugt, dass er dir sehr zugetan ist, sonst hätte er sich nicht vor seiner Abreise von dir verabschiedet, als wärest du seine Gemahlin.«

Anastasia lächelte sie glücklich an.

»Dann ist es gut«, sagte sie und beugte sich wieder über ihre Arbeit.

»Ist es nicht«, gab Christine zurück. »Willst du etwa dein Leben als Mätresse eines Ritters verbringen? Eure Kinder wären Bastarde, und du selbst hättest keinerlei Anrechte.«

Anastasia dachte über ihre Worte nach. Sie hatte sich bisher noch keine Gedanken über die Folgen ihrer Liebe gemacht und kam sich deswegen nun einfältig und dumm vor. Was Madame de Pizan wohl sagen würde, wenn sie erst wüsste, was in den Stollen geschehen war? Würde sie sie deswegen verachten? Und was dachte Bernard von ihr? Das war die Frage, die sie am meisten beschäftigte. Seit sie aus dem Stollen zurück waren, war sie nicht mehr mit ihm allein gewesen, und manchmal kam ihr das, was im Stollen geschehen war, so unwirklich vor wie ein Traum, der sich verflüchtigte, sobald man ihn zu greifen versuchte.

Mein Leben ist sein Leben, dachte sie. *Dort unten bin ich seine Frau geworden, und daran kann selbst Gott nichts mehr ändern.*

Plötzlich wurde ihr übel. Sie hielt sich die Hand vor den Mund und stürzte zur Tür hinaus zum Abtritt, wo sie sich heftig übergab. Mit bleichem Gesicht und weichen Knien kehrte sie anschließend in die Schreibstube zurück.

Es ist also geschehen, dachte Christine und wunderte sich, dass sie das nicht wirklich überraschte. Sie erinnerte sich an ihre erste Begegnung mit Étienne und an das Vertrauen, das sie ihm vom ersten Augenblick an entgegengebracht hatte.

Ob Anastasia ahnte, dass sie womöglich schwanger war? Sie atmete tief durch und betrachtete das Mädchen, das ihr wie eine eigene Tochter ans Herz gewachsen war. Sie hätte ihr so gerne geholfen, wenn sie nur gewusst hätte wie.

Sie starrte auf ihre fast fertige Arbeit. Zum ersten Mal in ihrem Leben war ihr das Abschreiben verhasst. Jean de Meung hatte mit seinen Versen ein Zerrbild der Liebe gezeichnet, in dem jede einzelne seiner Figuren unaufhörlich gegen die Frauen ins Feld zog. Seine Ausdrucksweise war unflätig und plump. Selbstgefällig beschrieb er die geschlechtlichen Beziehungen zwischen Mann und Frau und setzte sie dem Treiben der Kühe und Stiere auf den Weiden gleich. Er verhöhnte die Frauen und forderte seine männliche Leserschaft dazu auf, ihre Leidenschaft ohne Scham zu befriedigen.

Was für ein Gegensatz zu der zärtlichen Liebe, die sie mit Étienne verbunden hatte. Und der Liebe, die in Anastasias Augen leuchtete, sobald sie mit Bernard von Dreux zusammentraf. Sie ging noch einmal alle Möglichkeiten durch, fand aber keine Lösung. Anastasia war nun einmal eine Bürgerstochter, und an dieser Tatsache konnte nichts und niemand etwas ändern.

Wie jeden Sonntag besuchte Anastasia das Grab ihres Vaters zu einer Zeit, in der die meisten Bürger von Paris damit beschäftigt waren, sich für den Kirchgang herauszuputzen. Obwohl erst eine Woche seit ihrem letzten Besuch vergangen war, kam es ihr so vor, als lägen mehrere Monate dazwischen.

Das Bild ihres Vaters verblasste mit jedem Tag mehr und ließ sich umso weniger greifen, je mehr sie es versuchte.

Anastasias Lippen bewegten sich in einem stummen Gebet.

Sie war so sehr in Gedanken vertieft, dass sie den Mann, der ihr bis zum Kirchhof gefolgt war, gar nicht bemerkte.

Doch Jacques, der sie bereits erwartet hatte, sah die gedrungene Gestalt, die ihr in vorsichtigem Abstand folgte und sich hinter dem ausgebreiteten Flügel eines weißen Marmorengels duckte. Erschrocken beobachtete er den Mann, der das Mädchen von seinem Versteck aus belauerte. Er hatte ein längliches, blasses Gesicht mit tief in den Höhlen liegenden Augen und trug einen dunklen Wollumhang, unter dem Lederstiefel hervorschauten.

Jacques begann vor Aufregung zu schwitzen. Das Mädchen war in Gefahr. Er musterte es mit einem raschen Blick, um sich zu vergewissern, dass ihm bislang noch nichts geschehen war. Es hielt den Kopf leicht geneigt, sein zartes Gesicht wirkte wie immer, wenn auch etwas blasser als sonst. Er seufzte vor Erleichterung. Es war also noch nicht zu spät. Die junge Frau war unversehrt, aber der Fremde stellte eine Gefahr für sie dar, eine Gefahr, von der sie nichts zu ahnen schien. Er musste ihr helfen, durfte nicht zulassen, dass ihr etwas geschah.

Durch ihr Geheimnis waren sie untrennbar miteinander verbunden. Sie und er waren die einzigen Menschen auf der Welt, die von der Existenz des doppelten Grabes wussten. Sie hatte ihn aus seiner stumpfen Gleichgültigkeit gerissen, hatte Licht in sein tristes Leben gebracht und ihm einen neuen Sinn verliehen. Jeden Sonntag kam sie zu ihm auf den Friedhof und hörte ihm zu.

Wenn sie ihren Platz am Grab ihres Vaters eingenommen hatte, hielt er stumme Zwiesprache mit ihr. Ihre Lippen bewegten sich synchron mit den seinen, und er erzählte ihr von seinem Bruder und von den Toten, die er bewachte, aber auch von der Verachtung der Menschen, die ihm, bevor sie zusammengetroffen waren, nichts ausgemacht hatte und die ihn nun bestürzte.

Auf seiner Stirn breiteten sich Schweißperlen aus, als er darüber nachdachte, was er nun tun sollte.

Die junge Frau bekreuzigte sich, und er wusste, dass ihm nicht mehr viel Zeit blieb. Schon wandte sie sich um und lief die Gräberreihen entlang.

Der Fremde duckte sich und ließ sie keinen Augenblick aus den Augen.

Als er hinter dem Flügel des Engels hervortrat, versperrte Jacques ihm den Weg.

Aus den Augenwinkeln heraus sah er, dass das Mädchen den Ausgang des Kirchhofs bereits erreicht hatte und anmutig durch das eiserne Tor schritt.

Er konnte nicht anders, als ihm nachzusehen und sich noch einmal an seinem Anblick zu laben. Sechs lange, leere Tage lagen vor ihm, bis es wiederkommen würde, sechs Tage, in denen ihm nur die Toten blieben.

Der Fremde starrte ihn böse an. »Was soll das, geh mir aus dem Weg und verschwinde«, befahl er. Seine blassgrünen Augen folgten dem Mädchen, dann richteten sie sich wieder auf den Totengräber, der keine Anstalten machte, seinem Befehl Folge zu leisten.

Er trat einen Schritt zur Seite, um an Jacques vorbeizugehen, doch Jacques bewegte sich ebenfalls zur Seite. Sein Gesicht zeigte keine Regung, nur seine Augen blitzten entschlossen.

Chrétiens Agent verlor endgültig die Geduld. Er holte aus und rammte ihm die Faust ins Gesicht. Benommen taumelte Jacques zurück. Schmerz durchzuckte ihn, und er schwankte, als wäre er betrunken, da traf ihn eine Faust direkt unter den Rippen. Es war, als würde sein Herz zu schlagen aufhören. Er krümmte sich zusammen, und sein Kopf schien vor Schmerz zu bersten.

Er konnte nicht mehr erkennen, wo oben oder unten war, bis er mit ungeheurer Wucht auf den Boden prallte.

Mühsam schnappte er nach Luft, spürte einen zunehmenden Druck im Brustkorb. Dann färbte sich der rote Schleier vor seinen Augen schwarz.

Nur langsam lichtete sich das Dunkel. Seine Nase und sein linkes Auge mussten zugeschwollen sein, denn mit Letzterem sah er so gut wie nichts mehr, und Luft konnte er nur noch durch den Mund holen. Der Fremde war verschwunden.

Auf allen vieren kroch er auf den Marmorengel zu, stützte sich an dessen Podest ab und zog sich an ihm hoch. Kaum stand er aufrecht, musste er sich übergeben, spie sich fast die Seele aus dem Leib. Immer wieder wurde sein Körper von trockenen Krämpfen geschüttelt, dann war es vorbei. Mit letzter Kraft setzte er sich in Bewegung. Seine Hütte befand sich im hintersten Winkel des Kirchhofs gleich neben dem Geräteschuppen, in dem Schaufeln und Seile aufbewahrt wurden, aber er schaffte es tatsächlich, sich bis dorthin und zu seinem Lager zu schleppen.

Pierre starrte ihn von seinem Platz am Kamin aus ängstlich an. Seine Hände klammerten sich so fest um sein Holzpferd, dass die Knöchel weiß hervortraten. Er wiegte sich heftig vor und zurück.

»Es ist alles gut, ich bin nur gefallen«, sagte Jacques, um ihn zu beruhigen. Seine Nase pochte, und jeder Atemzug schmerzte. Stöhnend ließ er sich auf seinen Strohsack sinken. Die Schmerzen waren bedeutungslos, sie würden irgendwann vergehen. Wichtig war nur, dass er den Fremden so lange aufgehalten hatte, dass ihm das Mädchen entkommen war. Er hatte ihn doch lange genug aufgehalten?

Pierre hatte aufgehört ihn anzustarren, das Wiegen wurde langsamer. Etwas anderes hatte seine Aufmerksamkeit in Anspruch genommen. Er hatte sich wieder beruhigt, alles war gut.

Müde schloss Jacques die Augen, als ein Geräusch, begleitet von einem Luftzug, in sein Bewusstsein drang. Etwas stimmte nicht. Er riss die Augen wieder auf und sah erschrocken in das finster dreinblickende Gesicht des Fremden.

Aus den Augenwinkeln sah er, wie sein Bruder erneut heftig zu wippen begann, wobei er sein Pferd fest an sich presste.

»Was hatte dieses Mädchen am Grab eines königlichen Notars zu suchen? War es seine Mätresse?«, wollte der Mann wissen. Seine Stimme klang seltsam gleichförmig. Mühsam richtete Jacques sich auf. Dann zuckte er gleichgültig mit den Schultern. »Das, was alle an einem Grab tun, für die Seele des Verstorbenen beten.«

In das Gesicht des Fremden trat ein brutaler Zug. »Du hältst dich wohl für besonders schlau?«, fragte er drohend.

Jacques warf einen raschen Blick auf Pierre, der immer hektischer vor und zurück wippte und dabei heftig nach Luft rang. Jedes Mal, wenn ihn etwas aufregte, atmete er so schwer, als wäre seine Lunge verstopft.

Die Angst um seinen Bruder schnürte ihm die Kehle zu. Er durfte den Fremden nicht noch wütender machen, als er es ohnehin schon war.

»Ich kenne das Mädchen nicht, aber sie kommt jeden Sonntag vor dem Kirchgang hierher und betet an dem Grab«, sagte er in der Hoffnung, dass der Fremde seinen Bruder und ihn nun endlich in Ruhe lassen würde.

Der Mann musterte ihn scharf. Jacques begann unter seinem durchdringenden Blick zu schwitzen und senkte den Kopf.

»Du lügst«, sagte der Mann, und sein Mund verzog sich zu einem gemeinen Lächeln, als er zu dem schaukelnden Pierre hinübersah, der mit offenem Mund nach Luft schnappte wie ein Fisch auf dem Trockenen.

Jacques wollte aufstehen, um Pierre zu beruhigen, doch der Mann drückte ihn brutal zurück auf sein Lager. »Du wirst nirgendwo hingehen, bevor du mir nicht alles über das Mädchen gesagt hast, was ich wissen will.«

Pierres Schaukeln wurde langsamer, das Holzpferd fiel ihm aus der Hand. Er verdrehte die Augen, bis nur noch das Weiße darin zu sehen war, und kippte einfach um. Jacques wehrte sich verzweifelt, doch sein Gegner war zu stark. Pierre regte sich nicht mehr. Der Fremde ließ Jacques los, wandte sich zu dem bewusstlosen Jungen um und stieß ihm brutal mit der Stiefelspitze in die Rippen. Jacques schrie auf und versuchte auf die Beine zu kommen. Plötzlich hatte der Fremde ein Messer in der Hand. Er packte Pierre an den Haaren, riss ihn hoch und drückte ihm die Klinge an die Kehle.

»Bitte, Herr, tut ihm nichts«, sagte Jacques tonlos und zu keinem Widerstand mehr fähig. Es war nicht recht, was er getan hatte, das wusste er. Gott hatte die geweihte Erde für die Hochwohlgeborenen vorgesehen, und er hatte mit ihr gehandelt wie ein Krämer mit seiner Ware. Jetzt strafte ihn der Herr dafür, dass er Seinen Willen missachtet hatte. Wenn er Pierre retten wollte, musste er alles gestehen. Musste das Mädchen verraten! Musste es schnell tun, bevor es zu spät war. Pierre hing wie ein lebloser Sack in der Hand des Fremden, war aber noch am Leben. Er hätte es ihm angesehen, wenn er tot wäre. Er kannte sich aus mit dem Tod, kannte alle seine Gesichter und seinen Geruch, nahm ihn noch vor jedem anderen wahr.

Stockend berichtete er dem Fremden, was er getan hatte, erzählte ihm, dass er dem Mädchen für den Preis von dreißig Pariser Francs angeboten hatte, den Leichnam seines Vaters unter dem von Étienne du Castel zu begraben.

Als er später neben Pierre auf seinem Lager lag und dem Bruder immer wieder beruhigend über die verschwitzten Haare strich, war ihm, als hätte man eine schwere Last von seiner Brust genommen. Gleichzeitig ergriff ihn eine wilde, verzweifelte Wut.

Der Fremde war eine Gefahr für das Mädchen! Sie würden es vor Gericht bringen oder mit entblößtem Körper an den Pranger stellen und anschließend auspeitschen, so wie die grell geschminkte Hure, die letzte Woche dort gestanden und einen jämmerlichen Anblick geboten hatte. Und das durfte er nicht zulassen. Er überlegte, wie er ihm helfen konnte, und schließlich hatte er eine Idee, die er noch in der gleichen Nacht in die Tat umsetzte. Trotz seiner schmerzenden Rippen schaufelte er die ganze Nacht hindurch, und als der Morgen graute, war sein Werk getan. Mit letzter Kraft schleppte er sich zurück auf sein Lager. *Noch sechs Tage*, dachte er, bevor er in einen tiefen, traumlosen Schlaf sank.

Anastasia hatte gewartet, bis der letzte Glockenschlag verklungen war. Danach nahm sie vorsichtig das Fläschchen, das Madame de Pizan von Monseigneur Chrétien erhalten hatte, und öffnete es. Sie wählte einen feinen Pinsel aus Eichhörnchenhaar und tauchte ihn in die tiefrote Flüssigkeit. Die Tinte war dickflüssig, aber geschmeidig, und ließ sich gleichmäßig vermalen, ohne zu tropfen. Im Schein der Wachskerzen trat die Anfangsinitiale in körperhafter Dichte aus dem Pergament heraus und dem Betrachter entgegen. Eine feurige Mauer, die den schlafenden Jüngling umschloss, den Anastasia in das D gemalt hatte.

Ihre Augen glitten über den Text, den sie mittlerweile beinahe schon auswendig kannte, und mit einem Mal bekam er eine ganz neue Bedeutung für sie.

Die Träume, sagt man,
Sind Fabeln nur und Lügen.
Doch gibt es Träume, die nicht lügen, deren Wahrheit
Erst später sich enthüllt.
Als Zeugen nenne ich Macrobius.
Die Träume waren ihm nicht Trug,
Er schrieb vom Wahrgesicht
Des Königs Scipio.
Wer es für Torheit hält,
Zu glauben,
Dass Träume Wahrheit bergen,
Der mag mich einen Narren schelten,
Denn nach meiner Überzeugung sind
Den Menschen Vorbedeutung sie
Des Guten und des Bösen:
Die meisten träumen nachts ja nur
Verhangen,
Was später sich dann offenbart.

Anastasia dachte über den Ausspruch des Aristoteles nach, den Madame de Pizan zitiert hatte. Dass man manchmal Dinge vergaß, weil sie weit zurücklagen oder man sich nicht gerne an sie erinnerte. Die man vergessen wollte, weil sie zu schmerzhaft waren. Sie hätte alles dafür gegeben, sich zu erinnern, aber sosehr sie es auch versuchte, es wollte ihr einfach nicht gelingen.

Sie legte den Pergamentbogen zur Seite und machte sich seufzend an die nächste Initiale.

Die rote Tinte schien von innen heraus zu glühen, und ihre Leuchtkraft blieb auch nach der Trocknung unvermindert erhalten. Anastasia legte die fertigen Blätter in die Lederhülle, die sie von Madame de Pizan zusammen mit der Tinte erhalten hatte, wusch die benutzten Pinsel in einem Gemisch aus Wein und Essig aus, verschloss das fast leere Fläschchen mit der wundervollen Tinte und begab sich zu Bett. Madame de Pizan hatte ihr Paolos Kammer hergerichtet, die gleich unter der ihren lag, und sie zusätzlich noch mit einem Schreibpult, einem Stuhl und einer Truhe versehen, in der allerdings noch gähnende Leere herrschte, weil Anastasia bislang noch nicht dazugekommen war, sich all die Dinge zu besorgen, die eine Frau tagtäglich benötigte. Madame de Pizan half ihr derweil mit ihren eigenen Sachen aus und hatte vorgeschlagen, gleich nachdem sie Chrétiens Auftrag erfüllt hätten, mit ihr in die Markthallen zu gehen, wo sich alle Händler unter einem Dach befanden und man so gut wie alles erwerben konnte.

Anastasia seufzte erneut, und als sie schließlich die Augen schloss, brannte das geheimnisvoll glimmende Rot noch immer hinter ihren Lidern.

Das kleine Mädchen beugte sich über den leblosen Körper seiner Mutter. »Wach auf, Mama«, forderte es mit heller Stimme und rüttelte ungeduldig an der Schulter der Schlafenden. Die Haut unter dem Wollstoff fühlte sich anders an als sonst, war weder weich noch warm, war wie das Wachs, aus dem das Mädchen manchmal kleine Dinge formte. Pferde, Hunde und kleine Puppen, mit denen es spielte. Aufmerksam betrachtete es das vertraute Gesicht und schmiegte seine Wange an die seiner Mutter. Sie fühlte sich kalt an. Eine Kälte, die von innen kam. Das kleine Mädchen fuhr erschrocken zurück. Es konnte die Augen nicht von der Mutter wenden, die direkt vor ihr lag und doch unerreichbar war. Ihre Lippen waren rissig und bleich, als hätte jemand Bleiweiß mit Grau zusammengemischt und sie damit bemalt.

»Deine Mutter ist tot!«, hörte das Mädchen die Stimme seines Vaters, der neben seine Tochter trat. Tränen tropften aus seinen Augen und benetzten das Gesicht des Kindes, als er es an sich zog, fort von der Mutter, die für immer von ihnen gegangen war.

Die weit aufgerissenen Augen seiner Frau hatten irgendwohin, in eine andere Welt, gestarrt, und er war froh darüber, sie geschlossen zu haben, bevor das Mädchen hereingekommen war.

Das Mädchen machte sich steif in seinen Armen, hielt sich die Nase zu und atmete auch nicht mehr durch den Mund ein und aus. Als es blau anlief, schlug der Vater es ins Gesicht und schüttelte es in hilflosem Zorn. Dann ließ er es los. Seine Arme sanken kraftlos herab. »›Der Grüne Löwe‹ hat sie uns genommen, es ist alles meine Schuld.«

Die Schuld ballte sich zusammen wie eine schwere dunkle Wolke, die über dem Vater hing und sich nun grollend auf das Mädchen zubewegte.

Das Mädchen begann zu schreien und hörte erst auf, als die weißen Mönche es umringten, seine Mutter vom Lager hoben und sie in eine seltsame Kapelle aus Stein trugen, die keine Fenster besaß.

Und dann beteten sie und sangen, bis dem Mädchen die Augen zufielen.

Als es wieder erwachte, lag es in den Armen seines Vaters vor einem steinernen Sarg. Über der gewölbten Steinplatte des Altars erhob sich eine bogenförmige Nische, in der ein einzelnes Buch stand, auf dessen Deckel die Buchstaben so ineinander verschlungen waren, dass sie sie nicht lesen konnte.

Einer der Mönche nahm das Buch, schlug es auf und hielt es dem Vater anklagend entgegen. Anastasia sah einen grüngemalten Löwen, der die Sonne fraß. Aus seinem aufgerissenen Maul tropfte Blut, das sich im Fallen in Rosenblätter verwandelte.

»Nur ein Narr würde versuchen, Mars und Sonne zusammenzufügen. ›Radj al ghar‹ ist der steinerne Bruder der zwittrigen Alraune, die nur um Mitternacht gepflückt werden darf. Durch Eure Unkenntnis habt Ihr den ›Grünen Löwen‹ entfesselt und dafür einen hohen Preis bezahlt. ›Radj al ghar‹ darf die Sonne niemals sehen«, hörte sie eine Stimme, die ihr bekannt vorkam.

»Was oben ist, ist wie das, was unten ist, fähig, die Wunder des Einen auszuführen. ›Der Grüne Löwe‹ kann zerstören, aber auch wieder heilen, was er zerstört hat«, beharrte Jacob Braques stur.

»Die Toten werden sich erst erheben, wenn ihre Zeit gekommen ist«, widersprach die Stimme.

»Ich brauche die ›Tabula Smaragdina‹, um sie zu studieren.«

»Die ›Tabula Smaragdina‹ gehört uns, Ihr habt sie uns gestohlen.«

»Ich borgte sie mir lediglich aus und werde im Gegenzug dafür das Geheimnis bewahren«, versprach Jacob Braques.

»Ihr seid kein Eingeweihter mehr, wollt Ihr noch mehr Unheil anrichten?« Die mahnende Stimme des Mönches schwoll an.

Anastasia wandte ihren Kopf. Der Mönch, der gesprochen hatte, hatte helle Augen und auffallend dünne Augenbrauen.

Sein Gesicht kam immer näher, und dann starrte sie auf einmal wieder in den aufgerissenen Rachen des Löwen, der sie zu verschlingen drohte.

Schreiend fuhr sie hoch. Sie öffnete die Augen und versuchte, die Traumbilder zu vertreiben, die sie immer noch fest umklammert hielten. Und dann erinnerte sie sich, begriff, was ihr Vater getan hatte, und erkannte die tödliche Gefahr, die von der Tinte ausging, die sie benutzt hatte, um das Buch für den König zu illuminieren. Die Erkenntnis traf sie wie ein Schlag.

Sie sprang aus dem Bett, streifte ihr Gewand über und rannte auf bloßen Füßen aus ihrer Kammer.

Im Flur begegnete ihr Anna. »Ich muss sofort mit Madame de Pizan sprechen«, sagte sie aufgeregt.

»Sie ist schon fort, es ist fast Mittag«, gab Anna zurück und musterte sie missbilligend. Anastasias Haar war ungekämmt und hing ihr wirr über die Schultern. Sie war barfuß und sah aus, als wäre sie gerade aus dem Bett gefallen.

Anastasia ließ Anna stehen und rannte zurück in ihre Kammer. Sie schlüpfte in ihre Schuhe, fuhr sich mit beiden Händen durch die Haare, nahm die Ledermappe mit den Pergamentblättern und stürmte aus dem Barbeauturm, ohne sich weiter um Anna zu kümmern, die immer noch im Flur stand und ihr kopfschüttelnd nachsah.

Außer Atem erreichte Anastasia die Schreibstube. Ungefähr ein Dutzend Menschen, darunter auch zwei Büttel des Königs, begleitet von vier Bogenschützen, hatte sich vor dem Haus versammelt und schien auf irgendetwas zu warten. Die Witwe, von der Madame de Pizan das Ladenlokal gemietet hatte, entdeckte sie als Erste.

»Dort hinten ist sie!«, schrie sie, und ihre Stimme überschlug sich fast vor Aufregung. Anastasia blieb erschrocken stehen und rang nach Atem.

Madame de Pizan kam gefolgt von den Bütteln auf sie zu. »Ich habe die Tinte von Monseigneur Chrétien wiedererkannt«, flüsterte Anastasia ihr aufgeregt zu und hielt ihr die Ledermappe hin.

Sie wollte noch etwas hinzufügen, doch schon hatten die Büttel sie in ihre Mitte genommen. Christine griff geistesgegenwärtig nach der Mappe und nahm sie an sich. »Aber ihr dürft sie nicht…« Der Ältere der Büttel, ein kräftiger, kantiger Mann um die fünfzig, packte Anastasia brutal am Arm, während sein Kamerad einen Strick von seinem Gürtel nahm und ihn mit geübtem Griff um Anastasias Handgelenk schlang, als hätte er die Befürchtung, sie könnte sich seinem Zugriff im letzten Moment noch entziehen.

»Anastasia Braques, im Namen des Königs verhaften wir dich, wegen Schändung des Grabes des königlichen Notars Étienne du Castel«, verkündete der Ältere der beiden streng und hielt ihr ein gesiegeltes Schreiben vor die Nase.

Die Leute wichen vor Anastasia zurück, ließen sie dabei aber nicht aus den Augen. Grabschändung war ein schweres Vergehen, das wohl niemand bei einem so hübschen, jungen Mädchen vermutet hätte. Die Witwe beäugte Anastasia argwöhnisch. Der Teufel war ein Meister der Verstellung und Täuschung, wie die Kirche immer wieder warnte. Bilder von brennenden Höllenfeuern und höhnisch grinsenden Dämonen tauchten vor ihr auf, und ihre Knie begannen zu schlottern, als sie begriff, dass der Teufel sich heimlich in ihr Haus geschlichen hatte. Sie hatte von Anfang an kein gutes Gefühl dabei gehabt, ihr Ladenlokal an eine Witwe zu vermieten. Fremde Männer gingen dort ein und aus, und wer konnte schon wissen, was sie dort trieben? Sie dachte an die Dinge, die man sich hinter vorgehaltener Hand über Witwen erzählte, und vergaß dabei ganz, dass sie selbst eine war. Nachdem die Büttel mit Anastasia verschwunden waren, bedachte sie Christine mit einem vernichtenden Blick. »Das hat man nun von seiner Gutmütigkeit«, zischte sie schon halb im Eingang und knallte die Türe hinter sich zu. Christine sah ihr nachdenklich nach. *Noch wagt sie es nicht, mich direkt anzugreifen*, dachte sie, *aber vermutlich wird es nicht mehr lange dauern.*

Mit den fertigen Pergamentbögen unter dem Arm begab sie sich auf dem schnellsten Weg zu Chrétiens Haus gegenüber der Kirche Unserer Lieben Frau. Es war das größte Haus am Platz, aus hellem Sandstein gebaut, und besaß ein säulenverziertes Portal. Christine übergab das Manuskript einem Diener und war erleichtert darüber, es Chrétien nicht persönlich aushändigen zu müssen.

Während des kurzen Rückwegs in die Schreibstube dachte sie an Anastasia, die ihr noch etwas hatte sagen wollen, etwas, das Chrétien betraf. Aber dem konnte sie jetzt nicht nachgehen, sondern musste stattdessen als Erstes herausfinden, an welchem Tag die Gerichtsverhandlung stattfand, danach musste sie einen zweiten Bürgen suchen. Bernard von Dreux würde Anastasia seine Hilfe ganz sicher nicht verweigern. Unwillkürlich schlug sie den Weg zum Hôtel Saint-Paul ein, um ihn über Anastasias Verhaftung zu informieren.

Das schmiedeeiserne Tor war verschlossen, und weit und breit war keine Wache zu sehen. Christine beschlich ein ungutes Gefühl. Es war überhaupt niemand wahrzunehmen. Ob der König mit seinem gesamten Hofstaat in den Louvre umgezogen war?

Sie rüttelte am Torknauf und stellte fest, dass das Tor nicht verschlossen war.

Ein gepflasterter Weg führte von dem gemauerten Torbogen in einen geräumigen Innenhof. Doch auch hier war niemand zu sehen, wenn man einmal von den Krähen absah, die von einem Pferdeapfel zum nächsten hüpften und dabei Schwärme von Fliegen aufschreckten. Christine ging zum Haupteingang und klopfte. Es dauerte eine Weile, bis ihr schließlich ein Diener öffnete. »Ich möchte zu Bernard von Dreux«, sagte Christine.

»Der Hof befindet sich in Vincennes, es ist niemand mehr hier«, bekam sie zur Antwort.

»Und Monseigneur de la Rivière, ist er da?«

Der Diener schüttelte den Kopf. »Er ist verhaftet worden.«

»Er ist verhaftet worden?«, fragte Christine ungläubig und spürte, wie ihr flau im Magen wurde.

»Ganz recht«, gab der Diener zurück. »Kann ich sonst noch etwas für Euch tun?«, fragte er und gähnte ungeniert.

»Wann reitet der nächste Bote nach Vincennes?«, fragte Christine, verärgert über das ungebührliche Verhalten des Dieners, der kein Hehl daraus machte, dass sie ihm lästig war.

»Sie reiten ständig zwischen Vincennes und Paris hin und her«, gab der Diener gleichmütig zurück. »Wie wichtig der König ist, merkt man immer erst dann, wenn er Paris verlassen hat.«

Christine reichte ihm einen viertel Livre. »Ich brauche etwas zu schreiben«, bat sie so freundlich, wie es ihr möglich war. Der Diener drehte das Silberstück mehrfach in seiner Hand, bevor er es einsteckte. Dann führte er Christine in die Schreibstube des Verwalters, der sich ebenfalls in Vincennes aufhielt. »Hier werdet Ihr alles finden, was Ihr braucht, Madame«, sagte er und deutete eine Verbeugung an.

Christine schrieb hastig eine Nachricht für Bernard von Dreux, faltete sie zusammen und versiegelte sie mit einem grünen Wachslaibchen, das sie auf dem Schreibtisch fand. Dann überreichte sie dem Diener das Schreiben. »Die Nachricht ist für Bernard von Dreux und sehr dringend.«

Der Diener begleitete sie hinaus und schloss das schwere Eisentor hinter ihr. Christine überlegte, wie sie weiter vorgehen sollte. Sie durfte kein Risiko eingehen und musste deshalb für den Fall, dass ihre Botschaft Bernard von Dreux nicht rechtzeitig erreichte, nach einem weiteren Bürgen suchen. Sicher war sicher, und so beschloss sie, Monseigneur Montreuil zu fragen, doch der Notar weigerte sich, für Anastasia zu bürgen, nachdem er gehört hatte, welch schwere Anschuldigung gegen das Mädchen erhoben worden war. Christine bot ihm Geld an, aber der Notar hatte zu große Angst um seinen Ruf.

»Ihr müsst das verstehen, Madame«, verteidigte er sich und zupfte nervös an seinem Rock. »Die Vorwürfe gegen das Mädchen würden an mir hängen bleiben, und niemand würde mir mehr einen Auftrag erteilen.«

Christine begriff, dass es nicht einfach sein würde, einen Bürgen zu finden, doch dann fiel ihr Gilles Malet ein, der ein langjähriger Freund ihres Vaters gewesen war. Von neuer Hoffnung erfüllt, begab sie sich zum Louvre und in den Turm vor der Falknerei. Köstliche Erinnerungen an ihre Kindheit stürmten auf sie ein, als ihr der vertraute Geruch von Zypressenholz in die Nase stieg. Als hätte sie eine Tür in die Vergangenheit geöffnet, die lange Jahre verschlossen gewesen war.

Gilles Malet erkannte sie sofort und schien erfreut darüber, sie zu sehen, allerdings nur, bis sie ihm den Grund für ihr Kommen mitteilte. Sein altes Gesicht verzog sich furchtsam, während er ihr umständlich erklärte, dass es ihm als königlichem Bibliothekar unmöglich sei, ihr zu helfen, was sehr bedauerlich, aber nicht zu ändern sei.

Christine sah ein, dass es nichts mehr gab, das sie tun konnte. Ihre ganze Hoffnung ruhte nun auf Bernard von Dreux, und sie konnte nur beten, dass er rechtzeitig in Paris eintreffen würde.

Seitdem sich immer mehr Schreibstuben und Buchbindereien in der Cité angesiedelt hatten, verirrte sich nur noch selten ein Kunde in Meister George Duchesnes' Buchbinderei hinter den Markthallen. Umso erfreuter war der Meister, als ein vornehm gekleideter Kunde seine Werkstatt über den Hintereingang vom Hof her betrat. Beflissen eilte er ihm entgegen.

»Gott zum Gruße«, begrüßte er seinen Kunden. »Womit kann ich Euch zu Diensten sein?« Chrétien musterte den alten Mann mit den rotgeränderten Augen unter den dichten, weißen Augenbrauen. Sein Blick schweifte durch die Werkstatt, die sich hinter den engen Wohnräumen erstreckte, und glitt über Buchbinderlade, Buchpresse, Beile, Feilen und den kleinen Amboss. Er nickte zufrieden in sich hinein. Die Morgensonne schien hell durch die beiden Fensteröffnungen vor der großen Werkbank.

In wenigen Stunden würde er wissen, ob sein Plan auch dieses Mal aufgehen würde.

»Ich habe einen Auftrag für Euch, der keinen Aufschub duldet.« Chrétien öffnete eine Ledermappe, zog mehrere Pergamentbögen aus ihr heraus und breitete sie auf dem Werktisch aus.

»Ich wünsche das beste Leder, das Ihr habt, und nun macht Euch an die Arbeit.«

Der Meister nickte eifrig und vermaß in Gedanken bereits das Pergament.

Für die Buchdeckel würde er Buchenholz nehmen und diese anschließend mit dem besten Kalbsleder beziehen, das er im Haus hatte. Aber er hatte mit seinem Kunden noch nicht über die Schließen und Beschläge gesprochen. »Wünscht Ihr Schließen und Beschläge aus Messing?«, fragte er und holte einige Musterstücke aus einer offenen Kiste unter der Werkbank hervor.

Chrétien entschied sich für Beschläge in Lilienform und zählte zehn Livres auf den Tisch. »Wird das reichen?«

Der Meister nickte und ließ die Münzen in eine Tasche seines Kittels gleiten. »Morgen Nachmittag könnt Ihr das Buch abholen.« »Geht es nicht etwas früher?« Der Meister schüttelte bedächtig den Kopf. »Der Leim muss ordentlich durchtrocknen, sonst werdet Ihr wenig Freude an dem Buch haben.«

Chrétien verließ die Werkstatt, und Meister Duchesnes machte sich an seine Arbeit. Während er die beschriebenen und aufwendig bemalten Blätter zu Lagen falzte, glitt sein Blick voller Bewunderung über die herrlichen Miniaturen in den Anfangsinitialen, deren rote Farbe in der hereinfallenden Morgensonne wie fein zerriebene Rubine glitzerte. Ein leichter Knoblauchgeruch stieg ihm in die Nase, auf den sein Magen mit lautem Knurren reagierte, doch er achtete nicht darauf. Die gewohnte Arbeit erfüllte ihn mit Freude, und er arbeitete ohne Pause, bis es dunkel wurde. Dann betrachtete er zufrieden sein Werk: Der geleimte Buchblock lag in der Presse und trocknete, und die fertigen Beschläge brauchten nur noch auf dem mit Leder bezogenen Buchdeckel angebracht zu werden.

Meister Duchesnes rieb sich die brennenden Augen und verließ die Werkstatt. Die Kopfschmerzen, die er seit dem Morgen hatte, waren schlimmer geworden, und er konnte kaum noch aus den Augen sehen. Vielleicht hätte er am Mittag doch etwas essen sollen? Allein der Gedanke bereitete ihm Übelkeit. Die Dielen unter seinen Füßen schwankten, und er musste sich an der Wand abstützen, um das Gleichgewicht zu behalten. Seine Hände begannen zu zittern. Das Zittern breitete sich über seinen ganzen Körper hinweg aus, und er schleppte sich mit letzter Kraft die Treppe zu seiner Kammer hinauf. Dann wurde ihm schwarz vor Augen, und er verlor das Bewusstsein.

Der Mann, der ihr die Hände gefesselt und das andere Ende des Strickes um sein Handgelenk geschlungen hatte, versetzte Anastasia einen Hieb in den Rücken und stieß sie vorwärts.

Anastasia kämpfte gegen die aufsteigende Übelkeit an. Vor ihren Augen tanzten helle Schleier, und der Boden unter ihren Füßen begann zu wanken. Dann wurde es schwarz um sie, und sie sackte lautlos in sich zusammen.

Wie aus weiter Ferne drangen Stimmen an Anastasias Ohr. Hände glitten über ihren Körper, und das unbestimmte Gefühl, in Gefahr zu sein, wurde immer stärker. Trotzdem weigerte sie sich, die Augen zu öffnen. Sie wollte weder etwas hören noch etwas sehen, sondern sehnte sich zurück in die Dunkelheit, die sie soeben noch gnädig umfangen hatte.

Erst als eine der Hände ihre Brust berührte, stieß sie diese mit einem heftigen Ruck zur Seite und setzte sich auf.

Ihre Augen brauchten einen Moment, um sich an das vorherrschende Halbdunkel zu gewöhnen. Nur wenig Licht fiel durch die beiden schmalen Maueröffnungen über ihr in die enge, dunkle Kammer. Es stank erbärmlich in dem kalten Raum. Der Geruch in einem Abtritt konnte nicht schlimmer sein. Die dünne Schicht aus Stroh und Binsen, die den kalten Steinboden bedeckte, war schon so lange nicht mehr gewechselt worden, dass sie anfing zu faulen. In einer Ecke befand sich eine Vertiefung, von der eine schmale Rinne nach draußen führte: die Latrine.

Eine kräftige Frau beugte sich über sie. »Wir dachten schon, du würdest nie mehr aufwachen«, sagte sie. Ihre dunkle Stimme klang beinahe fröhlich. »Haben dir die Kerle, die dich hergeschafft haben, etwas angetan?« Anastasia schüttelte den Kopf.

»So viel Glück hat nicht jede von uns«, fuhr die Frau fort.

Ihre Stimme klang nachdenklich. »Aber sie werden sicher wiederkommen und sich holen, was ihnen ihrer Meinung nach zusteht. Es sind verdammte Dreckskerle.«

Erschrocken starrte Anastasia sie an.

»Ich bin Helen, und das sind Marie, Johanna und Valerie«, fuhr sie fort und wies mit dem Finger auf die drei Frauen, die neben ihr im Stroh hockten. Marie war zierlich und dunkelhaarig. Sie trug wie die anderen ein ungefärbtes, grob gewebtes Leinengewand, das ihr nur knapp über die Knie reichte. Johanna und Valerie sahen sich so ähnlich wie Schwestern. Beide hatten runde Gesichter und braune Locken und konnten nicht viel älter sein als sie selbst.

Helen streckte die Hand aus und strich bewundernd über Anastasias grünes Gewand, das zwar nicht mehr neu, aber aus feinem Tuch gewebt war.

»Ein schöner Stoff und so weich«, schwärmte sie und sah Anastasia neugierig an.

»Warum bist du überhaupt hier? Du bist keine von uns, siehst eher aus wie ein ehrbares Bürgermädchen. Hast du dich etwa vor der Hochzeit mit einem Kerl eingelassen und bist deswegen von einem dieser scheinheiligen Frömmler angezeigt worden, die anschließend zu uns kommen, um das zu tun, wofür sie andere verdammen?« Sie kicherte anzüglich, und die anderen Frauen fielen in ihr Kichern mit ein.

Bei ihren Worten wurde Anastasia einiges klar. Die Frauen hatten sie vorhin abgetastet, um festzustellen, ob sie irgendetwas von Wert bei sich trug. Hätte sie etwas bei sich gehabt, wäre es jetzt fort gewesen. Entsetzt erkannte sie, dass man sie zusammen mit gemeinen Diebinnen oder, noch schlimmer, mit Huren eingesperrt hatte.

Helen schien ihre Gedanken lesen zu können. »Ja, wir sind Huren, und wir sind des Diebstahls angeklagt«, sagte sie kalt.

»Aber wir haben uns nur genommen, was uns zusteht.« Sie machte eine verächtliche Handbewegung.

»Wenn die hohen Herren ihr Vergnügen erst einmal gehabt haben, vergessen sie alle Versprechungen, die sie uns zuvor gemacht haben. Deshalb müssen wir stehlen, um nicht zu verhungern.« Aus ihrer Stimme war jede Wärme verschwunden.

Sie beugte sich näher an Anastasia heran. »Du wirst schon bald am eigenen Leibe erfahren, was es heißt, rechtlos zu sein und ohne Schutz dazustehen.«

Anastasia legte die Arme um ihre Knie und schwieg. Sehnsüchtig starrte sie auf die niedrige Holztüre mit den eisernen Beschlägen, die sie von der Welt dort draußen trennte, von Madame de Pizan und ihrer Arbeit in der Schreibstube und von Bernard.

Helens dunkle Stimme riss sie aus ihren Gedanken.

»Falls du auf Erbarmen hoffst, vergiss es. Der Gefängnisaufseher ist ein selbstgefälliger, eitler Gockel ohne jedes Mitgefühl.«

Es machte ihr Spaß, der jungen Frau Angst zu machen, und es ärgerte sie, dass Anastasia nicht auf ihre Worte reagierte. Nicht einmal zusammengezuckt war sie. Saß einfach nur da und starrte die Türe an, wie ein Kind, das nicht begriff, was mit ihm geschah.

Nach einer Weile schlug Helens Ärger jedoch in Mitleid um. Tröstend legte sie einen Arm um Anastasias Schultern. Dabei strichen ihre Finger wie von selbst über den weichen Stoff von Anastasias Gewand. *Es muss ein himmlisches Gefühl sein, ein solches Kleid zu tragen*, überlegte sie.

»Wenn du mir dein Kleid gibst, werde ich dich vor den Aufsehern schützen«, schlug sie vor. Die Idee war ihr gerade erst gekommen. Ihr Gefühl sagte ihr, dass das Mädchen noch jungfräulich war und sicher alles tun würde, um seine Unschuld zu bewahren.

Anastasia gab ihr keine Antwort. Ihre Gedanken waren bei Madame de Pizan, und sie machte sich schwere Vorwürfe.

Als wenig später die Türe geöffnet wurde und einer der Wärter Brot und Wasser brachte, hockte sie immer noch wie erstarrt auf dem Stroh. Die Frauen machten sich hungrig über das Brot her, nur Helen schien erneut Mitleid mit ihr zu haben, denn sie hob ein kleines Stück für Anastasia auf und hielt es ihr hin. Als Anastasia nicht reagierte, zog sie ihre Hand zurück und aß das Brot selbst.

»Also, was ist jetzt mit dem Kleid?«, fragte Helen. »Es wird gleich dunkel, und Maurice hat bestimmt längst mit dem Saufen angefangen. Und wenn der Wein ihm erst einmal zu Kopf gestiegen ist, erwachen noch ganz andere Gelüste in ihm.«

Die ganze Situation erschien Anastasia unwirklich. Sie konnte es kaum fassen, dass sie tatsächlich in einem dunklen, stinkenden Verlies saß, umgeben von Huren, die sie unter normalen Umständen nicht einmal angesehen hätte.

»Du wirst gleich wissen, was ich meine«, bemerkte Helen ungerührt.

»Jetzt lass sie doch endlich in Ruhe, du siehst doch, dass sie nichts mit uns zu tun haben will. Geschieht ihr ganz recht, wenn die Wärter sie mal richtig rannehmen«, bemerkte Valerie gehässig, die Helen das Kleid nicht gönnte und sich deshalb mit dem Gedanken tröstete, dass es ihrer Leidensgenossin ohnehin zu eng sein würde. Eine Weile geschah nichts. Die Huren begannen eine Unterhaltung, die sich ausschließlich um Männer drehte. Anastasia verging fast vor Scham bei dem, was sie unfreiwillig mit anhören musste.

»Die Männer im Hafen sind zwar dreckig und stinken, aber

sie zahlen wenigstens«, sagte Valerie gerade. »Wenn ich hier raus bin, werde ich lieber dort arbeiten.«

»Der Wirt im ›Goldenen Anker‹ ist ein mieser Kerl, der seine Mädchen schlecht bezahlt und ihnen nicht einmal tagsüber ihren wohlverdienten Schlaf gönnt«, erwiderte Helen. »Sobald ein Kerl auftaucht, zwingt er sie zu arbeiten.«

»Es gibt noch andere Schänken im Hafen«, beharrte Valerie stur.

»Ja, und die sind noch schlimmer«, sagte Helen ärgerlich. »Dort holst du dir alle Krankheiten, mit denen Gott die Menschen für ihre Sünden straft, an einem Tag, und dann kannst du gar nicht mehr arbeiten und wirst in einem stinkenden Hospital verfaulen.«

»Das ist mir egal.« Valerie schien Spaß daran zu haben, Helen zu reizen, die auf sie einredete wie auf einen störrischen Esel.

Im Flur ertönte ein lautes Poltern, dem einige wilde Flüche folgten, die Anastasia vor Scham erröten ließen. Sie hörte, wie der Riegel zurückgeschoben wurde. Ein grobschlächtiger Mann füllte den Türrahmen. In der linken Hand hielt er eine Pechfackel, die sein aufgedunsenes Gesicht beleuchtete, mit der anderen befingerte er die Schamkapsel seiner Hose. Ein selbstgefälliges Grinsen lag auf seinem breiten Gesicht.

Anastasia konnte vor Schreck kaum noch atmen. Es gelang ihr nicht, ihren Blick von dem Aufseher abzuwenden, den seine Tätigkeit sichtlich erregte.

Helen packte sie grob am Arm.

»Entscheide dich endlich, bevor es zu spät ist«, flüsterte sie ihr zu. Panik erfüllte Anastasia, als der Mann grinsend auf sie zutrat. Er hielt ihr die Fackel vors Gesicht und musterte sie abschätzend. Was er sah, schien ihm zu gefallen. Sein Grinsen wurde breiter und entblößte eine Reihe brauner Zahnstummel.

Anastasia wurde von Entsetzen und Furcht gepackt. Voller Angst kroch sie auf Helen zu und klammerte sich Hilfe suchend an sie. Ihr Herz hämmerte wild in ihrer Brust.

»Ich gebe dir alles, was du willst«, stieß sie hervor.

Helen versetzte ihr einen Stoß, der sie rückwärts gegen die Wand prallen ließ, und stellte sich schützend vor sie. Sie schwang ihre ausladenden Hüften und lächelte dem Wärter verführerisch zu.

»An der Kleinen wirst du wenig Spaß haben, sie ist viel zu dünn und nichts für einen starken Mann wie dich«, sagte sie schmeichelnd. Mit einer aufreizenden Bewegung öffnete sie ihr Kleid, ließ es zu Boden fallen und streckte dem Aufseher ihren üppigen Busen entgegen. Der Mann steckte die Fackel in die dafür vorgesehene Wandhalterung und leckte sich genießerisch die Lippen.

Dann packte er mit einer Hand Helens Brust und öffnete mit der anderen seine Hose.

»Dreh dich um, damit ich dich besteigen kann«, forderte er. Seine Stimme war heiser vor Erregung.

»Das kostet dich einen Krug Wein extra«, forderte Helen ungerührt.

»Ja, ja, du bekommst deinen Wein, aber jetzt mach endlich.«

Anastasia schloss die Augen, als Helen seiner Aufforderung folgte und sich vor ihm auf alle viere niederließ. Stöhnend beugte sich der Aufseher über sie und stieß einige grunzende Laute aus. Das war mehr, als Anastasia ertragen konnte. Verzweifelt presste sie die Hände auf ihre Ohren. Es kam ihr so vor, als wäre eine Ewigkeit vergangen, als sie auf einmal am Arm gepackt und geschüttelt wurde. »Du kannst die Augen wieder aufmachen, er ist fort«, sagte Helen so ruhig, als wäre nichts geschehen.

Widerwillig öffnete Anastasia die Augen und sah schockiert, dass Helen immer noch nackt war und ihr ihren Kittel auffordernd entgegenstreckte.

»Es ist Zeit, dein Versprechen einzulösen«, verlangte sie gebieterisch. Anastasia drehte den Frauen den Rücken zu, löste mit zitternden Fingern die Häkchen ihres Kleides und schlüpfte aus ihrem Gewand. Sie spürte die neugierigen Blicke der Huren auf ihrem Körper, nahm Helens Kittel und zog ihn eilig an. Er war kratzig und hing wie ein Sack an ihr herunter, aber das war ihr gleichgültig.

Sie ließ sich zurück in das stinkende Stroh sinken und fiel augenblicklich in einen unruhigen Schlaf, aus dem sie immer wieder schreiend auffuhr.

Helen zwängte sich in Anastasias Kleid. Das Mieder spannte ihr in der Taille und quetschte ihre Brüste zusammen. Die Ärmel waren ebenfalls zu eng und viel zu kurz, trotzdem war sie überglücklich. Noch niemals zuvor hatte sie etwas so Kostbares besessen. Sie beschloss, das Kleid nach ihrer Freilassung in einer Kiste in ihrer Kammer aufzubewahren und es nur zu besonderen Festen zu tragen. An diesen Tagen würde die Hure in ihrem abgestreiften Kittel zurückbleiben. Sie würde sich unter die Bürgerfrauen mischen und eine von ihnen sein, geachtet und respektiert. Und vielleicht würde sie in diesem Kleid sogar einen Mann kennenlernen, einen Witwer, der sie nicht nach ihrer Aussteuer fragte. Sie würde ihm eine gute Frau sein. Vielleicht würde sie ihm auch Kinder schenken, einen kleinen Jungen mit rosigem Gesicht und fröhlichen, blauen Augen und ein Mädchen, das ihr dabei half, das Essen für ihren Mann vorzubereiten, wenn er müde von der Arbeit nach Hause kam.

Valerie konnte es nicht lassen, immer wieder zu sticheln,

doch zu ihrer Enttäuschung ging Helen nicht darauf ein. Schließlich gab Valerie es auf und starrte mit mürrischem Gesicht vor sich hin. In zwei Tagen war die Gerichtsverhandlung, und dann würden sie endlich aus diesem stinkenden Loch herauskommen. Der Hurenwirt stand in besten Beziehungen zur Stadtobrigkeit. Schöffen und selbst der Vorsteher von Paris gingen bei ihm ein und aus. Trotzdem würde es ihn einiges kosten, sie freizukaufen, ohne dass sie einen Tag am Pranger stehen müssten. Und obwohl der Wirt sich gerne als Wohltäter aufführte, würde er jede einzelne Münze von ihnen zurückverlangen und darüber hinaus noch Schadenersatz für den ihm entgangenen Gewinn einfordern.

Nachdem er das gesamte Haus durchsucht hatte, fand Chrétien den Meister schließlich auf dem Boden seiner Kammer liegend. Er zerrte den leblosen Körper auf das schmale Bett, zog ihm den Kittel aus und deckte ihn zu. Er durfte sich keinen Fehler erlauben. Ein alter Mann, den der Tod im Schlaf überrascht hatte, würde keinen Argwohn erwecken. Als er fertig war, stieg er die Treppe hinunter, nahm das Buch aus der Buchbinderlade, ließ die Messingbeschläge in seine Tasche gleiten und verließ die Werkstatt.

Der wolkenlose, blaue Himmel schien ihm ein gutes Omen zu sein. Sein Ziel war in greifbare Nähe gerückt.

Zwei Stunden später bestieg er seinen Hengst und machte sich auf den Weg nach Vincennes, um dort dem König sein Geschenk zu übergeben.

Helen war so glücklich über das Kleid, dass sie Anastasia auch am nächsten Abend vor den Aufsehern schützte. Am darauf folgenden Morgen wurden sie in aller Frühe aus dem Kerker geholt und zum Gerichtshof geführt, wo die Verhandlung in einem prächtig ausgestatteten Saal stattfand. Die Wände waren mit kostbaren Wandbehängen geschmückt, deren Farben mit denen der bunten Glasscheiben in den hohen Fenstern wetteiferten. Unzählige Schnitzereien verzierten die dunkel gebeizte Holzdecke, die von mächtigen Balken getragen wurde. Hinter einem langen Tisch an der Stirnseite des Saals saß der Richter, der den Vorsitz führte, auf einem mit reichlich Schnitzwerk versehenen, thronähnlichen Stuhl. Sein Körper war aufgedunsen, und sein teigiges Gesicht mit der spitzen, weißen Nase strahlte Selbstgefälligkeit und Autorität aus.

Rechts und links von ihm nahmen die Schöffen ihren Platz ein; kühle Kaufleute und hohe Würdenträger der Stadt.

Die Stühle für die Zuschauer waren nur spärlich besetzt. Zu dieser frühen Stunde interessierte sich kaum jemand für das Verhandeln von Diebstählen. Anastasia wurde aufgefordert, drinnen neben der Tür zu warten, bis sie an der Reihe war, während Helen, Valerie, Marie und Johanna auf der niedrigen Bank vor dem Richter Platz nahmen.

Der Richter gähnte gelangweilt und verlas nach einem kurzen Blick in die Runde die Anklage gegen die Huren. Der Kaufmann, der sie des Diebstahls bezichtigt hatte, war längst aus Paris abgereist. Da kein anderer Zeuge vorhanden war und der Hurenwirt und sein Sohn für die Frauen bürgten, wurden Helen, Valerie, Marie und Johanna aus Mangel an Beweisen freigesprochen und durften gemeinsam mit dem Wirt den Gerichtssaal verlassen.

Helen warf Anastasia im Vorbeigehen noch einen aufmunternden Blick zu. Sie fühlte sich beinahe wie eine Fürstin in ihrem neuen Kleid und beruhigte ihr schlechtes Gewissen damit, dass sie es sich redlich verdient hatte. Was wog sein Verlust schon gegen eine einmal verlorene Unschuld? Die Kleine musste ihr eigentlich dankbar dafür sein. Trotzdem verfolgte Anastasias Blick sie bis in ihre Kammer, und es tat ihr leid, dass sie nichts mehr für sie tun konnte.

Anastasia kam als Nächste an die Reihe und musste auf der niedrigen Anklagebank vor dem Richter und den neun Schöffen Platz nehmen. Sie hatte keinen Blick für die prächtige Ausstattung und die beeindruckende Größe des Saals, der den Angeklagten die ganze Macht der Gerichtsbarkeit vor Augen führte.

Mit gesenktem Blick saß sie auf der Anklagebank und wartete ab, was weiter mit ihr geschehen würde. Sie hatte sich an die heimliche Hoffnung geklammert, dass Bernard von Dreux und Madame de Pizan ihr beistehen würden, und es gelang ihr nur mühsam, ihre Enttäuschung darüber hinunterzuschlucken, dass sie keinen der beiden unter den wenigen Zuschauern entdeckt hatte.

Auf einen Wink des Richters führten zwei der Gerichtsdiener einen Mann herein, dessen Gesicht so geschwollen war, dass Anastasia ihn im ersten Moment nicht erkannte.

Etwas an ihm kam ihr vage bekannt vor. Dann fuhr ihr der Schreck in die Glieder. Es war der Totengräber, den sie dafür bezahlt hatte, ein weiteres Grab unter dem von Madame Pizans Gemahl auszuheben.

Sie sank in sich zusammen. Jetzt war die Wahrheit also heraus. Sie hatte gewusst, dass dieser Moment eines Tages kommen würde und sie für ihre Tat bezahlen müsste, aber der Zeitpunkt konnte nicht ungünstiger sein. Sie musste unbedingt verhindern, dass Madame de Pizan die fertigen Seiten zu Monseigneur Chrétien brachte. Denn wenn die Abschrift des »Rosenromans« tatsächlich für den König bestimmt war, befand sich dieser in tödlicher Gefahr.

»Der Totengräber Jacques vom Kirchhof Unserer Lieben

Frau«, vermeldete der Gerichtsdiener und führte Jacques zu einer einzelnen Bank seitlich von Anastasia.

Ein Mann, den Anastasia nicht kannte, betrat den Gerichtssaal und stellte sich dem Richter als Reinold von Pons vor. Er hatte ein längliches Gesicht, trug Mantel und Stiefel eines berittenen Boten und nahm auf einen Wink des Richters hin auf der Bank gegenüber von Jacques Platz.

Der Richter rollte eine vor ihm liegende Pergamentrolle auf und verlas die Anklage. »Die hier anwesende Anastasia Braques, Tochter des Tintenhändlers Jacob Braques, wird beschuldigt, das Grab des königlichen Notars Étienne du Castel vorsätzlich und aus unehrenhaften Motiven heraus geschändet zu haben, indem sie den Totengräber Jacques vom Kirchhof Unserer Lieben Frau dazu angestiftet hat, den Leichnam ihres Vaters unerlaubterweise mit in dessen Grab zu bestatten. Das ist eine schwere Anschuldigung«, stellte er fest und betrachtete Anastasia genauer. Man konnte ihm anmerken, wie überrascht er war. Mit allem hatte er gerechnet, mit Unzucht, Hexerei oder Ehebruch, vielleicht auch mit Diebstahl, aber nicht mit einem solchen Vorwurf. »Wenn ich die Anklage richtig verstanden habe, hast du den Totengräber Jacques dafür bezahlt, dass er unter dem Grab des königlichen Notars Étienne du Castel heimlich ein zweites Grab für deinen Vater aushebt, obwohl du wusstest, dass der Kirchhof Unserer Lieben Frau den Hochwohlgeborenen vorbehalten ist?«

Anastasia wich seinem Blick aus und nickte. Am liebsten wäre sie vor lauter Scham im Erdboden versunken.

»Du bekennst dich also schuldig im Sinne der Anklage?«

Wieder nickte Anastasia.

»Du musst es laut sagen, damit es alle hören können«, ermahnte der Richter sie.

»Ich bekenne mich schuldig«, stieß Anastasia mit geröteten Wangen hervor.

Jetzt konnte sie nur noch abwarten, was weiter mit ihr geschehen würde.

Der Richter sah gleichgültig zu Jacques hinüber, der mit gesenktem Kopf auf der Zeugenbank hockte.

»Jacques vom Kirchhof Unserer Lieben Frau, gibst du zu, im Auftrag dieses Mädchens das Grab des königlichen Notars Étienne du Castel geschändet zu haben?«

Jacques schüttelte den Kopf. »Nein«, sagte er, »so war es nicht.«

Reinold von Pons sprang auf. »Er lügt, er hat zugegeben, unter dem Grab des königlichen Notars Étienne du Castel ein weiteres Grab ausgehoben und den Vater dieses Mädchens darin begraben zu haben. Ich kann es bezeugen«, rief er entrüstet aus.

»Wie könnt Ihr etwas bezeugen, das Ihr gar nicht gesehen habt, weil es nie geschehen ist?«, gab Jacques ungerührt zurück. Alle Angst war von ihm abgefallen, und er dachte nur noch daran, sein Mädchen zu schützen.

»Dann sag mir doch, warum sie jeden Sonntag das Grab eines königlichen Notars aufgesucht hat?«, trumpfte Chrétiens Agent auf.

»Vielleicht hat sie ihn gekannt?«, gab Jacques zu bedenken.

»Wie kann die Tochter eines Tintenhändlers einen Notar des Königs kennen? Es sei denn, sie wäre seine Hure gewesen.«

Er machte eine obszöne Handbewegung, um Jacques zu provozieren. Es war nicht zu übersehen, dass der Junge in das Mädchen verliebt war.

Jacques senkte seinen Blick, obwohl er wusste, dass ihm ohnehin niemand in die Augen sah. Aber dass jemand sein

Mädchen als Hure bezeichnete, machte ihn wütend, und er wollte lieber kein Risiko eingehen.

»Du behauptest also, dass das Mädchen unschuldig ist, obwohl es seine Schuld zugegeben hat?«, fragte der Richter und sah an Jacques vorbei aus dem Fenster.

Jacques nickte.

»Dieser Mann hier hat meinen Bruder und mich bedroht, und es stimmt, dass ich ihm gesagt habe, das Mädchen hätte mir dreißig Pariser Francs gegeben, damit ich seinen Vater in geweihter Erde begrabe. Es war verwirrt und verzweifelt, und der letzte Wunsch seines Vaters war es, in geweihter Erde begraben zu werden. Das musste es ihm versprechen und wusste nun nicht, wie es sein Versprechen erfüllen sollte. Ich hatte Mitleid mit ihm und habe es deshalb in dem Glauben gelassen, ich würde seinen Vater unter der Ruhestätte eines anderen Verstorbenen begraben. Das Mädchen war so glücklich darüber, und ich konnte meinem kranken Bruder ein Mittel gegen den Husten kaufen, der ihn beinahe umgebracht hätte.«

»Vor uns steht ein Heiliger«, spottete Chrétiens Agent und sah den Richter Beifall heischend an.

»Dabei ist er nichts weiter als ein jämmerlicher, kleiner Betrüger, der Geschäfte mit dem Tod macht und Kirche und Krone um ihre Einnahmen betrügt. Oder bezahlt er etwa Steuern? Ich sage Euch, er ist schlimmer als die Juden mit ihren gottlosen Zinsen.«

»Hast du noch etwas zu sagen?«, fragte der Richter Jacques, ohne auf Reinold von Pons' Vorwürfe einzugehen.

Er hatte keine Handhabe gegen den Jungen, solange niemand ihn offiziell anklagte.

Jacques überlegte. »Wenn Ihr mir nicht glaubt, hebe ich das Grab vor Euren Augen aus, und Ihr werdet feststellen, dass sich niemand außer dem hohen Herrn darin befindet«, schlug er treuherzig vor.

Der Richter tauschte einen Blick mit Reinold von Pons.

»Hast du jemanden, der für dich bürgt?«

Jacques schüttelte den Kopf.

»Da seht Ihr, wie vertrauenswürdig er ist«, wandte Reinold von Pons ein. »Wer glaubt schon einem Totengräber?« Es klang verächtlich, aber seine Verachtung prallte an Jacques ab. Er war es gewohnt, verachtet zu werden.

Der Richter rückte seinen Kragen zurecht und seufzte.

»Und wer bürgt für Euch?«, wollte er wissen.

Reinold von Pons sah ihn an.

»Gervais Chrétien, Kanzler der Universität und Vorsteher des Domkapitels, sowie Philippe de Mézières, Mitglied des königlichen Rats«, er zog zwei gesiegelte Urkunden aus seinem Ärmel und reichte sie dem Richter.

Der Richter warf einen kurzen Blick auf sie und nickte Reinold von Pons zu.

»Ich kenne Monseigneur Chrétien und auch Monseigneur de Mézières, beide sind über jeden Zweifel erhaben. Damit wäre dann wohl alles gesagt. Die Angeklagte Anastasia Braques ist der Grabschändung überführt, wobei es keine Rolle spielt, ob ihr verstorbener Vater nun in besagtem Grab liegt oder nicht. Sie hat den Kirchhof mit der Absicht betreten, gegen geltendes Gesetz zu verstoßen, und den hier anwesenden Totengräber mittels Bestechung dazu gebracht, ihr bei ihrem schändlichen Vorhaben behilflich zu sein.«

Er beriet sich kurz mit den Schöffen, dann erhob er sich.

»Nach den Gesetzen des Königreiches wird die hier Angeklagte Anastasia Braques wegen Gotteslästerung sowie Grabschändung dazu verurteilt, lebendig begraben zu werden. Die Verurteilte erhält ein Rohr in den Mund, damit ihre Seele, nachdem sie für ihre Tat gebüßt hat, gen Himmel fahren kann. Das Urteil wird noch heute vollstreckt.«

Namenloses Grauen erfüllte Anastasia, als sie begriff, was ihr bevorstand. Man würde sie fesseln und in eine unter dem Richtplatz ausgehobene Grube legen, sie mit Dornengestrüpp bedecken, die Grube wieder zuschaufeln und sie auf diese Weise qualvoll ersticken lassen.

Die Türe öffnete sich, und Christine de Pizan kam herein. Sie hatte die letzten Worte mit angehört, und es gelang ihr nur mit Mühe, ihr Entsetzen über das Urteil zu verbergen. Mit weichen Knien trat sie vor den Richter.

»Mein Name ist Christine de Pizan, Tochter des Thomas de Pizan und Witwe des königlichen Notars Étienne du Castel, und ich bürge für dieses Mädchen.«

Der Richter musterte Christine aus schmalen Augen. Entschlossen erwiderte sie seinen Blick, nicht bereit, sich von ihm einschüchtern zu lassen.

In Gedanken ging sie noch einmal sämtliche lateinischen Verben durch, um sicher zu sein, dass ihr kein Fehler unterlief, dann hob sie ihren Kopf und räusperte sich laut und vernehmlich.

Auch dieses Mal verfehlte die kleine Geste ihre Wirkung nicht. Die Schöffen, die sich eben noch miteinander unterhalten hatten, starrten sie nun mit unverhohlener Neugier an.

»Bonorum possessio est ius possessionis certo ordine certoque titulo acquisita«, verkündete Christine mit fester Stimme.

Sie legte erneut eine Pause ein, um ihre Worte wirken zu lassen.

»Als Erbin meines Gemahls bin ich die allein Geschädigte in diesem Fall, und es obliegt demnach mir, das Strafmaß festzulegen, und nicht dem hier anwesenden Gericht.«

Ein Raunen ging durch die Reihe der Schöffen. Eine Frau, die Lateinisch sprach und sich auch noch mit der Anwendung des Corpus Iuris Civilis, dem römischen Recht, auskannte, hatte noch keiner von ihnen erlebt.

Die verblüfften Mienen der Männer erfüllten Christine mit heimlicher Genugtuung.

»Nach den geltenden Gesetzen der Heiligen Kirche und des Reiches schlage ich vor, eine Geldstrafe in Höhe von zehn Pariser Francs zu verhängen, als Entschädigung für die der Krone entgangene Steuer.«

Der Richter zeigte keinerlei Gefühlsregung, obwohl er wütend darüber war, von einer Frau in aller Öffentlichkeit belehrt zu werden.

Das Strafmaß war klug gewählt. Es war ihm nicht möglich, Einwände dagegen zu erheben, da die Entschädigung an die Krone gehen würde und somit Eigentum des Königs war, vorausgesetzt, diese Madame de Pizan hatte nicht etwas Entscheidendes vergessen. Sein Gesicht verzog sich höhnisch.

»Wenn Ihr von Eurem Recht Gebrauch machen wollt, benötigt Ihr einen zweiten Bürgen«, verkündete er schließlich mit unverhohlenem Triumph.

Genau dies hatte Christine befürchtet. *Wo bleibt nur Bernard von Dreux?*, dachte sie mit wachsender Unruhe.

»Der Bürge ist unterwegs«, versprach sie so ruhig, wie es ihr möglich war, und hoffte inständig, dass es so sein würde.

Die Plätze für die Zuschauer füllten sich allmählich mit ungewaschenen, verschlafenen Studenten und Neugierigen.

Jedes Mal, wenn die Türen geöffnet wurden, wandten Anastasia und Christine sich um, um dann enttäuscht wieder nach vorne zu schauen.

Der Richter beriet sich noch einmal mit den Schöffen, dann erhob er sich.

Christine überlegte verzweifelt, wie sie ihn daran hindern konnte, das Urteil rechtskräftig werden zu lassen.

»Um Himmels willen, so wartet doch«, flehte sie und hob bittend ihre Hände. Denn wenn das Urteil erst einmal gesprochen und damit rechtskräftig war, konnte es nur noch vom König aufgehoben werden. Was in der Praxis aber äußerst schwierig war, weil die meisten Urteile oft noch am selben Tag vollstreckt wurden und es nicht einfach war, eine Audienz beim König zu erhalten. Und dieser Richter würde ganz sicher auf einer sofortigen Vollstreckung bestehen, nachdem sie ihn vor den Schöffen bloßgestellt hatte.

»Da Ihr Euch anscheinend so gut mit dem Recht auskennt, müsstet Ihr doch wissen, dass das gesprochene Urteil rechtskräftig wird, wenn ein Zeuge oder ein Bürge nicht rechtzeitig erscheint«, rief der Richter ihr in Erinnerung.

»Das hohe Gericht ist für die Rechtsprechung in dieser Stadt verantwortlich, und wir haben noch weitere Fälle zu verhandeln«, fügte er ärgerlich hinzu und tauschte einen kurzen Blick mit seinen Schöffen, die zustimmend nickten.

Christine wusste, dass er recht hatte, und sie wusste, dass ihr nur noch wenige Augenblicke blieben, um Anastasia vor einem grausamen Schicksal zu bewahren.

Sie blickte zu Anastasia, sah die Angst in ihren Augen, aber auch die Hoffnung, die allein auf ihr ruhte und die sie nicht erfüllen konnte.

Der Richter hob die Hand und brachte die Studenten, die lautstark untereinander diskutierten, zum Schweigen. Dann wiederholte er das Urteil.

Nachdem er geendet hatte, traten die Büttel auf Anastasia zu und zerrten sie unsanft von ihrer Bank. Anastasias Gesicht verlor alle Farbe, sie schwankte und wäre gefallen, wenn die Büttel sie nicht gehalten hätten. Ein verzweifelter Blick traf

Christine, ein stummer Hilferuf, der dieser fast das Herz zerriss.

In diesem Moment flog die Türe auf, und ein hochgewachsener, dunkelhaariger Ritter stürmte mit klirrendem Kettenhemd und hoch erhobenem Arm in den Gerichtssaal, als wäre der ein Kampfplatz.

Was immer dir widerfahren mag,
seit ewig war es dir bestimmt.
Marc Aurel

8

Bernard von Dreux war nichts anderes übrig geblieben, als dem König nach Vincennes zu folgen. Abgesehen von einigen Dienern und Wachen, die im Hôtel Saint-Paul zurückblieben, war der komplette Hofstaat Karls VI. mit großem Tross zu dem neu erbauten Schloss am südöstlichen Rand von Paris hinausgezogen. Es war ein farbenprächtiger Zug, der die Leute vor die Häuser lockte und dem die Gassenjungen folgten, in der Hoffnung, eine Handvoll Zuckerwerk zu erhaschen.

Die königlichen Haushofmeister mit ihrem Gefolge von Knappen und Bediensteten erreichten als Erste das Schloss und verschwanden in seinen Gewölben. Dann erschienen, angeführt von den Hofbeamten, die Finanzverwalter und Schreiner, Wagen mit Betten, Tischen und Geschirr, die für die Bequemlichkeit des Königs und seiner Gäste sorgten. Den Schluss bildete die Geistlichkeit von Paris: Bischöfe und Kardinäle auf edlen Rössern, Priester und Mönche auf Maultieren.

Anlass des Umzuges war die Fertigstellung der Sainte-Chapelle, die, wie man sich erzählte, nach dem Vorbild des gleichnamigen Baus auf der Île de la Cité errichtet worden war. Der König wollte dabei sein, wenn der Schlussstein in einer feierlichen Zeremonie gesetzt werden würde, und war so entspannt wie schon lange nicht mehr. Die Staatsgeschäfte gönnten ihm eine Pause, seine Onkel waren weit fort, und das Wetter war milde. Leichte, weiße Wölkchen zogen über den Baumwipfeln dahin, und die Sonne schien warm auf ihn herab, als er über die lange Zugbrücke in Vincennes einritt.

Das Schloss demonstrierte die ganze Macht des Königshauses und war ein Zufluchtsort für Karl VI., in den er sich zurückzog, wann immer es ihm möglich war.

Eine zweitausendvierhundert Fuß lange Mauer, unterbrochen von neun, etwa achtzig Fuß hohen Türmen und einem fünfzig Fuß breiten Wassergraben, umgab die rechteckige Anlage.

An der westlichen Längsseite wurde die Mauer von einem wehrhaften, sechsstöckigen Donjon unterbrochen, der mit einer Höhe von unglaublichen einhundert Fuß in den Himmel ragte und dessen quadratische Basis über dreißig Fuß maß. In Vincennes konnte Karl VI. seinen königlichen Pflichten entfliehen, und als er dem Tross voran am Rande der herrlichen Wälder voller Rot- und Schwarzwild auf das Schloss zuritt, hellte sich seine Stimmung augenblicklich auf.

Während Diener und Knechte, Mägde und Köche für das rauschende Fest schufteten, das für den nächsten Tag geplant war, ließ sich Karl VI. auf einer Bank am Turnierplatz nieder und sah seinen Rittern bei ihren Übungskämpfen zu. Er trug seinen Jagdrock und hohe weiche Lederstiefel, wie er es meistens während seines Aufenthaltes in Vincennes tat.

Zu seinen Füßen lagerten seine Hunde, schlanke, elegante Geschöpfe, die ihm niemals von der Seite wichen.

Offensichtlich wollte der König für eine Weile alleine sein. Seine beiden Kammerdiener standen zwar in Rufweite, waren aber zu weit entfernt, um ein vertrauliches Gespräch belauschen zu können.

Bernard von Dreux beschloss, die Gunst der Stunde zu nutzen und ein gutes Wort für Rivière einzulegen.

»Ein herrliches Wetter zum Jagen«, sagte er und setzte sich neben den König. Karl VI. ließ sich Zeit mit seiner Antwort und strich seinem Lieblingshund geistesabwesend über den hochmütig erhobenen Kopf.

»Ich weiß genau, warum du hier bist«, sagte er schließlich. »Du willst für Rivière sprechen. Er hat Uns lange treu gedient, aber jetzt hat er Uns verraten, und nun willst du Uns davon überzeugen, dass er nur das Beste für Uns im Sinn hatte, ist es nicht so?«

Er wartete Bernards Antwort nicht ab, sein voller, weicher Mund zitterte. »Alle wollt ihr etwas von mir, mein Bruder Ludwig, meine Onkel, meine Ritter und meine Gemahlin. Die Einzigen, die mich wirklich lieben, sind meine Hunde.« Es klang wehleidig, aber Bernard hatte nicht das geringste Mitleid mit ihm, obwohl er ihm im Stillen sogar recht gab. Es war nicht einfach, den König zu lieben. Er war sprunghaft und unberechenbar, und sein größtes Vergnügen bestand darin, die Menschen in seiner Umgebung gegeneinander aufzuhetzen und Zwietracht unter ihnen zu säen. Vielleicht weil er hoffte, dass sie sich auf diese Weise dann nicht gegen ihn verschworen? Bernard wusste, dass genau dies Karls größte Angst und sein schlimmster Albtraum war.

»Ihr habt mich durchschaut, Sire«, gab er zu. »Aber Rivière ist tatsächlich auf Eurer Seite, er ist Euch treu ergeben und wird es bis zu seinem letzten Atemzug sein.«

Ein Schauder durchfuhr ihn, als ihm bewusst wurde, was er gerade gesagt hatte. Ob es ein schlechtes Omen war? Karls VI. Augen glitzerten boshaft.

»Und jetzt willst du wissen, wann das sein wird?«, stellte er betont gleichmütig fest. »Ich meine, Rivières letzter Atemzug?«

Bernard merkte, dass er einen Fehler gemacht hatte. Karl VI. konnte großzügig, sogar regelrecht großmütig sein, aber auch ebenso grausam. Man konnte nie wissen, woran man bei ihm war. Seine Stimmungen wechselten oft so rasch, dass man ihnen kaum zu folgen vermochte.

Lauernd sah Karl VI. ihn an. Für ihn war ihr Gespräch nichts weiter als ein Spiel, ein Spiel, in dem die Menschen Figuren waren, die er hin und her schob oder vom Spielbrett nahm, wie es ihm gerade passte. Er war zu jung, um an den Tod zu denken, und hatte keine Bedenken, Tod und Verderben um sich herum zu verbreiten.

Es gelang Bernard kaum, seinen Ärger zu beherrschen. Er war nicht hier, um seinem Gefährten aus Kindertagen als Zeitvertreib zu dienen, sondern um dem König das Leben zu retten, wie er es geschworen hatte. Auch wenn dieser König das Benehmen eines verzogenen Rüpels hatte und ihm die Macht, die man ihm in die Wiege gelegt hatte, zu Kopf gestiegen war.

»*Wir sind eins mit dem König. Der König ist die Stadt, die Stadt ist das Land, das Land ist das Reich. Das Volk hat das immer gewusst, es steht hinter seinem König, weil es untergeht, wenn er untergeht. Es ist nicht wichtig, wie stark oder schwach er ist, weil der Herr ihn auserwählt hat*«, zitierte er in Gedanken und spürte, wie er ruhiger wurde und sein Ärger verschwand. Der verzogene Rüpel war wieder der König, die von Gott gewollte Ordnung wiederhergestellt.

»Sire«, sagte er eindringlich. »Ihr befindet Euch in großer Gefahr. Rivière ist verleumdet worden, weil man ihn aus dem Weg haben will. Er wollte Euch nur beschützen.« Er senkte seine Stimme. »Ihr habt recht gehabt mit Eurer Vermutung. Es ist tatsächlich eine Verschwörung gegen Euch im Gange, und Rivière ist ihr auf die Spur gekommen.«

Karl VI. erblasste und hob schwach die Hand, ein Zeichen für Bernard fortzufahren.

»Euer Bruder hat sich mit Philippe de Mézières und Gervais Chrétien im Orden der Zölestiner getroffen. Einer der Mönche hat sie dort belauscht und Rivière dann Bericht erstattet.« Er ließ Karl VI. einen Moment Zeit, um seine Worte zu verdauen, dann sprach er langsam weiter.

»Gervais Chrétien hat vor, einen Rat aus zwölf Weisen zu bilden, der die Macht über die Kirche übernehmen soll. Im Gegenzug für Ludwigs Unterstützung wird er ihm dann dabei behilflich sein, nach Eurem Tod die Regentschaft zu erlangen.«

Der König hörte ihm mit wachsender Empörung zu. Seine zusammengepressten Lippen und die Art, wie er den Atem ausstieß, verrieten seine Erregung. Nachdem Bernard geendet hatte, sprang er auf.

»Ludwig ist Unser Bruder. Wir wissen, wie sehr es ihn nach der Krone dürstet, aber er würde niemals die Hand gegen sein eigenes Blut erheben. Dass er auf Unseren frühen Tod hofft, ist abscheulich von ihm, aber noch lange kein Beweis für eine Verschwörung. Solange du keine Beweise hast, sind Uns die Hände gebunden. Wir brauchen Ludwig, um Uns gegen unsere Onkel, die Herzöge von Berry, Anjou und Burgund, zu behaupten. Und was Chrétien angeht, musst du dich irren. Er ist Uns treu ergeben und sucht nur nach einer Möglichkeit, die Kirche wieder zu vereinen. Er würde Uns niemals verraten.«

Seine Stimme wurde mit jedem Wort schriller und sein Gesicht rot vor Zorn.

Er weigert sich, der Wahrheit ins Gesicht zu sehen, dachte Bernard, *aber wer gegen die Wahrheit kämpft, kann nicht gewinnen.*

Karl VI. ließ sich wieder auf seinen Platz sinken. Seine dunklen Augen flackerten unruhig.

»Ludwig hat mich davon überzeugt, dass Rivière ein Verräter ist. Wenn Wir ihn nun begnadigen, würde ihm dies ganz sicher nicht gefallen, was meinst du?«

Er kicherte in sich hinein, und ein hinterhältiges Lächeln huschte über seine unregelmäßigen Gesichtszüge. Beifall heischend sah er Bernard an.

Der nickte bestätigend. Normalerweise gab es nichts, was er mehr verabscheute als die politischen Ränkespiele und Intrigen am Hof, aber in diesem Fall kamen sie ihm äußerst gelegen.

»Dann werde ich alles Nötige veranlassen«, beschloss Karl VI. rachsüchtig. Sein unsteter Blick wanderte an Bernard vorbei.

Bernard atmete erleichtert aus. »Habt Dank, Sire.«

Er zögert kurz, doch dann entschloss er sich, dem König auch noch von Chrétiens Anschlägen auf Anastasia und dem rätselhaften Brief des Tintenhändlers zu berichten. Der König war so klar wie seit Langem nicht mehr, das hatte er gerade bewiesen, und es war Bernards oberste Pflicht, ihn vor jedweder Gefahr zu warnen. In knappen Worten berichtete er Karl VI., was in den letzten Wochen alles geschehen war.

»Solange wir nicht mehr über diesen geheimnisvollen Rubinschwefel wissen, seid Ihr in Gefahr, Sire«, schloss er.

Karl VI. bedachte ihn mit einem mitleidigen Blick.

»Ich habe meine Vorkoster, und die Küche wird streng überwacht. Hier in Vincennes bin ich sicher«, beharrte er. »Und darüber hinaus musst du dich irren. Wer kann schon wissen, wen dieser Jacob Braques mit ›Hüter des Wissens‹ gemeint hat. Wenn Wir auf jeden Weltuntergangspropheten hören würden, der seine angeblichen Visionen vor den Kirchenportalen in die Welt hinausposaunt, hätten Wir viel zu tun. Dieser Tintenhändler war ein alter Wirrkopf, der sich wichtigmachen wollte, indem er in Rätseln gesprochen hat. Chrétien ist Uns treu ergeben und hat nichts anderes im Sinn als die Einigung der Kirche. Aber es kann nicht schaden, ihm ein wenig mehr auf die Finger zu schauen. Und auch Mézières, dem alten Gierhals. Er klebt wie ein Schatten an Unserem Bruder und sagt ihm ständig, was er zu tun und zu lassen hat.«

Ein grausamer Ausdruck trat in seine Augen, während man förmlich sah, wie es hinter seiner fliehenden Stirn arbeitete.

Ich möchte nicht in Mézières' Haut stecken, dachte Bernard, gab dem König aber im Stillen recht. Philippe de Mézières war ehrgeizig und berechnend und übte tatsächlich großen Einfluss auf den jungen Ludwig aus.

Ein Bote mit einem Brief in der Hand überquerte den Turnierplatz und umging dabei geschickt die kämpfenden Ritter. Sein Umhang war staubig, und sein halblanges Haar fiel ihm verschwitzt auf die Schultern. Er blieb vor dem König stehen und verneigte sich. In der Hand hielt er einen Brief.

»Tritt näher«, forderte Karl VI. ihn auf.

»Ich habe eine dringende Nachricht für Bernard von Dreux«, berichtete der Bote.

Bernard nickte ihm zu. »Das bin ich.«

Der Bote reichte ihm das Schreiben, das Bernard mit einem unguten Gefühl öffnete.

Verehrter Graf von Dreux,

Anastasia ist eines schweren Vergehens angeklagt und benötigt dringend Eure Hilfe. Bitte verliert keine Zeit, und kommt sofort zurück nach Paris. Ich bete zum Herrn, dass Ihr den Weg dorthin noch rechtzeitig schaffen werdet.

Christine de Pizan

Bernard sprang auf und sah den König bittend an. Er war froh, dem König kurz zuvor von Anastasia und ihrem Vater erzählt zu haben, denn nun drängte die Zeit.

»Ich muss sofort zurück nach Paris. Anastasia Braques, die Tochter des Tintenhändlers, von dem ich Euch berichtet habe, steht vor Gericht. Ich weiß nicht, welchen Vergehens man sie bezichtigt, aber ich versichere Euch, dass sie unschuldig ist. Ich habe geschworen, sie zu beschützen. Werdet Ihr mir dabei helfen, Sire?«

Ich darf nicht zu spät kommen, hämmerte es in seinem Kopf.

»So, wie du geschworen hast, mich zu schützen?«

Bernard sah ihn verwirrt an. Wollte sich der König über ihn lustig machen?

»Ich habe geschworen, Euch mit meinem Leben zu schützen, Sire«, stieß er mit wachsender Ungeduld hervor, »und werde meinen Schwur halten.«

Karl VI. schien nicht sehr überzeugt.

»Eben noch hast du gesagt, Wir wären in Gefahr, und jetzt wünschst du nach Paris zu reiten, um der Tochter eines Tintenhändlers zu Hilfe zu eilen?«

Bernard nickte.

»Der Tochter eines Tintenhändlers«, wiederholte Karl VI. und betrachtete Bernard interessiert. Er schien die wachsende Ungeduld seines Ritters nicht zu bemerken und ließ seinen Blick über den Turnierplatz schweifen. Die Rüstungen und Schwerter der Kämpfenden glitzerten im Licht der tief stehenden Sonne. Endlich bequemte er sich zu einer Antwort.

»Du willst, dass ich sie begnadige? Nun gut. Wir werden sehen, was Wir für die Dame tun können, aber wenn du zurück bist, wünschen Wir alles über diese Mademoiselle Braques zu erfahren.«

Er schien sich sichtlich in seiner Großmut zu gefallen.

Bernard beugte sein Knie. »Ich danke Euch, Sire«, sagte er, verblüfft darüber, dass der König es ihm so leicht machte. *Er ist immer wieder für eine Überraschung gut*, dachte er und schickte ein kurzes Dankgebet gen Himmel.

Karl VI. klatschte in die Hände und gab seinem herbeieilenden Kammerdiener den Befehl, sofort einen Schreiber herbeizuschaffen.

Bernard litt Höllenqualen, während er auf das Schreiben des Königs wartete. Warum dauerte das so lange? Ihm wurde abwechselnd heiß und kalt, während er unruhig auf- und abschritt. Er konnte es kaum erwarten loszureiten. Als er eine Stunde später auf seinem Pferd saß und zurück in die Stadt jagte, atmete er erleichtert auf. Aber gleichzeitig quälten ihn sein Gewissen und das unangenehme Gefühl, den König im Stich gelassen zu haben.

Anastasia seufzte vor Erleichterung und konnte nicht anders, als Bernard von Dreux unentwegt anzusehen. Es war das dritte Mal, dass er gekommen war, um ihr das Leben zu retten, und sie zweifelte keinen Augenblick daran, dass es ihm gelingen würde.

»Ihr kommt zu spät«, sagte Christine mit unüberhörbarem Vorwurf.

Doch Bernard nickte ihr nur beruhigend zu, trat vor den Richtertisch und reichte dem Richter das gesiegelte Schreiben des Königs.

Der Richter musterte Bernard freudlos, bevor er das Siegel erbrach.

Während er las, bildete sich eine steile Falte auf seiner Stirn. Christine schöpfte neue Hoffnung.

»Der König hat in seiner großen Güte entschieden, die hier

Angeklagte Anastasia Braques zu begnadigen«, verkündete der Richter laut und gab sich keine Mühe, seinen Ärger über diesen Umstand zu verbergen.

Christine warf Bernard von Dreux einen dankbaren Blick zu. Dann nahm sie ihren Mantel von den Schultern und trat zu Anastasia, die reglos dastand, nachdem die Büttel sie losgelassen hatten, und legte ihn ihr fürsorglich über den schäbigen Kittel. Ihr Gesicht verschwamm vor Anastasias Augen, und der Gerichtssaal begann, sich um sie herum zu drehen.

Sie schwankte, und ihr Gesicht wurde so weiß wie der spitze, breite Kragen des Richters. Bernard konnte sie gerade noch auffangen, bevor sie ohnmächtig zusammenbrach. Er trug sie auf seinen Armen hinaus, hob sie vor sich auf das schweißnasse Pferd, das er vor dem Gerichtshof hatte stehen lassen, und ritt neben Madame de Pizan zum Barbeauturm. In den feinen Rosenduft, der Anastasia umgab, mischte sich der Gestank von ungewaschenen Körpern und fauligem Stroh, doch Bernard nahm ihn kaum wahr. Er war dankbar und glücklich darüber, noch rechtzeitig gekommen zu sein, um Anastasia zu retten. Die reglosen Körper seiner toten Geschwister vor Augen hatte er sich unterwegs schon die schrecklichsten Dinge ausgemalt, doch entgegen seiner Befürchtung war er dieses Mal nicht zu spät gekommen. Er hatte es geschafft, rechtzeitig da zu sein, um Anastasia vor dem Schlimmsten zu bewahren.

Im Barbeauturm wurden sie von Anna empfangen. Sie führte Bernard hinauf in Anastasias Kammer, wo er sie vorsichtig aufs Bett legte.

Sie war noch immer ohne Bewusstsein und so blass, dass Bernard es mit der Angst zu tun bekam. Anna verließ nach einem kurzen Blick auf Anastasia die Kammer und kehrte kurze Zeit später mit einer Schüssel und frischen Tüchern zurück, die einen scharfen Geruch nach Kampfer und Minze verströmten. Sie stellte die Schüssel auf der Truhe ab und schob sich vor Bernard. »Ihr könnt beruhigt gehen, ich werde mich um sie kümmern«, versprach sie dem jungen Ritter, dessen Blick unverwandt auf Anastasia ruhte. Bernard wandte sich ihr zu. »Sie sieht so blass aus, glaubt Ihr, sie wird wieder gesund?«, fragte er besorgt.

»Sie wird erschöpft sein, kein Wunder nach allem, was sie durchgemacht hat«, gab Anna zurück. »Doch ich werde sie schon wieder auf die Beine bringen, Ihr werdet sehen, aber jetzt lasst uns bitte allein.« Annas dunkle Augen folgten ihm, als er die Kammer verließ.

Im Hof traf Bernard auf einen etwa sieben Jahre alten Jungen, der neben seinem Hengst stand und diesen mit ausgerissenen Grasbüscheln fütterte. Er schrak zusammen, als der fremde Ritter auf ihn zugeeilt kam, ihm die Zügel aus der Hand nahm und sich mit einem Satz auf sein Pferd schwang, ohne ihn auch nur eines Blickes zu würdigen.

Bernard galoppierte zurück durch die engen Gassen, konnte gerade noch einem mit Holz beladenen Handkarren ausweichen und jagte auf eine Gruppe halbwüchsiger Jungen zu, die erschrocken zur Seite sprangen. Er verfehlte knapp eine alte Frau, die die drohende Gefahr nicht bemerkt hatte, und jagte weiter. Da war sie wieder, die vertraute Angst, zu spät zu kommen. Mit eisigem Griff hielt sie ihn umklammert und ließ keine Gedanken an etwas anderes mehr zu.

Er erreichte die Rue Saint-Martin und wich einem Ochsengespann aus, danach ging es weiter und zum Stadttor hinaus. Wenn er dieses Tempo beibehielte, könnte er in weniger als einer Stunde in Vincennes sein. Allerdings keuchte der Hengst, der noch erschöpft von dem scharfen Ritt am Morgen war, bereits schon jetzt, und seine Schweißflocken wirbelten Bernard ins Gesicht. Die zum Teil abgeernteten Felder flogen an ihm vorbei, und andere Reisende drehten sich empört nach ihm um, als er an ihnen vorüberjagte, ohne Rücksicht auf die Matschklumpen zu nehmen, die von den Hufen seines Pferdes hochgeworfen wurden und ihre Kleider beschmutzten.

»Eben noch hast du gesagt, Wir wären in Gefahr, und jetzt wünschst du nach Paris zu reiten, um der Tochter eines Tintenhändlers zu Hilfe zu eilen?«, hörte er den König sagen. Ein eigenartiger Klang hatte in seiner Stimme gelegen, so als könne er nicht glauben, was Bernard von ihm verlangte.

Und doch hatte er ihn ziehen lassen. Hatte ihm die Entscheidung freigestellt zwischen dem Schwur, den er ihm geleistet hatte, und dem Mädchen.

War das die Versuchung, vor der die Kirche immer und immer wieder warnte? War Anastasia für ihn, was der Kodex für seinen Vater gewesen war? Würde er gegenüber dem König versagen, wie sein Vater damals gegenüber seiner Familie versagt hatte? Würde sich das Schicksal wiederholen, damit er die Schuld seines Vaters sühnte?

Bernard wusste keine Antwort darauf. Das erste Mal in seinem Leben wusste er nicht, was richtig war und was falsch. Die Sonne neigte sich bereits dem Horizont zu, als der mächtige Donjon vor ihm auftauchte.

In dem weitläufigen Innenhof, der an die ebenso weitläufigen Stallungen grenzte, lief ihm der grauhaarige Stallmeister Rainald über den Weg. Dieser teilte ihm auf seine Frage hin mit, dass Chrétien bereits eingetroffen war.

»Ist der Kanzler beim König?«, fragte Bernard so heftig, dass der Stallmeister erschrocken zusammenfuhr. Kopfschüttelnd betrachtete er den jungen Ritter. Woher sollte ein Stallmeister wissen, wo die hohen Herren sich gerade aufhielten? Ihm würden sie ihre Absichten ganz sicher nicht mitteilen.

»Der König ist zur Jagd aufgebrochen und wird erst am Abend zurückerwartet«, erklärte er, nachdem er seinen Schreck überwunden hatte. Er mochte den jungen Ritter, der immer ein gutes Wort für ihn übrig hatte und Pferde ebenso liebte wie er. Doch an diesem Tag wirkte Bernard von Dreux angespannt und zornig, und sein Hengst war kurz davor zusammenzubrechen. Er schloss daraus, dass etwas Ungewöhnliches geschehen sein musste, und hätte zu gerne erfahren, was es war.

»Dann werde ich mal den Gaul trocken reiben«, murmelte er und wartete einen Moment, ob der junge Ritter noch etwas sagen würde. Als Bernard schwieg, nahm er das vor Erschöpfung zitternde Tier am Zügel und zog es hinter sich her in den Stall.

Bernard atmete tief durch. Er war noch rechtzeitig in Vincennes eingetroffen. Nur, dass er nicht wusste, wie er nun weiter vorgehen sollte. Er hatte versucht, den König davon zu überzeugen, dass Chrétien ein Verräter war, aber der König hatte sich geweigert, ihm zu glauben.

Nachdem der junge Graf fort war, beugte sich Anna über Anastasia und zog ihr den schmutzigen Kittel über den Kopf. Danach tauchte sie eines der Tücher in die Schüssel mit den Kräutern und hielt es ihr unter die Nase.

Anastasias Lider flatterten kurz, dann öffnete sie die Augen und blickte verwirrt um sich. Sie war erleichtert, als sie feststellte, wo sie sich befand.

Noch ein wenig benommen setzte sie sich auf. Der scharfe Geruch der Kräuter ließ ihre Augen tränen, aber es war ein herrliches Gefühl, nach zwei Nächten auf faulendem, stinkendem Stroh, in denen sie kaum ein Auge zugetan hatte, wieder in einem frischen sauberen Bett zu liegen. Die Sonne schien hell durchs Fenster, und in ihrem Licht erschienen Anastasia die Ereignisse der vergangenen Tage nur noch wie ein dunkler, quälender Traum. Anna betrachtete sie zufrieden. »Wie ich sehe, fühlst du dich wieder besser?« Anastasia nickte.

»Ich werde dir eine kräftige Hühnersuppe bringen, damit du wieder auf die Beine kommst«, beschloss Anna und verließ die Kammer.

Anastasia ließ sich zurück in die Kissen sinken und verspürte ein tiefes Gefühl von Dankbarkeit gegenüber Madame de Pizan.

Der Gedanke an den »Grünen Löwen« traf sie so unvermittelt, dass sie erschrak.

Und dann fiel ihr der Traum wieder ein. Der Schmerz kehrte zurück und zusammen mit ihm das drückende Gefühl von Schuld.

Sie schloss die Lider, überwältigt von den Bildern, die auf sie einstürmten. Und als sie sie wieder öffnete, spiegelten ihre Augen das dumpfe Entsetzen wider, das sie empfand.

Christine, die gerade mit einem Becher heißem Würzwein hereinkam, spürte sofort, dass etwas geschehen sein musste. Sie stellte den Becher auf der Truhe neben dem Bett ab und sah Anastasia abwartend an.

Doch vor Anastasias Augen tanzten noch immer die Bilder aus ihrem Traum.

»Ich habe vom ›Grünen Löwen‹ geträumt, wie er die Sonne frisst, und hatte furchtbare Angst, dass es für immer dunkel sein wird, wenn er sie verschlingt«, sagte sie nach einer Weile und sprach dann stockend weiter.

»Der Traum war merkwürdig, so als hätte ich all das, was ich geträumt habe, tatsächlich erlebt, und jetzt weiß ich auch, dass es genauso war. Alles war so klar, der Tod meiner Mutter und die Verzweiflung meines Vaters, der ›Grüne Löwe‹, der die Sonne frisst, um nicht von ihr gefressen zu werden, die Mönche in den Stollen, die Vater gewarnt haben, als es bereits zu spät war.« Ihre Stimme verlor sich im Raum, und sie sprach flüsternd weiter, als fürchte sie, belauscht zu werden, während sie ein schreckliches Geheimnis verriet. »Tinte, die niemals verblasst, zusammengemischt aus geschmolzenem Feuer und Blut.« Die Worte strömten nur so aus ihr heraus, eine drückende Last, die schon viel zu lange auf ihrer Seele gelegen hatte.

Ihre Arme hingen kraftlos an ihrem Körper herab, und aus ihrem Gesicht war jeder Blutstropfen gewichen.

»Die Tinte in dem Fläschchen, das wir von Monseigneur Chrétien erhalten haben, ist giftig, und er muss es gewusst haben, sonst hätte er nicht behauptet, sie dürfe erst nach Mitternacht aufgetragen werden, um nicht zu verderben. Denn erst wenn der ›Grüne Löwe‹ erwacht, wird die Tinte zur tödlichen Gefahr. Vater wollte die Tinte vernichten, nachdem er erkannt hat, wie gefährlich sie ist, hat sie dann aber meinem Onkel gegeben, der ihn darum gebeten hatte.«

Sie schluckte. »Er hat die besten Einbalsamierer der Stadt kommen lassen, damit sie Mutters Körper konservieren, und bis zu seinem Tod an einer Gegenrezeptur gearbeitet, einem Elixier, das sie wieder zum Leben erwecken sollte. Er war überzeugt davon, dass der ›Grüne Löwe‹ auch heilen kann, was er zerstört hat.«

Christine verschränkte ihre Hände ineinander. Es war sinnlos, darüber nachzudenken, wie sie in eine solche Situation hatten geraten können. Die Vergangenheit ihrer Väter hatte sie eingeholt. Auch ihr Vater hatte versucht, das Geheimnis des »Grünen Löwen« zu lüften, weil er überzeugt davon gewesen war, ihn als Heilmittel bei der Behandlung verschiedener Krankheiten einsetzen zu können.

Sie kämpfte die aufsteigende Angst zurück, während ihr geschulter Verstand bereits begann, die Gedanken zu ordnen, die ihr durch den Kopf wirbelten.

Wenn Anastasia recht hatte und die Seiten des Buches, das für den König bestimmt war, vergiftet waren, mussten sie ihn so schnell wie möglich vor der drohenden Gefahr warnen. Aber wie sollten sie ihm erklären, dass weder sie noch Anastasia von dem Gift gewusst hatten, während sie an den Seiten für das Buch arbeiteten, sondern erst jetzt, nachdem sie die Pergamente bereits an Chrétien übergeben hatte?

Die Wahrheit würde mehr als unglaubwürdig klingen.

Hätte sie damals auf ihre Mutter gehört, wäre sie niemals in diese Situation geraten.

Wollte Gott sie für ihren Hochmut strafen? Dafür, dass sie ihre eigene Schreibstube eröffnet hatte, um den Lebensunterhalt für sich und ihre Familie selbst zu verdienen, anstatt wieder zu heiraten und das Leben einer Ehefrau zu führen, wie es der Wunsch ihrer Mutter gewesen war? Sie war so stolz auf ihr selbst verdientes Geld gewesen, auf ihre selbst verfassten Balladen, Reime und Rondeaus, dass sie an nichts anderes mehr gedacht hatte, als diesen Erfolg noch zu steigern. Darüber hatte sie sogar beinahe ihre Familie vergessen. Ihre Mutter, Anna und ihre Kinder, die nicht ahnten, in welcher Gefahr sie schwebten.

Plötzlich fiel ihr etwas ein.

»Wie kommt es, dass die Tinte dir nicht geschadet hat, schließlich hast du sie doch verarbeitet?«, fragte sie und klammerte sich an die Möglichkeit, dass alles nur ein schrecklicher Irrtum war.

Und dann wusste sie es. Die Erkenntnis hatte die ganze Zeit

über in ihrem Kopf geschlummert und brach nun mit voller Wucht über sie herein.

Der Brief, den Anastasias Vater hinterlassen hatte, beinhaltete viele Rätsel, die ihr keine Ruhe gelassen hatten, weil sie nach einer Lösung verlangten. Deshalb hatte sie auch nicht aufhören können, über sie nachzugrübeln.

»Das Höllengift verrät sich selbst im Licht«, sagte sie und war überrascht, dass sie nicht früher darauf gekommen war. »Das Gift wirkt nur bei Tageslicht, während Kerzenlicht ihm nichts anhaben kann. Ist es das, was du mir sagen wolltest, bevor du abgeführt worden bist?«, fragte sie ungläubig, und als Anastasia nickte, fuhr sie fort: »Wie ist das nur möglich?«

Anastasia schüttelte den Kopf. »Ich weiß es nicht. Ich weiß nur, dass mein Vater diesen Umstand erst bemerkt hat, als es bereits zu spät war und meine Mutter im Sterben lag. Er hätte die Tinte in den Stollen lassen und sie niemals mit nach oben nehmen dürfen. Das alles ist so schwer zu verstehen. Darum habe ich auch so viel Zeit dafür gebraucht.«

»Ich habe Chrétien vor zwei Tagen die fertigen Pergamentseiten übergeben«, sagte Christine erregt. »Er muss sie erst binden lassen, aber wenn er das Buch gleich danach in Auftrag gegeben hat, könnte es schon fertig und auf dem Weg zum König sein.« Sie öffnete den Mund, um fortzufahren, unterbrach sich aber, als Anna mit einer Schale dampfender Suppe hereinkam, die sie auf der Truhe neben Anastasias Bett abstellte.

»Während du isst, lasse ich dir ein Bad ein«, bestimmte sie. »Wer weiß, was du dir in dem finsteren Verlies so alles eingefangen hast.« Sie rümpfte die Nase, und der Tonfall ihrer Stimme verriet, dass sie keinen Widerspruch dulden würde.

Christine wartete, bis Anna die Türe wieder hinter sich geschlossen hatte. »Wir müssen sofort nach Vincennes und den Grafen von Dreux informieren, damit er den König warnen kann«, sagte sie mit tonloser Stimme und fühlte sich, als würde sie in einen entsetzlichen Albtraum eintauchen. Chrétien hatte alles genau geplant. Er hatte sie die Seiten des Buches, das er dem König schenken wollte, kopieren und mit einer giftigen Tinte illuminieren lassen, die zu allem Übel noch von Anastasias Vater stammte, während er selbst seine Hände in Unschuld wusch.

Niemand kannte das Geheimnis des »Grünen Löwen«, und sie hatte auch noch nie zuvor von einem Gift gehört, das erst dann wirkte, wenn es mit den Strahlen der Sonne in Berührung kam.

Aber selbst wenn jemand vermutete, dass die im Buch verwendete Farbe giftig war, hätte Chrétien keine Mühe, Anastasia und sie als die einzig Schuldigen hinzustellen. Er würde sie ohne mit der Wimper zu zucken opfern, so wie damals, als er mehrere unschuldige Männer wegen des Mordes an Karl V. hatte hinrichten lassen. Einem Mord, den er selbst begangen hatte.

Eine Weile war es still in der Kammer, bis Anastasia das Schweigen schließlich brach. Ihre Augen standen unnatürlich groß in ihrem bleichen Gesicht. »Ich werde allein nach Vincennes gehen«, sagte sie entschlossen. »Und ich werde die Schuld meines Vaters sühnen. Er war verantwortlich für den Tod Karls des Weisen. Ihr würdet Euch nur unnötig in Gefahr begeben, ohne mir wirklich helfen zu können. Ihr habt schon genug für mich getan, und ich werde Euch immer dankbar dafür sein. Aber für die Schuld meines Vaters werde ich allein einstehen.«

Sie erhob sich von ihrem Lager, bleich und entschlossen.

»Du wirst erst einmal etwas essen und dich ausruhen, danach sehen wir weiter«, bestimmte Christine, der nicht entging, wie erschöpft Anastasia war. »Es gibt für alles eine Lösung, und während du dich ausruhst, werde ich über die Möglichkeiten nachdenken, die uns noch bleiben«, fügte sie vage hinzu, um Anastasia zu beruhigen.

Anastasia gab nach, schlüpfte zurück in ihr Bett und beugte sich über die Suppenschale. Sie fühlte sich tatsächlich erschöpft und musste dringend neue Kräfte sammeln, um den schweren Gang, der vor ihr lag, bewältigen zu können.

Ihr Magen knurrte, als ihr der köstliche Duft frischen Gemüses in die Nase stieg. Sie hatte den ganzen Tag noch nichts gegessen. Sie tauchte den Löffel in die Suppe und begann, sich zu stärken. Plötzlich wurde ihr übel. Sie ließ den Löffel fallen und presste sich eine Hand vor den Mund. Rasch sprang sie aus dem Bett und stürzte die Treppe hinunter. Dort schaffte sie es gerade noch bis zum Abtritt, wo sie sich heftig übergab. Erschöpft schleppte sie sich anschließend wieder die gewundene Treppe in ihre Kammer hinauf und ließ sich zurück in ihr Bett sinken. Sie hatte in den letzten beiden Nächten kaum geschlafen, war nur hin und wieder eingenickt und jedes Mal, kurz bevor der Schlaf sie übermannt hatte, erschreckt durch ihr fremde Geräusche wieder hochgefahren. Helen hatte laut und abgehackt geschnarcht, ohne sich etwas aus den umherhuschenden Ratten zu machen, und auch die anderen Mädchen waren irgendwann eingeschlafen. Und so war sie alleine mit ihren Ängsten gewesen, während die Nacht sich endlos dahingezogen hatte.

Christine hatte oben auf sie gewartet. Anastasias ständige Übelkeit beunruhigte sie, sodass sie beschloss, der Sache auf den Grund zu gehen.

»Du siehst blass aus und das schon seit einigen Tagen. Auch ist mir aufgefallen, dass dir in letzter Zeit häufiger übel wird. Hinzu kommt noch deine heutige Ohnmacht. Wenn ich es nicht besser wüsste, würde ich sagen, du bist guter Hoffnung.«

Anastasias Wangen färbten sich dunkelrot. »Ihr glaubt, ich erwarte ein Kind?«, fragte sie erschrocken.

»Wäre das denn möglich?«, fragte Christine sanft. Es tat ihr leid, Anastasia so zu bedrängen, aber die Angelegenheit war zu ernst, um Rücksicht auf ihre Befindlichkeit zu nehmen. Sie musste einfach in Erfahrung bringen, woher die Übelkeit kam, allein schon um die Möglichkeit einer Vergiftung ausschließen zu können. Immerhin hatte Anastasia die Tinte verarbeitet, und sie wussten viel zu wenig über das Gift, das in ihr enthalten war.

Anastasia starrte sie sprachlos an.

Tief unter der Erde, auf der steinernen Lichtung, hatte sie sich dem Mann hingegeben, dem sie ihr Leben verdankte und der Gefühle in ihr geweckt hatte, von denen sie nicht einmal geahnt hatte, dass es sie gab. Ihr wurde heiß, wenn sie daran dachte, wie nah sie ihm gewesen war. Das Leben oberhalb der Stollen hatte nicht mehr existiert. Sie war wie berauscht von diesen unglaublichen Gefühlen gewesen und trunken vor lauter Glück. Sie hatte keinen Augenblick bereut, dem brennenden Verlangen in ihrem Inneren nachgegeben zu haben.

Ein Kind, schoss es ihr durch den Kopf, *ich erwarte ein Kind*. Der Gedanke überwältigte sie. *Ich werde ein Kind haben*, dachte sie glücklich. *Ein Kind von dem Mann, dem mein Leben gehört*. Sie dachte nicht an die Folgen, verschwendete keinen Gedanken daran, dass das Kind in den Augen der Außenwelt nichts weiter als ein in Sünde gezeugter Bastard sein würde. Ein warmes Gefühl durchströmte sie.

Sie wusste jetzt, warum ihr ständig übel war. Was Bernard wohl dazu sagen würde? Würde er das Kind ablehnen, oder würde er es ebenso lieben wie sie?

Ihre Lippen zitterten leicht.

Christine hatte sie beobachtet. »Es ist also möglich«, sagte sie.

Anastasia nickte verlegen.

Eine Weile blieb es still in der Kammer.

»Mach dir keine Sorgen«, sagte Christine schließlich und war trotz ihrer Angst vor dem, was ihnen bevorstand, erleichtert darüber, dass Anastasias Übelkeit offensichtlich nichts mit der Tinte zu tun hatte. »Sobald dein Bauch sich wölbt, werden wir deine Sachen aus der Schreibstube holen. Dann kannst du hier arbeiten, und niemand wird etwas bemerken. Und wenn das Kind erst einmal da ist, kann es gemeinsam mit meinen Kindern aufwachsen. Wir könnten den Leuten sagen, es wäre das Kind einer entfernten Verwandten, die im Kindbett gestorben ist.«

Ihr war bewusst, dass sie dabei war, Pläne für eine Zukunft zu schmieden, die es vielleicht nicht geben würde.

Doch Anastasia hörte ihr gar nicht zu. Der Gedanke, was mit ihrem Kind geschehen würde, sollte sie für die Schuld ihres Vaters einstehen und diese sühnen, quälte sie. Es würde mit ihr sterben, wenn man sie in den Kerker sperren oder, schlimmer noch, auf den Richtplatz führen würde. Und dieser Gedanke war kaum zu ertragen.

»Wir könnten unser Geheimnis für uns behalten«, sagte sie schließlich in das Schweigen hinein.

In Madame de Pizans Augen las sie, dass ihr dieser Gedanke ebenfalls gekommen war. »Du willst dein Kind schützen, so wie ich nichts mehr wünsche, als die meinen zu schützen, aber es würde nichts nutzen.« Sie lachte bitter. »Glaubst du wirklich, dass Chrétien uns in Ruhe lassen wird? Er will uns vernichten, deshalb ist unsere einzige Chance die, ihm zuvorzukommen und den König zu warnen. Denn damit machen wir nicht nur seinen schönen Plan zunichte, sondern machen auch ihn selbst unschädlich.« Liebevoll sah sie Anastasia an. »Ruh dich jetzt aus, wir reden später weiter, sobald ich in Ruhe über alles nachgedacht habe.«

Anastasia hatte gebadet, und Anna hatte ihr eines ihrer Kleider gegeben. Es war blau und aus festem Tuch, mit einer schlichten weißen Borte an Ausschnitt und Saum, und lag ordentlich gefaltet in der Truhe. Die Farbe war im Laufe der Zeit etwas verblichen, auch war es ihr ein wenig zu weit, aber Anastasia war zufrieden.

Irgendwann fielen ihr die Augen zu, und sie sank in einen tiefen, traumlosen Schlaf. Als sie erwachte, war es draußen noch dunkel. Sie erhob sich und trat ans Fenster. Ein silbrig schimmernder Streifen am Horizont kündigte den neuen Tag an. Der Streifen wurde breiter und der Himmel immer heller. Anastasias Entschluss stand fest. Rasch kleidete sie sich an, kämmte ihr Haar und schlich sich leise aus dem Barbeauturm.

Sie hatte Glück. Am Stadttor traf sie auf einen Weinhändler aus dem Städtchen Vincennes, der sich bereit erklärte, sie für einen viertel Franc auf seinem Wagen mitzunehmen. Der Händler machte kein Hehl daraus, dass er gute Geschäfte gemacht hatte. Stolz erzählte er ihr, dass der Weinpreis weiter gestiegen war, weil es bis zur nächsten Traubenernte noch eine Weile hin wäre.

Seine Worte rauschten an Anastasia vorbei. *Ich muss das Leben unseres Königs retten, das durch Vaters Schuld in Gefahr ist*, dachte Anastasia beklommen. Das Leben eines Königs, der so weit von ihrem Leben entfernt war wie der Mond von der Erde. Sie fröstelte bei dem Gedanken an das, was in Vincennes auf sie zukommen würde. Gleichzeitig konnte sie es jedoch kaum noch erwarten, dort anzukommen, so groß war ihre Anspannung.

Die Umrisse des Schlosses tauchten schneller vor ihnen auf, als Anastasia vermutet hatte.

Der Händler brachte die beiden Pferde vor der Zugbrücke zum Stehen und sah Anastasia nach, als sie auf das Schloss zuging. Was das Mädchen wohl dort wollte? Schon während der Fahrt hatte er darüber nachgedacht, war aber zu keinem Ergebnis gekommen.

Seufzend ließ er die Peitsche knallen, und die Pferde setzten sich gehorsam in Bewegung. Es ging ihn nichts an, was das Mädchen vorhatte und warum es ins Schloss wollte. Der gestrige Tag war ein guter Tag für ihn gewesen, und es gab keinen Grund, weiter über die junge Frau nachzugrübeln. Er hatte einen ordentlichen Gewinn gemacht und beschlossen, den heutigen Tag nicht bei seiner ewig zeternden Frau zu verbringen, sondern bei einem ordentlichen Krug Wein in der Schänke.

Der mächtige Donjon ragte drohend vor Anastasia auf. Neben ihm wirkten die Bäume der weitläufigen Wälder, die das Schloss umgaben, geradezu winzig. In dem hölzernen Torhaus am Ende der Zugbrücke, die über den mehr als vierzig Fuß breiten Schlossgraben führte, wimmelte es nur so vor Wachen.

Anastasia dachte an das Kind in ihrem Bauch, an den harten Blick des Richters und ihren Aufenthalt im Kerker. Noch konnte sie umkehren, konnte Paris verlassen und irgendwo anders hingehen, wo niemand sie kannte. Aber wollte sie wirklich den Rest ihres Lebens davonlaufen und Madame de Pizan im Stich lassen, die so viel für sie getan hatte und nur durch ihre Schuld in Chrétiens Verschwörung mit hineingezogen worden war? Ihre Entschlossenheit kehrte zurück.

Es gab eine Chance, das hatte Madame de Pizan selbst gesagt. Eine Chance, die sie ergreifen musste, um ihr Leben und das ihres Kindes zu retten.

Das Wasser des Grabens war dunkel und trüb, und der dumpfe Gestank, der von ihm aufstieg, erinnerte sie unangenehm an das verfaulende Stroh im Verlies. Anastasia hatte das Gefühl, gegen den Wind zu laufen, obwohl sich kein Lüftchen regte.

Endlich stand sie vor dem Torhaus.

Die Wachablösung war gerade vorüber und ein Teil der Wachen verschwunden. Vier bewaffnete Wachmänner versperrten ihr den Weg zum Tor und musterten sie von oben bis unten.

»Was ist Euer Begehr?«, fragte einer der Männer streng. Eine lange Narbe zog sich über seine rechte Wange.

»Ich habe eine Nachricht für den Grafen von Dreux.«

Ein wachsamer Ausdruck trat in das Gesicht des Wachmannes, während sein Blick prüfend über Anastasias schmale Gestalt glitt. »Der König und seine Ritter befinden sich mitten in einer Feierlichkeit und dürfen nicht gestört werden«, beschied er ihr mit herablassender Miene.

Anastasias Mut sank. »Aber es ist wichtig«, versuchte sie es erneut.

»Bist wohl gekommen, um deinen Liebsten zu sehen?«, vermutete er. »Aber das kannst du dir gleich aus dem Kopf schlagen. Dein Ritter wird heute keine Zeit für dich haben. Die Feierlichkeiten werden den ganzen Tag über andauern, und danach gibt es ein großes Fest, das bis tief in die Nacht gehen wird.«

Anastasia atmete tief durch.

»Das Leben des Königs hängt davon ab«, sagte sie ruhig. Der Wachmann erstarrte und sah sie so durchdringend an, dass ihr kalte Schauer über den Rücken liefen.

»Wenn du gelogen hast«, sagte er schließlich, »möchte ich nicht in deiner Haut stecken.«

»Ich sage die Wahrheit«, versicherte Anastasia und hielt entschlossen dem Blick des Mannes stand, der sichtlich mit sich rang.

»Du kannst im Wachhaus warten«, befahl er schließlich und wies auf das kleine Holzhaus direkt neben dem Tor.

Das winzige Holzhäuschen war bis auf ein grob gehauenes Wandbrett an der Stirnseite, in dem mehrere Pechfackeln steckten, völlig leer. Aber Anastasia brauchte nicht lange zu warten, bis ein kräftiger junger Mann in einem knappen blauen Wams erschien und sie aufforderte, ihm zu folgen. Anastasias Herz schlug schneller. In wenigen Augenblicken würde sie Bernard von Dreux wiedersehen und ihm die Wahrheit gestehen. Sie verschwendete keinen Gedanken an den jungen Mann, der vor ihr herging, und bemerkte auch seine argwöhnischen Blicke nicht, die jeden trafen, der sich ihnen näherte.

Es war nichts weiter als ein Zufall gewesen, der Chrétien mit dem Wachmann von der Brücke hatte zusammentreffen lassen, als der gerade vom Abort kam. Als der Mann ihn nach Bernard von Dreux fragte, war Chrétien sofort hellhörig geworden, und nachdem er erfahren hatte, dass ein junges Mädchen mit einer Botschaft für den Grafen am Tor wartete, hatte er sofort reagiert und Bersumée, einen seiner Spione, zu ihr geschickt. Bersumée war fähig, jeden Auftrag seines Herrn auszuführen und Störenfriede innerhalb weniger Augenblicke geräuschlos aus dem Weg zu räumen. Er war von Natur aus boshaft. Skrupel, wie andere Menschen sie kannten, waren ihm fremd.

Der riesige Innenhof war menschenleer, da sich alle in der Kapelle versammelt hatten, um die heilige Messe zu feiern.

Bersumée und Anastasia umrundeten die Kapelle auf dem Weg zu dem Wohnturm, der die Mauer im Westen unterbrach, und betraten den Donjon über die Außentreppe, die ins erste Stockwerk führte. Durch einen langen Korridor ging es an der Halle vorbei, in der mehrere Diener geschäftig hin und her eilten, um alles für das bevorstehende Festmahl vorzubereiten.

Sie kamen zu einer engen Wendeltreppe, die zu allen weiteren Stockwerken führte. Doch Anastasia, die erwartet hatte, in eine der oberen Etagen gebracht zu werden, wurde von Bersumée die Treppe hinab ins erste Untergeschoss geführt. An den dicken Steinquadern waren in regelmäßigen Abständen qualmende Fackeln angebracht. Die Geräusche aus der Halle entfernten sich. Irgendwo tropfte Wasser, ansonsten war es still. Ein vages Gefühl von Gefahr ergriff Anastasia. Beunruhigt klopfte sie ihrem Führer auf die Schulter und blieb stehen.

Bersumée wandte sich zu ihr um, zog sie, noch bevor sie reagieren konnte, am Arm zu sich heran und presste ihr eine Hand auf den Mund. Dann zerrte er sie weiter die Treppe hinab und in einen düsteren Korridor, an dessen beiden Seiten sich mehrere Holztüren befanden, deren Schlösser im Schein der Fackel glänzten. Am Ende des Ganges blieb er stehen, öffnete eine Türe und versetzte ihr einen Stoß in den Rücken. Anastasia schrie auf und stolperte in die Dunkelheit hinein.

Hinter ihr fiel die Türe ins Schloss, der Riegel wurde vorgeschoben. Sie war gefangen. Eine bedrückende Stille hüllte sie ein.

Hoffnungslosigkeit erfüllte sie und tiefe Verzweiflung. Dieses Mal würde Bernard nicht kommen, um sie zu retten, denn weder er noch sonst irgendjemand wusste, dass sie hier war. Und die wenigen Diener und Mägde, denen sie in der Halle begegnet war, hatten ihr keinerlei Beachtung geschenkt. Es war vorbei. Der König würde sterben, und Chrétien würde Madame de Pizan die Schuld an seinem Tod geben und ihr, sollte sie zu diesem Zeitpunkt noch am Leben sein. Sie ließ sich auf den Boden sinken und lehnte sich kraftlos an die kalte Mauer.

In der Kapelle neigte sich die Messe dem Ende zu. Die Sonnenstrahlen, die sich in den hohen, bunten Glasfenstern brachen, tanzten auf den Mitren und Krummstäben, dem Purpur und dem dunklen Violett der Kardinals- und Bischofsroben, deren Träger sich um den Altar herum versammelt hatten. Die Luft war von Weihrauch erfüllt. In dem Kirchenschiff standen dicht gedrängt Barone und Fürsten mit ihrem Gefolge, die Mitglieder des Kronrats, Großwürdenträger und Pairs, während der König umringt von seinen Rittern auf einem Faltstuhl saß, dessen Armlehnen von geschnitzten Windhundköpfen geziert wurden. Als Bernard seinen Platz seitlich hinter dem König eingenommen hatte, entdeckte er den Bischof von Laon vor dem Altar. Sein massiger Körper war in schweren Brokat gehüllt, die weiße Bischofsmitra ebenso gespalten wie die Kirche selbst. Ein kalter, abweisender Ausdruck trat in des Bischofs Augen, als ihre Blicke sich kreuzten.

Unwillkürlich glitten le Coqs Gedanken zu dem Tag zurück, an dem ihm sein Diener die Ankunft eines Besuchers gemeldet hatte. Nicht irgendeines Besuchers, sondern genau jenes Mannes, der die Position innehatte, die zu bekleiden ihm kein Preis zu hoch gewesen wäre, hätte er sie käuflich erwerben können.

Gervais Chrétien wartete, bis sich der Diener auf einen Wink seines Herrn wieder zurückgezogen hatte.

Chrétiens Miene war nachdenklich, und er hatte seine

Stimme gesenkt, als fürchte er, es könnte jemand an der Tür lauschen.

»Ich habe Euch einen Vorschlag zu machen, Bischof.«

Beim Sprechen hatte er die schmalen Hände mit den spitz zulaufenden Fingern erhoben und ihn keinen Moment aus den Augen gelassen.

»Und was ist das für ein Vorschlag?« Er hatte sich um eine gleichgültige Miene bemüht, trotzdem beschlich ihn das Gefühl, dass Chrétien ihn durchschaute.

»Wie würde es Euch gefallen, als neuer Kanzler der Universität von Paris in die Geschichte einzugehen?«

Er hatte geglaubt, sich verhört zu haben oder aber in einem Traum zu befinden, aus dem er jeden Augenblick wieder erwachen würde, und hatte Chrétien nur sprachlos angestarrt.

»Es liegt mir daran, Euch diesen kleinen Gefallen zu tun, falls es noch immer Euer Wunsch ist, Kanzler zu werden.«

Spätestens ab diesem Moment war er tatsächlich davon überzeugt gewesen zu träumen. Ausgerechnet Chrétien, den er verabscheute, was allerdings auf Gegenseitigkeit beruhte, kam zu ihm und bot ihm das Amt an, für das er seine Seele verkauft hätte.

»Und was verlangt Ihr dafür?« Beinahe hätte er die Worte hinausgeschrien.

»Nichts weiter als Eure Freundschaft.«

Die Sonnenstrahlen, die durch die spitzbögigen Fenster ins Zimmer fielen, tauchten die farbenprächtigen Wandteppiche und teuren Möbel aus polierter Eiche in ein mildes Licht.

Von der Straße drangen die Rufe der Händler herauf: Messerschleifer und Kesselflicker, die ihre Dienste anboten, und Kohlehändler, die ihre schwarze Ware verkaufen wollten.

»Meine Freundschaft«, stammelte er fassungslos und trat hinter seinen Schreibtisch, der mit aufgerollten Pergamenten,

Schreibtäfelchen und Griffeln übersät war. In der Mitte des langen Tisches prangte eine Bibel. Er legte seine Hand auf sie und strich geistesabwesend über die azurblauen Buchstaben auf dem vergoldeten Deckel.

Chrétien hatte genickt und ihn dann in seinen Plan, die Vorherrschaft über die Kirche zu übernehmen, eingeweiht. Er war sogar so weit gegangen, ihm zusätzlich noch einen Platz unter den zwölf Weisen des Rates anzubieten, und hatte ihn gleichzeitig Ludwig von Orléans' Gunst versichert. Ungerührt hatte er ihn zu seinem Mitwisser gemacht, sodass es ab diesem Zeitpunkt kein Zurück mehr für ihn gegeben hatte, selbst wenn er es gewollt hätte.

Sie waren wie Freunde auseinandergegangen, der mächtige Kanzler und der schwergewichtige Mann aus dem Volk, dem es mit Skrupellosigkeit und Sturheit gelungen war, zum Bischof von Laon aufzusteigen.

Ich hatte also recht, dachte Bernard grimmig. *Le Coq hat die Seiten gewechselt, sonst würde er mich nicht ansehen, als hätte es die vertraulichen Gespräche bei Rivière nie gegeben.*

Die Luft in der Kapelle war stickig und heiß, und die Einweihungsmesse zog sich endlos dahin. Bernards Anspannung stieg. In Gedanken spielte er den weiteren Tagesablauf durch. Der offizielle Empfang für die ausländischen Gesandten bildete den Auftakt zu verschiedenen Festlichkeiten und musikalischen Darbietungen, allegorischen Szenen, Pantomimen und Moriskentänzen, denen Vorführungen von dressierten oder mechanischen Tieren folgen würden, bis schließlich der Maskenball begänne, der bis tief in die Nacht andauern würde. Und alle waren sie gekommen. Ludwig von Orléans, Philippe de Mézières, Gervais Chrétien und natürlich le Coq.

Auch damals, als König Karl der Weise gestorben war, waren sie dabei gewesen und hatten sich in einem Schloss außerhalb von Paris versammelt, in der Gewissheit, dass der König seine Hauptstadt nicht mehr lebend betreten würde, weil sie es so beschlossen hatten.

Würde sich die Geschichte wiederholen? *Nicht, wenn ich es verhindern kann*, dachte Bernard von Dreux grimmig, während ein Priester zum Abschluss der Messe einen kugelförmigen, kupferfarbenen Weihwasserkessel über den Köpfen der dicht gedrängten Menschen schwenkte und anschließend den Segen sprach.

Wenig später strömten etwa dreihundert bunt gekleidete Männer und Frauen der großen Halle entgegen, in welcher der König sogleich seinen Platz unter einem Baldachin einnehmen würde, der mit dem Wappen Frankreichs bestickt war. Nur Bernard blieb noch kurz am Fuß der Außentreppe stehen, um einen Moment lang die nach Sommer und gemähtem Heu duftende Luft zu genießen und die Stille, die draußen nunmehr eingekehrt war.

Er empfand eine quälende Unruhe, die ihn fast körperlich peinigte. Mit wachsendem Zorn dachte er an le Coq und den unwürdigen Pakt, den Rivière mit dem Bischof von Laon geschlossen hatte. Für ihn stand fest, dass le Coq ein Verräter war, und er hätte nur zu gern gewusst, wie Chrétien ihn dazu gebracht hatte, die Seiten zu wechseln.

Er war so sehr in Gedanken versunken, dass er den weiß gekleideten Mönch, der sich aus dem Schatten einer Mauer löste, erst bemerkte, als dieser direkt vor ihm stand.

Sein Gesicht war unter der tief herabgezogenen Kapuze verborgen.

Doch als der Mönch Bernards Blick bemerkte, hob er den Kopf und streifte die Kapuze mit einer ruhigen Bewegung zurück.

Bernard stockte der Atem. Nein, das war unmöglich, das konnte einfach nicht sein. Sein Verstand musste ihm einen Streich spielen. Oder wie sollte er sich sonst erklären, dass er seinen tot geglaubten Vater vor sich stehen sah?

Denn dass er es war, daran bestand kein Zweifel. Er war älter geworden, aber sein knochiges, ausgemergeltes Gesicht besaß noch immer die gleiche, starke Ausstrahlung wie früher. Es war bleich und von Askese gezeichnet, und der Blick seiner geröteten Augen war ruhig und klar. Er schien mit sich selbst im Reinen zu sein.

Bernard starrte ihn wortlos an und sah auf einmal seine tote Schwester und seinen kleinen Bruder wieder vor sich. Die Bilder, die an ihm vorüberzogen, waren lebendiger als je zuvor, und die alte Wut auf seinen Vater mischte sich mit Schmerz und Verachtung.

Gelassen hielt Arnaud de Dreux den Blicken seines Sohnes stand.

Bernard fühlte sich plötzlich hundeelend. Und als würde er es spüren, nahm Arnaud von Dreux die eiskalte Hand seines Sohnes in seine.

Mit einem Ruck entzog Bernard sie ihm wieder. »Du hast uns verraten«, presste er mühsam hervor, weil seine Stimme ihm nicht mehr recht gehorchen wollte.

»Darüber reden wir später, mein Junge«, erwiderte Arnaud von Dreux mit Nachdruck. »Ich bin gekommen, um dir zu helfen, obwohl es gegen die Regeln meines Ordens verstößt.«

»Gegen Regeln zu verstoßen, scheint dir anscheinend zur Gewohnheit geworden zu sein«, bemerkte Bernard, der sich wieder etwas gefasst hatte. »Zudem lege ich keinen Wert auf deine Hilfe.« Mit diesen Worten wandte er sich ab und stieg die Treppe, die zum Festsaal führte, hinauf.

»Der Kanzler hat das Mädchen entführt und in die Kellergewölbe des Turmes verschleppt«, rief Arnaud von Dreux ihm nach. Bernard stockte mitten in der Bewegung. Dann drehte er sich halb um und sah auf seinen Vater hinab.

»Welches Mädchen?«, fragte er gegen seinen Willen, während sein Atem schneller ging.

»Jacob Braques' Tochter«, gab sein Vater ungerührt zurück.

Bernard eilte die Stufen hinab und packte seinen Vater am Arm.

»Sag mir, was du weißt«, befahl er.

»Ich habe es selbst mit angesehen. Während ich hier auf dich gewartet habe, hat einer von Chrétiens Spionen sie dazu gebracht, ihm in den Keller zu folgen. Was er dort mit ihr gemacht hat, weiß ich nicht. Jedenfalls ist er ohne sie wieder zurückgekommen.«

Anastasia war hier in Vincennes! Bernard ließ seinen Vater los, durchquerte mit großen Schritten den Innenhof und stieg eilig die Treppenstufen des Donjons hinauf.

Arnaud von Dreux folgte ihm. Am Eingang zum Turm holte er ihn ein. Gemeinsam traten sie in den Korridor und passierten die Halle. »Es ist das zweite Untergeschoss«, sagte Arnaud von Dreux leise, kurz bevor sie den Kellerabgang erreicht hatten. Bernard ließ seinen Vater stehen. Als er im zweiten Untergeschoss angelangt war, zog er im Laufen eine Fackel aus ihrer eisernen Halterung und öffnete eine Türe des langen Ganges nach der anderen.

Anastasia wusste nicht, wie viel Zeit vergangen war, seitdem man sie im Kellerverlies des Donjons eingesperrt hatte. Die Stille, die hier unten herrschte, ließ die Zeit gerinnen, doch plötzlich hörte sie Schritte im Gang. Riegel wurden zurückgeschoben und Türen kraftvoll aufgerissen. Sie sprang auf und hämmerte mit den Fäusten gegen die Tür. »Ich bin hier!«, rief sie. Die Schritte kamen näher, dann wurde der Riegel zurückgeschoben, und Bernards Gestalt zeichnete sich im Türrahmen ab. Anastasia war so erleichtert, dass ihr die Tränen in die Augen stiegen.

»Was hast du dir bloß dabei gedacht, hierherzukommen?«, fragte Bernard vorwurfsvoll.

Er nahm sie am Arm, zog sie aus der Kammer in den Gang, schloss die Türe und schob den Riegel wieder vor.

»Ich muss Euch etwas Wichtiges sagen«, flüsterte Anastasia.

Bernard hielt noch immer ihren Arm fest. Die Begegnung mit seinem Vater hatte ihn weit mehr aufgewühlt, als er sich eingestehen wollte, und die unerwartete Begegnung mit Anastasia war auch nicht gerade dazu angetan, sein Gemüt zu beruhigen. »Später, erst müssen wir von hier fort«, bestimmte Bernard und überlegte, wohin er Anastasia bringen konnte.

Wenig später saßen sie in der Stube des alten Stallmeisters, die direkt an die Stallungen grenzte. Arnaud von Dreux hatte sich ihnen am Treppenausgang angeschlossen, und obwohl Bernard ihn Anastasia nicht vorgestellt hatte, ahnte Anastasia, wen sie vor sich hatte. Die Ähnlichkeit zwischen den beiden Männern war unverkennbar und wäre auch einem weniger geübten Blick als dem Anastasias nicht entgangen.

Bernard legte eine Hand auf den blank gescheuerten Tisch.

»Sag mir, warum du gekommen bist«, wollte er wissen. Seine dunklen Augen bohrten sich in ihre. Sie konnte nicht erkennen, ob er besorgt oder verärgert über ihr Auftauchen war, aber das war in diesem Augenblick auch nicht wichtig. Anastasia klopfte das Herz bis zum Hals. Ihre Hände wurden feucht. Der Augenblick der Wahrheit war gekommen. Einer Wahrheit, die nur schwer für sie zu begreifen war. Ihr ganzes Leben lang war sie von ihrem Vater behütet worden, hatte ruhig und zurückgezogen in ihrer Welt aus Pergament und Farben gelebt, bis diese aus den Fugen geraten war. Mit dem Tod ihres Vaters und dem doppelten Grab hatte es begonnen, und nun befand sie sich inmitten einer Verschwörung gegen den König. Sie fühlte sich wie in einem nicht enden wollenden Albtraum, in dem Bernard der einzige Lichtblick war.

Eine dunkle Locke fiel ihm in die hohe Stirn, und sein Mund, an dessen Wärme sie sich nur allzu gut erinnerte, war leicht geöffnet. In seinem Blick lag die deutliche Aufforderung, das Unaussprechliche auszusprechen.

Anastasia schluckte. Es gab kein Zurück mehr für sie.

»Der König ist in Gefahr. Das Buch, das wir in Monseigneur Chrétiens Auftrag angefertigt haben und das für ihn bestimmt ist, ist vergiftet.« Sie hatte leise, aber entschlossen gesprochen.

Bernard sah sie an, als ob sie ein Fabeltier mit zwei Köpfen wäre, und sein Gesicht wurde grau. Es tat ihr weh, ihn so zu sehen, zu wissen, dass ihre Nachricht der Grund für sein Entsetzen war, aber sie hatte keine andere Wahl, hatte nie eine gehabt, weil niemand seinem Schicksal entkommen konnte. Mit zitternder Stimme fuhr sie fort.

»Madame de Pizan hat mit all dem nichts zu tun. Es ist meine Schuld, weil ich die Tinte nicht sofort erkannt habe, obwohl mein Vater sie einst zusammengemischt hat. Mein Onkel muss sie nach seinem Tod in unserem Haus gefunden und mitgenommen haben.«

»Das Blut des ›Grünen Löwen‹«, murmelte Arnaud von Dreux. »Deswegen also hat Jacob Braques uns die ›Tabula Smaragdina‹ gestohlen.«

Bernard sah ihn voller Verachtung an. »Ich habe dich nicht um deine Meinung gebeten, Vater.« Arnaud von Dreux straffte die Schultern. »Ich kann dir nicht verübeln, dass du zornig auf mich bist, du hast wahrhaftig allen Grund dazu. Aber ich bin gekommen, um dir zu helfen, weil ich glaube, dass du jede Hilfe brauchen kannst.«

»Ausgerechnet du willst mir helfen?« Kälte und Spott lagen in Bernards Stimme. »Wenn ich es richtig sehe, hast du deine Familie im Stich gelassen, um dich mit deinen Ketzermönchen unter der Erde zu verkriechen und darauf zu warten, dass der Himmel sich öffnet und den Orden der Templer wieder auferstehen lässt.«

Arnaud von Dreux sah seinen Sohn ruhig an.

»Wie du richtig erkannt hast, sind wir noch nicht vollends geschlagen. Wir leben im Verborgenen und sind durch ein geheimes Netz mit unseren Brüdern in Schottland und Spanien verbunden. Unser Ziel ist es nicht, verlorene Macht zurückzuerlangen, sondern dem Herrn zu dienen und das Christentum zu verteidigen, indem wir dessen älteste Geheimnisse hüten.«

Schon wieder Geheimnisse. Es fiel Bernard schwer, an sich zu halten. Er sprang auf und begann unruhig im Zimmer auf und ab zu gehen. Seine Erregung ließ sich beinahe mit Händen greifen.

Anastasia hockte zusammengekauert auf ihrem Stuhl. Sie hatte alles gesagt, was zu sagen war, was nun geschah, lag nicht mehr in ihrer Hand.

Aus den Augenwinkeln heraus beobachtete sie den Mann, dessen Kind sie unter dem Herzen trug, und erahnte den Schmerz, der sich hinter seiner Wut verbarg. Bernard rang sichtlich um Fassung. Auf seiner Stirn zeichnete sich eine steile Falte ab, während er unruhig auf und ab schritt. Das Haus des Stallmeisters bestand aus einem einzigen langen, niedrigen Raum. Obwohl er es offensichtlich alleine bewohnte, war alles aufgeräumt und erstaunlich sauber. Auf den schmalen

Wandbrettern rechts und links neben dem Kamin stapelten sich Kochgeräte und Geschirr, und die Wolldecke auf dem Strohsack neben dem Kamin war ordentlich zusammengelegt.

Anastasia hätte Bernard so gerne von seinem Kind erzählt, aber sie wusste, dass dies nicht der rechte Moment dafür war.

Endlich blieb Bernard stehen und schaute grimmig auf seinen Vater herab, der seinem Blick mit unerschütterlicher Ruhe standhielt.

»Chrétien hat den Anschlag auf den König so geplant, dass kein Verdacht auf ihn oder einen seiner Mitverschwörer fällt. Wie sollen wir ihn entlarven, ohne einen sicheren Beweis für seine Schuld zu haben? Und wie soll ich den König warnen, wenn der die Wahrheit nicht hören will, weil sie ihm nicht gefällt? Sag du es mir, Vater.« Eine Weile war es still in dem Häuschen des Stallmeisters.

Anastasia sah von Bernard zu Arnaud von Dreux, der konzentriert und nachdenklich wirkte. Dann aber trübte sich sein Blick und richtete sich ins Leere. Sein Körper verharrte in völliger Bewegungslosigkeit, und es schien, als hätte er aufgehört zu atmen.

Bernard gab einen unwilligen Laut von sich und beobachtete seinen Vater mit einer Mischung aus Ehrfurcht und Abscheu, brachte es aber nicht über sich, ihn aus seiner Versenkung zu reißen.

Nach einer Weile zuckte Arnaud von Dreux' Hand, und in seinen Körper kehrte wieder Leben zurück. Mit einer müden Bewegung strich er sich über die bleiche Stirn. Er sah erschöpft aus, doch sein Blick war wieder klar.

»Das Höllengift verrät sich selbst im Licht«, sagte er ruhig.

Anastasia sah überrascht auf. Ein feines Lächeln glitt über Arnaud von Dreux' Gesicht, und er nickte ihr zu, in der Gewissheit, dass sie ihn verstanden hatte.

»Merkur war für die Römer nicht nur der Gott des Handels, sondern auch der Gott der Diebe, weil er sich so schnell über den Himmel bewegte, wie ein Dieb stahl. Aber er hat noch eine andere, tiefere Bedeutung: Er verbindet die Astrologie mit der Alchemie und ist der Beweis dafür, dass das, was oben ist, auch unten ist.

Gervais Chrétien ist ein Dieb, der sich nimmt, was er begehrt, und er ist ebenso wenig greifbar wie Merkur, der mal oben und mal unten ist. Du kannst ihn nur besiegen, indem du ihn mit seinen eigenen Waffen schlägst. Lass ihn wissen, dass du über ihn Bescheid weißt, das wird ihn verunsichern. Zwing ihn, das vergiftete Buch selbst in die Hand zu nehmen und es aufzuschlagen. Lass ihm dabei vor allem keine Zeit zum Nachdenken. Und dann berichte dem König von dem geplanten Anschlag. Chrétien wird so verstört sein, dass er nicht mehr die Kraft haben wird, Jacob Braques' Tochter mit sich in den Untergang zu ziehen.«

Die beiden Männer starrten sich an. Der vor Kraft strotzende Ritter und der asketische Mönch, dessen aristokratische Züge durch die körperliche Auszehrung noch stärker hervortraten. In ihren Adern floss das gleiche Blut, das sie unauflöslich miteinander verband.

Arnaud von Dreux stand auf und legte seinem Sohn eine Hand auf die Schulter.

Die Geste konnte die Kluft zwischen ihnen nicht überbrücken, aber Bernard verspürte wenigstens keinen Zorn mehr auf seinen Vater. Dumpfe Resignation hatte ihn ergriffen.

»Warum hast du uns damals verlassen, Vater? Wir alle haben darauf vertraut, dass du uns beschützt, und Johanna und Philippe waren noch so jung.«

Ein Schatten glitt über Arnaud von Dreux' Gesicht.

»Damals hatte ich keine Ahnung von der Welt und habe

mich durch sie hindurchgetastet wie ein Blinder. Ich bin einem Schatten nachgejagt, um ein vermeintliches Geheimnis zu lüften, ohne zu ahnen, auf was ich mich eingelassen hatte, und als ich es bemerkte, war es zu spät. Doch als ich alles verloren hatte, was mir auf dieser Welt lieb und teuer war, habe ich begriffen, worauf es wirklich ankommt.

All diese sinnlosen Gelage, die den Hunger nach wahrem Leben nicht stillen konnten mit all ihrem Lärm und Getöse. Das Streben nach Reichtum und Macht, in dem Gier, Ehrgeiz und Stolz miteinander rangen. Erst viel später, nachdem mein Weg mich tief unter die Erde zu den Erben der Tempelherren geführt hatte, habe ich meine wahre Erfüllung gefunden. Ich bin gekommen, weil ich die Bitterkeit nicht vergessen konnte, die ich in deinen Augen gesehen habe, als ich dich in den unterirdischen Gewölben des Klosters wiedergesehen habe. Eine Bitterkeit, die deinen Blick für das Wesentliche trübt. Und ich habe begriffen, dass ich noch einmal in deine Welt zurückkehren musste, um dir zu helfen und dich auf den richtigen Weg zu bringen. Ein Weg führt immer vorwärts und niemals rückwärts, gleichgültig, in welcher Richtung man ihn auch geht. Lass endlich die Vergangenheit ruhen.«

Ein humorloses Lächeln huschte über Bernards Gesicht, das Arnaud von Dreux nicht entging. Er hob die Hand, als wollte er die Bitterkeit abwehren, die ihm von seinem Sohn entgegenschlug.

»Ich habe damals geglaubt, das Richtige zu tun. Ich konnte nicht ahnen, was geschehen würde. Oder glaubst du etwa, ich hätte gewollt, was geschehen ist, und versuche nun, mich der Verantwortung zu entziehen?«

Bernards Miene drückte aus, dass er genau das dachte.

Arnaud von Dreux atmete tief durch.

»Jeder, der einmal übers Meer gefahren und dabei in einen Sturm geraten ist, spürt am eigenen Leib, dass man keinen Einfluss auf sein Schicksal nehmen kann. Unser Leben liegt nun einmal in Gottes Hand, und wer glaubt, er könne sein Schicksal selbst lenken, ist ein Narr. Selbst wenn ich nicht nach Spanien gereist wäre, hätte ich nicht jeden Tag auf dem Gut verbracht, weil man als Gutsbesitzer nun einmal viel unterwegs ist. Was geschehen ist, ist grausam, aber glaubst du wirklich, ich hätte es verhindern können, wenn ich die Reise damals nicht angetreten hätte?«

Er schüttelte leicht den Kopf. »Nein, wir müssen die Vergangenheit ruhen lassen und unseren Frieden mit ihr machen. Denkst du, es war ein Zufall, der dich mit diesem Mädchen hier«, er wies mit dem Kinn auf Anastasia, »zusammengeführt hat, obwohl sich die Lebenswege einer Tintenhändlerstochter und eines Ritters des Königs normalerweise nie berühren?«

Er wartete keine Antwort ab, sondern fuhr ruhig zu sprechen fort.

»Die Verbindungen zwischen euch wurden lange vor eurer Geburt geknüpft, es war euch vorherbestimmt aufeinanderzutreffen, um das Leben des Königs zu retten, und es war Johannas und Philippes Bestimmung, jung zu sterben. Manchmal kommt uns Gottes Plan grausam vor, weil wir ihn nicht durchschauen, aber wir alle sind in Gottes Hand, und es ist Sein Wille, der geschieht. Mach dich jetzt auf, mein Sohn, und rette deinen König. Für mich ist es an der Zeit zu gehen.«

Einen Moment noch sah er seinen Sohn an, dann wandte er sich ab und verließ ohne Hast das Haus des Stallmeisters.

Obwohl genügend Tageslicht durch die hohen schmalen Fenster in den großen Saal strömte, waren die Fackeln an den Wänden ebenso angezündet wie die vielen Kerzen in den mehrarmigen Silberleuchtern. Der Geruch von Rauch und brennendem Wachs, die Ausdünstungen von knapp dreihundert Menschen und der Dampf, der von den Speisen aufstieg, machten das Atmen schwer.

Bernard nahm seinen Platz an der mit weißen Tüchern eingedeckten Ehrentafel ein. Ihm gegenüber saßen Ludwig von Orléans, die Mitglieder des Kronrates, Kardinäle und Bischöfe sowie Gervais Chrétien. Der König thronte ein wenig erhöht am Kopfende neben seiner Gemahlin Isabeau von Bavière, die ungeachtet der vielen Menschen um sich herum heimliche Blicke mit ihrem Schwager Ludwig von Orléans tauschte und gleichzeitig lustlos in ihrem Aalragout herumstocherte.

Der Wein floss in Strömen, während unzählige Diener den nächsten Gang auf schweren, silbernen Platten servierten. Es gab Rebhühner in Weinblättern, Pasteten mit Ochsenzunge, gefüllte Kalbsbrust und Wildschweinrücken mit Kruste.

Karl VI. nahm keinen Bissen zu sich. Er blickte misstrauisch und gelangweilt umher, starrte plötzlich mit der schmerzvollen Unruhe eines verwirrten Geistes in ein Gesicht und war dann wieder so geistesabwesend wie zuvor. Sein Zustand erfüllte Bernard mit wachsendem Unbehagen. Er wusste, dass sein Plan nur funktionieren konnte, wenn der König bei klarem Verstand war. Kalte Wut stieg in ihm auf, als er die Verschwörer unter halb gesenkten Lidern nacheinander musterte. Le Coq, dessen schwere Kiefer sich in das zarte Rebhuhnfleisch gruben und es genüsslich zermalmten, Chrétien, der angespannt schien und nur hin und wieder an seinem Becher nippte, um seine trockenen Lippen zu befeuchten. Mézières, der Ludwig von Orléans' Verhalten offensichtlich missbilligte, und Ludwig von Orléans selbst, der nur Augen für die Königin zu haben schien, gleichzeitig aber unauffällig jede Regung seines Bruders beobachtete.

Nachdem der letzte Gang, bestehend aus Mandeltörtchen, Honigkuchen, Hasenohren und Bratäpfeln in Wein, serviert worden war, begann die erste Darbietung: eine Sottie, ein Narrenspiel, in deren Mittelpunkt ein rotgesichtiger, feister Pfaffe stand. Bernard suchte immer wieder Karls Blick, doch während das Gelächter aus Hunderten von Kehlen zu tosendem Lärm anschwoll, blieb die Miene des Königs unbewegt.

Erst als ein junges Mädchen mit einem Blumenkranz im langen, goldenen Haar, gefolgt von einem blökenden Lamm, die Bühne betrat, wo es von einem bunt gekleideten Edelmann mit offenen Armen erwartet wurde, erwachte Karl VI. aus seiner Erstarrung. Die Schäferei war zu einem beliebten Thema geworden, seitdem es vor allem im Sommer immer mehr Adelige aus der Stadt aufs Land zog und die Begeisterung für das einfache Leben, das Schäfer und Schäferin verkörperten, zunahm.

Auch ihm waren die Gerüchte über eine heimliche Liebschaft zwischen seiner Gemahlin und seinem Bruder zu Ohren gekommen. Er bedachte seinen Bruder mit einem wütenden Blick, während er seine Gemahlin mit eisiger Nichtachtung strafte.

Pierre Montagu, der Großkämmerer und Siegelbewahrer, der neben dem König saß, zuckte zusammen, als Karl den gläsernen Pokal in seiner Hand zerbrach. Wein floss auf das Tischtuch und färbte es rot.

Das Lachen an der Ehrentafel erstarb, während es an den anderen Tischen wieder anschwoll, als der Priester, ein Holzkreuz vor sich herwedelnd, auf die Liebenden zustürmte und in seinem offensichtlichen Eifer, sie von ihrem Treiben abzuhalten, dabei einen auf dem Boden liegenden Rechen übersah und auf dessen gebogene Zinken trat. Worauf der Stiel des Rechens hochschnellte und ihm das Kreuz aus der Hand schlug. Die Zuschauer lachten begeistert über das Missgeschick des Priesters und klatschten lautstark Beifall.

Karl VI. sprang so unvermittelt auf, dass sein Stuhl umstürzte. Sein Zorn war so heftig, dass er ihm einfach Luft verschaffen musste. Unter dem Tisch hob daraufhin sofort das laute Bellen der königlichen Jagdhunde an, die die Unruhe ihres Herrn spürten.

Auf einen kurzen Wink Montagus setzte die Kapelle ein, und die Darsteller der Sottie zogen sich zurück.

Montagu neigte sich zum König hinüber und flüsterte ihm etwas ins Ohr. Seine Worte schienen den König zu beruhigen, denn er nahm seinen Platz wieder ein, wenn sich auch seine düstere Miene nicht wieder aufhellte.

Die Vorführungen gingen weiter. Nach der dritten gab es allerdings eine Pause, in der man sich entweder die Füße vertreten oder den Abort aufsuchen konnte. Doch Karl VI. blieb sitzen, und solange er sich nicht erhob, wagte es auch kein anderer, von der Ehrentafel aufzustehen, selbst wenn ihn die Blase noch so sehr drückte. Der Blick des Königs war jetzt erstaunlich klar, und die Verschwörer nickten sich heimlich zu. Der Augenblick, auf den sie hingearbeitet hatten, war gekommen.

Gervais Chrétien winkte einen der Diener zu sich, reichte ihm das in Samt eingeschlagene Buch und gab ihm den Befehl, es dem König zu überreichen.

Der Diener gab das Buch an den ersten Kammerdiener weiter, der damit zum König ging. »Monseigneur Gervais Chrétien wünscht Euch ein Geschenk zu überreichen, Sire«, sagte er und verneigte sich demütig.

Karl VI. liebte Geschenke beinahe so sehr wie Turniere und die Jagd. Seine düstere Miene hellte sich augenblicklich auf, und seine braunen Augen, die vom Wein und der stickigen Luft im Saal leicht gerötet waren, weiteten sich erfreut.

Er nahm das Buch, schlug den Samt zurück und ließ ihn achtlos zu Boden fallen. Aufmerksam las er den Titel und betrachtete die lilienförmigen Messingschließen. Durch die hohen Fenster fiel helles Sonnenlicht herein, erreichte die Tafel und streifte Bernards Gesicht, dessen Anspannung augenblicklich stieg. *Das Höllengift verrät sich selbst im Licht,* schoss es ihm durch den Kopf. Und erst in diesem Moment wurde ihm die Bedeutung dieser Worte klar. Irgendwie war es Jacob Braques gelungen, eine Tinte zusammenzurühren, die ebenso schön wie tödlich war und deren Glanz über die Gefahr hinwegtäuschte, die sie in sich barg. Verlockend wie Evas Apfel, mit dem das Übel der Menschheit begann. Und ebenso wenig wie Adam hatte Jacob Braques dem Baum der Erkenntnis widerstehen können. Vielleicht hatte sein Vater recht, wenn er behauptete, die Menschheit wäre noch nicht bereit für die Geheimnisse, die er und seine Mitstreiter hüteten. Wahrheiten und Erkenntnisse, die die Menschheit aus ihrem Paradies vertreiben würden und die so tödlich waren wie das Blut des »Grünen Löwen«.

Bernard wich dem Sonnenlicht aus, indem er zur Seite rutschte, um den König besser im Blick zu haben. Er verlagerte sein gesamtes Gewicht auf die Füße, um sofort aufspringen zu können, falls es notwendig werden sollte. Aus den Augenwinkeln beobachtete er Chrétien, dessen ganze Aufmerksamkeit dem König galt. Der König hielt das Buch noch immer ungeöffnet in seinen Händen und betrachtete sinnend den Einband, während seine Finger über die glänzenden Beschläge strichen.

»Ich habe gehört, Ihr habt weder Kosten noch Mühen gescheut, um dieses Buch anfertigen zu lassen. Vor allem die purpurfarbene Tinte, die Ihr eigens für die Buchmalerin besorgt habt, soll sehr selten und kostbar sein«, sagte Bernard laut. »Sie soll regelrecht leuchten, vor allem im Licht des Tages.«

Ihm war bewusst, dass er sich mit diesen drei Sätzen vier Todfeinde geschaffen hatte, trotzdem verspürte er wilden Triumph. Der Vorschlag seines Vaters war goldrichtig gewesen.

Voller Genugtuung sah er das Begreifen in den Augen der Verschwörer, dem unmittelbares Entsetzen und Angst folgten. Ludwig von Orléans erbleichte, und Philippe de Mézières sackte unmerklich in sich zusammen.

Bernard hatte keine Beweise dafür, dass die beiden am Anschlag auf den König beteiligt waren, und er wusste, dass ihm ohne Beweise niemand glauben würde, wenn er sie dessen beschuldigte. Doch waren Ludwig von Orléans und Philippe de Mézières nun wenigstens gewarnt und würden es zumindest in naher Zukunft nicht mehr wagen, einen weiteren Anschlag auf den König vorzubereiten. Bernard beachtete sie nicht weiter, sondern richtete seine Aufmerksamkeit auf Chrétien, der in einen Zustand ungläubiger Benommenheit verfallen war.

»Für den König ist das Beste gerade gut genug«, brachte Chrétien schließlich wenig überzeugend heraus.

Mit der Möglichkeit, dass sein Plan durchschaut werden würde, hatte er nicht gerechnet. Er begann zu schwitzen. Seine Augen flackerten, als er verzweifelt nach einem Ausweg suchte. Bernard dachte an den Rat seines Vaters, ihm keine Zeit zum Nachdenken zu lassen, und erhob sich.

»Dieses Buch ist vergiftet!«, rief er so laut in den Saal, dass alle Köpfe zu ihm herumfuhren. Die Stille, die daraufhin schlagartig einkehrte, war voller Spannung, wie die Stille vor einem Kampf, nur dass dieser Kampf nicht mit Schwertern, sondern mit Worten ausgefochten wurde.

»Es handelt sich dabei um ein heimtückisches Gift, das im Dunkeln unschädlich ist und erst im Licht seine tödliche Wirkung entfaltet.« Entsetztes Gemurmel folgte seinen Worten, dann senkte sich erneut lähmende Stille über den Saal.

Chrétien fuhr zusammen. Sein Gesicht war schon zuvor blass gewesen, doch jetzt wurde es aschfahl.

»Davon weiß ich nichts«, stammelte er. Es war das erste Mal, dass er vollkommen aus der Fassung geriet.

»Wenn ich mich irren sollte und das Buch nicht vergiftet ist, dann macht es Euch doch sicher nichts aus, es in die Hand zu nehmen und aufzuschlagen?«, schlug Bernard vor.

»Was soll das?«, schrie Chrétien. »Wer seid Ihr, dass Ihr es wagt, mich so zu verleumden.«

»Ihr könnt Eure Unschuld beweisen, indem Ihr meiner Aufforderung nachkommt«, forderte Bernard von Dreux ungerührt.

Der König nickte Montagu zu. Der nahm das Buch und trug es zu Chrétien. Im Licht der einfallenden Sonnenstrahlen wirbelten die Staubkörner umher, als vollführten sie einen Tanz.

Der Großkämmerer legte das Buch vor Chrétien auf die Tafel. Chrétien rutschte in seinem Stuhl unwillkürlich weiter nach hinten und starrte das Buch an wie eine giftige Schlange. Er wusste nicht mehr, was er tun sollte.

Die Spannung erreichte ihren Höhepunkt. »Öffne endlich das Buch!«, schrie jemand, der die Anspannung offensichtlich nicht länger ertrug. Andere Stimmen fielen mit ein. »Feiger Mörder, Verräter, öffne das Buch!« Einhellige Empörung hatte die Anwesenden ergriffen. Provenzalische, französische und auch italienische Schmährufe wurden ausgestoßen.

Die Stimmen wurden lauter und immer drohender. Chrétien legte zögernd eine Hand auf das Buch. Sein Leben war verwirkt. Er würde sterben. Was spielte es da noch für eine Rolle, ob er hier und jetzt an dem Gift starb oder wenige

Tage später unter den Augen schadenfroher Gaffer auf dem Schafott. Er sah zu Ludwig von Orléans hinüber, doch der wich seinem Blick aus. In seiner Miene zeichnete sich die gleiche Empörung über den hinterhältigen Anschlag ab wie in den Gesichtern der königlichen Vasallen. Von ihm konnte er keinerlei Hilfe erwarten.

Chrétien nahm das Buch und umfasste es mit beiden Händen.

Die Mitglieder des Kronrates hatten sich erhoben. Als Chrétien den mit Leder bezogenen Buchdeckel zwischen Zeigefinger und Daumen nahm, wichen sie zurück und stießen vor Schreck ihre Bänke um. Auch wenn sich einige von ihnen nicht vorstellen konnten, was das für ein Gift sein sollte, das nur im Licht seine Wirkung entfaltete, schien es ihnen doch geraten, Vorsicht walten zu lassen.

Chrétien öffnete das Buch und warf es auf den Tisch, als hätte er sich daran verbrannt. Das leuchtende Rot einer Anfangsinitiale entlockte den vorderen Gästen ein bewunderndes Raunen. Knoblauchgeruch breitete sich aus. Bernard starrte ebenso wie alle anderen auf das Buch, als er in der Silberschale vor sich eine Bewegung wahrnahm. Eine kleine Schabe krabbelte zwischen den Weinblättern hervor, auf denen die Rebhühner serviert worden waren. Er überlegte nicht lange, nahm die Schabe und setzte sie auf das aufgeschlagene Buch. Das Insekt lief eilig los. Doch nachdem es über drei Zeilen gekrabbelt war, wurden seine Bewegungen immer langsamer, bis es schließlich auf den Rücken kippte. Seine winzigen Beinchen zitterten noch einen Moment, dann hörten sie auf, sich zu bewegen.

Entsetzte Aufschreie folgten dem kurzen Schauspiel.

Hinter sich hörte Bernard das Klirren von Kettenhemden. Die königlichen Wachen drängten sich durch die erschrockenen Kardinäle und Bischöfe, die ebenfalls zurückgewichen waren, und zogen Chrétien von seinem Stuhl.

Chrétien wehrte sich nicht. Wie durch einen Nebel hindurch nahm er die Gesichter der Menschen wahr. Die Wachen schafften ihn aus dem Saal hinaus, doch auch danach beruhigten sich die Gäste nur langsam wieder.

Karl VI. erhob sich und verließ gefolgt von seinem Großkämmerer den Saal. Fremde Menschen umringten Bernard und schlugen ihm auf die Schulter. Neugierige Fragen und Glückwünsche prasselten auf ihn ein, als ein Diener ihm mitteilte, dass der König ihn unverzüglich zu sprechen wünsche. Bernard folgte ihm, erleichtert darüber, sich dem Rummel um seine Person entziehen zu können.

Der König hatte sich in seine Gemächer zurückgezogen. Außer ihm und dem Großkämmerer befand sich nur noch Ludwig von Orléans bei ihm.

Bernard begriff jetzt, warum Rivière sich stets auf die Rolle des stillen Beobachters beschränkt hatte. Nie hatte er Partei ergriffen, weder für die eine noch für die andere Seite oder gar eine dritte, obwohl er bei allem, was geschah, stets an vorderster Front gestanden hatte. Bis auf das eine Mal, als es um die Besteuerung der Universität gegangen war, und dafür hatte er teuer bezahlt.

Ludwig von Orléans nickte ihm herablassend zu. Nur an dem leichten Zittern seiner Hände sah Bernard, dass er bei Weitem nicht so ruhig war, wie er vorgab.

Bernard suchte den Blick des Königs. Er war klar. In seinen Augen standen Tränen der Rührung. Bernard beugte sein Knie, doch der König bedeutete ihm durch einen Wink, sich zu erheben. »Mein lieber Bernard«, sagte er. »Wie können Wir dir nur danken? Du hast Unser Leben gerettet, und das werden Wir dir nie vergessen.«

»Auch ich möchte dir dafür danken, dass du das Leben meines geliebten Bruders gerettet hast«, fügte Ludwig hinzu. »Wer hätte schon ahnen können, dass Chrétien zu einer solchen Wahnsinnstat fähig ist.« In gespielter Erschütterung schüttelte er den Kopf, sodass seine blonden Locken flogen.

»Ich darf gar nicht daran denken, was geschehen wäre, wenn du nicht so beherzt eingegriffen hättest.«

»Ich habe dem König einen Eid geschworen und nur meine Pflicht getan«, wehrte Bernard ab und bemühte sich um eine gleichmütige Miene.

Ludwigs lauernder Blick verursachte ihm Unbehagen. Der wiederum hatte ganz andere Probleme und senkte für einen kurzen Augenblick den Kopf. Er musste einfach herausfinden, wie viel Bernard wusste. Ob er auch wusste, dass er mit Chrétien im Bunde gewesen war und noch immer vorhatte, seinen Bruder zu ermorden.

Bernard hingegen fiel es schwer, bei so viel Verlogenheit ruhig zu bleiben, und er zweifelte daran, dass er sich gut genug verstellen konnte, um Ludwig zu täuschen. Er dachte an Anastasia. Noch war sie nicht außer Gefahr. Was sollte er nur tun, wenn Karl VI. nach den Buchmalern und Kopisten fragte, die das Buch hergestellt hatten?

Als würde er seine Gedanken lesen, ruckte Ludwigs Kopf wieder nach oben, und er fuhr zu sprechen fort.

»Wir müssen herausfinden, wer hinter der Verschwörung gegen dich steckt, Bruder. Wenn du erlaubst, werde ich mich darum kümmern«, bot er scheinheilig an. »Und gnade Gott den Verrätern, wenn ich sie erwische. Sie werden bedauern, jemals geboren worden zu sein.« Sein hübsches Gesicht spiegelte den Zorn des Gerechten wider.

»Oh, du bist ein guter Bruder«, rief Karl VI. erfreut aus und dachte daran, wie unrecht doch all diese Jammerer und

Nörgler bei Hofe hatten, die ihm einreden wollten, dass sein Bruder ihm nicht nur den Thron, sondern auch seine Gemahlin neidete. Dabei hatte Ludwig doch gerade erst wieder bewiesen, wie besorgt er um ihn war. Beinahe zärtlich legte er seine Hand auf Ludwigs Arm, der daraufhin triumphierend lächelte.

Karl VI. sah seinen Bruder nachdenklich an.

»Ich kann immer noch nicht glauben, dass Chrétien versucht hat, Uns zu vergiften. Er war Uns immer treu ergeben.«

Ludwig von Orléans zögerte und tat so, als würde er nachdenken.

»Er hat Philippe de Mézières und mir einmal davon erzählt, dass es am besten wäre, wenn er die Vorherrschaft über die Kirche übernähme. Ist das nicht verrückt? Ein Rat bestehend aus zwölf Weisen und ihm als Vorsitzendem sollte das unselige Schisma beenden. Er war regelrecht besessen von dieser Idee, aber die Spaltung der Kirche treibt ja die merkwürdigsten Blüten, sodass ich dachte, es wäre nur ein verrückter Gedanke von ihm und er würde sich wieder beruhigen und einsehen, dass seine Idee nichts weiter als ein Hirngespinst ist. Wer hätte schon ahnen können, zu was er fähig ist? Er muss wahnsinnig geworden sein.«

Ludwig von Orléans' Kaltblütigkeit verschlug Bernard die Sprache. Indem er offen zugab, von Chrétiens Plan gewusst zu haben, sich aber gleichzeitig davon distanzierte, war er allen eventuellen Anschuldigungen, die Bernard gegen ihn hätte erheben können, zuvorgekommen und hatte sie gleichsam entkräftet.

»Das muss er wohl«, stimmte Karl VI. seinem Bruder zu. Die Tatsache, dass es Menschen in seiner Umgebung gab, die seinen Tod wünschten, hatte ihn erschreckt, aber dass ausgerechnet Chrétien, der sich, seitdem er denken konnte, um sein körperliches Wohlergehen gekümmert hatte, ein Verschwörer sein sollte, hatte ihn zutiefst erschüttert. Chrétien hatte ihn unzählige Male zur Ader gelassen, kannte alle Geheimnisse seines Körpers, jedes Leiden, das ihn quälte, und hatte tief in seine Seele geschaut. Er war ihm vertrauter, als seine Mutter und sein Vater es je gewesen waren.

Ludwig von Orléans nahm die Hand seines Bruders, die noch immer auf seinem Arm lag, und drückte sie. »Ich werde diese Angelegenheit aufklären«, versprach er, »und bis dahin werden wir die Wachen verstärken und zusätzliche Vorkoster an die Tafel holen.«

Karl VI. bekundete durch ein Nicken sein Einverständnis. Die Fürsorge seines Bruders machte ihn glücklich. Ludwig würde nicht zulassen, dass ihm etwas geschah, und das gab ihm einen großen Teil seiner Sicherheit zurück.

Entgegen seiner sonstigen Art, denn er scherte sich nicht im Geringsten um das Wohlergehen anderer Menschen, und beseelt von dem Wunsch, dieses unverhoffte Glücksgefühl mit jemandem zu teilen, wandte er sich an Bernard.

»Du wolltest Uns doch von der Tochter des Tintenhändlers berichten, wegen der du Uns verlassen hast«, sagte er und war überwältigt von seiner Großmut.

Bernard von Dreux fuhr unwillkürlich zusammen. Obwohl Karl es zweifellos gut meinte, hatte Bernard das Gefühl, als habe ihm der König soeben einen glühenden Pfeil in die Brust geschossen.

Sein Blick kreuzte sich mit dem Ludwig von Orléans', in dessen Augen ein kalter Glanz trat. Mit dem Instinkt eines Jägers hatte er den Schwachpunkt seines Feindes erkannt.

Der Triumph in seinen Augen war unverkennbar.

Karl VI. sah von Ludwig zu Bernard.

»Warum starrt ihr euch so an?«, verlangte er ein wenig gekränkt zu wissen. »Man könnte fast glauben, dass ihr Uns etwas verheimlicht.«

Ludwig beeilte sich, ihm zu versichern, dass dem nicht so war. Dann lehnte er sich zufrieden in seinem Stuhl zurück, während sein Bruder sich ungeduldig vorbeugte.

»Also, was ist jetzt mit dieser – wie war noch ihr Name? Ach ja, Anastasia!«

Bernard riss sich zusammen. »Dank Eurer großen Güte geht es ihr gut.«

Die Augen des Königs verengten sich. Sein Misstrauen war geweckt.

Er spürte, dass Bernard ihm auswich. Bernard, der förmlich sehen konnte, wie es hinter seiner Stirn arbeitete, fühlte sich immer unbehaglicher. Soeben noch als Retter gefeiert, fühlte er sich nun wie ein Angeklagter.

»Aber was hat man ihr überhaupt vorgeworfen, und welchen Vergehens hat man sie angeklagt? Wir haben sie schließlich begnadigt und damit ein Recht, es zu erfahren.« Auffordernd drehte er seinen leeren Weinbecher in der Hand. Der Großkämmerer beeilte sich, ihn wieder zu füllen.

»Das ist eine lange Geschichte«, wich Bernard aus und hoffte, dass der König sich damit zufriedengeben würde, doch Karl VI. dachte nicht daran, ihm diesen Gefallen zu tun.

»Ich habe Zeit.« Er wandte sich an Montagu. »Die Aufführungen sollen ohne mich weitergehen, mir steht nicht mehr der Sinn danach«, bestimmte er.

Nachdem der Großkämmerer das Gemach verlassen hatte, um den Befehl des Königs auszuführen, lehnte Karl VI. sich erwartungsvoll zurück, die Ellbogen auf die Armlehnen seines Stuhls gestützt.

Bernard sah in Ludwig von Orléans' Gesicht, in dem kein Zeichen von Unruhe mehr zu erkennen war.

Um Zeit zu gewinnen, trank er einen Schluck Wein. Wenn er dem König die Wahrheit sagen wollte, dann war jetzt der beste Zeitpunkt dafür. Trotzdem zögerte er.

Wie sollte er dem König die Wahrheit sagen, ohne Anastasia noch tiefer in die Verschwörung hineinzuziehen? Anastasia hatte ihm berichtet, dass ihr Vater die giftige Tinte zusammengemischt und ihr Onkel sie gestohlen und Chrétien übergeben hatte. Aber Jacob Braques und sein Bruder waren tot, und Anastasia hatte die Tinte aufgetragen und zu spät erkannt, dass es die Tinte ihres Vaters war. Alle Umstände sprachen eindeutig gegen sie, sodass sie niemand für unschuldig halten und glauben würde, dass Chrétien sie nur benutzt hatte, um den König zu ermorden und die Macht über die Kirche zu erlangen.

Aus diesem Grund und weil es nicht den geringsten Beweis für seine Beteiligung am Komplott gegen den König gab, schien sich Ludwig von Orléans auch sicher zu sein, dass er, Bernard, schweigen würde. Niemand würde Ludwig etwas anhaben können. Der König hatte seinem Bruder alle weiteren Ermittlungen überlassen. Chrétien würde also unter Ludwigs Aufsicht verhört werden, und der würde zu verhindern wissen, dass etwas nach außen drang, was auch nur im Geringsten auf eine Verschwörung und seine Mitwisserschaft schließen ließ.

Bernard fühlte sich plötzlich unendlich müde.

Es war ihm zwar gelungen, den König zu retten, nicht aber die Verschwörer zu entlarven. Bernard fröstelte. Es war außerdem ein Fehler gewesen, Karl VI. von Anastasia zu erzählen. Dadurch hatte er sie in nur noch größere Gefahr gebracht. Anastasia war rechtskräftig wegen Grabschändung verurteilt worden, während Ludwig von Orléans und Gervais Chrétien zu den engsten Vertrauten des Königs gehörten und in höheren, nicht greifbaren Sphären schwebten. Für sie galten die Gesetze nicht, die doch für alle Menschen gleich sein sollten.

Außerdem war Anastasia nicht nur verurteilt worden und hatte die giftige Tinte aufgetragen, sie hatte darüber hinaus auch versucht, ihren Vater über seinen Stand zu erheben, und Vorkommnisse dieser Art waren ein ständiges Reizthema am Hof, seitdem immer mehr Bürgerliche die Adeligen aus ihren Ämtern drängten und Händler, Manufakturbesitzer und Hoflieferanten sich wie Könige kleideten. Es würde Karl VI. ganz sicher nicht gefallen zu erfahren, dass manche Bürger nun auch noch danach trachteten, neben den Edlen des Landes bestattet zu werden.

Ein spöttisches Lächeln spielte um Ludwig von Orléans' Mund. Bernards Erklärungsnot bereitete ihm offensichtlich Vergnügen, aber er hatte bereits genug erfahren und beschloss daher, dieses Gespräch zu beenden.

Wie beiläufig wandte er sich an seinen Bruder. »Die junge Frau ist nicht wichtig«, sagte er und überlegte, ob er nicht sofort einen seiner Agenten damit beauftragen sollte, nach ihr zu suchen. In Bernards Augen hatte er gesehen, wie wichtig sie ihm war, und es konnte nicht schaden, einen Trumpf gegen den Grafen von Dreux in der Hand zu haben. »Ihr solltet zurück in den Saal gehen, Bruder, unsere Gäste sind sicher sehr besorgt um Euer Wohlergehen und könnten Eure Abwesenheit als Schwäche auslegen.«

Hinter seinem beiläufigen Ton verbarg sich eiskalte Berechnung, und Bernard erschauerte, als ihm klar wurde, wie leicht es Ludwig von Orléans fiel, den König zu manipulieren.

Karl VI., der sich von niemandem sagen ließ, was er zu tun und zu lassen hatte, stand gehorsam auf. »Wir werden zurück in den Saal gehen«, beschloss er, und sein fliehendes Kinn zitterte verräterisch. »Niemand soll denken, dass Uns solch ein feiger Anschlag um Unseren Frieden bringt.«

Ein höhnisches Grinsen huschte kurz über Ludwig von Orléans' Gesicht. Ähnlich einem Puppenspieler zog er die Fäden, in der beruhigenden Gewissheit, dass sein Bruder ihm bedingungslos vertraute, obwohl er nichts Geringeres im Sinn hatte, als dessen Platz einzunehmen.

Bernards Sorge wuchs, und ihm kam ein schrecklicher Gedanke. Er suchte Ludwigs Blick, um herauszufinden, ob er von Anastasias Anwesenheit in Vincennes wusste und lediglich ein schändliches Spiel mit ihm trieb.

Doch Ludwig von Orléans' Miene war gänzlich unbewegt und undurchsichtig. »Ich freue mich schon sehr auf das morgige Turnier«, sagte er in scheinbar leichtem Plauderton. Doch Bernard hörte die unterschwellige Drohung sehr wohl heraus. »Ihr werdet mich doch nicht enttäuschen?«

Bernard schüttelte den Kopf, ein grimmiges Lächeln umspielte seinen Mund. Im letzten Jahr hatte Ludwig ihn beim Lanzenstechen besiegt, weil sein Pferd gestolpert war, aber dieses Mal würde er ihn besiegen. Vor einem Kampf mit diesem feigen Verräter würde er ganz sicher nicht kneifen.

Bernard folgte dem König und dessen Bruder zurück in den Saal, wo Ludwig von Orléans so demonstrativ an seinem Bruder hing, als wäre er mit ihm verwachsen. Es war rührend mit anzusehen, wie sehr er um dessen Wohlergehen besorgt war. Er schickte sogar den Mundschenk fort, um ihm eigenhändig Wein einzuschenken.

Bernard konnte so viel Heuchelei nicht länger ertragen. Sein Blick wanderte durch den Saal und über die Edelleute in ihren prächtigen Gewändern hinweg, die nicht ahnten, was hinter den Kulissen vorging. Die anfangs noch gedrückte Stimmung stieg mit jedem Fuder Wein, der von den Dienern in unzähligen Krügen herbeigeschafft und ausgeschenkt wurde.

Trotz all der Menschen fühlte sich Bernard so einsam wie noch nie, und ein Gefühl der Beklemmung legte sich auf seine Brust, das noch stärker war als damals in den engen Stollen, die ihn wie eine Gruft umschlossen hatten.

Doch damals hatte er sich nicht alleine gefühlt, denn Anastasia war bei ihm gewesen. Ein warmes Gefühl stieg in ihm auf, als er an sie dachte. Er konnte nicht gutheißen, was sie für ihren Vater getan hatte, aber sie hatte es aus Liebe und nicht aus kalter Berechnung heraus getan. Und sie hatte nicht gewusst, dass die Tinte vergiftet war. Was war er doch für ein selbstgerechter Narr gewesen, bis sein Vater ihm die Augen geöffnet hatte. Genau wie dieser war er blind und selbstgerecht durchs Leben getappt, geblendet von Idealen, die schon lange nicht mehr gelebt wurden. Er betrachtete die neun Statuen, die sich mannshoch an der Stirnseite des Saales erhoben und für die neun Tugenden standen, nach denen jeder Ritter streben sollte. Treue, Demut, Milde, Tapferkeit, Würde, Anstand, Güte, Barmherzigkeit und Wahrheit.

In dem gelblichen Licht der Kerzen wirkten sie wie Relikte längst vergangener Zeiten. Erinnerten nur noch an die von Gott gewollte Ordnung in einem vom Schisma und Verrat zerrissenen Land, in dem Bruder gegen Bruder kämpfte und Moral nur noch ein Abglanz ritterlicher Tugenden war. Ja, sein Vater hatte recht. Die Menschheit war noch nicht bereit für die Geheimnisse, die von den Templern gehütet wurden. Ob sie es jemals sein würde?

Er wunderte sich über die seltsamen Gedanken, die ihm durch den Kopf gingen. Doch die Begegnung mit seinem Vater hatte unwiderruflich etwas in ihm verändert. Es gab tatsächlich kein Zurück mehr, nur noch ein Vorwärts.

Ein hölzernes Pferd wurde auf die Bühne gezogen, in deren Hintergrund die Schiffe der griechischen Eroberer schaukelten. Die Eroberung Trojas begann.

Jacob Braques' Tinte war wie das Trojanische Pferd. Chrétien hatte sie mit der Schläue des Odysseus genutzt, und Ludwig von Orléans hatte davon gewusst. Während das Schauspiel an ihm vorüberzog, dachte Bernard darüber nach, wie er Anastasia vor ihm schützen konnte. Und als die als Griechen verkleideten Schauspieler aus dem Pferd kletterten und unter dem begeisterten Klatschen der Zuschauer ihre Feinde besiegten, wurde ihm klar, dass es nur eine Möglichkeit gab, um Anastasia zu retten.

Eine dreiflammige Öllampe aus gebranntem Ton verbreitete ein gelbliches Licht. Anastasias Kopf war auf die Tischplatte gesunken. Es war ein friedliches Bild, und Bernard stellte sich vor, wie es wäre, abends nach Hause zu kommen und von einer Frau wie ihr mit einem warmen Essen erwartet zu werden.

Eine schöne Vorstellung, die sich nie für ihn erfüllen konnte. Sein Leben war an der Seite des Königs, und deshalb würde er auch weiterhin seine Nächte in winzigen Kammern verbringen und an großen Tafeln speisen.

Er beugte sich zu Anastasia und legte ihr eine Hand auf die Schulter. Sie wachte sofort auf und sah ihn erst schlaftrunken, dann fragend an.

Bernard ließ sich auf den Stuhl neben ihr sinken. »Es ist vorbei«, sagte er, obwohl er wusste, dass es noch lange nicht vorbei war, aber er wollte sie nicht erschrecken. Sie hatte in letzter Zeit schon genug durchgemacht. »Chrétien ist abgeführt worden und wird seiner gerechten Strafe nicht entgehen«, setzte er hinzu.

Anastasia musterte ihn. Ihr Blick war eindringlich und gleichzeitig sanft. Er erinnerte ihn an den seiner Mutter, die ihn auch immer so angesehen hatte, wenn er versucht hatte, ihr etwas vorzumachen.

Das schrille Lachen einer Frau, die mehr Wein getrunken hatte, als gut für sie war, durchschnitt die Nacht. Dann war es wieder still.

Anastasia sah ihn noch immer an. In ihrem Blick lag eine stumme Frage, der er nicht länger ausweichen konnte.

»Du bist hier nicht mehr sicher«, gab Bernard widerwillig zu. »Ludwig von Orléans wird nach dir suchen lassen, schon allein, um einen Trumpf gegen mich in der Hand zu haben, und wenn er dich erst einmal gefunden hat, wird dir niemand glauben, dass du nichts von der vergifteten Tinte wusstest. Wenn du jetzt verschwindest, wird dies zwar einem Schuldeingeständnis gleichkommen, aber immerhin wärest du in Sicherheit.«

Er ließ ihr einen Moment Zeit, seine Worte zu verdauen, während er in Gedanken bereits ihre Flucht vorbereitete.

Anastasia bemühte sich, ihr Entsetzen zu verbergen, doch es gelang ihr nicht. Tiefe Hoffnungslosigkeit erfasste sie. Bernards Worte bedeuteten nichts anderes, als dass sie nicht mehr nach Paris zurückkonnte und von nun an auf der Flucht sein würde. Auf der Flucht vor dem Bruder des Königs und seinen Schergen. Wieder würde sie ihr Zuhause verlieren, an das sie sich gerade erst gewöhnt hatte, und die Menschen, die ihr am wichtigsten waren. Sie dachte an ihr Kind. Es war vielleicht die letzte Gelegenheit, ihm davon zu erzählen, denn sie wusste nicht, ob sie ihn je wiedersehen würde.

Der Gedanke daran schmerzte sie. In manchen Momenten hatte sie geglaubt, dass er sich ebenso sehr nach ihr sehnte wie sie sich nach ihm, dass er das unsichtbare Band spürte, das sie beide umschlang, seitdem sie sich auf der steinernen Lichtung geliebt hatten, als würde es kein Morgen mehr geben. Tatsächlich hatten sie damals nicht gewusst, ob sie jemals wieder das Licht des Tages erblicken würden. Aber dann waren sie in die Welt zurückgekehrt, in eine Welt, in der die Liebe zwischen einem Ritter und einer Buchmalerin keinen Platz hatte.

Nur hatte sie das bislang nicht begreifen wollen und sich stattdessen weiter an ihre Träume und Sehnsüchte geklammert, wie die Frauen am Brunnen es taten, wenn sie mit verträumten Augen von dem edlen Jüngling sprachen, der in den geheimnisumwobenen Rosengarten eindrang und sich in seiner Liebe zu einer Rosenknospe verlor. In diesen wundervollen Momenten wurde der Brunnen für die Frauen zur geheimnisumwobenen Quelle und die schmalen Häuser um ihn herum zur Mauer, die den blühenden Garten umschloss. Doch wenn die Frauen ihre Eimer dann gefüllt hatten und sich wieder auf den Weg in ihren trostlosen Alltag machten, ließen sie ihre Träume am Brunnen zurück.

Und genauso würde sie es nun auch tun.

Ihr Blick verschattete sich, und Bernard hatte das Gefühl, als würde es ein klein wenig dunkler in der Stube werden. Die Öllampe flackerte und begann zu qualmen, bevor zwei ihrer Flammen rußend verloschen.

Er trat an das kleine Fenster, das zum Hof hinausging, öffnete es und lauschte in die Dunkelheit. Die Boten zwischen Vincennes und Paris waren zumeist bis tief in die Nacht hinein unterwegs, und es konnte nicht mehr lange dauern, bis der nächste eintreffen würde.

»Rivière besitzt ein Gut in Crécy-en-Brie, ungefähr vier Tagesreisen von hier entfernt. Dort wirst du in Sicherheit sein.«

Er sah sich suchend um. Auf dem Wandbrett neben dem

Kamin fand er einen Krug mit Lampenöl. Er füllte die Öllampe, schob die Dochte weiter heraus, damit sie heller brannten, und entzündete die beiden erloschenen Dochte mittels eines dünnen Holzstäbchens, das er neben dem Lampenöl entdeckt hatte.

Vom Hof drang Hufgeklapper zu ihnen herauf. Bernard verließ das Haus, und wenig später hörte Anastasia gedämpfte Männerstimmen, die sich immer mehr entfernten. Es dauerte eine ganze Weile, bis Bernard endlich zurückkehrte. In der Hand hielt er einen Brief. »Der Bote, der eben angekommen ist, hat sich bereit erklärt, dich nach Crécy-en-Brie zu begleiten. Er wechselt nur noch die Pferde.« Er wartete, ob sie Einwände hätte. Als sie nichts erwiderte, reichte er ihr den Brief. »Gib ihn Rivière, aber niemandem sonst.« Anastasia nahm den Brief. Ihre Augen füllten sich mit Tränen, als sie an die ungewisse Zukunft dachte, die vor ihr lag. Auf dem Land würde sie eine Fremde sein und immer in der Angst leben, eines Tages doch noch entdeckt zu werden. Aber sie würde weiterleben, musste weiterleben für ihr Kind, dessen Zukunft ebenso ungewiss war wie ihre eigene.

Bernard beobachtete sie mit gerunzelter Stirn. »Mehr kann ich nicht für dich tun«, sagte er schließlich und fühlte sich angesichts ihrer Tränen so hilflos wie noch nie.

Später, als er in seiner Kammer lag, wälzte er sich schlaflos von einer Seite auf die andere. Er hatte keine andere Wahl gehabt, als Anastasia gehen zu lassen. Der einzige Liebesdienst, den er ihr erweisen konnte, war der, sie in Sicherheit zu bringen. Warum aber hatte er dann nur das Gefühl, dass das nicht genug war und dass er sie enttäuscht hatte? Er dachte lange darüber nach, fand aber keine Antwort.

In den kühlen, noch nebligen Morgenstunden waren Hammerschläge zu hören. Zwei Stunden nach Sonnenaufgang war der Turnierplatz im Schatten der Mauer, die das Schloss Vincennes umgab, bereits dicht bevölkert. Zwischen den eng aneinandergereihten Zelten der Ritter befanden sich Werkstätten, um Rüstungen und Waffen auszubessern, und Garküchen, um die hungrigen Mäuler der Knechte und Knappen, Schmiede und Waffenmeister zu stopfen.

Die Leidenschaft des Königs für Turniere war bekannt, und so war der Turnierplatz mehr als großzügig angelegt worden. Unmittelbar neben der Bahn für das Rennen und Stechen lag der Reitplatz und etwas näher an der Mauer ein durch Schranken abgeteiltes Geviert, das für den Fußkampf vorgesehen war. Dreißig und fünfzig Doppelschritte maß es und erlaubte einer großen Anzahl von Rittern, gleichzeitig zu üben.

Auf dem Weg zu seinem Zelt kam Bernard an der Werkstatt des königlichen Schmiedes vorbei, der sich gerade lautstark mit einem vornehm gekleideten Edelmann stritt.

»Ich warne Euch. Wenn mein Schwert nicht rechtzeitig fertig wird, dann …«

Das verschwitzte Gesicht des Schmiedes tauchte hinter dem Amboss auf.

»Was dann!«, schrie er kampflustig. »Dann wartet Ihr eben noch länger auf Eure durch Euer Ungeschick verhauene Klinge. Ihr solltet, bei allem gebotenen Respekt, dankbar dafür sein, dass ich, der Schwertschmied des Königs, mich persönlich darum kümmere.«

Er entdeckte Bernard und zwinkerte ihm zu, dann ließ er den wütenden Edelmann stehen und fuhr seelenruhig damit fort, die wellig geschlagene Schneide mit gezielten Schlägen zu richten. Seine Klingen galten als die besten im ganzen Reich, und dank seiner Fähigkeiten stand er hoch in der Gunst des Königs, der gute Waffen zu schätzen wusste.

Wenig später betrat Bernard sein Zelt, wo Lucien, sein Knappe, ihn bereits erwartete und damit beschäftigt war, seinen Helm zu polieren. Als er Bernard erblickte, unterbrach er seine Arbeit. »Ich bin fast fertig«, verkündete er eifrig, legte den Helm zur Seite und sprang auf. Er nahm die bereitliegenden Polster und befestigte sie an den Knien und Ellbogen seines Herrn. Als Nächstes kam das Beinzeug an die Reihe, eiserne Schienen, die Ober- und Unterschenkel schützten.

»Pass auf die Kniebuckel auf, sie dürfen nicht zu locker sein«, mahnte Bernard den Jungen. Mit geübten Bewegungen half Lucien ihm in die Polsterjacke und zog ihm die Polsterhaube über den Kopf, der die Kettenkapuze folgte.

Bernard zwang seine Gedanken auf den bevorstehenden Kampf, während der Junge ihm den Lendner anlegte. Das Lederwams mit den eingenähten, gewölbten Stahlplatten erlaubte es einem Kämpfer, sich vergleichsweise schnell und leicht zu bewegen.

Mit geübten Händen schloss Lucien die Schnallen und Schließen und warf Bernard dabei immer wieder unsichere Blicke zu. Normalerweise scherzte Bernard mit ihm, und manchmal lobte er ihn sogar, doch heute war er schweigsam und verschlossen. Der Junge biss sich auf die Lippen und bemühte sich, keinen Fehler zu machen, um seinen Herrn nicht zu verärgern.

Die Zuschauer nahmen ihre Plätze auf der Bühne ein. Livrierte Diener reichten Süßigkeiten und Wein. Dann erklang die Fanfare des Herolds, und die ersten Ritter ritten paarweise auf ihren Pferden ein, die farbenprächtige Decken unter ihren Sätteln hatten. Vor der Haupttribüne beugten sie ihr Haupt und grüßten den König. Das Stechen begann.

Es schien, als würde der Hengst Bernards Unruhe spüren, denn er tänzelte seitwärts und schnaubte nervös. »Reiß dich zusammen, alter Junge«, murmelte Bernard und klopfte ihm beruhigend den Hals unter dem Rossharnisch, der das Pferd vor der gegnerischen Lanze schützte. Das Tier gehorchte. Rivière hatte ihm den Hengst geschenkt, als er noch ein Fohlen gewesen war. Die Folge war eine enge Beziehung zwischen Pferd und Reiter, was bei einem Turnier einen nicht zu unterschätzenden Vorteil darstellte.

Trotz der strengen Turnierregeln kam es bei Mensch und Tier immer wieder zu schweren Verletzungen, die nicht selten sogar tödlich endeten. Nun rechnete Bernard keineswegs damit, dass der Bruder des Königs fair kämpfen würde. Ludwig von Orléans war ein Verräter. Er war verschlagen und gefährlich, wie er beim letztjährigen Turnier am eigenen Leib hatte erfahren müssen. Nie würde er vergessen, wie sein Pferd gestolpert und er beinahe aus dem Sattel geflogen war. Ludwig von Orléans hatte die Situation ohne zu zögern genutzt und ihm einen Hieb mit der Lanze versetzt, der ihn vollends aus dem Sattel gehoben hatte. Zudem hatte er sein Schwert gezogen, noch bevor Bernard wieder vollständig auf den Beinen gewesen war, und ihm die Narbe auf seiner Stirn beigebracht. Auch wenn Ludwig von Orléans damit nicht direkt gegen die Turnierregeln verstoßen hatte, war sein Verhalten doch alles andere als ritterlich gewesen.

Bernard überprüfte noch einmal alle drei Sattelgurte und zog sie enger. Dann schloss er das Visier und ließ sich die Lanze reichen.

Die Zeit bis zum Fanfarenstoß wollte nicht vergehen, und Bernard begann, unter der Rüstung zu schwitzen. Endlich durchschnitt ein schriller Ton die Luft. Die Pferde wieherten, und Ludwig von Orléans' Pferd bäumte sich auf und warf seinen Reiter beinahe ab. Bernard trieb seinem Hengst die Sporen in die Flanken. Mit einem gewaltigen Satz schoss das Tier nach vorne und galoppierte mit rasender Geschwindigkeit auf Ludwig von Orléans zu, der Bernard entgegengeprescht kam.

Die beiden Gegner trafen direkt unter der Haupttribüne aufeinander. Dem kurzen, heftigen Rucken und dem Splittern von Holz folgte ein unterdrückter Fluch Ludwig von Orléans'. Beide Lanzen waren zerbrochen. Ein zweiter Gang folgte. Die zwei Kämpfer erhielten jeder einen neuen Schaft, dann galoppierten sie erneut aufeinander los. Der nächste Zusammenprall hob Ludwig von Orléans aus dem Sattel. Bernards Lanze hatte seinen Schild so heftig getroffen und gegen die Schulter geschmettert, dass der Bruder des Königs das Gleichgewicht verloren hatte.

Bernard parierte sein Ross durch und schwang sich aus dem Sattel. Nach dem Kampf mit der Lanze folgte der Kampf mit dem Schwert.

In Gedanken spielte er die verschiedenen Techniken durch. Während er durch den Visierschlitz beobachtete, wie sich Ludwig von Orléans mühsam, aber scheinbar unverletzt vom Boden erhob, entschied er sich dafür, ihn zu zermürben und seine Wut für sich zu nutzen.

Das Turnierschwert war stumpf, aber es besaß einen wuchtigen Knauf, der einen Helm zerschmettern konnte.

Ludwig von Orléans umkreiste ihn lauernd, bevor er den ersten Schlag schräg von unten kommend führte. Doch Bernard nahm ihn ebenso auf wie den wuchtigen Abwärtshieb, der unmittelbar darauf folgte. Er hätte Ludwig von Orléans das Schwert leicht aus der Hand schlagen können, verzichtete aber darauf und nutzte den Schwung des Hiebes aus. Er ließ die eigene Schwertspitze niedersausen, trat aus der Angriffsposition heraus und stieß Ludwig von Orléans seinen

Schwertknauf seitlich gegen den Helm. Ludwig von Orléans taumelte, fing sich aber wieder. Panik stieg in ihm auf, wie Wasser in einer Zisterne. Er begriff, dass Bernard nur mit ihm spielte und ihn zu allem Überfluss auch noch vor den Augen aller gedemütigt hatte, indem er seinen Schwertknauf benutzt hatte wie ein Bauer seinen Knüppel.

Die beiden Kämpfer standen sich wieder gegenüber. Ludwig von Orléans mit dem Schwert auf der rechten Schulter, während Bernard seine Waffe gesenkt hielt, den Körper leicht nach vorne neigte und seinem Gegner regelrecht die Stirn bot.

Ludwig von Orléans vergaß bei diesem Anblick alle Vorsicht. Er stürmte auf den Mann los, der es gewagt hatte, ihn in aller Öffentlichkeit lächerlich zu machen, und hieb auf ihn ein. Doch Bernard richtete sich nur leicht auf und zog seinen vorderen Fuß zurück. Ludwig von Orléans' Angriff ging dadurch ins Leere, ohne dass sich ihre Klingen auch nur berührt hätten.

Noch in der Bewegung drehte Bernard sein Schwert, packte die Klinge erneut und ließ seinen Knauf ein zweites Mal auf den Helm seines Gegners niedersausen. Ludwig von Orléans hatte das Gefühl, als würde sein Schädel von einem Felsblock getroffen werden. In schneller Folge setzte Bernard noch zwei, drei Hiebe nach. Ludwig von Orléans taumelte bereits wie ein Betrunkener, als ihn ein weiterer Hieb am Kinn traf und endgültig zu Fall brachte.

Isabeau von Bavière, die ein blau schimmerndes Seidenkleid mit geschlitzten Ärmeln und einen hauchzarten Schleier in der gleichen Farbe trug, überreichte Bernard das Siegerband. In ihrem Gesicht stand kein Lächeln. Hochmütig blickte sie von ihrem Platz auf der Ehrentribüne auf ihn herab.

Ihr Ärger darüber, dass Ludwig von Orléans besiegt worden war, war ihr deutlich anzusehen.

Die Genugtuung, die Bernard anlässlich seines Siegs empfand, währte jedoch nicht lange. Beim Abendmahl fand er seinen üblichen Platz an der Tafel von Guillaume besetzt, einem großen, dunkelhaarigen Ritter, von dem man munkelte, dass er ein Bastard Karls V. war. Keiner der Ritter rückte zur Seite, um ihm einen Platz anzubieten. Ihre Rücken bildeten eine undurchdringliche Mauer, als Bernard die Tafel entlangschritt. Schließlich fand er einen Platz neben Raimund, der bereitwillig zur Seite rückte, als er am unteren Ende der Tafel angelangt war. »Du hast dir einen mächtigen Feind gemacht«, flüsterte er ihm zu, nachdem Bernard sich gesetzt hatte. »Die meisten von uns haben sich mit Ludwigs Vasallen verbündet wie Saufkumpane, seit unser König seinen Bruder mit Gunstbeweisen förmlich überschüttet. Ich habe gehört, er soll ihm sogar den weißen Hengst zum Geschenk gemacht haben.« Bei diesen Worten zwinkerte er Bernard zu und grinste schadenfroh. »Als Trost sozusagen, für die Niederlage gegen dich.« Der Hengst war das Geschenk eines reichen, lombardischen Geldverleihers an den König gewesen und war, was sehr selten vorkam, vollkommen weiß geboren worden. Einer der legendären Atlashengste, deren Anblick nur wenigen Menschen vergönnt war. Die Tiere galten als Glücksbringer, und Karl VI. hütete seinen Hengst wie seinen Augapfel. Er war von vollendeter Schönheit und Anmut und seine Stallbox so groß, dass dreißig Pferde bequem darin Platz hätten finden können. Neben einem Heer von Knechten und Dienern hatte das Tier einen eigenen Physikus, der sich ausschließlich um sein Wohlergehen kümmerte.

Nach dem Abendmahl stellte Ludwig von Orléans wie angekündigt eine zusätzliche Leibgarde aus den königlichen Rittern für seinen Bruder zusammen, wobei er Bernard geflissentlich überging.

Von allen Seiten wehte Bernard ein kalter Wind entgegen. Er war ganz offensichtlich in Ungnade gefallen, und die Höflinge wichen ihm aus, als hätte er eine ansteckende Krankheit. War das der Dank dafür, dass er alles darangesetzt hatte, das Leben des Königs zu retten?

Als wäre nichts geschehen, ging das Leben am Hof seinen gewohnten Gang. Ludwig von Orléans wich seinem Bruder nicht mehr von der Seite. Niemand kam mehr an ihm vorbei. Er fehlte bei keiner Audienz, nahm an den langatmigen Sitzungen des Kronrats teil, ritt während der Jagd neben seinem Bruder und begleitete ihn zu den Übungskämpfen auf den Turnierplatz, wo er seinen Stuhl neben den des Königs stellen ließ.

Nackter Stein umgab den Gefangenen, der mit schlaff herabhängenden Armen in seinem düsteren Verlies vor sich hin dämmerte.

Als das grelle, kalte Licht der Morgensonne langsam durch die schmale Mauerluke über ihm in den Kerker fiel, schloss er gequält die Augen.

Er vernahm keinen Laut, der ihn hätte beruhigen können, und er hatte Angst, grauenhafte Angst, vor dem, was mit ihm geschehen würde. Noch schlimmer als die Angst war jedoch der Durst, der ihn quälte.

Seine Lippen waren rissig und aufgesprungen, und der Holznapf mit Wasser stand wie zum Hohn nur zwei Handbreit von ihm entfernt auf dem Boden. Doch es war ihm unmöglich, ihn zu erreichen oder sich von seinem Platz zu erheben, weil sie ihm beim Verhör beide Arme und Beine gebrochen hatten. Zumindest vermutete er, dass es so war, denn er hatte fürchterliche Schmerzen, und seine Glieder gehorchten ihm nicht mehr.

Doch am allerschlimmsten war die Hoffnungslosigkeit. Bernard von Dreux hatte seinen schönen Plan auf einen Schlag zunichtegemacht. Er wusste, dass er verloren hatte, und war sich sicher, dass er eine weitere Folter nicht überstehen würde.

Man hatte ihm Gewichte an Hände und Füße gehängt und ihn mittels eines Seiles und einer Winde immer wieder an die Decke hochgezogen. Als seine Gelenke ausgerenkt und seine Muskeln zerrissen waren, war Ludwig von Orléans erschienen und hatte den Folterknechten mit einem Wink seiner Hand bedeutet, ihn herunterzulassen.

Ludwig von Orléans hatte ihn beruhigt und gemeint, sie würden ihren Plan nur verschieben. Er würde ihn schon bald aus dem Kerker herausholen, und dann hatte er alles über Jacob Braques und dessen Tochter von ihm wissen wollen. Mit seiner vom Schreien wunden Kehle hatte er dem Bruder des Königs all seine Fragen beantwortet und dabei die Abscheu und den Ekel auf seinem Gesicht gesehen, während er mühsam krächzend die Worte formte.

»Ihr könnt Euch auf mich verlassen, ich werde schweigen, kein Wort wird über meine Lippen kommen«, hatte er Ludwig von Orléans zum Schluss versichert.

»Seid Ihr da ganz sicher?« Ludwigs Mund hatte sich spöttisch verzogen.

Und schon hatten ihn die Seile wieder nach oben gezogen und seine Schreie seine vorangegangenen Worte als Trugschluss entlarvt. Er hätte alles gestanden, um nur den furchtbaren Schmerzen zu entgehen.

Und jetzt hockte er zusammengekrümmt auf dem kalten Boden und wartete auf seinen Henker. Was hatte er nicht alles erreicht, um es nun wieder zu verlieren. Gott hatte ihn verlassen, etwas an seinem Plan war nicht in Seinem Sinne gewesen. Die Erkenntnis traf ihn tief. Dabei war er so fest davon überzeugt gewesen, das Richtige zu tun, indem er die Kirche wieder vereinen und das unselige Schisma beenden wollte.

Wie eitel war sein Trachten doch gewesen und wie falsch. Wie sich ihm überhaupt der Sinn seines ganzen Lebens im Nachhinein als so verfehlt darstellte, dass er lauthals zu lachen anfing, während ihm gleichzeitig die Tränen über die schmutzigen Wangen liefen.

Im Inneren des Menschen wohnt die Wahrheit,
der Verstand schafft die Wahrheit nicht,
er findet sie.

Augustinus von Thagaste

9

Bureau de la Rivière drehte einen silbernen Pokal in seiner Hand. Seine Entlassung aus dem Kerker war ebenso überraschend gekommen wie seine Verhaftung wenige Tage zuvor. Der König hatte ihn ohne Angabe von Gründen begnadigt. Nach seiner Freilassung hatte er deshalb auch erwartet, von allen gegen ihn erhobenen Vorwürfen befreit zu werden, war stattdessen aber aufgefordert worden, Paris zu verlassen und sich unverzüglich auf seinen Landsitz zurückzuziehen.

Er war nicht länger bei Hofe erwünscht! In seine Enttäuschung darüber mischte sich die bittere Erkenntnis, wie leicht der doch auf seine Dienste verzichten konnte.

Er saß am Kopfende der Tafel, an deren oberem Ende außer ihm auch noch sein Verwalter, sein Jagdaufseher, sein Stallmeister und Pater Remigius Platz genommen hatten. Weiter unten saßen etwa zwei Dutzend seiner Leibeigenen und unterhielten sich leise. Die Platten und Schüsseln auf dem mit weißen Tüchern gedeckten Tisch enthielten die Reste des schlichten Mahls, das aus frischgebackenem dunklem Brot, Wurzelgemüse und Wildschweinbraten mit Soße bestanden hatte. Rivière hatte noch den kräftigen Geschmack des Brotes im Mund, mit dem er die Soße von seinem Teller gewischt hatte. Der Geschmack erinnerte ihn an seine Kindheit. Damals hatte sein Vater auf dem Platz gesessen, den er nun einnahm, und seine Mutter hatte ihm mit ihren schmalen, eleganten Händen das Fleisch in mundgerechte Stücke geschnitten. Und diese fürsorgliche Geste, die ihm nun wieder vor Augen stand, ließ ihn wehmütig an die Vergangenheit denken. Die Zeit Karls des Weisen war lange vorbei. Genauso wie seine bei Hof nun vorbei war. Doch im Gegensatz zu Karl V., der zu früh aus dem Leben gerissen worden war, blieben ihm noch einige Jahre, die er, wie es aussah, von nun an auf seinem Landgut verbringen würde. Er fragte sich, ob Karl VI. ihn wohl irgendwann noch einmal zurück an den Hof rufen würde, obwohl ihm klar war, dass Ludwig von Orléans alles daransetzen würde, dies zu verhindern. Er hatte ganz offensichtlich die Macht der Universität unterschätzt, die sich Ludwig von Orléans zunutze machte, um seinen ehrgeizigen Plan zu verwirklichen.

Wahrscheinlich hatte der Bruder des Königs Rivières Platz im Kronrat längst mit einem seiner Günstlinge besetzt, und der Gedanke, so leicht und ohne Weiteres ersetzbar zu sein, gefiel ihm gar nicht.

Es war ein überschaubarer Hof, den er vier Tagesreisen von Paris entfernt unterhielt, und ein anderes Leben, das er von nun an führen würde. Ein Leben, in dem sich alles um die Belange des Gutes und des ihm angeschlossenen Dorfes mit der kleinen Holzkirche drehte.

Er hatte den Tag mit seinem Verwalter verbracht, um sein Land zu begutachten, die Felder und den Wald, der dringend aufgeforstet werden musste. Der letzte Winter war hart gewesen, die Ernte im Jahr davor mager, und die Menschen im Dorf stöhnten unter der Last der vielen Steuern und Abgaben. Trotzdem musste keiner seiner Bauern hungern. Das Gut war in einem ordentlichen Zustand, der Vorratskeller gut gefüllt, das Moos vom Mauerwerk gekratzt, das Dach dicht und die Teiche voller fetter Karpfen und Forellen. Und auch im Taubenschlag herrschte reges Treiben.

Den Garten hatte er sich bis zum Schluss aufgehoben. Marguerite, seine verstorbene Gemahlin, hatte ihn angelegt und eigenhändig bepflanzt, aber sie hatte ihn nicht mehr blühen gesehen. Nur wenige Monate danach war sie bei der Geburt ihres ersten Kindes gestorben. Sein Sohn hatte sie nur um wenige Tage überlebt, und er hatte nie wieder geheiratet, weil er so einen grausamen Schmerz wie den über Marguerites Tod nicht noch einmal ertragen wollte.

Doch obwohl er es nie für möglich gehalten hatte, war der Schmerz im Laufe der Jahre verblasst, genau wie seine Erinnerung an Marguerite. Und dann hatte das Schicksal ihm doch noch einen Sohn geschenkt. Und auch wenn Bernard nicht sein eigen Fleisch und Blut war, liebte er ihn, wie er einen leiblichen Sohn nicht mehr hätte lieben können.

Hier in Crécy-en-Brie schien die Zeit stehen geblieben zu sein, und dennoch spürte er, wie sie verrann, sich heimlich davonstahl wie ein Dieb.

Der Tag, an dem er Marguerite folgen würde, war nicht mehr allzu fern, aber er fürchtete ihn nicht mehr. Er hatte seinen Frieden mit dem Tod gemacht und begriffen, dass es keinen Sinn machte, gegen ihn zu kämpfen, weil niemand ihn besiegen konnte.

Gedanklich beglückwünschte er sich zu der Wahl seines Verwalters, der das Gut während seiner langen Abwesenheit so gut bewirtschaftet hatte. Raoul war hart, aber gerecht, und wurde von Bauern und Leibeigenen gleichermaßen geachtet und respektiert.

Die frische, würzige Landluft hatte Rivière eine wohltuende Müdigkeit beschert, und so stellte er den Pokal, aus dem schon sein Vater getrunken hatte, auf dem Tisch ab und hob mit einem Wink die Tafel auf. Die Mägde räumten das schmutzige Geschirr ab, danach leerte sich der lang gestreckte, düstere Saal mit der niedrigen Balkendecke. Rivière spürte die Wärme des Feuers in seinem Rücken und lehnte sich in seinem breiten Lehnstuhl zurück. Von seinem Platz aus konnte er den vollen Mond beobachten, der bedächtig seine Bahn über den Nachthimmel zog.

Vom Hof her hörte er Hufgeklapper. Rivière nahm einen Schluck aus dem Pokal und starrte auf die halb geöffnete Flügeltür. Wer konnte ihn um diese Zeit noch aufsuchen? Ein Bote? Bei dem Gedanken, in wenigen Augenblicken einen Boten aus Paris vor sich zu sehen, beschleunigte sich sein Herzschlag. War etwas geschehen, was seine Anwesenheit bei Hof erforderte? Er war Karl V. immer ein guter Ratgeber gewesen, und nach dessen Tod hatte er Karl VI. beraten, wenn es um die innerpolitischen Angelegenheiten Frankreichs gegangen war. Immer wieder hatte er neue Einfälle gehabt, um die Krone zu festigen. Es war seine Idee gewesen, die Steuerhoheit auf die Territorialfürstentümer auszudehnen und die militärische Elite des alten Adels für die Hauptmannsposten in der Armee heranzuziehen, womit er Frankreich zu einem kampferfahrenen Heer verholfen hatte, wie es die sporadischen Truppenaushebungen zuvor nicht zu garantieren vermocht hatten.

Und auch der Erlass, der die Volljährigkeit des Kronprinzen auf dreizehn Jahre herabsetzte und nur das Erbrecht der männlichen Nachkommen gelten ließ, war sein Werk gewesen. Man hatte seinen Scharfsinn bewundert, und vielleicht war ihm diese Bewunderung zu Kopf gestiegen, denn warum sonst hätte er sich später in Dinge einmischen sollen, die nicht in seinen Zuständigkeitsbereich fielen?

Er hatte genau gewusst, dass es nicht klug war, sich mit den Mitgliedern der Universität anzulegen, die ihre Privilegien mit allen Mitteln zu verteidigen wussten. Aber etwas in ihm hatte sich dagegen gesträubt, in dieser Angelegenheit den Unparteiischen zu spielen. Zu lange schon lebten die Universitätsmitglieder auf Kosten des Reiches wie die Maden im Speck. Nahmen, ohne etwas dafür zu geben, und dachten nicht daran, Steuern zu zahlen oder sich zur Wache zu verpflichten, wie es die Pflicht eines jeden Bürgers war. Dabei wuchs die Macht der Universität immer noch weiter, wie er schmerzhaft am eigenen Leib erfahren hatte.

Der alte Hugues, der schon seinem Vater gedient hatte, führte die nächtlichen Besucher herein. Einen hochgewachsenen, jungen Burschen in einem dunklen, wollenen Umhang und ein Mädchen, das erschöpft aussah und das er augenblicklich wiedererkannte.

Vor ihm stand nicht etwa ein Bote des Königs, sondern ein ganz normaler Postbote und die Tochter des Tintenhändlers Jacob Braques. Und diese war ganz sicher nicht im Auftrag des Königs von Frankreich hier.

Der junge Mann schob seine staubige Kapuze zurück. »Der Graf von Dreux hat mir den Auftrag erteilt, das Mädchen zu Euch zu bringen«, verkündete er.

Rivière verbarg seine Enttäuschung, so gut er konnte. »Lasst Euch in der Küche etwas zu essen geben. Ihr könnt im Stall übernachten, ich werde Euch morgen früh für Eure Dienste entlohnen.«

Nachdem der Junge gegangen war, wandte er sich an Anastasia. »Setz dich zu mir«, forderte er sie auf und befahl

Hugues, der in der Tür stehen geblieben war, ihr Wein und etwas von dem Braten zu bringen. »Und dann erzähl mir, was geschehen ist.«

Anastasia tat wie ihr geheißen und ließ sich auf der langen Bank nieder. Sie wusste, dass Bernard diesem Mann mehr vertraute als seinem eigenen Vater. Rivières kluge Augen musterten sie aufmerksam, und sie hätte zu gerne gewusst, was er von ihr dachte. Sie öffnete ihren Beutel und entnahm ihm den zusammengefalteten Brief, den Bernard ihr für Rivière mitgegeben hatte und in dem er Rivière auch über die Vorkommnisse informierte, die er Anastasia verschwiegen hatte. Doch davon ahnte Anastasia nichts.

Während Rivière den Brief las, sah sie sich in dem niedrigen Saal um. Wenn Rivière ihr erlaubte zu bleiben, würde sie von nun an hier leben, weit fort von Paris und von Madame de Pizan. Die Arbeit in der Schreibstube würde ihr fehlen. Ob sie hier wohl malen durfte? Ihre Pinsel und ihre Tinten befanden sich in Paris, aber sie besaß noch etwas Geld und könnte sich auf dem Markt alle Zutaten kaufen, die sie brauchte, um neue Tinten anzurühren.

Sie betrachtete den Wandbehang an der Steinmauer. Seine Farben waren zwar verblichen, aber die Jagdszene, die auf ihm dargestellt war, war noch immer erkennbar. Ein mächtiger Hirsch mit übergroßem Geweih wandte seinen Kopf dem Betrachter entgegen. Die Hundemeute, die ihn gestellt hatte, umsprang seine Beine. Nur ein Hund verließ die Meute, um einem fliehenden Hasen nachzujagen.

Im Hintergrund befand sich eine Lichtung mit einem runden Pavillon, der mit seinem spitzen Dach fast wie ein kleiner Turm wirkte. Vor dem Pavillon wartete eine gedeckte Tafel auf die Jagdgesellschaft, livrierte Diener und Knappen standen bereit.

Wieder wurde ihr bewusst, wie sehr sich Bernards Leben von dem ihren unterschied. Im Gegensatz zu ihm würde sie niemals einer solchen Jagdgesellschaft angehören und an einer solchen Tafel sitzen.

Sie seufzte leise und blickte dann wieder zu Rivière, der mit gerunzelter Stirn Bernards Brief las.

... Anastasia befindet sich in großer Gefahr und kann nicht mehr zurück nach Paris. Ich gebe sie in Eure Obhut und hoffe, dass sie bei Euch sicher sein wird. Es ist mir gelungen, den Anschlag auf den König zu vereiteln, nicht aber, sein Vertrauen in seinen Bruder zu erschüttern. Ich habe mir mächtige Feinde gemacht und weiß nicht, wie lange ich den König noch schützen kann.

Rivière sah von dem Brief auf, den er noch immer in der Hand hielt.

Nachdenklich glitt sein Blick über das Mädchen. »Wir werden deinen Namen ändern müssen, damit niemand erfährt, wer du wirklich bist, für den Fall, dass Ludwig von Orléans nach dir suchen lässt«, sagte er schließlich.

Der Diener kehrte zurück und stellte einen Teller, gefüllt mit in Soße schwimmenden Fleischstücken, eine fingerdicke Scheibe Brot und einen schweren Tonbecher vor Anastasia auf den Tisch. Schweigend sah Rivière Anastasia beim Essen zu. Das Mädchen war zweifellos eine Schönheit. Ihre Haut war makellos, wenn auch etwas zu bleich, und die Züge ihres ovalen Gesichts fein gezeichnet. Am meisten beeindruckten ihn jedoch ihre tiefblauen Augen, in denen ein Ausdruck von Trauer stand. Rasch fasste er einen Entschluss. Er würde sie den Leuten als sein Mündel vorstellen, das vor Kurzem Waise geworden war.

Nachdem Anastasia gegessen hatte, nahm er eine brennende Fackel von der Wand und geleitete sie über die geschwungene Freitreppe zu einer Kammer im ersten Obergeschoss. Vor der Tür blieb er stehen. Seit dem Tod seiner Gemahlin hatte er die Kammer nicht mehr betreten und alles so belassen, wie es zu ihren Lebzeiten gewesen war.

»Dies ist von nun an deine Kammer«, sagte er und öffnete die Türe. »Du müsstest alles in ihr vorfinden, was du brauchst. Und sollte doch etwas fehlen, sagst du es Jeanne, sie wird dir morgen früh Wasser und frische Leinentücher bringen und dir beim Ankleiden helfen. Ab heute ist dein Name Anna Maria de la Rivière. Ich werde dich den Leuten als mein Mündel vorstellen, das erst vor Kurzem seine Eltern verloren hat.«

Er nickte ihr aufmunternd zu, drückte ihr die Fackel in die Hand und ließ sie eintreten, dann schloss er leise hinter ihr die Türe.

Die abgestandene Luft in der geräumigen Kammer roch nach Lavendel. An der Decke hing ein zierlicher, bronzener Kronleuchter mit hohen, schmalen Wachskerzen. Anastasia entzündete die Kerzen, bevor sie die Fackel löschte und in die dafür vorgesehene Wandhalterung schob. Ihr Blick fiel auf ein Bett, in dem problemlos vier Menschen Platz gefunden hätten. Vorhänge, Decken und Kissen waren alle in demselben warmen Rotton gehalten. Gegenüber dem Bett lud eine mit roten Kissen bestückte Bank zum Verweilen ein. In der Mitte der holzgetäfelten Stirnwand prangte ein runder Spiegel, der von kleinen viereckigen Medaillons mit Passionsszenen umrahmt wurde.

Auf einem zierlichen, ovalen Waschtischchen lagen aus Elfenbein geschnitzte Kämme neben einer offenen Schmuckschatulle, die den Blick auf eine Brosche aus ziseliertem Silber mit eingelegter, farbiger Emaille freigab.

Anastasia trat ans Fenster und öffnete die beiden unteren Holzläden. Der Lavendelduft der ihr unbekannten Frau, die vor ihr diese Kammer bewohnt hatte, erdrückte sie beinahe. Tief sog sie die kühle Nachtluft, die in die Kammer strömte, in ihre Lungen. Aus dem nahe gelegenen Wald drang der klagende Ruf eines Käuzchens, das sich anscheinend genauso verloren fühlte wie sie.

Anastasia kam sich vor wie eine Betrügerin. Monseigneur Rivière hatte sie ohne zu zögern in seinem Haus aufgenommen und ahnte nicht, dass sie ihm schon bald Schande bringen würde. Sie strich mit der Hand über ihren Bauch. Vielleicht sollte sie heimlich fortgehen, irgendwohin, wo niemand sie kannte. Aber wovon sollte sie leben? Sie wäre so gern bei Madame de Pizan geblieben, in Paris, wo ihr die Brunnen und Gassen vertraut waren.

Es war ein langer Tag gewesen, ihr Rücken schmerzte, und sie war furchtbar müde.

Den ganzen Tag hatte sie wie schon die Tage zuvor hinter dem Boten auf dem Pferd gehockt. Anfangs hatte sie sich an die Schultern des jungen Mannes geklammert und ängstlich und angespannt auf den unter ihr vorbeifliegenden Boden gestarrt. Erst allmählich hatte sie sich ein wenig entspannt und den Bewegungen des grauen Schimmels angepasst. Von da an war es besser gegangen, und schließlich hatte sie den Ritt sogar genossen, hatte auf die Reisenden zu Fuß herabgesehen und sich ihnen weit überlegen gefühlt. Aber das Reiten war anstrengend, und sie hatte um ihr Kind gefürchtet, das die ganzen Tage über in ihrem Bauch durchgeschüttelt worden war.

Sie ließ die Läden offen und wollte sich schon gähnend dem Bett zuwenden, als ihr Blick auf ein zierliches Schreibpult fiel, das sie beim Eintreten ins Zimmer nicht gesehen hatte, weil es vom Türflügel verdeckt worden war. Freudig überrascht trat sie zu dem Pult und strich mit der Hand über die glatte Holzoberfläche, auf der sich einige Tintenkleckse befanden. Neben einigen Lagen sorgsam gestapelten Pergaments entdeckte sie auch mehrere Schreibfedern, ein fein geschnitztes Tintenfässchen aus Bein sowie rote und grüne Wachslaibchen. Beim Anblick der Schreibutensilien fühlte sie sich gleich ein wenig heimischer. Hier könnte sie malen, ohne dass sie jemand dabei stören würde. Ihre Stimmung hob sich. Nun konnte sie Madame de Pizan schreiben und sie darum bitten, ihr ihre Tinten nachzuschicken. Den Brief würde sie einem Boten mitgeben, der sich auf dem Weg nach Paris befand. Sie würde Monseigneur Rivière gleich morgen danach fragen.

Als sie ihren Kopf wenig später in dem großen weichen Kissen des Bettes barg, begleitete sie der Duft nach Lavendel in den Schlaf, doch er störte sie nicht mehr. In ihrer Vorstellung glich die vorherige Bewohnerin der Kammer Madame de Pizan, und sie empfand Ehrfurcht und auch ein wenig Stolz darüber, in ihrem Bett schlafen zu dürfen.

Am nächsten Morgen wurde sie von einem vorsichtigen Klopfen geweckt.

Sie öffnete die Augen und setzte sich im Bett hoch. Die Türe ging auf, und ein dunkelhaariges, sommersprossiges Mädchen, das nicht viel älter war als sie, streckte seinen Kopf herein und musterte sie neugierig. Es hatte ein offenes, rundes Gesicht und lächelte sie freundlich an.

»Ich bin Jeanne und wünsche Euch einen guten Morgen«, sagte es und zog die Bettvorhänge zur Seite. »Wir sind alle schon sehr gespannt auf Euch, Madame. Monseigneur Rivière hat uns erzählt, dass Ihr in der Nacht angekommen seid. Hattet Ihr eine gute Reise?« Anastasia war so überrascht über die ungewohnte Ansprache, dass sie zunächst nichts erwiderte.

Dann fiel ihr ein, dass Rivière ihr am Abend zuvor gesagt hatte, dass er sie dem Gutsgesinde als sein Mündel vorstellen würde und ihr Name von nun an Anna Maria de la Rivière sei.

Der Blick des Mädchens glitt bewundernd über das riesige Bett. Anastasia konnte sich gut vorstellen, was für eine Ehrfurcht es beim Anblick der seidigen Kissen empfand und dass es sich ohne Zweifel fragte, wie es wäre, selbst einmal in einem solchen Bett zu liegen. Als ihr Blick für einen Moment dem des Mädchens begegnete, hätte sie ihm am liebsten erklärt, dass sie in Wirklichkeit nicht zu den hohen Herrschaften gehörte, sondern eine Bürgerliche war. Die Tochter eines Tintenhändlers, eine Waise, die nur das besaß, was sie am Leibe trug. Doch sie wusste, dass dies unklug und gegenüber Monseigneur Rivière, der sie so großzügig bei sich aufgenommen und ihr diese wundervolle Kammer zur Verfügung gestellt hatte, außerdem undankbar gewesen wäre. Sie konnte und durfte ihn nicht enttäuschen.

Also lächelte sie und neigte leicht den Kopf, so wie sie es bei Madame de Pizan gesehen hatte, und empfand dabei ein Gefühl der Erhabenheit. Doch das Gefühl währte nur kurz. Unter dem bewundernden Blick des Mädchens kam sie sich wie eine Lügnerin vor.

»Ich soll Euer Haar richten und Euch ein Kleid der verstorbenen Herrin heraussuchen«, erklärte Jeanne mit unverhohlenem Stolz.

»Der Herr hat mir befohlen, mich um Euch zu kümmern, ich soll so etwas wie Eure Gesellschafterin sein. Habt Ihr schon einmal eine Gesellschafterin gehabt? Ich weiß nämlich nicht genau, was eine Gesellschafterin alles tun muss.« Erwartungsvoll sah sie Anastasia an, die ihr daraufhin erneut zulächelte. »Wir reden später darüber«, versprach sie dem

Mädchen, das sich daraufhin erschrocken eine Hand vor den Mund hielt.

»Habe ich wieder zu viel geredet?«, fragte es.

»Ist schon gut«, meinte Anastasia beruhigend und dachte daran, wie sehr sich ihr Leben in den letzten Wochen und Monaten doch verändert hatte. Alles war so schnell gegangen. Kaum hatte sie sich auf eine Situation eingestellt gehabt, war sie auch schon von der nächsten überrollt worden. Die Erinnerungen an ihr früheres Leben verblassten unter all den neuen Eindrücken wie die Farben auf dem Wandteppich unten in der Halle.

Jeanne trat an die mit Schnitzereien verzierte Schranktruhe neben dem Bett und durchwühlte die darin liegenden Kleider. Es dauerte nicht lange, bis sie ein Kleid gefunden hatte, das ihrer Vorstellung entsprach. Stolz hielt sie Anastasia ein grün schimmerndes, mit goldenen Stickereien durchwirktes Gewand entgegen, das einer Königin würdig gewesen wäre. »Ihr werdet wundervoll darin aussehen«, verkündete sie mit verzücktem Blick.

Sie legte das Kleid über die Bank unter dem Fenster und huschte aus der Kammer. Wenig später kehrte sie mit einem Krug Wasser und frischen, weißen Leinentüchern zurück.

Nachdem Anastasia sich gewaschen hatte, half Jeanne ihr in das Kleid. Es war ihr an der Taille zu weit, aber Anastasia war froh darüber. So würde sie ihren Umstand wenigstens noch eine Weile verbergen können. Nur Jeanne schien nicht zufrieden. Sie beugte sich erneut über die Truhe, kehrte mit einem aus goldenem Garn geflochtenen Gürtel zurück und band ihn Anastasia um die Taille. Dabei streifte sie Anastasias leicht gewölbten Bauch. Anastasia spürte, wie ihr die Röte in die Wangen schoss. Jeanne stutzte und sah dann mit wissendem Blick zu ihr auf.

»Du darfst es niemandem sagen, versprich es mir«, bat Anastasia verlegen. Jeanne nickte und lockerte den Gürtel ein wenig.

»Von mir wird niemand etwas erfahren«, versprach sie und legte zur Bekräftigung einen Finger auf ihre Lippen.

Danach kämmte sie Anastasias Haar, das sie geschickt in mehrere Partien teilte und zu einzelnen Zöpfen flocht, die sie wie einen Reif um ihren Kopf herum feststeckte. Als sie fertig war, betrachtete sie zufrieden ihr Werk. »Ihr seht wunderschön aus, aber seht selbst«, flüsterte sie und wies dabei auf den kostbaren Spiegel an der Wand.

Anastasia tat wie ihr geheißen und betrachtete sich im Spiegel. Das hochgesteckte Haar ließ sie älter wirken und würdevoll. Rasch wandte sie ihren Blick von ihrem Spiegelbild ab, das ihr ebenso fremd war wie ihr neues Zuhause.

Der helle Klang einer Glocke ertönte. Anastasia erwartete, dass noch andere Glocken in ihr Läuten mit einfielen, doch ihre Erwartung erfüllte sich nicht. Noch bevor sie Jeanne fragen konnte, was der Klang der Glocke zu bedeuten hatte, legte diese die kupfernen Haarnadeln, die sie nicht gebraucht hatte, zurück auf den Waschtisch. »Wir müssen in die Kapelle«, sagte sie.

Anastasia folgte ihr über den Hof in die kleine Kapelle, die sich langsam mit den Bewohnern des Guts füllte und deren weiß getünchte Mauern Kühle ausstrahlten. Anastasia blieb neben dem Taufbecken aus hellem Sandstein stehen. Jeanne wich ihr nicht von der Seite. Während ein Pater in brauner Kutte die Morgenmesse las, wurde Anastasia allseits neugierig gemustert. Hinter vorgehaltener Hand flüsterten die Frauen sich ihre Meinung über das fremde Mädchen zu.

Rivière, der direkt vor dem Altar stand, beendete das flüsternde Getuschel mit einem strengen Blick in die Runde.

Andächtige Stille kehrte ein. Mit wohlklingender, monotoner Stimme verkündete der Pater die heiligen Worte der Bibel, die niemand außer dem Gutsherrn verstand, weil er sie in Latein sprach. Nachdem der Pater seinen Segen gegeben hatte, begab man sich geschlossen zum Frühmahl in die Halle. Rivière nahm seinen Platz am Kopfende der Tafel ein und wies Anastasia den Platz zu seiner Linken zu, bevor er sie den Anwesenden wie angekündigt als sein Mündel vorstellte. Anastasia war so verlegen, dass sie während des Mahls kaum aufzusehen wagte.

Die Mägde schenkten mit Wasser verdünnten Würzwein aus, dazu wurde dunkles Brot und fetter, weißer Käse gereicht, der nach Ziege roch und salzig schmeckte.

Anastasia aß nur wenig. Sie spürte, dass jede ihrer Bewegungen beobachtet wurde, außerdem war sie es nicht gewohnt, mit so vielen Menschen an einem Tisch zu sitzen.

Rivière besprach sich während des Essens mit seinem Verwalter, einem rotgesichtigen, bärtigen Mann, der die vierzig schon überschritten hatte und Autorität ausstrahlte. Sein herrischer Blick schüchterte Anastasia ein, weshalb sie ihm auswich, so gut es ging, und froh war, als Rivière sich erhob und die Tafel auflöste.

In kleinen Grüppchen verließen die Gutsbewohner die Halle. Anastasia hatte sich wie alle anderen erhoben und sah sich ein wenig ratlos um, da sie nicht wusste, was nun von ihr erwartet wurde.

Doch schon kam Jeanne, die am unteren Ende der Tafel gesessen hatte, strahlend auf sie zu. »Die anderen Mägde sind neidisch auf mich, weil ich jetzt Eure Gesellschafterin bin«, berichtete sie voller Stolz.

»Möchtet Ihr vielleicht das Gut sehen, oder soll ich Euch zuerst das Dorf zeigen, es ist so schönes Wetter heute?«, fragte sie eifrig. Sie wartete Anastasias Antwort nicht ab, sondern plapperte weiter munter drauflos. »Unterwegs könntet Ihr mir dann erklären, was die genauen Aufgaben einer Gesellschafterin sind«, schlug sie vor.

Anastasia war alles recht. Sie wollte nur noch weg. Weg vom Gut und von Monseigneur de la Rivière.

Das Haupttor stand offen, als sie an den Stallungen vorbei den Hof überquerten. Ein Erntewagen mit gebrochenem Rad rumpelte durch den gemauerten Torbogen und hielt vor der offenen Schmiede. Ein Stallbursche führte gerade die Pferde aus dem Stall, um sie auf die angrenzenden Weiden zu bringen. Mägde mit schweren Wäschekörben liefen plaudernd zu dem kleinen Fluss, der das Herrenhaus vom Dorf und den Feldern trennte. Jeder, auf den sie trafen, ging seiner jeweiligen Arbeit nach.

»Ist es nicht herrlich, spazieren zu gehen, als wäre es schon Sonntag?«, fragte Jeanne, die den arbeitsfreien Tag offensichtlich in vollen Zügen genoss, und winkte den Mägden mit den schweren Körben lachend zu. Sie redete fröhlich weiter, doch Anastasia hörte ihr nicht mehr zu. Schweigend lief sie neben Jeanne her auf das Dorf zu.

Etwa drei Dutzend Lehmhütten mit Strohdächern drängten sich um den überschaubaren Dorfplatz, in dessen Mittelpunkt eine kleine Holzkirche stand.

Der Platz wirkte verlassen. »Sie sind alle auf den Feldern«, bemerkte Jeanne ein wenig enttäuscht über die Wortkargheit ihrer neuen Herrin.

Schweigend umrundeten sie das Dorf. Die Menschen auf den Feldern, an denen sie vorbeikamen, wandten ihre Köpfe und starrten ihnen nach. Die viereckig angelegten Felder, die von den Bauern bestellt wurden, erstreckten sich bis zum Waldrand, doch der größte Teil der Nutzfläche war von Schafen bevölkertes Weideland.

Die Luft war erfüllt vom würzigen Duft frisch geschnittenen Heus, Grillen zirpten, und Vögel sangen. Doch Anastasia vermisste die Geräusche und die Geschäftigkeit der Stadt und die vielen Gerüche, die sich dort miteinander vermischten.

Ihr Blick schweifte über das flache Land, das sich bis zum Horizont erstreckte, und sie verspürte heftiges Heimweh. Hinzu kam die Sorge, was Monseigneur Rivière wohl sagen würde, wenn er erfuhr, dass sie in anderen Umständen war, und das würde bald der Fall sein. Jeanne redete einfach zu viel und würde sich früher oder später sicher verplappern. Aber selbst wenn Jeanne den Mund hielt, war es nicht recht von ihr, ihm ihren Zustand noch länger zu verschweigen.

»Ich muss sofort mit Monseigneur de la Rivière sprechen«, sagte Anastasia. »Bitte bring mich zu ihm.« Jeanne schrak zusammen. »Habe ich etwas falsch gemacht?«, fragte sie entsetzt und mit einem ängstlichen Ausdruck im Gesicht.

»Nein, du hast alles richtig gemacht, und ich bin sehr zufrieden mit dir«, versicherte Anastasia ihr.

Ich benehme mich schon wie eine Herrin, dachte sie und wunderte sich darüber, wie leicht sie sich in ihrer neuen Rolle zurechtfand.

Als sie zurück auf den Hof kamen, sahen sie Rivière neben dem beschädigten Wagen vor der Schmiede stehen. Er hatte seinen pelzbesetzten Rock gegen ein grünes Wams getauscht, trug hohe Stiefel und packte selbst mit beiden Händen an. Gemeinsam mit seinem Verwalter und einem weiteren Mann wuchtete er den beladenen Wagen hoch, während der Gehilfe des Schmieds zwei Böcke unter ihn schob. Der Schmied schlug mit seinem Hammer gegen den Haltekeil, bis dieser nachgab und herausfiel. Dann zog er mit seinem Gehilfen das schwere, mannshohe Speichenrad von der Achse und trug es gemeinsam mit ihm in die Schmiede.

Rivière rieb sich den Schweiß von der Stirn und sah zu, wie die beiden Männer die Bruchstelle ins Feuer legten. Die Blasebälge hoben und senkten sich fauchend, während sich das Eisen erhitzte, bis es glühte. Schon als Junge hatte er fasziniert dabei zugesehen, wie der Schmied das glühende Metall bog und es in die gewünschte Form brachte wie ein Bäcker den Teig für sein Brot.

Der Schmied hämmerte die beiden Enden an der Bruchstelle flach aus und schob sie dann übereinander. Zusammen mit seinem Gehilfen hob er den an der Bruchstelle weiß glühenden Reifen aus dem Feuer und auf den Amboss.

Rivière war so vertieft in das Geschehen, dass er Anastasia erst bemerkte, als sie direkt neben ihm stand.

»Es gibt etwas, das Ihr wissen solltet, Monseigneur«, sagte Anastasia entschlossen.

Rivière sah, wie aufgewühlt sie war. »Warte in meinem Schreibzimmer auf mich«, gab er zurück. »Dort können wir in aller Ruhe reden.«

Jeanne führte Anastasia in das Schreibzimmer ihres Herrn im Obergeschoss und ließ sie dort allein. Der holzgetäfelte, dunkle Raum erinnerte Anastasia an das Arbeitszimmer ihres Vaters. Ein bunt gewirkter Tischteppich schmückte den schräg im Raum stehenden Arbeitstisch, der übersät war mit Büchern, Schriftstücken und geschnitzten Schreibutensilien. Anastasia trat an das kleine Fenster und blickte auf die lang gestreckten Weiden auf der Rückseite des Guts, auf denen mehrere Pferde friedlich grasten. Doch dann hörte sie auf dem Flur Stiefelschritte und wandte sich um. Ohne dass es ihr bewusst war, verschränkte sie die Hände über ihrem Bauch.

Bureau de la Rivière trat ein, schloss die Türe hinter sich und lächelte ihr aufmunternd zu. »Es tut mir so leid«, begann

Anastasia unvermittelt. »Ich hätte es Euch gleich sagen müssen.« Sie stockte und rang sichtlich nach Worten. »Was hättest du mir sagen müssen?«, fragte Rivière neugierig auf das, was nun kommen würde.

»Dass ich guter Hoffnung bin.« Sie fühlte sich erleichtert, als es heraus war, und wartete ruhig auf seine Reaktion.

Die Eröffnung traf Rivière völlig unvorbereitet, der mit vielem gerechnet hatte, nur damit nicht. Er hatte dieses Mädchen bei sich aufgenommen und es sogar als sein Mündel ausgegeben. Erschwerend kam noch hinzu, dass er den Menschen hier auf dem Gut in den langen Jahren seiner Abwesenheit fremd geworden war und es eine Weile dauern würde, bis sie sich wieder an ihn gewöhnt hätten. Dabei konnte er keine Unruhen gebrauchen. Unruhen, wie sie das uneheliche Kind seines angeblichen Mündels unweigerlich nach sich ziehen würde.

Er musterte Anastasia, als würde er sie zum ersten Mal sehen. Er wusste, dass sie schön war. Kein Wunder also, dass sie die Blicke der Männer auf sich gezogen hatte und von einem von ihnen schwanger geworden war. Ihre blauen Augen erinnerten ihn an die Kornblumen auf seinen Feldern. Und plötzlich konnte er den nächsten Sommer kaum noch erwarten, den unvergleichlichen Duft von sprossenden Roggenfeldern und das milchige, zarte Grün der Ähren, das sich weithin vom wogenden Gras der umliegenden Wiesen abhob.

»Wir müssen dich so schnell wie möglich verheiraten, bevor jemand etwas bemerkt«, meinte er schließlich nach einer Weile. »Es ist die einzige Möglichkeit, es sei denn, du ziehst ein Leben im Kloster vor.« Anastasia war zu erschrocken, um ihm zu widersprechen. Rivière überlegte einen Moment. Dann sah er Anastasia fest an. »Raoul, mein Verwalter, ist ein guter Mann. Er hat letztes Jahr seine Frau begraben und hat, abgesehen von einer Tochter, die im Dorf lebt, keine weiteren Kinder. Er wäre bestimmt bereit, dich zu seiner Gemahlin zu nehmen. Ich werde nach dem Abendmahl gleich mit ihm sprechen.«

In Anastasia regte sich Widerstand. Etwas in ihr wehrte sich dagegen, andere über ihr Leben entscheiden zu lassen. Bis vor Kurzem hätte sie sich noch in ihr Schicksal ergeben, wie es von ihr erwartet wurde, aber das war, bevor Madame de Pizan ihr gezeigt hatte, dass eine Frau ihr Leben auch selbst und ohne einen Gemahl an ihrer Seite in die Hand nehmen konnte.

»Ich bin Euch wirklich dankbar, Monseigneur de la Rivière. Aber ich kann Euer großzügiges Angebot nicht annehmen und werde Euch auch nicht länger zur Last fallen. Ich gehe zurück nach Paris«, sagte sie leise. Bureau de la Rivière betrachtete sie kopfschüttelnd.

»Aber du kannst nicht zurück. Ludwig von Orléans ist gewiss schon auf der Suche nach dir, und Raoul ist ein guter Mann. Denk erst einmal in Ruhe über meinen Vorschlag nach, dann wirst du einsehen, dass es das Beste für dich und für dein Kind ist, wenn du ihn heiratest.« Damit schien die Angelegenheit für ihn erledigt zu sein, denn er setzte sich hinter seinen Schreibtisch, griff nach einem der Schriftstücke, die auf ihm lagen, und begann es zu lesen.

Anastasia wandte sich um und stolperte aus dem Zimmer. Sie würde Raoul nicht heiraten. Sie brauchte keinen Mann, sie konnte selbst für sich sorgen. Und wenn sie nicht nach Paris zurückkonnte, würde sie eben in eine andere Stadt gehen. Jeanne wartete im Gang auf sie, aber Anastasia lief an ihr vorbei in ihre Kammer und warf die Türe hinter sich zu. Sie schlüpfte aus dem kostbaren Gewand der verstorbenen Gutsherrin und legte es zurück in die Truhe. Dann zog sie ihr eigenes Kleid an und verließ die Kammer. Jeanne war nirgendwo zu sehen. Es tat ihr leid, das Mädchen enttäuschen zu müssen, aber sie konnte nicht länger auf dem Gut bleiben. Sie überquerte den Hof, ohne aufzusehen. Trotzdem spürte sie die neugierigen Blicke, die ihr folgten, und musste sich beherrschen, um nicht loszurennen.

Am Tor traf sie auf den Pater, der die Messe gelesen hatte. Er nickte ihr freundlich zu. Seine schwarze Kutte flatterte im Wind, und plötzlich kam Anastasia das Kloster in den Sinn, an dem der Bote und sie auf dem Herweg vorbeigekommen waren. Es war ein kleines abgelegenes Kloster, das durch eine verwitterte Steinmauer von der Außenwelt getrennt war und von Nonnen bewohnt wurde, die keine Männer ins Kloster einließen, weshalb der Bote und sie auch in der Scheune eines Bauern aus der näheren Umgebung hatten übernachten müssen.

Hatte Rivière sie nicht vor die Wahl gestellt, entweder zu heiraten oder in ein Kloster zu gehen? Und da sie den einzigen Mann, den sie mit Freuden zum Gemahl genommen hätte, niemals würde ehelichen können, zog sie es vor, ins Kloster zu gehen.

Ob man sie dort wohl aufnehmen würde? Je länger sie darüber nachdachte, desto mehr wünschte sie es sich. Hinter den hohen Klostermauern, abgeschieden von der Welt, würde sie vor Ludwig von Orléans und seinen Schergen in Sicherheit sein und endlich zur Ruhe kommen.

Anastasia lief, bis die einsetzende Dämmerung in tiefschwarze Nacht überging. Rechts und links des Weges hatten sich zunächst brachliegende Felder und Wiesen hingezogen. Sie war an armseligen Dörfern vorbeigekommen, die sie auf dem Hinweg kaum wahrgenommen hatte, und musste einsehen, dass sie zu Fuß wesentlich länger bis zum Kloster brauchen würde, als sie angenommen hatte. Als es dann schließlich so dunkel war, dass sie den Weg unter ihren Füßen kaum noch erkennen konnte, schaute sie sich nach einem geeigneten Schlafplatz unter einer knorrigen Baumgruppe um. Dort kauerte sie sich in eine kleine Bodenmulde und rollte sich erschöpft auf dem weichen Moos zusammen, das in hohe Gräser überging, die voller Leben waren. Direkt neben ihr zirpte eine Grille, und überall um sie herum knackte und raschelte es. Anastasia schloss die Augen und lauschte voller Angst den ihr fremden Geräuschen der Nacht, bis sie schließlich von Müdigkeit überwältigt in einen unruhigen Schlaf fiel.

Sie erwachte, bevor die Sonne aufging, und entdeckte nicht weit von ihrem Schlafplatz entfernt einen kleinen, klaren Bach, an dem sie ihren Durst stillte und sich Gesicht und Hände wusch. Dann machte sie sich erneut auf den Weg.

Am späten Nachmittag tauchte das Kloster vor ihr auf. Es war aus gelbem Stein gebaut und lag abgeschieden in einem Tal, durch dessen Wiesengrund sich ein kleiner Bach hindurchschlängelte. Das Gebäude war flach, besaß aber einen schlichten, schmalen Glockenturm, der kaum höher war als die Bäume am Wegesrand.

Anastasias Füße hatten von dem langen Fußmarsch Blasen, und das Kreuz tat ihr weh. Ihre Beine zitterten vor Erschöpfung von dem ungewohnten Fußmarsch, und ihr war fast schlecht vor Hunger. Die verwitterte, moosgrüne Mauer ragte abweisend vor ihr empor. Mit letzter Kraft taumelte sie auf die Pforte zu, fasste nach dem eisernen Klopfer und stieß ihn gegen die Tür.

Sie musste eine Weile warten, bis das Fenster in der Pforte von einer alten, grauhaarigen Nonne mit verhärmten Gesichtszügen geöffnet wurde. Nach einem Blick auf das vor Erschöpfung zitternde Mädchen öffnete sie die niedrige Tür und ließ Anastasia eintreten.

Ohne ein Wort zu sprechen, führte sie Anastasia über einen kleinen Innenhof, der sauber gefegt war, an duftenden Kräuterbeeten, Stallungen, Brunnenhaus, Backstube und Küche vorbei und durch den Kreuzgang in die Bibliothek, die gleichzeitig als Skriptorium genutzt zu werden schien, denn an der schmucklosen Wand entdeckte Anastasia vier Schreibpulte, vor denen schmale, niedrige Holzbänke standen.

Eine große, knochige Nonne in ungefärbtem Habit saß über ein Blatt Pergament gebeugt auf einer der Bänke. In der gichtigen Hand hielt sie eine Feder. Sie verharrte, als sie Schritte hinter sich vernahm, und drehte sich zu ihren Besuchern um. Um den Hals trug sie ein dunkles, glatt poliertes Holzkreuz. Ihr scharfer, forschender Blick richtete sich auf Anastasia, die daraufhin errötete. Die Nonne räusperte sich.

»Ehrwürdige Mutter Oberin, bitte verzeiht die Störung, aber dieses Mädchen hat um Aufnahme in unser Kloster gebeten.«

Die Übelkeit überkam Anastasia so plötzlich, dass sie schwankte. Sie hielt sich eine Hand vor den Mund und begann zu würgen.

Die Augen der Äbtissin wurden schmal. Sie schlussfolgerte sofort, dass das Mädchen vor ihr schwanger war, und schien sichtlich mit sich zu ringen. Ihre knotige, gelbe Hand umfasste das Kreuz auf ihrer Brust und rieb daran. Schließlich hatte sie ihre Entscheidung getroffen.

»Bring sie ins Gästehaus und sorge dafür, dass sie etwas zu essen erhält«, befahl sie. »Ich werde später nach ihr sehen.«

Das Gästehaus war ein kleiner Raum mit vier schmalen Betten, einem wackeligen Tischchen an der Stirnseite und einem Holzkreuz über der Tür. »Such dir ein Bett aus«, sagte die Nonne. »Der Abtritt befindet sich gleich hinter dem Haus.«

Sie verschwand und kehrte wenig später mit einer dünnen Gemüsesuppe und einem Kanten Brot zurück. Anastasia setzte sich an das Tischchen und machte sich hungrig über die Suppe her. Die Übelkeit war so schnell vergangen, wie sie gekommen war. Sie wischte den Teller mit dem Rest Brot sauber, das sie bis auf den letzten Krümel verzehrte.

Ihre Aufregung war stärker als ihre Erschöpfung. Sie konnte einfach kein Auge zutun, bevor sie nicht wusste, ob sie bleiben durfte. Sie stand auf und trat zu der kleinen Luke, die auf den Hof hinausging, und beobachtete von dort aus die Nonnen bei ihrer Arbeit. Stumme, graue Schatten mit gleichmütigen Mienen hoben Wassereimer aus dem Brunnen, schleppten Körbe mit roten Äpfeln und Gelben Rüben und zogen eine knochige, in die Jahre gekommene Kuh an einem Strick unter ihrem Fenster vorbei.

Anastasia war noch nie zuvor in einem Kloster gewesen. Doch sie wusste, dass dort strenge Regeln herrschten und die Tage mit Beten und Arbeiten ausgefüllt waren. Ob die Äbtissin ihr erlauben würde zu bleiben?

Die Stille, die im Kloster herrschte, war ungewohnt für sie. Es gab keine lärmenden Kinder, keine vorbeirumpelnden Karren oder kläffenden Hunde, kein Gezänk und kein Lachen, das sie durchbrach.

Dafür beobachtete sie, wie eine Kuh einen Fladen vor ihrem Fenster hinterließ und eine Elster sich auf ihm niederließ und ihn mit spitzem Schnabel inspizierte, als wäre er ihr Besitz.

Der helle Klang einer Glocke wehte über den Hof.

Die Nonne, die ihr die Pforte geöffnet hatte, steckte ihren Kopf durch die Tür. »Es ist Zeit zum Beten«, verkündete sie mit mürrischer Miene.

Ohne Anastasia weiter zu beachten, schlurfte sie ihr bis zur Kapelle voran, wo sie sich mit der Schulter gegen die schwere Eichentür stemmte und sie aufschob.

Ungefähr ein Dutzend Nonnen knieten bereits auf dem Steinboden. Vorne am Altar stand die Äbtissin und las mit kraftvoller Stimme Sätze aus einem Buch vor, auf die die Nonnen im Chor antworteten. Auf dem Altar flackerte eine niedergebrannte Wachskerze und verbreitete ein schummriges Licht in dem schmucklosen, halbrunden Raum. Über dem Altar hing ein schlichtes Holzkreuz, links darunter stand eine kleine, sehr schön bemalte Madonna auf einem weißen Sockel. Sie hielt ihr Kind im Arm und lächelte dem Betrachter auffordernd entgegen. Anastasias Herz klopfte schneller. Ihr war, als hätte sich das Kind in ihr soeben bewegt. Sie legte eine Hand auf ihren Bauch und spürte tatsächlich, wie sich ihr Kind in ihrem Leib drehte. Es war wie ein Wunder. Die Madonna hatte ihr Kind zum Leben erweckt. Ein unbeschreibliches Gefühl erfasste sie, und als sie ihren Blick erneut zu der lächelnden Madonna hob, fühlte sie sich auf eine seltsame Art mit ihr verbunden. Sie war so versunken in den Anblick der Statue, dass sie gar nicht bemerkte, dass die anderen Nonnen die Kapelle längst verlassen hatten. Erst als die Äbtissin ihr eine Hand auf die Schulter legte, schreckte sie auf und kehrte mit ihren Gedanken wieder in die Gegenwart zurück.

»Sie ist wunderschön«, bemerkte die Äbtissin und folgte Anastasias Blick. »Ein Kaufmann, dessen Tochter wir einst in unserem Kloster aufgenommen haben, hat sie uns geschenkt.«

Die Äbtissin sah Anastasia direkt an. »Du bist guter Hoffnung und suchst nach einem Zufluchtsort, aber wir sind ein armes Kloster, und die meisten unserer Schwestern haben das Schweigegelübde abgelegt.« Sie zögerte, obwohl sie ihre Entscheidung längst getroffen hatte. Ein junges Mädchen, das kein Gelübde abgelegt hatte und zudem ein Kind unter seinem Herzen trug, würde nur Unruhe ins Kloster bringen.

»Ich kann arbeiten«, sagte Anastasia, für die es plötzlich nichts Wichtigeres gab, als in diesem Kloster bleiben zu dürfen. »Ich kann auch schweigen, es macht mir nichts aus.«

Die Äbtissin sah von ihr zur Madonna, als würde sie von dieser eine Antwort erwarten. Die stille Versunkenheit des Mädchens hatte sie berührt.

»Du würdest dich sehr einsam hier fühlen, es sei denn, du findest deinen Frieden im Herrn«, sagte sie gedehnt und wunderte sich selbst über ihre Worte, die das genaue Gegenteil von dem waren, was sie eigentlich hatte sagen wollen. Doch eine Stimme in ihrem Inneren hatte sie ihr zugeflüstert. Hatte der Herr nach so langer Zeit endlich wieder zu ihr gesprochen? Liebe und Dankbarkeit durchströmten sie wie eine warme Woge.

Wenn es Sein Wille war, dieses Mädchen im Kloster aufzunehmen, dann sollte es auch so geschehen.

Anastasia durfte bleiben. Dankbar sah sie die Äbtissin an. »Ich kann malen«, sagte sie, um ihre Dankbarkeit zu beweisen. »In Paris habe ich als Buchmalerin gearbeitet.«

Die alte Nonne bedachte sie mit einem merkwürdigen Blick, so als würde sie die Entscheidung, zu der sie sich gerade mühsam durchgerungen hatte, bereits wieder bereuen. Anastasia senkte verlegen ihren Blick. »Es tut mir leid«, sagte sie. »Ich wollte mich nicht wichtigmachen. Ich bin nur so froh darüber, dass ich bleiben darf, und würde mich Euch gern als nützlich erweisen.«

»Schwester Agnes wird dich mit unseren Regeln vertraut machen«, meinte die Äbtissin und sah sie streng an, »und ich hoffe sehr, dass ich meine Entscheidung nie bereuen muss.«

Während sich die Gutsbewohner zum Essen in der Halle versammelten, betrachtete Rivière die harten Gesichtszüge seines Verwalters. Die scharf geschnittene Nase und den unbarmherzigen Zug um den schmallippigen Mund herum, den er bislang noch nie wahrgenommen hatte. Raoul war ein Mann, der gut zupacken und hart durchgreifen konnte, aber würde er tatsächlich auch ein so guter Gemahl sein, wie er behauptet hatte? Wahrscheinlich würde er mit ebenso harter Hand über seine Familie herrschen wie über das Gutsgesinde. Dann verwarf er seine Zweifel jedoch wieder und sagte sich, dass eine starke Hand noch keiner Frau geschadet hatte. Jacob Braques' Tochter und ihr Kind würden durch die Hochzeit mit Raoul jedenfalls ein gutes Leben haben und niemals hungern müssen. Wo war Anastasia überhaupt? Er sah sich nach Jeanne um, doch auch sie war bisher nicht zum Essen erschienen.

Er winkte Hugues heran, der das Auftragen des Essens überwachte, und befahl ihm, nach den beiden Mädchen zu sehen.

Es dauerte nicht lange, bis Hugues, gefolgt von Jeanne, in die Halle zurückkehrte. Jeanne wirkte völlig aufgelöst, und noch bevor sie den Mund aufmachte, ahnte Rivière bereits, was sie ihm sagen würde. »Ich habe überall nach Eurem Mündel gesucht, konnte es aber nirgendwo finden«, berichtete Jeanne ihm schließlich bedrückt.

Sie war so stolz auf ihre neue Stellung als Gesellschafterin gewesen, doch jetzt war ihre neue Herrin einfach verschwunden. Die Enttäuschung darüber stand ihr deutlich ins Gesicht geschrieben.

»Du hättest besser auf sie achtgeben müssen«, tadelte Rivière sie streng. »Es war deine Aufgabe, bei ihr zu sein.« Jeannes Augen füllten sich mit Tränen. »Es tut mir leid«, schluchzte sie. Rivière beachtete sie nicht weiter, sein Blick schweifte über sie hinweg zu den anderen Gutsbewohnern.

»Hat irgendjemand von euch mein Mündel gesehen?«, fragte er laut.

»Ich bin ihr am Tor begegnet, als ich aus dem Dorf zurückkam«, berichtete Pater Remigius. »Sie schien es ziemlich eilig zu haben.«

Eine der Mägde meldete sich zu Wort. Sie hatte beobachtet, wie das Mündel ihres Herrn gegen Mittag über den Hof gelaufen war.

»Hat sie danach denn noch jemand gesehen?«, hakte Rivière nach, doch die Leute am Tisch schüttelten nur ratlos den Kopf.

Vielleicht hätte ich behutsamer mit ihr umgehen sollen, anstatt sie mit der Heirat so zu überfallen, überlegte Rivière, als ihm einfiel, dass Anastasia gleich, nachdem er ihr vorgeschlagen hatte, Raoul zu heiraten, ohne ein Wort zu sagen, seine Schreibstube verlassen hatte.

Schwere Schritte und Waffenlärm unterbrachen ihn in seinen Gedanken. Gleich darauf wurden die beiden Eingangstüren aufgerissen, und ein Dutzend Bogenschützen in ledernen Waffenröcken und mit Piken bewaffnet, stürmten angeführt von ihrem Hauptmann in die Halle.

»Wir sind gekommen, um Anastasia Braques abzuholen«, erklärte der Anführer überheblich. Er war noch jung, sein auffallend gut geschnittenes Gesicht wirkte gelangweilt, und er trug als Einziger ein Kettenhemd und Schwert. Rivière erkannte ihn sofort wieder, er war einer von Ludwig von Orléans' Günstlingen, der es trotz seiner Jugend bereits bis zum Hauptmann der königlichen Leibgarde gebracht hatte. Bei Hof gab es viele Gerüchte über ihn. So war zu hören, dass er sein Fleisch gern blutig aß und seine freie Zeit lieber in Ker-

kern als mit feinen Damen verbrachte, wo er bei keiner Folterung fehlte und ausgesprochen grausam mit den Gefangenen verfuhr. Andere Gerüchte besagten, dass er sich bevorzugt in den übelsten Hurenhäusern und Schänken aufhielt, keiner Schlägerei aus dem Weg ging und nie ein Würfelspiel verlor.

Der verlängerte Arm Ludwig von Orléans' hatte sein Gut also erreicht, und der Atem der Macht wehte Rivière eiskalt ins Gesicht. Doch er verbarg seinen Schreck hinter einer unbewegten Miene.

»Wie kommt Ihr darauf, dass sie hier sein könnte?«, verlangte er in gebieterischem Ton zu wissen, mehr, um seinen Leuten zu beweisen, dass er den jungen Hauptmann nicht fürchtete, als um diesen zu beeindrucken, was ihm, wie er wusste, sowieso nicht gelingen würde.

»Wir führen nur unsere Befehle aus«, erklärte der Hauptmann gleichgültig.

»Sie ist nicht hier.« Rivière lehnte sich gleichmütig zurück und stieß sein Messer in ein Stück Wildschweinbraten, den ihm Hugues in mundgerechte Happen geschnitten und vorgelegt hatte.

Der Hauptmann musterte die Anwesenden kühl. Er sah jedem Einzelnen ins Gesicht und ließ sich dabei viel Zeit.

»Jeder, der das Mädchen gesehen hat und es nicht meldet, macht sich des Verrats am König schuldig«, erklärte er sanft. Rivière schauderte und spürte, wie sich ihm am ganzen Körper die Härchen aufrichteten.

Verstörung breitete sich unter seinen Leuten aus, doch ihre Augen richteten sich nicht etwa auf ihn, Rivière, sondern auf Raoul, dem sie vertrauten, während ihr Herr ihnen noch immer fremd war. Der Hauptmann folgte ihren Blicken und baute sich drohend vor Raoul auf.

»Möchtest du uns etwas sagen?«, fragte er.

Raoul erwiderte furchtlos seinen Blick. Er dachte nicht daran, sich von dem überheblichen jungen Bürschchen einschüchtern zu lassen.

»Eine Anastasia Braques ist mir nicht bekannt«, erklärte er. Die Leute entspannten sich.

Der Hauptmann zog ein gesiegeltes Schreiben aus seinem Ärmel und warf es vor Rivière auf den Tisch.

»Ein Beschluss des Königs, der uns gestattet, Euer Anwesen zu durchsuchen.«

Rivière nickte daraufhin nur kurz, gab seinen Leuten ein Zeichen, weiterzuessen, und fuhr danach unbeeindruckt mit seiner Mahlzeit fort. Der Braten war längst kalt geworden, als der Hauptmann mit seinen Bogenschützen wieder in die Halle zurückkehrte. Sein Blick war eisig.

»Wir wissen, dass das Mädchen hier war, und wir werden es finden und jeden zur Verantwortung ziehen, der ihm dabei geholfen hat, seiner gerechten Strafe zu entgehen«, kündigte er noch an, bevor er unverrichteter Dinge wieder kehrtmachte und mit seinen Männern das Haus verließ.

Rivière wusste, dass er Glück gehabt hatte und nur dank Raouls Aussage so gut davongekommen war. Er wollte lieber nicht daran denken, was geschehen wäre, wenn Ludwig von Orléans' Schergen das Mädchen bei ihm gefunden hätten.

Nun war vor allem wichtig, dass Bernard so schnell wie möglich erfuhr, was geschehen war. Er eilte in sein Schreibzimmer, schrieb einen Brief und versiegelte ihn. Danach setzte er noch ein zweites Schreiben auf, das für den König bestimmt war.

Ein eisiger Nordwind fegte über den Hof, als Bernard sich zum Turnierplatz begab. In den letzten Tagen hatte es ununterbrochen geregnet, und der gepflasterte Hof war von gelben

Blättern übersät, die der stürmische Wind von den Bäumen gerissen hatte.

Lucien hatte ihm gerade den Lendner angelegt, als ein Bote das Zelt betrat.

Er hatte die fünfzig bereits überschritten, und seine wettergegerbte Haut verriet, dass er sich überwiegend im Freien aufhielt.

»Seid Ihr Bernard von Dreux?«, fragte er und setzte, als Bernard nickte, hinzu: »Bureau de la Rivière schickt mich. Er ist schwer krank und wünscht Euch zu sehen.« Er nestelte an seiner ledernen Umhängetasche, zog ein gesiegeltes Schreiben heraus und hielt es hoch. »Es ist für den König und enthält die Bitte, Euch von Euren Pflichten freizustellen.«

Bernard wurde jedoch nicht bis zum König vorgelassen. Es war, als hätte Ludwig von Orléans eine Mauer um Karl VI. gezogen, die niemand ohne seinen ausdrücklichen Befehl passieren durfte.

Notgedrungen übergab Bernard das Schreiben deshalb dem Großkämmerer. Danach brauchte er nicht lange auf eine Antwort zu warten. Man gab Rivières Bitte statt, und Bernard konnte sich des Gefühls nicht erwehren, dass Ludwig von Orléans sogar froh darüber war, ihn in weiter Entfernung vom Hof zu wissen. Montagu betrachtete den jungen Ritter aufmerksam, als er ihm die Nachricht des Königs überbrachte. Er war ein kluger, mit allen Intrigen vertrauter Mann, der sich durch eine fast schon stoische Zurückhaltung auszeichnete. Ein stiller Beobachter, dem nichts entging.

»Wenn ich Ihr wäre, würde ich mir Zeit lassen mit meiner Rückkehr an den Hof«, meinte er leise und wog dabei bedächtig den grauhaarigen Kopf. Er schien noch etwas hinzufügen zu wollen, unterließ es dann aber und verstummte, als habe er bereits zu viel gesagt.

»Ich danke Euch für Euren Rat«, nickte Bernard und gedachte, diesen Rat auch zu befolgen. Der Großkämmerer hatte ihn gewarnt und ihm damit gleichzeitig zu verstehen gegeben, wie sehr er ihn schätzte. Seine Anerkennung tat Bernard gut, gerade nach den letzten Wochen, in denen er sich an so manchem Tag wie ein Aussätziger unter den anderen Rittern und Höflingen vorgekommen war. Oder war er derjenige gewesen, der sich von ihnen abgegrenzt hatte?

Er schüttelte seine schwermütigen Gedanken ab und überlegte, wie lange er wohl fortbleiben würde. Der Bote konnte oder wollte ihm nichts Näheres über Rivières Krankheit sagen. Und so bat er Raimund, den einzigen Ritter, dem er sich noch verbunden fühlte, sich während seiner Abwesenheit um Lucien zu kümmern, damit der Junge nicht vollkommen alleine dastand. Danach sattelte Bernard sein Pferd, und der alte Stallmeister war der Einzige, der ihm nachsah, als er eine Stunde später zusammen mit dem Boten vom Hof ritt.

Bernard war in großer Sorge um Rivière und drängte, getrieben von seiner altvertrauten Angst zu spät zu kommen, zur Eile.

Vier Tage später erreichten der Bote und er verschwitzt, aber wohlbehalten das Gut. Als Bernard vom Pferd stieg, entdeckte er Rivière vor der offenen Scheune, wo er sich mit einem Bauern aus dem Dorf unterhielt.

Rivière hob grüßend die Hand.

»Für einen schwerkranken Mann wirkt Ihr aber erstaunlich gesund«, stellte Bernard fest, als er näher kam. Rivières sonst eher blasse Haut war wie die seiner Bauern durch den Aufenthalt im Freien gebräunt, und er hatte kräftig zugenommen.

Rivière legte ihm einen Arm um die Schultern. »Bitte verzeih mir meine fromme Lüge. Lass uns in die Halle gehen. Ich werde dir etwas zu essen bringen lassen, und dann werde ich dir berichten, was geschehen ist und warum ich dich gebeten habe herzukommen.«

Auf dem Weg ins Haus blickte Bernard sich immer wieder suchend um. Rivières Unbehagen wuchs, und er fragte sich wie so oft in den letzten Tagen, wie Bernard das Verschwinden des Mädchens wohl aufnehmen würde, obwohl dieses gar keinen besseren Zeitpunkt für seine Flucht hätte wählen können. Er bezweifelte allerdings, dass Bernard das genauso sehen würde.

Als Anastasia auch am darauffolgenden Morgen ihres Weggangs nicht wieder aufgetaucht war, hatte er Raoul mit einem der Knechte auf die Suche nach ihr geschickt, doch die beiden Männer waren unverrichteter Dinge wieder zurückgekehrt, nachdem keiner der Bauern aus der näheren Umgebung das Mädchen gesehen hatte.

»Ist Anastasia wohlbehalten bei Euch eingetroffen?«, wollte Bernard wissen, kaum dass sie saßen.

Rivière nickte. Er sah, wie daraufhin die Anspannung von dem jungen Ritter abfiel, und fühlte sich noch unbehaglicher als zuvor. Eine junge Magd brachte Brot, Käse und Wein. Bernard biss abwechselnd in das Brot und in den Käse und spülte alles mit einem Becher Wein hinunter. Danach berichtete er Rivière, was sich in den letzten Wochen alles zugetragen hatte.

»Am Hof weht ein neuer Wind. Ludwig von Orléans und seine Vasallen schotten den König regelrecht ab, und der König lässt sich von seinem Bruder gängeln und trifft keine Entscheidung mehr ohne ihn. Niemand kommt mehr an ihn heran.«

»Das hört sich ganz so an, als wenn mich niemand groß

vermissen würde«, bemerkte Rivière mit gespielter Gleichgültigkeit.

Bernard nickte bedauernd.

»Weder Euch noch mich. Ganz im Gegenteil. Montagu hat mir sogar den guten Rat gegeben, mir Zeit mit meiner Rückkehr zu lassen.«

Rivière leerte seinen Becher in einem Zug und setzte ihn dann hart auf dem Tisch ab. »Es gibt etwas, das du wissen solltest.« Bernard atmete tief ein. Noch bevor Rivière den Mund öffnete, ahnte er, dass das, was sein Ziehvater ihm zu sagen hatte, mit Anastasia zu tun hatte.

»Ich habe Anastasia als mein Mündel ausgegeben und ihr Marguerites Kammer überlassen.« Nachdenklich ruhte sein Blick eine Weile auf Bernard, bevor er weitersprach.

»Hast du gewusst, dass sie guter Hoffnung ist?«

Bernard starrte ihn überrascht an. »Sie erwartet ein Kind?«, fragte er ungläubig, und seine Wangen überzogen sich mit einer nicht zu übersehenden Röte, als er an Anastasias weichen Körper und daran dachte, wie er sie geliebt hatte.

Rivière nickte. »Sie hat es mir gestanden, worauf ich ihr vorgeschlagen habe, meinen Verwalter zum Gemahl zu nehmen. Er ist seit einem Jahr Witwer.«

Bernard kniff die Augen zusammen. Dass Rivière Anastasia hinter seinem Rücken hatte verheiraten wollen, machte ihn wütend. Doch er beherrschte sich und fragte nur: »Und wie hat sie auf Euren Vorschlag reagiert?«

Rivière zuckte mit den Schultern. »Sie hat das Gut verlassen.«

Obwohl Anastasias Entscheidung bedeutete, dass sie damit allein auf sich gestellt war, anstatt sicher und versorgt zu sein, hatte sie sich also geweigert zu heiraten. Bernard fragte sich unwillkürlich, ob ihr Entschluss etwas mit ihm zu tun hatte.

»Und Ihr wisst nicht, wo sie sich aufhalten könnte?« Rivière schüttelte den Kopf. »Nachdem sie verschwunden war, habe ich nach ihr suchen lassen. Meine Männer haben die Bauern in der Umgebung befragt, aber niemand hat sie gesehen. Sie hat davon gesprochen, zurück nach Paris zu gehen, doch davon habe ich ihr abgeraten.«

Anastasia war demnach allein und ohne jeden Schutz irgendwo da draußen. Und sie trug ein Kind unter ihrem Herzen, sein Kind.

Unter Rivières Blick schoss ihm erneut das Blut ins Gesicht. Sein Puls beschleunigte sich. Ihre Begegnung tief unter der Erde war also nicht ohne Folgen geblieben.

In den Jahren, die seiner Ausbildung zum Ritter gefolgt waren, hatte er die Ideale seines Standes verinnerlicht und sich nie vorstellen können, ihnen jemals zuwiderzuhandeln. Bis zu jenem Tag in den Stollen, an dem er nicht mehr geglaubt hatte, jemals wieder das Licht der Sonne zu erblicken. An diesem Tag hatte er gegen die Ehre seines Standes verstoßen und sich genommen, was er sich nicht nehmen durfte. Er hätte es gerne wiedergutgemacht, aber das war unmöglich. Und weil es unmöglich war, hatte er versucht, nicht mehr daran zu denken, aber auch das war ihm nicht gelungen. Und nun erwartete Anastasia ein Kind von ihm.

In seine Schuldgefühle mischte sich Stolz. Stolz darüber, Vater zu werden. Er konnte Anastasia nicht heiraten, das war undenkbar, aber vielleicht könnte sie ja auch, ohne mit ihm verheiratet zu sein, auf dem Gut leben? Sein Kind würde unter Rivières Schutz aufwachsen, und niemand würde es wagen, ihr oder dem Kind etwas anzutun.

Erregt sprang er auf.

»Ich muss sie suchen, und wenn ich sie gefunden habe, bringe ich sie auf das Gut zurück.«

Rivière war weder Bernards Verlegenheit noch die Wut in seinen Augen entgangen, als er ihm eröffnet hatte, dass er Anastasia mit seinem Verwalter verheiraten wollte. All das sprach dafür, dass Bernard mehr mit dem Mädchen verband, als er ihm gegenüber zugab.

Rivière musste sich einfach Gewissheit verschaffen.

»Das Kind ist also von dir«, stellte er ruhiger fest, als er war.

Bernard erwiderte entschlossen seinen Blick.

»Ja, und es tut mir leid, wenn ich Euch dadurch enttäusche, aber ich werde zu meiner Verantwortung stehen. Auch wenn es mir nicht möglich ist, Anastasia durch eine Heirat mit mir ihre Ehre zurückzugeben, werde ich doch dafür sorgen, dass es weder ihr noch dem Kind an irgendetwas mangeln wird.«

Ich muss ihm endlich die ganze Wahrheit sagen, dachte Rivière.

Bernard deutete sein Zögern jedoch anders, und seine Augen funkelten kämpferisch.

»Ist es, weil sie ein Kind erwartet? Habt Ihr Angst, dass sie Schande über Euer Haus bringen könnte?«, stieß er mit einer Heftigkeit hervor, die Rivière nicht an ihm kannte.

»Du solltest mich besser kennen. Auch wenn die Leute hier auf dem Land anders denken als in der Stadt, entscheide immer noch ich, wer in meinem Haus mit dem Finger auf jemanden zeigt. Was ich dir sagen will, ist allein, dass du dich irrst, wenn du glaubst, dass Anastasia, nur weil sie bei mir auf dem Gut ist, nichts mehr von Ludwig von Orléans zu befürchten hat.«

Bernards Körper verspannte sich. »Was soll das heißen?«, fragte er.

»Orléans' Leute waren hier und haben das Gut durchsucht, nur wenige Stunden, nachdem Anastasia verschwunden ist.«

Bernard wurde blass. Beunruhigt sah er Rivière an. »Wie kann ich sie vor Orléans schützen, wenn ich nicht einmal weiß, wo sie ist?«

»Indem du einen Beweis für Ludwigs Beteiligung an der Verschwörung gegen seinen Bruder findest«, erklärte Rivière.

Bernard dachte lange über seine Worte nach.

»Wir haben Jacob Braques' Brief, und wir halten immer noch Gilles gefangen. Wir könnten behaupten, dass wir einen glaubwürdigen Zeugen hätten«, schlug er schließlich vor.

Rivière schüttelte den Kopf. »Das wird nichts nutzen, zumal Gilles tatsächlich nichts von Orléans' Mitwisserschaft weiß und damit im Ernstfall auch nichts bezeugen kann. Außerdem hast du mir soeben selbst berichtet, dass Ludwig niemanden mehr an seinen Bruder heranlässt und die Fäden der Macht fest in der Hand hält. Was wir brauchen, ist ein offenkundiger, unumstößlicher Beweis, der sich von niemandem mehr anzweifeln lässt.«

Bernard stand auf. Eine vage Idee formte sich in seinem Kopf. Eine Idee, bei der sein Vater eine große Rolle spielte, über die er aber noch nicht sprechen wollte. Und so drehte er sich zu Rivière um und meinte nur: »Gut, ich werde nach solch einem Beweis suchen, aber zuvor muss ich Anastasia finden.«

Er ritt in die Dörfer und Weiler in der Nähe des Gutes und befragte die Bewohner nach Anastasia, doch niemand hatte sie gesehen. Er schloss daraus, dass sie allen Warnungen zum Trotz nach Paris zurückgegangen war, und folgte ihr. Unterwegs hielt er an jedem einzelnen Hof und jeder Hütte an in der Hoffnung, dass sie dort Unterschlupf gesucht haben könnte, aber kein Mensch wollte sie gesehen haben.

Am Nachmittag entdeckte er ein Kloster. Es lag abseits des Weges und schmiegte sich unauffällig in die Landschaft. Ein Ort, der wie geschaffen dafür war, sich vor der Welt zu verstecken. Bernards Herz klopfte schneller. Voller Erwartung ritt er auf das Kloster zu.

Die mit Moos bewachsene Mauer wirkte weit weniger abweisend als das Gesicht der alten Nonne, die auf Bernards Klopfen hin das mit einem dicken Holzbrett verschlossene Fensterchen öffnete, das für den ersten Kontakt mit Besuchern in die Pforte eingelassen worden war.

»Der Herr segne Euch«, sagte Schwester Agnes. Ihr runzeliges Gesicht bekam etwas Verkniffenes, während sie den jungen, vornehm gekleideten Edelmann genauer betrachtete. Sein schwarz-gelbes Wams war mit Staub bedeckt, trotzdem war die gestickte Lilie, das Emblem des Königs, deutlich auf seiner Brust zu erkennen. In der Hand hielt er die Zügel seines dampfenden Pferdes.

Sie glaubte zu wissen, warum er gekommen war:

Die Sünde stand vor der Pforte und begehrte Einlass.

Seine folgenden Worte bestätigten ihren Verdacht.

»Ich suche eine junge Frau, ihr Name ist Anastasia.«

Die alte Nonne ließ sich Zeit mit ihrer Antwort. Der junge Ritter war also gekommen, um seine Hure zu holen und mit ihr sein sündiges Dasein fortzuführen. Sie war hin und her gerissen. Einerseits wäre sie das Mädchen gerne losgeworden, das die Reinheit ihres Klosters beschmutzte, aber andererseits durfte sie der Sünde keinen Vorschub leisten. Schließlich hatte sie sich entschieden.

Ihre Augen glitzerten gehässig. »Es tut mir leid, aber hier bei uns ist kein Mädchen«, sagte sie und machte Anstalten, die Pforte wieder zu schließen.

»Aber vielleicht ist sie ja hier vorbeigekommen, hat gerastet und vielleicht sogar gesagt, wohin sie gehen will?«, fragte Bernard schnell.

Schwester Agnes schüttelte den Kopf und antwortete diesmal sofort. »Hier kommen nur selten Besucher vorbei, wir leben sehr zurückgezogen.«

»Falls sie doch noch vorbeikommen sollte, sagt ihr, Bernard von Dreux sei hier gewesen und habe nach ihr gesucht. Bureau de la Rivières Gut liegt nur einen Tagesritt von hier entfernt, ich werde dort auf sie warten.« Darauf gab ihm die Nonne keine Antwort mehr, sondern zog mit einem Ruck das Holzbrett wieder vor das Fenster und bekreuzigte sich. Sie hatte der Sünde die Stirn geboten und sie ausgesperrt, der Herr würde es ihr eines Tages vergelten.

»Warum habt Ihr das getan?«, fragte eine Stimme hinter ihr. Schwester Agnes schrak zusammen. Sie wandte sich um und legte trotzig einen Finger auf ihre Lippen, zum Zeichen dafür, dass sie nicht sprechen durfte.

Schwester Marietta sah sie aus ihren dunklen Augen vorwurfsvoll an, dann schlug sie demütig die Augen nieder und kehrte zurück an ihre Arbeit.

Bernard blieb noch einen Augenblick vor der verschlossenen Pforte stehen. Die alte Nonne hatte sich merkwürdig verhalten. Ganz anders, als er es von einer betenden Schwester erwartet hatte. Fehlten ihr doch die Demut und die heitere Gelassenheit eines Menschen, der sein Leben dem Herrn verschrieben hatte, zur Gänze.

Einen winzigen Augenblick lang hatte er gehofft, Anastasia gefunden zu haben, doch die alte Nonne hatte seine Hoffnung zunichtegemacht. Und obwohl er enttäuscht war, war er doch gleichzeitig froh darüber, dass Anastasia nicht an einem so kalten, abweisenden Ort wie diesem leben musste.

Seine ganze Hoffnung ruhte nun auf Madame de Pizan. Er beschloss sie aufzusuchen, bevor er zurück aufs Gut ritt. Sie kannte Anastasia besser als er und hatte vielleicht eine Idee, wo sie sich aufhalten könnte.

Die Dämmerung senkte sich unmerklich über die Stadt, als er drei Tage später in Paris einritt. Noch bevor die Lampen in den Fenstern der schmalen Häuser entzündet wurden, erreichte Bernard den Barbeauturm, sprang vom Pferd und zog den Hengst hinter sich her durch das Tor.

Christine ließ ihren Löffel in die Erbsensuppe mit Speck fallen, als es an der Tür klopfte. Seit dem Tag, an dem Anastasia ohne Abschied aus dem Turm verschwunden war, hatte sie weder von ihr noch von Bernard von Dreux etwas gehört. Stattdessen war wenige Tage nach Anastasias Aufbruch ein junger Hauptmann mit seinem Trupp Bogenschützen im Barbeauturm eingefallen, hatte sie nach Anastasia befragt und anschließend jede einzelne Kammer nach ihr durchsucht. Und nun wurde jeder ihrer Schritte überwacht, und sowohl vor dem Barbeauturm als auch vor der Schreibstube waren Wachen postiert. Sie hatte schon das Schlimmste befürchtet und die ersten Tage und Nächte voller Angst zugebracht, wobei die Ungewissheit besonders quälend gewesen war. Doch als niemand kam, um sie wegen des vergifteten Buches abzuholen oder zu befragen, war sie ruhiger geworden. Nachdem Anna außerdem noch mit der Nachricht vom Markt zurückgekehrt war, dass Chrétien hingerichtet worden war, hatte sie erleichtert aufgeatmet. Nach wie vor machte sie sich jedoch schreckliche Sorgen um Anastasia, vor allem, nachdem die königliche Garde den Barbeauturm nach ihr durchsucht hatte, und betete jeden Tag dafür, dass es ihr gut gehen möge.

Ihr Puls beschleunigte sich, als sie Bernard von Dreux hinter Anna im Türrahmen stehen sah. »Habt Ihr etwas von Anastasia gehört?«, fragte sie mühsam beherrscht. Sie saß sehr aufrecht, aber Bernard bemerkte in ihren dunklen Augen die gleiche quälende Ungewissheit, die auch ihm zu schaffen machte.

Er schüttelte den Kopf. »Ich habe Wachen vor Eurem Haus gesehen, hat man Euch etwa unter Arrest gestellt?«

Christin de Pizan seufzte.

»Die Männer der königlichen Garde waren hier. Wie Ihr haben sie gehofft, sie bei mir zu finden.«

Sie hatte ihn durchschaut und wusste also, weshalb er gekommen war. Eine Welle der Enttäuschung überrollte ihn. Er hatte so sehr gehofft, von Frau de Pizan zumindest einen Hinweis auf Anastasias Verbleib zu erhalten.

»Willst du unserem Gast keinen Platz anbieten?«, forderte Christines Mutter und schluckte rasch den Speck hinunter, den sie zuvor aus ihrer Suppe gefischt und sich gierig in den Mund geschoben hatte.

Christine de Pizan wies auf den freien Stuhl an ihrer Seite.

Bernard von Dreux ließ sich auf Christines früherem Platz nieder, den sie nach Étiennes Tod aufgegeben hatte, um dessen Platz als Hausherr am Kopfende der Tafel auch für alle Augen sichtbar einzunehmen. Der Entschluss war ihr nicht leichtgefallen, trotzdem hatte sie ihn nie bereut, denn von diesem Tag an hatte ihre Mutter jeden Versuch, sie wieder unter die Haube zu bringen, aufgegeben.

Anna verließ die Stube und kehrte mit einer Schale Suppe und einem Becher zurück, den sie mit rubinrotem Wein aus dem Artois füllte. Der Wein und auch die feinen Wachskerzen auf dem mit feinem Linnen gedeckten Tisch waren ein Zeichen für den bescheidenen Wohlstand, der nach einer langen Zeit des Darbens wieder im Barbeauturm eingekehrt war.

Bernard tauchte seinen Löffel in die Suppe, führte ihn dann aber doch nicht zum Mund, weil sein Magen auf einmal rebellierte. »Wie Ihr richtig vermutet habt, bin ich auf der Suche nach Anastasia«, sagte er an Christine gewandt. »Ich hatte gehofft, dass Ihr mir weiterhelfen könnt.«

Christine schüttelte bedauernd den Kopf. »Seitdem sie uns verlassen hat, habe ich nichts mehr von ihr gehört«, erklärte sie.

Sie warf einen beredten Blick auf ihre Kinder, die ihre Suppenschalen längst geleert hatten und den jungen Ritter aus großen Augen anstarrten. »Anna, bring bitte die Kinder zu Bett«, befahl sie, bevor sie sich an ihre Mutter wandte. »Bitte seid auch Ihr so gut, Mutter, und lasst uns allein. Es gibt einige Dinge, die ich mit dem Grafen von Dreux unter vier Augen besprechen muss.«

Die verzog daraufhin unwirsch den Mund, erhob sich aber widerspruchslos und folgte Anna und den Kindern nach draußen.

Christine war mit dem jungen Grafen allein, was noch vor wenigen Monaten weder ihre Mutter noch Anna ohne Widerrede zugelassen hätten.

Wie sehr hatte sich ihr Leben doch verändert, seitdem sie es selbst in die Hand genommen hatte. Sie brauchte nicht länger Bücher zu kopieren, sondern schrieb eigene Werke. Das »Buch von der Besonnenheit des Menschen«, das »Buch von der Umsicht« und das »Buch der drei Tugenden«, das sie der jungen Margarete von Burgund, der Thronfolgerin Frankreichs, gewidmet hatte.

Und dann hatte sie das »Buch vom Wandel des Schicksals« geschrieben und es dem Herzog von Burgund, den sie sehr verehrte, als Neujahrsgabe gesandt.

Wenige Tage darauf war die Nachricht seines Schatzmeisters Monbertault im Barbeauturm eingetroffen, der sie bat, sich im Louvre einzufinden, da der Herzog von Burgund sie dort zu sprechen wünsche.

Welch ein Wandel des Schicksals! Nachdem sie die Grand Pont überquert hatte und vor dem Schloss angekommen war, wurde sie von zwei Edelleuten in Empfang genommen, die sie in allen Ehren zum Herzog von Burgund geleiteten. Christine hatte geglaubt zu träumen, als ihr der Herzog dann in Anwesenheit seines Sohnes Antoine den Auftrag erteilt hatte, einen Bericht über das Leben seines Bruders Karl V. zu schreiben.

»Es soll ein umfangreiches Werk werden, das dem Volk die Weisheit, Umsicht, Redlichkeit und Fürsorge des verstorbenen Königs in Erinnerung bringen und allen Amtsinhabern im Königreich zur Belehrung dienen soll. Traut Ihr Euch das zu, Madame?«

Sie war so überwältigt von dieser Ehre gewesen, dass sie nur stumm hatte nicken können. Bis zu dieser Stunde war es allein die Aufgabe der Mönche von Saint-Denis gewesen, die Geschichte der königlichen Familie aufzuzeichnen. Doch von nun an wäre es die ihre, über die Taten und die edle Gesinnung des weisen Herrschers zu schreiben.

Einst hatte Karl V. ihr zugelächelt, und sie hatte gewusst, dass er gut für sie und ihre Familie sorgen würde. Nun tat er es sogar noch über seinen Tod hinaus, so als wollte er vom Himmel aus das Unrecht wiedergutmachen, das ihrem Vater und ihrer ganzen Familie nach seinem frühen Tod angetan worden war.

Sie schüttelte leicht den Kopf und richtete das Wort dann bittend an Bernard von Dreux.

»Und jetzt würde ich gerne erfahren, was geschehen ist, nachdem Anastasia aus dem Barbeauturm verschwunden ist.«

Bernard nickte und berichtete ihr, in welche Gefahr Anastasia sich begeben hatte, um das Leben des Königs zu retten, und dass Ludwig von Orléans sich tatsächlich an der Verschwörung gegen seinen eigenen Bruder beteiligt hatte.

Gebannt lauschte Christine seinen Worten und wollte kaum glauben, was sie da hörte. Sie brauchte eine Weile, um all die Neuigkeiten zu verdauen.

»Wusstet Ihr, dass Anastasia guter Hoffnung ist?«, fragte Bernard schließlich in ihre Gedanken hinein. Christine nickte. »Ja, wir haben darüber gesprochen«, gab sie zurück und musterte den jungen Grafen prüfend.

Er ist bis über beide Ohren verliebt, dachte sie. *Doch wohin soll diese Liebe führen?* Das Schicksal hatte diese beiden jungen Menschen zwar zusammengeführt, aber dennoch würde eine offiziell anerkannte Verbindung zwischen ihnen niemals möglich sein. Immer häufiger dachte sie in der letzten Zeit über das Schicksal und seine merkwürdigen Wege nach, deren Sinn sie zu entschlüsseln versuchte.

Ohne es zu bemerken, hatte sie die Stirn gerunzelt, und Bernard fragte sich insgeheim, was sie wohl von ihm dachte.

»Was ich getan habe, war nicht recht«, wandte er verlegen ein, »aber ich werde für Anastasia und das Kind sorgen, auch wenn ich sie nicht heiraten kann.«

»Es ist nicht so, dass ich schlecht von Euch denke«, widersprach Christine ihm. »Ihr steht wenigstens zu Eurer Verantwortung, was man bei Gott nicht von allen Männern behaupten kann, die ein junges Mädchen schwängern, ohne auch nur einen Gedanken daran zu verschwenden, wie es ihm danach damit ergeht. Mit ›damit‹ meine ich, dass ich nicht glaube, dass Ihr Euch wirklich vorstellen könnt, was es bedeutet, ein Kind ohne Vater aufzuziehen. Freiwild für die Männer in der Nachbarschaft zu sein und zu hören, wie das eigene Kind überall als Bastard beschimpft wird. Ich habe Anastasia vorgeschlagen, das Kind heimlich bei mir im Turm zur Welt zu bringen und es danach als das Kind einer verstorbenen Verwandten auszugeben.«

Ihre Worte trugen nicht gerade dazu bei, Bernards Stimmung zu heben.

»Und Ihr könnt mir wirklich nicht sagen, wo Anastasia sich aufhält?«, vergewisserte er sich.

Christine sah ihn irritiert an.

»Nein, und es tut mir leid, Euch enttäuschen zu müssen. Sie fehlt mir sehr ebenso sehr wie Euch, und ich wünschte, sie könnte mein Werk über Karl V. illuminieren. Ich glaube nicht, dass ich jemals wieder eine Buchmalerin finden werde, die so lebendig malt wie sie.«

Das flackernde Licht der Kerzen warf tiefe Schatten auf Bernards Gesicht. Den gleichen nachdenklichen, fast schon geistesabwesenden Ausdruck hatte auch Étienne manchmal gehabt, wenn ihn etwas beschäftigte. Doch wenn sie ihn dann gefragt hatte, worüber er grübelte, hatte er immer nur gelächelt oder gesagt: »Es ist nichts, zumindest nichts, worüber sich meine schöne Gemahlin den Kopf zerbrechen sollte.«

»Werdet Ihr mich benachrichtigen, falls Anastasia sich doch noch bei Euch meldet?«

»Gewiss, und Ihr gebt mir gleichermaßen Bescheid, solltet Ihr sie finden.«

Sie tauschten einen verständnisinnigen Blick. Bernard erhob sich. »Der Herzog von Burgund ist ein mächtiger Mann, und es hat mich beruhigt zu erfahren, dass er seine schützende Hand über Euch hält. Trotzdem solltet Ihr Euch eine Weile zurückhalten und die Herren Doktoren der Universität nicht noch weiter herausfordern.« Er lächelte. »Ganz Paris spricht von Euren Briefen an die Universität, in denen Ihr so vehement die Ehre der Frauen verteidigt.«

Er wollte noch etwas hinzufügen, als auf einmal lautstark gegen das Tor gehämmert wurde. Christine schrak zusammen. Es war schon spät und ein Besucher um diese Zeit konnte nichts Gutes bedeuten.

Sie hörten, wie Anna die Treppe hinunterlief, um nachzusehen, wer zu dieser Stunde noch etwas von ihnen wollte, und wie ihr eine männliche Stimme antwortete.

Kurze Zeit später kam Anna mit einem gesiegelten Brief in der Hand in die Stube zurück, den sie vor Christine auf den Tisch legte.

Bernard starrte auf das königliche Siegel mit dem knorrigen Stock in der Mitte. Er wusste, dass Ludwig von Orléans erst vor Kurzem sowohl seinem Wappen als auch seinem Siegel den Stock als Emblem hatte hinzufügen lassen.

»Wenn man vom Teufel spricht«, murmelte er und befürchtete das Schlimmste.

Wortlos nahm Christine den Brief und erbrach das Siegel. Ihre Augen überflogen die Zeilen, und ihre Augenbrauen zogen sich unwillkürlich nach oben. Ratlos sah sie Bernard an.

»Ludwig von Orléans veranstaltet in seinem Palais ein Rosenfest, zu dem er mich einlädt. Er wünscht einen Orden zu gründen, den er den Rosenorden nennen will und dessen oberstes Ziel es sein soll, die Ehre der Frauen zu schützen. Er hat vor, mich zur Hüterin dieses Ordens zu ernennen. Was hat das nur zu bedeuten?«, fragte sie und senkte ihren Blick erneut auf das Schreiben, als ob sie darin die Antwort auf ihre Frage finden könnte.

Bernards Gesicht verzog sich grimmig. »Ludwig liebt die Künste, aber noch mehr liebt er die Abwechslung. Er hat die besten Dichter und Poeten des Landes um sich versammelt und will Eure Berühmtheit für sich nutzen. Gleichzeitig macht er, indem er Euch erhebt, anstatt Euch zu erniedrigen oder gar einzuschüchtern, deutlich, dass er Euch nicht fürchtet.«

Da schoss ihm ein unglaublicher Gedanke durch den Kopf. »Ob es ein Zufall war, dass der Bote sein Schreiben ausgerechnet in dem Moment überbringt, an dem ich Euch einen Besuch abstatte?«

Christine antwortete nicht sofort. Jeder Blutstropfen war aus ihrem Gesicht gewichen.

Da war es wieder, das Gefühl, auf einem schwankenden Schiff zu stehen und hin und her geworfen zu werden von den Wellen des Meeres, in das sie sich selbst gestürzt hatte. Stolz hatte sie ihre Gedanken in Reimen niedergeschrieben, die die gewohnte Ordnung auf den Kopf stellten, und hatte sich keine Gedanken über die Reaktionen gemacht, die ein solcher Angriff unweigerlich hervorrufen musste. Reumütig dachte sie an das Schreiben, das sie erst vor wenigen Tagen verfasst und an die Königin von Frankreich geschickt hatte und das den Rat enthielt, sich vor der Missgunst zu hüten, die die Menschen dazu brachte, gegen andere zu hetzen oder ihre Ehre anzugreifen.

Die Missgunst zerstört alles durch ihre verleumderischen Worte. Aber die Verleumdung ist ein Schwert, das nicht nur den tötet, den es durchbohrt, sondern auch den, der es schwingt.
Vor allem hüte man sich, der Ehre der Frauen zu schaden.

Gemeine Leute nenne ich jene, die gemein handeln.
»Niedrig« ist für mich nicht der einfache Mann,
sondern ein Mensch von niederträchtiger Gesinnung.
Ein Mann adeliger Abstammung verliert jedoch seinen Rang,
wenn sein Adel zur Gemeinheit wird.

»Es gibt keinen Zufall«, gab sie schließlich zurück. »Und wenn ich meine Familie nicht in Gefahr bringen will, werde ich mich wohl dem Wunsch des Herzogs beugen müssen.«

Ein Moment der Schwäche überkam sie, den sie jedoch geschickt vor dem jungen Ritter verbarg. Er währte nicht lange, doch für den Bruchteil einer Sekunde wünschte sie sich inständig, auf die Worte ihrer Mutter gehört zu haben.

Zwischen Paris und Rivières Gut lagen keine weiteren, von Nonnen geführten Klöster, aber es gab eines in Paris, das Bernard voller Hoffnung aufsuchte. Doch auch hier wurde er enttäuscht. Anastasia war und blieb spurlos verschwunden, und so kehrte Bernard schließlich an den Hof zurück.

Dort focht er die angesetzten Übungskämpfe mit einer solchen Heftigkeit aus, als wären es echte, sodass es nach wenigen Wochen nur noch die stärksten Ritter wagten, gegen ihn anzutreten. Die Zahl seiner Bewunderer stieg.

Man machte ihm wieder Platz an der Tafel, und er wurde nicht länger geächtet.

Die Ritter nahmen ihn wieder in ihrer Runde auf wie einen verlorenen Sohn, trotzdem gelangte er nicht in den inneren Kreis, den Ludwig von Orléans um seinen Bruder gezogen hatte und dem mittlerweile auch le Coq angehörte.

Bernard, der den Eid, den er dem König geschworen hatte, nicht vergessen hatte, beobachtete voller Sorge, wie Ludwig von Orléans die zunehmende geistige Verwirrung Karls VI. als Vorwand nahm, um ausgelassene Feste zu feiern. Angeblich zur Erbauung seines Bruders, dem die Wirklichkeit immer mehr entglitt. Anfangs waren es nur ein paar Tage, an denen der König mit leeren Augen vor sich hin starrte und sich aus der Welt zurückzog, doch aus den Tagen wurden Wochen.

Als sich die schreckliche Nachricht vom Wahnsinn des Königs schließlich verbreitete, waren Gerüchte von Hexerei und Gift in aller Munde, und die Aufregung im Volk war groß. Schluchzende Geistliche beteten für ihn, Bischöfe führten barfüßig Prozessionen an, und in den Kirchen warfen sich die Menschen vor Maria und dem Kreuz Christi auf den Boden, um Heilung für ihren König zu erflehen.

Nur wenige Menschen glaubten, dass die Heimsuchung des Königs natürliche Ursachen hatte. Die meisten sahen sie als einen Ausdruck göttlichen Zorns an, weil der König es versäumt hatte, das Schisma zu beenden.

Um das Volk zu beruhigen, schlug Philippe de Mézières vor, dass der König eine Reise nach Avignon machen solle. Offiziell, um dort mit Papst Klemens VII. über Mittel und Weg zu beraten, wie man diesem die alleinige Herrschaft über das Papsttum verschaffen konnte. Aber der eigentliche Grund für die Reise war, sich bei der Bevölkerung beliebt zu machen, um neue Geldquellen zu erschließen.

Denn Ludwig von Orléans' Verschwendungssucht war grenzenlos, und die königlichen Schatullen, aus denen er sich bediente, als wären es seine eigenen, waren bereits erschreckend leer.

Bernard war nicht sonderlich überrascht, als er darüber informiert wurde, dass man während der Reise des Königs auf seine Dienste verzichten könne. Er war im Gegenteil eher dankbar für die auf diese Weise gewonnene Zeit, denn Rivières Worte ließen ihm keine Ruhe. Er musste entweder einen eindeutigen Beweis für Ludwig von Orléans' Mitwisserschaft finden oder etwas anderes, das ihm dabei half, den König und auch Anastasia vor Ludwig zu schützen. Sein Vater hatte von Geheimnissen gesprochen und ihm erzählt, dass es die Templer noch immer gab und dass sie durch ein geheimes Netz miteinander verbunden waren. Vielleicht wusste er einen Rat. Er sah das von Askese gezeichnete Gesicht seines Vaters vor sich, der der Welt entsagt hatte, weil er sie verachtete, und dennoch in sie zurückgekehrt war, weil es in ihr einen Menschen gab, der ihm wichtig war. Wichtiger als alle Geheimnisse, die er hütete: sein Sohn.

Jede Ursache hat ihre Wirkung,
jede Wirkung ihre Ursache,
alles, was geschieht, geschieht gesetzmäßig.
Zufall ist nur ein unbekanntes Gesetz.
Es gibt viele Ebenen der Ursächlichkeit,
aber nichts entgeht dem Gesetz.
Kybalion

10

Während der König und sein Gefolge sich in Lyon einschifften und ihre Reise auf der Rhone weiter fortsetzten, sattelte Bernard sein Pferd und ritt aus der Stadt. Auf der anderen Seite der Stadtmauer angekommen, stieg er von seinem Hengst und in die unterirdischen Gewölbe hinab.

Feuchte Kälte schlug ihm entgegen, und das ihm bereits bekannte Gefühl von Beklemmung legte sich auf seine Brust. Nur jemand, der ohne Hoffnung war, konnte sich dazu entschließen, hier unten zu leben, fern vom Licht der Sonne, Tag und Nacht umgeben von totem, kaltem Gestein. Vielleicht hatte er seinem Vater unrecht getan, und dieser war tatsächlich einst in die Stollen gestiegen, weil er verzweifelt gewesen war und für die Schuld gegenüber seiner Familie hatte büßen wollen.

Die Stollen kamen Bernard schmaler und enger vor, als er sie in Erinnerung hatte. Er entzündete eine der Fackeln, die in regelmäßigen Abständen an den Steinwänden angebracht waren, und trug sie wie ein gezücktes Schwert vor sich her. Sein

Schatten eilte ihm an der hellen, grauen Steinwand voran wie ein lautloser Dämon, der ihn in die Finsternis begleitete. Er hörte sein Blut in den Ohren rauschen und war erleichtert, als er endlich den fünfzackigen Stern König Salomos vor sich auftauchen sah. Er drückte mit seiner Hand auf den Stern und fühlte, wie der Stein nachgab.

Kaum hatte er den Säulengang betreten, als er auch schon spürte, dass er nicht länger allein war.

Ein Mönch kam ihm entgegen, und Bernard sah, dass es sein Vater war.

»Wir hören es, wenn der Stein sich öffnet«, erklärte er seinem Sohn anstelle einer Begrüßung, und im gelben Licht der Öllampen wirkten seine Züge weicher.

»Ich bin gekommen, um dich um deine Hilfe zu bitten, Vater. Ich muss etwas finden, womit ich Ludwig von Orléans in Schach halten kann, wenn ich ihm schon die Beteiligung am Komplott gegen seinen Bruder nicht nachweisen kann.«

Arnaud von Dreux betrachtete ihn ruhig.

»Hast du schon einmal daran gedacht, dass du uns alle in Gefahr bringst, wenn du hier unten ein- und ausgehst wie in einer Schänke?«

»Es tut mir leid, Vater«, sagte Bernard und verspürte ein schlechtes Gewissen, als er an seinen Hengst dachte, den er für jedermann weithin sichtbar neben dem Einstieg zu den Stollen zurückgelassen hatte.

»Jacob Braques hat seine Aufzeichnungen hier unten aufbewahrt. Der Brunnenschacht in seinem Keller, der hinab in die Stollen führte, wurde beim Brand seines Hauses allerdings verschüttet, und ich hatte gehofft, dass es vielleicht einen anderen Weg zu seinem Gewölbe gibt.«

»Wir haben die Aufzeichnungen an uns genommen und den Stollen, der vom Brunnenschacht abging, verschlossen. Das

Risiko, dass er bei einem Wiederaufbau des Hauses entdeckt werden könnte, war zu groß.«

»Ich würde die Aufzeichnungen gerne sehen«, bat Bernard.

Arnaud von Dreux nickte und führte ihn an dem Kapitelsaal vorbei in einen Gang, der schräg nach unten verlief und vor einer Wand endete.

Plötzlich war er verschwunden, und Bernard starrte ungläubig auf die Wand. »Geh einfach weiter«, hörte er die gedämpfte Stimme seines Vaters. Bernard tat wie ihm geheißen und entdeckte einen schmalen Spalt in der Wand, gerade breit und hoch genug, dass sich ein Mann seitlich durch ihn hindurchzwängen konnte.

Ein Gang mündete in den nächsten und verlief einmal schräg nach oben, dann wieder nach unten. Ein unentwirrbares Labyrinth, aus dem Bernard ohne Hilfe wahrscheinlich nie wieder herausgefunden hätte.

»Wir befinden uns jetzt zehn Klafter tief unter dem Gewölbe der ehemaligen Residenz der Tempelritter. Direkt über uns steht der Porte du Temple«, erklärte Arnaud von Dreux.

»Dank der Stollen ist es unseren Brüdern damals gelungen, unser Vermächtnis in Sicherheit zu bringen, als Krone und Papst zum finalen Schlag gegen sie ausholten.«

Arnaud von Dreux zog eine Kette mit einem silbernen Kreuz unter seiner Kutte hervor. Die gleichlangen Schenkel des Kreuzes bestanden jeweils aus vier einzelnen, sich schlängelnden Strahlen, die von einer spiralförmigen Mitte abgingen. Er schob das Kreuz in ein kleines Loch in der Wand direkt vor sich.

Die Wand öffnete sich lautlos, wie von unsichtbaren Händen bewegt, und gab den Blick in eine schmale Kammer frei, deren Decke so niedrig war, dass Bernard sie mit der Hand berühren konnte.

Arnaud von Dreux entzündete eine Reihe von Fackeln, die in eisernen Ringen an den Wänden steckten. Die Wand gegenüber dem Eingang schimmerte golden, und Bernard sah, dass die Kammer keineswegs so schmal war, wie sie auf den ersten Blick gewirkt hatte. Sie war nur völlig zugestellt mit Goldbarren, die sich bis zur Decke stapelten.

Sprachlos starrte Bernard auf die Wand aus Gold.

»Der eigentliche Schatz ist nicht das Gold«, bemerkte Arnaud von Dreux. »Das Gold dient lediglich zur Ablenkung, falls unser Vermächtnis, was allerdings mehr als unwahrscheinlich ist, jemals entdeckt werden sollte.«

Er legte seine Hand auf einen weiteren faustgroßen, natürlich aussehenden Vorsprung in dem Stein hinter ihm und drückte ihn nach oben.

Der Stein glitt darauf zur Seite und gab den Weg in eine zweite, kleinere Kammer frei, deren Decke so niedrig war, dass die beiden Männer den Kopf einziehen mussten, um nicht anzustoßen. Auf dem Boden standen drei wuchtige Truhen mit gewölbten Deckeln.

»Es ist Philipp dem Schönen nicht gelungen, unseren Schatz an sich zu reißen. Es gibt viele Gerüchte und Mutmaßungen darüber, wo er sich befinden könnte, in Jerusalem, Rhodos, Zypern oder gar Schottland, seitdem unsere Brüder im Oktober des Jahres dreizehnhundertsieben zum Schein leere Kisten von La Rochelle aus verschifft und falsche Fährten in alle Himmelsrichtungen gelegt haben.« Er lächelte grimmig. »Dabei hat der Schatz der Tempelritter Paris nie verlassen. Es wäre viel zu gefährlich gewesen, ihn aus der Stadt zu schaffen.«

Er strich sich mehrmals über die Stirn, um auf diese Weise die Müdigkeit zu vertreiben, die ihn immer öfter zu lähmen begann. Doch es gab noch so viel zu tun, dass er ihr nicht nachgeben durfte. Nicht bevor er nicht seinen endgültigen Frieden mit der Welt und vor allem mit seinem Sohn gemacht hatte. Er spürte, wie seine Kräfte schwanden, ohne dass er sich dagegen wehren konnte. Er war schwach geworden, so schwach, dass er die Verachtung, die er in den Augen seines Erstgeborenen gesehen hatte, nicht länger hinnehmen wollte. Ihm war durchaus bewusst, dass es nur seine Eitelkeit war, die ihn dazu trieb, seinem Sohn einen Einblick in die Geheimnisse der Tempelherren zu gewähren. Aber er wollte, dass Bernard noch einmal so stolz auf ihn war wie früher, als er noch ein kleiner Junge gewesen war.

Er hatte mit Robert de Molay darüber gesprochen, der den Platz des einstigen Großmeisters eingenommen hatte, und dessen Einverständnis erhalten, sein Schweigen gegenüber seinem Sohn brechen zu dürfen. Das Wissen um das Vermächtnis der Templer durfte nicht verloren gehen, und immer wieder kam es zu Einstürzen in den Stollen mit dramatischen Folgen. Weshalb es auch wichtig war, dass es Eingeweihte außerhalb der Höhlen gab, die sich wie die Wüste im Heiligen Land ständig veränderte, neue Hohlräume öffnete und alte für immer verschloss.

Und obwohl er sich gleichmütig gab, war der ungläubige Ausdruck in den Augen seines Sohnes Balsam für seine ruhelose Seele. Er konnte nicht mehr ändern, was in der Vergangenheit geschehen war, aber er konnte zumindest bewirken, dass die letzten Erinnerungen seines Sohnes an ihn gute waren.

»Es gibt zwölf Kammern. Sie alle sind gefüllt mit kostbaren Reliquien, die wertvoller sind als Gold oder Edelsteine. Darunter befinden sich beispielsweise die Schädel der Apostel, die Bundeslade, das Grabtuch Jesu, die Menora und viele uralte Schriftstücke, mit denen schon allein sechs der Kammern gefüllt sind.«

Bernard lauschte ungläubig den Worten seines Vaters, der wie selbstverständlich von den allerheiligsten Dingen wie dem Grabtuch Jesu sprach. Wie gerne hätte er das Grabtuch einmal berührt und seine Wange an den Stoff gelegt, der einst den Körper Jesu umhüllt hatte. Oder die Tafel mit den Zehn Geboten gesehen, die Gott den Menschen gegeben hatte, um ihnen den Weg zum Heil zu weisen.

Aber es fiel Bernard schwer zu glauben, was er gerade gehört hatte, und er überlegte ernsthaft, ob es nicht vielleicht doch Gase in den Stollen gab, die seinem Vater den Verstand verwirrt hatten und ihn Dinge glauben und sehen ließen, die es in Wahrheit gar nicht gab.

Die Stimme seines Vaters unterbrach ihn in seinen Gedanken.

»Es gibt aber auch noch eine dreizehnte Kammer. Wir nennen sie die Judas- oder auch die Kainskammer. Dort werden die wahren Geschichten über Lügen und Verrat aufbewahrt, geschrieben von Chronisten, die schon lange vergessen sind. Geschichten, die sich wieder und immer wieder wiederholen werden, solange es Menschen gibt, die sich von Neid und Gier beherrschen lassen.«

Er beugte sich über eine der Truhen und öffnete ihren Deckel.

Es war stickig in der engen Kammer, und Bernard begann zu schwitzen. Er fühlte sich wie in einem merkwürdigen Traum, aus dem er jeden Moment erwachen würde, aber er wollte nicht aufwachen, nicht bevor er etwas gegen Ludwig von Orléans in der Hand hatte.

Der Anflug eines Lächelns umspielte die blassen Lippen seines Vaters, als er eine Pergamentrolle aus der Truhe nahm, an der mit einem Band ein kleines, schlankes Fläschchen aus Ton befestigt war.

»Ich habe Jacob Braques' Aufzeichnungen studiert. Er war auf der Suche nach dem ›Grünen Löwen‹, und es ist ihm tatsächlich mithilfe der ›Tabula Smaragdina‹ gelungen, das Vitriolum der Weisen herzustellen.« Bernards Augen wurden schmal. Auf seiner Stirn bildete sich eine steile Falte. Der alte Hass stieg bei diesen Worten seines Vaters wieder in ihm hoch und brannte in seiner Kehle wie Säure.

Arnaud von Dreux lächelte ihm beruhigend zu. »Ich werde versuchen, es dir zu erklären, denn du kannst es nur verstehen, wenn du den Zusammenhang kennst.

V-isita I-nteriora T-errae R-ectificando I-nvenies O-ccultum L-apidem V-eram M-edicinam, was so viel heißt wie: ›Siehe in das Innere der gereinigten Erde, und du wirst finden den geheimen Stein, die wahre Medizin.‹ Zusammengezogen ergeben die Anfangsbuchstaben dieses lateinischen Satzes das Wort Vitriolum. Aber das erste Vitriolum ist nur der Anfang. Aus ihm wird ein zweites Vitriolum gewonnen, und erst die Umkehrung dieses zweiten Vitriolums enthüllt sein verborgenes Wesen in Form des philosophischen Merkurs, der für das Flüchtige steht, und des philosophischen Schwefels, der das Feste bedeutet. Der Merkur erscheint als eine farblose Flüssigkeit und der Schwefel als rubinrotes Öl, das Blut des ›Grünen Löwen‹.«

Er hielt einen Augenblick inne. »Es ist kompliziert und für Außenstehende nur schwer zu verstehen, aber wie ich dir gesagt habe, hängt alles zusammen, eins greift ins andere, wie die Zahnräder eines Uhrwerks ineinandergreifen.

Jacob Braques war einer von uns, aber er wollte dem ›Grünen Löwen‹ sein Geheimnis um jeden Preis entreißen und hat dafür teuer bezahlt. ›Radj al ghar‹ heißt übersetzt ›Höhlenpulver‹, und in der ›Tabula Smaragdina‹ wird vor diesem Rubinschwefel gewarnt. ›Der Grüne Löwe‹ frisst die Sonne, um nicht von ihr gefressen zu werden. Und Jacob Braques hat gewusst, was das bedeutet. Trotzdem hat er den Schwefel ans Licht gebracht, um sich selbst von seiner Kraft zu überzeugen, seine Wirkung mit eigenen Augen zu sehen. Er war wie besessen davon, den Dingen auf den Grund zu gehen. Nachdem er sich davon überzeugt hatte, dass der Rubinschwefel im Tageslicht zerfällt, hat er weitere Versuche unternommen und schließlich eine Tinte aus ihm hergestellt, mit deren Leuchtkraft sich keine andere messen konnte. Seine Frau war begeistert von dieser Tinte, und obwohl er sie davor gewarnt hat, sein Musterbuch bei Tageslicht zu öffnen, konnte sie nicht widerstehen. Sie starb kurze Zeit später. Aus Kummer über den Verlust seiner geliebten Gemahlin hat Jacob Braques wie ein Besessener nach dem Universalelixier geforscht, von dem behauptet wird, dass es jede Krankheit heilen und sogar Tote wieder zum Leben erwecken kann. Aber es ist anders gekommen.

Jacob Braques hat seinem Bruder einst ein Fläschchen der Tinte überlassen. Der hat es an Chrétien verkauft, dessen Liebe zum König in Hass umschlug, nachdem Karl V. Thomas de Pizan an seinen Hof geholt und dessen Gesellschaft immer häufiger der seinen vorgezogen hatte. Philippe de Mézières hat Chrétien in seinem Hass bestärkt. Schon damals hat er seine eigenen Pläne geschmiedet. Ludwig von Orléans ist unter seinem Einfluss aufgewachsen und liebt ihn wie seinen eigenen Vater, den er schon so früh verloren hat. Ob er Philippe de Mézières auch noch lieben würde, wenn er wüsste, dass er derjenige war, der zusammen mit Gervais Chrétien seinen Vater vergiftet hat?«

Bernard starrte ihn fassungslos an. »Woher wisst Ihr das alles, Vater?«

Arnaud von Dreux reichte ihm das Pergament. »Jacob

Braques war wie gesagt einer von uns. Nach dem Mord an Karl V. hat er Besuch von Thomas de Pizan erhalten, dem die Wirkung des ›Grünen Löwen‹ bekannt und dem der Knoblauchgeruch am Sterbebett Karls V. aufgefallen war. Woraus er richtigerweise sofort schlussgefolgert hat, dass der König vergiftet wurde. Über den Inhalt seines Gesprächs mit Braques ist uns nichts Näheres bekannt, wir wissen nur, was Braques schriftlich für uns festgehalten hat. Als Beweis für die Wahrheit seiner Aussage hat er seinem Schreiben ein Fläschchen mit dem Blut des ›Grünen Löwen‹ beigefügt.«

»Aber warum habt Ihr dann nichts gegen Chrétien und Mézières unternommen und den Mord an unserem König aufgedeckt?« Bernard verstand seinen Vater nicht.

Arnaud von Dreux hob die Brauen.

»Robert de Molay hat es dir bei deinem letzten Besuch erklärt. Unsere Aufgabe ist es, das Vermächtnis der Tempelritter zu hüten, so wie es die deine ist, den König zu schützen.«

Da war sie wieder, die Kluft, die zwischen ihnen klaffte.

Es gab nichts mehr zu sagen.

Arnaud von Dreux sah seinen Sohn an, als wollte er sich sein Gesicht für immer einprägen, und etwas in seinem Blick ließ Bernard ahnen, dass er ihn nicht wiedersehen würde. »Danke, Vater«, sagte er und ließ zu, dass sein Vater ihn in seine Arme zog und ihn auf die Stirn küsste.

Die frische Luft, die ihn außerhalb des Einstiegs empfing, überwältigte Bernard. Er legte seinen Kopf in den Nacken und schaute zu der blassen Sonne empor, die sich immer wieder durch die dicken, grauen Wolken kämpfte wie ein ruderloses Boot im Sturm.

Er füllte seine Lungen tief mit der klaren, kalten Luft und merkte, wie die Beklemmung langsam von ihm abfiel.

Der Hengst wieherte erfreut, als er seinen Herrn erkannte, und scharrte ungeduldig mit den Hufen. »Schon gut, mein Alter«, sagte Bernard und tätschelte dem Tier den Hals. »Hast lange genug gewartet.« Er zog den Sattelgurt enger und schwang sich mit einem Satz auf den Rücken des Pferdes.

Die Worte seines Vaters schwirrten ihm noch immer im Kopf herum, aber mit jedem Zoll, den er sich weiter vom Eingang des Stollens entfernte, wurden sie klarer und seine Gedanken geordneter.

Während er über die kahlen Wiesen entlang der Stadtmauer trabte, fühlte er das Pergament, das sein Vater ihm mitgegeben hatte, an seiner Brust. Er stellte sich Ludwig von Orléans' Gesicht und seine Reaktion vor, wenn er erfahren würde, dass sein väterlicher Freund und engster Vertrauter der Mörder seines Vaters war. Er ritt zurück ins Hôtel Saint-Paul, sattelte seinen Hengst eigenhändig ab und führte ihn in den Stall.

Dem herbeieilenden Stallburschen befahl er, dem Tier frisches Wasser und Heu zu bringen, dann begab er sich in seine Kammer, entrollte das Pergament und begann es zu lesen. Jacob Braques beschönigte nichts in seinem Bericht. Er stand zu seiner Schuld, auch wenn er an einer Stelle betonte, nichts von dem geplanten Mord an Karl V. gewusst zu haben. Erst durch den Besuch des italienischen Astrologen hatte er den Zusammenhang zwischen seiner Tinte und dem Tod des Königs erkannt und seinen Bruder zur Rede gestellt.

Neun Tage später kehrte der König von seiner Reise zurück, und seine Rückkehr wurde mit einem rauschenden Fest gefeiert. Bernard wartete bis zum nächsten Morgen, dann ließ er sich bei Ludwig von Orléans melden.

Ludwig ließ ihn einige Zeit warten, und Bernard fürchtete

bereits, nicht empfangen zu werden, als ein Diener ihm mitteilte, der Herzog von Orléans ließe jetzt bitten.

Der dreiarmige Silberleuchter auf dem Tisch reflektierte das Licht der schräg durch die Fenster einfallenden Sonnenstrahlen. Ludwig von Orléans saß auf einem ungepolsterten Eichenstuhl. Vor ihm lag ein Stapel Pergamente, die von ihm gelesen und unterschrieben werden mussten. Die Reise des Königs war weniger erfolgreich verlaufen als gewünscht, die Stimmung im Volk war abweisend und gereizt, und Philippe de Mézières' Hoffnungen, neue Geldquellen zu erschließen, hatten sich nicht erfüllt. Ludwigs Stimmung war denkbar schlecht, und sein Kopf schmerzte von dem vielen Wein, den er bis tief in die Nacht in sich hineingeschüttet hatte.

Bernard von Dreux beugte sein Knie und blieb abwartend stehen.

Ludwig von Orléans hob seinen Kopf.

»Was gibt es denn so Dringendes?«, fragte er gleichgültig, lehnte sich in seinem Stuhl zurück und verschränkte die Arme vor der Brust.

Bernard von Dreux reichte ihm zur Antwort stumm das Pergament und beobachtete ihn danach beim Lesen. Schon nach den ersten Zeilen sah er Ludwig erbleichen, und nur wenig später weiteten sich seine Augen vor Entsetzen. Unvermittelt sprang er auf und ließ das Schriftstück auf den Tisch fallen, als hätte er sich daran verbrannt.

Sein Gesicht war auf einmal aschfahl, als ob alles Leben aus ihm gewichen sei.

»Jacob Braques' Tochter ist unschuldig, und das wisst Ihr genau. Sie hatte nichts mit dem Anschlag auf Euren Bruder zu tun«, durchbrach Bernard die Stille.

Aber Ludwig schien ihn nicht zu hören. Er trat ans Fenster

und starrte in den Park hinaus, über dem sich am Himmel gerade eine schwarze Wolke vor die Sonne schob. Und obwohl im Kamin ein helles Feuer loderte, war es Ludwig von Orléans so kalt wie noch nie zuvor in seinem Leben.

»Und ich habe ihn geliebt und ihm vertraut«, sprach er leise zu sich selbst, noch immer völlig fassungslos.

Als er sich endlich wieder umwandte, war sein Blick noch immer verhangen, aber sein schmales Gesicht weiß vor Wut. Er vermied es, Bernard anzusehen, und starrte stattdessen auf einen Punkt an der Wand hinter ihm. »Mézières wird dafür büßen, dass er meinen Vater umgebracht hat. Er wird sich noch wünschen, nie geboren worden zu sein, dieser elende Verräter«, stieß er mit gefährlich leiser Stimme hervor.

Bilder aus seiner Kindheit tauchten vor ihm auf, sein Vater, der ihm gerade erlaubt hatte, sein Pony gegen ein richtiges Reitpferd zu tauschen, und ihn mit auf die Jagd genommen hatte, während sein großer Bruder im Bett lag und mit flackerndem Blick an die Decke starrte, als würde er dort etwas sehen, was nur für seine Augen bestimmt war.

Auch Bernard von Dreux hatte an der damaligen Jagd teilgenommen, es war eine unbeschwerte, glückliche Zeit gewesen, damals, als sein Vater noch bei ihm war. Wäre er noch am Leben, hätte er seinen ewig kränkelnden Bruder ganz sicher nicht zu seinem Nachfolger bestimmt, sondern ihn dazu ernannt, weil er der Stärkere war. Mézières hatte ihn in diesem Glauben immer bestärkt, aber nun wusste Ludwig, dass er es nur getan hatte, um über ihn noch mehr Macht für sich selbst zu gewinnen.

Es war eine bittere Erkenntnis, die ihn tief traf und alles veränderte.

»Ein Verräter, wie Ihr beinahe einer geworden wäret«, bemerkte Bernard ungerührt.

Ludwigs Augen verengten sich gefährlich zu schmalen Schlitzen. »Wie könnt Ihr es wagen«, herrschte er Bernard an.

»Gott hat Euch davor bewahrt, zum Brudermörder zu werden, so wie Kain, der seinen Bruder Abel umgebracht hat. Ihr solltet Ihm auf Knien dafür danken.«

»Es war nicht meine Idee.«

»Verzeiht, aber das macht Euch nicht weniger schuldig.«

Der erste Schock war überwunden, und Ludwigs Augen funkelten nun wieder so eisig wie eh und je.

»Was wollt Ihr von mir?«

»Jacob Braques' Tochter ist ebenso unschuldig wie Christine de Pizan. Chrétien hat sie nur für seine Pläne benutzt, wie Euch sehr wohl bekannt sein dürfte.«

Ludwig überlegte nur kurz.

»Ich könnte euch alle vernichten«, bemerkte er herablassend.

»Es ist nur eine Abschrift, die ich Euch gegeben habe. Das echte Schriftstück befindet sich in einem sicheren Versteck.«

Ludwig überlegte schnell. Bernard von Dreux konnte ihm trotz des Pergaments nicht wirklich etwas anhaben. Er konnte immer noch behaupten, nichts von Chrétiens, le Coqs und Mézières' Machenschaften gewusst zu haben, aber das Schriftstück würde, wenn es in die Öffentlichkeit gelangte, für Unruhe sorgen oder, was noch unangenehmer wäre, seinen Onkeln einen Grund bieten, sich in seine Angelegenheiten zu mischen, und das musste er in jedem Fall verhindern. Zumal sie, wenn sie außerdem noch erfuhren, wie schlecht es tatsächlich um die durch ihn erheblich geschwächten finanziellen Mittel des Königs bestellt war, alles unternehmen würden, um ihm die Macht wieder aus den Händen zu reißen.

»Und wie kann ich sicher sein, dass du Braques' Geständnis nicht irgendwann wieder hervorholst, um mir zu schaden?«

»Ihr habt mein Wort.«

Ludwig von Orléans hatte endgültig zu seiner alten Kaltblütigkeit zurückgefunden.

»Ihr sprecht wie ein wahrer Ritter«, sagte er spöttisch. Aber Bernard sah, wie es hinter seiner hohen Stirn arbeitete, wie er Für und Wider gegeneinander abwog und sich schließlich entschied.

»Jacob Braques' Tochter ist für mich nicht länger von Interesse, und Madame de Pizan habe ich zur Hüterin meines Rosenordens ernannt, wie Euch bekannt sein dürfte. Beide haben nichts zu befürchten, solange sie mich nicht persönlich angreifen.«

Der Kreuzgang war die kürzeste Verbindung zwischen Kapelle und Kloster. Um ihn herum gruppierten sich der kleine längliche Kapitelsaal, das schmale Parlatorium und die Treppe zum Schlafsaal der Schwestern.

Es fiel Anastasia nicht schwer, sich dem Tagesablauf der Schwestern anzupassen. Die Nonnen arbeiteten von Sonnenaufgang bis Sonnenuntergang. Unterbrochen wurde ihre Arbeit nur von den Stundengebeten zu Terz, Sext, Non und Vesper, die in der Kapelle mit monotoner Stimme von einer der Schwestern vorgetragen wurden. Die Gebete übten eine beruhigende Wirkung auf Anastasia aus. Wann immer sie dem Klang der lateinischen Worte lauschte, die ihr mit jedem Tag vertrauter wurden, ruhte ihr Blick auf der kleinen Madonna. An manchen Tagen hielt sie sogar stumme Zwiesprache mit ihr, erzählte ihr von Paris und Bernard von Dreux und von Madame de Pizan und ihrer Schreibstube, in der sie so glücklich gewesen war.

Ansonsten half Anastasia überall dort mit, wo Hilfe gebraucht wurde. Sie befreite den Kräutergarten von Unkraut, pflückte duftende, rote Äpfel und süße, weiche Birnen von knorrigen, alten Bäumen. Sie zog Rüben und Zwiebeln aus dem dunklen, weichen Ackerboden, fütterte Hühner und Gänse und die fetten, glänzenden Karpfen in den kleinen Teichen. Sie brachte das Heu mit ein und half beim Waschen der Wäsche im Bach.

Die Schwestern hielten sich streng an ihr Schweigegelübde. Sie öffneten ihren Mund nur zum Beten, hatten aber eine Art stummer Verständigung mittels kleiner Gesten entwickelt, die Anastasia schon nach kurzer Zeit verstand, da sie sich ständig wiederholten. Sie war erleichtert, dass keine der Frauen ihr neugierige Fragen stellte, erfüllte ihre täglichen Pflichten so gut sie konnte und fügte sich langsam in die schweigsame Gemeinschaft der Frauen ein.

Wenn sie abends todmüde auf ihr Lager sank, begleiteten sie die Bewegungen des Kindes in ihrem Leib in den Schlaf.

Unmerklich wurden die Tage kürzer und die Nächte kälter. Schwester Agnes hatte ihr einen schweren, wollenen Umhang gebracht, wie die Nonnen ihn trugen, und Anastasia nahm ihn dankbar entgegen.

Ein scharfer Ostwind heulte um die Klostermauern, und die tägliche Arbeit verlagerte sich mehr und mehr in die Küche. Äpfel, Birnen, Pflaumen und Kirschen wurden in dem mächtigen Backofen gedörrt und so lange eingekocht, bis nur noch eine zähflüssige Substanz im Topf war, die wie ein Teig in Formen gegossen wurde.

Marietta, eine zierliche Nonne mit schlohweißem Haar, schwarzen Augen und einer Hasenscharte, würzte die so gewonnenen Früchtepasteten mit Honig und einer Gewürzmischung, deren Zusammensetzung sie wie ein Geheimnis hütete. Anschließend schnitt sie diese in dünne Scheiben, die sie an der Luft trocknen ließ. Stumm und mit temperamentvollen Gesten führte sie das Kommando in der Küche und stellte Anastasia unter ihren Schutz. Anastasia lernte von ihr, wie man Karpfen und Forellen einsalzte und über dem mächtigen Rauchfang räucherte, wie man Milch zu Käse verarbeitete, Gemüse in Essig einlegte und Pasteten und Soßen zubereitete. Als die Vorratskammer schließlich gefüllt war, wurden die im Sommer gerupften und geriffelten Flachsstängel über dem Feuer geröstet und gedörrt.

Der erste Schnee fiel, und eisige Winde rüttelten an den Fensterläden und ließen sie klappern. Anastasia saß mit den anderen Schwestern am warmen Feuer und mühte sich mit der Spindel ab, die Schwester Agnes ihr gegeben hatte. Die ungewohnte Arbeit ging ihr nur schwer von der Hand. Stets verhedderte sich ihr Garn, sosehr sie sich auch bemühte, während die anderen Schwestern die Spindeln scheinbar mühelos zu Boden trieseln ließen, den Flachs vom Rocken zogen und das Garn wickelten. Schwester Agnes, die sie mit säuerlicher Miene beobachtete, nahm ihr schließlich die Spindel wieder aus der Hand und teilte sie für die Küchenarbeit ein, wobei sie ihren Ärger über Anastasias Ungeschick deutlich zum Ausdruck brachte.

Anastasia rupfte gerade ein Huhn, als Schwester Agnes vor sie hintrat und mit ihren Zeigefingern ein Spitzdach bildete. Es war das Zeichen dafür, dass die Äbtissin sie sprechen wollte.

Anastasia erhob sich ein wenig schwerfällig von ihrem Hocker und stemmte dabei eine Hand in ihr schmerzendes Kreuz. Agnes musterte missbilligend ihren gewölbten Bauch. Sie machte kein Hehl aus ihrer Abneigung gegen sie und ließ keine Gelegenheit aus, Anastasia ihre Verachtung zu zeigen.

Auch wenn sie es nicht wagte, offen gegen die Entscheidung der Äbtissin aufzubegehren, lieferte sie Anastasia schon jetzt einen Vorgeschmack auf das, was sie und ihr Kind außerhalb der Klostermauern zu erwarten hatten.

Die Äbtissin las gerade in der Bibel, als Anastasia die Bibliothek betrat. Schnuppernd atmete diese den vertrauten Geruch nach Pergament und Wachs ein, und ihr Blick glitt sehnsüchtig über die Schreibpulte. Auch wenn ihr die Arbeit in der Küche Spaß machte, hätte sie doch viel lieber an einem von ihnen gesessen und gemalt.

Die Äbtissin hob ihren Blick vom Buch. »Ich habe dich rufen lassen, um mit dir über deine Zukunft zu sprechen«, sagte sie ruhig. Ohne dass es ihr bewusst wurde, legte Anastasia beide Hände über ihren Bauch, als ob sie das Ungeborene vor den Worten der Äbtissin schützen müsste.

Die Augen der Äbtissin folgten der Bewegung ihrer Hände. »Ich habe dir erlaubt, im Kloster zu bleiben, aber je näher die Geburt rückt, umso unruhiger werden einige der Schwestern.« Sie suchte Anastasias Blick und hielt ihn fest. »Wenn das Kind ein Junge wird, kann es nicht bleiben.«

Anastasia starrte sie erschrocken an. Doch der Blick der Äbtissin blieb unbewegt. In den langen Jahren, die sie dem Kloster vorstand, hatte sie gelernt, Entscheidungen zu treffen, ohne sich von ihren Gefühlen leiten zu lassen.

»Im Dorf lebt ein Bauer, dessen Frau keine Kinder bekommen kann. Jedes Jahr, wenn der Bauer geschlachtet hat, bringt sie uns Blutwürste vorbei und bittet uns, für sie zur Heiligen Jungfrau zu beten. Ihr Mann ist der größte Bauer in der Umgebung und würde gut für deinen Sohn sorgen.«

Anastasia war zu geschockt, um ihr zu antworten.

Vor ihren Augen tauchte das Bild einer verhärmt aussehenden jungen Frau auf, mit einem Korb voller Würste am Arm und blauen Flecken im Gesicht. Und dieser Frau sollte sie ihr Kind überlassen? Bernards Sohn?

»Nein«, sagte sie so heftig, dass die Äbtissin zusammenfuhr. Doch diese hatte sich sofort wieder gefasst, und ihr Blick wurde hart und unnachgiebig.

»Dann bete zur Madonna dafür, dass es ein Mädchen wird.«

Anastasia fühlte sich seit dem frühen Morgen unwohl. Marietta warf ihr immer wieder besorgte Blicke zu und nahm tröstend ihre Hand, als Anastasia vor Schmerz aufstöhnte. »Ich glaube, es ist so weit«, flüsterte Anastasia ihr zu und wünschte, ihre Mutter würde noch leben, um ihr in dieser schweren Stunde beizustehen. Marietta brachte Anastasia in ihre Kammer, als sie von einer neuen Schmerzwelle erfasst wurde. Kalter Schweiß stand auf ihrer Stirn, nachdem der Schmerz abgeebbt war, um nur wenige Augenblicke später umso heftiger zurückzukehren. Marietta tupfte Essigwasser auf ihre Stirn und brachte ihr heißen, mit Fenchel gewürzten Wein zur Stärkung.

Die Wehen zogen sich die ganze Nacht hindurch, bis das Kind gegen Morgengrauen endlich aus ihrem Leib glitt. Völlig entkräftet sank Anastasia auf ihr Lager zurück, während Marietta das Neugeborene abnabelte, wusch und anschließend in ein sauberes Leinentuch wickelte.

Bevor sie es Anastasia in den Arm legte, schlug sie das Tuch jedoch zurück, um Anastasia zu zeigen, dass es ein Junge war.

Die vorangegangenen Schmerzen waren vergessen. Glücklich betrachtete Anastasia das runzelige Gesicht ihres Sohnes und strich zärtlich über den schwarzen Haarflaum seines Kopfes.

Der Mund des Babys verzog sich. Seine winzigen Händchen ruderten durch die Luft, und es begann zu schreien. Anastasia legte es an ihre Brust, wo es sofort schmatzend zu trinken begann, während ihr die Worte der Äbtissin wieder in den Sinn kamen. Sie würde das Kloster verlassen müssen, doch wohin sollte sie gehen? Das Baby war gerade erst geboren worden, und draußen herrschte eisige Kälte. Es würde noch Wochen dauern, bis der Frühling Einzug hielt.

In Gedanken ging sie alle Möglichkeiten durch. Am liebsten wäre sie nach Paris zurückgegangen, doch das war unmöglich. Der Vorschlag der Äbtissin, ihren Sohn wegzugeben, kam ebenfalls nicht infrage, ebenso wenig wie der, den Verwalter auf Bureau de la Rivières Gut zu heiraten.

Blieb nur noch, in eine andere Stadt zu gehen, sich dort als Witwe auszugeben und zu versuchen, eine Arbeit als Buchmalerin zu finden. Mit ein wenig Glück würde sie sich und ihren Sohn schon durchbringen.

Die Äbtissin erlaubte ihr noch fünfzehn weitere Tage zu bleiben, in denen sie ihre Kammer aber nur verlassen durfte, um den Abort aufzusuchen. Sogar die Fenster mussten geschlossen bleiben, und außer Marietta durfte niemand ihre Kammer betreten.

Als der Tag ihres Aufbruchs gekommen war, brachte Marietta ihr einen Korb mit frischem, duftendem Brot und einem halben Laib Käse, unter dem sie noch einige Scheiben Früchtepastete verborgen hatte, die normalerweise nur den Kranken vorbehalten war.

Marietta begleitete sie bis an die Pforte. Dort blieb sie stehen. »Nicht lange, nachdem du zu uns gekommen bist, war ein junger Ritter hier und hat nach dir gefragt«, flüsterte sie. »Schwester Agnes hat ihn fortgeschickt, aber ich habe gehört, wie er sie bat, dir zu sagen, dass er dich auf dem Gut von Monseigneur Rivière erwarten würde.«

Anastasia blickte Schwester Marietta ungläubig an. Es war das erste Mal, dass sie sie hatte sprechen hören. Ein verschmitztes Lächeln huschte über das Gesicht der alten Nonne.

»Gott der Herr führt uns immer auf den richtigen Weg, wenn wir bereit sind, uns von ihm führen zu lassen«, sagte sie und zeichnete Anastasia mit dem Finger ein unsichtbares Kreuz auf die Stirn. Dann öffnete sie ihr die Pforte und entließ sie in die Welt außerhalb der schützenden Klostermauern.

Dicke, weiße Wolken zogen über einen strahlend blauen Himmel, und ein kräftiger Wind blies Anastasia entgegen. Sie zog das Tuch höher, das sie um sich und das Neugeborene gewickelt hatte, um das kleine Köpfchen vor dem scharfen Wind zu schützen, und genoss die Wärme des kleinen Körpers an ihrer Brust. Irgendwo auf der Welt musste es einfach einen Platz für sie und ihr Kind geben, und sie würde nicht eher ruhen, als bis sie ihn gefunden hatte.

Sie lief den schmalen Pfad zurück, der von der Straße zum Kloster abzweigte, und schlug unwillkürlich den Weg zum Gut ein.

Die Wiesenböden neben dem Weg waren noch starr vom Frost der letzten Nacht. Die Strahlen der Sonne besaßen noch zu wenig Kraft, um das Erdreich zu erwärmen und die Natur nach dem langen Winter wiederzuerwecken.

Bernard befand sich also auf der Suche nach ihr. Wie jedes Mal, wenn sie an ihn dachte, wurde ihr warm ums Herz. Demnach hatte er wohl von dem Kind erfahren und wollte ihr seine Hilfe anbieten. Aber dieses Mal könnte er ihr nicht helfen, weil der König ihm niemals gestatten würde, ein einfaches Mädchen wie sie zur Gemahlin zu nehmen.

Zwar würde ihr Sohn eines Tages ebenso schön und stark sein wie sein Vater. Aber er würde ein Bastard sein. Erschrocken blieb sie stehen.

Sie hatte die ganze Zeit nur an sich gedacht und Monseigneur Rivières Vorschlag abgelehnt, ohne darüber nachzudenken, was dieser für ihren Sohn bedeutete. Die Kälte, die vom Boden aufstieg, drang in ihre Kleider. Sie lief weiter und legte nur eine kurze Pause ein, um ihr Kind zu stillen und ein Stück von der köstlichen Obstpastete zu verzehren.

Gegen Mittag hatte sie einen Entschluss gefasst. Wenn der Verwalter mit Monseigneur Rivières Vorschlag einverstanden war, würde sie sich nicht länger sträuben und ihn zum Gemahl nehmen. Dann würde ihr Sohn auf dem Gut aufwachsen und vielleicht eines Tages selbst Verwalter sein.

Sie rief sich das Gesicht von Raoul in Erinnerung, als wollte sie es malen. Seine harten, grauen Augen, den herrischen Blick, seine Stimme, die gewohnt war zu befehlen. Und dann dachte sie wieder an Bernard und daran, wie zärtlich er zu ihr gewesen war, und leise Zweifel beschlichen sie. Würde Raoul ihrem Sohn tatsächlich ein guter Vater sein? Oder würde er ihn schlagen, wenn er einmal ungehorsam war?

Sie blickte in den blauen Himmel hinauf, als könnte sie dort eine Antwort auf ihre Frage finden.

Als die Sonne tiefer sank, wurde ihr klar, dass sie sich schleunigst nach einem Schober oder Gehöft umsehen musste, denn die Nacht würde noch zu kalt sein, um mit einem Neugeborenen im Freien zu schlafen.

Die Dunkelheit brach schon herein, als sie ein winziges Dorf erreichte, das nur aus einigen Lehmhütten bestand, die sich flach in die Landschaft duckten. Von den mit Stroh gedeckten, schief herabhängenden Dächern stiegen weiße Rauchfahnen in den dunkler werdenden Himmel.

Sie klopfte an der ersten Hütte. Eine dünne Bäuerin öffnete ihr die Tür. Ihre Gesichtszüge waren verhärmt, ihre Augen lagen tief in den Höhlen. Zwei kleine Jungen hingen an ihrem

Rock und lugten neugierig hinter ihrem Rücken hervor. Misstrauisch wurde Anastasia von der Bäuerin beäugt.

»Ich suche einen Platz für die Nacht«, sagte Anastasia. Der Blick der Bäuerin wurde abweisend. Ihre Familie besaß selbst kaum das Nötigste zum Leben und im Moment nicht einmal das. Anastasia sah an ihr vorbei ins Innere der armseligen Hütte. Die Bauern, die Obst und Gemüse in den Markthallen von Paris verkauften, waren alle gut genährt gewesen. Mit einer so offensichtlichen Armut wie der, die sie hier vorfand, hatte sie daher nicht gerechnet.

»Ich kann bezahlen, und ich habe genügend zu essen bei mir«, sagte sie eilig und stellte ihren Korb auf dem festgestampften Lehmboden ab. Die Bäuerin starrte gierig auf das Brot und den Käse, das sich in ihm befand, dann trat sie zur Seite, um Anastasia eintreten zu lassen. Anastasia, die sie um einen Kopf überragte, musste sich bücken, um nicht mit dem Kopf an den Türrahmen zu stoßen. Im Inneren der Hütte war es dunkel. Das Feuer, das im Kamin brannte, war die einzige Lichtquelle, und immer wieder drückte der Wind den aufsteigenden Rauch in die Hütte zurück.

Die Frau griff nach dem Korb und trug ihn zu einem roh gezimmerten Tisch hinüber, an dem noch zwei weitere, ältere Jungen neben einem alten Mann auf einer schmalen Bank saßen und lustlos an einem Stück Holz schnitzten.

Als die Bäuerin den Korb zu leeren begann und zuerst das Brot und danach den Käse auspackte, bekamen sie vor lauter Staunen ganz runde Augen. Zuletzt holte sie die Fruchtschnitten aus dem Korb, brach sie in kleine Stücke und legte sie auf einen Holzteller. Als einer der Jungen sich ein Stückchen greifen wollte, schlug sie ihm auf die Finger.

»Zuerst werden wir dem Herrn für das Mahl danken, das er uns beschert hat«, beschied sie ihm streng.

Die Familie faltete die Hände zum Gebet. Der alte Mann murmelte einige Dankesworte und bekreuzigte sich. Danach machten sich alle hungrig über die unerwarteten Köstlichkeiten her. Nur die Bäuerin aß wenig und starrte wie gebannt auf die kauenden Münder ihrer Söhne. Ihr eingefallenes Gesicht entspannte sich und spiegelte die bedingungslose Liebe wider, die sie für ihre Kinder empfand.

Seitdem ihr Mann im vorletzten Jahr an einem Fieber gestorben war, war sie auf sich allein gestellt. Doch während die Großbauern über Pflugschar, Wagen und Zugpferde verfügten, bearbeitete sie den Boden mit ihren Händen und der primitiven Egge, die ihr Mann ihr hinterlassen hatte. Die Großbauern pflügten nach einem Brachjahr viermal im Jahr und ernteten immer dickere Ähren, während sie den Boden nach jedem Erntejahr zwei Jahre lang als Brache ruhen lassen musste. Aber die königlichen Steuereintreiber interessierte das wenig. Sie hatten ihr alles genommen, und sie konnte es sich nicht einmal mehr leisten, ihr Feld brachliegen zu lassen, wenn sie nicht verhungern wollte. Deshalb hatte sie Hirse angepflanzt, die billiger war als Roggen und Weizen. Doch sie besaß zu wenig Saatgut, und so war die Ernte nur sehr spärlich ausgefallen.

Vor einer Woche hatten sie das letzte Huhn geschlachtet. Der Himmel musste ihr die junge Frau geschickt haben, damit ihre Kinder nicht hungrig zu Bett gehen mussten, sondern sich noch einmal für die letzten kalten Tage stärken konnten. Schon bald würde der Winter vorbei sein, und keines ihrer Kinder war gestorben, es war wie ein Wunder.

Die Familie schlief gemeinsam in einem großen Bett mit Strohsäcken direkt neben dem Kamin, rückte aber bereitwillig enger zusammen, um für Anastasia und ihr Kind noch etwas

Platz zu schaffen. Anastasia wickelte sich in ihren Umhang ein und stillte ihr Kind, bis es an ihrer Brust eingeschlummert war. Sie hatte noch nie mit fremden Menschen das Lager geteilt, aber die vielen Körper der anderen hielten sie wenigstens warm, sodass sie nicht zu frieren brauchte. Das unregelmäßige, abgehackte Schnarchen des alten Mannes begleitete sie in den Schlaf.

Am nächsten Morgen verabschiedete Anastasia sich von der Bäuerin und gab ihr wie versprochen eine von den Münzen, die sie in ihrem Beutel bei sich trug. Die bedingungslose Liebe der Frau zu ihren Kindern hatte sie tief berührt.

Sie betrachtete ihren Sohn, der entspannt in ihrem Arm lag und schlief. Auch sie würde für ihr Kind hungern und alles in ihrer Macht Stehende tun, damit es ihm gut ging.

Die Bäuerin nahm Anastasias Hand und drückte sie zum Abschied dankbar. Vor lauter Glück brachte sie kein Wort heraus. Von dem Geld könnte sie neue Hühner kaufen. Sie würde wieder Eier haben, die sie gegen Milch für die Kleinen eintauschen konnte. Der Herr meinte es wirklich gut mit ihr.

Eine gewaltige, dunkle Wolkenbank türmte sich über Anastasia am Himmel. Es würde bald regnen. Anastasias Blick glitt über die kahlen Bäume hinweg, die ihren Weg säumten und kaum Schutz vor dem bevorstehenden Regen boten, bis zu einer leicht im Nebel verschwimmenden bewaldeten Hügelkette in der Ferne.

Der Wind zerrte an ihrem Tuch und ließ ihren Umhang flattern. Sie beschleunigte ihren Schritt und dachte an den Entschluss, den sie gefasst hatte. Noch zwei Tage zuvor war ihr der Gedanke, Raouls Frau zu werden, völlig abwegig erschienen, doch mittlerweile schien ihr eine Heirat mit dem Verwalter die einzig richtige Lösung zu sein. Die ersten Tropfen klatschten ihr ins Gesicht und rannen ihr die Wangen hinunter. Sie drückte ihren Sohn noch enger an ihre Brust und fing an zu laufen. Völlig außer Atem blieb sie schließlich unter einem der kahlen Bäume am Wegesrand stehen und drängte sich eng an den dünnen Stamm. Ihr Wollumhang war bereits schwer vor Nässe und schützte sie nicht länger vor dem Regen.

Nach einer kurzen Pause lief sie weiter, bis das Kind unruhig wurde und ihr nichts anderes übrig blieb, als es zu stillen. Der Regen hatte zwar ein wenig nachgelassen, aber Anastasia war bis auf die Haut durchnässt und zitterte vor Kälte. Besorgt strich sie über das Gesicht ihres Sohnes, es fühlte sich kalt an, und sie hatte keine Möglichkeit, ihn zu wärmen. Die Angst, dass er krank werden könnte, trieb sie weiter. Sie wusste, dass die meisten im Winter geborenen Säuglinge starben, und machte sich schwere Vorwürfe, ihren Sohn einem solchen Wetter ausgesetzt zu haben. Der Gedanke, das kleine Wesen wieder verlieren zu können, trieb ihr die Tränen in die Augen. Sollte ihr Sohn diese Reise überleben, würde sie alles dafür tun, dass er es immer warm hatte und niemals hungern müsste. Sie würde Raoul mit Monseigneur Rivières Erlaubnis so schnell als möglich heiraten.

In der Ferne konnte sie bereits die Umrisse des Gutes ausmachen und mobilisierte noch einmal ihre letzten Kräfte. Völlig erschöpft taumelte sie schließlich durch das Tor, überquerte den weiträumigen Hof, ohne auf die überraschten Blicke des Gesindes zu achten, und lief weiter durch die Halle auf den mächtigen Kamin zu, wo sie den durchnässten Umhang von ihren Schultern streifte und achtlos zu Boden gleiten ließ.

Dort, zusammengekauert vor dem Kamin, fand sie auch Bureau de la Rivière, den man sofort von der Ankunft seines Mündels verständigt hatte. Nach einem Blick auf die völlig durchnässte junge Frau befahl er seinen Mägden, sich um Anastasia zu kümmern.

Jeanne begleitete sie in ihre vormalige Kammer hinauf und brachte ihr anschließend trockene Leinentücher für das Kind. Eine ältere Magd folgte ihr mit einem rot glühenden Kohlebecken, das sie auf der Truhe neben dem Bett abstellte.

Nachdem das Baby trocken und warm in dem großen Bett lag, half Jeanne Anastasia beim Ausziehen ihrer durchnässten Kleider, kramte ein Tuch aus feinstem Linnen aus der Truhe hervor und rieb ihr damit das Haar trocken.

»Ihr seid sicher sehr stolz auf Euren Sohn«, bemerkte Jeanne und sah neugierig auf das Kind. »Wie heißt er denn?«

Anastasia hatte bereits darüber nachgedacht, welchen Namen sie ihrem Kind geben sollte, hatte sich aber noch nicht endgültig entschieden. »Er hat noch keinen Namen«, gab sie zu.

»Er ist noch gar nicht getauft?«, fragte Jeanne und riss ihre Augen auf.

Anastasia schüttelte den Kopf. *Sie wird mir mit ihren Fragen sowieso keine Ruhe lassen*, dachte sie, *aber ihre Neugier hat auch etwas Gutes. Dadurch weiß sie viel über die Leute auf dem Gut.* Ob sie es wohl wagen konnte, sie über den Verwalter auszufragen?

Obwohl Anastasia müde von dem anstrengenden Marsch war und am liebsten allein gewesen wäre, ließ ihr der Gedanke keine Ruhe. Sie musste es nur geschickt anstellen, dann würde Jeanne ihr alles erzählen, was sie wissen wollte, ohne den Grund für ihre Fragen zu erahnen.

»Bist du eigentlich froh darüber, dass Monseigneur de la Rivière wieder auf dem Gut lebt?«, begann sie, während sie sich neben ihren Sohn ins Bett legte. »Er war doch lange Jahre in Paris.«

»Es macht keinen Unterschied«, berichtete Jeanne. »Raoul hat sich während dieser Zeit um alles gekümmert, und das tut er auch nach wie vor. Er kann ziemlich grob sein, wenn ihm jemand nicht gehorcht, aber er ist meistens gerecht.«

Sie plauderte munter weiter, aber Anastasia hatte bereits genug erfahren, denn Jeanne hatte ihr mit wenigen Worten den Eindruck bestätigt, den sie von dem Verwalter gewonnen hatte.

Morgen werde ich mit Monseigneur Rivière sprechen, dachte sie noch, dann fielen ihr die Augen zu.

In der Nacht träumte sie von Gaston, der mit entblößtem Unterleib über ihr stand, während sie ihm auf dem Boden liegend hilflos ausgeliefert war. Als er sich zu ihr hinabbeugte, sah er sie mit Raouls Augen an. »Du bist meine Gemahlin und hast mir zu gehorchen«, herrschte er sie an, als sie erschrocken vor ihm zurückwich.

Schreiend fuhr sie aus dem Schlaf hoch und war erleichtert, als sie feststellte, dass sie sich in ihrer Kammer befand. Wie jeder Mann würde Raoul gewiss seine ehelichen Rechte einfordern, aber dafür würde ihr Sohn unter seinem Schutz aufwachsen, und niemand würde ihn einen Bastard schimpfen. Im Schein der Nachtlampe, die Jeanne entzündet hatte, betrachtete sie ihren Sohn, der friedlich schlummernd neben ihr lag. Sein schwarzes Haar und die dunklen Augen erinnerten sie lebhaft an Bernard. *Wie ähnlich er seinem Vater doch sieht*, dachte sie und war wie jedes Mal, wenn sie ihn betrachtete, hingerissen von seinem Anblick.

Jeanne weckte sie schon früh am nächsten Morgen auf. »Der Herr will dich und das Kind sehen«, sagte sie und half Anastasia beim Ankleiden.

Rivière erwartete sie in seinem Arbeitszimmer. Er war neugierig auf das Kind. Von Jeanne hatte er erfahren, dass es ein

Junge war. Doch vor allem war das Kind Bernards Sohn und damit in gewisser Weise der Enkel, den das Schicksal ihm verwehrt hatte. Es würde ihm gefallen, Bernards Sohn aufwachsen zu sehen.

Als Anastasia hereinkam, trat er auf sie zu und betrachtete das Kind in ihrem Arm, das ihm erschreckend winzig vorkam. »Ist er nicht ein wenig zu klein geraten?«, erkundigte er sich besorgt.

Anastasia lächelte ihn ein wenig verlegen an. Die unverhohlene Bewunderung, mit der Rivière ihren Sohn betrachtete, erfüllte sie mit Stolz.

»Er ist erst zwei Wochen alt, Herr, und wird schon noch wachsen, wenn Ihr ihm nur ein wenig Zeit lasst.«

Ihre Antwort gefiel Rivière.

Er wies auf den Stuhl vor seinem Arbeitstisch und wartete, bis sie sich auf ihn gesetzt hatte, dann nahm er ihr gegenüber Platz. »Ich bin sehr froh darüber, dass du zurückgekommen bist«, sagte er. »Bernard von Dreux hatte mich gebeten, auf dich achtzugeben. Er schien bei seinem ersten Besuch hier sehr enttäuscht zu sein, als er dich nicht antraf, und hat überall nach dir gesucht.«

Anastasias Wangen röteten sich vor Verlegenheit.

»Es tut mir leid, dass ich einfach auf und davon gelaufen bin, es war sehr undankbar von mir.«

»Du brauchst dich nicht zu entschuldigen. Ich wollte dir helfen, aber wahrscheinlich habe ich dich mit meinem Vorschlag zu sehr erschreckt. Ich bin nicht sehr erfahren im Umgang mit jungen Mädchen«, erklärte Rivière.

Seine Großherzigkeit beschämte Anastasia. Er hatte sie ohne Zögern bei sich aufgenommen, ihr eine prächtig ausgestattete Kammer und alles, was sie zum Leben brauchte, zur Verfügung gestellt, und sie war einfach ohne ein Wort verschwunden.

»Euer Vorschlag war mehr als großzügig, wenn man meine Lage bedenkt, und wenn er noch gilt, würde ich ihn gerne annehmen.«

Sie hatte den Kopf gesenkt, während sie sprach, aber ihre Stimme klang entschlossen.

Rivière wog bedächtig sein graues Haupt. Er dachte an das Gespräch, das er mit Bernard geführt hatte, und an dessen Reaktion, als er erfahren hatte, dass Anastasia fortgelaufen war, nachdem er, Rivière, ihr vorgeschlagen hatte, seinen Verwalter zu heiraten.

Er hielt es daher für das Beste, sich diesmal zuerst mit Bernard zu besprechen, bevor er eine Entscheidung traf.

Anastasia spürte sein Zögern und sah ihn bittend an. »Ich werde alles tun, damit es meinem Sohn gut geht, Monseigneur«, sagte sie leise. »Ich liebe ihn so sehr und möchte verhindern, dass er in den Augen der Menschen nichts weiter als ein gemeiner Bastard ist.«

»Ich werde darüber nachdenken«, meinte Rivière, »und bis dahin wirst du auf dem Gut bleiben und mein Gast sein.«

Nach dem Frühmahl kehrte Rivière zurück in sein Arbeitszimmer und war für niemanden zu sprechen. Lange stand er mitten im Raum und dachte nach. Anastasia hatte also eingesehen, dass es das Beste für sie war, Raoul zu heiraten. Vielleicht sogar das Beste für alle Beteiligten. Das Problem war nur, das Bernard dieses Mädchen liebte und es ihm nie verzeihen würde, wenn er während seiner Abwesenheit Hochzeit hielt. Aber er konnte auch verstehen, dass Anastasia sich eine gesicherte Zukunft für ihren Sohn wünschte.

Er selbst, Rivière, hatte keinen Erben, aber wenn er schon seinen Lebensabend auf dem Land verbringen musste, wäre es schön, Bernard wenigstens ab und zu bei sich zu haben, vor allem während der langen, kalten Winterabende. Sie könnten am warmen Feuer vor dem Kamin Schach spielen, das Kind abwechselnd auf ihren Knien schaukeln und ihm von ihrem Leben bei Hof erzählen, den bunten Turnieren und den schillernden Festen. Und wenn es größer wäre, würde Bernard ihm das Reiten beibringen und es lehren, das Schwert zu führen.

Je länger er darüber nachdachte, umso besser gefiel ihm die Vorstellung.

Es war schon Mittag, als er sich an seinen Schreibtisch setzte und einen Brief schrieb. Danach rief er Raoul zu sich.

»Ich möchte, dass du nach Paris reitest und diesen Brief dem Grafen von Dreux übergibst.«

Während Raoul den Brief nahm, betrachtete Rivière das strenge Gesicht seines Verwalters. Die scharf geschnittene Nase und die Mundwinkel, die sich nach unten zogen und seinen Zügen einen bitteren, fast schon unbarmherzigen Zug verliehen. So hart und klobig, wie er war, konnte er einer jungen Frau durchaus Angst einflößen. Kein Wunder, dass Anastasia Hals über Kopf vor der Aussicht, ihn zu heiraten, geflohen war.

Das Problem war ihre Herkunft. Wäre sie adelig, hätte Bernard das Mädchen notfalls auch ohne Erlaubnis des Königs zu seiner Gemahlin nehmen können. Es wäre nicht das erste Mal, dass ein Edelmann heimlich seine Angebetete heiratete, und wenn der Priester Anastasia und Bernard erst einmal getraut hatte, konnte nicht einmal der König mehr etwas daran ändern.

Aber sie war nun einmal bürgerlicher Herkunft, eine Tatsache, an der sich nicht rütteln ließ und die Bernard im Fall einer Vermählung den Grafentitel kosten würde. Ein Problem, für das selbst ihm bisher noch keine Lösung eingefallen war.

Aber es war nicht das erste Mal, dass er vor scheinbar unlösbaren Problemen stand. Mehr als einmal war es ihm gelungen, drohende Aufstände zu verhindern und zwischen erzürnten Bürgern und der Krone zu vermitteln wie damals im März dreizehnhunderteinundachtzig, als der Herzog von Burgund die Landung von sechstausend Engländern in Calais als Vorwand benutzt hatte, um die Aide, eine Kriegssteuer, zu erheben. Er, Rivière, hatte sich dafür ausgesprochen, den Bürgern Zugeständnisse zu machen, indem man den Zinssatz begrenzte und Maßnahmen gegen den jüdischen Wucher ergriff, der dazu geführt hatte, dass fast die gesamte Einwohnerschaft der Städte verschuldet war. Durch seinen Vorschlag hatte er den Bürgern erhebliche Erleichterung verschafft und gleichzeitig die Staatskasse entlastet.

Danach hatte ihm Karl V. in seltener Vertrautheit eine Hand auf die Schulter gelegt. »So wie der Herr einst Moses den Stab in die Hand gab und ihm befahl, sein Volk ins Gelobte Land zu führen, so hat Er mir auch Euch als treuen Ratgeber zur Seite gestellt.«

Die Worte des Königs hatten ihn tief gerührt. Er war der Stab in der Hand seines Königs und hatte den drohenden Aufstand des Volkes verhindert.

Er hatte Moses vor Augen und den knorrigen Stab, den der Herr diesem gegeben hatte, und sofort kamen ihm noch andere Bilder aus der Mosesgeschichte in den Sinn. Moses, der mit seinem Stab das Rote Meer teilte. Der flammende Dornenbusch, aus dem die Stimme des Herrn zu Moses sprach. Moses in einem Weidenkorb, wie er von der wunderschönen Tochter des Pharao aus dem Nil gerettet wurde.

Die Geschichten der Menschheit wiederholten sich. Denn obwohl seit Moses' Rettung aus dem Nil so viele Jahrhunderte vergangen waren, wurden noch immer Kinder ausgesetzt. Kinder gefallener Frauen, die keinen anderen Ausweg mehr sahen, als ihr eigenes Fleisch und Blut einem ungewissen Schicksal zu überlassen. Doch seit Papst Innozenz III. zu Beginn dieses Jahrhunderts die Gläubigen zum Schutz dieser armen, kleinen Seelen aufgerufen hatte, gab es in jeder Stadt Findelhäuser mit hölzernen Drehläden neben der Türe, die das Aussetzen oder gar die Tötung unehelich geborener Kinder verhindern sollten. Der Herr war ganz offensichtlich mit den in Sünde gezeugten Kindern und hatte mit Moses ein Zeichen gesetzt, denn obwohl dessen wahre Herkunft bis heute unbekannt war, war er wie ein Prinz am Hofe des Pharao aufgewachsen.

Rivière ließ sein Pferd satteln und ritt nach Reims, der heimlichen Hauptstadt Frankreichs, der Stadt, in der die französischen Könige gekrönt wurden. Dort hatten sich im Schatten der Kathedrale einige der besten Advokaten und Notare des Landes niedergelassen, um Verträge aufzusetzen und die Geschäfte der fürstlichen und kirchlichen Herren der Stadt zu beurkunden und gegen die Unwägbarkeiten des Lebens abzusichern. Vereinbarungen, die zu kompliziert waren, um sie mit einem Handschlag zu besiegeln.

Als er drei Tage später auf das Gut zurückkehrte, hatte er solch eine gesiegelte Urkunde im Aufschlag seines Ärmels bei sich, und ein geheimnisvolles Lächeln spielte um seinen Mund.

Anastasia hatte ihn bereits sehnsüchtig erwartet. Mit klopfendem Herzen nahm sie ihren Platz an der abendlichen Tafel ein. Ob er schon eine Entscheidung getroffen hatte? Sie wagte nicht, ihn danach zu fragen, und stocherte in den kleinen, braunen Klößchen herum, die in der Wildbrühe schwammen, ohne eines davon zu kosten.

Ab und zu musterte sie ihn unter gesenkten Lidern, aber er erwähnte die Sache mit keinem einzigen Wort. So blieb ihr nichts anderes übrig, als zu warten. Ahnte er denn nicht, wie schwer ihr das fiel? Hatte er ihr Anliegen vielleicht sogar vergessen? Oder wollte er so lange damit warten, bis Raoul zurückkehrte? Jeanne, die immer alles zu wissen schien, was auf dem Gut vor sich ging, hatte ihr berichtet, dass der Verwalter nach Paris geritten war.

Bevor Rivière die Tafel aufhob, nickte er ihr noch einmal freundlich zu. »Ich hoffe, Mutter und Kind sind wohlauf?«, fragte er.

»Dank Eurer Gastfreundschaft geht es uns gut«, erwiderte sie, blieb danach aber noch einen Augenblick vor ihm stehen.

Rivière seufzte. »Ich habe dein Anliegen nicht vergessen und werde mich darum kümmern, sobald meine Zeit es erlaubt.«

Die beiden Reiter, die sich aus entgegengesetzten Richtungen auf das Gut zubewegten, trafen fast gleichzeitig auf dem Hof ein.

Als Bernard durch das Tor ritt, war Raoul gerade erst vom Pferd gestiegen. Während Rivières langjähriger Abwesenheit hatte er allein über das Gut geherrscht und war daran gewöhnt, Befehle zu erteilen. Er liebte das Leben auf dem Land. Der Lärm und die vielen Menschen in Paris erdrückten ihn, und die dortigen Hurenhäuser und Schänken ließen ihn kalt. Nur widerwillig hatte er daher das Gut verlassen, um den Auftrag seines Herrn auszuführen, und war, nachdem er den Grafen von Dreux nicht in Paris angetroffen hatte, unverzüglich wieder zurückgeritten. Während seines einsamen Rittes war ihm immer wieder das Mädchen in den Sinn gekommen, das zu heiraten ihn sein Herr gebeten hatte, obwohl es ein Kind unter dem Herzen trug. Das Mädchen war hübsch, und der Gedanke, sie in sein Bett zu nehmen, gefiel ihm. Aber was ihm noch mehr gefiel, war die Aussicht, durch diese Hochzeit eines Tages vielleicht sogar Herr auf Crécy-en-Brie zu werden. Bureau de la Rivière hatte abgesehen von dem Mädchen weder einen Erben noch sonstige nähere Verwandte, und dass er ihm sein Mündel als Gemahlin anbot, konnte nichts anderes bedeuten, als dass er vorhatte, ihm eines Tages das Gut zu überlassen. Rivière war schon alt, und Raoul hoffte, dass dieser Tag nicht mehr allzu fern war. Deswegen hatte er die Hochzeit auch kaum noch erwarten können, selbst wenn das für ihn bedeutete, danach den Bastard eines anderen Mannes aufziehen zu müssen. Doch dann war das Mädchen plötzlich verschwunden gewesen und hatte damit all seine schönen Träume zum Platzen gebracht.

Der junge Graf sprang neben ihm vom Pferd und überließ es ihm, sich um seinen Hengst zu kümmern. Raoul sah ihm missmutig nach. Er war der Verwalter dieses Gutes und kein Stallbursche, auch wenn der junge Graf dies nicht zu wissen schien. Er pfiff nach den Knechten, die seine Abwesenheit vermutlich schamlos ausgenutzt hatten und gemütlich beim Würfelspiel im Stroh hockten, anstatt für ihr Brot zu arbeiten.

Tatsächlich stand dem Burschen, der als Erster durch die halb geöffnete Stalltüre spähte, das schlechte Gewissen förmlich ins Gesicht geschrieben. Raoul versetzte ihm eine kräftige Ohrfeige und befahl ihm, die Pferde abzusatteln und sorgfältig trocken zu reiben. Dann folgte er dem jungen Grafen in die um diese Tageszeit leere Halle, um seinem Herrn Bericht zu erstatten.

Rivière saß in seinem breiten Lehnstuhl vor dem wuchtigen Kamin und unterhielt sich angeregt mit dem jungen Grafen. Vor ihnen stand ein großer Krug Wein, und Raoul konnte es kaum erwarten, seine trockene Kehle mit ihm zu befeuchten.

Er glaubte sogar schon, sein leicht säuerliches Aroma im Gaumen zu schmecken.

Da unterbrach Rivière sein Gespräch auf einmal mitten im Satz und musterte ihn knapp.

»Es ist gut, dass du zurück bist. Ich habe allerdings noch einiges mit meinem Ziehsohn zu besprechen, du kannst zurück an deine Arbeit gehen, wir reden dann später miteinander.«

Raoul war, als hätte er einen Schlag ins Gesicht bekommen. Wie betäubt verließ er die Halle. Er war tief getroffen, dass sein Herr ihn plötzlich wie einen Dienstboten behandelte und nicht länger wie den Vertrauten, mit dem er alle wichtigen Angelegenheiten besprach, die das Gut betrafen. Doch noch schlimmer war, dass er den jungen Grafen soeben als seinen Ziehsohn bezeichnet hatte.

Demnach hatte er sich die ganze Zeit über etwas vorgemacht. War sich bereits wie ein Herr vorgekommen, der er aber nicht war und auch niemals sein würde. Seine Enttäuschung darüber saß so tief, dass er etwas tat, was er noch nie getan hatte. Er ging in die Küche, setzte sich mit leerem Blick an den Tisch, an dem die Mägde gerade Wurzeln und Rüben putzten, und befahl Adèle, der dicken Köchin, ihm einen Krug Wein zu bringen. Danach betrank er sich am helllichten Tag wie ein armer Säufer.

Als es Zeit wurde, das Abendessen vorzubereiten, nahm Adèle ihm den Weinkrug weg und stemmte entschlossen ihre fetten Arme in die breiten Hüften.

»Wie lange wollt Ihr unserem Herrn noch die Zeit stehlen? Seht zu, dass Ihr aus meiner Küche kommt.«

Noch nie hatte es bisher jemand gewagt, so mit ihm zu sprechen. Seine Gesichtszüge entglitten ihm, als er zornig dagegen aufbegehrte. Er lallte etwas, das Adèle nicht verstand, erhob sich aber schließlich schwankend und taumelte aus der

Küche in den engen Flur, der in die Halle führte, wobei er mit den Schultern mal an die linke, mal an die rechte Wand stieß.

Plötzlich stand Rivières Mündel vor ihm, und ihr Gesicht tanzte vor seinen Augen hin und her, als spiegelte es sich in einem Fluss.

Anastasia war auf dem Weg in die Küche, um sich bei Adèle Rat zu holen. Der Bauch ihres Sohnes war aufgebläht und hart wie ein prall gefüllter Mehlsack, und Jeanne hatte ihr gesagt, dass sich niemand besser mit Kindern auskannte als Adèle. Das Wimmern ihres Sohnes zerriss ihr das Herz, und sie strich ihm immer wieder beruhigend über die Wange. Sie bemerkte den Verwalter erst, als er direkt vor ihr stand, und trat erschrocken zur Seite, um ihn vorbeizulassen.

Doch anstatt an ihr vorbeizugehen, lachte Raoul böse und packte sie hart an der Schulter. Anastasia roch seinen schalen Atem und drehte angewidert den Kopf zur Seite. Raouls Griff wurde fester. »Warum hast du es denn so eilig, an mir vorbeizukommen? Schließlich bist du meine Braut, und ich will mir meine Braut vor der Hochzeit ganz genau ansehen, oder glaubst du vielleicht, ich kaufe die Katze im Sack? Hältst du mich für so blöd, du kleine Hure?« Seine Stimme war voller Verachtung und unterdrückter Wut. Das Wimmern ihres Sohnes wurde lauter. Anastasia legte schützend ihre Hand über das kleine Köpfchen und starrte den Mann, den sie heiraten wollte, voller Angst an.

»Der Bastard ist also bereits da«, lallte Raoul, ließ Anastasias Schulter los und fasste nach dem Kind. Seine Hand griff jedoch ins Leere. Anastasia hatte den Moment, in dem er sie losließ, genutzt, um sich blitzschnell zur Seite zu drehen, und war an ihm vorbei in die Küche gerannt. Raoul fluchte hinter ihr her, aber Anastasia hatte bereits die Türe hinter sich ins Schloss fallen lassen und hörte ihn nicht mehr.

Zitternd lehnte sie sich gegen die Küchenwand. Ihr Gesicht war so weiß wie die Federn der Gans, die eine der Mägde gerade rupfte. Adèle nahm ihr das wimmernde Kind aus den Armen und drückte es an ihren schweren Busen. Das Wimmern verstummte. »Sein Bauch ist ganz aufgebläht«, stellte sie fest. Anastasia beobachtete, wie ihre Finger prüfend den Leib des Babys entlangtasteten. »Er hat das schon öfter gehabt, aber es war noch nie so schlimm.«

Adèle sah sie streng an. »Ihr habt doch hoffentlich keine Zwiebeln gegessen?«, fragte sie. »Solange man stillt, sollte man weder Zwiebeln noch Bohnen essen.« Sie wartete Anastasias Antwort nicht ab, sondern wickelte das Kind aus den Leinentüchern und legte es auf den Tisch. Dann umfasste sie mit den Händen seine Füße und schob ihm die Beine so weit es ging nach oben gegen den Bauch. Pfeifend entwich die im Darm gestaute Luft. Das Baby entspannte sich sichtlich, und als Adèle es an den Fußsohlen kitzelte, gluckste es schon wieder ganz vergnügt. Mit geübten Bewegungen wickelte Adèle das Kind wieder in das Leinen und legte es zurück in Anastasias Arme.

»Hab Dank, gute Frau«, sagte Anastasia erleichtert. Die Köchin betrachtete forschend ihr bleiches Gesicht. »Da drückt doch noch etwas«, sagte sie. »Nur heraus damit.«

»Könnte mich vielleicht jemand in meine Kammer begleiten?«, bat Anastasia. Adèle sah sie an, als hätte sie den Verstand verloren, doch dann begriff sie. »Ihr seid wohl unserem Verwalter begegnet, der sich am helllichten Tag besoffen hat wie ein Herr.« Ihr Gesicht verzog sich grimmig. »Die Kerle sind alle gleich, wenn sie zu viel Wein in sich hineingeschüttet haben. Ich weiß auch nicht, welcher Teufel Raoul geritten hat, er ist sonst nicht so, und ich hoffe nur für ihn, dass unser Herr nichts davon erfährt.«

Sie rief eine kräftige Magd zu sich und befahl ihr, Anastasia in ihre Kammer zu begleiten. »Und wenn Euch der Kleine wieder einmal Kummer macht, wisst Ihr ja, wo Ihr mich findet«, sagte sie. Anastasia drückte ihr dankbar die Hand.

Zurück in ihrer Kammer legte sie ihren Sohn in die Wiege und schaukelte ihn in den Schlaf. Raouls Grobheit hatte sie erschreckt, und sie fragte sich, ob sie sich wohl je an einen solchen Mann gewöhnen könnte? Die Köchin hatte zwar behauptet, er wäre sonst nicht so, aber Anastasia war sich dessen nicht so sicher. Nachdenklich setzte sie sich an den kleinen Schreibtisch. Sie hätte gerne gemalt, hatte aber nur Gallustinte zur Verfügung und brauchte Wein, um die Tinte anzurühren. Doch der Wein befand sich in der Küche, und sie wollte nicht riskieren, Raoul in seinem volltrunkenen Zustand noch einmal zu begegnen.

Sie nahm eine Feder in die Hand und drehte sie zwischen den Fingern.

Madame de Pizan hatte gesagt, es würde keinen Zufall geben. War es also Schicksal, dass sie Raoul betrunken erlebt hatte? Hatte es ihr damit eine Warnung zukommen lassen? Er hatte sie eine Hure genannt und ihren Sohn einen Bastard.

War es nicht viel schrecklicher, in den Augen des eigenen Mannes eine Hure zu sein, als in den Augen von Menschen, die sie kaum kannte und die ihr nichts bedeuteten? Ihre Gedanken wanderten zu der armen, verwitweten Bauersfrau, die ihr Obdach gewährt hatte und ihre Kinder ganz allein großziehen musste. Eine Witwe hatte zwar nur wenig Rechte, aber als Gemahlin eines herrschsüchtigen Mannes hätte sie gar keine. Wie schon so oft sehnte sie sich zurück nach Paris und nach Madame de Pizan. Sie hätte ganz sicher einen Rat gewusst. Raouls Gesicht tauchte wieder vor ihr auf, und unwillkürlich schüttelte es sie am ganzen Körper. Nur mühsam widerstand sie der Versuchung, ihren Sohn aus der Wiege zu nehmen und erneut zu fliehen.

In der Kammer war es unmerklich dunkler geworden, als Jeanne hereinkam.

»Das Abendmahl wird gleich aufgetragen«, sagte sie und betrachtete Anastasia aufmerksam. »Fühlt Ihr Euch nicht wohl?«

»Meinem Sohn geht es wieder besser«, wich Anastasia ihrer Frage aus. Jeanne strahlte sie an. »Ich hab ja gesagt, dass Adèle sich mit den kleinen Würmchen auskennt. Sie hat für alles ein Mittel und hütet ihren Kräutergarten wie einen Augapfel. Niemand außer ihr darf ihn betreten. Soll ich Euer Haar frisieren? Wir haben nämlich Besuch bekommen.«

Sie hielt sich erschrocken eine Hand vor den Mund. »Jetzt rede ich schon wieder zu viel«, schalt sie sich selbst.

Anastasia stand auf.

»Sag deinem Herrn, dass ich mich heute nicht wohlfühle und es vorziehe, in meiner Kammer zu bleiben. Und bring mir bitte etwas Wein.«

Jeanne verschwand und kehrte wenig später mit einer schmalen Zinnkanne und einem Becher zurück.

»Der Herr besteht darauf, dass Ihr am Mahl teilnehmt«, verkündete sie und schenkte Wein in den Becher.

»Er hat mir außerdem verboten, Euch zu sagen, wer unser Besucher ist.« Der verschwörerische Ausdruck in ihren Augen verriet Anastasia, dass Jeanne darauf brannte, ihr trotz des Verbotes zu verraten, um wen es sich bei dem geheimnisvollen Besucher handelte, auch wenn sie sich nicht im Geringsten dafür interessierte.

Jeanne senkte ihre Stimme, und in ihre Augen trat ein sehnsüchtiger Glanz. »Ich habe noch nie einen so gut aussehenden Mann wie ihn gesehen«, verriet sie leise.

Anastasia ließ Jeannes Geplapper über sich ergehen, ohne ihr wirklich zuzuhören. Rivière bestand also auf ihrer Anwesenheit, was sie vermuten ließ, dass er seine Entscheidung bezüglich ihrer Verheiratung getroffen hatte. Ausgerechnet jetzt, da sie sich unsicherer fühlte denn je, und während Jeanne ihr das Haar kämmte, spürte sie, wie ihre Hände vor Aufregung feucht wurden.

Jeanne war schon an der Tür, als ihr noch etwas einfiel. »Ich soll Euch außerdem ausrichten, dass der Herr das Kind zu sehen wünscht«, meinte sie.

Die Halle war hell erleuchtet wie für ein Fest. Silberne Kerzenleuchter mit langen, duftenden Wachskerzen standen zwischen verschwenderisch gefüllten, silbernen Obstschalen auf der Tafel.

Diener schenkten aus großen Krügen Wein ein. Als Anastasia auf die Tafel zuging, stellte Rivière den Becher ab, den er in der Hand gehalten hatte, und sah ihr entgegen. Doch Anastasia erwiderte seinen Blick nicht. Ihre Augen waren allein auf den Mann gerichtet, der zu seiner Rechten saß und nicht einmal aufsah, als sie näher trat.

Bernard starrte missmutig in seinen Weinbecher und bemerkte nicht, wie die Gespräche um ihn herum auf einmal verstummten. Rivières gute Laune und seine geheimnisvolle Miene begannen, ihm langsam auf die Nerven zu gehen. Seine Suche nach Anastasia war erfolglos verlaufen. Er hatte nirgendwo auch nur die geringste Spur von ihr gefunden, es war, als ob die Erde sich aufgetan und sie verschluckt hätte. Dabei war er nicht nur an ihrem Unglück schuld, sondern hatte sie auch noch ihrem Schicksal überlassen. Vielleicht irrte Anastasia ja gerade jetzt halb verhungert auf der Suche nach einem Platz für sich und ihr Kind durchs Land, während er hier an einer reich gedeckten Tafel saß.

Mit jedem seiner trübsinnigen Gedanken hatte sich seine Miene noch mehr verfinstert. Da legte sich eine Hand auf seine Schulter. Er fuhr hoch und sah in Rivières lächelndes Gesicht. »Willst du unseren heutigen Ehrengast denn nicht begrüßen?«, fragte er und deutete mit der Hand nach links.

Bernard drehte den Kopf, und der Atem stockte ihm, als er Anastasia so unvermittelt vor sich stehen sah. Schweigend blickten sie einander an. Bernard hatte nie darüber nachgedacht, was er zu ihr sagen würde, wenn er sie fand. Aber selbst wenn er es gewusst hätte, wäre es ihm in diesem Moment nicht mehr eingefallen.

Ihre Haut schimmerte wie Marmor. Sie war dünner geworden, und ein merkwürdiger Glanz lag in ihren Augen, die nichts von dem verrieten, was sie fühlte oder dachte, und ob sie sich überhaupt darüber freute, ihn zu sehen.

Nach einem Augenblick senkte sie leicht die Lider, und als er ihrem Blick folgte, entdeckte er das Baby in ihrem Arm. Ein winziges Köpfchen mit schwarzen Haaren, das aus einem frischen, weißen Leinen ragte.

Abgesehen vom Knistern der Holzscheite im Kamin war es vollkommen still im Saal. Auch wenn die Leute nicht genau begriffen, was hier gerade vor sich ging und warum die Tafel wie zu einem Fest gedeckt worden war, ahnten sie doch, dass sich etwas Besonderes vor ihren Augen abspielte.

Rivière lehnte sich zufrieden zurück. Er hatte genug gesehen, um zu wissen, dass das, was er getan hatte und noch vorhatte zu tun, richtig war.

Der Herr hatte ihm einen Sohn geschenkt und einen Enkel dazu. Er dachte an Moses, der sein Volk ins Gelobte Land geführt hatte und bis heute unvergessen war. Er selbst hatte zwar nicht wie Moses das Meer geteilt, aber dafür zwei Menschen zusammengeführt, die, und davon war er fest überzeugt, zusammengehörten.

Er ließ Bernard und Anastasia noch einen Augenblick Zeit, sich von ihrer Überraschung zu erholen, dann gab er Anastasia einen Wink, ihm das Kind zu geben.

Vorsichtig nahm er es auf den Arm, als wäre es zerbrechlich, und hielt es Bernard hin. »Das ist dein Sohn«, sagte er so laut, dass es alle im Saal hören konnten. Bernard nahm das kleine Bündel auf den Arm und betrachtete den Mund des Kindes, der sich im Schlaf bewegte, als würde es an etwas nuckeln, und ein unbeschreibliches Glücksgefühl erfasste ihn.

Rivière hob seinen Becher.

»Ich möchte mit euch allen auf die Zukunft meines Enkels anstoßen«, verkündete er zufrieden, was sich keiner zweimal sagen ließ. Die Leute stießen miteinander an und gratulierten ihrem Herrn lautstark, während zwei Diener ein gebratenes Lamm hereintrugen.

Rivière wandte sich an Anastasia und bemerkte die Verwirrung in ihrem Blick. »Du hast mich gebeten, dich mit meinem Verwalter zu vermählen, aber ich bin zu dem Schluss gekommen, dass er nicht der richtige Mann für dich ist.«

»Oder bist du vielleicht anderer Meinung?«, wandte er sich an Bernard, der so von seinen Gefühlen überwältigt war, dass er nur wortlos den Kopf schütteln konnte.

»Ich habe lange nachgedacht«, fuhr Rivière fort, »und bin zu dem Schluss gekommen, dass dir nichts anderes übrig bleiben wird, als mein Mündel Anastasia Anna de la Rivière zu deiner Gemahlin zu nehmen.«

Bernard sah ihn überrascht an.

Rivière zog eine gesiegelte Urkunde aus seinem Ärmel hervor, erbrach das Siegel und rollte sie auf.

»Nachdem die gebürtige Anastasia Braques, Tochter des Jacob Braques, mir das Leben gerettet hat, indem sie mich vor einem herabstürzenden Balken gewarnt hat, habe ich sie nach altem römischem Recht an Kindes statt angenommen. Ihr Name ist von nun an Anastasia Anna Bureau de la Rivière.« Bernards verblüffter Gesichtsausdruck schien ihm sichtlich Vergnügen zu bereiten, doch dann wurde seine Miene wieder ernst.

»Bernard von Dreux, bist du bereit, meiner Tochter Anastasia ihre Ehre zurückzugeben und sie zu deiner rechtmäßigen Gemahlin zu nehmen?«

Bernard nickte. Sein Blick traf sich erneut mit dem Anastasias. Staunend sahen sie einander an und konnten kaum fassen, dass sich ihre geheimsten Träume allen Widrigkeiten zum Trotz nun doch noch erfüllen sollten.

Doch mehr als einander sehnsüchtige Blicke zuzuwerfen, war dem jungen Paar an diesem Abend nicht vergönnt. Rivière ließ ihnen keine Gelegenheit, miteinander alleine zu sein, und als Anastasia sich schließlich mit den anderen Frauen zurückzog, hielt er Bernard, der aufgesprungen war, um ihr zu folgen, mit einem Wink zurück.

»Ihr werdet noch genug Zeit füreinander haben«, sagte er streng, »aber erst nach der Hochzeit.«

Bernard lächelte ihn verlegen an. »Ihr habt mich durchschaut«, gab er zu. »Dabei wollte ich mich nur vergewissern, ob sie mich auch wirklich haben will.«

»Zweifelst du daran?«

»Ich würde es gerne von ihr selbst hören. Ihr habt mich so

überrumpelt, dass ich noch immer keinen klaren Gedanken fassen kann, und ich kann mir vorstellen, dass es Anastasia nicht anders ergeht. Eure Überraschung ist Euch jedenfalls gelungen.«

Rivière verbarg seine Genugtuung. »Ich habe nicht ganz uneigennützig gehandelt«, gab er zu. »Ich habe nämlich nicht vor, meinen Lebensabend alleine auf dem Gut zu verbringen. Wen sollte ich denn dann beim Schachspiel schlagen, und wer würde mir zuhören, wenn ich den Wunsch verspüre, von meinen früheren Heldentaten zu berichten? Und was ist, wenn meine Augen schlechter werden? Wer wird mir dann aus meinen Büchern vorlesen?«

Bernard winkte lachend ab.

»Bis dahin wird noch viel Zeit vergehen. Ihr seid wie ein Vater für mich und ich habe Euch immer bewundert, aber ich hätte nie gedacht, dass Ihr so gerissen seid. Wie habt Ihr das mit der Adoption nur fertiggebracht? Ich dachte immer, so etwas wäre ein lang andauernder, schwieriger Prozess.«

Rivière verschränkte die Finger ineinander und gab sich betont bescheiden, doch Bernard, der ihn besser kannte als jeder andere, wusste sehr wohl, wie stolz er insgeheim auf sein Tun war und dass er darauf brannte, ihm zu berichten, wie er das scheinbar Unmögliche möglich gemacht hatte. Ein warmes Gefühl stieg in ihm auf, während er seinen Ziehvater betrachtete. Er hatte dem alten Mann, der ihm seit seiner Kindheit zur Seite stand und ihm jetzt die Heirat mit Anastasia ermöglichte, so vieles zu verdanken.

»Ich habe in Reims einen Advokaten aufgesucht, von dem man sagt, er fände für jedes rechtliche Problem eine Lösung. Er hat einen Tag lang seine Schriften studiert und ist dabei auf die *arrogatio* gestoßen. Das ist ein nur selten angewandtes Gesetz, das es jedem Hausherrn ermöglicht, eine Person an

Kindes statt anzunehmen, wenn ihm diese das Leben gerettet hat. Er kann sie sogar in einen höheren Stand erheben, ohne dass dafür eine Bürgerversammlung und die Zustimmung des Bischofs nötig sind. Ich habe dich als Zeugen meiner Rettung angegeben, ich hoffe, es ist dir recht?«

Er lächelte sein nach innen gekehrtes Lächeln, das Bernard schon so lange nicht mehr bei ihm gesehen hatte, und ließ seinen Blick über die Reste des Lammbratens auf der Tafel schweifen.

»Und das Lamm war für den verlorenen Sohn gedacht, der nach vielen Irrwegen endlich an den Hof seines Vaters zurückgekehrt ist?«, sagte Bernard, der ihn dabei beobachtet hatte.

Rivière gab sich geschlagen. »Du hast mich durchschaut, mein Sohn. Aber auch ein alter Mann braucht schließlich hier und da ein kleines Vergnügen.«

Wie im Traum ging Anastasia hinauf in ihre Kammer. Während Jeanne die Kerzen entzündete, legte sie ihren schlafenden Sohn in die Wiege und setzte sich an ihren Schreibtisch. »Und Ihr habt wirklich nicht gewusst, dass der Herr Euch mit dem jungen Grafen vermählen will?«, fragte Jeanne und trat zu ihr.

Anastasia schüttelte den Kopf.

»Dann müsst Ihr jetzt sehr glücklich sein«, meinte Jeanne und ließ sie dabei keinen Augenblick aus den Augen.

»Das bin ich auch«, bestätigte Anastasia ihr.

»Warum tanzt und jubelt Ihr dann nicht, wie ich es täte, wäre ich an Eurer Stelle, sondern sitzt nur da und starrt vor Euch hin?«, sagte Jeanne.

Anastasia hob den Kopf. »Es ist so viel geschehen«, sagte sie leise. »Und ich kann immer noch nicht glauben, dass ausgerechnet ich so viel Glück verdient haben soll.«

Nachdem sie Jeanne entlassen hatte, gab sie etwas Wein in

das Tintenfässchen und rührte so lange in der Flüssigkeit, bis sich das Gallus mit dem Wein vermischt hatte. Danach begann sie zu malen.

Sie malte das Kloster und Schwester Marietta, die Bäuerin mit ihren Kindern und Raoul. Immer schneller glitt ihre Feder über das Pergament, und als der Morgen heraufzog, hatte sie all ihre Ängste und Erlebnisse in winzigen Bildern eingefangen. Zum Schluss malte sie noch die wunderschöne Madonna, die ihr während der Zeit im Kloster so viel Trost gespendet hatte, und dankte ihr mit einem Gebet für ihren Beistand.

Danach legte sie die Feder zur Seite, und obwohl ihr Rücken vom langen Sitzen schmerzte, fühlte sie sich wie von einer schweren Last befreit und konnte es kaum noch erwarten, Bernard wieder gegenüberzutreten.

Rivière verlor keine Zeit. Noch bevor es hell geworden war, trieb er sein Gesinde zur Eile an. Die Kapelle musste geschmückt und ein weiteres Festmahl vorbereitet werden. Eine Taufe und eine Hochzeit standen an, und für seinen Enkel schien ihm das Beste gerade gut genug zu sein.

Und während er einen Befehl nach dem anderen erteilte und die Vorbereitungen für die Hochzeit persönlich überwachte, war ihm so wohl zumute wie schon lange nicht mehr.

Jeanne wühlte so lange in den Truhen der verstorbenen Gutsherrin herum, bis Anastasia ihrem Treiben Einhalt gebot. »Wenn wir uns nicht bald für eines der Kleider entscheiden, werde ich noch meine eigene Hochzeit verpassen«, lachte sie und kitzelte das Baby in ihrem Arm so lange mit einer ihrer Haarsträhnen, bis sich dessen winziger Mund zu einem Lächeln verzog.

Jeanne hatte ihre Herrin noch nie so fröhlich erlebt. Mit

einem zufriedenen Lächeln zog sie schließlich ein mit Eichhörnchenfell besetztes, gelb schimmerndes Gewand aus der Truhe, das über und über mit feinen goldenen Blumenranken bestickt war, und half Anastasia dabei es anzuziehen.

Dann beugte sie sich erneut über die Truhe und kehrte mit zum Kleid passenden Handschuhen und einem hauchdünnen Schleier aus weißer Spitze zu ihrer Herrin zurück.

Mit vor Aufregung geröteten Wangen ließ sich Anastasia von Rivière in die Kapelle und zum Altar führen, der mit einem weißen Altartuch und vielen Kerzen geschmückt worden war.

Dort angekommen nahm Rivière erst Anastasias, dann Bernards Hand und legte sie ineinander. Anschließend schlang er ihnen den schmalen Schal, den Pater Remigius ihm reichte, um die Handgelenke.

Der Pater breitete seine Arme aus.

»Kraft meines Amtes, das der Herr mir verliehen hat, erkläre ich euch hiermit vor Gott und den hier Anwesenden zu Mann und Frau. Was Gott zusammengefügt hat, soll der Mensch nicht trennen.«

Nachdem er dem Brautpaar seinen Segen erteilt hatte, beugte Bernard sich vor und küsste Anastasia unter dem Jubel der Gutsbewohner auf den Mund.

Seine Lippen waren genauso warm, weich und fordernd, wie sie Anastasia in Erinnerung hatte, und ein einziges Versprechen auf die kommende Nacht.

Rivière beglückwünschte das frisch vermählte Paar.

»Ich hoffe, Ihr habt schon einen Namen für meinen Enkel ausgewählt?«, fragte er mit gespieltem Ernst. »Ich werde diese Kapelle nämlich nicht verlassen, bevor mein Enkel nicht ein anständiger Christ geworden ist.«

Er nahm Jeanne das Kind aus dem Arm und trug es zu dem

auf einem schmalen Sockel stehenden Taufbecken neben dem Portal.

»Er soll den Namen seines Großvaters tragen«, entschied Bernard und wandte sich dann zu Rivière um. »Und den Euren.«

Stolz hielt Rivière während der anschließenden Taufzeremonie den kleinen Arnaud Bureau von Dreux in seinen Armen, und Tränen der Rührung glänzten in seinen Augen.

Für die Feier danach hatte Rivière seinen Vorratskeller geplündert, und der Wein floss in Strömen.

Es war das erste große Fest seit Jahren, und die Leute feierten das junge Brautpaar begeistert. Nur Raoul war die Lust zum Feiern gründlich vergangen. Seitdem er mit höllischen Kopfschmerzen aus seinem Rausch erwacht war, quälte ihn die Ungewissheit, was wohl mit ihm geschehen würde. Er hatte große Angst davor, dass sein Herr ihn vom Gut jagen könnte. Frauen konnten nie ihren Mund halten, und so war es nur eine Frage der Zeit, bis Rivière vom Zusammenstoß mit seinem Mündel erfahren würde. Er würde ihm niemals verzeihen, dass er seinen Enkel einen Bastard und seine Schwiegertochter eine Hure genannt hatte. Obwohl sie genau das waren. Ein Bastard und eine Hure. Raoul spuckte wütend auf den Boden, musste sich dann aber widerwillig eingestehen, dass er selbst die Schuld an seinem Unglück hatte. Er hatte zu hoch hinausgewollt, dennoch war seine Enttäuschung, niemals Herr dieses Gutes zu werden, einfach zu groß.

Und so schüttete er noch einige Becher Wein in sich hinein und versank immer tiefer in Selbstmitleid.

Anastasia und Bernard saßen am Kopfende der Tafel und blickten auf die feiernden Menschen um sich herum. Bernard hatte Anastasias Hand ergriffen und streichelte sie zärtlich.

»Ich kann immer noch nicht glauben, dass du nun meine Gemahlin bist«, murmelte er in ihr Haar. »Und dass ich tatsächlich einen Sohn habe.« Seine Berührung jagte kleine, köstliche Schauer durch Anastasias Körper. Sie lehnte sich an seine Schulter und genoss seine Nähe, seine Stimme, seinen vertrauten Geruch. Nicht einmal im Traum hätte sie sich vorstellen können, Bernards Gemahlin zu werden oder den Ehrenplatz an einer solchen Tafel einzunehmen.

»Ich habe das ganze Land nach dir abgesucht, um dich zurück aufs Gut zu holen. Warum bist du eigentlich weggelaufen?« Obwohl Bernard den Grund dafür kannte, wollte er ihn von ihr erfahren, wollte hören, dass sie nie einen anderen Mann gewollt hatte als ihn. Anastasia sah in seine dunklen Augen, und etwas in ihrem Blick verriet ihm, dass sie ihn durchschaute.

»Rivière hat mir vorgeschlagen, seinen Verwalter zu heiraten, damit die Leute nicht reden, aber ich wollte ihn nicht heiraten, und da ist mir das Kloster eingefallen, an dem ich auf dem Weg zum Gut vorbeigekommen bin. Es liegt nur einen Tagesritt von hier entfernt.«

»Du warst die ganze Zeit über in dem kleinen Kloster? Und keine der Nonnen hat dir gesagt, dass ich dort war und nach dir gefragt habe?«

Anastasia nickte. »Schwester Marietta hat mir erzählt, dass ein Ritter nach mir gefragt hat, und mir auch gesagt, dass du auf dem Gut auf mich wartest, aber das war erst kurz bevor ich das Kloster verlassen musste.«

»Dann hat mich die Nonne an der Pforte damals also angelogen. Kein Wunder, dass ich dich nirgendwo finden konnte.«

»Ja, aber ich glaube nicht, dass es Schwester Marietta war, die dich angelogen hat. Ich glaube, das war Schwester Agnes. Sie hat mich deutlich spüren lassen, was die Menschen von einem Mädchen wie mir halten.«

Bernard sah sie daraufhin so zärtlich an, dass sie schlucken musste. »Du warst ziemlich mutig, und ich bin froh, dass du nicht auf Rivières Vorschlag eingegangen bist.«

»Das bin ich auch«, gab Anastasia leise zurück. Sie warf einen raschen Blick auf die feiernden Menschen an der Tafel und war erleichtert, als sie den Verwalter nicht unter ihnen entdecken konnte.

»Verzeih, wenn ich dir widerspreche, aber du siehst nicht so froh aus, wie du behauptest.« Er beugte sich so nah zu ihr, dass sie seinen warmen Atem auf ihrer Wange spürte.

»Was ist es, das dich quält?«

»Mein Vater hat so viel Schuld auf sich geladen, dass mir so viel Glück gar nicht zusteht.«

»Schuld, für die du mehr als genug gesühnt hast. Du hast viel durchgemacht in den letzten Monaten und alles verloren, was du je besessen hast. Du hast sehr wohl verdient, glücklich zu sein, und ich werde alles dafür tun, damit du es auch bleibst.«

Bernard sah ihr an, dass sie noch immer nicht ganz überzeugt war. »Der Herr vergibt die Sünden, die man bereut, dabei waren es nicht einmal deine eigenen, sondern die deines Vaters. Was vergangen ist, lässt sich außerdem nicht mehr ändern. Wir sollten die Dinge und die Toten daher ruhen lassen, sonst werden weder sie noch wir jemals Frieden finden.«

»Bist du dir da ganz sicher, mein Gemahl?«, fragte sie, wobei sich ein zaghaftes Lächeln auf ihr Gesicht stahl.

Bernard nickte.

Sie waren so sehr miteinander beschäftigt und ins Gespräch vertieft, dass sie nicht einmal bemerkt hatten, wie der letzte Gang aufgetragen worden war.

Rivière musste sich einige Male räuspern, bevor Bernard und Anastasia auf ihn aufmerksam wurden.

Er zwinkerte dem jungen Paar verschwörerisch zu.

»Euer Gemach ist bereit. Ihr könnt euch zurückziehen, wann immer ihr es wünscht.«

Anastasia senkte verlegen den Blick.

»Ihr erspart uns also, von einer johlenden Meute ins Bett begleitet zu werden, und habt alle bösen Geister persönlich aus unserem Schlafgemach vertrieben?«, vergewisserte Bernard sich.

Und als Rivière auf seine Frage hin bedächtig nickte, nahm Bernard Anastasias Hand und zog sie von ihrem Stuhl hoch. »Worauf warten wir dann noch?«, fragte er und lächelte verschwörerisch.

Als sie endlich alleine waren, umfasste Bernard ihr Gesicht und küsste sie sanft auf den Mund. Die Berührung seiner Lippen ließ Anastasia schwindeln. »Ich habe jeden Tag an dich gedacht«, murmelte er zwischen zwei Küssen.

Anastasia schloss die Augen und öffnete ihm ihren Mund. Sie spürte seine Hände auf ihrem Körper und gab sich ganz den überwältigenden Gefühlen hin, die seine Berührungen in ihr auslösten.

Bernard mühte sich mit den Häkchen ab, die ihr Kleid zusammenhielten, doch schließlich hatte er es geschafft. Er streifte ihr zunächst das Kleid und dann das weiße Leinenhemd über den Kopf und bewunderte die sanften Rundungen ihres Körpers und ihre zarte, weiche Haut, bevor er sich ungeduldig von seinen eigenen Kleidern befreite.

»Es ist so lange her, und ich habe mich so sehr nach dir gesehnt.«

»Und ich mich nach dir«, flüsterte Anastasia und suchte erneut seine Lippen.

Sie liebten sich zärtlich und ohne Hast, erfüllt von der Gewissheit ihrer Liebe, die über alle Widrigkeiten des Lebens triumphiert hatte.

Danach lagen sie noch lange eng beieinander. Anastasia spürte Bernards Mund an ihrer Wange und schob ihre Hand in seine. Sie fühlte sich geborgen wie noch nie in ihrem Leben. Bernards Atem wurde gleichmäßig, und sie spürte, wie sich sein Körper entspannte und seine Hand, die die ihre fest umschlossen hielt, erschlaffte. Er war eingeschlafen. Mit einem Mal kam ihr der Schlussvers des »Rosenromans« in den Sinn, den sie einst in Madame de Pizans Schreibstube gelesen hatte.

Und wenn der Körper im Gefängnis bleibt,
Dann haltet Liebe mir im Herzen:
Ein edles Herz hört niemals auf zu lieben…

Damals war ihr »Der Rosenroman« wie ein unerreichbarer, wunderschöner Traum erschienen, doch nun wusste sie, dass Träume sich erfüllen konnten.

Der Kreislauf der Gestirne zeigt,
wohin der Lauf des Menschen neigt.
Wolfram von Eschenbach

11

Christine de Pizan ließ ihren Blick ein letztes Mal durch die Schreibstube und über die nun leere Ablage wandern, auf der ihre Schriftproben neben Anastasias farbigen Initialen und wundervollen Ornamenten gelegen hatten. Es war ein letzter wehmütiger Blick, bevor sie die Türe für immer hinter sich abschloss.

Schon seit Monaten arbeitete sie nicht mehr in der Schreibstube, sondern am Schreibpult ihres Arbeitszimmers im Barbeauturm, neben dem sich die kostbaren Schriften und Bücher stapelten, die sie mit Erlaubnis des Herzogs von Burgund aus der Bibliothek des Louvre ausgeliehen hatte und die sie benötigte, um die Chronik über das Leben Karls V. anzufertigen. Zusammen mit ihren eigenen Erinnerungen und denen ihrer Mutter war es ihr gelungen, sich ein Bild von dessen Tagesablauf zu machen.

Karl V. hatte seinen Tag in drei Abschnitte unterteilt. Der erste war dem Gebet und dem Studium, der zweite den Belangen des Reiches und der dritte der Erholung vorbehalten gewesen. Er war gegen sechs Uhr aufgestanden, hatte, nachdem er angekleidet war, in seinem Stundenbuch gelesen und danach Audienzen gewährt und Rat gehalten. Nach dem Frühstück fanden die Empfänge statt. Am Nachmittag ging er spazieren oder spielte Federball, abends speiste er gemeinsam mit seiner Gemahlin und seinen Kindern, ließ sich anschließend aus einem Buch vorlesen oder plauderte mit seinen Ratgebern, zu denen auch Thomas de Pizan gehört hatte.

Sie wusste, dass über seinen Tod ein Bericht geschrieben worden war, den sie sich noch besorgen musste, und sie beschloss, unter anderem Bureau de la Rivière aufzusuchen, der der erste Kammerdiener Karls V. gewesen war und diesem sehr nahe gestanden hatte. Von Rivière würde sie gewiss noch weitere Einzelheiten erfahren, persönlichere Dinge, über die in den Chroniken, die der Herzog von Burgund ihr zu treuen Händen überlassen hatte, nichts geschrieben stand.

Karls Vorlieben und kleine Schwächen, die den Menschen hinter dem König zeigten und ihrer Chronik die richtige Würze verleihen würden.

Als sie nach Hause kam, fand sie einen Brief vor, auf dessen Siegel sie sofort die kleine Lilie wiedererkannte, die das Wappen der Grafen von Dreux zierte. Neugierig brach sie das Siegel und begann mit wachsender Erregung zu lesen.

Überall begann es zu blühen und zu duften, als der Frühling mit all seinen Verheißungen erneut über das Land hereinbrach. Über Nacht sprossen Gräser und helle, grüne Pflanzen aus dem eben noch gefrorenen Boden. Regen und Sonne wechselten einander ab, weichten die harte Erdkrume auf und erwärmten sie.

Christine de Pizan hatte sich einem Trüffelhändler und seinem Gehilfen angeschlossen, die sich auf dem Weg nach Reims befanden. Der Besitzer des Mietstalls, in dem sie sich ein Pferd geliehen hatte, hatte ihr die Mitreisemöglichkeit vermittelt, nachdem er erfahren hatte, dass sie ebenfalls in Richtung Reims reiten wollte. Christine hatte allerdings den Eindruck, dass er sich dabei mehr um sein Pferd gesorgt hatte als um sie.

Es war schon lange her, seit Christine das letzte Mal auf einem Pferd gesessen hatte und im Gefolge der Königin zur Jagd geritten war. Damals hatte Étienne noch gelebt und Seite an Seite mit dem König gejagt.

Dennoch fiel es ihr nicht schwer, sich den Bewegungen des Tieres anzupassen, und sie genoss den Ritt, der so viele wundervolle Erinnerungen in ihr aufkommen ließ.

Die Sonne schien warm, und ein weicher Wind wehte ihr ins Gesicht.

Die Bäume waren noch kahl, aber man konnte die Säfte, die in ihrem Stamm aufstiegen, bereits riechen. Hecken zogen sich über die Felder und sanften Anhöhen der von Wäldern gesäumten Landschaft.

Sie waren bereits seit vier Tagen unterwegs, als der Kaufmann sein Pferd auf gleiche Höhe mit dem ihren brachte und mit der rechten Hand auf einen Besitz wies, der noch zu weit in der Ferne lag, um Einzelheiten erkennen zu können.

»Ihr seid fast am Ziel, Madame«, meinte er. »Dort drüben befindet sich Monseigneur Rivières Landsitz. Ich war schon einige Male bei ihm, er hat einen guten Geschmack und weiß meine Trüffel zu schätzen.« Während einer Rast hatte er ihr voller Stolz die schwarzen, unscheinbaren Knollen gezeigt, die er wie einen Schatz bei sich trug, und ihr versichert, dass sie Pasteten und Soßen einen besonderen Geschmack verleihen und außerdem die männliche Zeugungskraft stärken würden. Christine hatte die schwammigen Knollen daraufhin voller Skepsis betrachtet, aber von einer Frau hatte sich der Händler auch nichts anderes erwartet.

Frauen ließen sich eben von Äußerlichkeiten blenden, während Männer den Dingen immer auf den Grund gingen.

Und wieder einmal hatte sich Anastasias Leben von Grund auf geändert. Doch dieses Mal genoss sie jeden einzelnen Moment davon. Die Nächte in den Armen ihres Gemahls waren voller Leidenschaft, während sie die Tage mit ihrem Sohn verbrachte, der prächtig gedieh. Sie stillte und wickelte ihn selbst, badete ihn in einem kleinen Holzzuber, wie er zum Waschen der Füße verwendet wurde, und beobachtete, wie sich sein kleines Gesicht jeden Tag ein wenig mehr veränderte. Wie der Blick seiner Augen klarer, seine Bewegungen sicherer und der Griff seiner winzigen Hände zunehmend fester wurde, so als würde er lieber heute als morgen seine ersten Schritte in die Welt machen.

Niemand kann glücklicher sein, als ich es bin, dachte sie immer wieder voller Dankbarkeit.

Es war fast Mittag. Anastasia hatte den kleinen Arnaud Bureau gerade gestillt, als Jeanne in ihre Kammer stürmte. »Ihr habt Besuch, Herrin«, verkündete sie aufgeregt.

»Wer ist es denn?«, erkundigte sich Anastasia, deren Puls sofort zu rasen begann, weil die Ängste und Schrecken der vergangenen Monate sie ab und an noch immer einholten.

»Es ist eine Madame … eine Madame de …« Jeannes Stirn krauste sich, während sie angestrengt nachdachte. Aber es half alles nichts, der Name der vornehmen Dame wollte ihr einfach nicht mehr einfallen.

Anastasias Anspannung wich aufgeregter Erwartung. Es gab nur eine Dame, die ihr einen Besuch abstatten würde, und das war Madame de Pizan. Immer wieder hatte sich Anastasia den Ausdruck auf Madame de Pizans Gesicht vorzustellen versucht, wenn diese den Brief, den sie ihr geschrieben hatte, lesen und erfahren würde, dass sie wahrhaftig Bernards Gemahlin geworden war. Doch sie hatte mit einem Schreiben als Antwort auf ihren Brief gerechnet und wäre nie auf die Idee gekommen, dass Madame de Pizan solch eine weite Reise auf sich nehmen würde, nur um sie zu besuchen.

Anastasia nahm ihr Kind und eilte gefolgt von Jeanne in die Halle hinunter, wo sie ihre mütterliche Freundin bereits erwartete.

Madame de Pizan lächelte ihr entgegen. Trotz des langen Rittes hatte sich nicht eine einzige Haarsträhne unter ihrer Haube gelöst. »Fortuna hat es wirklich gut mit Euch gemeint, Gräfin von Dreux«, sagte sie und betrachtete das schlafende Kind in Anastasias Arm. »Euer Gemahl muss sehr stolz auf Euch sein.«

Anastasia errötete, ob aus Stolz oder aus Verlegenheit, hätte sie selbst nicht zu sagen gewusst. Sie musste sich erst noch daran gewöhnen, dass sie nun eine richtige Gräfin war und mit dem Grafentitel angesprochen wurde.

Die Halle war um diese Zeit leer. Die Bewohner des Guts gingen ihrer jeweiligen Arbeit nach, und Bernard war mit Rivière und Raoul in den angrenzenden Wald geritten, um die Schäden zu begutachten, die der lang anhaltende Frost angerichtet hatte.

Anastasia hatte Bernard den Vorfall mit dem Verwalter verschwiegen. Sie wusste, wie sehr Rivière diesen schätzte, und wollte vermeiden, dass Unfrieden zwischen den Männern entstand. Betrunkene Männer taten oftmals etwas Unbedachtes, und obwohl Raouls üble Beschimpfungen sie tief verletzt hatten, hatte sie den Eindruck gewonnen, dass er sie bereute. Anfangs hatte er vermieden, ihr ins Gesicht zu sehen, und so getan, als wäre sie gar nicht vorhanden, wobei ihm das schlechte Gewissen deutlich in seinen Zügen geschrieben stand. Doch nachdem weder Rivière noch Bernard ihn zur Rede gestellt hatten, hatte er sie eines Abends so voller Dankbarkeit angesehen, dass sie wusste, richtig gehandelt zu haben.

Sie setzten sich in die Stühle vor dem Kamin.

Jeanne brachte Wein, Brot und ein großes Stück von dem geräucherten Schinken, der normalerweise nur an Festtagen gereicht wurde.

»Ich habe Euch etwas mitgebracht, Gräfin«, sagte Madame de Pizan, nachdem sie sich mit einem Becher Wein gestärkt und etwas gegessen hatte, und trotz der ungewohnten, steifen Anrede spürte Anastasia die alte Vertrautheit zwischen ihnen.

Ein geheimnisvolles Lächeln umspielte Christines Mund, als sie Anastasia ein prall gefülltes, zu einem Beutel zusammengeschlagenes Tuch überreichte.

Anastasia bat Jeanne, ihr das Kind abzunehmen, und schlug erwartungsvoll das Tuch auseinander. Sie ahnte bereits, was es enthielt, und ihre Erwartungen wurden nicht enttäuscht.

Mit liebevoller Sorgfalt hatte Christine all ihre Federn und Federmesser, Tintenfläschchen und Farbtiegel, Steine und Kreiden, die sie in Paris zurückgelassen hatte, zunächst mit schützendem Stoff umwickelt und danach in das Tuch eingeschlagen.

Anastasia war gerührt.

Endlich würde sie wieder mit ihren eigenen Tinten malen können. »Wie kann ich Euch nur danken«, sagte sie und nahm ein Fläschchen mit Exedra in die Hand, das sie selbst aus Rubeum und Schwarz zusammengemischt hatte, um Gesichter malen zu können.

Christine de Pizan sah sie direkt an.

»Ihr könntet weiter für mich malen.«

Sie hatte nicht vorgehabt, so mit der Tür ins Haus zu fallen, konnte aber in Anbetracht der sich bietenden Gelegenheit nicht widerstehen. Sie brauchte Anastasia ganz einfach, um ihre Chronik mit den passenden Miniaturen und schmückendem Beiwerk zu versehen.

»Der Herzog von Burgund hat mir den Auftrag erteilt, eine Chronik über das Leben Karls V. anzufertigen«, berichtete sie, »und ich wüsste niemanden, der sie besser illuminieren kann als Ihr.«

Gespannt erwartete sie Anastasias Antwort. Als Gemahlin des Grafen von Dreux brauchte sie nicht mehr zu malen, um sich ihren Lebensunterhalt zu verdienen. Aber so wie sie Anastasia kannte, war das Malen nicht nur Mittel zum Zweck für sie, sondern eher ein Bedürfnis. Ein innerer Drang, wie auch sie ihn kannte, wenn es sie zum Schreiben trieb.

»Ich würde gerne wieder für Euch malen«, bekannte Anastasia offenherzig, »und denke nicht, dass mein Gemahl etwas dagegen haben wird.«

Die beiden Frauen tauschten einen verständnisinnigen Blick. Es war beinahe wie früher, als sie zusammen in der Schreibstube gesessen und sich ihre Gedanken und Sorgen erzählt hatten. Und als die Dämmerung hereinbrach und die Männer aus dem Wald zurückkehrten, hatten sie sich gegenseitig alles berichtet, was in der langen Zeit ihrer Trennung geschehen war.

Zwei Tage später ritt Christine de Pizan nach Paris zurück, um nur wenige Wochen später mit ihren Kindern, ihrer Mutter und Anna auf Rivières Besitz zurückzukehren. Bureau de la Rivière hatte sie und ihre Familie eingeladen, den Sommer auf seinem Gut zu verbringen.

Es wurde ein fröhlicher Sommer, und als Roggen und Weizen hoch standen, war auch die letzte Seite der Chronik mit dem Titel »Das Buch der Taten und guten Sitten Karls V.« fertiggestellt und zum Binden bereit. Bureau de la Rivière war der Erste, der die Seiten unter den erwartungsvollen Blicken der beiden Frauen begutachtete. Er lobte Christines Gliederung, ihre feine Rhetorik, und bewunderte Anastasias kunstvolle Illuminationen. Es war ein Sonntag im August. Rivière hatte die Tische in den blühenden Garten hinausschaffen und zu Ehren der beiden Frauen ein Festmahl auftragen lassen.

»Was sind wir doch für glückliche Männer«, bemerkte er an Bernard gewandt, »umgeben von so viel Schönheit, Klugheit und Kunst.«

Der nickte nur versonnen, genoss die Idylle um sich herum und unterhielt sich dann nach einer Weile mit Rivière über die bevorstehende Jagdsaison.

Während das Kind in der Wiege schlief, Christine de Pizans Mutter sich zurückgezogen hatte und ihre Kinder mit Anna Federball spielten, lehnte Anastasia sich zurück und strich zärtlich über ihren gewölbten Bauch. In wenigen Monaten würde sie ihr zweites Kind zur Welt bringen, und sie wünschte sich, dass es diesmal ein Mädchen werden würde. Die Sonne schien warm auf sie hinunter, Vögel sangen, Damaszener-, Alba-, Apotheker- und Bauernrosen sowie Rosen, deren Namen sie nicht kannte, leuchteten in den unterschiedlichsten Rottönen von einem hellem Rosé bis zu tiefrotem Purpurrot und verströmten einen süßen Duft. Bureau de la Rivière hatte sie in verschwenderischer Fülle zur Erinnerung an seine verstorbene Gemahlin angepflanzt, die Rosen über alles geliebt hatte. Eine blühende Hecke, die sich nur zum Haus hin öffnete, schützte den Garten vor unerwünschten Eindringlingen.

»So habe ich mir den Rosengarten des ›Rosenromans‹ immer vorgestellt«, sagte Anastasia an Christine de Pizan gewandt. »So schön wie ein Traum, der niemals Wirklichkeit werden kann, und nun sitze ich selbst in solch einem wundervollen Garten und kann mein Glück noch immer nicht fassen.«

Christine de Pizan, die während des Mahls sehr aufrecht gesessen hatte, lehnte sich nun ebenfalls entspannt zurück.

»Das Glück ist trügerisch. Man weiß nie, wie lange es einem erhalten bleibt, aber wenn es uns einmal verlässt, bleibt uns immer noch die Erinnerung an viele wundervolle Momente. Ich war damals mit meinem Gemahl ebenso glücklich, wie Ihr es heute seid, und gönne Euch Euer Glück von ganzem Herzen.«

Man sollte häufiger aufs Land fahren, dachte sie und fühlte sich so leicht und frei wie schon lange nicht mehr.

Dicke, weiße Wolken ballten sich am strahlend blauen Himmel zusammen wie die Türme und Mauern einer weit entfernten Stadt. Wie die Stadt der Engel, die der große Augustinus von Thagaste einst beschrieben hatte, und plötzlich begriff Christine den tieferen Sinn von Platons Worten über die höhere Welt des Seins, die nur dem Denken zugänglich ist.

Sie ließ ihre Gedanken treiben, die sich dergestalt freigelassen wie die Wolken in schwindelerregende Höhen erhoben und immer neue Bilder in ihrem Kopf heraufbeschworen.

Gedanken lassen sich weder einengen, noch verbieten. Sie sind ein Zufluchtsort, den man aufsuchen kann, wann immer man will, dachte sie, während eine Idee in ihr heranreifte, die sie nicht mehr losließ. Aufgeregt und voller Tatendrang wandte sie sich an Anastasia, die sie schon seit geraumer Zeit beobachtete. »Ich werde eine Stadt bauen, eine Stadt nur für Frauen.« Es war, als würde ihr eine Stimme tief im Inneren die Worte zuflüstern, die sie nun an Anastasia weitergab.

»Jetzt fang an, Tochter. Lass uns, ohne noch mehr Zeit zu verlieren, hinausgehen aufs Feld der Literatur; dort soll die Stadt der Frauen auf fettem, fruchtbarem Boden errichtet werden, dort wo alle Früchte wachsen, sanfte Flüsse fließen und die Erde überreich ist an guten Dingen jeglicher Art. Nimm die Spitzhacke deines Verstandes, grabe tief und hebe überall dort einen tiefen Graben aus, wo mein Lot dir anzeigt.« Und Christine de Pizan ließ sich weiter von der Stimme in ihrem Inneren führen. »Dir, schöne Tochter, wird auf diese Weise vor allen Frauen das Vorrecht zuteil, die Stadt der Frauen zu errichten, und wie aus klaren Brunnen wirst du aus uns drei Frauen frisches Wasser schöpfen, um den Grundstein zu dieser Stadt zu legen und sie zu vollenden. Wir werden dich reichlich mit Baustoff versehen, der fester und haltbarer ist als Marmor und Mörtel zusammen. Deshalb wird deine Stadt von einzigartiger Schönheit und immerwährendem Bestand auf dieser Welt sein.«

Während Anastasia Christine de Pizan lauschte, entstand die Stadt vor ihren Augen. Rein und weiß, mit zierlichen, goldenen Türmchen. Es gab keinen Schmutz und keinen Gestank in ihr, keine Ängste und keine Sorgen.

Das Fundament dieser Stadt beruhte auf weiblicher Vorbildlichkeit und war dazu bestimmt, künftig allen hochherzigen und rechtschaffenen Frauen einen Ort der Zuflucht, eine umfriedete Festung gegen die Schar der boshaften Belagerer, zu bieten.

Christine de Pizan spürte, dass Anastasia sie verstand.

»Wenn sich unsere Gedanken vereinen, werden sie eine Mauer bilden, die keine noch so bösartige Verleumdung durchdringen kann«, sagte sie. »Und wenn der Bau erst einmal fertiggestellt ist, werden weitere kluge Frauen hinzukommen, und meine imaginäre Stadt wird die Zeiten überdauern und unzerstörbar sein.«

Anastasia betrachtete ihre mütterliche Freundin voller Zuneigung und Bewunderung. »Ich würde diese Stadt gerne malen«, sagte sie, »aber wer sind die drei Frauen, von denen Ihr gesprochen habt?«

»Das sind Vernunft, Gerechtigkeit und Rechtschaffenheit«, erwiderte Christine de Pizan lächelnd, »und sie waren es auch, dic mir soeben eingeflüstert haben, was zu tun ist.«

EPILOG

Und so entstand »Das Buch von der Stadt der Frauen«, geschrieben von Christine de Pizan und illuminiert von Anastasia, Gräfin von Dreux, das bis zum heutigen Tag unvergessen geblieben ist. Gebaut aus Worten und Gedanken zweier Frauen, die das Schicksal zusammengeführt hatte und die es wagten, sich über den Standesdünkel und die Ordnung ihrer Zeit hinwegzusetzen, unbeirrbar in ihrem Kampf für eine bessere, friedlichere Welt, wie es sie einst unter König Karl dem Weisen gegeben hatte.

Christine de Pizan kämpfte auch weiterhin für die Rechte der Frauen und rief ihre Geschlechtsgenossinnen immer wieder dazu auf, eigene Ideen zu entwickeln und sich nicht länger von den Männern fremdbestimmen zu lassen, über die sie einmal schrieb:

> *Die Männer beanspruchen in jeder Hinsicht alle Rechte für sich, sie wollen eben beide Enden des Riemens für sich haben.*

Der Herzog von Burgund starb einen Tag, bevor Christine de Pizan ihm ihre fertige Chronik übergeben konnte, unerwartet und tragisch an einer Grippe wie einst ihr geliebter Gemahl Étienne du Castel.

Im Jahre vierzehnhundertneunundzwanzig hörte Christine dann zum ersten Mal von Johanna von Orléans, einer unerschrockenen Jungfrau, die mit dem Mut eines Mannes kämpfte und die einstigen Rittertugenden verkörperte. Christines Freude war vollkommen, bestätigte die Jungfrau von Orléans doch all ihre Theorien über die Tugenden der Frauen und vereinigte gleichzeitig wahres Ritter- und Frauentum in ihrer Person.

Ludwig von Orléans, der sein Lebtag lang das Alter und jede Form von Gebrechen verabscheut hatte, wurde wenig später im Alter von fünfunddreißig Jahren von Gefolgsleuten seines burgundischen Vetters, Johann Ohnefurcht, dem Sohn Herzogs Philipp des Kühnen, in Paris auf offener Straße ermordet.

Karl VI., der wegen seiner Leiden vom Volk geliebt wurde, versank immer tiefer im Wahnsinn. In den wenigen klaren Tagen, die ihm beschieden waren, gab er sich den glücklichen Erinnerungen an seine unbeschwerte Jugend hin. Nach dem Tod seines Bruders, während eines lichten Moments, rief er seinen einstigen Gefährten Bernard von Dreux zurück an den Hof, sprach ihn von allen Vorwürfen frei und übergab ihm das Kommando über seine Leibgarde. Auf Bernards Wunsch hin wurde auch Bureau de la Rivière vollständig rehabilitiert, ebenso Thomas de Pizan, der einst aus dem fernen Bologna an den französischen Hof gekommen war, um dem Vater Karls VI. zu dienen.

Bureau de la Rivière kehrte nie wieder an den französischen Hof zurück. Er zog es vor, auf seinem Gut zu bleiben, Rosen zu züchten und seinen drei Enkelkindern beim Aufwachsen zuzusehen. Er kümmerte sich persönlich um die Gestaltung seiner Gärten, pflanzte eine neue Salatgattung an, die ihm ein

Händler aus Avignon mitgebracht hatte, und widmete sich ansonsten seinen Studien.

Anastasia begleitete ihren Gemahl des Öfteren nach Paris und malte weiterhin für Christine de Pizan, doch stellte sie zur Bedingung, dass niemand erfuhr, von wem die wundervollen Illuminationen stammten, die sich ebenso wie Christine de Pizans Werke einer immer größeren Bekanntheit erfreuten.

Nie wieder wollte sie die Aufmerksamkeit der Mächtigen auf sich oder ihre Familie ziehen.

Ganz wie sie es gewünscht hatte, tauchte ihr Name in keiner der späteren Geschichtschroniken auf. Es gab lediglich Gerüchte über eine äußerst begabte Buchmalerin, von der man allerdings nur den Vornamen kannte.

Anastasia brachte zwei weitere Kinder zur Welt, einen Sohn und eine Tochter, und lebte glücklich an der Seite ihres Gemahls am französischen Hof und auf dem Gut Crécy-en-Brie, das zu ihrem neuen Zuhause geworden war.

Wenn er seinen Kindern auf dem Gut beim Spielen zusah, dachte Bernard manchmal an seinen Vater, der tief unter der Erde Geheimnisse aus längst vergangenen Zeiten hütete. Obwohl er seinen Vater nie wieder gesehen hatte, bewahrte er dessen Gedenken in seinem Herzen, ganz wie Arnaud von Dreux es sich gewünscht hatte.

In der Nacht, bevor sein ältester Sohn die Schwertleite erhielt, erzählte er ihm von seinem Großvater und dem Vermächtnis der Tempelritter und ließ ihn schwören, deren Geheimnis immer für sich zu bewahren und es nur an seinen Erstgeborenen weiterzugeben. Und so bekam Arnaud von Dreux auch in diesem Punkt seinen Willen. Sein Vermächtnis und das seiner Brüder im Geiste sind bis heute unvergessen.

Das Abendländische Schisma dauerte von 1378–1417 und wurde erst unter Kaiser Sigismund auf dem Konzil von Konstanz beseitigt. Die drei regierenden Päpste wurden abgesetzt und mit Martin V. ein neuer Papst gewählt. Doch erst als sich dieser sechs Jahre später mit dem neuerlichen Gegenpapst Benedikt XIII. einigen konnte, war das Schisma endgültig überwunden.

ANMERKUNG

Als Katakomben von Paris werden die ehemaligen unterirdischen Steinbrüche der Stadt bezeichnet, in denen über eine Zeitspanne von zweitausend Jahren hinweg Steine, Gips und Ton abgebaut wurden.

Dadurch entstand im Laufe der Jahre ein unterirdisches Stollennetz von ungefähr dreihundert Kilometern Länge, ohne die bis heute unerforschten Nebengänge, die von offizieller Stelle auf eine Länge von annähernd hundert Kilometern geschätzt werden.

Heute ist der Hauptteil der Katakomben für Besucher unzugänglich, nur an die zwei Kilometer können besichtigt werden. Ein Trakt der Katakomben gehört außerdem der Banque de France, die dort den Goldschatz der französischen Nationalbank untergebracht hat.

DANKSAGUNG

Ohne meine wunderbare Lektorin Dr. Heike Fischer wäre dieser Roman nie entstanden. Sie war es, die mich auf Christine de Pizan aufmerksam gemacht und mir während des Schreibens mit Rat und Tat zur Seite gestanden hat. Dafür und für ihre unendliche Geduld mit mir möchte ich mich an dieser Stelle ganz herzlich bedanken.

Danken möchte ich auch meiner Freundin und Reitkameradin Bettina Schmelzer, die mich auf meiner Studienreise nach Paris begleitet hat.

Gerne möchte ich mich auch bei Andreas Krüger bedanken, der mir sein umfangreiches Wissen über Schwerter, mittelalterliche Kampfweisen und historisches Handwerk zur Verfügung gestellt hat.

Und last, but not least danke ich Herrn Dr. Wätjen an der Universität Düsseldorf herzlich für seine freundlichen Buchtipps zum Thema Toxikologie.

LITERATURVERZEICHNIS

- Anita Albus, Die Kunst der Künste, Erinnerungen an die Malerei, Eichborn Verlag, Frankfurt am Main, 1997
- Jean Favier, Geschichte Frankreichs, Frankreich im Zeitalter der Lehnsherrschaft 1000–1515, Deutsche Verlagsanstalt, Stuttgart, 1989
- Fritz Funke, Buchkunde, K.G. Saur Verlag, München, 1999
- A. von Heyden, Die Tracht der Kulturvölker Europas, Verlag von E.A. Seemann, Leipzig, 1987
- Carl Kiesewetter, Die Geheimwissenschaften, Marix Verlag, Wiesbaden, 2005
- Harry Kühnel, Alltag im Spätmittelalter, Styria Verlag, Köln, 1996
- Guillaume de Lorris, Der Rosenroman, Ogham Verlag, Stuttgart, 1985
- Bernd A. Mertz, Paracelsus und seine Astrologie, Edition Astrodata, Wettswil, 1993
- Karl August Ott, Der Rosenroman, Wissenschaftliche Buchgesellschaft Darmstadt, Darmstadt, 1980
- Régine Pernoud, Christine de Pizan, Deutscher Taschenbuch Verlag, München, 1990
- Régine Pernoud, Christine de Pizan, Das Buch von der Stadt der Frauen, Deutscher Taschenbuch Verlag, München, 1986
- Franjo Terhart, Die Wächter des Heiligen Gral, Lübbe Verlag, Bergisch Gladbach, 1999

– Franjo Terhart, Der Schatz der Tempelritter, Lübbe Verlag, Bergisch Gladbach, 2002
– Vera Trost, Skriptorium, Belser Verlag, Stuttgart, 1991
– Barbara Tuchman, Der ferne Spiegel, Deutscher Taschenbuch Verlag, München, 1982
– Thomas E. Woods jr., Sternstunden statt dunkles Mittelalter, MM Verlag, Aachen, 2006
– Margarete Zimmermann, Christine de Pizan, Rowohlt Taschenbuch Verlag, Hamburg, 2002